1874 ~ 1914

셜록 홈즈 : 더 얼티밋 에디션
Sherlock Holmes : The Ultimate Edition

1874

글로리아 스콧호

**발표 작품 중 연도상
홈즈가 최초로
해결한 사건**

의뢰인
빅터 트레버
사건 유형
살인 및 암호

p.5 /

1879

머즈그레이브 전례문

의뢰인
레지널드 머즈그레이브
사건 유형
살인 및 암호

p.39 /

1881

주홍색 연구

왓슨과 첫만남

의뢰인
런던 경찰청
사건 유형
살인

p.73 /

1889

푸른 카벙클

의뢰인
피터슨 수위
사건 유형
절도

p.279 /

1890

실버 블레이즈

의뢰인
그레고리 경감
사건 유형
살인 및 절도

p.317 /

빨간 머리 연맹

의뢰인
빅터 트레버
사건 유형
절도

p.361 /

1891

마지막 사건

**홈즈와 모리어티의
극적인 대결**

의뢰인
없음
사건 유형
살인

p.403 /

The Ultimate Edition

설록 홈즈 : 더 얼티밋 에디션 왓슨

SHER LOCK HOLMES

셜록 홈즈 : 더 얼티밋 에디션 왓슨

아서 코난 도일
백영미 옮김

황금가지

1888

The Hound
of the Baskervilles

바스커빌 가문의 개

셜록 홈즈

　밤을 새운 날이 아니라면 으레 느지막이 일어나는 셜록 홈즈가 식탁에 앉아서 조반을 들고 있었다. 사실 그가 밤을 새우는 것은 종종 있는 일이지만. 나는 벽난로 앞의 깔개 위에 서서 전날 밤 우리를 찾아왔던 손님이 남겨두고 간 지팡이를 손에 들고 있었다. 그것은 손잡이가 뭉툭하게 불거진 놈으로 묵직한 고급 나무로 만들었으며 '페낭 로여'라는 이름으로 알려져 있는 지팡이였다. 손잡이 바로 밑에는 폭이 3센티미터는 족히 될 듯한 넓은 은판(銀板)이 붙어 있었다. 그 위에는 '1884'라는 숫자와 함께 '영국 외과 의사회 회원인 제임스 모티머에게, C.C.H.의 친구들이.'라는 글이 새겨져 있었다. 그것은 구식 개업의가 지니고 다닐 듯한 품격과 견고함을 갖춘 바로 그런 지팡이였다.

　"여보게 왓슨, 그걸 보고 무엇을 알아냈나?"

　홈즈는 이쪽으로 등을 돌리고 있었고, 나는 지금 보고 있는 물건에 대해 한마디도 하지 않은 상태였다.

"내가 이걸 살펴보고 있는 걸 어떻게 알았지? 자네는 뒤통수에도 눈이 달렸나 보군."

"글쎄, 반들반들 윤이 나는 은제 커피 주전자가 하나 앞에 놓여 있긴 하지."

홈즈가 말했다.

"그런데 어서 말해 보게, 왓슨. 우릴 찾아왔던 손님의 지팡이를 보고 무엇을 알아냈나? 우리는 운이 없던 탓에 그 손님을 보지 못했고 손님이 무슨 용건으로 여길 찾아왔는지 몰라. 그러니 그가 깜빡하고 놓아두고 간 지팡이는 중요한 단서가 되지. 어디, 그 지팡이를 관찰한 다음에 그 손님에 대해 어떻게 추리했는지 들려주게."

"내 생각에는 말일세."

나는 최대한 친구의 방식을 따라 하려고 애썼다.

"모티머 선생은 자기 분야에서 성공을 거둔 늙은 의사야. 아는 사람들이 이렇게 감사 표시를 한 걸 보니 꽤 인정받는 축에 드는 게 분명하네."

"괜찮은데! 훌륭하이!"

홈즈가 말했다.

"또 모티머 선생은 걸어서 왕진 다니는 일이 많은 시골의 개업의일 가능성이 높아."

"그건 왜?"

"왜냐하면 이 지팡이는 원래 아주 근사한 물건이었는데 지금은 상당히 닳았거든. 그런데 도시 의사가 이런 걸 가지고 다닐 리는 없을 것이네. 지팡이 끝의 두툼한 물미가 닳은 정도를 봐선 이걸 들고 꽤 많이 걸어 다닌 게 분명해."

"완벽하군!"

홈즈가 말했다.

"그리고 또 'C.C.H.의 친구들이.'라는 글이 여기 있네. 나는 이 H가 지역의 무슨 수렵(Hunt) 단체 같은 걸 가리킨다고 생각하 네. 모티머 선생이 이 단체의 회원을 수술해 줬거나 했겠지. 그래 서 치료받은 사람이 작은 선물로 성의 표시를 한 것이 틀림없어."

"정말이지 왓슨, 감탄하지 않을 수 없군."

홈즈는 말하며 자리에서 일어나 담뱃불을 붙였다.

"한 가지 꼭 말해 두고 싶은 게 있다네. 자네는 여태까지 훌륭 하게 설명하면서도 습관적으로 자신의 능력을 과소평가해 왔어. 하지만 내가 변변찮은 성공이나마 거두게 된 것은 자네에게 힘 입은 바 크지. 자네는 스스로 빛을 내는 존재는 아닐지 몰라도 빛을 끌어당기는 능력을 가지고 있네. 개중에는 천재성을 갖고 있지는 않지만 천재를 자극하는 범상치 않은 능력을 발휘하는 이들이 있지. 고백건대 친애하는 벗이여, 나는 자네에게 큰 빚을 지고 있다네."

홈즈에게 이런 말을 들은 것은 처음이었는데, 사실 나는 그 말 을 듣고 벅찬 기쁨을 누를 길이 없었다. 그의 논리 정연한 방식 에 대한 나의 감탄과 그것을 만천하에 알리려는 나의 노력에 대 해 홈즈 자신은 항상 무관심한 태도를 취했고 나는 그 때문에 심술이 난 적이 한두 번이 아니었기 때문이다. 또 내가 그의 체계에 완전히 통달하여 그것을 적용하는 데 있어 그의 인정을 받을 정도가 되었다고 생각하니 마음 뿌듯하기 짝이 없었다. 이제 그는 내 손에서 지팡이를 받아 들고 육안으로 몇 분간 요모조모 살폈다. 그리고 흥미를 느끼는 듯 창가로 가더니 담배를 내려놓고 확대경을 통해 그것을 다시 들여다보았다.

"별것 아니지만, 재미있군그래."

홈즈는 즐겨 앉는 긴 의자의 자기 자리로 돌아가며 말했다.

"지팡이에는 한두 가지 표시가 분명하게 남아 있네. 우리는 그것을 기초로 해서 몇 가지 유추를 해볼 수 있겠어."

"내가 뭐 빠뜨린 거 있나?"

나는 의기양양하게 물었다.

"중요한 점은 내가 다 지적했을 텐데?"

"여보게 왓슨, 유감스럽지만 자네가 내린 결론은 결함투성이로 보이네. 솔직히 말하면, 아까 내가 자네에게 자극받는다고 했던 말의 의미는, 자네가 범한 오류를 주목하는 과정에서 진실에 이끌리는 일이 종종 있었다는 의미였어. 물론 이번에 자네가 완전히 틀린 건 아니야. 어제 온 손님은 시골 의사임에 틀림없어. 그리고 아주 많이 걸어 다니는 사람이고 말이지."

"그럼 내 말이 맞잖는가."

"거기까지는 그렇지."

"하지만 그거 말고 다른 게 더 있나?"

"물론 그렇다네, 왓슨. 예를 들면, 의사에 대한 선물 증정은 수렵 단체보다는 병원에서 이루어질 가능성이 더 높지. 'C.C.'라는 머리글자를 병원(Hospital) 앞에 놓으면 '채링 크로스 병원'이라는 단어가 아주 자연스럽게 떠오르거든."

"그럴듯하군그래."

"일단 가능성은 그쪽 방향에 있네. 그리고 이것을 유효한 가설로 받아들일 때 우리는 어제 온 손님의 정체에 대해 추측할 수 있는 새로운 근거를 갖게 되지."

"좋아, 그러면 'C.C.H.'가 '채링 크로스 병원'을 말한다고 치고. 그다음에는 어떻게 추리하지?"

"그다음에 뭐 생각나는 거 없나? 자네는 내 방법론을 알고 있어. 그것을 적용해 보게!"

"내가 생각할 수 있는 건 모티머 선생이 시골로 내려가기 전에 분명히 도시에서 근무했을 거라는 정도인걸."

"내 생각엔 그보다는 좀 더 과감하게 추측할 수 있을 것 같네. 이 지팡이에 대해 이런 식으로 생각해 보세. 즉 이런 선물을 하는 것이 주로 어느 때일까? 친구들이 돈을 모아 마음의 표시를 하는 것이 어느 때일까? 그것은 분명 모티머 선생이 개업하기 위해 병원을 그만둘 때였을 걸세. 우리는 선물 증정이 있었다는 사실을 알고 있네. 또 그가 도시 병원에서 시골 의원으로 옮겼다고 확신하고 있지. 그러면 선생이 도시의 병원을 그만둘 때 선물 증정이 있었다고 추리할 수 있지 않겠나?"

"그럴듯하군."

"그리고 모티머 선생이 그 병원의 정교수였을 리는 없네. 왜냐하면 런던에서 웬만큼 자리 잡은 의사가 아니고선 그런 자리를 차지할 수 없으니까 말일세. 또 그런 위치에 있는 사람이라면 뭐 하러 시골로 내려가려 하겠나. 그러면 그는 채링 크로스 병원에서 어떤 위치에 있었을까? 모티머 선생이 그 병원에서 근무했지만 정교수는 아니었다면 그는 고작 내과나 외과 레지던트였을 것일세. 그것은 실습 학생보다 별로 나을 게 없는 위치이지. 그리고 그는 5년 전, 지팡이에 새겨진 해에 병원을 그만두었어. 여보게 왓슨, 이렇게 되면 자네가 말한 늙고 근엄한 개업의는 온데간데없이 사라지고 사람 좋고 별 야심 없고 정신을 홀랑 빼놓고 다니는 서른 미만의 젊은 친구가 나타나네. 또 그에게는 애견이 한 마리 있다네. 대충 테리어보다는 크고 마스티프보다는 작은 개라고 말할 수 있지.”

나는 못 믿겠다는 듯이 웃었고, 셜록 홈즈는 몸을 젖히고 담배 연기를 물결치는 고리 모양으로 만들어 천장을 향해 뿜어냈다.

“개에 관해서라면 확인할 길이 없네.”

나는 말했다.

“하지만 자네가 말한 나이와 경력을 갖춘 실재 인물을 찾아보는 건 그리 어려운 일이 아니지.”

나는 의학 서적을 꽂아둔 작은 서가에서 의업(醫業) 사전을 꺼내 ‘모티머’라는 성을 찾아보았다. 모티머 씨는 여럿이지만 어제 우릴 찾아온 손님으로 생각되는 이는 단 한 사람이었다. 나는 그의 기록을 소리 내어 읽었다.

“영국 외과 의사회의 제임스 모티머, 데번 주 다트무어 그림펜

구. 1882년부터 1884년까지 채링 크로스 병원에서 외과 레지던트로 근무. 「질병은 전도 상태인가?」라는 논문으로 잭슨상 비교 병리학 부문에서 수상. '스웨덴 병리학회'의 통신 회원. 「격세 유전의 돌연변이」(《란셋》, 1882년), 「인간은 진보하는가?」(《정신과학 회지》, 1883년 4월)의 저자. 하이배로 소슬리 그림펜의 의무관."

"여보게 왓슨, 지방의 수렵 단체 얘기를 빼면 말일세."

홈즈는 장난스럽게 웃으며 말했다.

"어제 온 손님이 시골 의사일 거라는 자네 추측은 정확히 들어 맞았군. 난 내 추리가 지극히 옳다고 생각하네. 내가 정확히 기억하고 있는지 모르겠지만, 나는 조금 전에 모티머 선생을 가리켜 사람 좋고 별 야심이 없고 정신없는 사람이라고 했네. 한데 그렇게 말한 이유를 설명하지. 내 경험에 따르면 이 세상에서 감사의 선물을 받는 사람치고 나쁜 사람은 없어. 또 야심만만한 인간이 런던 시내의 일자리를 박차고 낙향할 리도 없고 말일세. 또 자네 방에서 한 시간이나 기다린 뒤에 명함 대신 지팡이를 놓고 간 걸 보면 정신을 빼놓고 다니는 사람임에 틀림없지 않은가?"

"그러면 개는?"

"개는 이 지팡이를 물고 주인 뒤를 따라다니는 습관이 있네. 지팡이가 무겁기 때문에 개는 가운데 부분을 꽉 물어야 하지. 여기 개의 이빨 자국이 아주 선명하게 보이는군. 이것을 분석해 보면, 테리어의 이빨 자국이라고 보기에는 간격이 좀 넓고 마스티프라고 보기엔 좀 좁아. 그 개는 아마……, 저런, 그렇군. 그건 털 북숭이 스패니얼일세."

홈즈는 말을 하다가 자리에서 일어나 창가로 다가가 있었다. 그가 마지막 말을 너무 자신 있게 했으므로 나는 놀란 얼굴로 그를 쳐다보았다.

"여보게, 자넨 어떻게 그렇게 자신 있게 말할 수 있나?"

"왜냐하면 나는 그 개가 지금 우리 집 계단 위를 오르는 모습을 보고 있거든. 저런, 개 주인이 벨을 누르는군. 아서, 여기 그냥 있어주게, 왓슨. 손님은 자네와 같은 의업에 종사하는 사람이네. 자네가 여기 있는 게 나한테도 도움이 될 걸세. 아, 이제 가슴 조이는 운명의 순간이 다가오고 있군. 정체불명의 방문객이 계단을 오르는 발소리가 점점 가까워지고 있어. 의학자 제임스 모티머 선생은 범죄 전문가 셜록 홈즈에게 무엇을 부탁하려는 것일까? 아, 들어오십시오!"

평범한 시골 의사려니 하고 생각하고 있던 나는 손님의 모습을 보고 놀라지 않을 수 없었다. 그는 키가 훌쩍 크고 깡마른 사나이였다. 긴 매부리코에 미간이 좁았고, 날카로운 회색 눈동자가 금테 안경 너머에서 유난히 반짝거렸다. 정장을 했지만 옷맵시에는 거의 신경 쓰지 않는 듯, 프록코트에는 때가 묻어 있었고 바지는 해져 있었다. 아직 젊긴 했지만 긴 등은 벌써 구부정했고 고개를 빼고 걷는 경향이 있었다. 전체적으로는 따뜻한 분위기를 풍겼다. 홈즈가 들고 있는 지팡이가 얼핏 눈에 들어오자 그는 기뻐 소리 지르며 쏜살같이 그곳으로 달려갔다.

"정말 반갑군요."

그가 말했다.

"이걸 여기에 두고 갔는지 아니면 선박 회사 사무실에 두고 갔는지 헷갈리고 있었거든요. 이 세상을 다 준다 해도 이 지팡이와는 바꾸지 않을 겁니다."

"선물로 받으셨군요."

홈즈가 말했다.

"그렇습니다."

"채링 크로스 병원에서요?"

"제가 결혼할 때 그곳 친구들 두엇이 이걸 선물했지요."

"저런저런, 이거 틀렸군!"

홈즈는 고개를 설레설레 흔들며 말했다.

모티머 선생은 약간 놀란 듯 안경 너머로 눈을 깜빡거렸다.

"뭐가 틀렸다는 겁니까?"

"우리들의 추리가 보기 좋게 뒤집혔습니다. 결혼할 때 이걸 받으셨다고요?"

"그렇습니다. 전 결혼하면서 그 병원을 그만두었고, 그와 함께 교수 전문의가 되려는 꿈도 물거품이 되었지요. 그건 제힘으로 가정을 꾸려야 했기 때문이었습니다."

"아하, 그렇군요. 결국 우리가 그렇게 많이 틀린 것은 아니군요."

홈즈가 말했다.

"그러면 자, 제임스 모티머 박사님……."

"아닙니다. 그냥 모티머 선생이라고 불러주십시오. 저는 단지 외과 의사회 회원일 뿐입니다."

"그리고 명민한 과학적 정신의 소유자임에 틀림없으시지요."

"그저 과학을 즐긴달 뿐이지요. 드넓은 미지의 바닷가에서 조개껍데기를 줍는 사람입니다, 홈즈 선생님. 저와 지금 말씀을 나누고 있는 분이 셜록 홈즈 선생 아니십니까?"

"그렇습니다. 이쪽은 제 친구 왓슨 박사입니다."

"이렇게 뵙게 돼서 반갑습니다. 친구분과 함께 선생님의 존함이 회자되는 것을 많이 들었습니다. 홈즈 선생님, 선생님은 대단히 흥미로운 외모를 갖고 계시군요. 저는 안면의 상하 길이가 그렇게 긴 장두(長頭)는 처음 봅니다. 또 그 정도로 발달한 전두골도 처음이고요. 실례지만 머리의 관상 봉합 부분을 만져봐도 될까요? 어느 인류학 박물관이든 선생의 두개골 모형을 가져다 놓으면 훌륭한 장식이 될 것입니다. 듣기 좋은 말을 하려는 것이 아니라, 정말 선생님의 두개골은 탐이 납니다."

셜록 홈즈는 이 특이한 손님을 의자에 앉혔다.

"저도 그렇지만 모티머 선생도 무엇을 한번 시작하면 거기에 아주 푹 빠지는 분이신 것 같습니다. 검지를 보니 궐련을 피우시는 분이 분명하군요. 어서 한 대 태우십시오."

홈즈의 말에 모티머 선생은 종이와 담배를 꺼내더니 교묘한 손놀림으로 순식간에 담배를 말았다. 가늘게 떠는 그의 긴 손가락은 곤충의 더듬이처럼 예민해 보였다.

홈즈는 침묵하고 있었지만 쏘는 듯한 시선은 그가 이 묘한 손님에게 흥미를 느끼고 있다는 것을 보여주고 있었다. 홈즈가 마침내 입을 열었다.

"물론 선생께서는 제 두개골이나 관찰할 목적으로 어젯밤과 오늘 연속해서 이곳을 찾는 영광을 베푸신 것은 아니겠지요?"

"아, 그런 것은 아닙니다. 물론 홈즈 선생님의 두상을 관찰할 기회를 갖게 된 것이 기쁘긴 합니다만. 홈즈 선생님, 제가 여기 온 것은 저 자신이 별로 쓸모있는 사람이 못 된다는 사실을 깨달았기 때문입니다. 저는 갑자기 아주 중대하고, 또 이상한 일을 겪게 되었습니다. 저는 선생님이 유럽 제2의 전문가라는 사실을……."

"저런, 모티머 선생! 그런데 유럽 제일이라는 영광을 차지한 사람이 누구인지 물어봐도 되겠소?"

홈즈는 약간 무뚝뚝하게 물었다.

"엄밀한 과학적 정신의 소유자에게 베르티용(1853~1914년. 실존 인물로 파리 경찰의 범죄 감식 반장 — 옮긴이)의 작업은 항상 강렬한 호소력을 갖습니다."

"그렇다면 그 사람한테 가서 상담하는 게 더 낫지 않을까요?"

"홈즈 선생님, 저는 엄밀한 과학적 정신의 소유자에게 그렇다고 말씀드렸습니다. 그러나 현실의 문제에 관해서는 선생님이 단연 최고이십니다. 제가 아무 생각 없이 여길 찾아온 것은……."

"잠깐, 모티머 선생."

홈즈는 말했다.

"이제 본론으로 들어가는 것이 어떨까요? 제 도움이 필요한 문제가 어떤 것인지 간결하게 설명해 주신다면 고맙겠습니다."

바스커빌가의 저주

"제 주머니에는 필사한 문서가 하나 들어 있습니다."

제임스 모티머 선생이 말했다.

"선생이 이 방에 들어오실 때 그것을 보았습니다."

홈즈가 말했다.

"오래된 문서지요."

"위조한 것이 아니라면 18세기 초에 작성된 것입니다."

"아니, 그걸 어떻게?"

"그것이 선생의 주머니에서 삼사 센티미터가량 빠져나와 있어서 나는 선생이 말하는 동안 계속 그것을 관찰할 수 있었습니다. 문서의 작성 연대를 10년 안팎의 오차 범위 내에서 맞히지 못한다면 전문가라고 할 수 없지요. 나는 그런 주제에 대한 논문을 발표한 적도 있는데 그걸 읽어보셨는지 모르겠군요. 나는 그 문서의 작성 연대를 1730년으로 봅니다."

"정확한 연도는 1742년입니다."

모티머 선생은 셔츠 주머니에서 문서를 꺼냈다.

"이것은 세 달 전에 갑자기 비극적인 죽음을 맞이하여 데번 지방을 떠들썩하게 만든 찰스 바스커빌 경께서 제게 맡기신 것으로 바스커빌가에 대대로 전해 내려온 문서입니다. 저는 그분의 주치의이자 친구였습니다. 그분은 강인할 뿐 아니라 매사에 빈틈없고 현실적인 분이셨지요. 또 제가 그렇듯이 그다지 상상력이 풍부한 분은 아니었습니다. 그러나 경은 이 기록을 대단히 심각하게 받아들였고, 자신에게 다가올 그런 최후를 마음속으로 예견하고 계셨습니다."

홈즈는 손을 뻗어 문서를 받아 들고 그것을 무릎 위에 펼쳐놓았다.

"왓슨, 이것 좀 보게. 긴 's'와 짧은 's'를 번갈아 사용하고 있어. 문서의 작성 연대를 알아내는 데는 이런 점도 한 가지 지표가 된다네."

나는 홈즈의 어깨 너머로 잉크 색이 바랜 노란 종이를 들여다보았다. 꼭대기에는 '바스커빌관'이라고 쓰여 있었고 맨 밑에는 흘려 쓴 글씨로 '1742'라는 숫자가 큼직하게 박혀 있었다.

"이것은 무슨 보고서 같군요."

"그렇습니다. 그것은 바스커빌가에 전해 내려오는 어떤 전설에 대한 보고입니다."

"하지만 나는 선생께서 상담하고자 하시는 것이 좀 더 현대적이고 실제적인 문제인 줄 알았는데요?"

"그렇습니다. 아주 현대적이고 실제적일 뿐 아니라, 24시간 내에 판단을 내려야 하는 대단히 긴급한 문제입니다. 하지만 이 기록은 짧을뿐더러 제가 상담하고자 하는 사건과 관계가 깊습니다. 허락해 주신다면 제가 이것을 읽어보겠습니다."

홈즈는 할 수 없다는 듯 의자에 등을 기대고 양손을 포갠 다음 눈을 감았다. 모티머 선생은 밝은 쪽으로 문서를 펼쳐 들고 톤이 높은 갈라진 목소리로 다음과 같은 기이한 옛날이야기를 읽어나갔다.

바스커빌가의 개가 어떻게 출현했는지에 관해서는 설이 구구하다. 그러나 나는 휴고 바스커빌의 직계 자손이고, 이 이야기를 내 아버님으로부터 들었고 내 아버님은 또 당신의 아버님으로부터 이 이야기를 들으셨다. 내가 여기에 기술할 그 사건에 관해, 나는 그런 일이 정말 있었다는 것을 믿어 의심치 않는다. 그리고 나는 너희 아들들에게, 죄에 대해서 벌을 내리시는 정의의 신께서는 또한 가장 자비롭게 그것을 용서할 수도 있다는 것을, 아무리 호된 저주라도 기도와 속죄로 풀어내지 못할 것은 없다는 것을 알리고자 한다. 너희들은 이 이야기를 교훈 삼아 과거의 유산을 두려워하지는 말되 금후에는 심사숙고하여 신중하게 처신하는 법을 배우도록 하여라. 또한 우리 가문에 그토록 견디기 힘든 고통을 안겨준 그 혐오스러운 정열이 다시 발동하여 우리 집안을 파멸로 몰아넣는 일이 없도록 경계하여라.

그때는 청교도 혁명의 시대였다(박학하신 클래런던 경의 역사 기록이 그중 제일 볼만하니라.). 바스커빌 영지의 주인은 휴고 바스커빌이었는데 그의 사람 됨됨이가 누구보다 거칠고 상스러우며 신을 두려워할 줄 몰랐다는 것은 부인할 수 없는 사실이다. 사실 이웃 사람들은 그러한 점에 대해서는, 이 지역에 성인이 출현한 적이 없다는 사실에 비추어 그를 용서했을지도 모른다. 그러나 휴고 바스커빌에게는 어떤 방종하고 잔인한 기질이 있었고 그 때문에 그는 서부 지방에서 흉측한 망나니로 악명을 떨쳤다. 그런데 이 휴고라는 인물이 어쩌다가 바스커빌 영지 근처에서 땅을 자작하는 어느 자유농의 딸을 사랑(글쎄, 그다지도 음습한 정열이 그토록 찬란한 이름으로 불릴 수 있는지는 모르겠다만)하게 되었다. 그러나 행실이 바르기로 소문났던 어린 처녀는 휴고의 흉악한 이름을 두려워했던 까닭에 늘 그를 피하곤 했다. 그래서 어느 성 미카엘 축일에, 휴고는 놀고먹는 무뢰배 친구들 대여섯 명을 대동하고 처녀의 아버지와 오빠들이 집을 비운 틈을 타서 농장을 덮쳐 처녀를 납치했다. 휴고와 그 친구들은 처녀를 바스커빌 저택으로 끌고 와서 2층 방에 가둬놓았고, 밤마다 으레 하던 대로 떠들썩한 술판을 벌였다. 2층의 불쌍한 처녀는 온 신경을 곤두세우고 아래층에서 들려오는 노랫소리와 고함 소리, 차마 입에 담지 못할 욕지거리에 귀를 기울였을 것이다. 전해 오는 이야기에 따르면, 휴고 바스커빌이 술에 취해 있을 때 하는 말들은 그 말을 한 당사자까지 혼비백산하게 만들 정도였다고 했으니까. 공포가 극에 달하자 처녀는 마침내 한창때의 가장 용감한 남자라도 꺼려했을 일을 감행했다. 남쪽 벽을 덮고 있는 담쟁이덩굴(아직도 거기 있느니라.)을 타고 내려와 히스 꽃이 자라는 황무지 저쪽의 집을 향해 줄달음 치기 시작한 것이다. 처녀의 집은 바스커빌 저택에서 14킬로미터 넘게 떨어진 곳에 있었다.

그런데 잠시 후, 휴고가 포로에게 먹을 것과 마실 것(더 흉측한 것도 가지고 갔을 테지만)을 가져다주기 위해 2층으로 올라갔다. 그러나 새장은 텅 비고 새는 날아가고 없었다. 바로 그 순간 그의 속에 악마가 한 마리 들어앉게 된 성싶다. 휴고는 1층의 식당으로 뛰어 내려가 커다란 식탁 위로 뛰어올랐다. 포도주 병과 고기 접시가 난무하는 가운데, 그는 모든 친구들 앞에서 자신은 오늘 밤 그 계집을 다시 붙들기 위해서라면 악마에게 제 몸과 영혼이라도 바치겠노라고 울부짖었다. 흥청망청 즐기던 객들이 주인의 폭풍 같은 분노 앞에서 놀라 멍하니 서 있는 동안, 그중에서 좀 더 악질적인 자가, 아니 좀 더 술에 취한 자였는지도 모르겠다만, 사냥 개를 풀어놓으라고 외쳤다. 휴고는 당장 밖으로 뛰쳐나가 마부들에게 자신의 암말에 안장을 얹으라고 소리 지르는 한편 사냥개를 풀어놓고 개들에게 처녀의 손수건을 던져주라고 명령했다. 사냥개들을 길에 풀어놓자 교교한 달빛이 비치는 황무지는 순식간에 개 짖는 소리로 가득 찼다.

흥청망청 즐기던 객들은 순식간에 벌어진 일을 이해하지 못하고 잠시 멍하니 서 있었다. 그러나 이내 그들은 술 취한 정신으로 나마 황무지에서 벌어질 일이 어떤 것인지 깨닫게 되었다. 이제는 모든 일이 소란스럽게 진행되었다. 어떤 자는 권총을 가져오라고 소리쳤고, 어떤 자는 말을 끌어오라고 고함을 질렀다. 술을 더 가져오라고 악을 쓰는 치들도 있었다. 그러나 마침내 어느 정도 정신이 들자, 도합 열세 명의 망나니들은 말을 타고 추적에 나섰다. 달은 휘영청 밝았고, 이들은 처녀가 제집에 가기 위해 필시 택했으리라고 짐작되는 길로 나란히 말을 타고 내달렸다.

3킬로미터쯤 정도 달린 이들은 황무지에서 야간 번을 서는 양치기를 만나자 혹시 추적하는 사람을 보지 못했느냐고 소리쳐 물었다. 전해 오는 이야기에 따르면 말할 수 없을 만큼 겁에 질려 있던 그 양치기는 간신히, 자신은 그 불운한 처녀뿐만 아니라 그 뒤를 쫓아가는 사냥개들도 보았노라고 말했다. '제가 본 것은 그뿐만이 아닙니다요.' 양치기는 말했다. '검은 말을 탄 휴고 바스커빌이 제 곁을 지나가는데 그 뒤를, 신께서 제 곁에 오는 것도 금하셨을 무서운 사냥개 한 마리가 조용히 쫓아가고 있었습니다요.' 그러자 술 취한 시골 신사들은 양치기에게 냅다 욕을 퍼붓고 다시 달려가기 시작했다. 그러나 곧 그들은 간담이 서늘해지는 것을 느꼈다. 입에 하얀 거품을 문 검은 암말이 빈 안장에 고삐를 늘어뜨린 채 쏜살같이 달려와 옆을 지나쳐 갔기 때문이다. 섬뜩한 느낌이 들었던 이들은 서로 바짝 붙어서 달리기 시작했다. 만일 주변에 아무도 없었다면 이들은 기꺼이 말 머리를 돌려서 돌아갔을 터였다. 이런 모양으로 천천히 달리던 이들은 마침내 사냥개 떼를 만났다. 용맹하기 짝이 없는 명견들이었지만 지금은 깊은 구렁 앞에 떼로 모여 끙끙거리고 있었다. 어떤 개들은 꼬리를 내리고 슬금슬금 달아나고 있었고, 어떤 개들은 목덜미의 털을 곤두세운 채 눈앞의 협곡을 내려다보고 있었다.

너희들도 짐작할 터이지만, 출발할 때에 비하면 그래도 술이 많이 깬 패거리가 걸음을 멈추었다. 대개는 더 이상 나아가지 못하고 주춤거렸지만 그중 제일 용감한 셋이, 혹은 그중 술이 가장 덜 깬 치들이었는지도 모르겠다만 말을 타고 협곡 아래로 내려갔다. 협곡은 널따란 평지로 통해 있는데 그곳엔 이름 모를 옛사람들이 세워놓은 거대한 선돌 두 개가 놓여 있었다. 그 돌은 아직도 그곳에 가면 볼 수 있느니라. 휘영청 달은 밝은데 빈터 한가운데는 불운한 처녀가 피로와 공포로 인해 숨이 끊어진 채 쓰러져 누워 있었다. 그러나 용감무쌍한 세 술꾼을 기겁하게 만든 것은 처녀의 시체도, 그 옆에 누워 있는 휴고 바스커빌의 시체도 아니었다. 그것은 휴고의 몸뚱이를 딛고 올라서 그의 목을 물어뜯고 있는 무시무시한 짐승이었다. 덩치가 산만 한 검은 짐승은 생김새는 사냥개 같았지만 세상의 그 어느 개보다도 컸다. 그리고 세 사람이 쳐다보고 있는 동안에도 그것은 휴고 바스커빌의 목덜미를 물어뜯고 있었다. 그러다 그 짐승이 불길이 이는 눈과 피에 젖은 턱을 들어 세 사람을 바라보자 이들은 공포에 찬 비명을 지르며 말 머리를 돌려 달아났다. 세 사람은 끊임없이 비명을 지르며 황무지를 가로질러 삼십육계 줄행랑을 놓았다. 전해 오는 이야기에 따르면, 셋 중 하나는 그날 밤 안으로 죽었고 나머지 둘은 남은 평생을 폐인으로 지냈다고 한다.

아들들아, 바로 이것이 그 후부터 우리 가문에 그토록 큰 재앙을 가져왔다는 그 사냥개의 출현에 관한 이야기이다. 내가 이 이야기를 굳이 기록해 두는 것은 막연한 짐작과 추측으로 아는 것보다는 한 점 의혹 없이 밝히 아는 것이 덜 두렵기 때문이다. 또 우리 가문에서 유난히 많은 사람들이 원인 모르게 급사하거나 사고사를 당하는 불운을 겪은 것은 부인할 수 없는 사실이기도 하다. 그러나 우리는 우주 만물을 주재하시는 분의 무한한 자비로움에 몸을 의탁할 수 있으니, 그분께서는 서너 대 아래의 죄 없는 후손들을 언제까지나 벌하려고 하시지는 않을 것이다. 아들들아, 이로써 나는 너희들에게 악의 세력이 승하는 밤 시간에는 부디 황무지를 지나는 일을 삼가줄 것을 간곡히 권유하노라.

— 휴고 바스커빌의 후손으로 태어난 로저와 존에게, 누이 엘리자베스에게는 이 이야기를 반드시 비밀로 할 것을 당부하며.

모티머 선생은 이 기이한 이야기를 읽기를 마친 다음 안경알을 이마 위로 밀어 올리고 셜록 홈즈를 건너다보았다. 홈즈는 하품을 하고 담배꽁초를 벽난로 속에 던져 넣었다.

"그런데요?"

홈즈가 말했다.

"재미있는 이야기 아닙니까?"

"옛날이야기를 수집하는 취미가 있다면."

모티머 선생은 주머니에서 꼬깃꼬깃 접은 신문지를 꺼냈다.

"홈즈 선생님, 그러면 좀 더 최근의 사건에 대해 알려드리겠습니다. 이것은 올해 5월 14일 자 《데번 주 소식》입니다. 그 며칠 전에 찰스 바스커빌 경이 급사한 사건에 대한 간략한 기사가 실려 있습니다."

내 친구는 집중하는 표정으로 자세를 고쳤다. 손님은 안경을 고쳐 쓰고 다시 읽기 시작했다.

최근 찰스 바스커빌 경이 갑작스럽게 사망한 사건으로 인해 데번 주 전체가 술렁이고 있다. 찰스 경은 다음 선거에서 자유당을 대표하여 중부 데번 지역구에서 출마할 유력한 후보로 꼽혀온 인물이기도 하다. 비록 경이 바스커빌관에 기거한 기간은 길지 않았지만 그 온화하고 따뜻한 성품으로 인해 경을 알게 된 사람은 누구나 애정과 존경의 염을 품지 않을 수 없었다. 신흥 졸부들이 양산되는 이 시대에, 데번 주의 유서 깊은 가문의 후손이 스스로 재산을 일구어 한때 몰락했던 가문을 일으켜 세우기 위해 이곳에 다시 돌아온 것은 훈훈한 화젯거리였다. 주지하다시피, 찰스 경은 남아프리카로 건너가 투자하여 그곳에서 목돈을 거머쥐었고 적당한 시기에 이익을 거두어 영국으로 돌아오는 투자의 지혜를 발휘했다. 경이 바스커빌관에 거처를 정한 것은 2년 남짓밖에 안 되지만, 건물 보수 및 재건축에 관해 원대한 구상을 가지고 있었고, 이것이 경의 죽음으로 하루아침에 물거품이 되었다는 것은 널리 알려진 사실이다. 슬하에 자녀가 없었던 찰스 경은 살아생전에 자신이 모은 재산을 지역 전체를 위해 사용하고 싶다는 희망을 공개적으로 피력해 왔으니, 이는 많은 이들이 개인적으로 경의 때 이른 죽음을 애도해야 할 이유가 되기도 할 것이다. 본지에서는 경이 지역의 자선 단체에 관대하게 기부한 일을 빈번히 취재하여

보도해 왔다.

찰스 경의 사망과 관련된 제반 정황이 수사를 통해 완전히 밝혀졌다고 볼 수는 없으나, 적어도 이 지역의 미신에서 비롯된 소문이 근거 없다는 것은 밝혀졌다. 타살이나 초자연적 원인에 의한 죽음을 의심할 만한 이유는 전혀 없다. 일찍이 상처(喪妻)한 찰스 경은 남다른 기질의 소유자라고도 할 수 있을 터인데, 재산이 적지 않음에도 검소하게 생활해 왔고 바스커빌관에도 배리모어 부부 두 사람을 각각 집사와 가정부로 두었을 뿐이다. 배리모어 부부를 비롯하여 찰스 경의 여러 친구들은 경의 건강이 한동안 좋지 않았고, 특히 심장에 이상이 있었다는 사실을 이구동성으로 증언하고 있다. 경은 안색이 나빴고 호흡 곤란과 갑작스러운 우울증의 발병으로 고통받아 왔다고 한다. 고인의 친구이자 주치의인 제임스 모티머 박사도 같은 증언을 했다.

사건 자체는 단순하다. 찰스 바스커빌 경은 밤마다 잠자리에 들기 전에 바스커빌관의 유명한 주목(朱木) 산책로를 거니는 버릇이 있었다. 배리모어 부부의 증언에 따르면 이것은 경의 오랜 습관이었다. 5월 4일, 찰스 경은 배리모어 집사에게 다음 날 런던에 갈 예정이니 짐을 꾸려놓으라고 지시했다. 그리고 그날 밤 경은 밖에 나갔다. 경은 야간 산책을 하면서 도중에 담배를 피우는 습관이 있었기 때문이다.

그러나 경은 집에 돌아오지 않았다. 밤 12시, 배리모어는 그때까지 현관문이 열려 있는 것을 발견하고 깜짝 놀라 등불을 켜 들고 주인을 찾아 나섰다. 그날은 유난히 습도가 높았으므로 산책로에는 찰스 경의 발자국이 선명하게 찍혀 있었다. 수복 산책로의 중간쯤에는 황무지로 통하는 쪽문이 있는데 그곳에는 경이 한참 지체했던 흔적이 남아 있었다. 그러나 경은 다시 길을 따라 내려갔고, 산책로가 끝나는 지점에서 경의 시신이 발견되었다. 배리모어의 증언 가운데는 한 가지 설명되지 않은 사실이 있다. 그것은 경의 발자국이 황무지로 통하는 쪽문을 지난 다음부터 모양이 달라졌다는 것이다. 거기서부터는 마치 발꿈치를 들고 걸은 것처럼 보였다고 한다. 당시 그곳에서 별로 멀지 않은 황무지에는 머피라고 하는 집시 말 장수가 있었는데 그 자신의 고백에 따르면 술에 잔뜩 취해 있었다고 한다. 그는 비명 소리를 들었지만 그 소리가 어느 방향에서 들려왔는지는 알 수 없다고 진술했다. 찰스 경의 몸에선 외상이 전혀 발견되지 않았지만, 모티머 박사의 증언에 따르면 경의 얼굴이 너무도 심하게 일그러져 있어서 처음에 박사는 눈앞에 누워 있는 사람이 바로 자신의 환자이며 친구라는 사실을 알아보기 힘들 정도였다고 한다. 그러나 심장마비로 사망했거나 호흡 곤란이 있었을 때에는 이러한 현상이 드물지 않게 나타난다고 한다. 부검을 통해 고인이 만성 질환을 앓고 있다는 사실이 드러났고, 검시 배심원단은 이러한 의학적 판단을 근거로 판결을 내렸다. 이것은 그나마 다행스러운 일인 바, 찰스 경의 상속자가 바스커빌관에 정주(定住)하여 안타깝게 중단된 선업을 계속하기 위해서 이것은 매우 중요하기 때문이다. 부검의가 합리적인 판단을 통해, 이 사건과 관련하여 항간에 떠도는 여러 허무맹랑한 이야기에 일침을 가하지 않았다면 바스커빌관의 주인을 찾는 일은 지난한 작업이 되었을 것이다. 지금까지 알려진 바에 따르면, 상속자는 찰스 바스커빌 경의 아우님의 아드님 되시는 헨리 바스커빌 씨이다. 헨리 바스커빌 씨는 현재 미국에서 거주하는 것으로 알려져 있는데 그를 찾는 작업이 활발하게 진행되고 있는 바, 곧 막대한 상속 재산에 관해 상속자에게 통지할 수 있게 될 전망이다.

모티머 선생은 신문을 접어서 다시 주머니에 집어넣었다.

"홈즈 선생님, 여기까지가 찰스 바스커빌 경의 죽음에 관해 알려진 공식적인 사실입니다."

"먼저 감사의 말씀을 드려야겠군요."

셜록 홈즈가 말했다.

"명백히 흥미를 끄는 요소들이 있는 사건에 대해 이렇게 알려 주셨으니 말입니다. 나도 그 사건에 관한 기사를 읽은 기억이 납니다만 나는 그때 바티칸 카메오 사건을 해결하느라 영국 내의 흥미로운 사건들에 주목하지 못했습니다. 교황 성하에게 봉사하느라 마음이 바빴던 거지요. 그런데 이 기사가 공식적으로 알려진 사실의 전부입니까?"

"그렇습니다."

"그러면 이제는 비공식적인 사실에 대해 말씀해 주시지요."

홈즈는 몸을 젖히고 손을 포갰다. 그의 얼굴에 대단히 냉정하고 침착한 표정이 떠올랐다.

"그렇게 하겠습니다."

모티머 선생은 아까부터 흥분을 억누르지 못하고 있었다.

"제가 이제 털어놓으려는 얘기는 아무에게도 한 적이 없는 얘기입니다. 검시관이 수사할 때도 이 얘기를 털어놓지 않은 것은, 과학자로서 공개적으로 대중의 미신에 영합하는 태도를 취할 수 없었기 때문입니다. 게다가 신문 기사에도 나온 것처럼, 바스커빌관에 대해 그렇잖아도 꺼림칙한 얘기들이 떠도는 판국에 그런 선입견을 조장하는 얘기를 했다가는 그곳에 들어가 살 사람이 아무도 없을 것 같았지요. 그래서 저는 제가 아는 것의 일부에 대해 입을 다물고 있는 편이 낫다고 생각했습니다. 얘기를 다 해봤자 별 실익이 없을 게 뻔했으니까요. 하지만 홈즈 선생님에게라면 솔직히 털어놓지 않을 이유가 없습니다.

황무지에는 극히 적은 세대만이 살고 있기 때문에 가까이 사는 이웃들은 금세 친해집니다. 제가 찰스 바스커빌 경을 자주 뵙게 된 것은 다 그 때문이지요. 또 래프터관의 프랭클랜드 씨와 박물학자인 스태플턴 씨를 빼면 인근에는 이렇다 하게 교육받은 사람들이 없었지요. 찰스 경은 원래 조용한 분이었지만 병을 앓으면서 저와 가까워졌습니다. 또 과학에 대한 관심이 서로 비슷해서 우린 더욱 친해졌지요. 그분은 남아프리카에서 상당한 양의 과학적 정보를 수집해 오셨습니다. 그래서 우리는 저녁때 만나서 부시맨과 호텐토트 부족 간의 비교 해부학에 대해 토론하며 즐거운 시간을 보낸 적이 많았지요.

지난 몇 달 동안, 제 눈에는 찰스 경의 신경이 점점 날카로워져서 폭발 직전의 상태에 이른 것이 분명하게 보였습니다. 찰스 경은 가문에 내려오는 전설을 마음속으로 심각하게 받아들이고 있었지요. 경이 영지 안을 산책하긴 했지만 한밤중에 당신을 황무지로 유혹할 만한 것은 전혀 없었는데도 말입니다. 선생님은 이해하기 힘드시겠지만 그분은 바스커빌가의 후손들에겐 어떤 두려운 운명이 예비되어 있다는 것을 마음 깊이 확신하고 있었습니다. 경은 윗대 조상들의 기록만 봐도 알 수 있다고 생각하셨지요. 그분은 어떤 초자연적 존재에 대한 생각을 그치지 않았고 제게도 밤에 왕진을 다니다가 어떤 괴물을 본 적은 없는지, 또는 사냥개가 울부짖는 소리를 들은 적은 없는지에 대해 여러 차례 물었지요. 경은 사냥개에 관한 질문을 여러 번 되풀이했는데 그때마다 경의 목소리는 흥분으로 떨려 나왔습니다.

저는 그 운명적인 사건이 있기 3주 전에 바스커빌관에 갔던 일을 기억합니다. 저녁 무렵이었는데 경은 그때 마침 현관에 나와 계셨습니다. 이륜마차에서 내려 경에게 다가가던 저는 그분이 제 뒤쪽을 뚫어지게 쳐다보고 있다는 사실을 깨달았습니다. 그분의 얼굴은 공포에 질려 있었지요. 재빨리 뒤를 돌아본 저는 커다란 검정 송아지 한 마리가 저 위쪽을 지나가는 모습을 얼핏 보았습니다. 경이 상당히 놀라고 흥분한 듯했으므로 저는 송아지가 지나간 길로 나가보지 않을 수 없었지요. 송아지는 이미 가고 없었지만 그 사건은 그분의 마음에 최악의 충격을 준 것 같았습니다. 저는 저녁 내내 그분 곁을 지켰지요. 찰스 경이 당신의 심경을 솔직히 털어놓고 아까의 문서를 제게 맡긴 것도 바로 그때였습니다. 그 일을 굳이 말씀드리는 것은, 그다음에 일어난 비극적인 사건에 비추어보았을 때 그 일이 상당히 의미심장하다고 느껴지기 때문입니다. 하지만 그 당시에 저는 그 일에 대해 별다른 의미를 부여하지 않았고 경의 두려움을 근거 없는 것으로 치부해 버리고 말았습니다.

찰스 경은 저의 권유에 따라 런던에 가기로 결정했습니다. 저는 그분의 심장이 약하다는 사실을 알고 있었고, 또 아무리 근거 없는 것이라 해도 그렇게 끊임없는 불안 속에서 살다가는 큰 탈이 날 게 뻔했습니다. 저는 몇 달이라도 도시의 정신없는 생활 속에 묻혀 있다 보면 경이 완전히 새사람이 될 거라고 생각했습니다. 경의 몸 상태에 대해 저와 걱정을 나누던 스태플턴 씨도 같은 의견이었지요. 그런데 마지막 순간에 무서운 파국이 온 것입니다.

그날 밤, 집사 배리모어는 마부 퍼킨스 편에 찰스 경의 사망 소식을 전해 왔습니다. 마침 저는 밤늦게까지 자지 않고 있었기 때문에 사건이 일어난 지 한 시간 안에 바스커빌관에 도착할 수 있었지요. 저는 아까의 신문 기사에 난 모든 사실을 직접 확인했습니다. 저는 발자국을 따라 주목 산책로를 내려갔습니다. 황무지로 통하는 쪽문 앞에 이르자 경이 그곳에서 한참 지체했던 흔적이 남아 있었습니다. 또 그 지점에서부터 발자국의 모양이 변했다는 것도 확인할 수 있었지요. 저는 자갈이 깔린 길 위에 집사의 발자국 외에 다른 사람의 발자국은 없다는 것까지 눈여겨본 다음에 조심스럽게 시신을 검사하기 시작했습니다. 시신은 그때까지 전혀 손대지 않은 상태였습니다. 경은 땅에 엎드린 자세로 쓰러져 있었고 두 팔을 벌린 채 손톱을 땅에 박고 있었습니다. 어떤 강렬한 감정으로 인해 심한 안면 경련을 일으킨 듯했는데 그 때문에 얼굴을 알아보기가 힘들 정도였습니다. 몸에 외상이 라곤 전혀 없었지요. 그러나 수사 과정에서 배리모어 집사는 한 가지 틀린 진술을 했습니다. 집사는 시신 주변에 다른 발자국은 전혀 없었다고 말했습니다. 다른 것을 전혀 보지 못했던 것입니다. 그러나 저는 보았습니다. 그것은 시신에서 약간 떨어진 위치에, 그러나 아주 선명하게 찍혀 있었지요."

"발자국이?"

"발자국이."

"남자 발자국이었습니까, 아니면 여자 발자국이었습니까?"

모티머 선생은 일순 야릇한 표정으로 우리를 응시했다. 그리고 들릴락 말락 한 목소리로 대답했다.

"홈즈 선생님, 그것은 엄청나게 큰 개의 발자국이었습니다!"

문제

나는 그 말을 듣고 온몸에 소름이 끼쳤다는 것을 고백한다. 모티머 선생 자신도 심하게 동요한 듯 목소리가 떨려 나왔다. 홈즈는 흥분해서 몸을 내밀었는데 눈빛이 번쩍거리는 품이 뜨거운 호기심을 느끼고 있는 듯했다.

"선생께서 보셨습니까?"

"제 눈으로 똑똑히 봤습니다."

"그런데 그것에 관해 아무 말도 안 하셨다고요?"

"말해 봤자 무슨 소용이 있겠습니까?"

"다른 사람들은 그 발자국을 전혀 보지 못했다고 진술한 것은 어떻게 된 일입니까?"

"개의 발자국은 시신에서 18미터가량 떨어져 있었고 그래서 아무도 그것에 신경 쓰지 않았지요. 저도 그 전설을 몰랐다면 그렇게까지 샅샅이 살피지는 않았을 겁니다."

"황무지에는 양치기 개들이 많지 않습니까?"

"많지요. 하지만 그것은 양치기 개의 발자국이 아니었습니다."

"발자국이 아주 컸다고 하셨지요?"

"엄청나게."

"그런데 그 발자국이 시신에 접근하지는 않았다고요?"

"예."

"그날 밤 날씨는 어땠습니까?"

"습기 차고 쌀쌀했지요."

"비가 내리진 않았고요?"

"예."

"산책로는 어떻게 생겼습니까?"

"늙은 주목이 길 양쪽으로 빈틈없이 늘어서 있습니다. 주목 울타리의 높이는 3.6미터 정도 되는데 밖에서 뚫고 들어갈 수 없을 만큼 나무가 빽빽하게 우거져 있지요. 그 가운데로 폭이 2.5미터가량 되는 산책로가 나 있습니다."

"울타리와 산책로 사이에 다른 건 없나요?"

"산책로 좌우로 폭 2미터가량의 풀밭이 있습니다."

"주목 울타리 안으로 들어갈 수 있는 문이 한 군데 있다고 하셨지요?"

"예. 황무지로 통하는 쪽문이 있습니다."

"다른 개구멍 같은 건요?"

"없습니다."

"그렇다면 주목 산책로 안으로 들어서려면 바스커빌관을 통하거나 황무지의 쪽문을 이용할 수밖에 없겠군요?"

"산책로 맨 끝에 여름 별장으로 통하는 출구가 있습니다."

"찰스 경은 그곳까지 갔나요?"

"아니요. 그분은 여름 별장에서 50미터가량 못 미친 곳에 쓰러져 있었습니다."

"그렇다면, 모티머 선생, 이 점이 제일 중요한데 선생이 발견한 개 발자국은 분명히 풀밭이 아니라 산책로 위에 찍혀 있었습니까?"

"풀밭에는 발자국이 찍히지 않습니다."

"개의 발자국은 황무지 쪽으로 나 있었습니까?"

"예. 개 발자국은 산책로 가장자리에 찍혀 있었는데 황무지와 가까운 쪽이었지요."

"대단히 흥미로운 사건이군요. 한 가지 더. 그 쪽문은 닫혀 있었나요?"

"닫힌 채 자물쇠가 채워져 있었습니다."

"쪽문의 높이는 얼마나 됩니까?"

"한 1미터쯤."

"그러면 그 문을 뛰어넘는 건 식은 죽 먹기겠군요?"

"예."

"그런데 쪽문 옆에 다른 발자국은 없었습니까?"

"특별한 건 없었습니다."

"맙소사! 그곳을 조사해 본 사람이 없었나요?"

"아니요, 제가 조사해 보았습니다."

"그런데 아무것도 없었다고요?"

"그게 정말 이상했습니다. 찰스 경은 그곳에서 5분이나 10분 가량 지체했던 것이 틀림없거든요."

"그걸 어떻게 알았지요?"

"그분의 시가에서 떨어진 담뱃재가 수북했으니까요."

"훌륭해요! 탐정 못지않군요. 그런데 발자국은?"

"찰스 경은 쪽문 옆의 자갈길에 자신의 발자국을 무수히 남겨놓았습니다. 하지만 다른 사람의 발자국은 눈에 띄지 않았습니다."

셜록 홈즈는 못 참겠다는 듯 무릎을 쳤다.

"내가 거기 있어야 했던 건데!"

홈즈는 탄식했다.

"정말 흥미진진한 사건인데 말이야. 과학적으로 사고하는 전문가에게는 흔치 않은 기회였을 텐데. 내가 그 자갈길 위에 있었더라면 수많은 것을 읽어냈겠지만, 지금 그 길은 빗물에 씻기고 호기심에 가득한 농부들의 발에 짓밟힌 지 오래일 테니……. 아, 모티머 선생, 모티머 선생, 왜 날 부르지 않으셨소! 풀지 못한 의혹이 너무나 많군요."

"홈즈 선생님, 제가 선생님을 불렀다가는 세상이 다 그 일을 알게 되었을 겁니다. 하지만 아까 말씀드렸다시피 저는 그렇게 되는 것을 원치 않았습니다. 게다가, 게다가……."

"무슨 말이기에 그렇게 망설이십니까?"

"아무리 명석하고 경험이 풍부한 탐정이라 할지라도 어떻게 손써 볼 수 없는 영역이 있으니까요."

"그것은 어떤 초자연적인 존재가 있다는 의미입니까?"

"아니, 꼭 그런 것은 아닙니다."

"아니요, 선생은 그런 생각을 하고 있는 것이 분명하군요."

"홈즈 선생님, 그 비극적 사건이 있은 후에, 저는 자연법칙과 도저히 양립할 수 없는 몇몇 사건들에 대한 이야기를 듣게 되었습니다."

"예를 들면?"

"그 무서운 사건이 있은 뒤에 저는 황무지에 어떤 괴물이 출현했다는 얘기를 들었습니다. 그것은 과학적으로 확인된 어떤 짐승과도 닮지 않은, 바스커빌가의 전설에 나오는 악마라고 할 수밖에 없는 괴물이었지요. 그 괴물을 목격한 사람들은 이구동성으로 그것이 엄청나게 크고 빛을 뿜어내는 유령 같은 짐승이었다고 했습니다. 저는 목격자들을 일일이 만나보았지요. 그중 한 사람은 완고하기 짝이 없는 시골 사람이고, 또 한 사람은 편자공, 또 한 사람은 황무지의 농사꾼이었는데 한결같이 무서운 유령을 보았다고 하더군요. 그들이 본 것은 전설에 나오는 지옥의 개 바로 그것이었습니다. 분명한 것은 현재 그 지역에 공포심이 만연해 있다는 것입니다. 소심한 치들은 밤중에 황무지를 지나다니지도 못하지요."

"그러면 과학을 신봉하는 모티머 선생께서는 그 짐승이 초자연적 존재라는 얘기를 믿으십니까?"

"도대체 뭘 믿어야 할지 잘 모르겠습니다."

홈즈는 어깨를 으쓱했다.

"지금까지 내 조사는 이 세계에 한정된 것이었습니다."

홈즈는 말했다.

"나는 합리적인 방식으로 악에 맞서왔고, 그래서 악마와 싸우는 일은 내게 지나치게 야심에 찬 과제일 것 같습니다. 하지만 모티머 선생께서도 개 발자국이 물리적으로 존재했다는 점은 인정하시겠지요?"

"전설 속의 개도 물리적으로 존재했으니 한 남자의 목덜미를 물어뜯을 수 있었겠지요. 하지만 그 개는 또한 악마적이기도 했습니다."

"이제 보니 선생은 초자연주의의 편으로 넘어간 것이 틀림없습니다그려. 하지만 모티머 선생, 그런 생각을 가지고 있으면서 나에게 상담하러 온 이유는 대체 무엇입니까? 찰스 경의 죽음에 대해 조사해 봤자 소용없다고 해놓고, 이제 와서 뒤늦게 조사를 의뢰하는 겁니까?"

"저는 찰스 경의 죽음에 대해 조사해 달라고 말한 적이 없습니다."

"그러면 어떻게 도와드릴까요?"

"헨리 바스커빌 경이 워털루 역에 도착하면 제가 어떻게 해야 하는지에 대해 조언해 주십시오."

모티머 선생은 시계를 들여다보았다.

"꼭 한 시간 15분 남았습니다."

"그분이 상속자인가요?"

"그렇습니다. 찰스 경이 사망한 다음부터 이 젊은 신사분을 찾기 시작했습니다. 알고 보니 캐나다에서 농사를 짓고 있더군요. 우리 손에 들어온 보고서에 따르면 그분은 어느 모로 보나 나무랄 데 없는 분이십니다. 저는 지금 의사로서가 아니라 찰스 경의 대리인이자 유언 집행인으로서 말씀드리는 것입니다."

"다른 상속자는?"

"없습니다. 우리가 알아낸 바에 따르면 불운한 찰스 경은 3형제의 장남이었습니다. 둘째 아우는 일찍 죽었는데 그가 남겨놓은 혈육이 바로 이 헨리라는 젊은이지요. 막내인 로저는 집안의 골칫덩이였답니다. 유서 깊은 바스커빌가의 후손으로 태어난 로저는 가문의 전설에 등장하는 휴고 바스커빌과 쌍벽을 이룬다고 할 정도였답니다. 로저는 온갖 못된 짓을 한 끝에 더 이상 이곳 영국에서 살 수 없게 되자 중앙아메리카로 달아났습니다. 그리고 1876년에 그곳에서 황열병으로 죽었지요. 헨리는 바스커빌가의 마지막 적자입니다. 한 시간 5분 뒤에 저는 워털루 역에서 헨리 경을 만나게 됩니다. 저는 오늘 아침에 헨리 경에게서 사우샘프턴에 도착했다는 전보를 받았습니다. 자, 홈즈 선생님, 제가 이제 어떻게 하면 좋을까요?"

"헨리 경이 조상 대대로 물려온 그 집으로 들어가면 안 되는 겁니까?"

"그렇게 하는 게 자연스럽긴 합니다. 하지만 저택에 들어간 바스커빌의 후예는 한결같이 불행한 운명을 맞았습니다. 찰스 경이 사망하기 전에 제게 말을 할 수 있었다면 그분은 틀림없이 가문의 유일한 적자이자 거대한 부의 상속인인 헨리 경을 그 죽음의 저택으로 데려오지 말라고 했을 것입니다. 하지만 인근의 헐벗은 지역민들의 장래가 바스커빌관의 운명에 달려 있는 것도 부인할 수 없는 사실입니다. 바스커빌관을 비우게 된다면 찰스 경이 추진해 온 모든 자선 사업은 중단되고 말 것입니다. 저는 저 자신의 이해관계로 인해 이 일에 대해 객관적인 태도를 취하지 못할까 봐 걱정입니다. 제가 이곳에 찾아와 선생님의 조언을 구하는 것은 바로 그 때문입니다."

홈즈는 잠시 생각에 잠겼다.

"간단히 말하면 문제는 이런 것이군요."

홈즈는 말했다.

"선생께서 보시기에 다트무어의 황무지에는 어떤 악마적인 힘이 있어서 바스커빌가 사람이 그곳에 사는 것은 위험하다는 것이지요?"

"제 말은 적어도 그에 대한 증거가 있다는 것입니다."

"좋습니다. 하지만 선생의 초자연주의적인 설명이 맞는다면 헨리라는 젊은이는 데번에 있으나 런던에 있으나 위험하기는 매한가지일 것입니다. 악마가 무슨 교구 위원회처럼 정해진 지역에서만 세력을 행사한다는 것은 어불성설이니까요."

"홈즈 선생님, 선생님은 문제를 좀 가볍게 보시는군요. 하지만 선생님께서 그런 일을 직접 접하셨다면 생각이 달라졌을 것입니다. 그러면 선생님께서는 헨리 경이 런던에 있으나 데번에 있으나 매일반이라고 생각하시는 건가요? 헨리 경은 50분 후에 도착합니다. 어떻게 하는 게 좋을까요?"

"선생, 우선 마차를 불러서 우리 집 현관문을 긁어대고 있는 저 스패니얼을 데리고 워털루 역으로 가십시오."

"그다음에는요?"

"그다음에는 내가 그 문제에 대한 검토를 끝낼 때까지 헨리 바스커빌 경에게 한마디도 하지 마세요."

"시간이 얼마나 걸릴까요?"

"24시간입니다. 모티머 선생, 내일 10시에 이리로 와주시면 정말 감사하겠습니다. 그리고 헨리 바스커빌 경과 함께 오신다면 앞으로의 계획을 세우는 데 큰 도움이 되겠습니다만."

"그렇게 하겠습니다, 홈즈 선생님."

모티머 선생은 셔츠 소맷동에다 약속 시간을 갈겨쓰고 그 이상한, 살피는 것 같기도 하고 방심한 것 같기도 한 태도로 서둘러 방을 나갔다. 홈즈는 층계참에서 그를 불러 세웠다.

"모티머 선생, 한 가지만 더 묻겠습니다. 찰스 바스커빌 경이 사망하기 전에 황무지에서 유령을 본 사람들이 있다고 하셨지요?"

"모두 세 사람입니다."

"그다음에도 그것을 본 사람이 있습니까?"

"그다음에는 그런 얘기를 들어본 적이 없습니다."

"감사합니다. 안녕히 가십시오."

마음에 꼭 드는 일을 맡게 되었을 때 으레 그렇듯, 홈즈는 내심 만족의 빛이 가득한 조용한 얼굴로 다시 자리에 앉았다.

"외출할 건가, 왓슨?"

"자네를 도울 만한 일이 별로 없을 것 같아서."

"자네 말이 옳으이. 자네의 도움이 필요한 것은 행동에 돌입해야 할 때지. 하지만 어떤 점에서 보면 지금 이 시간은 내게 가장 빛나는 시간이라네. 가는 길에 브래들리네 가게에 들러서 제일 독한 담배 500그램만 이리로 올려 보내라고 일러주게. 고맙네. 물론 자네가 저녁때까지 집을 비워주면 편리할 걸세. 그리고 밤에 만나서 오늘 아침에 접수한 이 흥미로운 사건에 대한 견해를 나눌 수 있다면 좋겠지."

나는 내 친구가 모든 증거의 편린을 모아 경중을 나누고 여러 가지 가설을 세워본 다음 그것들을 서로 견주어보고 본질적인 것과 사소한 것을 구분하고 판단하는, 고도로 집중하는 시간에는 누구의 방해도 받지 않고 혼자 있을 필요가 있다는 것을 잘 알고 있었다. 그래서 나는 하루 종일 클럽에 나가 시간을 보냈고 저녁 늦게야 베이커가로 돌아왔다. 거실에서 홈즈와 다시 한번 마주 앉은 것은 거의 9시가 다 된 시각이었다.

거실 문을 열었을 때 나는 집에 불이라도 난 줄 알았다. 방에는 연기가 자욱해서 탁자 위의 등잔불이 흐려 보일 정도였다. 그러나 방에 들어선 나는 코를 찌르는 매운 연기가 사실은 지독한 담배 연기라는 사실을 깨닫고 마음을 놓았다. 나는 기침을 터뜨렸다. 홈즈가 실내복 차림으로 검은색 도자기 파이프를 입에 문 채 안락의자에 비스듬히 앉아 있는 모습이 연기 속에서 뿌옇게 보였다. 주위에는 종이 두루마리 몇 뭉치가 흩어져 있었다.

"감기 걸렸나, 왓슨?"

홈즈가 물었다.

"아니, 이 독한 공기 때문이야."

"자네 말을 들으니 실내 공기가 꽤 탁한 것 같군."

"탁하다고? 숨 쉬기 힘들 정도라네."

"그럼 창문을 열게! 자네는 하루 종일 클럽에 가 있었군."

"놀라워!"

"어떤가, 내 말이 맞지?"

"그렇다네. 그런데 어떻게?"

홈즈는 내가 어리둥절한 표정을 짓자 껄껄 웃었다.

"왓슨, 자네한테는 아주 귀엽고 천진한 구석이 있다네. 그래서 내가 가진 작은 능력을 발휘해서 자네를 놀라게 하는 것은 정말 재미있지. 생각해 보게, 비가 와서 길이 온통 진창이 된 날 한 신사가 외출했네. 그런데 그 신사는 모자와 신발에 흙탕물 한 방울 묻히지 않은 깨끗한 모습으로 저녁때 귀가했어. 하루 종일 어딘가에 틀어박혀 있다가 돌아온 것이 틀림없지. 그런데 그에게는 친한 친구가 없다네. 그러면 그 신사는 어디에 있다가 온 것일까? 뻔한 것 아닌가?"

"그렇군, 확실히 그래."

"세상은 명백한 것들로 가득 차 있지만 아무나 다 그것을 볼 수 있는 것은 아닐세. 자네는 오늘 내가 어디에 있었다고 생각하나?"

"자네도 이곳에 틀어박혀 있었겠지."

"틀렸네. 나는 데번에 갔었다네."

"마음속으로?"

"그렇지. 내 몸은 이 의자에 앉아 있었지만, 마음이 여행을 떠난 사이에 유감스럽게도 커피를 두 주전자나 마시고 줄담배를 피워댔지. 자네가 외출한 뒤에 나는 스탬퍼드 상점에 사람을 보내서 데번 지방의 지도를 구해 왔네. 내 마음은 하루 종일 그곳을 배회했지. 그래도 길을 제대로 찾을 수 있었으니 마음이 뿌듯하이."

"대축척 지도겠지?"

"그렇지, 아주 큰 지도야."

홈즈는 한 장의 지도를 무릎 위에 펼쳐놓았다.

"이곳이 우리가 주목하고 있는 지역일세. 가운데 있는 것이 바스커빌관이라네."

"주변에 숲이 있군."

"그래. 이 지도에는 표시되어 있지 않지만, 나는 그 주목 산책로가 이 선을 따라 뻗어 있을 거라고 생각하네. 보다시피 그 오른쪽에 있는 게 황무지일세. 이쪽의 작은 건물들은 친애하는 모티머 선생이 살고 있는 그림펜 마을이고. 보다시피 여기서 반경 8킬로미터 안쪽에는 몇 집이 드문드문 있을 뿐이라네. 이 집이 모티머 선생이 언급한 래프터관이야. 여기 이 집은 스태플턴이라던가 하는 박물학자의 집이고. 이쪽에 있는 게 황무지의 하이 토르와 폴미르 농장이네. 그리고 여기서 20킬로미터 떨어진 곳에 기결수를 수용하는 프린스타운 교도소가 있네. 그 사이에 흩어진 점들은 버려진 황무지를 나타내지. 비극이 벌어진 무대가 바로 이곳이고, 그 비극이 어떤 것이었는지 우리가 밝혀내야 할 공간도 바로 이곳이라네."

"황량한 곳이겠군."

"그래. 무대 장치로는 이상적이지. 만일 악마가 인간사에 간섭하려고 작심했다면 말일세."

"그렇다면 자네도 그 초자연주의적인 설명에 마음이 기운 것인가?"

"악마의 대리자는 피와 살로 된 육신을 가지고 있을 것이네. 그렇지 않은가? 가장 기본적인 의문은 두 가지일세. 하나는 애당초 어떤 범죄 행위가 있었는지 여부, 또 하나는 범죄 행위가 있었다면 그것이 어떤 것이고 어떤 방식으로 저질러졌는가 하는 것이지. 물론 모티머 선생의 추측이 옳다면 우리는 초자연적인 힘과 맞서고 있고, 그렇다면 우리의 조사는 그것으로 끝일세. 하지만 모티머 선생의 의견에 동조하기 전에 우리는 모든 가설을 다 규명해 봐야 하네. 그런데 이제 저 창문을 좀 닫는 게 어떨까? 물론 내가 유난스러운 편이긴 해. 그렇지만 밀폐된 공기는 생각을 집중하는 데 도움이 되거든. 물론 내가 생각을 집중하기 위해 상자 속으로 기어든 적은 없지만 밀폐된 곳일수록 좋다네. 그런데 자네는 이 사건에 대해서 생각 좀 해보았나?"

"응, 하루 종일 생각해 봤지."

"그래, 결론이 뭔가?"

"정말 당황스러운 사건이라는 거야."

"이것은 상당히 특이한 사건임에 틀림없네. 그런데 몇 가지 눈에 띄는 대목이 있어. 예를 들면, 중간에 발자국의 모양이 바뀐 것. 자네는 그것에 대해 어떻게 생각하나?"

"모티머 선생은 찰스 경이 중간 지점부터 발꿈치를 들고 걸은 것 같다고 했네."

"모티머 선생은 어떤 바보가 조사관에게 한 말을 그대로 옮겼을 뿐일세. 대체 발꿈치를 들고 산책로를 걸어야 할 이유가 뭐란 말인가?"

"그러면 어떻게 된 거지?"

"뛴 거야, 왓슨. 찰스 경은 살기 위해, 필사적으로, 심장이 터져 고꾸라질 때까지 뛰고 또 뛰었던 것일세."

"무엇에 쫓기고 있었나?"

"문제는 바로 그것일세. 찰스 경은 뜀박질을 하기 전에 공포심에 사로잡혔던 것이 틀림없어."

"어떻게 그렇게 말할 수 있지?"

"난 찰스 경에게 공포를 안겨준 것이 황무지 쪽에서 나타났을 거라고 추측하고 있네. 만약 그것이 사실이라면, 찰스 경은 혼비백산한 상태에서 집을 향해서가 아니라 집과 반대되는 방향으로 뛰기 시작했던 것일세. 그 집시의 증언이 사실이라면 찰스 경은 도와줄 이가 나타날 리 없는 방향으로 뛰어가면서 도와달라고 소리쳤던 것이네. 그런데 찰스 경은 그 밤에 누구를 기다리고 있었을까? 그리고 도대체 무엇 때문에 자기 집을 놔두고 산책로에서 그를 만나려고 했을까?"

"자네는 찰스 경이 누굴 기다리고 있었다고 생각하나?"

"찰스 경은 적지 않은 나이에 건강도 좋지 않았어. 아무리 저녁마다 산책하는 습관이 있다 해도 땅은 젖어 있었고 밤공기는 쌀쌀했지. 모티머 선생이 담뱃재를 보고 추리한 것처럼(이 점에 대해서는 모티머 선생의 실제적인 감각을 좀 더 칭찬해 줬어야 했는데) 찰스 경이 5분이나 10분 정도 서서 기다렸다고 보는 게 자연스럽지 않을까?"

"하지만 찰스 경은 매일 밤 산책을 했네."

"나는 경이 매일 밤 황무지로 통하는 쪽문 앞에서 누굴 기다렸다고 생각하지는 않네. 오히려 경이 황무지에 가까이 가는 걸 꺼렸다는 증거가 있지. 그날 밤 경은 쪽문 앞에서 누군가를 기다렸네. 그것은 경이 런던에 가기로 한 바로 전날 밤이었어. 이제야 가닥이 잡히는군. 전후 맥락이 이해가 돼. 왓슨, 그 바이올린 좀 집어주게. 이 사건은 내일 아침 모티머 선생과 헨리 바스커빌 경을 만날 때까지 잠시 접어두는 게 좋겠어."

헨리 바스커빌 경

우리는 일찌감치 아침 식사를 끝냈고, 홈즈는 실내복 차림으로 약속된 만남을 기다렸다. 손님들은 약속 시간을 정확하게 지켰는데, 모티머 선생이 젊은 준남작과 함께 방에 들어서자마자 벽시계가 10시를 알렸다. 헨리 바스커빌 경은 서른 살가량의 나이에 행동거지가 민첩한 사나이였다. 키는 작았지만 몸은 다부져 보였고 숯으로 그린 듯 짙은 눈썹에 검은 눈동자, 싸움꾼처럼 강한 얼굴을 하고 있었다. 빨간 트위드 정장을 입은 그는 얼굴이 그을린 것으로 보아 주로 야외에서 활동하는 것 같았고, 침착한 눈빛과 자신감 넘치는 조용한 태도가 그의 사람 됨됨이를 말해 주고 있었다.

"이쪽은 헨리 바스커빌 경이십니다."

모티머 선생이 말했다.

"예, 제가 헨리 바스커빌입니다."

그가 말했다.

"참 이상한 일이군요, 홈즈 선생님. 만약 오늘 아침 내 친구가 여기 오자고 하지 않았다면 내 발로 찾아왔을 겁니다. 선생께서는 어려운 문제를 잘 해결하신다고 들었는데, 오늘 아침에 내 머리로는 도저히 이해되지 않는 문제가 생겼거든요."

"헨리 경, 부디 이리로 앉으십시오. 그런데 방금 하신 말씀은 런던에 도착한 뒤에 어떤 이상한 일을 겪었다는 뜻입니까?"

"뭐, 그렇게 큰일이라고 볼 순 없지요. 십중팔구 단순한 장난일 겁니다. 여기 이 편지를 좀 봐주십시오. 오늘 아침에 배달된 건데 이걸 편지라고 할 수 있을지도 모르겠군요."

헨리 경은 편지를 탁자 위에 꺼내놓았고 모두들 그것을 들여다보았다. 편지 봉투는 흔한 회색 봉투였다. 주소란에는 조잡한 필체로 '노섬버랜드 호텔, 헨리 바스커빌 경'이라고 쓰여 있었고 '채링 크로스' 소인이 찍혀 있었다. 소인이 찍힌 날짜는 어제저녁이었다.

"경이 노섬버랜드 호텔에 체류한다는 것을 아는 사람이 누굽니까?"

홈즈는 손님에게 날카로운 시선을 던지며 물었다.

"아는 사람이 있을 리 없습니다. 호텔은 모티머 박사를 만난 뒤에 정한 것이니까요."

"하지만 모티머 선생은 이미 그 호텔에 여장을 푸셨겠지요?"

"아닙니다. 저는 친구 집에서 묵고 있습니다."

의사가 말했다.

"헨리 경이 숙소를 그 호텔로 정할 거라는 얘기는 아무에게도 한 적 없습니다."

"흠! 누군가 경의 일거수일투족에 대단한 관심을 쏟고 있는 모양입니다."

홈즈는 봉투에서 편지를 꺼냈다. 그것은 반의반 크기로 접혀 있었다. 홈즈는 편지를 탁자 위에 펼쳐놓았다. 글은 편지지 한복판에 딱 한 문장으로 인쇄된 단어를 대강 오려 붙여 만든 글이었다.

자신의 삶과 이성을 가치 있게 생각한다면 황무지에 접근하지 말것.

'황무지'라는 단어만 잉크로 쓰여 있었다. 헨리 바스커빌 경이 말했다.

"홈즈 선생님, 도대체 이게 무슨 의미인지, 그리고 어떤 자가 내 일에 그렇게 관심이 많은지 말씀해 주시지 않겠습니까?"

"모티머 선생, 이걸 보니 어떤 생각이 드십니까? 어쨌거나 이 사건에 초자연적 존재 따윈 없다는 사실을 인정하시겠지요?"

"인정합니다. 하지만 이 편지는 그 사건이 초자연적인 것이었다고 확신하는 누군가가 보낸 것일 수도 있잖습니까?"

"사건이라니요?"

헨리 경이 날카롭게 물었다.

"두 신사분께서는 내 일에 대해 나보다 더 많이 알고 계시는 것 같군요."

"헨리 경, 우리가 아는 사실은 조금 이따가 전부 다 말씀드리도록 하겠습니다. 약속하지요."

셜록 홈즈가 말했다.

"허락하신다면 지금은 우선 이 흥미로운 편지에 관해서만 얘기를 나누었으면 합니다. 이것은 어제저녁에 작성해서 부친 게 틀림없군요. 왓슨, 어제 나온 《타임스》를 어디에 두었지?"

"이쪽에 있네."

"수고스럽더라도 그것 좀 이리 갖다주게. 그 안쪽의 사설이 실린 쪽이 필요하거든."

홈즈는 사설을 재빨리 훑어보았다.

"여기 자유 무역에 관한 사설이 있군요. 제가 잠시 읽어보도록 하겠습니다. '사람들은 보호 관세가 자신의 무역 거래나 자신의 산업을 발전시킬 거라고 믿고 싶어 한다. 그러나 이성적으로 생각한다면 보호 관세 제도는 결국 부(富)에 접근하지 못하게 하고, 수입품의 가치를 떨어뜨리며, 삶의 전반적 수준을 저하시킬 것임에 틀림없다.' 왓슨, 이 글에 대해 어떻게 생각하나?"

홈즈는 만족스러운 듯 손을 비비며 흐뭇하게 물었다.

"그럴듯한 주장 아닌가?"

모티머 선생은 흥미를 느끼는 듯 홈즈를 바라보았고 헨리 바스커빌 경은 어리둥절한 눈으로 내게 눈길을 주었다.

"나는 관세 같은 것에 대해서는 잘 모릅니다."

헨리 경이 말했다.

"하지만 이 신문 기사가 편지와 관계있다고 말씀하시는 것은 뭔가 오해 아닐까요?"

"전혀 그렇지 않습니다. 헨리 경, 우리는 지금 열심히 단서를 찾고 있습니다. 여기 왓슨은 내 방법에 대해서는 웬만큼 알고 있지요. 하지만 저 친구도 이 문장의 의미를 완전히 이해하지는 못했을 것입니다."

"맞아, 나도 자네가 이 사설을 읽은 이유를 통 모르겠네."

"하지만 왓슨, 이 문장은 저 편지에 쓰인 낱말과 밀접한 관계가 있다네. '자신의', '삶', '이성', '가치', '생각한다면', '접근하지' 등의 말을 생각해 보게. 이 단어들을 어디서 오려냈는지 이제 알 만하지 않은가?"

"아하, 듣고 보니 정말 그렇군요! 뭐 그다지 좋은 일은 아니지만 말입니다!"

헨리 경은 감탄을 금치 못했다.

"'생각한다면'과 '접근하지'라는 말이 통째로 오려진 걸 보면 바로 이 사설에서 단어를 취한 것이 틀림없습니다."

"이제 보니 정말 그렇군!"

"홈즈 선생님, 선생님은 정말 상상을 초월하는 분이군요."

모티머 선생이 놀란 눈으로 내 친구를 쳐다보며 말했다.

"단어를 신문에서 오려냈다는 것을 알아낸 정도라면 이해할 수 있겠지만, 선생님은 신문 이름과 이것들이 사설에 들어 있는 단어라는 것까지 맞히셨습니다. 정말 이렇게 신기한 일은 처음 봅니다. 그런데 어떻게 그걸 알아내셨지요?"

"나는 모티머 선생이 흑인과 에스키모의 두개골을 구분할 수 있다고 생각합니다."

"그건 당연하지요."

"왜 그럴까요?"

"왜냐하면 저의 각별한 취미가 그것이니까요. 흑인과 에스키모의 차이는 뚜렷합니다. 전두골의 상안와 돌출부, 안면각, 상악골의 굴곡, 또……."

"그런데 나의 각별한 취미는 바로 이것입니다. 내 눈에는 부자들이 보는 《타임스》 기사의 정연한 활자체와, 되는대로 찍어내서 푼짜리 석간신문의 활자체는 흑인과 에스키모의 두개골만큼 많은 차이를 드러내지요. 범죄 전문가에게 활자체를 구분할 줄 아는 것은 대단히 기본적인 능력에 속하지만 사실 나도 애송이 시절에는 《리즈 머큐리》와 《웨스턴 모닝 뉴스》를 혼동했던 적도 있었답니다. 하지만 《타임스》의 기사는 차이점이 뚜렷하기 때문에 이 단어들을 다른 곳에서 오려냈다고 생각할 수는 없습니다. 그리고 이 편지는 어제 쓰인 것이니까 당연히 어제 날짜의 신문을 사용했을 가능성이 가장 높고요."

"그러면 홈즈 선생님."

헨리 바스커빌 경이 말했다.

"제가 이해한 바에 따르면, 누군가 이 단어를 가위로 오려내서……."

"손톱깎이용 가위입니다."

홈즈가 말했다.

"자, 보십시오. '생각한다면' 위쪽을 두 번에 오려낸 것을 보면 날이 아주 짧은 가위를 쓴 것임에 틀림없습니다."

"정말 그렇군요. 그러면 누군가가 날이 짧은 가위로 단어를 오려내서 풀로……."

"고무풀입니다."

홈즈가 말했다.

"고무풀로 종이에 붙였군요. 그런데 '황무지'라는 단어를 손으로 써야 했던 특별한 이유가 있습니까?"

"왜냐하면 신문에서는 그 단어를 찾을 수 없었으니까요. 다른 단어들은 전부 간단한 것이고 어디서나 흔히 볼 수 있는 말들입니다. 하지만 '황무지'란 흔히 쓰이는 말이 아니지요."

"아, 그렇게 설명할 수 있겠군요. 그런데 홈즈 선생님, 이 편지에서 무슨 별다른 점을 발견하진 못하셨습니까?"

"한두 가지 눈에 띄는 점들이 있군요. 우선 이 편지를 보낸 사람은 단서를 남기지 않으려고 무척 애쓴 것 같습니다. 보다시피 주소는 조잡한 글씨체로 쓰여 있습니다. 하지만 《타임스》는 주로 식자층에서 보는 신문입니다. 따라서 이 편지를 작성한 것은 교육 수준이 높은 사람이지만 못 배운 사람으로 가장하려고 했습니다. 또 필체를 감추려고 애쓴 걸로 보아 그의 필체가 이미 경에게 알려져 있거나, 또는 알려질 가능성이 높다는 사실을 알 수 있지요. 또 편지를 들여다보면 풀로 단어를 붙여놓은 품이 엉성하다는 것을 알 수 있습니다. 글씨가 들쭉날쭉하게 붙어 있지 않습니까. 예를 들면 '삶'이란 단어는 위로 솟아 있습니다. 이것은 편지 작성자가 부주의했기 때문일 수도 있지만 서둘렀던 탓일 수도 있습니다. 나는 후자 쪽의 가능성이 높다고 봅니다. 사안의 중요성을 감안할 때 이런 편지를 쓰는 사람이 부주의했을 거라고 생각되지는 않습니다. 만약 그가 서두른 것이 사실이라면 무엇 때문에 그렇게 서둘러야 했는지에 관한 흥미로운 질문이 제기되지요. 어떤 편지든 아침에 배달되도록 표시된 것은 헨리 경이 호텔을 나오기 전까지는 배달될 것입니다. 편지 작성자는 누가 방해할까 봐 걱정했던 것일까요? 그러면 그를 방해할 사람은 누구일까요?"

"이제 우리는 본격적인 추리의 영역으로 들어섰습니다그려."

모티머 선생이 말했다.

"말하자면 여러 가지 가능성을 견주어보고 그중에서 가장 타당한 것을 선택하는 영역으로 들어섰다고 할 수 있지요. 그것은 상상력을 과학적으로 사용하는 일이지만, 우리에겐 항상 여러모로 상상을 펼쳐볼 수 있는 어떤 물질적 토대가 있습니다. 여러분들은 못 믿을지도 모르겠지만 나는 이 주소가 호텔에서 쓰였다는 것을 거의 완전히 확신합니다."

"도대체 그걸 어떻게 아십니까?"

"이 주소를 자세히 보면 글씨를 쓸 때 펜과 잉크가 둘 다 문제를 일으켰다는 걸 알 수 있습니다. 펜은 한 단어를 쓰는데 두 번이나 잉크를 튀겼고, 또 잉크병에 잉크가 부족했던지 짧은 주소를 쓰는 데 세 번이나 잉크를 다시 찍어야 했습니다. 그런데 생각해 보십시오. 집에서 쓰는 펜과 잉크병이 이런 상태에 있는 일은 별로 없습니다. 더구나 펜과 잉크병이 동시에 말썽을 일으키는 일은 더욱 드물지요. 하지만 호텔에 비치되어 있는 잉크와 잉크병은 오히려 이런 상태에 있는 것이 정상입니다. 내 생각에는 채링 크로스 근방의 호텔을 돌며 쓰레기통을 뒤져서 가위로 오려진 《타임스》 사설을 찾아낸다면 이렇게 이상한 편지를 작성한 인물이 누군지 알아낼 수 있을 것 같습니다. 하하! 어떻습니까?"

홈즈는 편지를 눈앞에 바짝 대고 정밀 조사를 했다.

"어떤가?"

"아무 특징도 없어."

홈즈는 편지를 내려놓으며 말했다.

"이건 투명 무늬조차 넣지 않은 흰 종이일 뿐이야. 우리는 이 재미있는 편지에서 알아낼 만한 것은 다 알아낸 것 같아. 그런데 헨리 경, 런던에 와서 다른 재미있는 일은 없었습니까?"

"글쎄요, 홈즈 선생. 별로 특별한 일은 없었던 것 같은데요."

"뒤를 따라다니거나 지켜보는 사람은 없었나요?"

"내가 갑자기 무슨 탐정 소설 한복판으로 뛰어들기라도 한 것 같군요."

손님이 말했다.

"도대체 어떤 놈이 왜 나를 따라다니고 지켜본단 말입니까?"

"우리는 이제 그 부분에 대해 이야기를 할 겁니다. 그런데 그 전에 언급할 만한 가치가 있는 색다른 일은 없었습니까?"

"글쎄요, 어떤 것까지를 언급할 만한 일로 봐야 하는지가 좀……."

"일상적이지 않은 일은 다 얘기할 만한 가치가 있다고 사료됩니다."

헨리 경은 씩 웃었다.

"나는 평생을 주로 미국과 캐나다에서 살았기 때문에 영국인의 생활에 대해서는 잘 모릅니다. 하지만 구두가 한 짝만 없어지는 것이 이곳에서 일상적으로 일어나는 일은 아니기를 바랍니다."

"구두 한 짝을 잃어버리셨나요?"

"헨리 경, 어딘가에서 나오지 않겠습니까? 호텔에 돌아가면 제자리에 돌아와 있겠지요. 그렇게 사소한 일로 홈즈 선생님을 괴롭혀드릴 필요가 있을까요."

모티머 선생이 큰 소리로 말했다.

"아, 선생께서 일상적이지 않은 사건에 대해 얘기해 달라고 해서."

"바로 그겁니다."

홈즈가 말했다.

"아무리 터무니없는 일처럼 보인다 해도 말이지요. 구두 한 짝이 없어졌다고 하셨지요?"

"아, 어딘가에서 나오겠지요. 어쨌든 지난밤에 방문 밖에 구두 한 켤레를 내놓았는데 아침에 보니 한 짝만 남아 있습디다. 구두 닦는 아이를 붙잡고 물어봤지만 어떻게 된 건지 영문을 모르더군요. 그런데 그 구두는 바로 어젯밤에 스트랜드에 가서 산 새 구두였거든요. 아직 한 번 신어보지도 못했는데."

"신지도 않은 새 구두를 닦으려고 밖에 내놓았다는 겁니까?"

"그것은 무두질한 가죽 구두였지만 아직 광을 내지는 않습니다. 그래서 내놓았지요."

"그러면 어제 런던에 도착하자마자 당장 나가서 구두를 한 켤레 사셨다는 말씀입니까?"

"저는 어제 물건을 꽤 많이 샀습니다. 여기 모티머 박사랑 같이 돌아다녔지요. 데번에 내려가서 시골 지주가 된다면 그에 합당한 옷차림을 해야 하는데, 나는 그간 서부에서 살면서 옷차림 같은 것에는 별로 신경 쓰지 않고 지냈지요. 그런데 그중에서 하필이면 6달러짜리 갈색 구두를, 신어보기도 전에 한 짝을 도둑맞은 겁니다."

"훔쳐봤자 별 쓸모도 없을 텐데."

셜록 홈즈가 말했다.

"나도 모티머 선생과 같은 생각입니다. 없어진 구두는 금방 돌아올 거라고 생각합니다."

준남작이 결연한 목소리로 말했다.

"자, 그러면 신사 여러분, 나는 내가 겪은 사소한 일까지 시시콜콜 다 말씀드렸습니다. 이제 여러분이 약속을 지킬 차례입니다. 도대체 이 모든 일이 어떻게 된 건지 자초지종을 말씀해 주십시오."

"지당한 요구입니다."

홈즈가 대답했다.

"모티머 선생, 어제 우리에게 들려주신 이야기를 지금 이분에게 해드리는 것이 좋을 것 같군요."

과학적 정신이 투철한 우리 친구는 홈즈의 재촉을 받고 어제 아침 우리에게 보여준 문서를 주머니에서 꺼내 읽기 시작했다. 헨리 바스커빌 경은 온 정신을 모아 귀 기울이다 간간이 탄성을 터뜨렸다.

"휴, 나는 복수와 유산을 함께 상속받은 것 같군요."

모티머 선생이 읽기를 다 마쳤을 때 헨리 경이 말했다.

"물론 나는 아주 어렸을 때부터 그 사냥개 얘기를 들었습니다. 그것은 온 가족이 즐겨 했던 이야기였지만 난 한 번도 그 얘기를 진짜로 믿어본 적은 없습니다. 하지만 숙부의 죽음에 관해서는……, 글쎄요, 지금은 머릿속이 뒤죽박죽이라 명확한 판단이 서질 않습니다. 여러분도 아직 그것이 경찰에 신고해야 할 일인지 아니면 목사님의 힘을 빌려야 할 일인지 갈피를 못 잡고 계신 것 같고요."

"그렇습니다."

"그런 데다가 이런 편지가 호텔로 배달되는 사건이 생겼군요. 저는 이것이 다른 맥락의 사건이라고 생각되진 않습니다."

"황무지에서 벌어진 일에 관해 우리보다 더 많이 알고 있는 자가 있는 것 같아요."

모티머 선생이 말했다.

"또 경에게 위험을 경고해 온 것을 보면 그쪽에서 악의를 품고 있는 것은 아닌 듯합니다."

"어쩌면 딴 꿍꿍이가 있어서 나를 쫓아버리고 싶어 하는 건지도 모르지요."

"아, 물론 그런 추측도 가능합니다. 모티머 선생, 어쨌든 이렇게 여러 가지 추리가 가능한 흥미진진한 일에 대해 알게 된 것은 순전히 선생 덕분입니다. 하지만 헨리 경, 무엇보다 우리는 지금 경이 바스커빌관으로 들어가는 것이 바람직한지 여부를 결정해야 합니다."

"내가 그곳에 가면 안 되는 이유라도 있습니까?"

"위험하지 않을까 걱정하는 것이지요."

"위험한 것은 우리 집안의 악귀입니까, 아니면 인간입니까?"

"허허, 우리가 알아내야 할 문제가 바로 그것이지요."

"위험한 것이 어느 쪽이든 나는 이미 마음을 정했습니다. 홈즈 선생, 세상에 악마는 없습니다. 그리고 세상의 어느 누구도 내가 조상이 물려준 보금자리로 들어가는 것을 막지 못합니다. 이 결심은 절대로 바뀌지 않을 것입니다."

헨리 경은 상기된 얼굴로 시커먼 눈썹을 꿈틀거리며 말했다. 바스커빌가의 불같은 기질이 이 마지막 후예에 와서 사그라든 것은 아니었다.

"그런데 나는 방금 들은 얘기에 대해서 충분히 생각할 시간이 없었습니다. 사건의 중대성에 비춰볼 때 지금 당장 전모를 이해하고 판단하는 것은 무리인 것 같습니다. 나 혼자 조용히 생각할 시간이 필요합니다. 자, 홈즈 선생, 지금 시각은 11시 반이고 나는 곧장 호텔로 돌아갈 생각입니다. 선생과 친구분이 2시까지 그 호텔로 오셨으면 합니다. 함께 점심 식사라도 하고 싶습니다. 그

때쯤이면 내 생각에 대해 좀 더 분명하게 말씀드릴 수 있을 것 같군요."

"왓슨, 자네는 시간이 어떤가?"

"좋네."

"그러면 그때 뵙기로 하지요. 마차를 불러드릴까요?"

"여기서 한참 흥분했으니 그냥 걸어가는 게 낫겠습니다."

"걷는 것은 나도 대찬성입니다."

모티머 선생이 말했다.

"그러면 2시에 뵙기로 하지요. 안녕히 계십시오!"

손님들이 계단을 내려가는 발소리, 현관문이 쾅 하고 닫히는 소리가 들려왔다. 순간, 홈즈는 꿈꾸는 몽상가에서 행동하는 인간으로 돌변했다.

"왓슨, 모자하고 신발! 어서! 꾸물댈 시간이 없네!"

실내복 차림으로 자신의 방으로 달려간 홈즈는 눈 깜짝할 사이에 프록코트로 갈아입고 나왔다. 우리는 계단을 뛰어내려 거리로 나섰다. 모티머 선생과 헨리 경은 200미터가량 앞에서 옥스퍼드가를 향해 걷고 있었다.

"가서 붙잡을까?"

"그건 절대로 안 되네. 여보게, 왓슨. 자네만 좋다면 나는 자네와 단둘이 걷는 것에 대만족이네. 우리 친구들은 현명한 선택을 했군. 걸어가기에 딱 좋은 상쾌한 아침이야."

홈즈는 앞서가는 사람들과의 거리가 절반 정도로 좁혀질 때까지 걸음을 재촉했다. 그리고 100미터가량의 거리를 두고 우리는 두 사람의 뒤를 따라 옥스퍼드가로, 거기서 다시 리젠트가로 들어갔다. 앞서가는 두 사람이 걸음을 멈추고 상점의 진열장을 들여다보면 홈즈는 똑같은 행동을 했다. 갑자기 홈즈가 조그맣게 기쁨의 함성을 올렸다. 그가 정신없이 쳐다보고 있는 것은 길 건너편의 이륜마차였다. 그것은 서 있다가 서서히 움직이기 시작했다. 그 안에는 한 남자가 타고 있었다.

"저자야, 왓슨! 따라가자고! 최소한 저 친구의 얼굴은 똑똑히 볼 수 있을 걸세."

순간 마차의 옆 창문으로 수북이 자란 검은 턱수염이 얼핏 보이더니 찌르는 듯한 시선이 이쪽을 향하는 게 느껴졌다. 곧 마차의 지붕 창문이 벌컥 열리면서 날카로운 고함 소리가 마부를 향해 날아갔고 마차는 미친 듯이 리젠트가를 질주하기 시작했다. 홈즈는 다른 마차를 찾아 사방을 두리번거렸지만 빈 마차는 없었다. 그러자 그는 마차의 물결 속으로 뛰어들어 힘껏 추격하기 시작했다. 그러나 그것은 이미 사라지고 없었다.

"운이 지독히 안 따른 데다 나도 지독히 서툴렀어! 그렇지 않은가?"

홈즈는 숨을 헐떡이며 마차의 물결을 헤치고 나와서 말했다. 그의 얼굴엔 약이 바짝 올라 있었다.

"왓슨, 왓슨, 자네가 정직한 사람이라면 나의 성공담 옆에 오늘의 이 사건도 나란히 기록해 주게!"

"그 남자는 누구였을까?"

"전혀 짐작도 안 가는군."

"밀정일까?"

"글쎄, 아까 들은 얘기에 비추어볼 때 그것은 틀림없네. 헨리 경은 런던에 도착한 이후 누군가에게 계속 미행당했어. 그렇지 않고서야 경이 노섬버랜드 호텔에 투숙했다는 사실을 어떻게 그리 빨리 알아냈겠는가? 나는 저들이 첫날 경을 미행했다면 둘째 날도 역시 경을 미행할 거라고 생각했네. 아까 모티머 선생이 옛날이야기를 읽는 동안 내가 창가에 두 번 다가간 것 기억나나?"

"응."

"나는 거리에서 어슬렁거리는 자들이 있는지 찾아보고 있었네. 하지만 그런 자는 눈에 띄지 않더군. 왓슨, 우리가 상대하고 있는 자는 비상한 두뇌의 소유자야. 사건이 복잡한 탓에 나는 아직 상대가 선의를 갖고 있는지 또는 악의를 갖고 있는지 판단하지 못했어. 하지만 내 감각의 촉수에는 어떤 의지와 음모가 탐지되고 있네. 우리 친구들이 출발했을 때 나는 보이지 않는 미행자를 찾아내기 위해 즉각 뒤를 쫓았지. 하지만 교활한 상대는 걷지 않고 마차를 이용했네. 마차에 타고 있으면 슬슬 뒤를 따라가다가 들켰을 때는 재빨리 달아날 수도 있으니까. 또 우리 친구들이 마차를 잡아타면 즉각 그 뒤를 쫓아갈 수도 있으니 일석이조 아니겠나. 하지만 그 방법에는 한 가지 불편한 점이 있네."

"마부의 시선을 피할 수 없는 것이지."

"바로 그걸세."

"이런, 마차 번호를 봐놨어야 하는 건데!"

"여보게 친구, 내가 비록 서툰 짓은 했지만 마차 번호도 놓쳤을 거라고 생각하나? 그자가 탄 마차는 2704번이었어. 하지만 그걸 알아봤자 지금 당장에는 아무짝에도 쓸모가 없군."

"자네가 그 이상 더 잘할 수는 없었을 걸세."

"아니야, 그 마차를 보자마자 나는 즉각 뒤돌아서서 걸어야 했어. 그러다가 틈을 봐서 빈 마차를 잡아타고 적당한 거리를 두고 그 마차의 뒤를 쫓아야 했지. 아니, 앞질러 노섬버랜드 호텔로 가서 기다리고 있는 게 더 나았을지도 모르네. 그 정체를 알 수 없는 자가 헨리 경을 집요하게 따라다닐 때 우리는 거꾸로 그자를 미행해서 그가 어디로 가는지 알아내야 했던 걸세. 그런데 부주의하게 뒤를 쫓다가 놀랍도록 기민한 상대에게 들키고 말았으니."

우리가 이런 대화를 나누면서 리젠트가를 느릿느릿 걷는 동안 앞서가던 두 사람은 어느새 시야에서 사라져버리고 말았다.

"이제는 저 사람들의 뒤를 쫓을 이유가 없어졌네."

홈즈가 말했다.

"미행하던 자는 가버렸고 다시 돌아오지 않을 테니까. 이제 우리는 앞으로 어떻게 해야 할지 판단해야 하네. 자네, 그 마차에 타고 있던 남자의 얼굴을 기억할 수 있겠나?"

"생각나는 건 그 수염뿐인걸."

"나도 그래. 그런데 십중팔구 그 수염은 가짜이기 쉽네. 그렇게 교묘하게 미행할 줄 아는 자에게 턱수염은 오직 얼굴을 감추기 위해서만 필요할 걸세. 자, 이리로 들어오게, 왓슨!"

홈즈는 어느 심부름센터로 들어갔고 그곳의 지배인은 그를 반갑게 맞아들였다.

"아, 윌슨, 내가 다행스럽게도 자네를 도울 수 있었던 그 사건에 대해 아직 잊지는 않았겠지?"

"그럴 리가 있겠습니까, 선생님. 선생님께서 저에게 씌워진 누명을 벗겨주셨으니 제 목숨을 구하신 거나 마찬가지입니다."

"핫핫, 자네도 과장이 심하군. 윌슨, 그런데 자네가 데리고 있는 애들 중에 카트라이트라는 아이가 있었던 것 같은데. 조사 과정에서 일을 꽤 잘했지, 아마?"

"예, 녀석은 아직도 제 밑에 있습니다."

"전화로 그 애를 좀 불러주겠나? 고맙네! 그리고 이 5파운드짜리 지폐를 잔돈으로 바꿔주게."

영리하게 생긴 열네 살의 소년이 지배인의 호출을 받고 나왔다. 소년은 존경심이 가득 담긴 눈으로 유명한 탐정을 바라보고 섰다.

"호텔 명부를 좀 가져다주겠니?"

홈즈가 말했다.

"고맙구나! 자, 카트라이트, 여기 스물세 개의 호텔이 있다. 모두 채링 크로스 근방에 있는 호텔이지. 보이니?"

"예, 선생님."

"이곳들을 전부 찾아가라."

"예, 선생님."

"어딜 가든 먼저 문밖 짐꾼에게 1실링씩 주어야 한다. 여기 23실링 있다."

"예, 선생님."

"그 사람에게 어제 나온 폐휴지를 보고 싶다고 말해라. 그리고 중요한 전보가 잘못 배달되었는데 그걸 찾고 있는 중이라고 해라. 알겠니?"

"예, 선생님."

"하지만 네가 정말 찾아야 할 것은《타임스》의 가운데 쪽인데 가위로 오려낸 자국이 있지. 여기《타임스》견본이 있다. 이게 그 쪽이고. 내 말 무슨 말인지 알아들었지?"

"예, 선생님."

"어디에서든 바깥의 짐꾼이 호텔 안의 짐꾼을 불러다 줄 거다. 그 사람한테도 1실링을 줘야 한다. 여기 23실링 있다. 그러면 스물세 개의 호텔 중에서 대략 스무 곳에선 어제 나온 폐휴지를 벌써 태웠다거나 치웠다고 말할 거다. 나머지 세 곳에서는 폐지 더미를 보여줄 텐데 그러면 그곳에서《타임스》의 이 쪽을 찾는 거다. 네가 그걸 찾을 가능성은 아주 희박하다. 무슨 일이 있을지 모르니 10실링을 더 가져가라. 저녁 전까지 베이커가로 전보를 보내다오. 왓슨, 이제는 우리가 할 일만 남았군. 전보로 2704번 마부에 대해 물어보자고. 그리고 본드가의 화랑에서 시간을 보내다 호텔로 가는 게 좋을 듯하이."

끊어진 세 가닥의 실

셜록 홈즈는 마음을 자유자재로 제어하는 뛰어난 능력을 가지고 있었다. 그는 두 시간 동안 자신을 사로잡았던 이상한 사건에 대해서는 까맣게 잊어버린 듯, 현대 벨기에 거장들의 그림에 빠져들었다. 그는 화랑을 나와 노섬버랜드 호텔에 도착할 때까지 오로지 그림에 대해서만 이야기했다. 그러나 사실을 말하자면 그림에 대한 홈즈의 지식은 보잘것없었다.

"헨리 바스커빌 경이 위층에서 기다리고 계십니다."

급사가 말했다.

"도착하시는 대로 위층으로 안내하라는 말씀이 계셨습니다."

"이 숙박부 좀 봐도 되겠나?"

홈즈가 말했다.

"물론입니다."

숙박부에는 바스커빌이라는 이름 아래에 두 개의 이름이 더 있었다. 하나는 뉴캐슬의 테오필러스 존슨과 그 가족이었고, 또 하나는 하이로지의 올드모어 여사와 하녀 앨튼이었다.

"이건 내가 아는 그 존슨임에 틀림없군."

홈즈가 접수계에게 말했다.

"이 사람, 회색 머리에 발을 저는 변호사 아닌가?"

"아닙니다, 선생님. 이분은 탄광주이신 존슨 씨입니다. 아주 쾌활한 신사분이시지요, 연배는 선생님과 비슷할 겁니다."

"이분이 탄광주가 분명한가?"

"물론입니다, 선생님! 이분은 저희 호텔의 오래된 단골이십니다. 그래서 잘 알고 있지요."

"아, 그렇군. 그런데 이 올드모어 여사도 기억에 있는 이름인 것 같은데. 내 호기심이 지나친 것 같아 미안하네만 친구 하나를 만나러 왔다가 다른 친구를 만나는 일도 종종 있거든."

"올드모어 여사님은 몸이 불편하십니다, 선생님. 부군께서 한때 글루체스터 시의 시장을 지내신 적도 있지요. 런던에 올 때마다 항상 저희 호텔로 오신답니다."

"고맙네, 내가 아는 분은 아닌 것 같군. 왓슨, 우리는 지금 아주 중요한 사실을 확인했네."

홈즈는 2층 계단을 오르면서 나직하게 말했다.

"우리는 이제 우리 친구한테 그토록 깊은 관심을 가진 자들이 이 호텔에 투숙하지 않았다는 사실을 알게 되었네. 우리가 벌써 짐작하고 있는 것처럼, 그들은 헨리 경을 놓칠까 봐 안달하면서도 들키지 않으려고 애쓰고 있는 것이 분명해. 가장 의미심장한 대목이 바로 이 부분일세."

"의미심장하다니?"

"그것은……, 아니, 헨리 경, 도대체 무슨 일입니까?"

우리는 계단 위쪽을 돌아가다가 다름 아닌 헨리 바스커빌과 마주쳤다. 그는 때 묻은 낡은 구두 한 짝을 손에 든 채 화가 나서 얼굴을 붉히고 있었다. 그는 얼마나 화가 났던지 처음에는 말도 못 할 정도였는데, 잠시 후 그의 입에서 나온 말에는 아침에 들었던 것보다 훨씬 심한 서부 사투리가 섞여 있었다.

"이놈의 호텔에서는 나를 완전히 바보 멍청이로 아는 모양입니다."

헨리 경은 펄펄 뛰었다.

"사람을 잘못 본 모양인데 자꾸 이러면 쓴맛을 보여줄 테요. 그리고 그 아이 녀석도 내 신발 한 짝을 찾아놓지 않으면 큰코다칠 거요. 홈즈 선생님, 나는 기분 좋을 땐 장난도 받아줄 수 있는 사람이지만 이치들은 정말 해도 해도 너무하는군요."

"아직도 신발을 찾고 계십니까?"

"그렇습니다, 그리고 꼭 찾아내고 말 겁니다."

"그런데 아침에는 갈색 새 구두를 잃어버렸다고 하지 않으셨던가요?"

"그랬죠. 그런데 지금은 헌 검정 구두 한 짝이오."

"뭐라고요! 그럼 또 다른 신발을?"

"내가 하고 싶은 말이 바로 그겁니다. 내가 가진 구두라곤 갈색 새 구두와 헌 검정 구두, 그리고 지금 신고 있는 에나멜가죽 구두를 합쳐 세 켤레뿐이었어요. 그런데 어젯밤에는 갈색 구두 한 짝을 집어 가더니만 오늘은 검정 구두 한 짝을 훔쳐 갔습니다. 이봐, 내 신발 찾았나? 멀뚱멀뚱 쳐다보고 섰지만 말고 어서 말해, 이 친구야!"

독일인 급사가 어쩔 줄 모르는 얼굴로 옆에 서 있었다.

"그게, 호텔 안을 구석구석 뒤져봤지만 아무 데도 없습니다, 선생님."

"좋아, 오늘 저녁 안으로 그 신발을 찾아오지 않으면 지배인을 불러서 당장 이 호텔을 나가겠다고 말할 테다."

"어딘가에 있을 겁니다, 선생님. 조금만 참아주시면 꼭 찾아드리겠습니다."

"암, 당연히 그래야지. 그렇지 않으면 이 도둑놈의 소굴에서 더 이상 참고 있지 않을 테니까. 아이고, 홈즈 선생님, 이렇게 사소한 일로 시끄럽게 해드려서 정말 죄송……."

"화가 날 만한 일입니다."

"허허, 이 일에 대해 너무 심각하게 생각하시나 보군요."

"경은 이 사건을 어떻게 보십니까?"

"보고 말고 할 것도 없습니다. 이렇게 해괴한 일은 내 평생 처음입니다."

"해괴한 일이라……."

홈즈는 생각에 잠겨 말했다.

"홈즈 선생은 어떻게 생각하시는지요?"

"흠, 아직은 잘 모르겠습니다. 이것은 대단히 복잡한 사건입니다. 경의 숙부 되시는 분의 죽음에 대해 생각할 때, 그 사건이 여태까지 내가 조사한 500여 가지의 중요한 사건 중에서 특히 복잡한 사례에 속하는지는 잘 모르겠습니다. 하지만 지금 우리는 몇 가닥의 실을 손에 쥐고 있습니다. 그중 한두 가닥의 실을 통해 우린 진실에 도달할 수 있을 것입니다. 물론 엉뚱한 실을 잡고 시간을 낭비할 수도 있지만 머잖아 맞는 실을 잡아당기게 될 것이 분명합니다."

우리는 즐겁게 점심 식사를 했고, 식사 도중에는 우리를 한 곳으로 불러 모은 사건에 대해 거의 한마디도 언급하지 않았다. 홈즈는 객실에 들어와서야 비로소 헨리 경에게 앞으로 어떻게 할 생각인지를 물었다.

"나는 바스커빌관으로 들어갈 생각입니다."

"언제 말입니까?"

"이번 주말에."

"현명한 결정을 하셨군요."

홈즈는 말했다.

"경이 이곳 런던에서 미행당하고 있다는 증거는 한두 가지가 아닙니다. 그런데 수백만의 사람들이 득실거리는 대도시에서는 상대가 어떤 자들인지, 또는 그들의 목적이 무엇인지 알아내기가 쉽지 않습니다. 저들이 악한 의도를 갖고 있다면 경에게 해를 끼치려 하겠지만 그것을 막아내는 일은 지난한 작업이 될 것입니다. 모티머 선생, 오늘 아침에 두 분이 우리 집에서 나간 뒤 미행을 당했다는 것은 모르셨지요?"

모티머는 대경실색했다.

"미행이라고요? 도대체 누가?"

"안됐지만 그게 누군지는 나도 잘 모릅니다. 혹시 다트무어에 사는 이웃이나 지인들 중에 검은 턱수염을 더부룩하게 기른 사람은 없습니까?"

"없습니다. 아니, 잠깐만……. 아, 있습니다. 찰스 경의 집사 배리모어입니다. 검은 턱수염을 잔뜩 기르고 있지요."

"허! 배리모어는 어디에 살지요?"

"그가 바스커빌관을 관리합니다."

"집사가 진짜로 그곳에 있는지, 아니면 혹시 런던에 와 있는 건 아닌지 확인해 보는 게 좋겠군요."

"하지만 어떻게?"

"전보용지가 있으면 좀 주십시오. '헨리 경을 맞을 준비는 다 됐는지?'라고 쓰면 됩니다. 주소는 바스커빌관, 배리모어 씨 앞입니다. 거기서 제일 가까운 전신국이 어디지요? 그림펜이라, 아주 좋습니다. 그다음엔 그림펜의 전신국장 앞으로도 전보를 보내야 합니다. '배리모어 씨에게 보낸 전보는 반드시 당사자 앞으로 직접 배달할 것. 만약 부재중이면 노섬버랜드 호텔, 헨리 바스커빌 경 앞으로 반송해 주기 바람.' 그러면 오늘 안으로 배리모어가 데번의 자기 위치에 있는지 여부를 알게 될 겁니다."

"그렇군요."

헨리 경이 말했다.

"그런데 모티머 선생, 이 배리모어란 어떤 인물이지요?"

"배리모어 집사는 이미 고인이 된 관리인의 아들입니다. 지금 4대째 바스커빌관의 관리자로 일하고 있지요. 그런데 그곳 사람들이 다 그렇지만 배리모어 부부도 괜찮은 사람들인 것 같던데요."

"하지만 바스커빌관에 주인 일가가 살지 않는다면 그 부부는 고대광실에 살면서 놀고먹을 수 있는 거 아닙니까."

헨리 바스커빌이 말했다.

"하긴 그렇군요."

"찰스 경의 유언에는 배리모어의 몫도 들어 있습니까?"

홈즈가 물었다.

"부부가 각각 500파운드씩 받았습니다."

"허! 그 사람들은 자기들도 유산을 받게 된다는 걸 알고 있었나요?"

"예, 찰스 경은 당신이 남긴 유언에 대해 말씀하시길 즐겨 했으니까요."

"거 재미있군요."

모티머 선생이 말했다.

"홈즈 선생님, 찰스 경에게서 유산을 받은 이들을 모두 의심하시는 것은 아니겠지요? 사실은 저도 1000파운드를 받았으니까요."

"아하, 그렇군요! 유산을 받은 사람이 더 있습니까?"

"이 사람 저 사람 조금씩 받았고, 또 공공 자선 단체에선 막대한 금액을 기부받았지요. 그 나머지가 헨리 경에게 돌아갑니다."

"헨리 경의 몫이 얼마나 됩니까?"

"74만 파운드입니다."

홈즈는 놀라서 입을 다물지 못했다.

"액수가 그렇게 클 줄은 미처 몰랐군요."

"찰스 경이 재산가로 소문나긴 했지만 기실 경의 유가 증권을 조사해 보기 전까지 우리는 재산이 그 정도일 줄은 몰랐습니다. 영지 전체의 가치는 100만 파운드에 육박합니다."

"놀랍군요! 그 정도 재산이라면 충분히 모험을 해볼 만하겠습니다. 그런데 모티머 선생, 한 가지 더. 별로 유쾌하지 않은 가정을 하는 것을 용서해 주시기 바랍니다만, 여기 있는 젊은 분에게 무슨 일이 생긴다면 영지는 누구에게 상속됩니까?"

"찰스 경의 막냇동생 로저 바스커빌이 독신으로 사망했기 때문에, 영지는 먼 사촌뻘 되는 데스먼드 씨에게 돌아갈 겁니다. 제임스 데스먼드 씨는 웨스트모어랜드에 사는 연세 지긋한 목사님이십니다."

"감사합니다. 자세히 알고 보니 대단히 흥미롭군요. 제임스 데스먼드 씨를 만나본 적이 있으십니까?"

"예, 그분은 찰스 경을 찾아오신 적도 있습니다. 풍채가 좋은 목사님인데 성자 같은 생활을 하고 계시지요. 그분은 찰스 경의 경제적 지원도 거절하셨습니다. 경은 물론 고집대로 하셨지만 말입니다."

"그러면 그 소박한 생활을 하시는 분이 찰스 경의 유가 증권을 상속받게 되는 것이로군요."

"그분은 한정부동산권(중세 영국 법상 상속인에게 속하는 부동산에 대한 권리로서, 상속인의 직계 비속에게 자동으로 귀속되며 유언 등으로 제삼자에게 양도할 수 없었다 ― 옮긴이)에 따라 영지를 상속받게 될 겁니다. 또 현재의 소유주가 따로 유언을 남기지 않는다면 현금 재산도 전부 상속받게 되지요."

"그러면 헨리 경은 유언장을 쓰셨습니까?"

"아니요, 아직 못 썼습니다. 겨우 어제야 상황이 어떻게 돌아가는지를 알았기 때문에 시간이 없었지요. 하지만 나는 어떤 경우든 돈은 작위와 영지를 따라가야 한다고 생각합니다. 그것이 가엾은 숙부님의 뜻이었습니다. 영지를 유지할 만한 돈이 없다면 어떻게 바스커빌가의 영광을 되살릴 수 있겠습니까? 저택, 토지, 현금을 분리해서는 안 될 겁니다."

"그렇군요. 헨리 경, 나는 경이 하루빨리 데번에 내려가는 것이 바람직하다고 생각하는 점에서 경과 생각이 같습니다. 그런데 한 가지 조건이 있습니다. 무슨 일이 있어도 경 혼자 내려가서는 안 됩니다."

"모티머 선생과 같이 갈 겁니다."

"하지만 모티머 선생은 할 일이 있고, 또 집도 바스커빌관에서 멀리 떨어져 있습니다. 아무리 마음이 굴뚝같아도 경을 돕지 못할 수도 있습니다. 헨리 경에게는 항상 옆을 지켜줄 믿을 만한 사람이 필요합니다."

"홈즈 선생께서 동행해 주시면 안 될까요?"

"상황이 급해지면 저도 가급적 경의 옆을 지킬 생각입니다. 하지만 지금은 수많은 사건의 자문 역을 맡고 있는 데다가 여러 지부에서 끊임없는 지원 요청이 들어오기 때문에 장시간 런던을 비우는 것은 불가능합니다. 지금 이 순간에도 어느 공갈범이 영국에서 가장 존경받는 인물을 협박하고 있습니다. 그런데 온 나라를 뒤흔들 스캔들이 터지는 것을 막을 수 있는 사람은 나뿐이지요. 내가 직접 다트무어에 내려가는 것은 불가능합니다."

"그러면 누구와 같이 가는 게 좋을까요?"

홈즈는 내 팔을 잡았다.

"만약 내 친구가 수락하기만 한다면, 곤경에 처했을 때 경의 곁에 잡아둘 만한 사람으로 이 이상 가는 인물이 없는 것은 분명합니다."

나는 홈즈의 말을 듣고 깜짝 놀랐지만 무어라 대답할지 생각해 보기도 전에 헨리 경이 내 손을 덥석 붙잡았다.

"오, 왓슨 박사님, 그렇게 해주신다면 정말 감사하겠습니다."

그는 말했다.

"내가 어떤 상황에 처해 있는지도 잘 아시고, 또 문제에 대해서는 나만큼 잘 알고 계시니까요. 바스커빌관에 오셔서 도와주신다면 그 은혜는 잊지 않겠습니다."

언제나 그렇듯 모험에 대한 기대는 나를 들뜨게 했다. 게다가 홈즈에게 칭찬의 말까지 듣고 나서 준남작의 간곡한 권유를 뿌리치기는 어려웠다.

"기꺼이 동행하기로 하지요."

나는 말했다.

"이 이상 보람 있는 일이 어디 있겠습니까?"

"그런데 자네는 내게 자세하게 보고해 주어야 하네."

홈즈가 말했다.

"상황이 긴박하게 돌아가면 내가 자네에게 행동 지침을 내려 주겠네. 토요일까지는 모두들 준비를 끝낼 수 있겠지요?"

"왓슨 박사님만 괜찮으시다면."

"나는 좋습니다."

"그러면 토요일로 정하지요. 앞으로 별일 없으면 토요일에 패딩턴발 10시 반 기차 시간에 맞춰 만나기로 합시다."

우리가 가려고 일어서는데 헨리 경이 환호성을 지르며 방 한 구석으로 달려갔다. 그리고 장식장 밑에서 갈색 구두 한 짝을 끄집어냈다.

"내 신발!"

경이 외쳤다.

"모든 어려움이 이렇듯 쉽사리 해결되기를!"

셜록 홈즈가 말했다.

"거참 이상타."

모티머 선생이 한마디 했다.

"점심 식사 전에 나는 분명히 이 방을 다 찾아보았거든요."

"나도 마찬가지입니다. 이 방을 샅샅이 뒤졌지요."

헨리 바스커빌이 말했다.

"그때는 분명히 여기에 신발이 없었습니다."

"그렇다면 틀림없이 우리가 점심 먹는 사이에 급사가 이 밑에 신발을 넣어놓은 게로군요."

　호출을 받고 달려온 독일인 급사는 자신은 전혀 모르는 일이라고 단언했고, 아무리 조사해도 진상은 밝혀지지 않았다. 꼬리에 꼬리를 물고 일어나는, 일견 아무 의미 없어 보이는 이상한 사건들의 연쇄에 또 하나의 묘한 사건이 추가된 것이다. 찰스 경의 죽음에 얽힌 모든 오싹한 이야기는 차치하고라도, 이틀이라는 짧은 기간 동안 설명하기 힘든 여러 사건이 일어났다. 신문 기사를 오려 붙여 만든 편지의 배달, 이륜마차를 탄 검은 턱수염의 미행자, 그리고 새로 산 갈색 구두 한 짝과 검은색 헌 구두 한 짝이 없어지더니 이제는 갈색 구두 한 짝이 돌아온 것이다. 홈즈는 마차를 타고 베이커가로 돌아오는 동안 내내 말이 없었다. 눈살을 찌푸린 채 골똘히 생각에 잠긴 그의 모습을 보니, 그도 나와 마찬가지로 아무 관련 없어 보이는 이 모든 기이한 사건들을 어떤 논리적 맥락 속에 끼워 넣느라 고심하는 모양이었다. 오후 내내, 그리고 저녁 늦게까지 홈즈는 줄담배를 피우며 생각에 잠겨 있었다.

　저녁 식사 직전에 전보 두 통이 도착했다. 첫 번째 전보는 다음과 같았다.

　배리모어가 저택에 있다는 소식을 방금 들었음.

　　　　　　　　　　　　　　　　　　　　　　— 바스커빌

두 번째 전보는 이랬다.

지시대로 호텔 스물세 곳을 찾아다녔지만 오려진 《타임스》를 찾는 데 실패했음.

— 카트라이트

"왓슨, 두 가닥의 실이 끊어졌군. 하지만 모든 것이 다 불리하게만 돌아가는 사건보다 더 자극적인 것은 세상에 없지. 우리는 제3의 단서를 찾아야 하네."

"미행자를 태워준 마부가 아직 남아 있지 않은가."

"그렇지. 나는 그 마부의 이름과 주소를 알아내기 위해 마차 등기소에 전보를 쳤다네. 저런, 지금 밖에 온 사람이 혹시 내 질문에 대한 회신을 갖고 왔는지도 모르겠군."

그러나 밖에 온 사람은 단순히 회신을 가져온 것이 아니었다. 문이 열리고 우락부락하게 생긴 사나이가 들어섰는데 그는 문제의 마차를 몰던 마부임에 틀림없었다.

"사무실에서 연락 받고 오는 길입지요. 이 주소에 살고 계신 신사분이 2704번 마차에 대해 묻고 있다고 해서."

그가 말했다.

"나는 7년째 마차를 몰고 있지만 여태까지 손님들에게 불평 한마디 들어본 적 없습니다. 난 당사자를 직접 만나서 도대체 뭐가 불만인지 물어보려고 마차장에서 곧장 이리로 왔지요."

"아니, 나는 아무 불만도 없네."

홈즈는 말했다.

"불만은커녕, 자네가 내 질문에 솔직하게 대답해 주면 사례하기 위해 10실링을 준비해 놓기까지 했지."

"헤헤, 저는 오늘 하루도 실수 없이 일을 잘 해냈습죠."

마부는 싱글거리며 말했다.

"그런데 알고 싶으신 게 무엇인지?"

"다음에 또 연락하게 될지도 모르니까 우선 이름과 주소를 적어두세."

"존 클레이턴, 서더크 자치구, 터피 3가. 마차는 워털루 역 근처 시플리 마차장에 둡니다요."

셜록 홈즈가 받아 적었다.

"자, 클레이턴, 오늘 자네가 마차에 태운 손님은 오전 10시에 이 앞에 와서 이 집을 감시하다가 나중에 두 신사분의 뒤를 쫓아 리젠트가까지 미행했네. 그 손님에 대해 자네가 알고 있는 걸 전부 말해 주게."

마부는 놀란 듯도 하고 약간 당황한 듯도 했다.

"선생님이 그 일에 대해서 모르시는 게 없는 것 같은데 제가 무슨 말을 더 하겠습니까요."

그는 말했다.

"사실 그 신사분은 자기가 탐정이라고 했습죠. 그리고 아무한 테도 자기 얘기를 하지 말라고 했습니다요."

"여보게, 이건 대단히 중요한 일이네. 그리고 자네가 나한테 하나라도 뭘 숨겼다가는 나중에 틀림없이 후회하게 될 걸세. 손님이 자네한테 자기가 탐정이라고 하던가?"

"예, 그랬습죠."

"언제 그런 말을 하던가?"

"갈 때 그랬습니다요."

"다른 말은 더 안 했나?"

"성함을 말씀해 주셨습지요."

홈즈는 내게 득의양양한 눈길을 던졌다.

"허, 자기 이름을 말해 주었다고? 그것 참 경솔한 짓이었군. 그래, 이름이 뭐라고 하던가?"

"셜록 홈즈라고 하던뎁쇼."

마부가 말했다.

내 친구는 마부의 대답을 듣고 아연실색했다. 순간적으로 그는 눈만 깜빡거리며 말없이 앉아 있었다. 그러더니 미친 듯이 웃기 시작했다.

"당했어, 왓슨. 깨끗이 당했어!"

홈즈는 말했다.

"그자가 나만큼이나 훌륭한 솜씨를 가진 것 같군. 나는 벌써 놈에게 보기 좋게 한 방 먹었는데 말이야. 그래, 그자의 이름이 셜록 홈즈라고?"

"예, 선생님, 그 신사분은 그렇게 말씀하셨습죠."

"좋아! 이제 그자를 어디서 태웠는지, 자초지종을 말해 주게."

"그분은 9시 반경에 트라팔가 광장에서 마차를 타셨습지요. 그리고 자기가 탐정이라면서 하루 종일 아무것도 묻지 말고 시키는 대로 잘하면 2기니를 주겠다고 하셨습니다요. 저는 당연히 그렇게 하겠다고 했습지요. 맨 먼저 우리는 노섬버랜드 호텔 앞으로 가서 두 신사분이 나올 때까지 기다렸습니다요. 두 신사분은 마차를 잡아탔고 우리는 그분들을 쫓아왔는데 두 분은 이 근처 어딘가에서 내렸습지요."

"바로 이 집 앞이었겠지."

홈즈가 말했다.

"글쎄, 저야 잘 모르지만 그 손님은 아마 잘 알고 계실 겁니다요. 우리는 반 블록쯤 떨어진 곳에 마차를 세우고 기다렸습지요. 한 시간 반쯤을 기다리니 두 신사분이 옆을 지나서 걸어가는 게 보였습지요. 우리는 두 분을 쫓아서 베이커 가를 지나……."

"그건 알고 있네."

홈즈가 말했다.

"그런데 리젠트가를 4분의 3 정도 내려갔는데 손님께서 갑자기 마차 뚜껑을 벌컥 여시고는 워털루 역을 향해 전속력으로 달려가라고 소리 지르셨습지요. 저는 말을 채찍질해서 10분도 채 안 되는 시간에 역에 도착했습니다요. 그러자 신사분은 흔쾌히 2기니를 치르셨습지요. 그리고 역을 향해 가려다 말고 돌아서서 이렇게 말씀하셨습니다요. '자네가 궁금해할 것 같아서 말해 주네만 오늘 자네가 태우고 다닌 이 사람은 셜록 홈즈라네.' 저는 이렇게 해서 그 신사분의 성함을 알게 되었습니다요."

"알겠네. 그다음에는 그자를 본 적이 없었고?"

"그분이 역으로 들어가시는 걸 본 게 마지막이었습죠."

"그러면 셜록 홈즈가 어떻게 생겼는지 좀 설명해 주겠나?"

마부는 머리를 긁적거렸다.

"참 설명하기가 쉽지 않은 얼굴이었는데. 에, 나이는 대략 마흔 살쯤 되어 보였고 중키였습니다요. 선생님보다 오륙 센티미터쯤 작아 보였습죠. 그리고 상류층의 멋쟁이처럼 차려입었고, 끝을 각지게 다듬은 검은 턱수염에 핏기 없이 창백한 얼굴이었습지요. 그 이상은 어떻게 말해야 할지 잘 모르겠는뎁쇼."

"눈 색깔은?"

"모르겠습니다요."

"더 이상 기억나는 게 없나?"

"예, 전혀 없습니다요, 선생님."

"좋아, 여기 10실링 있네. 그리고 앞으로 아는 걸 더 말해 준다면 그때 10실링 더 주지. 잘 가게!"

"안녕히 계십쇼, 선생님. 그리고 감사합니다요!"

존 클레이턴은 싱글거리며 방을 나갔다. 홈즈는 나를 향해 돌아서서 어깨를 들썩하더니 슬픈 미소를 지었다.

"세 번째 실이 끊어졌군. 우리는 다시 원점으로 돌아왔네."

그는 말했다.

"교활한 작자 같으니라고! 놈은 우리 집 주소를 알게 됐고 헨리 바스커빌 경이 우리에게 자문을 구하러 왔다는 것도 알아냈네. 그리고 리젠트가에서 나를 알아보았고, 또 내가 마차 번호를 기억해 뒀다가 마부를 찾을 거라는 것도 용케 알아맞혔네. 그리고 내게 이렇게 대담한 메시지를 보내온 거지. 왓슨, 이번에 우리는 호적수를 만난 걸세. 나는 런던에서 놈에게 보기 좋게 당한 거야. 자네가 데번에 가게 되면 좀 더 운이 좋기를 바랄 수밖에.

하지만 나는 아직도 불안하이."

"뭐가?"

"자네를 그곳으로 보내는 것이 말이야. 이건 추악한 사건일세, 왓슨. 추악한 데다 위험하지. 알게 될수록 마음에 안 들어. 여보게, 자네는 웃을지 몰라도 나는 자네가 무사히 베이커가로 돌아온다면 더 이상 바랄 것이 없네."

바스커빌관

헨리 바스커빌 경과 모티머 선생은 약속한 날짜에 맞춰 준비를 끝냈고, 우리는 예정대로 데번을 향해 출발했다. 셜록 홈즈는 역까지 배웅 나와서 마지막 지시 겸 충고를 했다.

"왓슨, 나는 여러 가지 가설과 의혹에 대해 미주알고주알 늘어놓아서 자네에게 선입견을 불어넣고 싶지는 않네."

홈즈가 말했다.

"나는 자네가 최대한 객관적인 태도로 사실 보고를 해주기만을 바라네. 가설을 세우는 일은 나한테 맡기고 말일세."

"어떤 사실을 말인가?"

나는 물었다.

"무엇이든, 아무리 사건과 무관한 것처럼 보이는 것이라 해도 말일세. 특히 바스커빌가의 젊은 후계자와 그 이웃들 간의 관계나 찰스 경의 죽음에 관한 어떤 새로운 사실을 발견하면 꼭 보고

해 주게나. 지난 며칠간 나는 약간의 조사를 벌였지만 결과는 탐탁지 않았네. 한 가지 확실한 것은 다음 상속자인 제임스 데스먼드 씨는 나이가 지긋한 데다 말할 수 없이 온화한 신사분이고, 그래서 이런 일을 벌일 리가 없다는 것일세. 사실 나는 그분은 계산에서 아주 빼도 될 거라고 생각하네. 그러면 남는 것은 황무지에서 헨리 바스커빌 경과 이웃해서 살 사람들이지."

"우선 배리모어 부부를 제외하는 게 낫지 않을까?"

"그건 절대로 안 되네. 그건 치명적인 실수가 될지도 몰라. 그 부부가 범인이 아니라면 조금 미안한 얘기가 될 테지만, 그들이 범인이라면 그것은 진실을 밝혀낼 수 있는 모든 가능성을 원천 봉쇄하는 행동이 될 것이네. 아냐, 그건 절대로 안 돼. 그 부부는 용의 선상에 계속 올려놔야 하네. 그리고 내 기억이 옳다면 바스커빌관에는 마부가 한 사람 있다고 했네. 황무지에 사는 농부도 둘 있고. 또 우리의 친구 모티머 선생도 있지만 내가 보기에는 전적으로 믿어도 될 사람 같네. 또 전혀 미지의 인물인 모티머 부인도 있네. 또 박물학자 스태플턴이 있고, 미모가 뛰어난 처녀라는 그의 누이동생이 있네. 또 래프터관의 프랭클랜드라는 미지의 요소가 있고, 그 밖에도 이웃이 한두 명 더 있네. 이 모든 사람들이 자네가 면밀히 연구해야 할 대상이지."

"내 최선을 다하도록 하지."

"그런데 무기는 가지고 가겠지?"

"응, 아무래도 그러는 게 나을 것 같아서."

"아무렴. 자네의 회전식 연발 권총을 항상 지니고 있게. 절대로 방심하지 말고."

우리의 친구들은 이미 일등실을 예약해 놓고 플랫폼에서 우리가 오기를 기다리고 있었다.

"아니요, 새로운 소식은 없습니다."

모티머 선생은 홈즈의 물음에 이렇게 대답했다.

"한 가지 확실한 것은 지난 이틀간 우리가 미행을 당하지는 않았다는 것입니다. 우린 밖에 나갈 땐 한시도 경계를 늦추지 않았기 때문에 들키지 않고 우리를 미행하는 것은 불가능했을 것입니다."

"그런데 두 분은 항상 같이 있었겠지요?"

"어제 오후만 빼면 그랬지요. 저는 런던에 올 때마다 하루 정도는 순수한 즐거움을 위해 시간을 비워놓는답니다. 어제 오후엔 외과학 박물관에 갔지요."

"그리고 나는 사람들을 구경하러 공원에 갔습니다."

바스커빌이 말했다.

"하지만 아무 문제도 없었지요."

"그래도 그것은 경솔한 행동이었습니다."

홈즈는 고개를 절레절레 흔들며 무겁게 말했다.

"헨리 경, 앞으로는 절대 혼자 다니지 마십시오. 그러다 돌이킬 수 없는 사고가 생길 수도 있으니까요. 신발 한 짝은 마저 찾으셨나요?"

"아니요. 그건 아주 잃어버렸지요."

"정말 흥미로운 일이군요. 그러면, 안녕히 가십시오."

기차가 서서히 움직이기 시작하자 홈즈는 마지막으로 외쳤다.

"헨리 경, 모티머 선생이 읽어준 저 기이한 전설의 한 구절을 명심하여, 악의 세력이 승하는 밤 시간에는 부디 황무지를 지나는 일을 삼가십시오."

나는 기차가 플랫폼을 빠져나갈 때 뒤를 돌아보았다. 키 큰 사나이 홈즈가 미동도 하지 않고 그 자리에 서서 이쪽을 응시하고 있는 모습이 눈에 들어왔다.

기차 여행은 즐거웠다. 나는 빠르게 달리는 기차 안에서 모티머 선생의 스패니얼과 노는 한편 두 길동무와 더욱 친한 사이가 되었다. 몇 시간이 지나자 갈색 대지는 붉은빛으로 바뀌었고, 화강암 바위가 나타났다. 관목 울타리가 서 있는 들판에선 붉은 소들이 풀을 뜯고 있었다. 무성한 수풀과 싱그러운 초목으로 보아 유난히 비가 많고 토양이 비옥한 지역인 듯했다. 바스커빌가의 젊은 후계자는 열심히 창밖을 내다보다가 데번 지방의 낯익은 풍경을 알아보고 기쁨의 함성을 질렀다.

"왓슨 박사님, 나는 이곳을 떠난 뒤 세계 방방곡곡을 돌아다녔지만 이곳에 비할 만한 땅은 아직 찾아내지 못했답니다."

그가 말했다.

"데번에서 태어난 남자치고 맹세할 때 자신의 고향을 내세우지 않는 사람은 아직 못 봤습니다."

나는 대꾸했다.

"그것은 데번이라는 땅뿐 아니라 인종의 영향도 크게 받기 때문입니다."

모티머 선생이 말했다.

"헨리 경의 모습을 자세히 살펴보면 켈트족 특유의 둥근 머리를 알아볼 수 있습니다. 그런 머리형에는 켈트족의 정열과 헌신의 힘이 들어 있지요. 가엾은 찰스 경의 머리는 아주 희귀한 유형에 속했는데, 게일족과 이베리아족의 특징이 반씩 섞여 있었습니다. 그런데 헨리 경이 바스커빌관을 본 것은 아주 어릴 때가 아니었나요?"

"아버지가 돌아가신 건 내가 10대일 때였습니다. 그때까지 나는 바스커빌관을 한 번도 본 적이 없었지요. 그 당시 우리는 남부 해안의 작은 집에서 살고 있었으니까요. 그 뒤에 나는 곧장 미국의 친구에게 건너갔습니다. 나도 왓슨 박사처럼 바스커빌관은 처음입니다. 어서 황무지가 보고 싶군요."

"그러십니까? 그렇다면 금방 소원 성취를 하셨습니다그려. 저기 보이는 땅이 바로 황무지입니다."

모티머 선생은 차창 밖을 가리키며 말했다.

네모지게 구획된 녹색 들판과 야트막한 숲 위로 멀리 음산한 회색 구릉이 솟아 있었다. 지평선이 이상한 기복을 이루고 있는 황무지는, 아득히 먼 곳에 자리 잡은 탓에 꼭 꿈에 나타난 몽환적인 풍경처럼 보였다. 바스커빌은 한동안 그곳에서 눈을 떼지 못했다. 나는 그의 홀린 듯한 얼굴을 보고, 자신의 조상이 그토록 오랜 세월 동안 지배하며 깊은 흔적을 남긴 이상한 땅과 처음 대면한다는 것이 그에게 얼마나 심상치 않은 의미를 갖는지 이해했다. 미국식 영어가 몸에 밴 헨리 바스커빌은 트위드 정장 차림으로 단조로운 기차 객실의 한구석에 앉아 있었다. 그러나 검게 그을린, 표정이 풍부한 그의 얼굴을 바라보는 동안 나는 그가 불 같은 기질에 지배적인 성격을 가진 고귀한 핏줄의 후예라는 사실을 다시금 깊이 깨달았다. 그의 짙은 눈썹과 예민한 콧구멍, 커다란 갈색 눈에는 긍지와 용기와 힘이 있었다. 저 금지된 땅 황무지에서 앞으로 어렵고 위험한 조사 활동을 벌이게 되더라도, 이 사람은 위험에 처한 동지 곁을 떠나지 않고 용감하게 지키고자 할 사람임에 틀림없었다.

길가의 자그마한 역에서 기차가 멈춰 서자 우리는 모두 내렸다. 야트막한 하얀 울타리 밖에서 두 필의 말이 끄는 사륜마차가 대기하고 있었다. 역장과 짐꾼들이 우릴 둘러싸고 법석을 떨며 짐을 나르는 것을 보니 우리의 도착이 커다란 사건인 듯했다. 그곳은 소박한 아름다움이 풍기는 시골 역이었다. 그러나 검은 제복을 입은 군인 같은 두 남자가 소총에 몸을 의지한 채 문을 지키고 있는 모습을 보고 나는 깜짝 놀랐다. 두 남자는 우리 일행에게 날카로운 시선을 던졌다. 거칠고 우락부락하게 생긴 마부가 헨리 바스커빌 경에게 인사했다. 그리고 몇 분 뒤 우리는 널따란 하얀 길을 날 듯이 달리고 있었다. 길 양쪽으로는 완만한 기복을 이루는 목초지가 펼쳐져 있었고, 박공지붕을 인 낡은 집들이 무성한 녹색 나뭇잎 사이로 얼굴을 빼꼼 내밀고 있었다. 그러나 햇빛이 비치는 평화로운 시골 풍경 너머에는, 저녁 하늘을 배경으로 더욱 어두워 보이는 황무지가 음울한 굴곡을 그리며 길게 뻗어 있었다. 황무지의 풍경에 변화를 주고 있는 것은 뾰족

뾰족한 불길해 보이는 바위산들이었다.

사륜마차는 샛길로 접어들었고, 우리는 수백 년간 마차 바퀴에 깊이 팬 길을 따라 올라갔다. 길은 구불거렸고 길 양쪽으로는 높은 제방이 버티고 서 있었다. 제방을 빈틈없이 뒤덮고 있는 것은 축축하게 젖은 이끼와 다육질의 양치류였다. 청동빛 고사리와 나무딸기가 석양을 받아 빛났다. 마차는 꿋꿋이 서 있는 비좁은 화강암 다리를 지나, 회색 자갈돌 위로 거품을 일으키며 세차게 흐르는 시내를 끼고 올라갔다. 길은 시냇물을 따라 참나무와 전나무 관목이 빼곡히 서 있는 골짜기를 꼬불거리며 올라갔다. 모퉁이를 돌 때마다 바스커빌은 탄성을 터뜨렸고, 사방을 두리번거리며 쉴 새 없이 질문 공세를 퍼부었다. 그의 눈에는 모든 것이 다 아름다워 보이는 모양이었지만, 내가 보기에 그곳은 지나간 세월의 흔적을 고스란히 간직하고 있어 못내 애상(哀想)을 불러일으키는 쇠락한 땅이었다. 달리는 마차 위로 노란 나뭇잎들이 팔랑거리며 떨어져 내려 땅을 덮었다. 덜컹거리는 마차 바퀴가 썩은 나뭇잎 더미에 파묻혀 바퀴 소리는 삼켜지고 말았다. 귀향하는 바스커빌가의 후예를 태운 마차 앞에 자연이 내던지는 선물치곤 쓸쓸하지 아니한가, 하는 생각이 문득 들었다.

"맙소사!"

모티머 선생이 외쳤다.

"저게 뭐지?"

멀리, 히스 꽃으로 뒤덮인 가파른 바위산이 황무지에서 돌출해 있었다. 그리고 그 위에는 기마 인물상처럼 단단해 보이는 말 탄

군인이 검게 그을린 무표정한 얼굴로 소총을 겨누고 있었다. 그는 우리가 달리고 있는 길을 감시하고 있었다.

"퍼킨스, 저게 뭔가?"

모티머 선생이 물었다.

마부는 앉은 자리에서 반쯤 고개를 돌렸다.

"프린스타운에서 죄수가 하나 탈출했습니다, 선생님. 오늘로 사흘짼데, 경비대가 모든 도로와 기차역을 지키고 있습지요. 하지만 아직 놈을 찾아내지는 못했답니다. 이 근방의 농부들은 겁을 먹고 있습니다."

"흠, 신고하면 5파운드를 받게 되겠군."

"그렇습니다, 선생님. 하지만 목이 달아날 수도 있는 판국에 그까짓 5파운드는 아무것도 아니지요. 그놈이 보통 죄수하고는 다르답니다. 세상에 무서운 것이 없는 놈이라고 합니다."

"대체 그자가 누군가?"

"노팅힐 살인범 셀든입니다."

나는 그 사건을 잘 기억하고 있었다. 그 사건은 유난히 잔인하고 흉포했던 까닭에 홈즈가 그것에 관심을 두었기 때문이었다. 사형에서 무기 징역으로 감형한 것은 범죄 행위의 유난스러운 잔학함으로 인해 법정이 범인의 정신 상태를 의심했기 때문이었다. 사륜마차가 언덕에 올라서자 곳곳에 돌무더기가 쌓인 거대한 황무지가 눈앞에 펼쳐졌다. 싸늘한 바람이 몰아쳐 오자 모두들 몸을 떨었다. 황량한 평원 어딘가에 극악무도한 사나이 하나가 야생의 짐승처럼 굴 속에 몸을 숨기고 있는 것이다. 그의 마음은 자신을 내친 종족 전체에 대한 증오로 가득 차 있을 터였다. 버려진 땅, 냉기를 머금은 바람, 어두워져가는 하늘의 불길한 의미를 완성하기 위해 필요한 것은 오직 그뿐이었다. 바스커빌조차 침묵을 지키며 코트 깃을 끌어 올려 단단히 여몄다.

우리는 비옥한 땅을 뒤로하고 계속 올라갔다. 뒤를 돌아보니 사선으로 들어오는 저녁 해가 시냇물을 황금의 실타래로 바꿔놓고 있었다. 막 갈아엎은 붉은 흙과 드넓은 삼림 지대가 저녁 햇살을 받아 빛났다. 눈앞의 붉고 누런 산비탈을 넘어가는 길은 점점 삭막하고 을씨년스러워졌다. 산비탈 여기저기엔 바윗덩이가 구르고 있었다. 길옆으로 황무지의 농가 한 채가 지나갔다. 돌로 벽을 쌓고 지붕을 이은 그 집에는 거친 모습에 변화를 줄 만한 담쟁이덩굴 하나 기어오르고 있지 않았다. 그리고 갑자기 눈앞에 컵처럼 오목하게 파인 분지가 나타났다. 그곳에선 오랜 세월 세찬 바람에 시달려 구부러지고 휘어진 키 작은 참나무와 전나무 들이 숲을 이루고 있었다. 숲 위로 뾰족탑 두 개가 높다랗게 솟아 있었다. 마부는 채찍을 들어 그것을 가리켰다.

"바스커빌관입니다."

마부는 말했다.

저택의 주인은 상기된 얼굴로 벌떡 일어나서 빛나는 눈으로 그곳을 응시했다. 몇 분 뒤 우리는 별관 앞에 도착했다. 별관 정문에는 무쇠로 만든 환상적인 모양의 장식 창살이 달려 있었고, 비바람에 시달린 흔적이 역력한 정문 기둥 두 개는 온통 지의류에 뒤덮여 있었다. 기둥 위에는 바스커빌가의 상징인 수퇘지 머

리가 얹혀 있었다. 검은 화강암으로 지어진 별관은 서까래가 그
대로 드러난 폐허였으나 그 앞에는 새 건물이 반쯤 짓다 만 채
서 있었다. 그것은 찰스 경이 남아프리카에서 모아온 재산의 첫
결실이었다.

정문을 지나 진입로로 들어서자, 마차 바퀴는 다시 한번 나뭇
잎 더미에 파묻혀 소리를 잃어버렸다. 오래된 나무들이 가지를
뻗어 머리 위에서 어둑한 터널을 만들고 있었다. 바스커빌은 길
고 어두운 진입로를 바라보며 부르르 몸을 떨었다. 진입로 끝에
서 있는 저택이 유령처럼 희미한 빛을 발했다.

"이 자리였나요?"

바스커빌이 나지막하게 물었다.

"아니, 아닙니다. 주목 산책로는 저쪽에 있습니다."

젊은 상속자는 우울한 얼굴로 주위를 둘러보았다.

"숙부께서 이런 곳에 사시면서 안 좋은 예감을 가지셨던 것도
무리는 아닙니다."

그는 말했다.

"누구라도 이곳에 오면 기분이 이상해질 겁니다. 나는 반년 내
로 이 진입로에 전기 가로등을 설치하겠습니다. 현관문 바로 앞
에는 촛불 천 개의 밝기를 가진 전등을 달 겁니다. 그러면 이곳
분위기는 완전히 달라질 겁니다."

진입로는 널따란 잔디밭으로 이어져 있었고 그 너머에 저택
이 있었다. 희미한 빛 속에서 거대한 건물의 중앙부와 돌출 현관
이 보였다. 건물의 앞면 전체는 담쟁이로 뒤덮여 있었는데 창문

이나 문장(紋章)이 있는 곳만 검은 베일이 걷혀 있었다. 건물 중앙부에는 수많은 총안(銃眼)이 뚫려 있는 고풍스러운 쌍둥이 탑이 솟아 있었다. 쌍둥이 탑 좌우로는 검은 화강암으로 지어진 현대식 건물이 잇대어 있었다. 묵직한 세로 창살을 댄 창문을 통해 희미한 불빛이 새어 나왔고, 가파른 지붕에 자리 잡은 높다란 굴뚝에서 한 줄기의 검은 연기가 뭉클뭉클 솟구치고 있었다.

"어서 오십시오, 주인님! 바스커빌관에 오신 것을 환영합니다!"

키 큰 사나이가 현관 그늘에서 걸어 나와 사륜마차 문을 열었다. 한 여자가 현관 앞에 서 있었는데 홀에서 흘러나오는 노란 불빛에 커다란 그림자가 만들어졌다. 여자는 걸어 나와 남자가 짐을 내리는 것을 거들었다.

"헨리 경, 나는 곧장 집으로 가려고 하는데 그래도 괜찮겠지요?"

모티머 선생이 말했다.

"아내가 집에서 기다리고 있습니다."

"같이 식사라도 하시지 않고요?"

"아니요, 가봐야 합니다. 또 미뤄둔 일도 있어서요. 저택을 안내해 드리면 좋겠지만 집 안내라면 배리모어가 훨씬 잘 할 겁니다. 안녕히 계십시오. 그리고 제가 필요할 때는 언제든지 부르십시오. 지체 없이 달려오겠습니다."

마차는 소리 없이 진입로를 빠져나갔고 헨리 경과 나는 집 안으로 들어갔다. 등 뒤에서 현관문이 쿵 소리를 내며 무겁게 닫혔다. 우리가 들어간 곳은 크고 훌륭한 방이었다. 높다란 천장에는 세월의 흐름에 따라 검게 변색된 거대한 참나무 서까래들이 묵직하게 얹혀 있었다. 커다란 고풍의 벽난로에선 장작이 탁탁 소리를 내며 타올랐고, 벽난로 앞에는 커다란 무쇠 집게가 놓여 있었다. 오랫동안 마차를 타고 오느라 몸이 얼어 있던 헨리 경과 나는 손을 내밀어 불을 쬐었다. 그리고 높직이 뚫려 있는 오래된 색유리를 끼운 창과 참나무 창틀, 수퇘지의 머리 조각, 벽 위의 문장 들을 둘러보았다. 방 중앙에 놓인 약한 램프 불빛을 받아 모든 것이 다 어둡고 침침해 보였다.

"내가 상상한 그대로군요."

헨리 경이 말했다.

"조상 대대로 물려온 집 그 자체가 아닙니까? 바로 이 방에서 나의 조상들이 500년 동안 살아오셨다는 걸 생각해 보십시오. 나는 생각할수록 마음이 숙연해집니다."

그는 검게 탄 얼굴에 소년 같은 호기심을 가득 담은 채 주위를 두리번거렸다. 불빛은 그의 몸에 부딪쳐 벽에 긴 그림자를 만들어냈고 머리 위로는 검은 휘장을 둘렀다. 배리모어 집사가 짐을 들고 방으로 들어왔다. 그리고 제대로 훈련받은 하인답게 조심스러운 태도로 우리 앞에 섰다. 그는 뛰어난 외모의 소유자였다. 키가 크고 유난히 흰 얼굴에 검은 턱수염을 기른 잘생긴 남자였다.

"지금 저녁 식사를 하시겠습니까, 주인님?"

"준비됐나?"

"예, 주인님. 방에는 더운물을 갖다 놓았습니다. 저희 부부는 주인님이 새 하인을 들일 때까지 기쁘게 봉사할 작정입니다. 하지만 종전과는 상황이 다르기 때문에 이 저택에는 꽤 많은 인원이 필요할 것으로 사료됩니다."

"상황이 달라지다니?"

"다른 말씀이 아니오라 찰스 주인님께서는 아주 조용한 생활을 하셨기 때문에 우리 부부 둘이서 주인님을 모시는 것이 가능했습니다. 그런데 새 주인님께서는 당연히 많은 분과 교제하기를 바라실 것이고, 그래서 집안을 꾸리는 데 변화가 따를 거라는 말씀입니다."

"그것은 자네 부부가 이 집을 떠나겠다는 뜻인가?"

"모든 일이 정리된 뒤에 그렇게 하겠습니다."

"하지만 자네 가족은 대대로 이 집에서 살아왔네. 그렇지 않은가? 내가 오래된 가족 관계를 깨는 것으로 이 집 생활을 시작한다면 그건 유감 천만이지."

집사의 흰 얼굴에 어떤 감정이 떠오르는 것이 보였다.

"저도 그렇습니다, 주인님. 제 아내도 마찬가지고요. 하지만 솔직히 말씀드리자면 우리 부부에게 찰스 주인님은 정말 남다른 분이셨습니다. 그래서 찰스 주인님께서 그렇게 가신 것이 저희에게는 감당하기 힘든 충격이었고 그 때문에 이곳에 있는 것이 몹시 힘듭니다. 우리 부부는 바스커빌관에 있는 한 다시는 마음의 안정을 찾지 못할 것 같습니다."

"하지만 여길 떠나면 무엇을 하려는가?"

"주인님, 우리 부부는 무슨 일을 해서든 기반을 잡을 수 있을 것입니다. 찰스 주인님은 너그럽게도 저희들이 독립할 수 있는 수단을 마련해 주셨습니다. 그러면 주인님, 이제는 방을 안내해 드리겠습니다."

오래된 홀에는 두 개의 계단이 있었는데 그것은 2층의 회랑으로 통했다. 2층 중앙부의 회랑 양쪽으로는 두 개의 긴 복도가 건물 끝까지 통해 있었고, 침실로 들어가는 문은 모두 이 복도로 나 있었다. 내 침실은 바스커빌의 침실과 같은 쪽 복도에 있었고 거의 붙어 있다시피 했다. 우리가 쓰는 방은 저택의 중앙부에 비해 훨씬 현대적으로 꾸며져 있었고, 밝은 색깔의 벽지와 여러 개의 촛불은 이곳에 도착했을 때부터 내 마음에 아로새겨진 음침한 인상을 걷어내는 듯했다.

그러나 홀과 붙어 있는 식당은 어둠과 그림자의 공간이었다. 긴 식당 방은 높낮이를 다르게 해놓아서 높은 단에는 가족들이 앉고 낮은 자리엔 하인들이 앉게끔 돼 있었다. 한쪽 끝에는 음유시인을 위한 자그마한 무대가 마련되어 있었다. 머리 위에는 검은 서까래들이 얹혀 있었고 그 너머로 연기에 그을린 천장이 보였다. 이글거리는 횃불이 식당 안을 밝혀주고 있다면, 그리고 옛날식 연회의 흥청거리는 분위기에서라면 이곳은 다소 부드러워 보였을지도 모른다. 그러나 검은 옷을 입은 신사 둘이 갓을 씌운 램프의 동그란 불빛 속에 앉아 있는 지금, 말소리는 저절로 기어들고 기분은 가라앉았다. 엘리자베스 시대의 기사에서 섭정기의 멋쟁이에 이르기까지 다양한 복장의 조상들이 줄줄이 서서 우리를 내려다보았고, 우리는 죽은 이들과 같이 말없이 앉아 있다는 느낌에 오금이 저려왔다. 우리는 거의 말을 하지 않았다. 식사가 끝나서 방으로 돌아와 담배를 피울 수 있게 된 것이 나로서는 그지없이 기뻤다.

"맙소사, 식당이란 곳이 별로 기분 좋은 곳은 아니군요."

헨리 경이 말했다.

"저런 분위기를 누그러뜨릴 수는 있겠지만 시간이 좀 걸릴 것 같습니다. 숙부께서 이런 집에서 홀로 사시면서 불안에 떨었던 것은 당연한 일이었는지도 모릅니다. 하지만 괜찮으시다면 오늘 저녁에는 일찍 잠자리에 들기로 하지요. 아침에는 모든 게 좀 더 나아 보일지도 모르니까요."

나는 침대에 들기 전에 커튼을 걷고 창밖을 내다보았다. 밖은 집 앞의 잔디밭이었다. 신음하는 바람이 잡목 숲을 뒤흔들어놓고 지나갔다. 빠르게 달리는 구름 틈새로 반달이 고개를 내밀었다. 잡목 숲 너머로, 차가운 달빛 속에서 바윗덩이가 굴러다니는 음산한 황무지의 길고 야트막한 능선이 바라다보였다. 나는 커튼을 닫으며 이것이 오늘의 마지막 인상일 거라고 생각했다.

그러나 그것은 아직 마지막이 아니었다. 몸은 피곤했지만 눈이 말똥말똥해서 도대체 잠이 오지 않았다. 나는 오지 않는 잠을 청하려 애쓰며 몸을 뒤척였다. 멀리서 시계가 15분마다 종을 쳤지만 그것만 빼면 죽음 같은 적막이 오래된 저택을 지배했다. 그런데 그 밤중에, 갑자기, 어떤 소리가 내 귀에 선명하게 들려왔다. 그것은 여자의 울음소리였다. 여자가 슬픔에 못 이겨 숨죽여 울고 있었다. 나는 벌떡 일어나 앉아 그 소리에 온 정신을 집중했다. 울음소리는 먼 곳에서 나는 것 같지 않았다. 그것은 분명 집

안에서 나는 소리였다. 그러나 울음소리는 잠깐 들렸을 뿐이다. 나는 30분 정도 온몸의 신경을 곤두세우고 앉아 있었지만 시계 종소리와 담벼락에서 담쟁이가 살랑거리는 소리 말고는 아무 소리도 들리지 않았다.

메리핏가의 스태플턴 오누이

다음 날, 아침나절의 풋풋한 아름다움은 전날 바스커빌관에 와서 받았던 음침하고 칙칙한 인상을 씻어내기에 족했다. 헨리 경과 나는 높은 창문으로 들어오는 햇살을 받으며 아침 식사를 했다. 투명한 햇살이 유리창을 덮고 있는 문장(紋章)을 투과하여 색색의 무늬를 만들어냈다. 검은 창살은 황금 햇살 속에서 청동빛으로 반짝거렸다. 이 방이 전날 저녁에 우리의 영혼에 그토록 무거운 그림자를 드리웠던 바로 그 방인지 의심스러울 정도였다.

"문제는 집이 아니라 바로 우리 자신인 것 같군요!"

준남작이 말했다.

"여행에 지친 데다가 마차를 타고 오느라 몸이 얼어서 이곳이 회색으로만 보였나 봅니다. 잘 자고 상쾌한 기분으로 일어나니 모든 것이 다시 즐겁기만 하군요."

"하지만 모두가 다 상상의 산물이었던 것만은 아닙니다."

나는 대답했다.

"혹시 어젯밤에 여자 울음소리를 듣지 못하셨는지?"

"거참 재미있군요. 나도 언뜻 잠이 든 상태에서 그런 소리를 들었거든요. 하지만 한참을 기다려도 아무 소리도 나지 않기에 내가 꿈을 꾼 줄로만 알았습니다."

"나는 이 귀로 똑똑히 들었습니다. 그것이 여자의 울음소리라는 것은 거의 확실합니다."

"그럼 당장 알아보기로 하지요."

헨리 경은 벨을 눌러 배리모어를 불렀다. 그리고 집사에게 간밤의 울음소리에 대해 설명해 달라고 말했다. 내가 보기에 헨리 경이 말하는 동안 집사의 창백한 낯빛은 더욱 핏기를 잃는 것 같았다.

"주인님, 이 집에 여자라곤 둘뿐입니다."

그는 대답했다.

"한 사람은 식기실 하녀인데 멀리 떨어져 있는 방에서 잡니다. 다른 한 사람은 제 아내입니다. 하지만 결단코 제 아내가 운 적은 없습니다."

그러나 집사의 말은 거짓이었다. 아침 식사 후에 긴 복도에서 그의 아내와 마주쳤을 때 나는 햇살에 훤히 드러난 그녀의 얼굴을 보고 사실을 알았다. 가정부는 투박하게 생긴 무뚝뚝한 얼굴에 입을 굳게 다문 비대한 여인이었다. 그러나 붉게 충혈된 채 퉁퉁 부은 그 눈은 진실을 드러내고 있었다. 밤에 울었던 것은 다름 아닌 그녀였고 남편이 그 사실을 몰랐을 리는 없었다. 그런데 집사는 거짓말을 들킬 위험을 무릅쓰고 사실을 부정했다. 왜 그랬을까? 그리고 가정부는 왜 그렇게 슬피 울었을까? 잘생기고 창백한 얼굴에, 검은 수염을 기른 이 남자의 주변에는 종잡을 수 없는 어두운 분위기가 떠돌고 있었다. 찰스 경의 시체를 처음 발견한 것은 바로 집사였다. 그리고 우리는 찰스 경의 죽음과 관련된 모든 상황에 대해 오직 그의 이야기를 들었을 뿐이다. 혹시 우리가 리젠트가에서 목격한 이륜마차 속의 남자가 배리모어는 아니었을까? 수염은 같은 것일 수도 있다. 마부는 그 남자의 키가 좀 작은 편이라고 했지만 그런 식의 착각이야 얼마든지 있을 수 있는 것 아닌가. 어떻게 해야 사실을 알아낼 수 있을까? 내가 제일 먼저 해야 할 일은 그림펜의 전신국장을 만나서 실제로 전보가 배리모어에게 직접 배달되었는지 여부를 알아내는 것이었다. 사실이야 어떻든, 적어도 셜록 홈즈에게 보고할 거리는 생기는 것이다.

아침 식사를 마친 뒤 헨리 경은 읽어보아야 할 서류가 한둘이 아니었으므로 나는 마침 잘됐다고 생각하고 혼자 탐사를 나가기로 했다. 상쾌한 기분으로 황무지의 가장자리를 따라 6킬로미터쯤 걷자 작은 마을 하나가 나왔다. 높이 솟아오른 큰 건물이 두 채가 있었는데, 나중에 알고 보니 하나는 여인숙이었고 다른 하나는 모티머 선생의 집이었다. 마을에서 식료품점을 겸업하고 있는 전신국장은 그 전보를 똑똑히 기억하고 있었다.

"물론입니다."

전신국장은 말했다.

"그 전보는 말씀하신 대로 배리모어 씨에게 정확하게 전달했지요."

"배달한 사람이 누구지요?"

"여기 있는 우리 아들입니다. 제임스, 너 지난주에 바스커빌관의 배리모어 씨에게 전보를 분명히 전해 드렸느냐?"

"예, 아버지."

"직접 전했니?"

내가 물었다.

"배리모어 씨는 그때 다락방에 올라가 계셔서 직접 만나뵙지는 못했거든요. 그래서 아주머니에게 전보를 드렸고, 아주머니는 곧 아저씨에게 전해 주겠다고 하셨어요."

"배리모어 씨를 보았니?"

"못 봤습니다, 선생님. 그분은 다락방에 계셨으니까요."

"직접 보지도 못했으면서 그 사람이 다락방에 있다는 걸 어떻게 알았지?"

"허 참, 부인은 남편 있는 곳을 똑똑히 알 거 아니오."

전신국장이 퉁명스럽게 말했다.

"그 사람이 전보를 못 받았답디까? 무슨 문제가 있다면 배리모어 씨에게 가서 따지셔야지요."

더 이상 조사를 밀고 나가는 일은 가망 없는 일로 보였다. 그러나 홈즈의 방책에도 불구하고 배리모어가 런던에 없었다는 확증이 없는 것은 분명했다. 찰스 경이 살아 있는 모습을 마지막으로 본 바로 그 사람이, 상속자가 영국에 도착하자마자 그 뒤를 미행했던 것일까? 그렇다면 무엇 때문에? 배리모어의 뒤에는 제3의 인물이 있을까 아니면 그의 마음속에 어떤 흉계가 도사리고 있는 것일까? 대체 바스커빌가 사람들을 쫓아내는 것이 그에게 어떤 득이 된단 말인가? 나는 《타임스》의 사설을 오려 만든 그 이상한 경고 편지를 기억해 냈다. 그것은 그의 작품일까 아니면 누군가 그의 계획을 좌절시키기 위해 꾸민 일일까? 생각할 수 있는 유일한 동기는 헨리 경이 말한 그것이었다. 즉 바스커빌가 사람들이 멀리 도망친다면 저택은 영원히 배리모어의 안락한 보금자리가 된다는 것. 그러나 그것은 젊은 준남작을 옭아 넣기 위해 보이지 않는 그물을 치고 있는 듯한 주도면밀한 계략에 대해서 충분히 설명해 주지 못했다. 홈즈 자신은, 놀라운 사건을 많이 경험해 보았지만 이번 일만큼 복잡한 사건은 없었다고 말했다. 나는 외줄기의 잿빛 길을 되짚어가면서, 내 친구가 하루빨리 그런 선입견을 벗어던지고 이 무거운 책임을 내 어깨에서 벗겨주러 오기를 기도했다.

갑자기 뒤에서 누가 달려오며 나를 부르는 소리에 내 생각은 중단되었다. 나는 모티머 선생일 거라고 생각하며 뒤를 돌아보았지만, 놀랍게도 나를 쫓아오고 있는 사람은 생전 처음 보는 사람이었다. 그는 작은 키에 몸집이 호리호리한 사나이였다. 말끔히 면도한 얼굴은 무표정했고 뾰족한 턱에 머리칼은 연한 황갈색이었다. 30대가량으로 보이는 그는 회색 신사복에 밀짚모자 차림이었다. 어깨에는 식물 표본을 담는 양철 상자를 둘러메고 있었고 한 손에는 녹색 포충망을 들고 있었다.

"초면에 실례가 많습니다만, 왓슨 박사님 아니십니까."

그는 숨을 몰아쉬며 다가와 이렇게 말했다.

"여기 황무지 사람들은 격식 같은 건 따지지 않기 때문에 정식으로 소개받을 때까지 기다리지 않지요. 모티머 선생에게 제 이름은 들어보셨을 것입니다. 저는 메리핏가의 스태플턴이라고 합니다."

"그 포충망과 채집 상자만 봐도 알겠군요."

나는 말했다.

"나도 스태플턴 씨가 박물학자라는 얘기를 들었으니까요. 그런데 어떻게 나를 알아보셨지요?"

"나는 모티머를 만나러 갔습니다. 그런데 마침 왓슨 박사께서 수술실 창밖을 지나가는 걸 보고 그가 얘기해 주었지요. 나는 우리 집과 방향이 같으니 어서 뒤따라가서 내 소개를 해야겠다고 생각했습니다. 헨리 경께서는 여행하느라 많이 지치셨나 보군요."

"그런 건 아닙니다."

"찰스 경이 안타깝게 가신 후에, 우리 모두는 상속자께서 여기 와서 살지 않겠다고 할까 봐 걱정을 많이 했습니다. 사실 부유한 사람에게 이런 곳에 내려와서 묻혀 살라는 것은 지나친 요구이지만, 이 시골에서 그것이 얼마나 큰 의미를 갖는지는 굳이 말할 필요가 없을 것입니다. 헨리 경께서는 그 문제에 관해 미신적인 공포는 없으시겠지요?"

"그런 것은 없을 겁니다."

"물론 왓슨 박사는 바스커빌 가문에 출몰하는 지옥의 개에 대한 전설을 알고 계시겠지요?"

"들은 적이 있습니다."

"여기 농부들은 얼마나 미신적인지 모릅니다! 너도나도 황무지에서 그런 짐승을 본 적이 있다고 맹세하는 형편이니까요."

그는 웃으며 말했지만 그의 눈빛은 심각했다.

"찰스 경은 잠시라도 그 이야기를 마음속에서 떨쳐버리지 못하셨지요. 나는 찰스 경이 돌아가신 것이 그 때문이라는 것을 믿어 의심치 않습니다."

"하지만 어떻게?"

"찰스 경은 신경이 쇠약해질 대로 쇠약해져 있었습니다. 그래서 어떤 개가 나타났든지 간에 그것은 그분의 병든 심장에 치명적인 영향을 미쳤을 것입니다. 나는 찰스 경이 그날 밤 주목 산책로에서 그와 비슷한 것을 실제로 보았을 거라고 생각합니다. 나는 그분을 정말 좋아했고, 또 그분의 심장이 약하다는 사실을 알고 있었기 때문에 혹시 무슨 나쁜 일이라도 생기면 어쩌나 걱정하고 있었지요."

"경의 심장이 나쁘다는 것은 어떻게 아셨습니까?"

"내 친구 모티머가 말해 주었지요."

"그러면, 찰스 경은 어떤 개한테 쫓기다가 놀라서 사망하셨다는 것입니까?"

"그것 말고 다른 설명이 있을 수 있을까요?"

"글쎄요, 나는 아직 잘 모르겠습니다."

"셜록 홈즈 선생께서는 어떤 생각을 갖고 계십니까?"

순간 나는 깜짝 놀라고 말았다. 그러나 스태플턴의 침착한 얼굴과 고요한 눈빛을 보니 그가 나를 놀라게 하기 위해 일부러 그 얘기를 꺼낸 것이 아님을 알 수 있었다.

"왓슨 박사님, 박사님에 대해 모르는 척하는 게 무슨 소용이겠습니까."

그는 말했다.

"박사님이 쓴 수사 기록은 이 시골구석까지 흘러들어 왔습니다. 박사님은 셜록 홈즈 선생의 이름을 드높이기 위해서 자신의 모습을 드러낼 수밖에 없으셨지요. 모티머가 박사님의 이름을 말했을 때 그는 박사님이 누구인지를 부정할 수 없었습니다. 박사님이 여기 계시다는 것은 당연히 셜록 홈즈 선생도 이 일에 관심이 있다는 것이고, 그래서 나는 자연스럽게 홈즈 선생의 생각이 궁금해진 것입니다."

"그 질문에 관해서는 대답을 드릴 수가 없을 것 같습니다."

"홈즈 선생이 앞으로 이곳을 직접 방문하는 영광을 베푸실 것인지는 물어도 될까요?"

"홈즈는 지금은 런던을 떠날 수 없습니다. 그가 맡고 있는 사건이 한두 가지가 아니라서요."

"이런 섭섭한 일이! 홈즈 선생이라면 아둔한 우리를 깨우쳐주실 수 있을 텐데요. 하지만 왓슨 박사님이 사건을 조사하는 과정에서 제가 조금이라도 도울 일이 있다면 지체 없이 말씀해 주시기 바랍니다. 혹시 나에게 어떤 의심스러운 점이 있다거나, 또는 사건을 조사하는 방법에 관해 조언이 필요하시다면 당장 말씀해 주시지요. 지금 이 자리에서 대답해 드리겠습니다."

"분명히 말씀드리지만 나는 친구 헨리 경을 방문하러 여기 온 것이고, 그래서 어떤 도움도 필요치 않습니다."

"호, 정말 훌륭하군요!"

스태플턴이 말했다.

"정말 신중하고 사려 깊으십니다. 제가 가당찮게 끼어들었으니 꾸중을 들어 마땅하지요. 약속건대 다시는 그 문제를 입에 올리지 않겠습니다."

우리는 갈림길에 이르렀다. 수풀이 우거진 좁은 오솔길이 갈라져서 꼬불꼬불 황무지를 넘고 있었다. 오른쪽으로 돌멩이가 흩어져 있는 가파른 바위산이 보였는데 그곳은 원래 화강암 채석장이었다. 이쪽에서 보이는 면은 바위가 잘려 나간 시커먼 절벽이었고, 바위 틈새에서 양치류와 나무딸기 덤불이 자라고 있었다. 먼 곳의 봉우리 너머에선 회색 연기가 피어올랐다.

"이 황무지 길을 쭉 따라가면 메리핏가가 나옵니다."

스태플턴이 말했다.

"한 시간 정도만 할애해 주신다면 왓슨 박사님에게 제 누이동생을 소개하는 영광을 누릴 수 있을 터인데요."

제일 먼저 떠오른 생각은 헨리 경의 옆을 지켜야 한다는 것이었다. 그러나 경의 책상에 흩어져 있던 영수증과 서류 더미를 생각하니 내가 가봤자 도움 될 일은 없는 것이 분명했다. 그리고 홈즈는 내게 황무지에 사는 이웃들에 관해 알아보라고 분명히 말했다. 나는 스태플턴의 초대를 받아들였고 우리는 함께 갈림길로 접어들었다.

"이곳 황무지는 정말 멋진 곳입니다."

스태플턴은 물결치는 고원을 바라보며 말했다. 긴 녹색 평원 여기저기에는 울퉁불퉁한 화강암괴가 환상적으로 솟아 있었다.

"이곳에 있으면 통 지루한 줄을 모르지요. 이곳이 얼마나 멋진 비밀을 숨기고 있는지 아십니까? 이 황무지는 정말 광대하고 신비로운 불모지입니다."

"그러면 스태플턴 씨는 이곳을 잘 아시는지요?"

"나는 여기에서 고작 2년을 살았을 뿐입니다. 이곳 주민들은 나를 타지 사람이라고 하지요. 우리는 찰스 경이 바스커빌관에 정착한 직후에 들어왔습니다. 하지만 내 취미가 그렇다 보니 나는 이 고장 곳곳을 안 다녀본 곳이 없습니다. 이곳에 대해서 나보다 더 잘 아는 사람은 별로 없을걸요."

"이곳을 잘 안다는 것이 쉬운 일이 아니지요?"

"그렇지요. 예를 들면, 여기서 북쪽으로 묘하게 생긴 봉우리들이 점점이 솟아 있는 대평원을 보십시오. 뭔가 색다른 것이 안 보이십니까?"

"말을 타고 질주하기에 이만큼 좋은 곳은 없겠군요."

"누구나 그런 생각을 합니다. 그런데 저쪽에 밝은 녹색 점들이 흩어져 있는 게 안 보이세요?"

"아, 그쪽은 다른 데 비하면 그래도 비옥해 보이는군요."

스태플턴은 웃음을 터뜨렸다.

"저곳이 그림펜 대늪지입니다."

그는 말했다.

"한 발자국 잘못 디뎠다가는 사람이건 짐승이건 황천행이지요. 어제만 해도 나는 황무지의 조랑말이 저 안으로 걸어 들어가는 것을 보았습니다. 그걸로 끝이었지요. 그 조랑말이란 놈은 늪에 빠진 채 한참 동안 고개를 빼고 있었지만 결국 늪 속으로 빨려 들어가고 말았지요. 건기에도 저곳을 지나다니는 것은 위험하지만 가을장마가 진 뒤에는 아주 무서운 곳이 됩니다. 하지만 나는 늪지 한가운데까지 들어갔다가 무사히 돌아 나올 수 있답니다. 저런저런, 불쌍한 조랑말이 또 한 놈 들어가는군요!"

갈색 물체가 녹색 사초 한가운데서 버둥거리고 있었다. 조랑말이 애처롭게 긴 목을 빼는가 싶더니 끔찍한 울부짖음이 황무지에 메아리쳤다. 나는 등골이 서늘했지만 스태플턴은 아무렇지도 않은 것 같았다.

"사라졌군요!"

그는 말했다.

"늪이 녀석을 삼켜버렸습니다. 이틀에 두 마리라, 아마 그보다 더 많을 겁니다. 왜냐하면 짐승들은 건기에 저 늪을 지나다니는데 늪이 자신의 발목을 낚아채기 전까지는 저곳이 어떻게 변했는지 알지 못하거든요. 참 흉측한 곳입니다, 그림펜 대늪지라는 곳은."

"그런데 스태플턴 씨는 저 안에 들어갈 수 있으시다고요?"

"그렇습니다. 민첩한 사람이 취할 수 있는 길이 한두 개가 있으니까요. 나는 그것을 찾아냈습니다."

"하지만 굳이 저 끔찍한 곳으로 들어갈 이유가 있습니까?"

"허허, 저 너머에 있는 봉우리들이 보이십니까? 저 봉우리들은 사실 접근 불가능한 습지 한가운데 떠 있는 섬이거든요. 긴 세월 동안 습지는 슬금슬금 저 봉우리들을 에워쌌지요. 저곳에는 희 귀한 식물과 나비 들이 서식하고 있습니다. 문제는 저곳까지 가 는 것이지요."

"언젠가 나의 운을 한번 시험해 보도록 하겠습니다."

스태플턴은 놀란 얼굴로 나를 쳐다보았다.

"그런 생각일랑 애당초 마음에서 접어두시지요."

그는 말했다.

"불행한 일이 벌어질 겁니다. 왓슨 박사님이 저곳에 들어갔다 가 살아 나올 가능성은 거의 없습니다. 내가 늪지를 뚫고 들어갈 수 있는 것은 복잡하기 짝이 없는 일련의 표식을 기억하고 있는 덕분입니다."

"아니, 그런데 저게 무슨 소립니까?"

나는 외쳤다.

형언할 수 없이 구슬픈, 낮은 신음 소리가 오래도록 황무지를 뒤흔들었다. 그 소리는 대기 전체를 가득 채웠지만 어디서 나는 소리인지를 알아내는 것은 힘들었다. 그것은 단조로운 신음 소 리에서 우렁찬 울부짖음으로 커졌다가 다시 구슬프게 떨리는 신 음 소리로 가라앉았다. 스태플턴은 호기심 가득한 표정으로 나 를 쳐다보았다.

"참 묘한 곳입니다, 이 황무지라는 곳은!"

그가 말했다.

"그런데 저게 무슨 소리지요?"

"농부들은 저 소리가 바스커빌가의 사냥개가 먹잇감을 부르는 소리라고 합니다. 전에도 한두 번 들은 적이 있지만 이렇게 큰 소리를 들은 것은 처음입니다."

나는 군데군데 녹색 골풀이 자라고 있는 거대하게 솟아오른 고원을 둘러보았다. 오싹 소름이 끼쳤다. 뒤쪽의 험한 바위산에서 갈까마귀 두 마리가 시끄럽게 우짖고 있을 뿐, 광활한 고원에서 살아 움직이는 것은 아무것도 없었다.

"스태플턴 씨는 교육 받으신 분입니다. 설마 그렇게 터무니없는 이야기를 믿으시는 건 아니겠지요? 저 기괴한 소리가 어디서 난다고 생각하십니까?"

나는 말했다.

"늪은 가끔 이상한 소리를 내지요. 진흙이 가라앉거나 물이 끓어오르거나 할 때 말입니다."

"절대 그건 아닙니다. 아까 그것은 살아 있는 짐승이 내는 소리였습니다."

"흠, 아마 그럴 겁니다. 혹시 알락해오라기의 울음소릴 들어본 적 있으신가요?"

"아니요."

"알락해오라기는 희귀조인데 지금 영국에서는 거의 멸종 상태에 있지요. 하지만 황무지에는 모든 가능성이 다 있습니다. 그럼요, 나는 방금 들은 저 소리가 마지막 남은 알락해오라기의 울음 소리라고 해도 놀라지 않을 겁니다."

"내 평생 그렇게 이상하고 사나운 소리는 처음 들어보았습니다."

"예, 이곳은 아주 기괴한 곳이니까요. 저쪽 산비탈을 좀 보십시오. 저게 뭐라고 생각하십니까?"

가파른 산비탈 전체에 고리 모양으로 파인 회색 바위 구조물이 보였다. 적어도 스무 개는 될 것 같았다.

"저게 뭡니까? 양 우린가요?"

"아니요. 저것은 우리 훌륭한 조상들께서 살던 곳입니다. 선사 시대 사람들은 이곳 황무지에서 군거 생활을 했답니다. 하지만 그 이후에는 저곳에 거주한 사람들이 없기 때문에 저곳은 선사 시대 사람들이 만들어놓은 그대로 보존되어 있지요. 여기 이것들은 선사 시대 사람들이 살았던 움집입니다. 지붕은 무너져버렸지요. 하지만 안에 들어가보면 당시에 쓰던 화덕과 침상이 아직 남아 있는 걸 볼 수 있습니다."

"이건 꽤 큰 마을이었겠군요. 어느 시대 것입니까?"

"신석기 시대의 유물이지요."

"그 시대 사람들은 여기서 무엇을 했지요?"

"신석기 시대 사람들은 이곳의 풀밭에 가축을 놓아 길렀답니다. 그리고 청동 칼이 돌도끼를 능가하게 되자 주석을 캐내는 법도 배웠지요. 저쪽 산기슭의 커다란 참호를 좀 보십시오. 저것이 신석기 시대 인간의 표식입니다. 왓슨 박사님, 이곳 황무지에는 대단히 특별한 요소가 많이 있습니다. 아, 잠깐 실례! 저건 키클로피데스가 분명하군요."

스태플턴은 조그마한 파런지 나방인지 하는 것이 팔랑거리며 날아가는 것을 보고 놀라운 힘과 속력으로 그 뒤를 쫓기 시작했다. 당황스럽게도 곤충은 곧장 늪지로 날아갔지만 스태플턴은 한순간도 지체하지 않고 푸른 풀이 깔려 있는 지대를 이리저리 골라 디디며 그 뒤를 쫓아갔다. 녹색 포충망이 허공을 휘저었다. 회색 옷을 입은 그가 갈지자로 경중거리며 나아가는 모습을 보니 꼭 커다란 나방처럼 보이기도 했다. 나는 그의 재빠른 동작에 대한 경탄과, 혹시 불안정한 늪지에 발이 빠지지 않을까 하는 두려움에 마음 졸이며 지켜보고 있었다. 발소리를 들은 것은 그때였다. 뒤를 돌아보니 한 여성이 이쪽으로 다가오고 있었다. 그녀는 연기가 피어오르는 쪽에서 왔지만, 황무지의 움푹 파인 지형 때문에 이곳에 가까이 올 때까지 모습이 보이지 않았던 것이다.

나는 그녀가 스태플턴 양이 틀림없다고 생각했다. 애당초 이 황무지에는 여자들이 별로 없기도 했지만 나는 누군가가 그녀를 가리켜 미인이라고 했던 것을 기억하고 있었다. 나를 향해 다가오고 있는 여성은 미인임에 틀림없었고 게다가 굉장히 보기 드문 미인이었다. 오누이가 달라도 그렇게 다를 수는 없는데, 스태플턴은 흰 피부, 옅은 색깔의 머리에 회색 눈동자를 가진 반면, 그녀는 내가 만나본 어느 영국 여성보다 더 가무잡잡한 피부에 새까만 머리, 새까만 눈동자를 가졌다. 그러나 그녀는 키가 훌쩍 컸을 뿐만 아니라 늘씬하고 우아했다. 또 이목구비가 반듯하여 민감한 입매와 아름답고 열정적인 검은 눈동자가 아니라면 차가

116

운 인상을 줄 정도였다. 완벽한 육체와 우아한 드레스 덕분에 그녀는 인적이 드문 황무지에서 마치 기묘한 환영처럼 보였다. 내가 뒤를 돌아보았을 때 그녀의 눈은 오빠를 향해 쏠려 있었다. 그녀는 나를 향해 걸음을 재촉했다. 모자를 벗고 막 내 소개를 하려는데 그녀가 완전히 엉뚱하다고밖에 생각할 수 없는 말을 꺼냈다.

"돌아가세요!"

스태플턴 양은 말했다.

"당장 런던으로 돌아가세요."

나는 깜짝 놀라 바보처럼 그녀를 바라보기만 했다. 그녀는 타는 눈동자로 나를 응시하며 초조하게 발을 구르기까지 했다.

"제가 왜 돌아가야 합니까?"

내가 물었다.

"말로 설명할 수는 없어요."

그녀는 나지막한 목소리로 힘주어 말했다. 흥미롭게도 그녀의 말투에는 약간 혀짤배기소리가 섞여 있었다.

"하지만 제발 내가 시키는 대로 하세요. 런던으로 돌아가서 다시는 이 황무지에 발을 들여놓지 마세요."

"하지만 저는 이제 막 여기 왔습니다."

"오, 하느님!"

그녀는 부르짖었다.

"이게 바로 당신을 위한 경고라는 걸 모르시겠어요? 런던으로 돌아가세요! 오늘 밤 당장 출발해요! 무슨 일이 있어도 이곳을 떠나셔야 해요! 쉿, 우리 오빠가 오고 있어요! 내가 한 말을 절대로 입 밖에 내지 마세요. 저기 쇠뜨기말 사이에 있는 난초를 좀 따주시겠어요? 황무지에는 난이 아주 많아요. 하지만 이 황무지의 아름다움을 보기에는 때가 좀 늦었답니다."

스태플턴은 추적을 포기하고 상기된 얼굴로 숨을 몰아쉬며 다가왔다.

"안녕, 베릴!"

스태플턴이 말했는데 그의 목소리는 어쩐지 냉담하게 들렸다.

"오빠, 얼굴이 아주 빨개졌어."

"그래, 키클로피데스를 쫓고 있었거든. 그놈은 늦가을에는 거의 찾아보기 힘든 녀석이지. 꼭 잡았어야 하는 건데 말이다!"

스태플턴은 태연하게 말했지만 그의 작은 회색 눈은 쉼 없이 동생과 나를 살피고 있었다.

"네 소개를 한 것 같은데?"

"응. 헨리 경한테 황무지의 진정한 아름다움을 보기에는 때가 좀 늦었다는 얘기를 하고 있었어."

"뭐라고? 너는 이분이 누구라고 생각하는 거지?"

"나는 헨리 바스커빌 경인 줄 알았는데."

"아니, 아닙니다."

내가 말했다.

"저는 보잘것없는 평민입니다. 하지만 경의 친구지요. 왓슨 박사라고 합니다."

표정이 풍부한 그녀의 얼굴에 당혹의 빛이 스쳤다.

"서로 딴생각을 하고 있었군요."

그녀가 말했다.

"뭐 얘기할 시간이 그렇게 많지는 않았으니까."

오빠는 여전히 묻는 듯한 눈으로 말했다.

"난 왓슨 박사님이 단순한 방문객이 아니라 이곳의 주민이라고 생각하고 말했지."

그녀는 말했다.

"난이 일찍 피는지 늦게 피는지는 박사님에게 있어 별로 중요한 일이 아니군요. 하지만 왓슨 박사님은 저희 집에 오시는 길이지요?"

얼마 가지 않아 퇴락한 집이 나왔다. 한때 번영을 누리던 시절에 이 집은 어느 목축업자의 농장이었으나 지금은 수리를 거쳐 현대적인 주거지로 탈바꿈해 있었다. 집 주위에는 과수원이 조성돼 있었으나 과수목들은 황무지의 다른 나무와 마찬가지로 제대로 자라지 못한 채 뒤틀려 있었다. 이 고장의 전체적인 분위기가 그렇듯 이 집 역시 초라하고 음산했다. 우리를 맞아들인 것은 허깨비처럼 마른, 이 집안과 평생을 같이해 온 듯한 늙은 종복이었다. 그러나 안에 들어가보니 안주인의 취향을 반영하는 듯 우아한 가구들이 놓인 널찍한 방들이 나왔다. 창문을 통해 보니 화강암투성이의 황무지가 먼 지평선까지 끝 간 데 없이 물결치고 있었다. 이렇게 많이 배운 남자와 이렇게 아름다운 여자가 무엇하러 이런 곳에 들어왔는지 놀라울 뿐이었다.

"하필이면 이런 곳을 택하다니, 참 별스럽지요?"

스태플턴은 마치 내 의문에 대답이라도 하듯 말했다.

"하지만 우리는 이곳에서 아주 행복하게 지내고 있습니다. 그렇지 않아, 베릴?"

"정말 행복해."

그녀는 그렇게 말했지만 그것은 건성으로 들렸다.

"저는 과거에 학교를 경영했습니다."

스태플턴이 말했다.

"북부 지방에서였지요. 물론 나 같은 기질의 소유자에게 학교 일은 기계적이고 지루한 것이었습니다. 하지만 젊은 아이들과 함께 지낼 수 있을 뿐만 아니라, 젊은 영혼을 형성하는 데 영향을 미칠 수 있었습니다. 또 아이들은 나의 성품과 이상에 깊은 인상을 받기도 했습니다. 이러한 것들이 내게는 더없이 소중한 특권으로 여겨졌지요. 그런데 운명의 여신이 내 편은 아니었던지 무서운 전염병이 학교를 휩쓸어서 세 아이가 죽었습니다. 학교 경영은 치명적인 타격을 입었고 자본은 거의 바닥났지요. 하지만 아이들과의 즐거운 생활을 잃어버린 것만 아니라면 나는 그 불행을 오히려 기꺼워했을 것입니다. 왜냐하면 나는 식물학과 동물학에 관심이 깊었고 이 분야에 할 일이 무한히 많다는 걸 알고 있었으니까요. 게다가 내 동생은 나처럼 자연을 사랑합니다. 왓슨 박사님, 창문을 통해 황무지를 내다보는 박사님의 얼굴에는 이 모든 것에 대한 궁금증이 드러나 있었습니다."

"여기 사는 게 좀 지루할 것 같다는 생각은 했지요. 스태플턴 씨는 몰라도 누이동생 되시는 분께는 말입니다."

"아뇨, 아니에요. 난 하나도 지루하지 않아요."

그녀가 얼른 대답했다.

"우리한테는 책도 있고 연구 과제도 있습니다. 재미있는 이웃들도 있고요. 모티머 선생은 자기 분야에 대해 누구보다 조예가 깊은 사람입니다. 가엾은 찰스 경도 존경할 만한 어른이었지요. 우리는 그분하고 아주 친했는데 나는 말할 수 없이 그분이 그립습니다. 오늘 오후에 헨리 경을 방문해서 인사를 나누고 싶은데 혹시 폐가 되지 않을는지요?"

"경은 반가워하실 겁니다."

"그러면 헨리 경에게 제가 찾아뵙겠다고 했노라 좀 전해 주십시오. 우리는 경이 새로운 환경에 익숙해질 때까지 가급적 매사를 편안하게 해드리기 위해 미력이나마 다하고 싶습니다. 왓슨 박사님, 2층으로 올라가서 제가 만든 나비 표본을 좀 보시렵니까? 영국 남서부를 통틀어 이만큼 완전한 표본은 없다고 자신합니다만. 표본을 구경하시는 동안 점심 식사도 얼추 준비될 것 같군요."

하지만 나는 얼른 돌아가서 내 의무를 다하고 싶었다. 음산한 황무지, 불쌍한 조랑말의 죽음, 바스커빌가의 불길한 전설을 떠올리게 하는 섬뜩한 울음소리, 이 모든 것이 내 마음에 어두운 그림자를 드리웠다. 그리고 이 모든 다소 모호한 인상 위에 스태플턴 양의 분명한 경고가 더해진 것이다. 그 뜨거운 목소리를 생각하면 뭔가 그럴 만한 이유가 있다는 것을 확신할 수밖에 없었다. 나는 점심을 먹고 가라는 권유를 뿌리치고 곧장 메리핏가를 나섰다. 그리고 아까 지나온 풀밭 길을 되짚어가기 시작했다.

그러나 어딘가 지름길이 있는 모양이었다. 갈림길을 벗어나기도 전에 스태플턴 양이 앞질러 나와 길옆의 바위에 걸터앉아 있었던 것이다. 나는 깜짝 놀랐다. 여기까지 뛰어온 듯 그녀는 얼굴을 아름다운 빛으로 물들인 채 손을 옆구리에 대고 있었다.

"왓슨 박사님, 저는 박사님을 따라잡으려고 여기까지 내내 뛰어왔답니다."

그녀는 말했다.

"모자를 쓸 시간도 없었지요. 얼른 가봐야 해요. 그렇지 않으면 오빠가 제가 없어진 걸 알게 될 거예요. 저는 아까 박사님을 헨리 경으로 착각하고 바보 같은 실수를 한 점에 대해 사과드리고 싶었어요. 부디 아까 제가 한 말은 잊어주세요. 박사님한테는 해당되지 않는 얘기니까요."

"하지만 스태플턴 양, 저는 잊을 수가 없습니다."

나는 말했다.

"저는 헨리 경의 친구이기 때문에 경의 안위는 제게도 아주 중요하지요. 헨리 경이 런던으로 돌아가야 한다고 아까 그렇게 강조하신 이유를 들려주십시오."

"왓슨 박사님, 그건 여자의 변덕스러운 마음 때문이었답니다. 저를 아시면 제 말과 행동에 항상 무슨 이유가 있는 것은 아니라는 걸 알게 되실 거예요."

"아니요, 아닙니다. 저는 당신의 떨리는 목소리를 기억합니다. 저는 당신의 눈빛을 기억합니다. 제발, 제발 솔직하게 말해 주십시오, 스태플턴 양. 이곳에 온 이후로 저는 항상 사방에 깔려 있는 그림자를 의식하게 되었습니다. 삶은 발 디딜 곳도 없고, 길잡이도 없이 어디에서나 발이 푹푹 빠지는 그림펜의 대늪지와 같은 것이 되었지요. 무슨 생각으로 그런 말씀을 하셨는지 말해 주신다면, 당신의 경고를 반드시 헨리 경에게 전하겠습니다."

스태플턴 양의 얼굴에 순간적으로 망설이는 표정이 떠올랐지만 그녀는 다시 냉정한 얼굴로 돌아왔다.

"왓슨 박사님, 박사님은 제 말을 지나치게 심각하게 받아들이고 계십니다."

그녀는 말했다.

"오빠와 나는 찰스 경의 죽음에 크게 충격 받았어요. 찰스 경은 황무지를 가로질러 우리 집까지 걸어오는 걸 좋아하셨고, 그래서 우린 그분과 절친한 사이가 되었지요. 그분은 가문에 내린 저주에 몹시도 신경을 쓰셨어요. 그래서 비극적인 사건이 터졌을 때 저는 자연스럽게 그분이 그렇게 무서워하신 데에는 어떤 이유가 있을 거라고 생각했지요. 바스커빌가의 상속자가 다시 이곳에 내려왔을 때 몹시 걱정했던 것은 다 그 때문이에요. 저는 눈앞에 닥친 위험에 대해 경고해 줘야 한다고 생각했습니다. 그래서 그런 말씀을 드리게 된 것이었어요."

"그런데 그 위험이란 어떤 것이지요?"

"박사님도 바스커빌가의 얘기를 아시잖아요?"

"저는 그런 터무니없는 얘기는 믿지 않습니다."

"하지만 나는 믿어요. 만약 박사님이 헨리 경에게 어떤 영향력을 발휘할 수 있다면, 바스커빌가에게는 항상 불길했던 상소에서 그분을 멀리 떼어놓으세요. 세계는 넓답니다. 왜 그분은 하필이면 이렇게 위험한 곳에서 살고 싶어 하는 거지요?"

"왜냐하면 이곳이 위험한 곳이기 때문이지요. 헨리 경은 그런 분입니다. 스태플턴 양이 좀 더 확실한 얘기를 해주실 수 없다면 헨리 경을 딴 곳으로 보내는 것은 불가능할 것입니다."

"나는 확실하게 말할 게 없어요. 왜냐하면 확실히 아는 게 없으니까요."

"스태플턴 양, 한 가지만 더 묻겠습니다. 당신의 말에 방금 말한 것 외의 의미가 없다면, 왜 오빠가 알까 봐 그렇게 두려워하시는 거지요? 오빠든 누구든 알아서 안 될 만한 내용은 없잖습니까?"

"오빠는 바스커빌관에 꼭 주인이 살아야 한다고 생각해요. 왜냐하면 황무지의 가난한 사람들을 위해 필요하다고 생각하니까요. 오빠는 내가 헨리 경을 쫓아낼 얘기를 한 걸 알면 몹시 화를 낼 거예요. 하지만 저는 이제 의무를 다했으니까 더 이상 아무 말도 않겠어요. 가겠어요. 그러지 않으면 오빠가 내가 없어진 걸 알고 내가 박사님을 만나러 갔다고 의심할 테니까요. 그럼, 안녕!"

그녀의 뒷모습은 여기저기 흩어진 바위 사이로 어느새 사라져버렸다. 나는 뭔지 모를 두려움이 마음 가득 차오르는 것을 느끼며 바스커빌관을 향해 걸음을 재촉했다.

왓슨 박사의 첫 번째 보고서

내 앞의 탁자에는 내가 셜록 홈즈에게 보낸 편지가 쌓여 있다. 이제부터 나는 이 편지들에 의지하여 사건의 추이를 설명할 생각이다. 한 장이 없어진 것만 빼면, 이 편지는 기억보다 훨씬 정확하게 당시의 내 감정과 의혹을 표현하고 있다. 물론 당시의 비극적인 여러 사건에 대한 내 기억은 아직도 생생하지만.

바스커빌관, 10월 13일

친애하는 홈즈에게

나는 그간 자네에게 부친 사신(私信)과 전보를 통해, 신에게서 버림받은 세상의 한 모퉁이에서 일어난 모든 사건에 관한 소식을 알려왔네. 여기에 오래 머무를수록, 황무지의 넋과 광대함, 그 기묘한 매력이 영혼 속으로 스며들게 된다네. 황무지의 품에 안기는 순간 사람들은 현대 영국의 모든 것을 뒤로하는 한편, 사방에서 선사 시대 인간의 일과 삶을 의식하게 되지. 황무지를 걷노라면 어디에서나 이 잊힌 사람들의 주거지와 무덤, 그리고 사원의 표시로 추측되는 거석(巨石)들을 만나게 된다네. 회색 돌집이 상처 난 산허리에 박혀 있는 모습을 보면 자신의 시대에 대해서는 어느덧 까맣게 잊게 되지. 만약 벌거벗은 털북숭이 사나이가 얕은 문에서 기어 나와 부싯돌 활촉을 매단 화살을 시위에 매기는 모습을 보게 된다면 이 땅에는 그의 존재가 훨씬 자연스럽게 어울린다는 것을 느끼게 될 걸세. 이상한 것은 사람들이 가장 척박한 땅이었을 이곳에 그렇게 많이 모여 살았다는 것이네. 내게 역사 취미 같은 것은 없어도, 나는 이곳에 살았던 이들이 평화를 사랑하지만 핍박받는 종족이었던 까닭에 아무도 차지하지 않으려는 땅을 받아들일 수밖에 없었다고 상상한다네.

그러나 이 모든 것은 자네가 내게 부여한 임무와는 아무 상관 없는 것이지. 그리고 자네의 극단적으로 실용적인 정신은 이런 것에 거의 흥미를 느끼지 못할 터이고 말이야. 나는 아직도 태양이 지구 주위를 도는지, 혹은 지구가 태양 주위를 도는지의 문제에 관한 자네의 완전한 무관심을 기억하고 있네. 그래서 이만 헨리 바스커빌 경에 관한 이야기로 돌아가려 하네.

자네가 지난 며칠 동안 아무 보고를 받지 못한 것은 오늘까지 별로 얘기할 거리가 없었기 때문이었어. 그런데 놀라 자빠질 만한 사건이 일어났지. 그 이야기는 좀 이따가 하기로 하고, 먼저 그와 관련된 제반 정황에 대해 이야기하기로 하겠네.

먼저 황무지로 달아난 탈옥수에 관한 얘기를 하지. 지금 그자가 멀리 도망쳤다고 믿을 만한 이유가 있는 까닭에, 이 외진 곳의 주민들은 안도의 한숨을 쉬고 있거든. 그자가 탈옥한 지 벌써 2주가 지났는데, 그동안 그를 본 사람도 그에 관한 얘기를 들은 사람도 없으니까 말이야. 그자가 그동안 황무지에서 버틸 수 있었다고 생각하는 것은 언어도단이지. 물론, 은신할 곳이야 많지. 산비탈의 돌집 아무 곳에나 들어가서 숨어도 되니까. 하지만 황무지의 양을 잡아먹지 않는 이상 그곳에 먹을 것이라곤 전혀 없네. 그래서 우리는 그자가 멀리 도망쳤다고 생각했던 것이지. 덕분에 인근의 농부들은 발 뻗고 자게 되었다네.

바스커빌관에는 사지가 멀쩡한 남자들이 넷이나 있어서 자위 능력은 충분하다네. 하지만 스태플턴네를 생각하면 불안을 느낄 때가 한두 번이 아니었어. 그 집은 누군가의 도움을 받으려면 족히 몇 킬로미터는 걸어야 하는 외딴곳에 자리 잡고 있는 데다가, 집에는 하녀 하나와 늙은 종복, 그리고 오누이뿐이거든. 게다가 스태플턴은 강한 남자 축에는 못 드니까 말이야. 노팅힐 살인범처럼 물불을 가리지 않는 자가 들이닥친다면 속수무책일 것이네. 헨리 경과 나는 그 집 형편이 걱정스러웠던 까닭에 마부 퍼킨스를 밤마다 그 집에 빌려주겠다고 했지. 하지만 스태플턴은 고집스럽게 헨리 경의 호의를 거절했다네.

우리 친구 헨리 경은 아름다운 이웃 아가씨에게 상당한 관심을 갖기 시작했네. 그처럼 힘이 넘치는 사나이가 이렇듯 외진 곳에서 사는 것이 쉽지 않은 일인 데다, 스태플턴 양이 말할 수 없는 매력과 아름다움을 갖춘 여성이라는 점을 생각해 볼 때 그건 별로 놀랄 만한 일이 아니지. 열대 지방에서 태어난 듯 이국적인 매력이 물씬 풍기는 스태플턴 양은 냉정하고 무감동한 오빠와 극히 대조적일세. 하지만 스태플턴도 내면에 불꽃을 감추고 있는 사나이라는 느낌을 준다네. 스태플턴은 누이동생에게 상당한 영향력을 행사하고 있는 것이 틀림없어. 나는 누이동생이 무슨 말을 할 때마다 오빠의 동의를 구하는 것처럼 끊임없이 그쪽을 곁눈질하는 모습을 자주 보았거든. 물론 그는 동생에게 상냥하게 대해 주겠지. 하지만 메마른 불꽃을 튕기는 그의 눈과 꼭 다문 얇은 입술은 강한 신념과 냉정한 기질을 드러내는 듯하네. 자네도 스태플턴이 재미있는 친구라는 걸 알게 될 걸세.

스태플턴은 첫날 바스커빌관을 찾아왔고, 다음 날은 우리를 악당 휴고의 전설이 탄생된 곳이라고 전해지는 장소로 데려가주었다네. 거기까지는 황무지를 가로질러 족히 몇 킬로미터는 가야 하는데 역시 그런 이야기를 만들어내기에 족할 만큼 음침한 곳이더군. 험준한 작은 바위산 사이로 협곡이 있는데 그곳을 따라가다 보면 하얀 황새풀이 깔려 있는 탁 트인 풀밭이 나오지. 풀밭 한가운데 두 개의 큰 바위가 솟아 있는데 위쪽 끝이 날카롭게 모가 난 것이 꼭 무슨 괴물의 거대한 송곳니처럼 보여. 어느 모로 보나 그것은 옛 비극의 한 장면과 잘 어울린다네. 헨리 경은 강한 호기심을 드러내며 스태플턴에게 초자연적인 힘이 사람의 일에 간섭한다는 게 정말 가능하다고 생각하느냐고 몇 번씩이나 물었어. 스태플턴은 가벼운 말투로 대답했지만 마음속으로는 전혀 딴판으로 생각하고 있다는 것이 분명히 드러나 보였지. 그는 지극히 조심스럽게 대답했지만 그가 마음속의 말을 다 하지 않았다는 것, 그리고 헨리 경의 감정을 고려해서 자신의 생각을 솔직히 말하지 않았다는 것은 쉽게 알 수 있었지. 그는 여러 가문에서 어떤 악의 힘 때문에 고통을 당했던 비슷한 사례를 이야기해 주었어. 그런 것을 종합해 보면 스태플턴이 그 문제에 관해 농부들과 같은 견해를 가지고 있는 것은 분명해.

집에 돌아오는 길에 우리는 메리핏가에 들러서 점심 식사를 했다네. 헨리 경이 스태플턴 양을 처음 만난 것이 바로 그때였지. 헨리 경은 아가씨를 본 그 순간부터 완전히 매혹된 것처럼 보였어. 그리고 내 느낌에 의하면 양쪽 다 그런 감정을 느낀 것 같았네. 헨리 경은 집에 오는 길에 그녀 이야기를 하고 또 했네. 그리고 그다음부터 하루라도 그 오누이와 관계되어 있는 어떤 것을 보지 않고 지나간 날이 없었어. 그 오누이가 오늘 저녁 여기 와서 저녁 식사를 하면, 다음 주에는 우리가 그쪽에 가겠다는 얘기가 오가는 식일세. 언뜻 보기에 두 남녀의 결합은 스태플턴이 바라는 바일 것 같지? 하지만 나는 헨리 경이 그의 누이동생에게 어떤 관심을 드러낼 때마다 그의 얼굴에 몹시 싫은 기색이 스치는 것을 꽤 여러 번 보았다네. 스태플턴이 누이동생을 아끼는 것은 분명하고, 또 동생이 없으면 삶이 쓸쓸해질 터이지만, 그렇다고 누이동생이 그토록 빛나는 청년과 결혼하는 것을 방해한다면 그것은 이기심의 극치에 다름 아닐 것일세. 하지만 내가 보기에 스태플턴은 두 남녀의 관계가 사랑으로 발전하길 바라지 않는 것이 분명하네. 두 남녀가 은밀한 시간을 갖는 것을 어떻게 해서든 막으려고 애쓰는 모습을 여러 번 보았거든. 어쨌든 자네는 나더러 헨리 경이 혼자 밖에 나가지 못하게 하라고 했지만, 그렇잖아도 어려운 상황에 연애 문제가 보태진다면 그것은 점점 더 힘든 일이 될 것일세. 내가 자네의 지시를 곧이곧대로 이행하려 한다면 나는 당장 인기 없는 사람이 될 게 뻔하네.

지난 목요일, 좀 더 정확히 말하면 모티머 선생이 여기 와서 점심 식사를 한 날이었네. 모티머 선생은 롱다운에서 고분(古墳)을 하나 발굴하고 있는데 거기서 선사 시대의 두개골을 하나 주워서 뛸 듯이 기뻐하고 있다네. 세상천지에 그토록 외곬의 정열을 가진 사람은 다시없을 걸세! 나중에 스태플턴 오누이가 합류했는데, 헨리 경의 부탁으로 마음씨 좋은 의사 선생은 우리 모두를 그 주목 산책로로 데려갔다네. 그리고 그 무서운 밤에 사건이 벌어졌던 바로 그 장소를 우리에게 보여주었지. 주목 산책로는 길고 음침한 길이야. 주목 울타리가 높은 벽처럼 두 줄로 서 있고, 양쪽 가장자리에는 좁은 풀밭이 있어. 산책로 맨 끝에는 쓰러져가는 낡은 여름 별장이 서 있지. 그리고 중간쯤에는 찰스 경이 담뱃재를 털었던 황무지로 통하는 쪽문이 있네. 희게 칠한 쪽문은 빗장을 질러놓았더군. 그 너머는 드넓은 황무지일세. 나는 그 사건에 관한 자네의 가정을 기억해 내고 그때 일을 머릿속에서 그려보았다네. '찰스 경이 거기 서 있는데 황무지에서 무엇인가 다가오는 것을 목격한다. 그것을 보고 깜짝 놀란 노인네는 공포에 질려 정신없이 도망치다가 순전한 공포와 육체의 피로로 인해 쓰러져 죽는다.' 찰스 경은 길고 어두운 터널을 따라 도망쳤지. 그렇다면 그 뒤를 쫓은 것은 무엇이었을까? 황무지의 양치기개? 또는 괴물같이 시커멓고 조용한 사냥개 유령? 그 사건의 배후에는 인간 대리인이 있었던 것일까? 창백한 얼굴로 항상 주위를 경계하는 배리모어는 자신이 말한 것 이외의 사실을 더 알고 있을까? 모든 것이 다 어둡고 희미하지만 그 배후에는 음침한 범죄의 그림자가 드리워져 있네.

최근에 만나본 이웃은 래프터관의 프랭클랜드 씨라네. 그는 여기서 남쪽으로 6킬로미터쯤 떨어진 곳에 살고 있지. 프랭클랜드 씨는 불그레한 얼굴에 흰 수염을 기르고 걸핏하면 화를 내는 노인일세. 그는 영국 법 분야에 정열을 쏟고 있는데 수많은 소송을 하느라고 가산을 탕진했다고 하지. 프랭클랜드 씨는 순전히 싸우는 기쁨을 위해서 싸우는 사람이고 또 기분 내키는 대로 입장을 바꾸는 사람이기 때문에 그가 자신의 취미를 값비싼 오락으로 생각하는 것도 무리가 아닐세. 그는 어떤 때는 마음대로 길을 막아버려서 군 당국과 통행권을 놓고 싸움질을 한다네. 또 어떤 때는 제 손으로 남의 집 문짝을 떼어내고 옛날부터 그곳을 지나는 길이 있었다고 주장하지. 이렇게 해서 집주인이 무단 침입죄로 자신을 고소하게 만드는 것일세. 그는 영지와 공유 재산권에 관해서는 모르는 것이 없는데, 자신이 가진 지식을 어떤 때는 페른워시의 주민들을 위해서 사용하고 또 어떤 때는 주민들의 이익에 반해서 사용하거든. 그래서 그는 가장 최근에 한 일의 공과(功過)에 따라 어떤 때는 승리의 월계관을 쓰고 거리를 행진

하고, 또 어떤 때는 프랭클랜드 허수아비 화형식을 당하는 일을 주기적으로 반복한다네. 그는 현재 일곱 건 정도의 소송에 휘말려 있는데 이것이 아마 남은 재산을 다 잡아먹게 될 거라고들 하지. 재산을 다 들어먹으면 이빨 빠진 호랑이가 되어 아무에게도 해를 끼치지 못하게 되겠지. 하지만 소송 좋아하는 것만 빼면 그는 좋은 사람일세. 친절하고 호기로운 성품의 소유자야. 내가 굳이 이 노인네 이야기를 하는 것은 자네가 주위 사람들에 대해 알아보라고 당부했기 때문일세. 프랭클랜드는 아마추어 천문학자이기도 한데 성능 좋은 망원경을 소유하고 있네. 그런데 신기하게도 지금은 자기 집 지붕 위에 망원경을 설치해 놓고 하루 종일 황무지를 감시하고 있어. 탈옥수의 흔적을 찾아내려는 것이지. 그가 넘치는 정력을 이런 일에만 사용한다면 오죽 좋겠나. 그러나 들리는 소문에 의하면 그는 모티머 선생이 후손의 동의를 받지 않고 롱다운의 무덤을 파헤쳐 신석기 시대의 두개골을 캐냈다고 고소할 생각을 하고 있네. 아무튼 프랭클랜드는 이곳의 단조로운 생활에 재미있는 이야깃거리를 제공해 주고 있다네. 여기에는 그런 사람이 필요하긴 해.

그러면 탈옥수에서 스태플턴 오누이, 모티머 선생, 래프터관의 프랭클랜드 씨의 소식까지 두루 전해 주었으니까 중요한 얘기들은 끝난 셈이고, 이제 배리모어 부부에 관해, 특히 어젯밤에 일어난 놀라운 사건에 관해 이야기하기로 하겠네.

먼저 자네가 배리모어가 정말 여기 있는지 확인하려고 런던에서 보낸 전보 말일세. 나는 전신국장의 증언을 빌려 자네의 방법이 별 효과가 없었고 우리에게는 이렇다 할 증거가 없음을 이미 설명한 바 있네. 헨리 경에게 그 이야기를 하자 직선적인 성격의 소유자인 경은 당장 배리모어 집사를 불러들여 그 전보를 직접 받았는지 여부를 물었다네. 배리모어는 그렇다고 대답했지.

"그 애가 자네에게 직접 전보를 전했나?"

헨리 경이 물었지.

배리모어는 깜짝 놀라서 잠시 생각을 더듬었네.

"아닙니다. 저는 그때 골방에 있었고 제 아내가 그걸 가지고 올라왔습니다."

"회신은 자네가 직접 했나?"

"아닙니다. 제가 아내에게 답장 내용을 불러주었고 아내가 아래층으로 내려가서 그대로 옮겨 적었습니다."

그런데 저녁때 배리모어가 그 얘기를 다시 꺼냈다네.

"주인님, 저는 주인님이 오늘 아침에 무슨 이유로 그런 질문을 하셨는지 전혀 이해가 가지 않습니다. 그 사람들이 제가 주인님의 신뢰를 잃을 만한 짓을 했다고 말하지는 않았으리라고 생각합니다."

헨리 경은 집사에게 그게 아니라고 해명하느라 진땀을 흘렸지. 그리고 자신이 입던 옷을 꽤 많이 주어서 달래야 했어. 런던에서 맞춘 옷이 전부 도착했거든.

몸집이 큰 배리모어의 아내는 상당히 흥미로운 여성이라네. 그녀는 품행이 단정하고, 고지식하고, 또 청교도적 기질도 있어. 자네는 그처럼 감정을 드러내지 않는 사람은 상상할 수 없을 거야.

하지만 나는 이곳에 온 날 밤에 가정부가 흐느끼는 소리를 들은 적이 있는데 그 뒤에도 얼굴에서 눈물 자국을 발견한 적이 몇 번 있지. 마음속에 어떤 깊은 한이 도사리고 있는 것일세. 어떤 때는 가정부가 죄의식에 시달리고 있는 게 아닌가 하는 생각이 들고, 또 어떤 때는 배리모어가 아내에게 폭군처럼 구는 게 아닌가 의심이 들기도 한다네. 나는 항상 이 사내에게 대단히 묘하고 미심쩍은 구석이 있다고 생각해 왔지만, 어젯밤에 있었던 일은 내 모든 의혹을 한꺼번에 들쑤셔놓았어.

하지만 그것은 별일 아닌지도 모르겠네. 자네도 알다시피 나는 잠을 푹 못 자거든. 더구나 나는 이 집에서 경호원 역할을 맡고 있기 때문에 평소보다 잠을 잘 못 자고 있네. 그런데 어젯밤 2시경에 누가 소리 죽여 방문 앞을 지나가는 소리에 잠이 깼어. 난 일어나서 문을 살짝 열고 밖을 살폈지. 복도에 검은 그림자가 길게 드리워져 있었네. 한 남자가 손에 촛불을 들고 복도를 살금살금 걷고 있었던 거야. 그는 옷을 걸치고 있었지만 발은 맨발이더군. 어두워서 자세히 보이지는 않았지만 키가 큰 걸 보니 그것은 배리모어였네. 그는 소리가 나지 않도록 아주 천천히 걷고 있었는데 어쩐지 아무도 모르게 떳떳지 못한 일을 하고 있는 듯한 인상을 풍기더군.

앞서 말했던 것처럼, 복도는 중간 부분에서 홀 전체가 내려다보이는 발코니로 이어지고, 그것은 다시 반대편 복도로 연결되지. 나는 배리모어 집사가 발코니로 들어설 때까지 기다렸다가 그의 뒤를 따르기 시작했네. 내가 발코니를 돌았을 때 그는 반대쪽 복도의 맨 끝에 있었어. 나는 문틈으로 흘러나오는 불빛을 보고 그가 방으로 들어갔다는 사실을 알 수 있었지. 그쪽 방들은 가구도 놓지 않았을 뿐 아니라 아무도 쓰는 사람이 없기 때문에 그의 행동은 더욱 수상쩍게 보였다네. 문틈으로 새어 나오는 불빛이 흔들림이 없는 것으로 보아 그는 꼼짝 않고 서 있는 것 같았어. 나는 되도록 소리 내지 않고 복도를 내려가 문틈으로 방 안을 엿보았지.

배리모어는 촛불을 손에 든 채 창문에 몸을 바짝 대고 있었어. 그는 이쪽으로 고개를 약간 돌리고 있었는데, 무엇인가를 찾아 황무지의 어둠 속을 응시하는 얼굴이 딱딱하게 굳어 있더군. 집사는 한동안 열심히 쳐다보고 서 있었네. 그러다 무슨 말을 내뱉더니 서둘러 촛불을 꺼버렸어. 나는 곧 내 방으로 돌아왔지. 잠시 후 살금살금 걸어서 방문 앞을 지나가는 소리가 다시 들렸다네. 한참 있다 살짝 잠이 든 나는 어딘가에서 열쇠 돌아가는 소리를 들었네. 하지만 그것이 어디서 나는 소리인지는 알 수 없었어. 이 모든 것이 무엇을 의미하는지는 알 수 없지만, 어쨌든 이 어두운 집에서 어떤 비밀스러운 일이 벌어지고 있는 것만은 틀림없네. 조만간 우리는 그것이 어떤 일인지 똑똑히 알게 될 걸세. 자네를 내가 만든 이론으로 괴롭히지는 않겠네. 오로지 사실에만 충실해 달라는 자네 부탁이 있었으니까. 나는 오늘 아침에 헨리 경과 장시간 대화를 나누었고, 함께 모종의 작전 계획을 짰다네. 그것이 어떤 것인지 지금 당장 말해 주지는 않겠어. 그러면 나의 다음 보고서가 재미없어질 테니까.

왓슨 박사의 두 번째 보고서

황무지의 불빛

바스커빌관, 10월 15일

친애하는 홈즈에게

내가 여기 내려온 뒤 자네에게 별로 소식을 전하지 못한 것이 사실이라 해도, 자네는 내가 까먹은 시간을 벌충하고 있다는 걸 인정해야 할 걸세. 이제 사건들이 한꺼번에 터지고 있다네. 지난 보고서에서 나는 배리모어 집사에 관한 얘기로 끝을 맺었는데 이제 내 수중에는 자네를 깜짝 놀라게 해줄 만한 이야기보따리가 있다네. 예상치 못했던 일들이 차례로 일어났지. 어떻게 보면 상황은 지난 48시간 동안 더 분명해진 것 같기도 하고, 어떻게 보면 그사이에 더 복잡해진 것도 같네. 하지만 자네에게 모두 털어놓을 작정이니까 알아서 판단하게.

다음 날 아침, 나는 아침 식사 전에 반대편 복도로 내려가 전날 밤 배리모어가 들어갔던 방을 조사해 보았네. 나는 배리모어가 앞에 서서 뚫어지게 밖을 내다보던 서쪽 창이 집 안의 다른 창문과 다른 점이 있다는 걸 알아챘어. 그 창으로는 가까운 황무지가 훤히 바라다보였네. 두 그루의 나무 사이가 횅하니 뚫려 있어서 창가에 서면 황무지가 곧장 건너다보이는 거지. 하지만 집 안의 다른 창으로는 먼 곳의 풍경만 보이거든. 따라서, 배리모어가 굳이 이 창문을 택한 것은 그가 황무지에 있는 무엇인가 또는 누군가를 찾고 있기 때문이었네. 하지만 지난밤은 아주 어두웠기 때문에 배리모어가 이 창으로 어떤 사람의 모습을 볼 수 있었을 리는 만무하지. 그런데 문득 배리모어의 정부가 걸어서 이곳까지 온 게 아닐까 하는 생각이 들었네. 그렇다면 그가 비밀스럽게 행동했던 것이나 그의 아내가 불안해했던 것이 다 설명이 되거든. 배리모어는 시골 처녀의 마음을 사로잡기에 모자람이 없을 정도의 미남자니까 이러한 가정의 근거는 충분해 보였네. 내가 다시 침대에 누운 뒤 들렸던 문 따는 소리는 그가 은밀한 약속을 지키기 위해 밖에 나가는 소리가 아니었을까? 어쨌든 나는 아침나절에 이런 식으로 추리했지만 결과적으로 그것은 근거 없는 추측이었다네.

하지만 배리모어의 그런 행동이 진짜 무슨 이유 때문이었든지 간에, 혼자서만 그 일을 알고 있는 것은 좀 감당하기 힘들게 느껴졌네. 그래서 나는 조반을 마친 후에 준남작을 서재에서 만나 내가 목격한 것을 낱낱이 얘기했지. 그는 별로 놀라는 눈치가 아니었네.

"나는 배리모어 집사가 밤마다 돌아다닌다는 사실을 알고 있었어요. 그래서 한번 집사를 만나 그 얘기를 할 생각이었죠."

준남작이 말했지.

"나도 왓슨 박사가 얘기한 그 시간 무렵에, 집사가 복도를 왔다 갔다 하는 소리를 두세 번 들었습니다."

"밤마다 그 창문을 찾아가는 모양이군요."

나는 말했지.

"아마 그럴 겁니다. 그러면 우리는 집사 뒤를 따라가서 그가 찾고 있는 것이 무엇인지 알아보기로 합시다. 홈즈 선생께서 여기 있다면 어떻게 할까요?"

"홈즈라면 경이 방금 말한 대로 행동할 겁니다. 배리모어가 무엇을 하는지 알아내기 위해 뒤를 밟을 거예요."

나는 말했지.

"그러면 우리 둘이 같이하면 되겠군요."

"하지만 우리가 따라가는 소리를 들을 텐데요."

"집사는 귀가 약간 어두워요. 그리고 들키는 한이 있어도 한번 해봐야지. 오늘 밤 내 방에 앉아 있다가 집사가 나올 때까지 기다립시다."

헨리 경은 기쁨을 감추지 못하고 두 손을 비볐네. 황무지에서의 단조로운 생활에 단비나 마찬가지인 이런 모험을 내심 반기는 것이 분명했지.

준남작은 찰스 경의 의뢰를 받아 설계도를 그렸던 건축가, 그리고 런던의 하청업자와 연락을 취하고 있으니 조만간 이곳에는 커다란 변화가 시작될 것 같네. 플리머스의 실내 장식가와 가구업자도 들락거리는 것으로 보아 우리 친구가 가문의 영광을 되살리려는 원대한 구상에 비용과 수고를 아끼지 않을 게 분명해. 저택의 개조와 가구 배치가 끝난다면 준남작에게 필요한 것은 오직 아내뿐일 것일세. 헨리 경이 아름다운 스태플턴 양과 함께 있는 모습을 보면 세상에 여자한테 저렇게 사족을 못 쓰는 남자도 있구나 하는 생각이 절로 드네. 그 숙녀가 기꺼워하지 않는다면 이 모든 것은 아무것도 아닐 거라는 것은 누가 봐도 분명하지. 하지만 헨리 경에게 진정한 사랑의 길은 예상보다 험난하네. 예를 들면 오늘, 전혀 예기치 못한 일이 생기는 바람에 우리 친구는 굉장히 당황하고 괴로워했지.

배리모어에 대한 얘기가 끝나자 헨리 경은 모자를 쓰고 외출할 준비를 했네. 당연히 나도 따라서 외출 준비를 했어.

"왓슨 박사, 뭘 하려고 그러십니까?"

준남작은 야릇한 표정으로 나를 쳐다보며 물었네.

"내가 뭘 할 건가는 경이 황무지에 가는지 안 가는지에 달려 있지요."

나는 말했네.

"그래요, 난 황무지에 갑니다."

"경도 나의 의무가 어떤 것인지 잘 알고 있습니다. 경의 사생활에 끼어들어서 미안하지만, 홈즈가 신신당부한 거 알고 있지요? 난 경을 혼자 보낼 수 없습니다. 특히 혼자 황무지에 나가는 일만큼은 절대 안 됩니다."

헨리 경은 유쾌한 얼굴로 내 어깨에 손을 얹었네.

"친애하는 벗이여, 아무리 지혜로운 홈즈 선생이라도 내가 이곳에 온 뒤에 생긴 일을 예상하지는 못했어요. 왓슨 박사는 나를 이해하지요? 박사님도 남의 흥을 깨는 사람이 되고 싶지는 않을 겁니다. 난 혼자 나가야겠습니다."

나는 진퇴양난이었네. 내가 우물쭈물하고 있는 동안 준남작은 지팡이를 집어 들고 나가버렸어.

하지만 양심에 비추어 생각해 보았을 때 어떤 이유 때문에든 그를 혼자 내보낸 것이 심히 후회스러웠네. 나는 런던으로 돌아가서, 자네의 지시를 따르지 않아 불행한 일이 생겼다는 얘기를 털어놓을 때 내 기분이 어떨 것인가를 상상했네. 정말이지 그 생각만으로도 얼굴이 붉어졌지. 헨리 경을 따라잡기에는 아직 늦지 않은 것 같아서 나는 당장 메리핏가가 있는 방향으로 그를 따라 달려갔네.

나는 길을 따라 힘껏 뛰어갔지만 황무지로 가는 갈림길이 나올 때까지 헨리 경은 그림자도 보이지 않았다네. 혹시 내가 엉뚱한 방향으로 온 것이 아닌가 하는 생각이 들어서 작은 동산 위로 올라갔지. 그것은 버려진 채석장이 있는 바로 그 산이었네. 꼭대기에 올라가자 헨리 경의 모습이 보이더군. 그는 앞쪽으로 500미터쯤 떨어진 곳에 있었는데 옆에 있는 숙녀는 다름 아닌 스태플턴 양이었네. 둘 사이에 이미 어떤 얘기가 오간 것이 분명했고, 사전 약속이 있었던 게 틀림없었지. 두 사람은 천천히 길을 걸으며 열심히 대화를 나누더군. 나는 스태플턴 양이 뭐라고 열심히 이야기하면서 빠른 손짓을 하는 걸 보았네. 헨리 경은 주의 깊게 듣는 모습이었지만 강한 부정의 뜻으로 한두 번 고개를 흔들었지. 나는 바위틈에 서서 두 사람을 지켜보고 있었지만 어떻게 해야 좋을지 갈피를 잡을 수가 없었다네. 물론 두 사람을 향해 달려가서 은밀한 대화를 방해하는 것도 차마 사람이 할 짓이 아니었지. 하지만 내게 주어진 의무는 잠시라도 헨리 경에게서 눈을 떼지 않는 것이 아닌가. 친구 몰래 뒤를 밟는다는 것은 정말 죽기보다 싫은 의무였네. 하지만 나는 산 위에서 그를 지켜보다가 나중에 내 행동을 고백해서 양심의 짐을 더는 것이 가장 나은 방법이라고 생각했네. 어떤 위험이 갑작스럽게 닥쳤을 때 준남작을 보호하기에는 내가 너무 먼 곳에 있었던 것이 사실이었지만 내가 곤란한 처지에 놓였다는 것과, 그 이상 할 수 있는 일은 없었다는 것을 자네는 이해해 주리라고 믿네.

우리의 친구 헨리 경과 숙녀분이 멈춰 서서 대화에 열중해 있을 때, 나는 문득 둘의 만남을 지켜보는 사람이 나 혼자만은 아니라는 사실을 깨달았어. 공중에 떠 있는 푸른색이 언뜻 보여서 눈을 들어보니 그것은 막대에 달린 포충망이더군. 한 남자가 포충망을 들고 기복이 심한 땅에서 움직이고 있었네. 그것은 스태플턴이었지. 그는 두 남녀에게 나보다 훨씬 가깝게 접근해 있었을 뿐만 아니라 그쪽을 향해 움직이고 있는 듯했네. 그때 갑자기 헨리 경이 스태플턴 양을 와락 껴안았지. 경의 팔은 숙녀분을 안고 있었지만 그녀는 고개를 외면한 채 몸을 떼어내려고 애쓰는 것 같았네. 경은 그녀를 향해 고개를 숙였네. 스태플턴 양은 뭐라고 항의하는 것처럼 한 손을 들어 올렸네. 다음 순간 나는 두 남녀가 황급히 떨어진 다음 등을 돌리는 모습을 보았네. 그것은 스태플턴 때문이었어. 그는 바보 같은 포충망을 등 뒤에 매달고 두 사람을 향해 미친 듯이 뛰어오고 있었네. 그는 두 연인 앞에서 흥분이 극에 달한 채 마구 손짓 발짓을 했어. 멀리서 보니 무슨 춤이라도 추는 것처럼 보이더군. 이해할 수 없는 장면이었지만, 스태플턴은 뭐라고 해명하는 헨리 경에게 욕을 퍼붓고 있는 것처럼 보였다네. 헨리 경도 자신의 해명이 받아들여지지 않자 점점 화가 나는 것 같더군. 숙녀는 옆에서 고고하게 침묵을 지키고 있었고. 마침내 스태플턴은 몸을 휙 돌리더니 위압적인 태도로 누이동생에게 손짓했고 동생은 어쩔 줄 몰라 하며 헨리 경을 한 번 쳐다보고는 오빠를 따라 걸음을 옮겨놓았네. 박물학자의 화난 몸짓을 보니 누이동생에 대해서도 상당히 불쾌하게 여기고 있는 것 같더군. 준남작은 우두커니 서서 남매의 뒷모습을 바라보다가 돌아서서 천천히 걷기 시작했네. 고개를 푹 숙인 모습을 보니 그 심정이 얼마나 쓰라린지 알겠더군.

나는 이 모든 일이 무엇을 의미하는지는 알 수 없었지만 친구 몰래 그렇게 내밀한 만남을 지켜보았다는 것이 말할 수 없이 부끄러웠어. 나는 산을 뛰어내려 갔고 밑에서 준남작을 만났다네. 그는 화가 나서 얼굴이 붉게 달아오르고, 어떻게 해야 할지 모르는 사람처럼 눈살을 잔뜩 찌푸리고 있었네.

"아니, 왓슨 박사! 하늘에서 떨어지기라도 한 겁니까?"

헨리 경이 말했네.

"내가 그렇게 말했는데도 부득부득 내 뒤를 쫓아온 것은 아니겠지요?"

나는 준남작에게 있는 그대로 사실을 다 털어놓았네. 그를 혼자 내보내서는 안 된다고 생각했던 것, 그를 찾아서 달려왔던 것, 그리고 모든 일을 다 목격했던 것 등. 순간적으로 경은 화가 나서 나를 노려보았지만 내가 솔직하게 다 털어놓자 노여움이 씻은 듯 사라지는 것 같았네. 그는 마침내 처량하게 웃더군.

"들판 한가운데라면 남의 눈에 띄지 않고 은밀한 시간을 가질 수 있을 줄 알았죠."

그는 말했네.

"그런데 젠장, 온 마을 사람들이 다 나와서 내가 구애하는 장면을 지켜보고 있었단 말인가? 또 그 구애라는 것이 얼마나 형편없이 되었느냔 말이지! 박사는 도대체 어디에 자리 잡고 있었습니까?"

"나는 그 동산 위에 있었습니다."

"허, 우리 뒤쪽에 자리 잡고 있었네그려. 그 오빠라는 작자는 훨씬 앞쪽에 있었는데 말이오. 박사는 그자가 우릴 덮치는 모습을 보았나요?"

"보았지요."

"그 오빠라는 자 말입니다, 박사는 그자가 제정신이 아니라고 생각한 적이 있습니까?"

"그런 적은 없었습니다."

"나도 마찬가집니다. 오늘까지는 항상 그자가 정상이라고 생각했어요. 하지만 그자나 나, 둘 중의 하나는 반드시 정신 병원에 가야 해요. 도대체 나한테 뭐가 문제라는 거지? 왓슨 박사, 박사님은 몇 주 동안 나랑 같이 살아봤잖습니까. 솔직히 말해 봐요, 어서! 내가 사랑하는 여자에게 남편 노릇을 제대로 못 할 것 같습니까?"

"절대로 그렇지는 않습니다."

"나의 세속적 지위에 대해서는 시비할 것이 없을 터이니 그자가 싫어하는 것은 바로 나 자신일 겁니다. 뭐가 마음에 안 드는 것일까? 나는 평생 어느 누구에게도 해를 끼친 적이 없소이다. 그런데 그자는 내가 제 누이동생의 손가락 하나 건드리지 못하게 하겠다더군요."

"그 사람이 그렇게 말했나요?"

"그것 말고 몇 가지 얘기를 더 했어요. 정말이지 왓슨 박사님, 내가 스태플턴 양을 안 지는 몇 주밖에 안 됐지만, 처음부터 그여성은 내 사람이라고 느꼈습니다. 그리고 스태플턴 양도 내가옆에 있을 때 행복해했고요. 이건 장담할 수 있습니다. 군이 말로하지 않더라도 숙녀분의 눈빛만 봐도 알 수 있어요. 하지만 그자는 갖은 수단을 써서 우리 둘이 가까워지는 걸 막으려 했고, 그래서 나는 오늘에야 처음으로 숙녀분과 단둘이 몇 마디 말을 나눌 기회를 잡게 되었던 겁니다. 스태플턴 양은 흔쾌히 나와 만날 약속을 했지만 정작 둘이 만났을 때 한 얘기는 사랑 이야기와는 거리가 먼 것이었어요. 그리고 내가 그런 이야기를 꺼내자 들으려 하지도 않았습니다. 숙녀는 여기가 위험한 곳이고, 내가 여기 있는 한 결코 마음이 놓이지 않을 거라는 얘기를 되풀이했어요. 나는 그녀에게 일단 당신을 만난 이상 서둘러 이곳을 떠나지는 않을 것이고, 당신이 진정으로 내가 이곳을 떠나기를 원한다면 제발 나와 같이 가달라고 말했죠. 그 말은 다름 아닌 스태플턴 양에 대한 청혼이었어요. 그런데 그녀가 대답할 새도 없이 그 오빠라는 작자가 미친놈 같은 얼굴을 하고 들이닥쳤던 겁니다. 그 작자는 속으로 얼마나 화가 났는지 얼굴은 하얗게 질리고 회색 눈은 이글이글 타오르는 듯했어요. 도대체 내가 숙녀에게 무슨 짓을 했다고? 내가 싫다는 사람을 억지로 붙들고 늘어지기라도 했다는 건가요? 내가 준남작이라고 해서 무슨 짓이든 마음대로 할 수 있다고 생각한 걸까요? 그 작자가 숙녀분의 오라비만 아니었다면 나는 가만히 있지 않았을 겁니다. 사실 나는 그자에게, 당신 누이동생에 대한 내 감정에 부끄러운 점은 요만치도 없고, 당신 누이가 내 아내가 되어준다면 정말 좋겠다고 말했어요. 그래도 상황은 전혀 나아지지 않는 것 같았고, 그래서 나도 걷잡을 수 없이 화가 치밀어 올라 그자에게 앞뒤 가리지 않고 생각나는 대로 막 퍼부어댔습니다. 숙녀분이 옆에 있다는 걸 생각해서 내가 좀 참았어야 하는 건데. 그러자 박사도 보았다시피 그자는 동생을 데리고 휑하니 가버린 겁니다. 도대체 이제 나는 어떻게 해야 하는 거죠? 왓슨 박사, 도대체 이게 어떻게 된 노릇인지 말좀 해주시오. 그러면 내 그 은혜는 잊지 않을 겁니다."

나는 한두 가지 측면에서 설명해 보려고 애썼지만 무엇보다 나 자신이 사태를 전혀 납득할 수 없었네. 우리의 친구는 작위,

재산, 나이, 성격, 외모, 무엇을 보든 나무랄 데 없는 신랑감 아닌가. 내가 알기로는 바스커빌 가문에 내려진 저주만 아니라면 헨리 경 자신에게는 전혀 흠잡을 구석이 없네. 그런데 경의 구애가 당사자인 숙녀분의 희망과는 전혀 상관없이 그렇게 거칠게 거절당했던 것이나, 숙녀분이 묵묵히 그런 상황을 받아들였던 것은 정말 의외였네. 하지만 우리의 이러저러한 추측은 오후에 스태플턴 자신이 찾아오면서 막을 내리게 되었지. 그는 아침나절의 무례에 대해 사과하고 헨리 경과 서재에 들어가 한참 이야기를 나누었다네. 그 결과 불화는 완전히 해소된 것으로 결론이 나고 그 표시로 우리는 금요일 날 메리핏가에 가서 저녁 식사를 하기로 했지.

"나는 이제 그자가 미쳤다고 말하지는 않겠습니다."

헨리 경이 말했네.

"하지만 오늘 아침 그자가 나에게 달려들 때의 눈빛을 잊을 수는 없어요. 물론 그자가 나중에 세상 어느 누구보다 정중하게 사과했다는 점은 인정해야겠지만 말입니다."

"왜 그런 행동을 했는지에 대해서도 설명하던가요?"

"그는 누이동생이 자기 인생의 전부라고 말하더군요. 그건 당연한 일이겠죠. 그 점에 대해서는 그가 숙녀분의 가치를 알고 있는 것 같아서 기분이 좋습니다. 그의 설명에 따르면 둘은 항상 같이 살았는데 누이동생은 자기 인생의 유일한 반려였다고 하더군요. 그래서 누이동생을 잃는다고 생각하니 정말 참을 수가 없었다고 했어요. 그는 내가 누이동생에게 남다른 감정을 품고 있다는 걸 몰랐다가 자신의 눈으로 그런 장면을 목격하고, 또 누이 동생이 곁을 떠날지도 모른다는 사실을 깨닫자 너무 충격을 받아 순간적으로 이성을 잃었다고 하더군요. 그러면서 아까 일에 대해 아주 미안하게 생각한다고 했습니다. 또 자신의 누이동생 처럼 아름다운 여자를 평생 옆에 잡아둘 수 있다고 상상했던 자신이 얼마나 어리석고 이기적이었는지를 깨닫게 되었다고 했고 요. 그러면서 누이동생이 자기 곁을 떠나야 한다면 다른 사람보 다는 나 같은 이웃에게 가는 편이 낫다고 생각한다고 했습니다. 그러나 어쨌든 그것은 자신에게는 타격이 될 터이니 마음의 준 비를 할 수 있는 시간이 얼마쯤 필요하다고 하더군요. 그는 내가 결혼 얘기를 꺼내지 않고 세 달 동안 누이동생과 사랑이 아닌 우 정을 나누는 데 만족하겠노라고 약속한다면 우리 둘이 결혼하는 데 어떤 반대도 하지 않겠다고 했어요. 나는 그렇게 하겠노라고 약속했고 그래서 결혼 문제는 유보되었어요."

이렇게 우리의 작은 수수께끼 하나는 풀렸다네. 우리가 허우적 거리고 있는 이 진흙탕 속에서 뭔가가 바닥을 친 것일세. 우리는 이제 스태플턴이 누이동생의 구혼자에게, 그 구혼자가 헨리 경 처럼 유망한 청년임에도 곱지 않은 시선을 보낸 이유를 알게 되 었네. 그래서 이제 나는 뒤엉킨 실 꾸러미에서 뽑아낸 또 하나의 실을 더듬어보려 하네. 그것은 한밤중의 울음소리, 배리모어 부 인의 눈물로 얼룩진 얼굴, 집사가 밤마다 아무도 몰래 서쪽 창가 를 찾아가는 이유에 관한 것이지. 친애하는 홈즈여, 축하해 주게. 그리고 내가 자네의 대리인으로서 자네를 실망시키지 않았다고 말해 주게. 자네는 나를 믿고 이곳에 보낸 것을 후회하지 않을 걸세. 이 모든 수수께끼는 하룻밤의 수고로 완전히 풀렸거든.

나는 '하룻밤의 수고'라고 했지만 사실 그것은 이틀 밤의 수고였지. 왜냐하면 첫날 밤에 우리는 완전히 허탕을 쳤으니까. 나는 헨리 경의 방에 가서 경과 함께 새벽 3시가 다 되도록 기다렸지만 층계참에 걸린 시계 종 치는 소리 빼고는 아무 소리도 들리지 않았다네. 그것은 참 처량맞은 불침번이었어. 우리는 결국 의자에 앉은 채로 잠이 들었지. 다행히도 우리는 실망하지 않았고 다시 한번 시도해 보기로 결의했네. 다음 날 밤, 우리는 등잔불을 낮춰놓은 채 아무 소리도 내지 않고 담배를 피우며 앉아 있었네. 시간은 정말 한없이 느리게 기어가더군. 그렇지만 우리 둘 다 인내심과 호기심 하나로 버티며 그 시간을 견뎌냈지. 사냥꾼이 덫을 놓은 다음 사냥감이 걸려들기를 바라고 그 앞에서 지킬 때의 심정이라고나 할까. 시계가 1시를 치고 2시를 쳤지. 시계가 2시를 쳤을 때 우리는 거의 자포자기 상태였네. 그러나 어느 순간 우리는 용수철이 튀어 오르듯 벌떡 일어나서 피곤에 전 신경을 곤두세웠네. 우리는 복도 마루가 삐걱거리는 소리를 들었어.

우리는 숨을 죽이고 발소리가 문 앞을 지나 멀리 사라질 때까지 기다렸네. 그런 다음 준남작이 소리 나지 않게 방문을 열었고 우리는 배리모어 집사의 뒤를 따르기 시작했지. 촛불을 든 집사는 벌써 회랑을 돌고 있었기 때문에 복도는 칠흑같이 어두웠네. 우리는 맞은편 복도를 향해 살금살금 걸어갔지. 큰 키에 검은 턱수염을 기른 집사가 곧 반대편 복도로 들어서는 모습이 보였네.

그는 어깨를 움츠린 채 뒤꿈치를 들고 살금살금 걸어가더군. 그리고 예전의 그 방으로 들어갔네. 어둠 속에서 방문의 윤곽이 촛불 빛을 받아 잠깐 드러나는가 싶더니 어두운 복도로 한 줄기 노란 불빛이 흘러나왔네. 우리는 복도 마루를 한 발자국 디딜 때마다 조심하고 또 조심하며 그 방을 향해 다가갔네. 우리는 미리 구두를 벗어놓고 나왔지만 그래도 낡은 마루가 발밑에서 삐걱거렸어. 집사가 이번에야말로 우리가 다가가는 소릴 들었을 거라는 생각이 들었던 적도 있었지. 하지만 다행스럽게도 집사는 약간 귀가 어두웠던 데다가 자신이 하는 일에 정신이 팔려 있었어. 마침내 그 앞에 이르러 문틈으로 들여다보니 집사가 손에 촛불을 들고 창문에 붙어 서 있는 모습이 보였네. 그는 전전날 밤과 똑같은 자세로 긴장한 하얀 얼굴을 유리창에 붙이고 있었지.

어떻게 할 것인지 사전에 계획을 세워놓지는 않았지만 준남작은 원래 거침없이 행동하는 직선적인 사람이라네. 그가 뚜벅뚜벅 방 안으로 걸어 들어가자 배리모어는 외마디 소리를 지르며 창가에서 비켜섰지. 그는 파랗게 질린 얼굴로 부들부들 떨며 우리 앞에 서 있었네. 그는 헨리 경과 나를 번갈아 바라보았네. 그의 치켜뜬 검은 눈동자에는 두려움과 놀람이 가득했지.

"배리모어, 여기서 대체 뭘 하고 있지?"

"아무것도 아닙니다, 주인님."

그는 어찌나 떠는지 말도 제대로 할 수 없을 지경이었어. 그가 손에 든 촛불이 흔들리면서 그림자들이 위아래로 춤을 추었지.

"창문 말입니다, 주인님. 밤에 창문이 제대로 닫혀 있는지 보려고 돌아다닙니다."

"2층을 말인가?"

"예, 주인님. 방마다 다 다니면서 살피지요."

"이보게, 배리모어."

헨리 경은 엄격한 목소리로 말했네.

"우리는 자네한테서 진실을 듣기로 작정했네. 그러니 사실대로 털어놓는 게 신상에 이로울걸. 어서 말하게! 거짓말은 말고! 도대체 자네 그 창문 앞에서 무엇을 하고 있었는가?"

집사는 어쩔 줄 모르고 우리를 쳐다보았네. 그리고 끝없는 의혹과 고통에 몸부림치는 사람처럼 두 손을 쥐어짜더군.

"주인님, 제가 무슨 나쁜 일을 하고 있었던 건 아닙니다. 저는 그저 촛불을 들고 창가에 서 있었습니다."

"왜 촛불을 들고 창가에 서 있었나?"

"묻지 말아주십시오, 주인님. 저한테는 묻지 말아주십시오! 분명히 말씀드리지만, 그것은 저의 비밀이 아니기 때문에 주인님께 말씀드릴 수 없습니다. 다른 사람이 아니라 오직 저하고만 관계된 일이라면 주인님께 비밀로 하려고 애쓰지도 않을 것입니다."

문득 어떤 생각이 떠오른 나는 집사의 떨리는 손에서 촛불을 빼앗아 들었네.

"이 사람은 이것을 신호로 사용했던 것이 틀림없습니다."

나는 말했지.

"응답이 있는지 보기로 하지요."

나는 그가 했던 것처럼 촛불을 들고 밤의 어둠 속을 응시했네. 달이 구름 속에 숨어 있었으므로, 나무의 검은 둑과 희끄무레한 황무지를 어렴풋이 분간할 수 있을 뿐이었지. 그러다 갑자기 점을 찍어놓은 듯한 노란 불빛이 검은 장막 위에 떠오르는 것을 보고 나는 탄성을 터뜨렸네. 불빛은 네모진 검은 창문 한가운데서 한결같이 빛나고 있었지.

"저거다!"

나는 외쳤지.

"아, 아닙니다, 선생님. 저건 아무것도, 아무것도 아닙니다!"

집사가 끼어들었네.

"정말입니다, 선생님……."

"왓슨 박사! 그 촛불을 움직여보시오!"

준남작이 소리쳤네.

"저 봐, 저쪽에 있는 것도 움직이고 있어! 자, 이 나쁜 자식, 그래도 저게 신호라는 걸 부정할 테냐? 어서 똑바로 말하지 못해? 저쪽에 있는 패거리는 누구고, 도대체 무슨 음모를 꾸미고 있는 거냐?"

사내의 얼굴에 노골적으로 반항하는 기색이 떠올랐네.

"이건 주인님 일이 아니라 제 일입니다요. 그러니까 말하지 않겠습니다."

"그러면 당장 이 집을 나가라."

"좋습니다. 나가야 한다면 나가지요."

"너는 불명예스럽게 쫓겨나는 거다. 젠장, 너는 부끄러운 줄 알아야 할 것이다. 너희 집안은 우리 집안사람들과 같이 100년 이상 한 지붕 아래서 살아왔다. 그런데 이제 와서 주인을 상대로 못된 흉계나 꾸미다니."

"아닙니다, 그건 절대로 아니에요. 주인님을 상대로 한 것이 아닙니다!"

갑자기 여자 목소리가 들려왔네. 그것은 배리모어의 아내였어. 가정부는 남편보다 더 창백하고 겁에 질린 얼굴로 문 옆에 서 있었네. 가정부의 얼굴에 떠오른 강렬한 표정만 아니었다면 스커트에 숄을 두른 뚱뚱한 몸집은 퍽이나 우스꽝스럽게 느껴졌을 걸세.

"엘리자, 우린 가야 해. 이제 다 끝났어. 가서 짐을 싸도록 해."

집사가 말했지.

"오, 여보, 여보. 내가 왜 당신을 이 일에 끌어들였을까요? 주인님, 저 때문이에요. 모든 게 다 저 때문이에요. 남편은 저를 위해서, 제가 부탁했기 때문에 이 일을 한 겁니다."

"그러면 말해라! 도대체 그게 무슨 말이지?"

"제 불쌍한 동생이 황무지에서 굶어 죽어가고 있습니다. 우리는 차마 동생이 이 집 문 앞에서 굶주려 죽게 할 수는 없었지요. 이쪽의 불빛은 동생에게 음식이 준비되었다는 신호이고, 그리고 저쪽의 불빛은 우리가 음식을 가져갈 위치를 나타내는 신호입니다."

"그러면 그 동생이 바로……."

"탈옥수입니다, 주인님. 죄인 셀든이지요."

"아내의 말이 옳습니다, 주인님."

배리모어가 말했다.

"저는 아까 저의 비밀이 아니기 때문에 주인님께 말씀드릴 수 없다고 했습니다. 하지만 이제 자초지종을 들으셨으니 어떤 음모가 있었다 해도 그것이 주인님을 상대로 한 것은 아니라는 것을 아시겠지요."

그렇다면 한밤중에 몰래 집 안을 나다니고 창가에 촛불을 밝혔던 것이 바로 그 때문이라는 것인가. 헨리 경과 나는 놀라움을 금치 못하고 가정부를 쳐다보았네. 이 무표정하고 행실 바른 여자가 나라에서 가장 악명 높은 범죄자와 같은 핏줄을 타고났다는 게 정말 사실일까?

"그렇습니다, 주인님. 저의 처녀 시절 성은 셀든이었지요. 그리고 그 애는 제 막냇동생입니다. 그 애가 어렸을 때 집안에선 온갖 응석을 다 받아주었고 하고 싶다는 일은 뭐든지 다 들어주었습니다. 그 애는 자연히 세상이 온통 자기를 위해서 있는 줄 알고, 하고 싶은 일은 뭐든지 다 할 수 있다고 생각하게 되었지요. 그러다 나이가 들면서 못된 친구들을 사귀더니 새끼 악마가 되어 저의 친정 어미의 속을 숯검정으로 만들고 집안의 이름에 먹칠을 했습니다. 그리고 점점 더 무거운 죄를 지은 끝에 형장의 이슬로 사라질 뻔하다가 하느님의 자비심으로 간신히 목숨만 건지는 지경에 이르렀지요. 하지만 주인님, 저는 어린 그 애를 보살피고 함께 놀아주었던 누나입니다. 제게 그 애는 언제 봐도 어리기만 한 고수머리 남동생일 뿐이지요. 그 애가 탈옥한 것은 사실

저 때문이었답니다. 그 애는 제가 여기 있다는 사실을 알고 있었고, 우리 부부가 매정하게 저를 외면하지는 못하리라는 걸 알고 있었지요. 어느 날 밤, 피로와 굶주림에 지친 막내가 경비대원에게 바짝 쫓기는 상태로 이곳을 찾아들었을 때 저희가 어떻게 할 수 있었겠습니까? 저희 부부는 그 애를 집 안에 들이고 먹을 것과 입을 것을 주었습니다. 그러던 중 주인님이 돌아오셨고, 동생은 수색이 끝날 때까지 황무지에 있는 게 더 안전할 거라고 하며 저곳으로 나가 은신했지요. 하지만 이틀에 한 번씩, 저희는 그 애가 아직 거기 있는지 확인하기 위해 창가에 촛불을 밝혔습니다. 그리고 응답이 있으면 남편이 빵과 고기를 가져다주었지요. 저희는 매일같이 그 애가 어딘가로 가버리기를 기도했지만, 그 애가 거기 있는 이상 모른 척할 수는 없었습니다. 주인님, 저는 하느님을 믿는 정직한 여인으로서 모든 사실을 있는 그대로 말씀드렸습니다. 그러니 이제 주인님께서는 잘못한 것은 제 남편이 아니라 바로 저라는 사실을 아셨을 겁니다. 남편이 그렇게 한 것은 오로지 저 때문이지요."

여인의 말에는 절절한 감정이 녹아 있어서 도저히 그 진실성을 의심할 수가 없었네.

"그게 사실인가, 배리모어?"

"그렇습니다, 주인님. 한 치도 틀림없는 사실입니다."

"좋아, 자네가 아내 편을 들었다고 해서 욕할 순 없는 노릇이지. 내가 아까 한 얘기는 전부 잊어주게. 그리고 이제 방으로 물러가게. 이 문제에 관해서는 내일 아침에 좀 더 얘기해 보기로 하세."

부부가 방을 나간 뒤 우리는 다시 창밖을 내다보았네. 헨리 경이 창문을 활짝 열어젖히자 차가운 밤바람이 얼굴을 때렸지. 멀리 암흑 속에서 자그마한 노란 불빛 하나가 여전히 깜빡거리고 있었네.

"정말 대담하군요."

헨리 경이 말했네.

"불빛이 여기서만 보이도록 장치해 놓았을 겁니다."

"그렇겠군. 여기서 거리가 얼마나 될까요?"

"클레프트 토르 옆인 것 같은데요."

"여기서 삼사 킬로미터 정도 될 것 같은데."

"그 정도일 겁니다."

"흠, 배리모어가 먹을 것을 갖다줘야 한다면 그렇게 먼 곳일 리는 없습니다. 그리고 저 악당은 촛불을 켜놓고 옆에서 기다리고 있겠다. 젠장, 왓슨 박사, 난 저자를 잡으러 가야겠어요!"

실은 나도 똑같은 생각을 하고 있었네. 배리모어 부부가 자진해서 비밀을 털어놓은 것은 아니었어. 그들은 어쩔 수 없는 상황에서 자초지종을 고한 것이지. 셀든은 사회적으로 위험한 인물이고, 동정이나 용서가 불가능한 잔인한 범죄자였네. 그자가 아무에게도 해를 끼치지 못할 곳으로 다시 잡아넣는 것은 우리의 의무였지. 우리가 수수방관한다면 다른 사람이 그 잔인하고 폭력적인 범죄자에게 희생될지도 모르는 것이네. 예를 들면 그자는 밤에 스태플턴네 집을 습격할지도 모르거든. 그리고 헨리 경이 그렇게 안달하는 것은 바로 이런 우려 때문인 것 같기도 했고.

"나도 가겠습니다."

난 말했지.

"그러면 가서 신발을 신고, 그 리볼버 권총을 가져갑시다. 이왕이면 빨리 출발하는 게 좋을 겁니다. 놈이 불을 끄고 딴 데로 튈지도 모르니까."

5분 뒤에 우리는 현관을 나섰네. 우리는 신음하는 가을바람 소리와 바스락거리는 낙엽 소리를 들으며 어두운 관목 숲을 서둘러 지나갔지. 밤공기에는 축축한 썩은 냄새가 무겁게 스며 있었어. 달이 잠깐 얼굴을 내밀었지만 하늘에는 시커먼 구름이 깔려 있었지. 황무지로 접어들자 이슬비가 내리기 시작했네. 불빛은 여전히 앞에 있었고.

"경의 무기는?"

나는 물었네.

"나는 수렵용 채찍을 가지고 왔습니다."

"우리는 재빨리 놈을 포위해야 합니다. 놈은 막다른 골목에 몰린 쥐새끼와 같으니까요. 놈을 기습해서 저항할 틈을 주지 않고 제압하는 겁니다."

"왓슨 박사, 홈즈 선생이 여기 있다면 내게 무슨 말을 할까요? 악의 세력이 승한 밤 시간에는 황무지에 발을 들여놓지 말라고 하지 않았던가요?"

준남작의 말에 대답이라도 하듯, 끝없는 황무지의 어둠 속에서 갑자기 이상한 울부짖음이 들려왔네. 그것은 내가 전에 그림펜 대늪지 근처에서 들었던 소리였어. 적막한 밤 시간에 그 소리는 바람을 타고 전해 왔지. 긴 저음의 신음 소리는 높은 울부짖음으로 바뀌었고, 그것은 다시 구슬픈 신음 소리로 잦아들었네. 그 소리는 자꾸만 되풀이되었고, 대기는 온통 귀에 거슬리는 무서운 소리로 전율했네. 준남작은 내 옷소매를 붙들었지. 그의 얼굴이 어둠 속에서 하얗게 떠올랐네.

"맙소사, 박사님, 저게 무슨 소립니까?"

"잘 모르겠는데요. 황무지에서 나는 소리겠지요. 전에도 한 번 들어본 적이 있습니다."

소리는 멈추었고, 사방은 쥐 죽은 듯 조용했네. 우리는 귀를 쫑긋 세웠지만 아무 소리도 들리지 않았어.

"박사님, 그건 사냥개의 울부짖음이었습니다."

준남작이 말했어.

갑자기 공포에 사로잡힌 듯 그의 목소리는 갈라져 나왔고 나는 등골이 서늘해졌네.

"사람들은 이 소리에 대해 뭐라고들 합니까?"

준남작이 물었네.

"누구 말입니까?"

"이 고장 사람들 말이오."

"그들은 무지한 사람들입니다. 그들이 뭐라고 하든 신경 쓸 필요가 있나요?"

"박사님, 말해 봐요. 사람들이 뭐라고 하던가요?"

나는 망설였지만 그 질문을 피해 갈 순 없었네.

"사람들은 그 소리가 바스커빌가의 사냥개의 울부짖음이라고 하더군요."

그는 신음했고 잠시 말이 없었다네.

"맞아, 그건 사냥개였어요."

그는 마침내 말했지.

"하지만 그 소리는 여기서 몇 킬로미터 떨어진 곳에서 난 것 같았는데."

"소리가 어디서 났는지 확실한 방향은 알 수 없었지요."

"그 소리는 바람을 타고 날아왔어요. 혹시 그림펜 대늪지 쪽에서 난 게 아닐까요?"

"그건 맞는 얘깁니다."

"흠, 그쪽이었군. 여보세요, 왓슨 박사, 박사님도 그 소리가 사냥개의 울음소리라고 생각하셨죠? 나는 어린애가 아닙니다. 걱정하지 말고 진실을 말해 주시오."

"최근에 그 소리를 들은 것은 스태플턴과 같이 있을 때였지요. 그 사람은 그 소리가 어떤 희귀조의 울음소리일지도 모른다고 하더군요."

"아니, 아니에요. 그건 사냥개의 소리였어요. 맙소사, 그 모든 이야기에 일말의 진실이 들어 있다는 것일까? 내가 저주받은 운명 때문에 정말 위험하다고? 박사님도 그렇게 생각하시나요? 어떻습니까, 왓슨 박사님?"

"물론, 그렇게 생각하지 않지요."

"런던에서는 그 모든 것이 우습게만 생각되었는데, 여기 황무지의 어둠 속에서 저 울음소리를 듣고 보니 전혀 다른 느낌이 드는군요. 게다가 내 숙부님 말입니다! 그분이 쓰러진 곳 옆에 사냥개의 발자국이 찍혀 있었다고 했어요. 모든 게 아귀가 들어맞는군. 박사님, 나는 겁쟁이는 아니지만 저 소리를 들으니 소름이 끼치는군요. 내 손 좀 만져보십시오!"

준남작의 손은 대리석처럼 차가웠네.

"내일이면 괜찮아질 겁니다."

"저 소리를 머릿속에서 지워버리지는 못할 것 같군요. 이제 어떻게 할까요?"

"돌아갈까요?"

"천만에. 젠장, 놈을 잡으러 나왔으니까 잡아야죠. 우리는 탈옥수와 지옥의 사냥개를 쫓고 있어요. 우리가 쫓기고 있는 것은 아니란 말입니다. 갑시다! 우리는 지옥의 악마 새끼들이 몽땅 황무지로 쏟아져 나왔는지 알게 될 거요."

우리는 어둠 속에서 천천히 기우뚱거리며 나아갔네. 주위에는 울퉁불퉁한 바위산들이 시커멓게 서 있었고 앞에는 노란 불빛 한 점이 또렷하게 떠 있었지. 그런데 칠흑 같은 밤에 불빛이 있는 곳까지의 거리만큼 종잡을 수 없는 것은 없다네. 어떤 때 그 불빛은 지평선 위에서 멀어지는 것 같기도 했고 어떤 때는 몇 미터 안쪽에서 나타날 것처럼 보이기도 했어. 하지만 마침내 불빛이 있는 곳이 똑똑히 보였고 우리는 그곳이 아주 가깝다는 것을 깨달았지. 촛농이 흐르는 촛불 하나가 바위 틈새에 놓여 있었어. 바위가 병풍처럼 촛불을 둘러싸서 바람을 막아줄 뿐 아니라 바스커빌관을 제외한 다른 방향에서는 불빛이 보이지 않게 가려주고 있더군. 우리는 커다란 화강암 뒤에 몸을 숨기고 저만치에 있는 신호용 촛불을 바라보았다네. 인기척이라곤 전혀 느껴지지 않는 황무지 한가운데서, 노란 촛불 하나가 바위 병풍을 두른 채 저 혼자 타고 있는 모습을 보니 이상한 기분이 들더군.

"이제 어떻게 할까요?"

헨리 경이 속삭였네.

"여기서 기다리도록 하지요. 놈은 저 촛불 근처에 있을 게 틀림없습니다. 놈이 나타날지 한번 보자고요."

내 말이 떨어지기가 무섭게 그자의 모습이 나타났네. 촛불이 켜져 있는 바위 틈새 안에서 흉악한 노란 얼굴이 고개를 내밀었지. 그것은 타락한 욕망이 얼굴 가득 아로새겨진 무서운 짐승의 얼굴이었다네. 더러운 진흙으로 뒤범벅이 된 얼굴에 더부룩하게 자란 수염과 수세미 같은 머리하며, 그것은 산비탈의 굴 속에 살았던 미개인의 모습이었어. 그자의 발치에 놓인 촛불이 작고 교활한 눈 속에 반사되었네. 그자는 사냥꾼의 발소리를 들은 교활하고 사나운 짐승처럼 어둠 속에서 날카롭게 좌우를 살폈네.

무엇인가가 놈의 의심을 불러일으킨 것이 틀림없었네. 우리가 모르는 어떤 신호를 보내기로 미리 약속되어 있었는지도 모르고, 다른 이유 때문에 그자가 낌새를 챈 것인지도 모르지. 나는 그자의 흉악한 얼굴에서 어떤 불안을 감지할 수 있었어. 놈은 금방이라도 불빛 속에서 뛰쳐나가 어둠 속으로 사라질 것 같았지. 그래서 나는 뛰쳐나갔고 헨리 경도 거의 비슷한 순간에 뛰쳐나갔네. 그 순간 탈옥수는 날카로운 목소리로 욕을 퍼부으며 돌멩이를 집어던졌고, 그것은 우리가 숨어 있던 바위에 정통으로 맞았다네. 그자가 튕기듯 일어나 달아나는 순간, 그자의 작달막하지만 탄탄한 체구가 보였어. 바로 그 순간 다행스럽게도 달이 구름 사이로 고개를 내밀었지. 우리는 산꼭대기를 넘어서 질주했고, 그자는 산양처럼 앞을 가로막는 바윗돌을 껑충껑충 뛰어넘으며 굉장한 속도로 산비탈을 내리뛰었네. 권총을 발사하면 맞힐 수도 있는 거리였네만, 총을 가지고 나온 것은 공격당했을 때 호신용으로 사용하기 위해서였지, 도망치는 비무장 탈옥수를 뒤에서 쏘기 위한 것은 아니었거든.

우리는 둘 다 걸음이 빨랐고 평소에 체력 단련도 잘해 둔 편이었지만 그자를 따라잡기는 역부족이었다네. 그가 달리는 모습이 달빛 속에서 오랫동안 보였네. 마침내 그자는 작은 점이 되어 멀리 있는 산비탈의 바위 사이를 빠른 속도로 이동했지. 우리는 숨이 턱에 닿을 때까지 달리고 또 달렸지만 그자와의 거리는 더욱 벌어지기만 했어. 마침내 우리는 걸음을 멈추고 숨을 헐떡거리며 바위에 주저앉았네. 그리고 그가 멀리 사라져가는 모습을 지켜보았지.

내가 너무도 이상한 일을 겪은 것은 바로 그 순간이었네. 우리는 헛된 추격을 포기하고 집으로 돌아가기 위해 바위에서 일어났어. 뾰족한 화강암 바위산의 정상에 은빛 달이 살짝 걸려 있었지. 막 몸을 돌리는 순간, 나는 그 바위산 정상에 한 남자가 서 있는 모습을 보았네. 빛나는 배경 앞에 선 그는 흑단 조각처럼 까맣게 보였지. 그것은 다름 아닌 자네 홈즈였어. 내가 환상을 보았다고는 생각하지 않네. 내 평생 그렇게 똑똑하게 본 것은 없다고 장담할 수도 있어. 내가 본 것은 키 크고 야윈 남자의 모습이었네. 그는 팔짱을 낀 채 다리를 약간 벌리고 고개를 숙이고 있었네. 마치 그 앞에 펼쳐진, 이탄과 화강암으로 이루어진 거대한 황야에 대해 깊이 사색하고 있는 듯한 모습이었어. 그는 그 끔찍한 황무지의 정령이었는지도 몰라. 그러나 탈옥수는 아니었다네. 그는 탈옥수가 사라진 방향과는 전혀 다른 곳에 서 있었거든. 게다가 그는 훨씬 키가 컸네. 나는 소스라치며 헨리 경에게 그쪽을 가리켜 보였지. 하지만 내가 경의 팔을 잡기 위해 돌아선 그 짧은 순간에 그는 사라져버리고 말았다네. 달은 아직도 날카로운 화강암 바위산 정상에 걸려 있었지만 조용히 그 위에 서 있던 인물은 자취 없이 가버리고 말았네.

나는 당장 거기로 달려가서 그 일대를 다 뒤져보고 싶었지만 거리가 너무 멀었어. 준남작은 가문의 어두운 이야기를 연상시키는 그 울부짖는 소리 때문에 여전히 신경이 곤두서 있어서 새로운 모험을 할 기분이 아니었다네. 그는 바위산 정상에 홀로 서 있던 사람의 모습을 보지 못했으니 그 이상한 존재와 당당한 태도를 본 순간의 전율을 느낄 수 없었지.

"경비원일 겁니다."

그는 말했지.

"그자가 탈옥한 이후 황무지에는 경비원들이 좍 깔렸으니까요."

글쎄, 그의 말에도 일리는 있네. 하지만 나는 그 일에 관해 좀 더 조사해 보고 싶다네. 오늘 우리는 프린스타운 교도소에 황무지를 수색하라고 연락할 작정이네. 하지만 우리 손으로 그자를 잡지 못한 것은 천추의 한으로 남는군. 친애하는 홈즈, 어젯밤에 있었던 일도 그렇지만, 자네는 내가 보고서를 통해 자네에게 큰 도움을 주었다는 걸 인정해야 해. 내 얘기의 태반이 별 쓸모 없는 것이겠지만, 그래도 나는 자네에게 모든 사실을 알려주어서 자네가 그중에서 도움이 될 만한 것들을 선택하는 게 제일 좋은 방법이라고 생각하네. 앞으로 조사를 좀 더 진전시킬 수 있을 걸세. 배리모어 부부에 관한 한 우리는 그들의 동기를 밝혀냈고 상황을 명쾌하게 정리했네. 하지만 황무지의 음산한 울음소리와 이상한 거주자들의 비밀은 아직도 풀리지 않았어. 다음 편지에선 이 문제에 관해서도 좀 더 밝혀낼 수 있겠지. 가장 바람직한 것은 자네가 직접 여기 내려오는 것일세. 어찌 됐건 며칠 안으로 또 소식 전하겠네.

왓슨 박사의 일기장

이제까지 나는 초기에 셜록 홈즈에게 보낸 나의 보고서를 인용할 수 있었다. 그러나 이제는 그런 방법을 버리고 당시에 써놓은 일기장의 도움을 받아 다시 기억에 의존해야 하는 시점에 이르렀다. 그때의 일기장을 읽어보니 마음속에 뚜렷이 아로새겨진 당시의 사건에 대한 기억이 새록새록 되살아난다. 이제 나는 탈옥수의 추적을 포기하고 돌아온 그다음 날 아침의 일부터 시작해서, 우리가 황무지에서 겪은 기묘한 일들에 관해 이야기하려한다.

10월 16일. 가는 비가 흩뿌리는 축축한 날씨. 뭉클뭉클 피어오르는 구름이 저택을 둘러싸고 있다. 솟아오르는 구름 사이로 가끔씩 적막한 황무지의 굴곡이 드러난다. 산비탈에는 가는 은빛 암맥(岩脈)이 새겨져 있고, 멀리 있는 젖은 바위들은 햇빛이 비칠

때마다 잊지 않고 반짝거린다. 집 안팎이 온통 우울하다. 준남작은 어젯밤 사건 이후 우울한 무기력 상태에 빠졌고 나 자신도 가슴에 묵직한 돌덩이가 얹힌 듯하다. 위험이 다가오고 있다. 그 위험은 상존하고 있지만 어떤 것인지 말할 수 없기 때문에 더욱 끔찍하게 느껴진다.

그런 느낌이 자꾸 드는 것은 어떤 이유 때문일까? 여태까지 일어난 일련의 사건이 모두 가까운 곳에 도사리고 있는 어떤 불길한 힘을 가리키고 있다는 사실을 생각해 보자. 찰스 경의 죽음은 대대로 내려오는 전설에 예언된 그대로였고, 황무지에서 이상한 짐승을 보았다는 농부들의 목격담까지 자꾸 나오고 있다. 나도 두 번이나 사냥개의 울부짖음 비슷한 소리를 직접 들었다. 문제의 짐승이 정상적인 자연법칙을 벗어난 존재라는 것은 어불성설이다. 유령 사냥개가 실제로 발자국을 남기고 황무지가 쩌렁쩌렁 울리도록 울부짖는다니 그게 가당키나 한 소리인가. 스태플턴이라면, 그리고 모티머라면 그런 미신에 빠질 수도 있겠지. 그러나 내게 남보다 나은 것이 하나 있다면 그것은 상식을 갖고 있다는 점이다. 세상 누구도 내게 그따위 것에 대한 믿음을 강요하지는 못할 것이다. 그런 미신에 빠지는 것은, 악마의 개만으로는 성에 차지 않아 그 개가 눈과 입에서 지옥 불을 뿜어낸다고 떠들어대는 불쌍한 농부들과 똑같은 수준으로 전락하는 것이다. 홈즈라면 그런 터무니없는 이야기를 귓등으로도 안 들을 터인데 나는 그의 대리인이 아닌가. 하지만 사실은 사실이다. 나는 황무지에서 그런 울부짖음을 두 번 들었다. 정말 어떤 큰 사냥개가 황무지에서 살고 있다고 가정해 보자. 그것은 많은 것을 설명해 준다. 그러나 그 사냥개는 어디에 숨어 있고, 어디서 먹을 것을 구하며, 또 어디에서 왔단 말인가? 그리고 낮에 놈을 목격한 사람이 없는 것은 어찌 된 노릇인가? 진짜 사냥개가 살고 있다는 가정도 전설의 개 운운하는 이야기와 거의 비슷한 어려움에 부닥친다는 것을 고백하지 않을 수 없다. 또 사냥개와는 별도로, 런던에 인간 대리자가 있었던 것도 사실이란 말이다. 이륜마차 속의 남자, 헨리 경에게 황무지에 가지 말라고 경고했던 그 편지, 그것은 최소한 사실이었다. 물론 편지는 이쪽의 안위를 걱정하는 친구가 보낸 것일 수도 있지만 반대로 적이 보낸 것일 수도 있다. 그 친구인지 적인지는 지금 어디에 있는가? 그는 런던에 있는가, 아니면 우릴 따라 이곳까지 내려왔는가? 혹시, 혹시 그는 내가 보았던 바위산 정상의 그 인물이 아닐까?

나는 그를 언뜻 한 번 보았을 뿐이지만 내가 장담할 수 있는 것이 몇 가지는 된다. 그는 내가 이 지방에서 만난 사람이거나 이 근방에 사는 이웃은 아니다. 그는 스태플턴보다는 훨씬 크고 프랭클랜드보다는 말랐다. 배리모어라면 비슷하지만 그는 집에 있었다. 분명코 집사가 우리 뒤를 쫓아오지는 못했을 것이다. 그렇다면 런던에서 어떤 미지의 인물이 우리 뒤를 밟았던 것처럼 지금도 우리 뒤를 밟고 있다는 말인가? 우리는 그를 따돌리지 못했던 것이다. 그 인물이 누군지 알아낼 수만 있다면 우리는 갖은 어려움 끝에 마침내 자초지종을 알게 될지도 모른다. 이 한 가지 목적을 위해 나는 이제부터 내가 가진 모든 힘을 쏟아야 한다.

내가 맨 처음 느낀 충동은 헨리 경에게 나의 모든 계획을 밝히는 것이었다. 나의 현명한 지원자는 나를 도와줄 터이고 가능한 한 침묵을 지켜줄 것이다. 그러나 그는 지금 말도 없고 한마디로 넋이 나간 사람처럼 보인다. 황무지에서 그 이상한 소리를 들은 다음부터 그는 이상하게 신경을 곤두세우고 있다. 나는 그의 불안을 더해 줄 만한 얘기는 절대로 않겠지만, 내가 세운 목표를 이루기 위해 한 걸음씩 나아갈 것이다.

오늘 아침 조반을 마친 후 작은 사건이 있었다. 배리모어가 헨리 경에게 면담을 청했고, 두 사람은 서재에 들어가 잠시 이야기를 나누었다. 방에 앉아 있던 나는 큰 소리가 오가는 것을 듣고 둘이 지금 어떤 문제에 대해 이야기하는지 짐작하게 되었다. 잠시 후 준남작이 서재 문을 열고 나를 불렀다.

"집사가 할 말이 있답니다."

그는 말했다.

"우리한테 자진해서 비밀을 털어놓았는데도 우리가 처남을 잡으러 쫓아 나간 것이 부당한 일이라는군요."

집사는 얼굴은 창백했지만 극히 침착한 태도로 우리 앞에 서 있었다.

"제가 너무 흥분했는지도 모르겠습니다."

그는 말했다.

"혹시 그랬다면 부디 용서 바랍니다. 하지만 저는 오늘 새벽에 두 신사분께서 돌아오시는 소리를 듣고 셀든을 잡으러 나갔었구나 하는 걸 깨닫고 정말 소스라쳤습니다. 불쌍한 처남은 그렇잖

아도 피해야 할 사람이 많은데 저 때문에 두 분에게까지 쫓기게
되었습니다."

"자네는 자진해서 말했다고 하지만 그건 전혀 사실과 다르네."

준남작이 말했다.

"자네는, 아니 자네 아내는 어쩔 수 없는 상황이 되자 할 수 없
이 말한 것 아닌가."

"저는 주인님께서 제 말을 듣고 그렇게까지 하실 줄은 몰랐습
니다. 정말입니다."

"셸든은 사회적인 위험인물일세. 황무지에는 외딴집들이 흩어
져 있는데 그자는 흉포하기 짝이 없는 인간이지. 그건 그자의 얼
굴만 한번 봐도 알 수 있어. 예를 들면 스태플턴 씨 댁을 생각해
보세나. 그 댁을 지킬 사람은 스태플턴 씨뿐이네. 셸든이 감옥으
로 돌아갈 때까지는 누구도 안전을 장담할 수 없네."

"주인님, 처남은 남의 집에 침입하지 않을 것입니다. 저는 그
점에 대해서 맹세할 수 있습니다. 처남은 이 나라에서 다시는 누
구도 괴롭히지 않을 겁니다. 정말입니다, 주인님. 며칠 안에 준비
가 끝나면 처남은 남미로 가게 되어 있습니다. 주인님, 제발 부탁
입니다. 처남이 아직 황무지에 있다는 걸 경찰에게 알리지 말아
주십시오. 경찰은 황무지 수색을 포기했고, 그래서 처남은 배가
올 때까지 그곳에서 조용히 지낼 수 있습니다. 주인님께서 경찰
에 알리신다면 저희 부부도 난처한 입장이 되고 맙니다. 부탁입
니다, 주인님. 경찰에는 절대로 알리지 말아주십시오."

"왓슨 박사님, 어떻게 생각하십니까?"

나는 어깨를 들썩했다.

"셀든이 외국으로 고이 나가준다면 납세자들의 부담을 덜어주긴 하겠군요."

"하지만 배를 타기 전에 누굴 해코지하면 어쩌죠?"

"그런 미친 짓은 하지 않을 겁니다. 우리는 처남에게 필요한 것은 모두 가져다주었습니다. 다시 죄를 짓는 것은 자신의 은신처를 드러내는 거나 마찬가지 일이 될 겁니다."

"그건 사실이군."

헨리 경이 말했다.

"좋아, 그러면……."

"신의 축복이 함께하시기를, 주인님, 정말 진심으로 감사드립니다! 처남이 다시 감옥으로 잡혀갔다면 불쌍한 제 마누라는 가슴이 터져 죽었을 것입니다."

"결국은 우리가 중죄인을 비호하게 된 것 같군. 안 그런가요, 왓슨 박사님? 하지만 사정 얘기를 구구절절 다 듣고 나니 그자를 경찰에 넘길 수 없을 것 같군요. 그럼 이것으로 끝내기로 하세. 자, 이제 됐으니까 집사는 가보도록 하시오."

배리모어는 더듬거리며 감사의 말을 몇 마디 하고 돌아섰다. 그러나 가지 않고 우물쭈물하더니 다시 돌아섰다.

"주인님, 주인님께서 정말 고맙게 대해 주셨으니 제가 할 수 있는 가장 큰 보답을 하고 싶습니다. 사실은 제가 알고 있는 일이 있습니다. 그 얘기를 진작 했어야 했지만 제가 그 일에 대해 알게 된 것은 수사가 끝나고 나서도 한참 지난 뒤였지요. 저는 아직까지 그 얘기를 어느 누구에게도 해본 적이 없습니다. 그건 찰스 주인님이 돌아가신 사건에 관한 일입니다."

준남작과 나는 둘 다 벌떡 일어섰다.

"그분이 어떻게 돌아가셨는지 알고 있다고?"

"아닙니다, 주인님. 그런 것은 모릅니다."

"그러면?"

"저는 찰스 주인님이 그 시간에 왜 쪽문 앞으로 나가셨는지 압니다. 그것은 어느 여자분을 만나기 위해서였습니다."

"여자를 만나러? 숙부님이?"

"예, 주인님."

"그러면 그 여자의 이름은?"

"저는 이름은 모르지만 이름의 머리글자는 압니다. 그것은 'L. L.'입니다."

"배리모어, 자넨 그걸 어떻게 알게 되었나?"

"예, 찰스 주인님께서는 그날 아침에 한 통의 편지를 받으셨습니다. 찰스 주인님은 유명 인사이기도 하셨지만 인정이 많다는 것이 소문나서 어려운 일을 당한 사람들은 너나없이 주인님께 도움을 청하곤 했습니다. 그런데 그날 아침에는 편지가 한 통밖에 안 와서 저는 그것을 유심히 보았지요. 그것은 쿰 트레이시에서 온 편지였고 주소는 여자의 필체로 쓰여 있었습니다."

"그래서?"

"예, 그다음에 저는 그 일에 대해서 까맣게 잊어버렸지요. 아마 아내가 아니었으면 그 편지에 대해 다시 생각하는 일은 없었을 것입니다. 그런데 몇 주 전에 아내가 찰스 주인님의 서재를 청소하다가 벽난로의 재받이 뒤쪽에서 불에 탄 편지를 발견했습니다. 그분이 돌아가신 뒤에 서재에 손을 댄 것은 그때가 처음이었지요. 편지는 거의 전부가 타 없어졌지만 맨 끝의 작은 조각 하나가 남아 있었습니다. 불에 탄 글씨는 검정 바탕에 회색으로 도드라져서 아직 읽을 수 있었습니다. 우리가 보기에 그것은 편지 말미에 추신으로 적은 부분 같았는데 이런 내용이었지요. '제발, 제발 부탁입니다. 당신은 신사이시니 이 편지를 태워 없애주시고, 10시까지 쪽문 앞으로 나와주세요.' 그리고 그 밑에 'L. L.'이라는 머리글자가 쓰여 있었지요."

"그것을 가지고 있나?"

"아닙니다, 그것은 우리가 집어 올리자 산산이 부서져버렸습니다."

"숙부께서 같은 필적의 편지를 더 받으신 적이 있나?"

"주인님, 저는 원래 찰스 주인님 앞으로 온 편지는 눈여겨보지 않았습니다. 그때도 그것 한 통만 왔으니 망정이지, 그렇지 않았다면 그런 편지가 온 줄도 몰랐을 겁니다."

"하지만 배리모어, 난 이해가 안 가는군. 어떻게 이 중요한 사실을 여태까지 숨기고 있었나?"

"예, 그 편지 조각을 본 건 그 골칫덩이가 이곳으로 굴러들어오고 난 직후였습니다. 게다가 우리는 찰스 주인님을 아주 좋아했습니다. 그분이 저희 부부에게 베풀어주신 은혜를 생각하면 당연한 일이지요. 그런데 이런 일을 들춰내봤자 우리 가엾은 주인님께 득이 될 리 만무하다고 생각했습니다. 여자분이 관계된 일에 대해선 무조건 조심하는 게 상책입니다. 아무리 성인군자라 해도…….'

"자네는 그 일이 숙부님의 평판에 누가 될 거라고 생각했다는 것이지?"

"그렇습니다. 저는 그 일을 들춰내는 것이 하나도 좋을 게 없다고 생각했습니다. 하지만 주인님께서 저희에게 너무도 고맙게 해주셨으니 제가 알고 있는 일을 모두 주인님께 털어놓는 것이 당연한 도리라고 생각한 것입니다."

"알았네, 배리모어. 이제 가보게."

집사가 나가자 헨리 경이 나에게 물었다.

"왓슨 박사님, 방금 들은 얘기에 대해 어떻게 생각하십니까?"

"사태를 더 종잡을 수 없게 만드는 것 같군요."

"나도 그렇게 생각합니다. 하지만 우리가 'L. L.'을 추적할 수만 있다면 진상이 백일하에 드러날 겁니다. 우리는 그 정도 단계에는 도달한 거예요. 사건의 열쇠를 쥐고 있는 사람이 어딘가 있다는 걸 알고 있는 거죠. 'L. L.'을 찾아낼 수만 있으면 좋겠는데. 이제 어떻게 해야 할까요?"

"당장 홈즈에게 이 모든 사실을 알려야 합니다. 이 정보는 홈즈의 수사에 한 가지 단서를 제공해 줄 겁니다. 내 판단에 의하면 홈즈는 이 소식을 들으면 여기 내려올 게 분명합니다."

나는 당장 내 방으로 가서 아침나절에 나눈 대화에 관한 보고서를 작성했다. 베이커가에서 아주 드물게, 그것도 짧은 답장이 날아오는 것을 보면 홈즈는 요즘 아주 바쁜 것이 틀림없다. 홈즈는 답장에서 내가 보낸 정보나 나의 임무에 대해서 별다른 언급은 하지 않고 있다. 공갈 사건에 온 역량을 다 투입하고 있는 것이 분명한 것이다. 하지만 이 새로운 정보는 이 사건에 대한 홈즈의 관심을 환기시킬 것이 틀림없다. 홈즈가 여기 오면 얼마나 좋을까.

10월 17일. 하루 종일 비가 쏟아졌다. 담쟁이덩굴은 비를 맞아 수선거리고 처마에선 물이 뚝뚝 듣는다. 나는 저 춥고 황량하고 쉴 곳 하나 없는 황무지의 탈옥수에 대해 생각했다. 불쌍한 악마! 그자가 어떤 죄를 지었든 그는 지금 고행으로 속죄하고 있는 것이다. 그리고 나는 또 다른 인물, 이륜마차 속의 얼굴, 달을 배경으로 서 있던 남자에 대해 생각해 보았다. 얼굴을 드러내지 않은 미행자, 어둠의 인간인 그도 지금 저 황야에 있을까? 저녁 때 나는 비옷을 걸치고 시커먼 형상이 가득한, 질퍽거리는 황무지로 나갔다. 비가 얼굴을 때리고 바람은 귓전에서 윙윙거렸다. 신께서 지금 대습지로 들어가는 짐승들을 보살펴주시기를. 오늘 같은 날은 고지대의 굳은 땅도 푹푹 빠지는 수렁이 되고 말 것이다. 나는 고독한 사나이가 서 있던 그 시커먼 바위산을 찾아냈다. 뾰족한 정상에서 음습한 산비탈을 내려다보니 거센 빗줄기가 적갈색 사면을 두드리고 있다. 대지에 낮게 드리운 먹구름이 기기묘묘한 바위산의 비탈을 따라 회색 소용돌이를 이루며 내려가고 있다. 멀리 왼쪽의 분지에는 비안개에 반쯤 가려진 바스커빌관의 뾰족탑 두 개가 나무 숲 위로 높이 솟아 있었다. 그것은 산비탈에 촘촘히 뚫려 있는 선사 시대의 주거지를 빼고는 이곳에서 보이는 인간 삶의 유일한 표시였다. 어디에도 내가 이틀 밤 전 바로 이곳에서 보았던 고독한 사나이의 자취는 없었다.

집에 돌아가는 길에 나는 모티머 선생을 만났다. 그는 풀미르의 외딴 농가에 갔다가 소박한 이륜마차를 타고 울퉁불퉁한 황무지 길을 달려 귀가하는 중이었다. 그는 헨리 경과 나를 각별히 챙겼고, 우리가 어떻게 지내는지 보기 위해 바스커빌관에 매일 들르다시피 했다. 나는 모티머 선생의 강권으로 이륜마차에 탔고 그는 나를 집까지 태워다 주었다. 그는 애완견 스패니얼을 잃어버려서 몹시 속상하다고 말했다. 개가 황무지 쪽으로 나갔는데 그다음에는 감감무소식이라는 것이다. 나는 최선을 다해 위로해 주었지만 내 머릿속에 떠오른 것은 그림펜 습지에 빠진 조랑말이었다. 나는 모티머의 애완견이 집에 돌아올 거라고는 생각지 않는다.

"그런데 모티머 선생, 이 근방에서 사는 사람들치고 선생께서 모르는 사람은 별로 없죠?"

나는 물었다. 마차는 울퉁불퉁한 길에서 심하게 덜컥거렸다.

"거의 그럴 겁니다."

"그러면 혹시 이름의 머리글자가 'L. L.'로 시작되는 여자는 없습니까?"

그는 잠시 생각에 잠겼다.

"아니, 없는데요."

그는 말했다.

"집시하고 막노동꾼들 중에서 내가 모르는 이름이 몇 되긴 하죠. 하지만 농부나 상류층 가운데 그런 머리글자를 가진 사람은 없습니다. 가만, 생각 좀 해보죠."

그는 잠깐 말을 멈추었다.

"로라 라이언스라는 여자가 있어요. 이름의 머리글자가 'L. L.'이죠. 하지만 그 여자는 쿰 트레이시에 살고 있습니다."

"로라 라이언스가 누굽니까?"

나는 물었다.

"프랭클랜드의 딸입니다."

"뭐라고요? 그 괴짜 영감 프랭클랜드 말인가요?"

"맞습니다. 그 여자는 황무지를 스케치하러 온 라이언스라는 이름의 화가랑 결혼했어요. 라이언스는 과히 질이 좋은 자가 아니었는데 게다가 그녀를 차버리기까지 했죠. 내가 들은 바에 의하면 잘못이 꼭 어느 한쪽에만 있었던 것은 아닌 듯합니다. 프랭클랜드 영감은 딸이 자기가 반대하는 결혼을 한 데다가 두어 가지 다른 이유들 때문에 딸과의 관계를 아주 끊어버렸어요. 그래서 죄 많은 늙은이와 죄 많은 젊은이 사이에서 딸은 아주 어려운 시절을 겪고 있어요."

"그러면 그 여자는 생활을 어떻게 합니까?"

"내가 보기엔 프랭클랜드 영감이 돈푼을 좀 집어준 것 같습니다. 하지만 영감 자신의 사정이 썩 좋지는 않아서 많이 주지는 못했을 거예요. 그런데 여자가 어떤 잘못을 했건 간에 아무 희망

없이 곤두박질치게 놔둘 수야 있겠습니까. 그 여자의 일이 소문 나면서 이곳에 사는 몇몇 사람들이 힘을 모아서 일을 할 수 있게 도와주었어요. 스태플턴이 돕고, 찰스 경이 도왔죠. 나도 약간 기여를 했고 말입니다. 그 여자는 타자 치는 일을 시작하게 되었죠."

모티머는 내가 그런 질문을 한 이유를 알고 싶어 했지만 나는 그의 호기심을 적당히 채워주면서 많은 이야기를 하는 것은 피했다. 제삼자에게 우리의 비밀을 털어놓을 필요는 없었기 때문이다. 내일 아침에는 쿰 트레이시에 갈 생각이다. 모호한 평판을 가진 로라 라이언스 부인을 만날 수만 있다면 이 알 수 없는 사건들의 연쇄에서 한 가지 일은 확실해질 것이다. 나는 뱀 같은 지혜를 갖게 된 것이 틀림없다. 왜냐하면 모티머가 점점 질문의 강도를 높이며 압박해 들어올 때 나는 프랭클랜드의 두개골이 어떤 유형에 속하는지를 슬쩍 물었으니까. 그러자 모티머는 오는 동안 내내 골상학에 대해서만 떠들어댔다.

비바람이 몰아치는 이 음습한 날에 한 가지 사건이 더 생겨서 그것을 기록할 필요가 생겼다. 그것은 방금 배리모어와 나눈 대화인데, 나는 적절한 시기에 그것을 또 하나의 비장의 카드로 쓸 수 있을 것이다.

모티머는 저녁 식사를 함께하고 준남작과 둘이서 카드놀이를 했다. 때마침 집사가 장서실에 있는 내게 커피를 가져다주었으므로 나는 그에게 몇 가지 질문을 던졌다.

"자네의 그 소중한 처남은 남미로 떠났나, 아니면 아직도 저곳에 숨어 있나?"

"모르겠습니다, 왓슨 박사님. 제발 덕분에 좀 가주었으면 좋겠습니다. 처남은 온통 폐만 끼치고 있으니까요! 사흘 전에 음식을 갖다준 뒤로는 전혀 소식을 못 들었습니다."

"그러면 그때 얼굴을 보았나?"

"아닙니다. 음식을 갖다 놓았는데 다음에 가보니까 싹 없어졌습니다."

"그러면 아직도 거기 있는 게 틀림없군."

"음식을 가져간 게 다른 사람이 아니라면 아마 그럴 겁니다."

나는 자리에 앉아서 커피 잔을 입으로 가져가다 말고 배리모어를 응시했다.

"그러면 거기에 누가 또 있다는 건가?"

"예, 왓슨 박사님. 황무지에 사는 사람이 또 있답니다."

"그를 본 적이 있나?"

"없습니다."

"그런데 그걸 어떻게 알지?"

"한 일주일쯤 전에 처남이 말해 줬습니다. 그 남자도 은신하고 있답니다. 하지만 제 느낌에 범죄자는 아닌 것 같았습니다. 왓슨 박사님, 저는 이런 게 정말 싫습니다. 솔직히 말씀드리는데, 저는 정말 싫습니다."

그는 갑자기 흥분한 어조로 말했다.

"배리모어, 내 말 잘 듣게! 나는 자네 주인 문제만 아니라면 이 일에 아무 관심도 없네. 내가 여기 온 목적은 오로지 헨리 경을 돕기 위한 것이지. 그러니 자네가 싫다는 게 무엇인지 솔직히 말해 주게."

배리모어는 순간 머뭇거렸다. 자신이 흥분해서 내뱉은 말을 후회하는 것도 같았고 자신의 감정을 말로 표현하기 어려운 듯도 했다.

"이 모든 상황이 그렇다는 것입니다."

마침내 집사는 큰 소리로 외치면서 황무지 쪽을 면하고 있는, 빗물이 흘러내리는 창문을 손으로 가리켰다.

"장담컨대 저기 어딘가에서 죄받을 일이 저질러지고 있습니다! 어떤 흉측한 음모가 꾸며지고 있는 겁니다! 헨리 주인님이 런던으로 다시 돌아가신다면 오죽이나 좋겠습니까!"

"어째서 그런 생각을 하게 되었나?"

"찰스 주인님이 돌아가신 일을 좀 생각해 보십시오. 검시관이 뭐라고 말했든 간에 그건 정말 이상한 일이었지요. 그리고 밤에 황무지에서 나는 소리를 좀 들어보십시오. 누가 돈을 준다고 해도 어두워진 다음에 저곳을 나다닐 사람이 있을까요? 또 저기 숨어서 뭔가를 지켜보며 기다리고 있는 묘한 인물을 생각해 보십시오! 그자는 무엇을 기다리고 있을까요? 그것은 무슨 의미일까요? 어쨌든 이 모든 것이 바스커빌 성을 가진 사람에게는 하나 좋을 턱이 없습니다. 그래서 저는 헨리 주인님의 새 하인들이 이곳을 넘겨받는 그날 얼씨구나 하고 이 모든 것과 하직할 겁니다."

"그런데 그 묘한 인물 말일세."

나는 말했다.

178

"그 사람에 대해서 뭐 아는 것은 없나? 셀든은 뭐라고 하던가? 그자가 어디 숨어 있는지, 아니면 뭘 하는지 본 적은 없다던가?"

"처남은 그자를 한두 번 본 적이 있지만 그자는 자신에 대해서는 아무것도 드러내지 않았다고 했습니다. 처음에는 경찰인 줄 알았는데 나중에 보니까 딴 일을 하고 있는 것 같더랍니다. 처남이 보기에는 꼭 신사 같기도 한데 도대체 무슨 일을 하는지는 알수 없다고 했습니다."

"그런데 그 사람은 어디 살고 있나?"

"옛날 사람들이 살던 그 산비탈의 돌집 어딘가에 산다고 했습니다."

"그러면 음식은 어떻게 하고?"

"처남이 보니까 아이 녀석이 하나 딸려 있어서 그 애가 필요한 걸 날라 온다고 합니다. 그 애는 아마 필요한 물건을 조달하러 쿰 트레이시로 갈 겁니다."

"알았네, 배리모어. 언제 또 이 문제에 대해서 얘기해 보기로 하세."

집사가 물러간 뒤 나는 어두운 창가로 다가갔다. 흐린 유리창으로 먹구름이 몰려오고 바람이 나뭇가지를 뒤흔드는 모습이 보였다. 집 안에서도 이 밤은 뒤숭숭하지만 황무지의 돌집에서라면 더 말할 나위가 없을 것이다. 도대체 어떤 원한을 품은 인간이기에 이런 때에 저런 곳으로 숨어들게 되었을까! 그리고 얼마나 크고 무거운 목표가 있기에 그런 시련을 견뎌내고 있는가! 저황무지 위의 돌집에 나를 그토록 지독하게 괴롭혀온 문제의 핵

심이 자리 잡고 있는 듯하다. 나는 내일 당장 수수께끼의 핵심
을 찾아내기 위해 인간이 할 수 있는 모든 일을 다 하리라고 맹세
한다.

바위산 위의 사나이

지금까지 나는 일기장의 일부를 발췌하여 10월 18일까지의 일에 대해 설명했다. 그다음부터 끔찍한 종말에 이르기까지 기묘한 사건들이 꼬리를 물고 일어났다. 마지막 며칠 동안의 사건은 내 기억 속에 또렷이 남아 있는 관계로, 당시에 작성한 기록을 참고하지 않고도 이야기할 수 있다. 나는 이제 쿰 트레이시의 로라 라이언스가 찰스 바스커빌 경에게 편지를 써서 경이 죽음을 맞은 바로 그 시각, 그 장소에서 경을 만나기로 약속했던 것과, 황무지에 은신하고 있는 인물이 산기슭의 돌집에 기거하고 있다는 두 가지 중요한 사실을 밝혀낸 그다음 날부터 이야기를 하려고 한다. 그때 나는 이 두 가지 사실을 알아내고도 사건의 수수께끼를 풀지 못한다면 그것은 내 지성이나 용기가 부족한 탓일 거라고 생각했다.

나는 라이언스 부인에 대해 알게 된 사실을 그날 저녁 준남작에게 말할 틈이 없었다. 왜냐하면 모티머가 밤늦게까지 바스커빌관에 머물며 준남작과 카드놀이를 했기 때문이다. 그다음 날 아침 식사를 하는 자리에서 나는 준남작에게 내가 알아낸 사실을 알려주고 쿰 트레이시에 같이 갈 생각이 없는지 물었다. 처음에 그는 반색을 하고 같이 가겠다고 했지만 둘이서 다시 생각해보니 혼자 가는 것이 더 좋은 결과를 낳을 듯했다. 아무래도 방문이 공식적인 것이 될수록 얻을 수 있는 정보는 적지 않겠는가. 그래서 나는 별다른 양심의 가책 없이 헨리 경을 혼자 남겨놓고 조사를 위해 마차로 떠났다.

쿰 트레이시에 도착했을 때 나는 퍼킨스에게 말을 매어놓으라고 이르고 내가 만나봐야 할 여인의 거처를 수소문했다. 라이언스 부인이 세 든 집을 찾는 것은 별로 어렵지 않았다. 셋집은 편리한 위치에 있었고 설비가 훌륭했다. 하녀가 나와서 별다른 격식을 차리지 않고 나를 집 안에 들였다. 거실에 들어서자 레밍턴 타자기 앞에 앉아 있던 여성이 반갑게 웃으며 벌떡 일어났다. 그러나 내가 모르는 사람이라는 사실을 알자 그녀는 고개를 떨구고 다시 자리에 앉아 내게 찾아온 용건을 물었다.

라이언스 부인의 첫인상은 굉장한 미인이라는 것이었다. 부인의 눈과 머리카락은 똑같이 선명한 갈색이었고, 두 뺨은 주근깨가 좀 많기는 했지만 화사한 홍조, 즉 장미꽃처럼 고운 분홍빛으로 물들어 있었다. 다시 한번 말하지만 부인의 첫인상은 감탄을 자아냈다. 그러나 그다음부터 흠이 눈에 띄었다. 얼굴은 미세하게 균형이 안 맞는 데가 있었고 표정은 다소 천박한 듯했으며 눈에 깃든 차가움과 흐트러진 입술 모양이 완벽한 아름다움과는 거리가 있었다. 그러나 물론, 이러한 생각이 든 것은 나중 일이었다. 당장에는 대단한 미인이 내 앞에 있다는 것과 그녀가 나에게 찾아온 용건을 묻고 있다는 사실만을 의식했을 뿐이다. 나는 그 순간까지 내 임무가 얼마나 예민한 것인지를 깨닫지 못하고 있었다.

"저는 부인의 친정아버님과 교우하는 즐거움을 누렸지요."

그것은 서툴기 짝이 없는 접근이었고 라이언스 부인은 노골적으로 그것을 표시했다.

"우리 부녀 사이에는 아무런 공통점도 없답니다."

부인은 말했다.

"나는 아버지에게 빚진 것이 아무것도 없고, 그리고 아버지의 친구가 내 친구는 아닙니다. 돌아가신 찰스 바스커빌 경을 비롯한 인정 많으신 여러분이 아니었다면 나는 아버지를 두고도 굶어 죽었을지 몰라요."

"제가 오늘 부인을 뵈러 온 것은 다름 아닌 돌아가신 찰스 바스커빌 경의 일 때문입니다."

부인의 얼굴의 주근깨가 더욱 선명해졌다.

"그분에 관해서 무슨 말씀을 듣고 싶으세요?"

그녀는 타이프라이터의 자판 위에서 신경질적으로 손가락을 놀리며 물었다.

"그분을 알고 계셨지요?"

"이미 말씀드린 것처럼 나는 그분에게 큰 은혜를 입었습니다.

내가 생활을 꾸려갈 수 있는 것은 주로 그분이 나의 불행한 처지에 관심을 가져주신 덕분이에요."

"찰스 경과 편지 왕래를 하셨나요?"

라이언스 부인은 갈색 눈에 노여운 빛을 띠고 재빨리 나를 올려다보았다.

"왜 그런 질문을 하는 거죠?"

부인은 날카롭게 물었다.

"쓸데없는 소문이 나는 것을 막기 위해서입니다. 다른 사람이 없는 곳에서 질문하는 편이 나을 거라고 생각했습니다."

라이언스 부인은 침묵을 지켰다. 그녀의 얼굴은 여전히 창백해 보였다. 마침내 부인은 대담하고 도전적인 태도로 나를 올려다보았다.

"좋아요, 대답하지요."

부인은 말했다.

"알고 싶은 게 뭔가요?"

"찰스 경과 편지 왕래를 하셨습니까?"

"그분의 관대한 배려에 감사하기 위해 한두 번 편지를 보낸 적이 있어요."

"편지를 보낸 날짜를 기억하십니까?"

"아뇨."

"찰스 경을 만난 적이 있으십니까?"

"예, 한두 번쯤. 그분이 쿰 트레이시에 오셨을 때요. 찰스 경은 아주 조용한 분이셨고 남몰래 선행을 베푸는 걸 좋아하셨어요."

"하지만 부인이 찰스 경을 뵌 적도, 경에게 편지를 쓴 적도 별로 없다면 도대체 어떻게 그분이 부인의 일을 알고 그렇게 많은 도움을 줄 수 있었다는 겁니까?"

부인은 내 질문을 간단하게 받아넘겼다.

"저의 슬픈 사연을 아는 신사분들이 몇 분 계셨는데 그분들이 합심해서 저를 도와주셨어요. 그중 한 분이 스태플턴 씨이죠. 그분은 찰스 경의 이웃에 사시면서 경과 아주 친하게 지내셨을 뿐 아니라 마음이 비단결처럼 고운 분이세요. 찰스 경이 제 일에 대해 알게 된 것은 다 그분을 통해서였습니다."

나는 찰스 바스커빌 경이 스태플턴을 내세워 여러 차례 선행을 베풀었다는 사실을 이미 알고 있었으므로 라이언스 부인의 그런 진술은 신빙성이 있다고 생각했다.

"부인은 찰스 경에게 한번 만나달라는 내용의 편지를 쓴 적이 있습니까?"

나는 계속해서 질문했다.

부인의 얼굴이 다시 노여움으로 발그레 물들었다.

"참 묘한 질문을 하시는군요."

"죄송합니다, 부인. 하지만 저는 그것을 꼭 알아야 하겠습니다."

"그러면 대답하죠. 나는 그런 편지를 쓴 적이 없습니다."

"찰스 경이 사망한 그날에도 말씀입니까?"

홍조는 순식간에 사라지고 죽은 사람처럼 하얗게 질린 얼굴이 눈앞에 나타났다. 부인은 메마른 입술을 움직여서 "아니요."

라고 말했지만 거의 들리지 않았고, 나는 그것을 부인의 입 모양을 보고 알았다.

"기억을 제대로 못 하시는 모양입니다."

나는 말했다.

"저는 부인이 쓴 편지의 한 구절을 인용할 수도 있습니다. '제발, 제발 부탁입니다. 당신은 신사이시니 이 편지를 태워 없애주시고, 10시까지 쪽문 앞으로 나와주세요.'"

처음에 나는 라이언스 부인이 기절한 줄 알았다. 그러나 그녀는 온 힘을 다해 정신을 수습했다.

"세상에 신사란 없군요."

부인은 숨을 몰아쉬었다.

"그것은 찰스 경에게는 부당한 말씀입니다. 경은 분명히 편지를 태우셨습니다. 하지만 타버린 편지도 해독 가능한 경우가 있으니까요. 부인은 이제 자신이 그 편지를 썼다는 것을 인정하십니까?"

"그래요. 내가 썼어요."

부인은 한마디 한마디에 영혼을 담아 퍼붓듯이 소리쳤다.

"그 편지는 내가 썼어요. 내가 왜 그걸 부정해야 합니까? 나는 부끄러워해야 할 이유가 하나도 없어요. 난 찰스 경의 도움을 받고 싶었어요. 찰스 경에게 이야기하면 그분의 도움을 얻을 수 있을 거라고 생각했고, 그래서 그분께 만나자고 했어요."

"하지만 하필이면 왜 그런 시간에?"

"왜냐하면 나는 그분이 런던에 가서 몇 달 동안 집을 비우실 예정이라는 사실을 그 전날에야 알았으니까요. 또 거기에 더 일찍 갈 수 없었기도 했고요."

"하지만 왜 경의 집으로 찾아가지 않고 밖에서 만나자고 했습니까?"

"그럼 여자 몸으로 그런 시간에 혼자 사는 남자분의 집을 찾아갈 수 있다고 생각하시나요?"

"좋습니다. 부인이 거기 갔을 때 어떤 일이 있었지요?"

"난 그곳에 가지 않았어요."

"라이언스 부인!"

"소중한 모든 성물(聖物)에 걸고 맹세해요. 나는 그곳에 가지 않았어요. 무슨 일이 생겨서 못 가게 되었습니다."

"무슨 일이었습니까?"

"그건 사적인 일이라 말씀드릴 수 없어요."

"그러면 부인은 찰스 경이 죽음을 맞은 그 시각, 그 장소에서 경과 만나기로 약속했던 것은 인정하지만 그 약속을 지키지는 않았다고 말씀하시는 거군요."

"사실이에요."

나는 거듭 질문했지만 부인에게서 그 이상의 대답을 얻어낼 순 없었다.

나는 별 소득 없는 긴 대화를 마치고 일어서면서 말했다.

"라이언스 부인, 경솔하게도 부인은 알고 계신 것을 솔직히 털어놓는 것을 거부함으로써 큰 책임을 떠안게 되었습니다. 제가 만일 경찰에 도움을 요청할 경우 부인은 대단히 어려운 처지에 놓일 겁니다. 부인이 정말 결백하다면, 왜 처음에는 찰스 경에게 편지를 써 보낸 일을 부정하셨습니까?"

"나는 섣불리 그 얘기를 했다가 오해받아서 아름답지 못한 소문에 휘말릴까 봐 무서웠으니까요."

"그러면 찰스 경에게 편지를 없애달라고 간절히 부탁한 이유는 무엇이었습니까?"

"댁이 편지를 읽었다면 다 아실 것 아니에요?"

"나는 편지를 전부 다 읽었다고 말하지는 않았습니다."

"그중 일부를 인용하셨잖아요."

"나는 추신을 인용했습니다. 아까 말씀드린 대로, 편지는 태워졌기 때문에 전부를 다 읽을 수는 없었습니다. 다시 한번 묻겠습니다. 찰스 경에게 그 편지를 태워달라고 그렇게 간청했던 이유가 무엇이었습니까?"

"그것은 사적인 일이에요."

"부인께서 경찰의 심문을 피하고 싶으시다면 그런 대답으로는 부족합니다."

"그럼 말씀드리죠. 혹시 나의 불행한 과거 이야기를 들으신 적이 있는지 모르겠지만 나는 경솔하게 결혼 결정을 했다가 그것을 후회할 만한 일을 겪게 되었습니다."

"그것은 잘 알고 있습니다."

"나는 혐오스러운 남편으로부터 끊임없이 괴롭힘을 당하며 살아왔어요. 하지만 법은 남편의 편이고 남편은 언제 법정의 동거 명령을 받아서 나를 끌고 갈지 모릅니다. 내가 찰스 경에게 편지를 쓴 것은 어느 정도의 비용만 있으면 내가 다시 자유를 얻을 수 있다는 걸 알게 됐기 때문이었어요. 자유는 내게 마음의 평화, 행복, 자신을 소중히 여기는 것, 이 모든 것을 다 의미했지요. 난 찰스 경이 관대한 분이라는 걸 알고 있었고, 그분에게 직접 호소한다면 날 도와주실 거라고 생각했어요."

"그런데 어째서 거기 가지 않은 겁니까?"

"편지를 보낸 직후에 다른 분에게서 도움을 받았으니까요."

"그런데 왜 찰스 경에게 편지를 다시 보내서 그 사실을 알리지 않았습니까?"

"다음 날 조간신문에서 그분의 사망 기사를 읽지 않았다면 그렇게 했을 거예요."

라이언스 부인의 이야기에는 조리가 있었고, 어떤 질문을 던져도 빈틈은 보이지 않았다. 나는 부인이 정말 남편을 상대로 이혼 소송을 냈는지 여부와, 비극이 일어난 시간에 대해 확인해 보는 수밖에 없었다.

라이언스 부인이 바스커빌관에 갔으면서도 그런 적 없다고 부인하는 것은 아닌 듯했다. 왜냐하면 그곳까지 가기 위해선 마차가 필요했고, 또 그곳까지 갔다면 쿰 트레이시에 되돌아온 시간은 아무리 빨라봤자 새벽이었을 것이다. 그런 여행을 비밀에 부치는 것은 불가능했다. 따라서 부인이 사실을 말하고 있거나, 아니면 적어도 사실의 일부를 말하고 있는 것은 틀림없었다. 나는 실망과 낭패감을 감추지 못하고 부인 집을 나섰다. 다시 한번 막다른 골목에 몰린 것이다. 내가 임무를 수행하기 위해 벌인 일은 번번이 실패로 돌아가는 것 같았다. 하지만 라이언스 부인의 표정과 태도에 대해 생각할수록, 그녀가 무엇인가를 감추고 있다는 생각은 점점 굳어졌다. 부인은 왜 그렇게 창백해졌을까? 왜 모든 사실을 그렇게 감추려고 애를 썼던 것일까? 왜 비극이 일어난 시간에 관해 그렇게 입을 다물고 있는 것일까? 이 모든 의문에 관해 생각해 보면 부인이 결백하다는 사실을 도저히 믿을 수 없었다. 하지만 그쪽으로는 더 이상 진전이 없었기 때문에 황무지의 돌집 사이에서 다른 단서를 찾아볼 수밖에 없었다.

그리고 다른 단서를 찾는 일도 막연하기 짝이 없었다. 나는 돌아오는 길에 선사 유적지가 황무지의 바위산 곳곳에 널려 있다는 사실을 깨달았다. 배리모어가 가르쳐준 것은 제3의 사나이가 이 버려진 돌집 어딘가에 살고 있다는 것뿐이었지만 황무지에는 수백 개의 돌집이 여기저기 흩어져 있었다. 그러나 나는 그 사나이가 블랙 토르의 정상에 서 있는 모습을 본 적이 있었다. 나는 그곳부터 차근차근 뒤져나갈 것이다. 나는 그자가 기거하는 곳을 찾을 때까지 황무지의 돌집이란 돌집은 다 뒤질 것이다. 만일 그자를 찾을 경우, 필요하다면 권총을 들이대고서라도 그자가 누구이고, 왜 그렇게 오랫동안 우리를 쫓아다녔는지에 대해 자백받을 것이다. 그자가 사람들로 붐비는 리젠트가에서는 우리를 따돌릴 수 있었을지 몰라도 이 적막한 황무지에서 그렇게 하는 것은 쉽지 않을 것이다. 하지만 그자가 돌집을 비웠을 경우엔 그가 돌아올 때까지 시간이 얼마나 걸리든 돌집 안에서 기다려야 한다. 홈즈는 런던에서 그를 놓쳤다. 대가가 못 한 일을 내가 해넬 수 있다면 그것은 정말 찬란한 승리 아니겠나.

이번 사건에서 행운의 여신은 자꾸만 우리를 외면했지만 이제 드디어 나를 돕기로 작정한 듯하다. 행운의 사자는 다름 아닌 프랭클랜드 씨였다. 불그레한 얼굴에 잿빛 구레나룻을 기른 그가 정문 밖에 나와 서 있었다.

"안녕하쇼, 왓슨 박사."

프랭클랜드가 소리쳤는데 웬일인지 기분이 퍽 좋아 보였다. 그에게는 드문 일이었다.

"말도 쉬게 할 겸 이리로 들어와서 포도주 한잔 마시면서 나를 축하해 주구려."

프랭클랜드가 딸을 어떻게 대했는지 알게 된 다음부터 그에 대한 내 감정은 그다지 호의적인 것이 못 되었다. 그러나 나는 마부 퍼킨스와 마차를 집으로 돌려보낼 구실을 찾지 못해 안달하고 있었으므로 기쁘게 그의 초대를 받아들였다. 나는 마차에서 내린 다음 퍼킨스에게 저녁 식사 전까지 건너가겠다고 헨리 경에게 전하라고 일렀다. 그리고 프랭클랜드 씨를 따라 그의 집 식당으로 들어갔다.

"오늘이 나한테는 아주 기쁜 날이오. 일생일대의 기념일이지."

그는 싱글벙글하며 큰 소리로 말했다.

"나는 일을 두 개나 벌여놓았더랬소. 이 지역에 사는 것들에게 법은 법이고, 법에 호소하는 것을 두려워하지 않는 사람이 여기 있다는 걸 가르쳐줄 심산이었지. 나는 미들턴 영감탱이의 정원 한가운데를 질러갈 수 있는 통행권을 확보했다오. 그 영감탱이의 현관문에서 100미터 안쪽을 보란 듯이 지나가는 거요. 어떻소? 나는 부자 놈들에게 서민의 권리를 함부로 짓밟을 수 없다는 걸 가르칠 거요. 육시할 것들! 그리고 나는 페른워시 사람들이 자주 소풍 나가는 숲을 폐쇄했소이다. 그 벼락 맞을 인간들은 아마 그 숲이 사유지가 아니기 때문에 신문이랑 술병을 들고 아무 데나 모여 앉을 수 있다고 생각했을 거요. 하지만 둘 다 판결이 났는데 내가 다 승소했소이다. 존 몰란드 경이 자기 소유의 야생 조수 사육 허가지에서 총을 쏘았을 때 내가 불법 침입죄로 걸어서 친 적이 있는데 그 일이 있은 뒤에 이렇게 경사스러운 날은 처음이오."

"도대체 어떻게 그렇게 하셨지요?"

"왓슨 박사, 그건 판례집을 보면 다 나와 있소이다. 볼만할 거요. 퀸스 벤치 법정의 프랭클랜드 대 몰란드 사건. 소송 비용으로 200파운드를 없앴지만 내가 승소했지."

"그렇게 해서 무슨 이득을 보셨습니까?"

"아니, 그런 건 없소. 나는 내가 그런 문제에 이해관계가 없다는 걸 자랑스럽게 말할 수 있소이다. 나는 오로지 공적 책임감에 따라서 행동하오. 예를 들면, 페른워시 놈들은 오늘 밤에 내 허수아비를 태울 게 분명해요. 전에도 그런 일이 있었을 때 나는 경찰에게 그런 악질적인 시위는 중단시켜야 한다고 말했지. 왓슨 박사, 지금 군의 경찰력은 한심하기 짝이 없는 상태에 있어요. 나는 당연히 보호받을 권리가 있는데도 경찰은 그것을 지켜주지 못하거든. 프랭클랜드 대 레지나 소송 사건은 이 문제를 만천하에 폭로할 거요. 나는 경찰한테 나를 이렇게 대접한 것을 후회할 때가 있을 거라고 말해 줬는데 내 말이 벌써 그대로 이루어지고 있소이다."

"어떻게 말입니까?"

나는 물었다.

노인은 교활한 표정을 지었다.

"나는 그자들이 알고 싶어서 안달하는 정보를 가지고 있지. 하지만 그 악당들은 무슨 짓을 해도 나의 조력을 받을 수 없을 거요."

사실 나는 마음속으로 영감에게서 벗어날 수 있는 구실을 찾고 있었지만 지금은 그 이야기가 좀 더 듣고 싶어졌다. 나는 죄 많은 영감이 뭐든지 반대로만 한다는 걸 알고 있었다. 강한 호기심을 드러내면 영감이 입을 다물 것이 틀림없었다.

"무슨 사유지 침범 건이겠지요?"

나는 무관심을 가장하여 말했다.

"하하, 이런 젊은 친구하고는. 이것은 그보다 훨씬 중요한 문제라오! 황무지에 숨은 탈옥수 기억나오?"

나는 깜짝 놀랐다.

"설마 그자가 숨어 있는 곳을 안다는 뜻은 아니겠지요?"

나는 말했다.

"그자가 어디 있는지 정확히는 몰라도, 경찰이 그자를 체포하게 해줄 수 있다는 것은 분명하지. 탈옥수가 먹을 것을 구하는 경로만 알아내면 그자를 확실히 붙잡을 수 있다는 생각이 안 드시오?"

프랭클랜드 영감은 위험할 정도로 진실에 가까이 가 있는 것이 분명했다.

"그렇군요. 하지만 그자가 황무지 어딘가에 숨어 있다는 걸 어떻게 아십니까?"

"심부름꾼이 먹을 것을 나르는 걸 내 눈으로 직접 봤으니 하는 말이오."

나는 배리모어를 생각하고 가슴이 철렁 내려앉았다. 남의 일에 참견하기를 좋아하는 이 심술쟁이 영감에게 걸려들다니 정말 보통 일이 아니었다. 하지만 영감의 다음 말은 내 마음을 가볍게 해 주었다.

"그자에게 음식을 날라다 주는 것이 꼬마 녀석이라는 걸 알면 박사는 놀라 자빠질 거요. 난 지붕에 설치한 망원경을 통해서 그 녀석을 매일 보고 있소이다. 그 녀석은 매일 같은 시간에 같은 길을 지나가는데 그렇게 음식을 받는 사람이 탈옥수가 아니면 도대체 누구겠소?"

나는 속으로 쾌재를 불렀다! 그렇지만 조금이라도 호기심이 드러나지 않도록 애썼다. 아이라니! 배리모어는 황무지에 은거한 사나이에게 필요한 물건을 날라다 주는 사람이 아이라고 했다. 그게 탈옥수라고 생각하다니 프랭클랜드는 완전히 잘못 짚은 것이다. 하지만 프랭클랜드의 정보를 얻을 수만 있다면 나는 한참 동안 힘들게 돌집을 뒤지고 다니는 수고를 하지 않아도 될 것이다. 하지만 내가 가진 가장 효과적인 카드는 불신과 무관심임이 분명했다.

"내 생각엔 아버지에게 저녁밥을 날라다 주는 황무지의 양치기 소년일 것 같은데요."

조금이라도 반대하는 뜻을 내비치자 늙은 독재자는 몸에 불이라도 붙은 듯 펄펄 뛰었다. 그는 무시무시한 눈으로 나를 노려보았다. 잿빛 구레나룻이 화난 고양이의 털처럼 바짝 곤두서 있었다.

"아니, 그걸 말이라고!"

그는 드넓게 펼쳐진 황무지를 가리키며 소리 질렀다.

"저 너머에 있는 블랙 토르가 안 보이시오? 가시덤불이 자라는 그 너머의 얕은 산이 안 보이시오? 저기는 황무지에서도 제일 바위가 많은 지대요. 저런 곳에 양 떼를 풀어놓을 양치기가 어디 있단 말이오? 박사는 정말 어리석은 말을 했소."

나는 유순하게 잘 모르고 말했다고 대답했다. 내가 고분고분하게 나가자 기분이 좋아진 영감은 이야기보따리를 더 풀었다.

"자, 박사는 이제 내가 근거도 없이 어떤 주장을 하지는 않는다는 걸 알겠지요? 나는 그 꼬마가 짐 보따리를 들고 저 길을 오가는 걸 보았소. 녀석은 매일같이, 어떤 때는 하루에 두 번씩……, 어? 잠깐만, 내 눈에 헛것이 뵈는지, 아니면 지금 비탈에서 뭔가가 움직이고 있는 건지 모르겠구먼."

그곳은 몇 킬로미터 떨어진 곳이었지만, 나는 흐린 녹색과 회색이 섞인 산비탈을 따라 작고 검은 점 하나가 움직이고 있는 것을 또렷이 볼 수 있었다.

"자, 박사, 빨리 가봅시다!"

프랭클랜드는 층계를 뛰어오르며 소리쳤다.

"박사가 직접 눈으로 확인하고 판단해 보시오."

천하무적의 막강한 기구 망원경이 평탄한 지붕에 놓인 삼발이 위에 얹혀 있었다. 프랭클랜드는 망원경에 눈을 척 갖다 붙이고는 만족스러운 탄성을 질렀다.

"어서, 왓슨 박사, 어서 와봐요. 녀석이 산을 넘어가기 전에!"

분명히 보였다. 어깨에 보따리를 들쳐멘 작은 소년 하나가 천천히 산을 기어오르고 있었다. 소년이 산꼭대기에 올라섰을 때 아무렇게나 입은 남루한 옷이 차가운 푸른 하늘을 배경으로 일순 또렷하게 부각되었다. 소년은 뒤를 밟는 사람이 있을까 봐 두려운 듯 도망자처럼 은밀한 기색으로 사방을 살폈다. 그런 다음 작은 산을 넘어서 사라졌다.

"어때! 내 말이 맞지 않소?"

"정말 그렇군요. 저 아이는 꼭 비밀스러운 심부름이라도 하는 것 같습니다."

"그 심부름이 어떤 것인지는 군의 말단 경찰이라도 쉽게 알 수 있을 거요. 하지만 그자들은 내 입에서 한마디도 얻어듣지 못할 걸. 왓슨 박사, 당신도 비밀을 지키겠다고 약속하시오. 한마디도 말해선 안 되오! 알아듣겠소?"

"말씀하신 대로 하겠습니다."

"그자들은 나를 고약하게 대접했소, 고약하게. 감히 단언하지만, 프랭클랜드 대 레지나 소송 사건에서 사실들이 터져 나오면군 전체가 분노하게 될 거요. 그리고 내가 경찰을 도와주는 일은 죽어도 없을 거요. 페른워시의 악당들이 내 허수아비 대신 나를 말뚝에 매달고 화형식을 거행해도 경찰 놈들은 그저 보고만 있을 거외다. 아니, 벌써 집에 가시려고? 이 경사스러운 날을 기념해서 나랑 포도주 잔이나 기울이십시다!"

하지만 나는 프랭클랜드가 잡는데도 부득부득 가겠다고 나섰을 뿐 아니라 그가 바스커빌관까지 동행해 주겠다는 것도 극구 사양했다. 나는 그의 시선이 미치는 곳까지만 길을 따라 걸었고, 그다음에는 황무지로 접어들어 소년이 넘어간 그 바위산을 향했다. 모든 것이 순조로웠고, 나는 행운의 여신이 모처럼 던져준 소중한 기회를 인내와 끈기로 붙잡고 말겠노라고 다짐했다.

바위산 꼭대기에 도착했을 때 해는 벌써 뉘엿뉘엿 지고 있었다. 발밑의 산 사면은 한쪽은 온통 황금빛과 녹색이었고, 다른 한쪽은 어스름에 잠겨 있었다. 벨리버와 빅센 토르의 환상적인 굴곡이 그려낸 아득한 지평선에는 안개가 낮게 깔려 있었다. 드넓은 공터 위에는 어떤 소리도 움직임도 없었다. 갈매기인지 마도요인지, 커다란 잿빛 새 한 마리가 푸른 창공 속으로 드높이 솟구치고 있었다. 거대한 창공과 드넓은 황무지 사이에 살아 있는 것이라곤 저 새와 나, 둘뿐인 듯싶었다. 황량한 풍경과 적막감, 그리고 내가 맡은 임무의 풀리지 않는 수수께끼와 긴박함으로 인해 내 가슴은 서늘해졌다. 소년은 어느 곳에도 보이지 않았다. 그러나 발밑에 있는 바위산의 오목한 틈새에 오래된 돌집들이 원형으로 배치되어 있는 게 보였는데 그중 가운데 것이 유난히 눈에 띄었다. 그것은 지붕이 멀쩡해서 비 가리개 구실은 훌륭하게 할 것 같았다. 그것을 본 순간 가슴이 뛰기 시작했다. 문제의 사나이가 은신하고 있는 곳임에 틀림없었다. 나는 마침내 그자의 코앞까지 와 있는 것이다. 그의 비밀은 이제 내 손아귀에 들어왔다.

스태플턴이 포충망을 들고 나비에게 접근할 때처럼 살금살금 걸어서 돌집을 향해 다가가는 동안, 나는 그곳이 정말 은신처로 쓰이고 있다는 사실을 확인할 수 있었다. 돌 사이로 난 희미한 길이 문 역할을 하고 있는 헐어빠진 틈새로 이어져 있었다. 안쪽은 아주 조용했다. 문제의 인물은 저 안에 숨어 있든지, 아니면 황무지를 배회하고 있을 것이다. 긴장감으로 인해 온몸의 신경이 다 쩌릿쩌릿했다. 나는 담배를 던져버리고 리볼버를 단단히 틀어쥔 다음 재빨리 문으로 다가가서 안을 들여다보았다. 집 안은 텅 비어 있었다.

하지만 돌집 안에 남아 있는 흔적을 보니 내가 헛다리를 짚은 것은 아니었다. 이곳은 그 사나이가 사는 집이 틀림없었다. 방수포로 싼 담요가 신석기 시대 사람들이 침상으로 사용했던 석판 위에 놓여 있고 조잡한 화로에는 재가 쌓여 있었다. 그 옆에는 약간의 조리 도구와 물 반 양동이가 놓여 있었다. 빈 깡통 무더기를 보니 이곳에서 사람이 기거한 기간이 꽤 되는 것 같았다. 내 눈이 돌집 틈새로 스며들어 오는 빛에 익숙해졌을 때, 방 한구석에 독한 술 반병과 금속 잔 하나가 놓여 있는 것이 보였다. 돌집 한가운데는 식탁 역할을 하는 납작한 돌이 하나 있었고 그 위에는 작은 보따리 하나가 놓여 있었다. 그것은 아까 망원경으로 본 소년이 메고 있던 그 보따리임에 틀림없었다. 그 속에는 빵 한 덩이, 혓바닥 통조림, 복숭아 통조림 두 개가 들어 있었다. 나는 보따리의 내용물을 검사한 뒤 다시 내려놓다가 그 밑에 메모 한 장이 놓여 있는 것을 발견했다. 나는 두근거리는 가슴으로 메모지를 집어 들었다. 그 위에는 흘려 쓴 연필 글씨로 다음과 같은 글이 적혀 있었다.

왓슨 박사가 쿰 트레이시에 갔음.

나는 메모지를 손에 든 채 이 짤막한 메시지의 의미를 반추해 보며 잠시 그 자리에 서 있었다. 그렇다면 이 수수께끼의 인물이 뒤를 밟은 것은, 헨리 경이 아니라 바로 나였던 것이다. 그리고 그 사나이는 나를 직접 미행하지 않고 대리인, 아마도 그 소년을 붙여놓았고, 이것은 분명 그 아이가 쓴 보고서인 것이다. 나는 이 황무지에 온 이래 일거수일투족을 감시당했던 것이다. 항상 보이지 않는 힘이, 미세한 그물망이 무한히 섬세하고도 정교하게 우리를 포위하고 있는 듯한 느낌을 받기는 했다. 너무도 가볍게 그물을 들어 올리는 솜씨 때문에 우리는 마지막 순간에야 비로소 자신이 미세한 그물코에 걸려들었다는 사실을 깨닫게 되는 것이다.

보고서가 더 있을지도 모르므로, 나는 돌집 안을 뒤져보았다. 그러나 그런 것은 눈에 띄지 않았고, 이 특별한 곳에 기거하는 사나이의 정체나 의도를 추측할 수 있을 만한 표시도 찾을 수 없었다. 분명한 것은 그가 스파르타식 생활 습관을 가지고 있고, 생활의 편리에 크게 연연해하지 않는다는 점이었다. 지붕 사이에 벌어져 있는 틈새를 보니 요즘 비가 그렇게 쏟아졌는데 이런 곳에서 불편한 생활을 감수하려면 웬만한 목적의식으로는 안 될 거라는 생각이 들었다. 그는 무서운 적일까, 아니면 우리의 수호천사일까? 나는 그 사실을 확인하기 전까지는 이곳에서 떠나지 않으리라 맹세했다.

해는 지평선 너머로 사라지고 있었고 서쪽 하늘은 진홍과 황금빛으로 불붙어 있었다. 멀리 그림펜 대늪지의 물웅덩이에는 여기저기 붉은 노을이 내려와 있었다. 바스커빌관의 쌍둥이 탑이 보였고, 그림펜 마을이 있는 곳인 듯 멀리서 연기가 모락모락 피어올랐다. 그 사이에 조그마한 산을 앞에 두고 스태플턴가가 자리 잡고 있었다. 황금빛 저녁 햇살 속에서 모든 것은 그지없이 아름답고 평화로웠지만 그것을 바라보는 내 영혼은 자연의 평화를 함께 나누지 못하고, 시시각각 다가오는 알 수 없는 만남의 순간 앞에서 두려움에 떨고 있었다. 잔뜩 긴장했지만 확고한 목적의식을 가지고, 나는 돌집 안의 어둑한 귀퉁이에 웅크리고 앉아 주인이 돌아오기를 끈질기게 기다렸다.

마침내 그가 돌아오는 소리가 들려왔다. 멀리서 구둣발이 돌 위를 밟는 소리가 났다. 발소리는 한 걸음, 또 한 걸음, 점점 가까워지고 있었다. 나는 제일 어두운 구석에 몸을 붙이고 주머니 속에 든 권총의 공이치기를 잡아당겼다. 그리고 그자의 모습이 보이기 전에는 내 모습을 드러내지 않으리라 작정했다. 그가 걸음을 멈춘 듯 발소리가 뚝 그쳤다. 그리고 한참 뒤에 다시 발소리가 나기 시작했고 돌집 입구에 사람 그림자가 비쳤다.

"친애하는 왓슨, 정말 아름다운 저녁일세."

친숙한 목소리가 들려왔다.

"집 안보다는 바깥이 훨씬 편할 것 같군."

황무지에서의 죽음

　순간 나는 숨을 멈추었다. 내 귀를 의심하지 않을 수 없었다. 그러다가 감각과 목소리가 되돌아왔고 내 영혼을 짓눌러온 책임감이 한순간에 날아가버린 듯했다. 그 차갑고 날카롭고 비꼬는 듯한 목소리는 세상에서 오직 한 사람만이 낼 수 있었다.

　"홈즈!"

　나는 외쳤다.

　"홈즈!"

　"밖으로 나오게."

　그는 말했다.

　"그리고 제발 그 권총 좀 조심하고."

　나는 몸을 숙이고 조잡한 문틀 아래를 빠져나왔다. 홈즈는 바깥의 돌 위에 앉아 있었다. 그는 나의 놀란 표정을 보고 재미있다는 듯 빙글거렸다. 홈즈는 수척하게 여위었지만 여전히 날카로웠으며, 민감한 얼굴은 햇볕에 구릿빛으로 그을고 바람에 거칠어져 있었다. 트위드 정장에 천 모자를 쓴 그는 황무지의 여느 관광객들과 다를 바 없어 보였다. 그리고 고양이 같은 청결함을 좋아하는 성격 그대로, 베이커가에 있을 때와 다름없이 말끔하게 면도한 얼굴에 깨끗한 옷차림을 유지하고 있었다.

"내 평생 사람을 보고 이렇게 반가워하긴 처음이네."

나는 그와 힘주어 악수하며 말했다.

"또 이렇게 놀란 적도 없었겠지? 그렇지 않나?"

"응, 솔직히 말하면 그러네."

"하지만 자네만 놀란 게 아닐세. 나는 자네가 내 비밀 아지트를 찾아낼 줄은 몰랐지. 더구나 자네가 여기 와 있으리라고는 상상도 못 했고. 적어도 문에서 20보 이내의 거리에 오기 전까지는 그랬다는 말일세."

"그런데 내 발자국을 보았나?"

"왓슨, 그렇지는 않아. 나는 세상의 모든 발자국 중에서 자네의 발자국을 알아보는 재주는 없어. 자네가 나를 정말 속이고 싶거든 담배를 다른 것으로 바꿔야 하네. 왜냐하면 '옥스퍼드가, 브래들리'라는 글씨가 찍혀 있는 담배꽁초를 보았을 때, 나는 내 친구 왓슨이 이 근처에 와 있다는 걸 알았거든. 저 길옆에 가보면 그 담배꽁초가 있어. 자네는 분명히 빈 돌집을 덮치기 직전에 그걸 던져버렸을 거야."

"맞아."

"나는 또 자네의 감탄할 만한 끈기를 잘 알고 있었기 때문에 자네가 무기를 소지한 채 집 안에 매복한 채 주인이 돌아오기를 기다리고 있을 거라고 확신했지. 그런데 자네는 정말 내가 범인이라고 생각했나?"

"나는 자네가 누군지는 몰랐지만 정체를 꼭 밝혀내고 말겠다고 작정했지."

"왓슨, 정말 훌륭하이! 그런데 나에 대해서는 어떻게 알게 되었나? 아마 자네는 그 탈옥수를 추격하던 밤에 나를 보았겠지. 그때 나는 경솔하게도 떠오르는 달 앞에 서 있었으니까."

"그렇다네. 그때 자네를 보았네."

"그러면 자네는 내가 사는 데를 찾아내기 위해 돌집을 샅샅이 뒤지고 다녔겠군?"

"아니, 자네가 데리고 있는 꼬마를 본 사람이 있어서 그 덕분에 이 집을 찾아낼 수 있었다네."

"망원경을 설치해 놓은 그 영감 짓이 틀림없겠군. 처음에 나는 렌즈에 빛이 반사되는 걸 보고 어리둥절했지."

그는 일어서서 돌집 안을 들여다보았다.

"이런, 카트라이트가 뭘 좀 갖다 놓았군. 이 메모는 뭐지? 그래, 자네는 정말 쿰 트레이시에 갔었나?"

"응."

"로라 라이언스 부인을 만나러?"

"맞아."

"잘했네! 우리의 조사는 같은 방향으로 진행되고 있었던 게 분명하니까 우리 둘의 조사 결과를 합치면 사건의 전모를 웬만큼 이해할 수 있게 될 것 같네."

"그래, 나는 자네가 여기 와 있는 것이 말할 수 없이 기쁘다네. 책임감과 풀리지 않는 수수께끼는 내 신경에 지나친 부담이 되고 있었으니까. 하지만 자네는 도대체 어떻게 이곳에 오게 되었나? 그리고 무슨 일을 하고 있었지? 나는 자네가 베이커가에서 그 공갈 사건을 처리하고 있는 줄 알았는데."

"나는 자네가 그렇게 생각해 주기를 바랐네."

"그 말인즉 자네는 나를 이용했고, 또한 나를 믿지 못했다는 거구먼!"

나는 비통하게 소리쳤다.

"홈즈, 나는 자네에게 그보다 나은 대접을 받을 만한 가치는 있다고 생각하네."

"여보게, 다른 사건에서도 그랬지만 자네는 이 사건에서도 정말 귀중한 역할을 해주었네. 그리고 내가 자네에게 속임수를 쓴 것처럼 생각된다면 부디 용서해 주기 바라네. 사실 내가 그렇게 했던 것은 부분적으로는 자네를 위해서였지. 내가 여기 내려와서 사건 조사에 직접 뛰어들게 된 것은 자네에게 위험이 닥치고 있다는 판단 때문이었어. 내가 만약 바스커빌관에서 자네들과 같이 지냈다면 내 관점은 자네들과 똑같은 것이 되고, 또 나라는 존재는 우리의 무서운 적에게 경계심을 발동시켜 주었을 것이 틀림없네. 사실 바스커빌관에서 살았다면 그렇게 할 수 없을 만큼 나는 이 황무지에서 자유롭게 돌아다닐 수 있었지. 그리고 나는 이 사건의 숨은 패로 남아 있다가 결정적인 순간에 몸을 날려서 달려들 수 있는 것일세."

"하지만 왜 나한테는 비밀로 했는가?"

"왜냐하면 자네가 알게 되면 일에 도움이 되기보다는 내가 여기 있는 것이 노출될 우려가 컸기 때문이었네. 자네는 나한테 무엇인가를 말하고 싶었을 것일세. 아니면 내가 이렇게 있는 것이 안쓰러워서 이것저것 갖다주다가 불필요한 위험을 초래했을 가능성도 크지. 나는 카트라이트를 데리고 내려왔네. 그 심부름센터에 있던 꼬마 녀석 말이네. 그 애가 간단한 생필품을 챙겨주었지. 빵 한 덩어리와 깨끗한 셔츠 칼라 따위 말일세. 남자에게 거기서 뭐가 더 필요하겠나? 그 애는 또 두 개의 눈과 재빠른 두 다리를 내게 보태주었어. 둘 다 내게는 귀중한 역할을 했지."

"그러면 내가 쓴 보고서는 죄다 무용지물이 돼버렸군!"

보고서를 작성하느라 끙끙댔던 일을 떠올리자 내 목소리는 저절로 떨려 나왔다. 힘들었지만 그래도 얼마나 자부심을 느꼈던가.

홈즈는 주머니에서 종이 뭉치를 꺼냈다.

"여보게, 자네가 쓴 보고서는 여기 있네. 물론 자세하게 읽어보았지. 나는 빈틈없는 전달 체계를 만들어놓아서 편지가 내 손에 들어오기까지 하루가 더 걸렸을 뿐일세. 나는 자네가 대단히 까다로운 사건에 대해 발휘한 열정과 지성에 정말 탄복을 금치 못했지."

나는 홈즈가 나를 속였다는 사실 때문에 아직도 속이 쓰렸지만 그가 진심으로 칭찬하는 말을 듣자 어느덧 노여움이 풀렸다.

나는 또한 그의 말이 옳다는 것, 어느 모로 보나 그가 황무지에 있는 것을 내가 모르는 편이 더 나았다는 것을 마음속으로 인정할 수밖에 없었다.

"그래야지."

홈즈는 내 얼굴에서 그늘이 걷히는 것을 보고 말했다.

"그러면 이제 로라 라이언스 부인을 찾아갔던 일이 어떻게 됐는지 말해 주게. 자네가 라이언스 부인을 만나러 갔을 거라고 추측하는 것은 별로 어렵지 않았네. 나는 이 사건을 해결하는 데 도움이 될 만한 인물이 바로 쿰 트레이시의 라이언스 부인이라는 걸 알고 있었거든. 사실 자네가 오늘 그곳에 가지 않았다면 내가 내일 직접 그곳에 가야 했을 걸세."

해는 지고 황무지에는 어둠이 내리고 있었다. 밖이 쌀쌀해졌으므로 우리는 아직 온기가 남아 있는 돌집 안으로 자리를 옮겼다. 나는 어둑어둑한 돌집 안에서 라이언스 부인과 나눈 대화를 홈즈에게 들려주었다. 홈즈가 깊은 관심을 나타냈으므로 나는 그가 만족할 때까지 어떤 대목은 이야기를 두 번이나 되풀이해야 했다.

"정말 중요한 이야기네그려."

내가 말을 마치자 홈즈가 말했다.

"자네 이야기는 이 복잡한 사건에서 내가 아직 메우지 못한 부분을 이어주는 가교 역할이 되어 주는군. 자네도 라이언스 부인과 스태플턴이라는 사내가 내밀한 관계를 맺고 있다는 걸 알고 있나?"

"나는 그런 것은 몰랐네."

"그 문제에 관해서는 의문의 여지가 없어. 두 사람은 만나고 서신 왕래를 한다네. 둘은 서로 완전히 통하지. 그런데 우리는 이 사실을 아주 효과적으로 이용할 수 있거든. 내가 스태플턴 부인에게 그 사실을 말한다면……."

"스태플턴 부인?"

"자네가 나한테 정보를 주었으니 그 답례로 나도 새로운 사실을 알려주겠네. 다들 스태플턴 양으로 알고 있는 그 여성이 사실은 스태플턴 부인이라네."

"맙소사, 홈즈! 그게 진짜 확실한가? 그런데 스태플턴은 어떻게 헨리 경이 자기 아내를 사랑하도록 놔둘 수 있었지?"

"헨리 경이 사랑에 빠지는 것은 당사자 말고는 아무에게도 해가 되지 않거든. 자네도 보았다시피 스태플턴은 헨리 경이 자신의 아내를 상대로 사랑의 '행위'를 하지 않도록 각별히 주의했네. 다시 말하지만 그 여성은 스태플턴의 누이동생이 아니라 아내일세."

"하지만 굳이 남들을 그렇게 속일 필요가 있었나?"

"왜냐하면 스태플턴은 자기 아내가 자유로운 몸일 때 훨씬 쓸모가 많을 거라고 예상했거든."

말로 표현되지 않았던 나의 모든 직감과 막연한 의심이 갑자기 박물학자를 중심으로 형태를 갖추기 시작했다. 밀짚모자에 포충망을 든 창백하고 무표정한 사내에게서 무서운 어떤 것이 느껴지는 듯했다. 그에겐 무한한 인내심과 간교한 계략이 있었다. 그는 웃는 얼굴에 살인자의 심장을 갖춘 인물이었다.

"그러면 런던에서 우리를 미행한 것이 바로 그자였나?"

"내 추리에 따르면 그렇다네."

"그러면 그 경고 편지는……, 그것은 스태플턴 부인이 보낸 것이 분명하구먼!"

"맞아."

그토록 오랫동안 나를 짓눌러온 기괴한 악행이 절반은 분명하게, 절반은 어렴풋이 어둠 속에서 모습을 드러냈다.

"하지만 홈즈, 그게 정말인가? 자네는 그 여성이 스태플턴 부인이라는 걸 어떻게 알았지?"

"그자는 자네를 처음 만났을 때 부주의하게도 과거지사의 일부를 사실대로 밝혔지. 내게는 그 말이 단서가 되어주었는데, 아마 그자는 그다음에 혀를 깨물고 싶을 만큼 후회했을 것이네. 스태플턴은 영국 북부에서 학교 교장을 지낸 적이 있어. 그런데 세상에 교장만큼 추적하기 쉬운 직업도 없거든. 교직 소개소가 있어서 그곳을 통하면 한때 교직에 몸담았던 사람은 누구라도 확인할 수 있다네. 내가 약간의 조사를 해본 결과, 북부의 어느 학교가 경영이 지독하게 어려워져서 문을 닫았는데 그 소유자가, 이름은 달랐지만 아내와 함께 종적을 감추었다네. 여러 가지 정황이 일치하더군. 나는 자취를 감춘 그 인물이 곤충학에 조예가 깊었다는 사실을 알고 그가 스태플턴이라는 사실을 확신할 수 있었지."

어둠은 걷히고 있었지만 아직도 많은 부분이 어둠 속에 가려 있었다.

"스태플턴 양이 그의 아내라면, 로라 라이언스 부인은 어떻게 된 거지?"

나는 물었다.

"그것이 자네의 조사가 빛을 발한 부분의 하나일세. 자네가 라이언스 부인과 나눈 이야기는 많은 부분을 설명해 주지. 나는 라이언스 부인이 남편과의 이혼을 계획하고 있는 사실은 몰랐어. 만약 그렇다면 부인은 틀림없이 미혼인 스태플턴과 결혼하려고 마음먹고 있을 걸세."

"그러면 부인에게 언제 사실을 말해 줄 건가?"

"흠, 우리는 부인의 협조를 얻을 수 있을지도 모르겠군. 내일 우리가 제일 먼저 해야 할 일은 부인을 만나는 것일세. 그런데 왓슨, 자네 임무를 너무 오랫동안 방치해 둔 것 아닌가? 자네가 있어야 할 곳은 바스커빌관이네."

서쪽 하늘에 남은 마지막 붉은 기운이 스러져갔고 황무지에는 밤이 내렸다. 짙은 보랏빛 하늘에서 별들이 희미하게 반짝거렸다.

"홈즈, 마지막으로 하나만 더 묻고 싶네."

나는 일어서며 말했다.

"자네와 나 사이에 더 이상 비밀이 있을 필요는 없을 것 같으니까. 그런데 이 모든 것은 무엇을 의미하지? 스태플턴의 목표는 무엇인가?"

홈즈는 착 가라앉은 목소리로 대답했다.

"왓슨, 그것은 살인이라네. 치밀하게 계획한 무자비한 살인. 나에게 자세한 것은 묻지 말게. 그자가 헨리 경을 향해 그물을 치고 있는 동안에도, 나의 그물망은 그자를 향해 점점 좁혀 들고 있으니까. 그리고 자네의 도움으로 그자는 이미 내 손아귀에 들어온 것이나 마찬가지일세. 앞에 도사리고 있는 위험은 하나뿐이지. 우리가 미처 준비를 끝내기도 전에 그가 먼저 손을 쓸지 모른다는 것. 그러나 하루, 아니면 기껏해야 이틀 안으로 나는 이 사건을 종결지을 생각이네. 그때까지 자네는 사랑 깊은 어머니가 아픈 자식을 옆에서 지키듯 자네의 경호 임무를 다해야 하네. 오늘 자네가 한 일은 정당했지만 한편으로는 헨리 경의 옆을 지키는 게 낫지 않았을까 하는 생각도 드는군. 앗, 잠깐!"

무서운 비명 소리, 고요한 황무지에서 공포와 고통에 찬 외침 소리가 길게 터져 나왔다. 그 끔찍한 소리를 듣자 온몸의 피가 다 얼어붙는 듯했다.

"오, 하느님!"

나는 숨을 헐떡이며 말했다.

"저게 무슨 소린가? 저게 도대체 무어냐고?"

홈즈는 용수철처럼 튀어 일어나 돌집 문에 붙어 섰다. 다부진 몸의 윤곽이 희끄무레하게 떠올랐다. 그는 상체를 앞으로 내밀고 어둠 속을 응시했다.

"조용!"

그는 속삭였다.

"조용!"

비명 소리는 그 격렬함으로 인해 크게 들렸으나 멀리 어두운 평원 어딘가에서 난 것이었다. 이제 그 소리는 좀 더 가까운 곳에서 더 크고 급박하게 귓전을 울렸다.

"대체 어디지?"

홈즈는 떨리는 목소리로 속삭였다. 이 철의 사나이도 영혼 깊이 동요하고 있는 것이다.

"왓슨, 저 소리가 어디서 나는 것인가?"

"저쪽인 것 같은데."

나는 어둠 속을 가리켰다.

"아냐, 저쪽이야!"

고통에 찬 비명 소리가 훨씬 가까운 곳에서 더 크게 고요한 밤하늘에 울려 퍼졌다. 이번에는 조금 다른 소리가 섞여 있었다. 그것은 끊임없이 들려오는 낮은 파도 소리처럼 높낮이가 있는 소리였다. 음악적이면서도 위협적인, 굵게 으르렁거리는 소리.

"사냥개닷!"

홈즈가 외쳤다.

"왓슨, 가세! 맙소사, 우린 너무 늦었어!"

홈즈는 황무지 위를 빠른 속도로 내닫기 시작했고, 나도 그의 뒤를 따랐다. 그러나 눈앞에 펼쳐진 요철이 심한 땅 어딘가에서 절망에 찬 마지막 비명 소리가 한 번 더 울리더니 쿵 하고 무거운 것이 떨어지는 소리가 났다. 우리는 걸음을 멈추고 귀를 기울였다. 바람 한 점 없는 밤에, 무거운 정적을 깨는 소리는 더 이상 들리지 않았다.

나는 홈즈가 혼란스러운 듯 이마에 손을 얹는 모습을 보았다.

그는 발을 굴렀다.

"왓슨, 그자가 우릴 물어뜯었어. 우린 너무 늦었어."

"아냐아냐, 절대로 그렇지 않네!"

"두 손 놓고 있었다니 얼마나 바보스러운가 말이다. 그리고 왓슨, 자네도 임무를 게을리한 결과가 어떤지를 보았지! 오 하느님, 하지만 만약 최악의 사건이 벌어졌다면 그자에게 반드시 복수하고 말겠어!"

우리는 어둠 속을 무작정 내달렸다. 우리는 돌에 걸려 넘어질 뻔하기도 했고, 가시덤불을 억지로 뚫고 나가기도 했으며, 헐떡거리며 바위산을 올랐다가 쏜살같이 내리막을 뛰어내리기도 했다. 우리는 무서운 소리가 난 곳을 향해 한결같이 달렸다. 바위산에 오를 때마다 홈즈는 열심히 사방을 둘러보았지만 황무지에는 이미 짙은 어둠이 내렸고 황량한 평원에선 아무것도 움직이는 것이 없었다.

"뭐가 보이나?"

"아무것도."

"하지만 들어보게. 저게 무슨 소리지?"

언뜻 낮은 신음 소리가 들린 듯했다. 소리는 다시 왼쪽에서 들렸다! 그곳은 울퉁불퉁한 자갈밭이 깎아지른 절벽과 만나는 곳이었다. 자갈밭 위에 시커먼 물체가 활개를 펴고 누워 있었다. 그쪽을 향해 달려가니 희미한 윤곽이 분명한 형체로 모습을 드러냈다. 한 남자가 얼굴을 밑으로 하고 고꾸라져 있었다. 고개는 끔찍한 각도로 꺾여 있었고, 어깨는 둥글게 꺾였으며, 몸통은 마치 공중제비를 넘던 사람처럼 꼬부라져 있었다. 나는 너무도 기괴한 자세를 보고 그 신음 소리가 사람의 영혼이 빠져나가는 소리라는 걸 깨닫지 못했다. 발밑의 시커먼 형체에서, 이제는 신음 소리라고 할 수 없는 이상한 소리가 올라왔다. 홈즈는 그의 몸에 손을 대보았다가 무서운 듯 외마디 소리를 지르며 손을 뗴었다. 성냥을 긋자 희생자의 그러쥔 손과 부서진 두개골 아래로 천천히 넓어지고 있는 소름 끼치는 피 웅덩이가 드러났다. 성냥불로 그 아래쪽을 비춰본 우리는 맥이 탁 풀리며 현기증을 느꼈다. 그것은 헨리 바스커빌 경의 시체였다!

우리는 베이커가에서 헨리 경을 처음 만났을 때 그가 입고 온 눈에 잘 띄는 빨간 트위드 정장을 잊지 않고 있었다. 성냥불은 빨간 옷을 밝게 비췄다가 깜빡거리더니 꺼져버렸고 우리의 영혼에선 희망이 빠져나갔다. 홈즈는 신음했다. 그의 얼굴이 어둠 속에서 하얗게 떠올랐다.

"짐승 같은 놈! 짐승 같은 놈!"

나는 두 주먹을 불끈 쥐고 외쳤다.

"아, 홈즈, 경을 혼자 남겨두어 이런 운명으로 몰아넣다니 나 자신을 절대로 용서하지 못할 걸세."

"왓슨, 비난받아야 할 사람은 자네가 아니라 날세. 나는 사건을 완벽하게 설명하기 위해서 의뢰인의 생명을 도외시했어. 내가 탐정 노릇을 시작한 이래 이보다 심한 타격은 없었네. 하지만 내가 그렇게 경고했는데도 경이 위험을 무릅쓰고 황무지로 나올 줄이야 어떻게 알았겠는가? 응?"

"우리는 경의 비명 소리를 들었지. 오, 하느님, 그 비명! 하지만 우리는 이분을 구하지 못했네! 경을 죽인 사냥개는 도대체 어디 있는가? 그 개는 지금 이 순간에도 저 바위틈 어딘가에 숨어 있을지 모르네. 그런데 스태플턴 그자는 어디 있지? 그자는 자신의 행동에 응분의 대가를 치러야 할 걸세."

"그렇고말고. 무슨 일이 있어도 그렇게 해줄 걸세. 삼촌과 조카가 살해당했어. 삼촌은 초자연적인 존재로 생각했던 짐승을 보고 극도의 공포 속에서 숨이 끊어졌고, 조카는 온 힘을 다해 그 짐승에게서 달아나다가 최후를 맞았지. 하지만 우리는 스태플턴과 그 사냥개의 관련을 증명해야만 하네. 우리가 들은 소리 말고 우리는 개의 존재조차 증명할 수 없어. 헨리 경은 추락사한 것이 분명하니까. 하지만 그자가 제아무리 날고뛴다 해도, 맹세코 나는 내일 안으로 그자를 잡고 말 것이네!"

우리는 비통한 심정으로 처참한 시신 곁에 서 있었다. 그동안의 힘겨운 모든 노력이 수포로 돌아간 이 갑작스럽고 돌이킬 수 없는 재앙 앞에 우리는 압도당해 있었다. 달이 떠올랐다. 우리는 가엾은 친구가 추락한 절벽 꼭대기로 기어올랐다. 그리고 절벽 위에서 어둠에 잠긴 황무지를 응시했다. 황무지의 반은 희멀건 은빛이었고 반은 암흑이었다. 저 멀리 몇 킬로미터 떨어진 곳에, 그림펜 방향으로 노란 불빛 하나가 은은히 빛나고 있었다. 그것은 스태플턴네 집의 불빛일 터였다. 나는 그곳을 향해 주먹을 흔들며 욕설을 내뱉었다.

"가서 당장 그자를 체포하면 안 될까?"

"이 사건에 대한 조사는 아직 끝나지 않았어. 그자는 무서울 정도로 조심성이 많고 교활한 녀석이지. 중요한 건 우리가 무엇을 알고 있느냐가 아니라, 무엇을 증명할 수 있느냐라네. 잘못된 포석을 놓았다가는 그 악당을 놓칠 수도 있네."

"그럼 어떻게 해야 하지?"

"내일은 할 일이 아주 많아. 오늘 밤에는 우리의 가엾은 친구를 위해 마지막 임무를 다하도록 하세."

우리는 가파른 절벽을 내려와서 시신을 향해 다가갔다. 시커먼 형체가 은빛 바위 위로 뚜렷이 떠올랐다. 고통스럽게 꺾인 사지를 보자 아픔이 치밀어 오르며 눈앞이 눈물로 흐려졌다.

"홈즈! 사람들을 불러와야겠네! 우리 힘으로는 시신을 바스커빌관까지 옮길 수 없어. 맙소사, 자네 미쳤나?"

홈즈는 외마디 소리를 지르며 시신을 들여다보았다. 그러더니 웃고 춤추며 억세게 내 손을 붙들었다. 이 사람이 엄격하고 과묵한 내 친구란 말인가? 그에게 숨은 불꽃이 있는 줄은 몰랐다. 정말로!

"수염! 수염! 이 사람한테는 수염이 있어!"

"수염이라고?"

"이 사람은 준남작이 아니야. 이 사람은……, 저런, 나의 이웃인 탈옥수로군!"

우리는 둘이서 부랴부랴 시신을 뒤집어보았다. 젖은 수염이 차갑고 맑은 달을 삐죽이 가리키고 있었다. 툭 튀어나온 이마와 움푹 꺼진 짐승 같은 눈을 보자 더 이상 의심의 여지가 없었다. 그것은 촛불 빛 속에서 바위 너머로 나를 노려보던 바로 그 얼굴, 범죄자 셀든의 얼굴이었다.

그러자 순간적으로 모든 것이 분명히 이해되었다. 나는 준남작이 자신이 입던 옷을 배리모어에게 주었노라고 했던 일을 기억했다. 배리모어는 처남의 도피를 돕기 위해 그 옷을 셀든에게 주었던 것이다. 구두, 셔츠, 모자, 모든 것이 헨리 경의 것이었다. 이사건은 여전히 비극임에는 틀림없었으나 최소한 이 남자는 모국의 법에 의해 사형 선고를 받을 만큼 나쁜 짓을 했다. 나는 홈즈에게 자초지종을 설명했다. 내 가슴은 감사와 기쁨으로 풍선처럼 부풀어 올랐다.

"그러면 이 옷이 불쌍한 악마에게 죽음을 가져다준 것이로군."

홈즈는 말했다.

"그 사냥개에게 헨리 경의 물건을 주어 냄새 맡게 한 것이 분명해. 호텔에서 슬쩍 훔쳐낸 그 구두를 주었겠지, 아마. 그래서 이 사내가 개에게 쫓긴 거야. 그렇지만 정말 이상한 점이 있네. 도대체 셀든은 어둠 속에서 사냥개가 자신을 쫓아오고 있다는 걸 어떻게 알았을까?"

"개가 쫓아오는 소리를 들었겠지."

"황무지에서 개가 쫓아오는 소리를 들었다고 이 정도의 사내가 공포에 질려서, 다시 붙잡힐 위험을 무릅쓰고 그렇게 미친 듯 비명을 질렀을까? 아까 들은 비명 소리로 미루어보면 셀든은 개가 자신을 쫓아온다는 사실을 아는 상태에서 아주 오랫동안 도망친 것이 틀림없네."

"지금 나한테 가장 궁금한 것은, 우리의 가정이 모두 옳다는 전제하에서, 이 사냥개를 왜……."

"나는 아무것도 가정하지 않네."

"좋아, 아무튼, 이 사냥개를 왜 하필이면 오늘 밤에 황무지에 풀어놓았느냐는 것이네. 나는 그놈의 개가 항상 황무지를 돌아다닌다고 생각하지는 않네. 스태플턴은 헨리 경이 여기에 올 거라는 확신이 있었기 때문에 개를 풀어놓았을 거야."

"내 의문이 더 풀기 힘든 것이군. 자네의 의문은 금방 해명이 될 테지만, 내 것은 영원히 수수께끼로 남을 수도 있어. 이제 문제는 이 불쌍한 탈옥수의 시신을 어떻게 처리할 것인가이네. 여기 남겨두면 여우와 까마귀 밥이 될 텐데 그냥 놓아둘 순 없잖은가."

"일단 저 돌집에 넣어두었다가 경찰에 연락하는 게 어떨까."

"그게 좋겠군. 우리 둘이서 거기까지는 옮길 수 있을 걸세. 어라? 왓슨, 저게 누군가? 현장에 직접 출동하다니 배짱 한번 좋군! 우리가 저자를 의심하고 있다는 걸 눈치채지 못하도록 하게. 조심해. 그렇지 않으면 내 계획이 물거품이 되고 말 테니까."

한 사람이 황무지 저쪽에서 다가오고 있었다. 붉은 담뱃불이 흐릿하게 빛났다. 달빛 속에서 나는 박물학자의 단정한 모습과 경쾌한 걸음걸이를 알아볼 수 있었다. 그는 우리를 발견하고 걸음을 멈추었다가 다시 걷기 시작했다.

"이런, 왓슨 박사 아니십니까? 이런 밤 시간에 황무지에서 뵙게 될 줄은 꿈에도 몰랐습니다그려. 그런데, 맙소사, 이게 누굽니까? 누가 다쳤나요? 이런……, 혹시 우리 친구 헨리 경은 아니겠지요!"

스태플턴은 서둘러 시신에 다가가 자세히 살펴보았다. 나는 그가 헉 하고 숨을 들이켜는 소리를 들었다. 그의 손가락 새에서 담배가 떨어졌다.

"아니, 이게……, 이게 누굽니까?"

그는 말을 더듬었다.

"셀든입니다. 프린스타운에서 탈옥한 죄수이지요."

스태플턴은 유령 같은 얼굴로 우리를 돌아보고 놀라움과 실망의 감정을 애써 억누르고 있었다. 그는 날카로운 눈초리로 홈즈와 나를 번갈아 응시했다.

"이럴 수가! 얼마나 끔찍한 일입니까! 이 사람은 어떻게 죽었나요?"

"절벽에서 떨어져 목이 부러져 죽은 것 같습니다. 나는 이 친구와 함께 황무지를 산책하다가 비명 소리를 들었습니다."

"저도 비명 소릴 들었습니다. 제가 여기까지 나온 것이 그 때문이었지요. 헨리 경이 염려스러워서요."

"특히 헨리 경이 염려스러운 이유라도 있습니까?"

나는 참지 못하고 물었다.

"제가 헨리 경에게 우리 집으로 건너오라고 했으니까요. 그분이 오지 않아서 나는 놀랐습니다. 그런데 황무지에서 비명 소리가 들리자 당연히 그분의 안부가 걱정됐지요. 그런데……."

스태플턴은 나와 홈즈의 얼굴을 번갈아 쳐다보며 말했다.

"비명 소리 말고 다른 소리는 못 들으셨습니까?"

"아니요."

홈즈가 말했다.

"무슨 소릴 들으셨나요?"

"아닙니다."

"그런데 그런 건 왜 물으시지요?"

"아, 왜 농부들이 사냥개 유령이 나온다는 둥 떠들어대지 않습니까. 밤에 황무지에 나와 돌아다닌다고 하는 것 같던데. 오늘 밤 혹시 그런 소리에 대한 증거라도 잡지 않았나 궁금해서요."

"그런 소리는 전혀 못 들었습니다."

나는 말했다.

"그러면 이 불쌍한 친구가 죽은 건 무엇 때문이라고 생각하십니까?"

"이 친구는 불안한 도주 생활로 인해 정신이 나갔던 게 분명합니다. 제정신이 아닌 상태에서 황무지를 질주하다가 결국 여기 떨어져 목이 부러진 것이지요."

"진짜 그럴듯한 이야기입니다그려."

스태플턴은 말하고 한숨을 내쉬었다. 나는 그 한숨 소리를 그가 안심했다는 표시로 새겨들었다.

"그런데 셜록 홈즈 선생께서는 어떻게 생각하시는지요?"

내 친구는 가볍게 목례하며 칭찬을 늘어놓았다.

"사람을 보는 눈이 날카로우시군요."

홈즈가 말했다.

"왓슨 박사님이 여기 내려온 후로 여기서는 홈즈 선생이 오기만을 학수고대하고 있었으니까요. 그런데 선생님께서 이곳에 도착하자마자 비극적인 사건이 벌어졌군요."

"그렇군요. 어쨌든 나는 여기 이 친구의 말이 옳다고 생각합니다. 그리고 언짢은 추억을 안고 내일 런던으로 돌아갈 생각입니다."

"아, 내일 돌아가신다고요?"

"그럴 생각입니다."

"저는 선생께서 오셔서 우리를 놀라게 한 사건의 내막을 속 시원히 밝혀주셨으면 하고 바라고 있었는데요?"

홈즈는 어깨를 들썩했다.

"사람이 모든 일에서 항상 성공을 거둘 수는 없는 법입니다. 탐정에게 필요한 것은 전설이나 소문이 아니라 사실이지요. 이것은 썩 내키는 사건이 아닙니다."

내 친구는 최대한 솔직하고 무심한 태도로 말했다. 스태플턴은 여전히 홈즈를 뚫어지게 응시하고 있었다. 그러다 그는 나를 돌아보았다.

"이 불쌍한 친구를 우리 집에 끌어다 놓으면 좋겠지만 내 동생이 기겁을 할 테니까 그렇게는 못 할 것 같습니다. 제 생각에는 이 사람 얼굴만 좀 가려놓으면 내일 아침까지는 괜찮을 것 같습니다만."

그래서 우리는 그렇게 했다. 스태플턴이 저녁을 먹고 가라고 붙드는 것을 뿌리치고, 홈즈와 나는 바스커빌관을 향해 출발했다. 박물학자는 혼자 집으로 돌아갔다. 뒤를 돌아다보니 드넓은 황무지를 천천히 걸어가는 그의 모습이 보였고, 뒤편으로는 은빛 사면에 검은 얼룩 하나가 끔찍한 최후를 맞은 사내가 누워 있는 곳을 나타내고 있었다.

그물망 좁히기

"내 손아귀에 들어온 것이나 다름없어."

황무지를 가로질러 걷는 동안 홈즈가 말했다.

"정말 배짱 한번 두둑하군! 엉뚱한 사람이 자기 계략에 희생된 걸 알고 깜짝 놀랐으련만 아무렇지 않은 척하는 것 좀 보게. 왓슨, 런던에서도 자네에게 말한 적이 있지만 우리는 지금 호적수를 만난 걸세."

"그런데 스태플턴이 자네를 보았으니 어쩌지?"

"나도 처음에 그 점이 마음에 걸렸네. 하지만 그자를 피할 수가 없었으니까."

"자네가 여기 와 있는 걸 알았으니 이제 그자가 계획을 변경할 것 같나?"

"앞으로 좀 더 신중하게 행동하거나, 아니면 필사적으로 행동에 돌입하겠지. 영리한 범죄자들이 대부분 그렇지만, 스태플턴은 자기 능력을 과신한 나머지 우릴 완벽하게 속여 넘겼다고 생각할 수도 있네."

"그자를 당장 체포하면 안 될까?"

"여보게, 왓슨, 자네는 타고난 행동주의자일세. 자네는 본능적으로 항상 활동적인 일을 지향하지. 하지만 우리가 그자를 당장 체포했다고 가정해 보자고. 도대체 무슨 이득이 있겠나? 우리는 그자의 혐의점을 입증할 수 있는 방법이 전혀 없네. 스태플턴의 계략은 정말 악질적이야! 그자가 다른 사람을 사주해서 일을 저질렀다면 어떤 증거가 남아 있을 걸세. 하지만 우리가 그 무지막지한 개를 밝은 곳으로 끌어내야 한다면 지금 주인의 목에 밧줄을 거는 것은 하등 도움이 안 될 걸세."

"하지만 우리에게는 사건이 있지 않나."

"아니야, 사건이 아니라 사건의 그림자뿐일세. 우리에게 있는 건 추측과 가정뿐이지. 그런 이야기에 그런 증거를 가지고 법정에 출두한다면 우리는 웃음거리가 되고 말 걸세."

"찰스 경이 사망했는데도?"

"찰스 경은 몸에 상처 하나 없이 죽은 채로 발견되었지. 자네와 나는 경이 순전한 공포 때문에 사망했다는 걸 알고 있어. 또 경이 무엇을 보고 그토록 큰 공포를 느꼈는지도 알고 있고. 하지만 열두 명의 둔한 배심원들을 무슨 수로 설득하겠나? 사냥개가 있다는 증거가 어디 있지? 사냥개의 이빨 자국은 어디에 남아 있고? 물론 우리는 사냥개가 시체를 물어뜯지 않는다는 것과 찰스 경은 개가 덤벼들기 전에 사망했다는 사실을 알고 있어. 하지만 우리는 이 모든 것을 입증해야 하네. 그런데 우리에게는 증거가 없지 않나."

"좋아, 그렇다면 오늘 밤 사건은?"

"오늘 밤 사건이라고 해서 더 낫지는 않네. 우리는 사냥개와 셀든의 죽음을 직접 연결시킬 수 없어. 사냥개를 직접 본 적이 없으니까. 물론 소리는 들었지. 하지만 개가 셀든의 뒤를 쫓아갔다는 사실을 증명할 수는 없네. 또 동기도 전혀 없거든. 여보게, 지금 우리에게는 어떤 사건도 없다네. 우리는 사건을 성립시키기 위해서라면 어떤 위험이라도 무릅쓸 가치가 있다는 걸 인정해야 해."

"그러면 자네는 어떻게 하자는 것인가?"

"나는 로라 라이언스 부인에게 큰 기대를 걸고 있어. 자초지종을 알게 되면 부인은 우리에게 협조할 공산이 높네. 그리고 내게는 또 다른 계획이 있지. 그 악당에 대해서라면 내일 하루면 족할 거야. 나는 내일 밤이 되기 전에 승부를 끝냈으면 하이."

바스커빌관 앞까지 가는 동안, 홈즈는 아무 말 없이 생각에 잠겨 있었다.

"같이 올라갈 텐가?"

"그래. 더 이상 몸을 숨길 이유가 없으니까. 하지만 왓슨, 한 가지 더 말할 게 있네. 헨리 경에게 사냥개 얘기는 하지 말게. 셀든은 그냥 절벽에서 추락사한 것으로 해두자고. 헨리 경이 앞으로 다가올 시련을 견디려면 담대해야 하지. 그런데 자네가 보고서에 내일 메리핏가에서 저녁 식사를 하기로 했다고 쓴 것 같은데?"

"나도 같이 가기로 되어 있지."

"그러면 자네는 빠지고 헨리 경만 보내게. 일정을 조정하는 건 별로 어려운 일이 아니니까. 그리고 지금 저녁 만찬에 늦는다면 우리끼리만 식사를 하게 될 것 같군."

헨리 경은 셜록 홈즈를 보자 놀라기보다는 오히려 기뻐했다. 왜냐하면 그는 홈즈가 최근에 벌어진 일들 때문에라도 런던에서 내려와줄 거라고 은근히 기대하고 있었기 때문이다. 그렇지만 그는 내 친구가 짐도 없이 맨손으로 달랑 온 데다 그에 대해 아무런 설명도 하지 않자 놀라는 눈치였다. 헨리 경과 나는 홈즈에게 당장 필요한 물건들을 나누어주었다. 그리고 늦은 저녁을 드는 동안 우리는 준남작이 알아도 될 정도의 이야기만 들려주었다. 하지만 그 전에 나는 배리모어 부부에게 셀든의 소식을 알려주는 곤혹스러운 임무를 마쳐야 했다. 배리모어에게 그것은 한시름 더는 소식이었지만 가정부는 앞치마로 얼굴을 감싸 쥐고 비통하게 흐느꼈다. 셀든은 온 세상 사람들에게 반은 짐승이고 반은 악마인 범죄자였지만, 누나에게는 언제나 자신의 치맛자락에 매달려 있던 어린 고집쟁이 남동생일 뿐이었다. 진짜 악마는 자신을 위해 슬퍼해 줄 여인 하나 없는 남자이다.

"왓슨 박사가 아침에 외출한 다음 나는 온종일 집에 틀어박혀 울적하게 지냈습니다."

준남작이 말했다.

"하지만 나는 칭찬받을 만합니다. 약속을 지켰으니까요. 혼자 황무지에 나가지 않겠다는 약속만 안 했어도 나는 오늘 저녁을 훨씬 재미있게 보냈을 것입니다. 스태플턴이 나한테 건너오라는 연락을 해 왔거든요."

"정말 훨씬 재미있는 시간을 보내셨겠군요."

홈즈가 담담한 어조로 말했다.

"그런데 우리가 아까 절벽에서 떨어져 죽은 사람이 경인 줄 알고 슬퍼했던 일은 모르시겠지요?"

헨리 경은 눈이 휘둥그레졌다.

"아니 어떻게?"

"그 불쌍한 친구가 경의 옷을 입고 있었습니다. 혹시 이 댁 하인이 그자에게 옷을 준 일 때문에 경찰에 불려 가서 고초를 겪지 않을까 모르겠군요."

"그럴 리는 없습니다. 내가 아는 한 그 옷에는 아무 표시도 없으니까요."

"그것참 다행이군요. 사실 이 댁에 있는 모든 사람들이 불법 행위를 했다는 점을 고려해 보면 그것은 참으로 다행스러운 일입니다. 양심적인 탐정이라면 맨 먼저 이 집 안 사람들 모두를 체포할 겁니다. 가장 유력한 증거물은 왓슨의 보고서지요."

"그런데 사건 조사는 어떻게 되었지요?"

준남작이 물었다.

"웬만큼 단서를 잡으셨나요? 우리가 여기 내려온 다음에는 별로 알게 된 것이 없는 것 같은데요."

"조만간 사건의 진상에 대해 명확하게 알려드리게 될 겁니다. 이 사건은 대단히 까다롭고 복잡한 편에 속하지요. 아직 밝혀내지 못한 문제들도 몇 가지 있고요. 하지만 결국은 다 밝혀질 겁니다."

"왓슨 박사에게서 벌써 얘기를 들었겠지만 우린 황무지에서 사냥개 짖는 소리를 들었습니다. 그래서 나는 전설 속의 사냥개 얘기가 허황한 미신은 아니라고 단언할 수 있어요. 난 서부에 갔을 때 개를 키워본 적이 있습니다. 그래서 개 짖는 소리를 구분할 줄 알지요. 만약 홈즈 선생이 문제의 사냥개를 잡아서 끌고 온다면 나는 단번에 선생을 역사상 가장 위대한 탐정으로 인정할 겁니다."

"경이 나를 도와준다면 그 개의 입에 재갈을 물려서 끌고 오겠습니다."

"말씀만 하시면 무엇이든 하지요."

"좋습니다. 그런데 제가 요청하는 일에 대해서는 이유를 묻지 말고, 그냥 하셔야 합니다."

"그렇게 하지요."

"그렇게 해주신다면 문제의 신속한 해결에 도움이 될 겁니다. 내 생각에는 틀림없이……."

홈즈는 갑자기 말을 멈추고 내 머리 위로 시선을 고정했다. 고요히 열중한 그의 얼굴은 램프 불빛을 받아서 섬세하게 깎아놓은 고전 조각상처럼 보였다. 그의 집중한 얼굴에 어떤 강렬한 기대의 표정이 떠올랐다.

"무슨 일인가?"

"무슨 일이죠?"

경과 나는 홈즈에게 동시에 말을 건넸다.

나는 홈즈의 얼굴을 보고 그가 어떤 내적 감정을 억누르고 있다는 사실을 알 수 있었다. 그의 표정은 여전히 고요했지만 그 눈은 참을 수 없는 기쁨으로 빛나고 있었다.

"그림을 감상하느라 잠시 실례했군요."

홈즈는 건너편 벽에 줄줄이 걸려 있는 초상화들을 가리키며 말했다.

"왓슨은 내가 그림에 대해서는 아무것도 모른다고 하지만, 그것은 일종의 질투일 뿐이죠. 왜냐하면 우리가 그림을 보는 관점이 서로 다르니까요. 그런데 저쪽에 걸려 있는 초상화들은 정말 훌륭하군요."

"예, 그렇게 말씀해 주시니 기쁘군요."

헨리 경은 놀란 듯 내 친구 쪽을 바라보며 말했다.

"나는 저것들에 대해 아는 척하지 않겠습니다. 나는 그림보다는 말이나 수송아지를 감식하는 능력이 더 뛰어나니까요. 홈즈 선생께서 저런 것에 시간을 할애할 만큼 여유가 있는 줄은 몰랐는데요."

"나는 좋은 작품을 알아볼 줄은 압니다. 그리고 저 앞의 그림들은 좋은 작품들이군요. 저쪽 것은 넬러의 작품임에 틀림없습니다. 푸른 비단옷을 입은 부인 그림 말입니다. 그리고 가발을 쓴 뚱뚱한 신사의 그림은 레이놀즈의 그림이군요. 저것은 모두 조상들의 초상화지요?"

"그렇습니다, 모두."

"이름은 알고 계십니까?"

"집사에게 배우고 있는 중인데 지금은 꽤 많이 압니다."

"망원경을 든 저 신사는 누굽니까?"

"해군 제독 로드니 휘하에 있던 해군 소장 바스커빌입니다. 서인도 제도에서 복무하셨지요. 푸른 코트에 종이 두루마리를 든 분은 피트 시절에 하원 의장을 지낸 윌리엄 바스커빌 경입니다."

"그러면 이 앞의 기사는 누굽니까? 레이스 장식을 단 검은 벨벳 옷을 입으신 분?"

"아, 저이에 대해서는 당연히 아셔야 합니다. 저 사람이 바로 바스커빌가의 사냥개를 불러낸, 모든 재앙의 근원이 된 악당 휴고입니다. 절대로 잊어버릴 수 없는 사람이지요."

나는 휴고의 초상화를 유심히 살펴보고 약간 놀랐다.

"이럴 수가!"

홈즈가 말했다.

"언뜻 보기에 저 사람은 조용하고 유순해 보이는군요. 하지만 저 눈에는 악마가 숨어 있습니다. 사실 나는 휴고를 좀 더 건장하고 흉포한 모습으로 상상했지요."

"저 그림은 실물을 그린 것이 분명합니다. 캔버스 뒤에 쓰여 있는 이름과 1647년이라는 연대를 보면 알 수 있지요."

홈즈는 더 이상 말하지 않았지만 식사를 하는 동안 악당 휴고의 그림에서 눈을 떼지 못하는 걸 보면 그 그림에 매료된 모양이었다. 나는 얼마 지나지 않아, 헨리 경이 자신의 방으로 물러간 후에 홈즈의 생각을 들을 수 있었다. 홈즈는 자신의 방에서 가져온 촛불을 들고 나를 연회실로 이끌었다. 그리고 세월의 때가 묻어 있는 초상화를 향해 촛불을 높이 치켜들었다.

"어때, 뭔가 색다른 점이 안 보이나?"

나는 깃털을 꽂은 챙이 넓은 모자, 이마 위로 늘어뜨린 곱슬한 애교머리, 하얀 레이스 칼라, 그리고 그 사이에 자리 잡은 정색을 하고 있는 냉혹한 얼굴을 바라보았다. 그것은 짐승 같은 얼굴은 아니었다. 그러나 얇은 입술을 꼭 다물고 있는 그 얼굴은 깐깐하고 모질고 혹독해 보였으며, 눈빛은 냉랭하고 편협했다.

"자네가 아는 사람과 비슷하지 않은가?"

"턱이 헨리 경과 좀 비슷한 것 같은데."

"그렇게 볼 수도 있겠지. 하지만 잠깐 기다리게!"

홈즈는 의자 위에 올라서서 왼손으로 촛불을 잡고 오른팔을 구부려 챙 넓은 모자와 긴 고수머리를 가렸다.

"아니, 이게 누구야!"

나는 깜짝 놀라 소리쳤다.

캔버스에서 튀어나온 것은 스태플턴의 얼굴이었다.

"허, 이제야 보았구먼. 내 눈은 장식을 빼고 사람의 얼굴을 관찰하는 훈련을 받아왔네. 수사관이라면 변장을 꿰뚫어 보기 위해 제일 먼저 갈고 닦아야 할 능력이지."

"하지만 정말 놀라운걸. 꼭 스태플턴의 초상화 같아."

"그렇지. 신체적, 정신적 측면에서 동시에 나타나는 격세유전의 흥미로운 사례일세. 한 가문의 초상화를 연구하다 보면 저절로 환생 이론을 믿게 되지. 스태플턴은 바스커빌가의 후예임에 틀림없어."

"그 흉계까지 대물림하는군."

"맞아. 이 그림 덕분에 우리는 가장 찾기 힘들었던 연결 고리를 확보하게 되었네. 왓슨, 그자는 우리 손아귀에 들어왔어. 그자는 내일 밤까지는 제가 휘두르는 포충망에 걸린 나비 같은 꼴로 우리가 쳐놓은 그물에 걸려들 걸세. 우리는 핀과 코르크와 카드 하나만 있으면 그자를 베이커가의 수집품 목록에 끼워 넣을 수 있겠어!"

홈즈는 그림에서 시선을 거두며 웃음을 터뜨렸다. 그가 웃는 일은 드물었다. 그러나 그것은 누군가에게 항상 불길한 전조가 되곤 했다.

나는 아침에 일찌감치 일어났다. 그러나 옷을 입는 동안 창밖을 바라보니 홈즈가 진입로를 걸어 올라가는 모습이 보였다. 그는 더 일찍 일어난 모양이었다.

"그렇다네, 오늘 하루는 아주 바쁠 걸세."

홈즈는 그렇게 말하며 행동에 돌입하는 기쁨에 두 손을 비볐다.

"그물은 모두 쳐놓았고 이제 끌어당기기만 하면 돼. 우리는 오늘이 가기 전에 뾰족 턱의 대어가 잡혔는지, 아니면 그물망을 뚫고 달아났는지 알게 될 걸세."

"자네, 벌써 황무지에 나갔다 왔나?"

"셀든의 죽음에 관한 보고서를 프린스타운 감옥으로 보냈지. 내 약속하네만 그 문제 때문에 이 집에서 누군가가 다치는 일은 없을 걸세. 그리고 충실한 카트라이트에게도 메모를 남겨놓았지.

내가 안전하다는 사실을 알려주지 않으면 그 애는 주인의 무덤을 지키는 개처럼 잔뜩 걱정하면서 돌집 문 앞을 떠나지 않을 테니까."

"다음 할 일은 무엇인가?"

"헨리 경을 만나는 거지. 아, 마침 저기 오는군!"

"안녕히 주무셨습니까, 홈즈 선생."

준남작이 말했다.

"선생은 마치 참모를 데리고 전투 계획을 세우는 장군처럼 보이십니다."

"맞습니다. 왓슨은 지시를 구하고 있었지요."

"그러면 저한테도."

"좋습니다. 제가 알기론 오늘 밤에 스태플턴네랑 저녁 식사 약속을 정하신 것 같더군요."

"홈즈 선생도 같이 가십시다. 스태플턴네 오누이는 아주 좋은 사람들입니다. 선생을 뵙게 되면 매우 기뻐할 겁니다."

"안됐지만 왓슨과 나는 런던에 가야 합니다."

"런던에요?"

"그렇습니다. 지금은 그곳에 더 할 일이 많은 것 같으니까요."

준남작의 얼굴은 눈에 띄게 샐쭉해졌다.

"나는 선생이 사건을 해결해 주기를 바랐습니다. 황무지도 그렇지만 바스커빌관도 혼자 지내기에 그다지 유쾌한 곳이 아닙니다."

"친애하는 헨리 경, 경은 무조건 제 말을 믿고 따르셔야 합니

다. 우리도 그 댁에 같이 갔으면 좋겠지만 급한 일이 생겨 런던
으로 돌아갔다고 전해 주십시오. 우리는 빠른 시일 내에 데번으
로 돌아올 수 있기를 희망합니다. 그분들에게 제 말을 전해 주시
겠습니까?"

"선생께서 원하신다면."

"다시 한번 말씀드리지만 어쩔 도리가 없습니다."

준남작은 이맛살을 찌푸렸다. 그는 버림받았다는 생각에 몹시
마음 상한 듯했다.

"언제 떠나십니까?"

준남작은 냉랭하게 물었다.

"아침 식사를 마친 뒤 곧 가겠습니다. 우리는 쿰 트레이시까지
마차를 타고 갈 생각입니다. 하지만 왓슨은 다시 오겠다는 뜻으
로 소지품을 남겨두고 갈 겁니다. 왓슨, 자네는 스태플턴 씨에
게 저녁 만찬에 참석하지 못해서 유감이라는 쪽지를 보내도록
하게."

"나도 두 분과 같이 런던으로 가고 싶습니다."

준남작이 말했다.

"나 혼자 여기 있을 필요가 있을까요?"

"왜냐하면 경의 임무는 이곳을 지키는 것이니까요. 그리고 경
은 내가 시키는 대로 하겠다고 이미 말했습니다. 여기 계십시오."

"좋습니다. 그럼 여기 있기로 하지요."

"한 가지 더! 이따가 메리핏가까지 마차를 타고 가고, 그곳에
도착하면 마차를 돌려보내십시오. 그 집 사람들에게 걸어서 집

에 돌아갈 생각이라는 걸 분명히 알려주세요."

"걸어서 집에 가라고요?"

"그렇습니다."

"하지만 선생은 밤에 황무지를 다니지 말라고 몇 번이나 경고했잖습니까?"

"이번에는 안전할 겁니다. 제가 경의 용기와 담력을 믿지 못한다면 이런 말씀을 드리지도 않을 겁니다. 하지만 경이 제 말대로 하는 것이 아주 중요합니다."

"그러면 그렇게 하지요."

"그리고 목숨이 중하다면, 메리핏가에서 그림펜 도로까지 난 길을 이용하고 절대로 황무지의 다른 방향으로는 가지 마십시오."

"말씀하신 대로 하지요."

"좋습니다. 그러면 나는 식사를 마친 뒤에 마음 놓고 출발하겠습니다. 오후에 런던에 도착하려면 가능한 한 빨리 가야 하기 때문에요."

나는 이 얘기를 듣고 어안이 벙벙했다. 전날 밤 홈즈가 스태플턴에게 내일 런던으로 떠날 예정이라고 말했던 것을 기억하고는 있었지만 나까지 데려갈 줄은 몰랐다. 또 홈즈가 자신의 입으로 지금이 아주 중요한 시기라고 말해 놓고서 둘 다 이곳을 비워도 되는 것인지도 이해할 수 없었다. 하지만 그의 말에 무조건 따르는 수밖에 없었다. 그래서 우리는 섭섭해하는 친구에게 작별을 고하고 두 시간 뒤에 쿰 트레이시의 기차역에 도착했다. 우리는 타고 온 마차를 돌려보냈다. 꼬마 녀석 하나가 플랫폼을 지키고 있었다.

"무슨 지시라도?"

"카트라이트, 너는 이 기차를 타고 런던으로 가라. 그리고 그곳에 도착하자마자 헨리 바스커빌 경에게 내 이름으로 전보를 쳐라. 내용은, 수첩을 두고 왔으니 그것을 찾아서 등기로 베이커 가로 부쳐주십사 하는 것이다."

"알겠습니다."

"그리고 역 사무실에 가서 내 앞으로 온 전보가 있는지 물어봐라."

꼬마는 전보를 한 장 들고 왔다. 홈즈는 그것을 내게 건네주었다.

전보 잘 받았음. 영장 지참하고 내려가겠음. 5시 50분 도착 예정.
— 레스트레이드

"이것은 내가 오늘 아침에 보낸 전보에 대한 답신이지. 레스트레이드는 단연 최고의 전문가일세. 우리는 그의 조력을 필요로 하게 될지도 몰라. 자, 왓슨, 이제 자네와 구면인 로라 라이언스 부인을 찾아가야 할 때가 된 것 같네."

홈즈의 작전 계획이 분명하게 윤곽을 드러내기 시작했다. 그는 준남작을 이용하여, 우리가 나중에 되돌아오는 한이 있어도 지금 당장은 여길 떠났다는 사실을 스태플턴이 믿게 만들려는 것이다. 헨리 경이 스태플턴에게 런던에서 전보가 왔다는 얘기를 하면 스태플턴은 의심을 완전히 거둘 것임에 틀림없다. 나는 벌써부터 우리가 친 그물이 저 뾰족 턱의 창꼬치고기를 향해 좁혀 들어가는 모습이 눈에 선했다.

로라 라이언스 부인은 사무실에 있었고, 부인과 마주 앉은 셜록 홈즈는 솔직하고 직선적인 태도로 말문을 열어 부인을 당황하게 만들었다.

"저는 돌아가신 찰스 바스커빌 경의 죽음에 관한 정황을 조사하고 있습니다."

그는 말했다.

"이쪽에 있는 제 친구 왓슨의 말에 따르면 그 문제에 관해 부인이 얘기하지 않은 부분이 있다고 하더군요."

"내가 얘기하지 않은 게 뭔가요?"

라이언스 부인은 도전적으로 물었다.

"부인은 찰스 경에게 밤 10시에 쪽문 앞으로 나와달라고 요청했다고 했습니다. 그런데 우리는 그 시각, 그 자리에서 찰스 경이 사망했음을 알고 있습니다. 부인은 이 두 사건의 관련에 대해 털어놓지 않으셨습니다."

"아무 관계가 없으니까요."

"그렇다면 정말로 희한한 우연의 일치인가 보군요. 하지만 저는 두 사건의 관계가 결국은 밝혀질 거라고 생각합니다. 라이언스 부인, 아주 솔직하게 말씀드리지요. 우리는 이 사건을 살인 사건으로 보고 있습니다. 그리고 우리가 수집한 증거에 따르면 이 사건에는 부인의 친구 스태플턴 씨뿐 아니라 그의 아내까지 연루되어 있는 듯합니다."

라이언스 부인은 튀어 오르듯 자리에서 일어났다.

"스태플턴 씨의 아내라고요!"

그녀는 외쳤다.

"그것은 더 이상 비밀이 아닙니다. 다들 스태플턴의 누이동생으로 알고 있는 여성이 실은 그의 아내입니다."

라이언스 부인은 털썩 주저앉았다. 부인은 두 손으로 팔걸이를 붙잡고 있었는데, 손에 얼마나 힘을 주었는지 분홍빛 손톱이 하얗게 바랬다.

"스태플턴 씨의 아내라고요!"

부인은 다시 한번 말했다.

"스태플턴 씨의 아내라니! 그분에게는 아내가 없습니다."

셜록 홈즈는 어깨를 들썩했다.

"증거를 대세요! 증거를 대라고요! 할 수 있으면 해보란 말이에요!"

무섭게 번쩍이는 부인의 눈이 무엇보다 많은 것을 말해 주고 있었다.

"그렇게 할 작정으로 준비해 왔습니다."

홈즈는 주머니에서 종이 뭉치를 끄집어내며 말했다.

"이것은 4년 전에 요크에서 찍은 스태플턴 부부의 사진입니다. 사진 뒷면에는 '반데로 부부'라고 쓰여 있지요. 부인께서 스태플턴 부인을 본 적이 있는지 모르겠지만 얼굴을 보면 누군지 쉽게 알 수 있습니다. 이 세 장의 진술서는 반데로 부부가 당시

세인트올리버 사립 학교를 운영했다는 것을 증명하는 믿을 만한 증인들의 서면 진술서입니다."

라이언스 부인은 사진과 서류를 들여다본 다음 절망으로 굳어진 얼굴로 우리를 올려다보았다. 부인이 말했다.

"홈즈 선생님, 이 남자는 내가 남편과 이혼하는 것을 조건으로 내게 결혼 신청을 했습니다. 이 악당은 온갖 거짓말을 다 늘어놓았지요. 이 사람의 입에서 나온 말치고 거짓이 아닌 것은 한마디도 없었습니다. 그런데 왜, 왜 그랬을까요? 나는 모두가 다 나를 위한 것이라고 생각했습니다. 하지만 이제 보니 나는 이 사람이 손에 쥔 도구에 지나지 않았군요. 그런데 내가 왜 내게 거짓말만 한 사람에게 신의를 지켜야 하지요? 내가 왜 악행을 저지른 사람을 감싸주어야 하나요? 뭐든지 물어보세요. 아는 대로 솔직히 다 털어놓겠습니다. 한 가지 꼭 말씀드리고 싶은 것은 제가 찰스 경에게 편지를 썼을 때 저는 그것이 그분에게 해가 되리라고는 추호도 생각지 못했다는 것입니다. 맹세합니다. 그분은 제게 누구보다 큰 은혜를 베풀어준 저의 친구셨으니까요."

"저는 부인이 하신 말을 다 믿습니다."

셜록 홈즈가 말했다.

"그때의 일들을 반복하는 것이 어려울 것 같으니 제가 말을 하겠습니다. 부인께서는 사실 여부만 확인해 주시기 바랍니다. 그 편지를 쓰도록 권유한 것이 스태플턴이었나요?"

"그 사람이 편지 내용을 불러주었습니다."

"스태플턴은 부인에게 이혼과 관련된 법적 비용 문제에 관해 찰스 경의 도움을 받아야 한다고 주장했지요?"

"예."

"그런데 부인이 편지를 부치고 난 뒤에 부인이 약속 장소에 나가는 것을 말렸지요?"

"그 사람은 그런 목적으로 쓸 돈을 다른 남자의 도움을 받아 마련한다는 것은 자존심이 용납하지 않는다면서, 비록 자신이 가난하지만 마지막 한 푼이라도 털어서 우리 둘의 결합을 가로막는 장애물을 제거하겠다고 말했습니다."

"참으로 양심적인 인물이군요. 그런데 부인은 신문에서 찰스 경의 사망 기사를 읽을 때까지 별다른 얘기를 못 들으셨지요?"

"예."

"그 뒤에 스태플턴은 부인을 만나 찰스 경에게 보낸 편지에 관해 입을 다물라고 시켰지요?"

"그랬습니다. 그 사람은 찰스 경의 죽음에 관해 설명되지 않은 부분이 많다고 했고, 그래서 만약 그 일이 알려지면 내가 의심받을 게 분명하다고 했습니다. 그 사람은 나한테 겁을 주어서 입을 다물게 했습니다."

"알겠습니다. 하지만 부인은 스태플턴에게 의혹을 느끼게 됐지요?"

부인은 잠시 머뭇거리다 고개를 떨구었다.

"그랬습니다."

부인은 말했다.

"하지만 그 사람이 내게 신의를 지켰다면 나도 그렇게 했을 거예요."

"그동안 부인은 대단히 운이 좋으셨습니다."

셜록 홈즈는 말했다.

"부인은 스태플턴을 의심했고 그도 그 사실을 알고 있었지요. 하지만 부인은 지금 살아 있습니다. 지난 몇 달간 부인은 낭떠러지의 가장자리를 따라 아주 위태롭게 걸어오신 것과 같습니다. 라이언스 부인, 이제 일어서야겠군요. 조만간 다시 연락하겠습니다."

"사건의 진상은 거의 다 밝혀졌네. 산적했던 어려움은 점점 사라지고 있어."

런던에서 급행열차가 도착하기를 기다리는 동안 홈즈가 말했다.

"나는 이제 이 시대 가장 기이하고 충격적인 범죄의 전모를 자세하게 설명할 수 있게 될 걸세. 범죄학자들은 1866년 소러시아의 고드노에서 일어난 유사한 사건들을 기억하고 있을 것이네. 물론 노스캐롤라이나의 앤더슨 살인 사건도 있지. 하지만 이 사건은 그 어느 것과도 비교할 수 없는 독특한 성격을 가지고 있네. 지금도 우리는 이 간교하기 짝이 없는 사나이의 혐의를 입증할 명백한 증거를 가지고 있지 못해. 하지만 오늘 밤 안으로 사건의 진상을 명명백백히 밝혀내지 못한다면 그거야말로 놀랄 일이 될 거야."

런던발 급행열차가 기적을 울리며 역으로 들어왔다. 일등실에서 작달막하지만 불도그처럼 강인하게 생긴 사나이가 뛰어내렸다. 우리 셋은 악수를 나누었고, 나는 레스트레이드가 홈즈를 존경의 눈길로 바라본다는 것을 금세 눈치챘다. 그는 홈즈와 손잡고 일하게 된 다음부터 그에게서 많은 것을 배운 것이 틀림없었다. 나는 논리적 인간의 이론이 처음에는 실용인의 내부에서 어떤 경멸을 불러일으키는지 잘 기억하고 있었다.

"무슨 좋은 일이라도?"

레스트레이드가 물었다.

"수년 만의 대사건입니다."

홈즈가 말했다.

"앞으로 두 시간 후에 출발할 예정이오. 그동안 저녁 식사라도 해두는 게 좋겠군요. 레스트레이드, 그런 다음 당신에게 다트무어의 순수한 밤공기를 쐬게 하겠소. 목구멍에서 런던의 안개가 쑥 빠져나갈 겁니다. 그곳에 한 번도 가본 적 없지요? 아, 좋습니다. 당신은 그곳을 찾은 첫날 밤을 절대로 잊지 못할 겁니다."

바스커빌가의 사냥개

글쎄, 그걸 결함이라고 부를 수 있는지는 모르겠지만, 셜록 홈즈의 결함 중의 하나는 실행의 순간까지 다른 사람에게 전체 계획을 알려주는 것을 지나치게 싫어한다는 점이었다. 부분적으로 그것은 주위 사람들을 압도하고 놀라게 하기를 좋아하는 그의 개인적 기질 탓임에 틀림없었다. 또한 부분적으로 그것은 만약의 경우를 염려하는 직업적 조심성 탓이기도 했다. 그러나 그것은 그의 대리인이나 조수 역할을 하는 이들에게는 아주 가혹한 일이었다. 나는 그 때문에 힘들었던 적이 한두 번이 아니었지만, 이번에 어둠 속을 마차로 오랫동안 달릴 때만큼 힘든 적은 없었다. 우리 앞에는 굉장한 시련이 기다리고 있었다. 우리는 마침내 최종적인 행동에 돌입한 것이다. 그런데 홈즈에게선 아직 한마디도 없었고, 나는 그의 행동 계획을 오직 추측으로 알 수 있을 뿐이었다. 드디어 마차가 황무지로 접어들었을 때, 차가운 바람이 두 뺨을 스쳤고 좁은 길 양쪽으로는 어둡고 텅 빈 공간이 느껴졌다. 온몸의 신경이 어떤 기대로 날카롭게 곤두섰다. 말들이 한 걸음 달리고 마차 바퀴가 한 번씩 구를 때마다 우리는 점점 지상 최대의 모험에 가까워지고 있었다.

우리는 전세 마차의 마부에게 신경을 쓰느라 자유롭게 대화할 수가 없었다. 그래서 흥분과 기대로 신경이 팽팽하게 긴장할 때마다 잡담이라도 나눌 수밖에 없었다. 그렇게 억지로 견뎌낸 끝에, 마차가 드디어 프랭클랜드의 집 앞을 지나자 나는 적이 안도했다. 바스커빌관이 가까워지고 있었다. 우리는 저택의 진입로로 들어가지 않고 정문 앞에 마차를 세웠다. 그리고 요금을 치른 다음 마부에게 곧장 쿰 트레이시로 돌아가도록 명령했다. 우리는 메리핏가를 향해 걷기 시작했다.

"레스트레이드, 무기는 가지고 왔소?"

땅딸막한 형사는 씩 웃었다.

"바지라는 것을 입기 시작했을 때부터 뒷주머니에 무엇인가를 넣어가지고 다니는 것이 내 습관이 됐소."

"훌륭하군요! 내 친구와 나도 비상사태에 대비하고 있지요."

"홈즈 선생, 사건에 대해 입을 꽉 다물고 있는데 이제는 어떻게 할 거요?"

"기다릴 겁니다."

"이런! 과히 기분 좋은 곳은 아니군."

형사는 몸을 부르르 떨며 어두운 산비탈과 그림펜 늪지 너머에 도사리고 있는 거대한 안개의 호수를 둘러보았다.

"저 앞에 불빛이 보이는데."

"저기가 우리의 목적지인 메리핏가요. 이제부턴 발꿈치를 들고 살살 걷기로 합시다. 말소리도 낮춰야 합니다."

우리는 길을 따라 살금살금 걸어갔다. 메리핏가까지 가는 줄 알았지만 홈즈는 집에서 200미터 정도 떨어진 곳에서 우리를 멈춰 세웠다.

"이 정도면 됐소."

그는 말했다.

"저 오른쪽에 있는 바위 뒤에 숨으면 되겠군."

"여기서 기다릴 건가?"

"그렇다네. 여기서 매복하는 것이지. 레스트레이드, 당신은 이 구덩이 안으로 들어가십시오. 그리고 왓슨, 자네는 저 집에 들어가본 적이 있지? 나한테 집 구조를 좀 알려주겠나? 이쪽 끝에 있는 격자창은 뭔가?"

"부엌 창문 같은데."

"그러면 그 너머의 유난히 밝은 창은?"

"저건 식당이 분명하네."

"커튼을 활짝 열어놓았군. 이곳 지형을 제일 잘 아는 사람은 자네니까 조용히 저 앞으로 기어가서 사람들이 뭘 하고 있는지 좀 보고 오게. 하지만 들키면 절대로 안 돼!"

나는 살금살금 걸어서 키 작은 과수목을 둘러싸고 있는 야트막한 담 뒤로 숨었다. 그리고 담 밑을 기어서 커튼을 활짝 열어놓은 식당이 똑바로 들여다보이는 곳까지 갔다.

방에는 헨리 경과 스태플턴 단둘뿐이었다. 두 사람은 옆모습을 이쪽으로 한 채 원탁에 마주 앉아 있었다. 둘 다 담배를 피우고 있었고, 앞에는 커피와 포도주가 놓여 있었다. 스태플턴은 신이 나서 떠들고 있었지만 준남작의 얼굴은 파리했고 약간 멍해 보였다. 불길한 황무지를 혼자 걸어가야 한다는 생각이 마음을 무겁게 내리누르고 있는 모양이었다.

내가 지켜보는 동안 스태플턴은 일어서서 방을 나갔다. 헨리 경은 다시 잔을 채운 다음 의자에 등을 기대고 담배를 빨았다. 문이 삐걱 열리는 소리, 자갈 위를 밟는 구둣발 소리가 들렸다. 발소리는 내가 엎드려 있는 담 앞을 지나갔다. 담 위로 넘겨다보니 박물학자가 과수원 한쪽 구석에 있는 헛간 문 앞에 서 있었다. 그는 자물통을 따고 헛간 안으로 들어갔다. 그런데 흥미롭게도 안에서 누군가와 드잡이를 하는 듯한 소리가 들렸다. 시간이 1분 남짓 흘렀을까. 다시 열쇠 돌아가는 소리가 났고 스태플턴은 내가 숨어 있는 곳을 지나 다시 집 안으로 들어갔다. 그는 다시 손님과 어울렸다. 나는 내가 본 것에 대해 말해 주기 위해 친구들이 기다리고 있는 곳으로 살그머니 돌아갔다.

"스태플턴의 아내가 거기 없다고?"

내가 보고를 마치자 홈즈가 물었다.

"그렇다네."

"그러면 어디 있을까? 부엌 말고는 달리 불 켜진 방도 없지 않은가?"

"어디 있는지 나도 모르겠네."

나는 그림펜 대늪지 너머에 짙은 안개가 하얗게 몰려 있다고 말해 주었다. 안개는 낮게 깔려 있었지만 아주 짙고 경계가 뚜렷했으며, 벽처럼 일어서서 이쪽을 향해 천천히 밀려오고 있었다. 그 위로 달이 둥실 떠 있었다. 달빛 아래서 안개의 무리는 꼭 거대한 얼음판처럼 보였고, 여기저기 솟아 있는 바위산의 꼭대기 부분은 마치 얼음판에 박혀 있는 바윗돌처럼 보였다. 홈즈는 그쪽으로 고개를 돌렸다. 그는 안개가 서서히 밀려오는 모습을 지켜보며 조바심을 쳤다.

"왓슨, 안개가 이쪽으로 몰려오고 있어."

"그게 문제가 되는가?"

"아주 나빠. 저 안개는 내 계획을 완전히 망쳐놓을 수도 있어. 하지만 헨리 경이 오래 있지는 않을 걸세. 벌써 10시니까. 작전의 성공뿐 아니라 경의 목숨까지도 경이 언제 나오느냐에 달려 있네. 안개가 길을 덮치기 전에 나와야 하는데."

밤하늘은 맑았다. 별들은 밝고 차가운 빛을 뿌렸으며 반달은 세상을 온통 부드러운 빛으로 적셔주었다. 집은 앞쪽에 시커멓게 웅크리고 있었다. 오톨도톨한 지붕과 삐죽 솟은 굴뚝의 윤곽이 별빛 가득한 밤하늘을 배경으로 또렷이 떠올랐다. 1층 창문에서 흘러나온 금빛의 넓은 띠가 과수원과 황무지 위로 길게 드리워졌다. 그런데 그중 하나가 갑자기 사라졌다. 하인들이 부엌에서 나간 것이다. 남은 것은 살인자 집주인과 불안해하는 손님이 여전히 담배를 피우며 잡담하고 있는 식당의 불빛뿐이었다.

황무지의 절반을 뒤덮은 새하얀 양털 초원은 시시각각 집을 향해 몰려오고 있었다. 안개 한 자락이 불 켜진 금빛 창문 위에서 벌써 너풀거리고 있었다. 과수원의 담 끝은 이미 보이지 않았고 나무들은 물결치는 새하얀 증기 한가운데 서 있었다. 우리가 보는 앞에서 안개의 소용돌이는 집의 양쪽 모퉁이를 돌아서 서서히 뭉치며 짙은 둑을 만들었다. 그 위로 솟아 있는 2층과 지붕이 유령의 바다에 떠 있는 이상한 배처럼 보였다. 홈즈는 손으로 바위를 탕탕 치더니 참지 못하고 발을 굴렀다.

"경이 15분 안에 안 나온다면 길은 안개에 덮이고 말 걸세. 30분이 지나면 우리는 코앞의 손도 볼 수 없게 될 거야."

"우리 좀 더 높은 지점으로 물러나는 게 어떨까?"

"그렇게 하세. 그게 낫겠네."

안개의 둑에 쫓겨 우리는 집에서 800미터쯤 떨어진 곳까지 물러났다. 달빛이 그 위를 은은히 비추는 가운데, 짙은 백색의 바다는 서서히 그러나 가차 없이 밀려들었다.

"우린 너무 멀리 왔어."

홈즈가 말했다.

"헨리 경이 여기까지 오기도 전에 공격당하면 안 되는데. 우린 무슨 수를 쓰더라도 지금 이 자리를 지켜야 하네."

홈즈는 무릎을 꿇고 땅에 귀를 갖다 댔다.

"하느님 감사합니다. 경이 오는 소리가 들리는 것 같네."

잰 발소리가 황무지의 정적을 뚫고 울렸다. 우리는 바위 사이에 몸을 웅크린 채 눈앞의 은빛 둑을 뚫어지게 응시했다. 발소리는 점점 커졌다. 그리고 우리가 기다리던 사나이가 커튼을 젖히고 나오듯 안개 속에서 걸어 나왔다. 별이 빛나는 맑은 대기 속으로 들어오자 준남작은 깜짝 놀라 사방을 두리번거렸다. 그리고 잔걸음으로 우리가 숨어 있는 곳 바로 앞을 지나서 긴 비탈길을 오르기 시작했다. 그는 불안한 듯 걸으면서도 끊임없이 좌우를 살폈다.

"조용히!"

홈즈의 외침과 함께 권총을 장전하는 날카로운 소리가 울렸다.

"저길 봐! 놈이 오고 있다!"

움직이는 둑 안의 어딘가에서 쉼 없는 발소리가 가늘게 들려왔다. 안개는 우리가 잠복해 있는 곳에서 50미터 안까지 접근해 왔고, 우리 셋은 어떤 끔찍한 것이 튀어나올지 모르는 안개 속에서 그것을 응시하고 있었다. 홈즈보다 아래쪽에 있던 나는 잠시 그의 얼굴을 올려다보았다. 그의 얼굴은 파리했지만 기대에 넘쳐 있었고 두 눈은 달빛 속에서 밝게 빛났다. 그러나 뚫어지게 응시하던 그의 두 눈이 갑자기 튀어나올 것처럼 보였다. 그는 놀라서 입을 딱 벌렸다. 레스트레이드는 공포에 못 이겨 비명을 지르며 땅에 얼굴을 처박았다. 나는 마비된 손으로 권총을 움켜쥔 채 벌떡 일어섰다. 안개 속에서 튀어나온 끔찍한 형상 앞에서 내 마음은 얼어붙었다. 그것은 석탄처럼 새까만 사냥개였다. 그러나 살아 있는 인간이라면 한 번도 본 적이 없는 개였다. 쩍 벌린 입에서는 불길이 뿜어져 나왔고, 두 눈은 휘황한 빛으로 번쩍거렸다. 주둥이와 목덜미와 턱은 타오르는 불길에 휩싸여 있었다. 꿈을 꾸는 듯 뒤죽박죽된 머리로는 안개의 벽에서 튀어나온 저 시커먼 몸뚱이와 무시무시한 머리보다 무섭고 소름 끼치고 흉악한 모습은 생각해 낼 수 없었다.

크고 새까만 짐승은 우리 친구의 발자국을 쫓아서 긴 다리로 펄펄 뛰어갔다. 우리는 그 귀신 같은 형상에 마음이 얼어붙어 그것이 바로 앞을 지나갈 때까지 정신을 차리지 못하고 있었다. 홈즈와 나는 동시에 총을 발사했다. 적어도 그중 한 발은 명중한 듯했다. 짐승은 소름 끼치는 울부짖음을 토해 냈다. 그러나 그것은 멈추지 않고 계속 내달렸다. 저 앞에서 헨리 경이 뒤를 돌아보는 모습이 보였다. 달빛 속에서 하얗게 질린 얼굴이 떠올랐다. 그는 자신을 노리고 쫓아오는 끔찍한 형상을 무력하게 응시하며 공포에 질려 두 손을 치켜들었다.

그러나 사냥개가 토해 낸 고통스러운 울부짖음을 들었을 때 우리의 두려움은 한꺼번에 사라지고 말았다. 저것이 약하다면 귀신이 아니라는 것이고, 우리가 저것에게 부상을 입힐 수 있다면 죽일 수도 있는 것이다. 그날 밤 홈즈는 세상의 어느 누구보다도 빠르게 달렸다. 나도 남들이 알아주는 준족(駿足)이었지만 내가 키 작은 형사를 앞지른 만큼 홈즈는 나를 앞질러서 달려갔다. 길을 내닫는 동안, 앞쪽에서 헨리 경의 연속적인 비명 소리와 사냥개의 나지막한 울부짖음이 들려왔다. 짐승이 인간에게 덤벼들어 땅바닥에 쓰러뜨린 다음 그의 목덜미를 물어뜯는 모습이 보였다. 그러나 바로 그 순간 홈즈가 괴물의 옆구리를 향해 다섯 발의 총탄을 발사했다. 짐승은 고통에 찬 최후의 울부짖음을 토해 내고 허공을 한 번 크게 물어뜯더니 땅바닥에 굴러서 네 발을 거세게 버르적거리다 옆으로 푹 쓰러지고 말았다. 나는 숨을 몰아쉬며 번쩍거리는 끔찍한 머리에 총구를 갖다 댔다. 그러나 방아쇠를 당겨봤자 부질없는 짓이었다. 송아지만 한 개는 이미 죽어 있었다.

헨리 경은 쓰러진 채 인사불성 상태에 있었다. 우리는 그의 칼라를 떼어냈다. 목에는 아무 상처도 없었다. 구조가 제때 이루어졌다는 것을 깨닫고 홈즈는 감사의 기도를 토해 냈다. 우리 친구는 이미 눈꺼풀을 가늘게 떨고 있었고 조금씩 몸을 움직이려 애쓰고 있었다. 레스트레이드가 준남작의 입안에 브랜디를 흘려넣자 그는 공포의 빛이 가득한 눈을 뜨고 우리를 올려다보았다.

"오, 하느님!"

그는 속삭이듯 말했다.

"그게 뭐였습니까? 도대체 그게 뭐였지요?"

"무엇이든 간에 그것은 죽었습니다."

홈즈는 말했다.

"우리는 바스커빌가의 유령을 영원히 끝장낸 것입니다."

그 크기와 힘만으로도 앞에 죽어 넘어져 있는 짐승은 충분히 무서웠다. 그것은 순종 블러드하운드도 아니었고 순종 마스티프도 아니었다. 포악하고 말라빠진 데다가 웬만한 암사자 뺨치게 몸집이 큰 그 개는 그 둘의 잡종인 듯했다. 죽어 자빠져 있는 지금도 무지막지하게 큰 턱에서는 푸른 불꽃이 흘러내리는 듯했고, 오목하게 들어간 작고 흉포한 눈에는 불의 테가 둘려 있었다. 나는 번쩍거리는 주둥이를 만져보았다. 손에 반짝이는 빛이 묻어났다.

"인이군."

나는 말했다.

"교묘한 연출이야."

홈즈는 죽은 짐승의 냄새를 맡아보며 말했다.

"개의 후각을 어지럽힐 만한 다른 냄새는 묻어 있지 않군. 헨리 경, 이렇게 놀라게 해드린 데 대해 깊이 사과드립니다. 개가 있는 줄은 알았지만 이런 괴물인 줄은 미처 몰랐습니다. 그런 데다 안개가 짙게 끼어서 놈을 볼 시간이 충분치 않았지요."

"선생께서 내 목숨을 구해 주셨습니다."

"하지만 먼저 경을 위험한 지경에 몰아넣었지요. 일어설 수 있겠습니까?"

"브랜디 한 모금만 더 마시면 괜찮아질 것 같습니다. 아! 이제는 조금만 잡아주시면 일어설 수 있을 것 같습니다. 이제는 어떻게 할 겁니까?"

"경을 여기 남겨놓고 가야겠습니다. 오늘 밤 경에게 더 이상의 모험은 무리이니까요. 여기서 기다리고 계시면 이따가 와서 집까지 모셔다 드리겠습니다."

헨리 경은 비틀거리며 일어섰다. 그러나 그는 여전히 핏기 없이 창백한 얼굴에 팔다리를 부들부들 떨고 있었다. 그를 부축해서 바위에 앉혀주자 그는 몸을 떨며 두 손에 얼굴을 묻었다.

"이제 가야겠습니다."

홈즈는 말했다.

"일을 마무리해야 하니까요. 1분 1초가 중요한 때입니다. 사건의 진상은 밝혀냈으니 이제 범인만 잡으면 됩니다."

"놈이 집에 있을 가능성은 거의 없네."

메리핏가에 이르는 길을 빠른 걸음으로 되밟아 가는 동안 홈즈가 말했다.

"총소리를 듣고 놈은 사태를 파악했을 걸세."

"집까지 거리가 꽤 먼 데다가 짙은 안개 때문에 잘 모를 수도 있지 않을까."

"놈은 사냥개를 불러들이기 위해 개 뒤를 따라왔을 걸세. 그것은 확실해. 아냐아냐, 놈은 벌써 사라졌을 거야! 하지만 집을 샅샅이 수색해서 확인해야 하네."

현관문이 활짝 열려 있었으므로 우리는 안으로 뛰어 들어가 방마다 돌아다니며 수색했다. 늙은 종복이 부들부들 떠는 몸으로 통로에 서 있다가 우릴 보고 화들짝 놀랐다. 홈즈는 식당에 하나뿐인 등불을 집어 들고 집 안을 샅샅이 뒤졌다. 우리가 찾고 있는 사나이는 자취 없이 사라져버렸다. 그러나 2층의 방 가운데 문이 잠긴 게 하나 있었다.

"누가 안에 있소이다."

레스트레이드가 소리쳤다.

"소리가 나는걸. 이 문을 열어야겠소!"

방 안에서 희미한 신음 소리, 바스락거리는 소리가 들려왔다. 홈즈가 구둣발로 문고리 바로 위쪽을 걷어차자 문이 활짝 열렸다. 우리 셋은 권총을 움켜쥔 채 일제히 방 안으로 뛰어들었다.

그러나 예상했던 것과 달리 방 안에서 우릴 기다리고 있던 것은 필사적으로 저항하는 악당이 아니었다. 눈앞에 펼쳐진 것이 너무도 의외의 광경이었으므로 우리는 순간적으로 깜짝 놀라 우두커니 보고만 있었다.

방은 작은 박물관으로 꾸며져 있었다. 유리 뚜껑을 덮은 상자가 온 벽을 뒤덮고 있었는데 그 속에는 나비와 나방 표본이 가득 차 있었다. 이 복잡하고 위험한 사나이에게는 표본 만드는 일이 휴식이었던 것이다. 방 중앙에는 오래되어 벌레 먹은 들보를 떠받치기 위한 기둥이 하나 세워져 있었다. 이 기둥에 한 사람이 묶여 있었다. 전신을 홑이불로 얼마나 감아났는지 언뜻 보아서는 남자인지 여자인지조차 구별하기 어려웠다. 수건 한 장이 목을 휘감고 기둥 뒤쪽에서 매듭이 지어져 있었다. 또 한 장의 수건이 얼굴의 아래쪽 절반을 덮고 있었는데 그 위로, 슬픔과 부끄러움과 두려운 의문에 가득 찬 두 개의 검은 눈동자가 이쪽을 응시하고 있었다. 우리는 즉시 입에 물린 재갈을 빼고 결박을 풀었다. 그러자 스태플턴 부인은 우리가 보는 앞에서 스르르 주저앉았다. 부인이 아름다운 머리를 떨구는 순간 나는 그녀의 목에 붉은 채찍 자국이 선명하게 나 있는 것을 보았다.

"짐승 같은 놈!"

홈즈가 소리쳤다.

"레스트레이드, 어서 브랜디를! 부인을 의자에 앉히시오! 부인은 학대와 피로 때문에 기절한 겁니다."

부인은 다시 눈을 떴다.

"그는 무사한가요?"

그녀는 물었다.

"그는 도망쳤나요?"

"부인, 그 사람은 우리 손에서 도망칠 수 없습니다."

"아뇨, 제 남편을 말하는 게 아닙니다. 헨리 경 말이에요. 그분은 무사하신가요?"

"그렇습니다."

"그러면 개는?"

"죽었습니다."

부인은 안도의 한숨을 길게 토해 냈다.

"하느님, 감사합니다! 하느님, 감사합니다! 오, 그 악당! 그 인간이 저를 어떻게 취급했는지 한번 보세요!"

부인은 소매를 걷고 두 팔을 내밀었다. 우리는 부인의 팔이 온통 울긋불긋하게 멍든 것을 보고 경악할 수밖에 없었다.

"하지만 이건 아무것도 아니에요! 정말입니다! 그 인간이 고문하고 모독한 것은 내 마음이고 영혼이었어요. 그가 나를 사랑하고 있다는 희망을 간직하고 있는 한, 나는 그 모든 것을, 그 학대와 외로움과 남을 기만하는 생활을 다 견딜 수 있었습니다. 하지만 이제는 나 또한 그의 도구에 지나지 않았다는 사실을 깨달았어요."

그녀는 격렬히 흐느끼며 말했다.

"부인은 남편을 옹호하지 않으시는군요."

홈즈가 말했다.

"그러면 우리가 어딜 가야 그를 찾을 수 있는지 말씀해 주십시오. 부인은 남편의 악행을 도운 적이 있으니 이제는 우리를 돕는 것이 속죄하는 길입니다."

"그 인간이 갈 데라고는 오직 한 곳밖에 없어요."

부인은 대답했다.

"늪 가운데 있는 섬의 오래된 주석 광산이지요. 그는 거기에 개를 숨겨놓았을 뿐 아니라 나중에 은신처로 쓸 수 있도록 모든 준비를 마쳐놓았어요. 그가 도망쳤다면 그곳으로 갔을 겁니다."

안개의 둑은 마치 새하얀 양털처럼 창에 달라붙어 있었다. 홈즈는 창가에 등불을 비췄다.

"보십시오."

그는 말했다.

"오늘 같은 밤에 그림펜 늪지로 들어갈 수 있는 사람은 없을 겁니다."

부인은 깔깔거리고 웃으며 손뼉을 쳤다. 눈과 이가 감출 수 없는 기쁨으로 반짝거렸다.

"그 인간이 그곳으로 들어갈 순 있어도 다시 나올 순 없을 거예요."

그녀는 외쳤다.

"오늘 같은 밤에 길을 표시하는 막대기를 어떻게 볼 수 있겠어요? 우리는 늪지로 통하는 길을 표시하기 위해 둘이 함께 막대기를 꽂아놓았어요. 아, 오늘 밤에 내가 그 막대기들을 뽑아낼 수만 있다면. 그러면 그 인간은 꼼짝없이 잡히고 말 거예요!"

안개가 걷힐 때까지는 어떤 수색도 소용없으리라는 것이 분명했다. 레스트레이드에게 그 집을 맡겨놓기로 하고 홈즈와 나는 준남작과 함께 바스커빌관으로 돌아갔다. 스태플턴 부부의 이야기를 더 이상 그에게 감출 수는 없었다. 그러나 준남작은 사랑하는 여인의 진실을 알게 되었을 때 의연하게 그 타격을 견뎌냈다. 그러나 그날 밤에 충격적인 일을 내리 경험했던 그는 새벽부터 고열에 헛소리까지 하며 앓아누웠고 결국 모티머 선생이 왕진을 와야 했다. 나중에 두 사람은 함께 세계 일주 여행을 떠나게 되는데, 헨리 경은 여행을 통해서야 비로소 저 불길한 장원의 주인이 되기 전의 그 활기 넘치는 사람으로 되돌아갈 수 있었다.

지금까지 나는 이 이야기의 결말 부분을 향해 숨가쁘게 달려왔다. 나는 독자들을 위해 당시 우리의 삶에 그토록 오랫동안 먹구름을 드리우다가 결국은 비극적인 종말로 치달았던 그때의 음울한 공포와 막연한 예감에 관해 자세히 서술하려고 노력했다. 사냥개가 죽은 다음 날 아침, 우리는 안개가 걷힌 뒤 스태플턴 부인의 안내를 받아 늪지를 통과하는 길이 시작되는 지점으로 갔다. 그것은 단단한 토탄질 토양으로 이루어진 좁다란 반도였는데 반도의 끝에서부터 작은 막대기들이 드넓은 늪지 여기저기에 불규칙하게 꽂혀 있었다. 골풀 주위에 꽂혀 있는 막대기는 단단한 지대를 표시하고 있었다. 녹색 거품이 떠 있는 수렁과 고약한 냄새가 진동하는 늪지에 이방인들이 접근하는 것은 불가능했다. 우리는 부인을 반도에 남겨둔 채 막대기 표시를 따라 걸음을 옮겨놓았다. 무성한 갈대와 물 위에 빽빽이 떠 있는 진흙투성이 수생 식물에서는 부패한 냄새가 풍겨 왔고 유독 가스가 코를 찔렀다. 우리는 한 발짝만 잘못 디뎌도 허벅지까지 빠지는 출렁거리는 시커먼 수렁에 발이 빠진 게 한두 번이 아니었다. 발을 디딜 때마다 주위의 습지가 몇 미터씩 부드럽게 출렁거렸다. 진흙탕은 끊임없이 발꿈치를 잡아당겼다. 그 속으로 발이 빠질 때마다, 그것은 마치 알 수 없는 깊이 속으로 우리를 끌어당기려 하는 악의를 품은 손길처럼 집요하고 끔찍하게 느껴졌다. 딱 한 번, 누가 먼저 이 위험한 길을 지나간 흔적이 보였다. 황새풀 군락 한복판에, 시커먼 진흙투성이 물체가 삐죽 튀어나와 있었다. 홈즈는 늪지의 좁은 길을 벗어나 수렁에 허리까지 빠져가며 그것을 건져냈다. 우리가 끌어당겨주지 않았다면 그는 두 번 다시 단단한 땅을 밟을 수 없었을 것이다. 그는 허름한 검은 구두 한 짝을 들어 올렸다.

'토론토, 메이어스'라는 글씨가 가죽 구두 옆면에 찍혀 있었다.

"진흙 목욕을 하고 건져낼 만한 가치가 있는 물건이야."

홈즈가 말했다.

"이건 우리 친구 헨리 경이 잃어버린 구두일세."

"스태플턴이 도망가다가 던져버린 것이로군."

"맞아. 그자는 사냥개를 풀어놓기 전에 이것을 한번 사용했네. 그런 다음 사태를 파악하자 이걸 손에 든 채 도망친 걸세. 그리고 이 지점에서 던져버렸어. 그자가 적어도 여기까지는 무사히 온 게 분명해."

그러나 결국 우리는 그 이상 알아내지 못했다. 물론 짐작해 볼 수 있는 단서는 많았다. 늪지에서 발자국을 찾아낸다는 것은 불가능했는데 솟아오르는 진흙이 빠른 속도로 흔적을 지워버리기 때문이었다. 습지 건너편의 단단한 땅에 도착했을 때 우리는 열심히 발자국을 찾았다. 그러나 우리가 찾는 것은 없었다. 땅이 진실을 말한다면 스태플턴은 지난 밤안개 속에서 이 섬의 은신처에 오기 위해 발버둥 쳤지만 결국 이곳에 도달하지 못한 것이 분명했다. 잔인하기 짝이 없는 냉혈한은 악취를 풍기는 그림펜 대습지 어딘가에, 그의 몸을 삼켜버린 거대한 진흙 수렁 속에 영원히 잠든 것이다.

스태플턴이 무시무시한 짐승을 숨겨놓았던 늪지의 섬에서, 우리는 그가 남겨놓은 많은 흔적들을 찾아냈다. 커다란 수레바퀴와 쓰레기로 반쯤 차 있는 굴대는 예전에 광산이 있던 자리를 나타내고 있었다. 그 옆에는 무너진 광원 사택이 줄지어 있었다. 광부들은 늪지의 지독한 악취에 쫓겨 이곳을 떠났으리라. 그중 한 곳에는 물어뜯은 뼈 한 무더기가 쌓여 있었고 거멀못과 사슬이 굴러다니고 있었다. 개를 가둬 기른 장소임에 틀림없었다. 그중에는 한 움큼의 갈색 털이 붙어 있는 해골도 있었다.

"개의 유골이로군!"

홈즈가 말했다.

"맙소사, 털북숭이 스패니얼일세. 불쌍한 모티머 선생은 다시는 애완견의 모습을 보지 못하겠군. 어쨌든 이곳에 우리가 알지 못하는 비밀이 남아 있을 것 같지는 않네. 그자는 개를 숨길 수는 있었지만 입을 막을 수는 없었어. 그래서 대낮에 들어도 섬뜩한 개의 울부짖음 소리가 흘러나왔던 것이지. 그자는 급할 때는 메리핏가의 헛간에 개를 숨겨놓았지만 그것은 항시 위험을 동반한 일이었네. 그래서 아주 특별한 날, 자신의 노력이 결실을 맺는 날이라고 생각되는 때에만 개를 데리고 나왔지. 이 깡통에 든 풀은 보나 마나 그 짐승에게 칠한 발광(發光) 도료일 걸세. 이런 소품은 물론 바스커빌가의 지옥의 사냥개 이야기에서 착상한 것이겠지만, 찰스 경에게 극도의 공포를 안겨주어 죽이고 싶다는 욕구에서 비롯된 것이기도 하네. 그 불쌍한 탈옥수가 비명을 지르며 달아났던 것도 무리는 아니었어. 우리라도 그랬을 걸세. 우리 친구 헨리 경도 괴물 같은 개가 황무지의 어둠 속에서 자신을 향해 펄쩍펄쩍 뛰어오는 것을 보았을 때 그랬지 않았는가. 이것은 정말 간교한 도구였네. 이것은 목표물을 죽음으로 몰아넣기 위한 것만이 아니었어. 어느 농부가 지옥의 괴물을 보았다고 해서 감히 그것에 대해 자세히 알아보려고 하겠나? 이것은 효과적으로 목적을 달성했지. 왓슨, 누차 말했지만 우리가 추적했던 인간 중에서 저기 누워 있는 자보다 더 위험한 인간은 없었네."

홈즈는 긴 팔을 들어서 군데군데 녹색 얼룩이 진 거대한 늪지대를 가리켰다. 늪은 황무지의 적갈색 비탈까지 이어져 있었다.

회고

그것은 11월 말이었다. 안개가 잔뜩 낀 <u>으스스</u>한 밤에, 홈즈와 나는 베이커가의 거실에 앉아 불을 쬐고 있었다. 데번 방문의 비극적인 결말 이후에 홈즈는 대단히 중요한 두 가지 사건을 처리했다. 하나는 논파레일 클럽의 유명한 카드 스캔들에 관한 업우드 대령의 악랄한 행위를 폭로한 것이고, 다른 하나는 양딸을 살해한 혐의로 기소되었던 불행한 몬펜서 부인의 편에 서서 진실을 밝혀낸 것이다. 카레레 양은 6개월 뒤 뉴욕에서 발견되었는데 그녀는 살아 있었을 뿐 아니라 이미 결혼까지 한 몸이었다. 내 친구는 어렵고 중요한 사건을 연이어 성공적으로 마무리 지은 다음이라 한껏 들떠 있었고, 나는 그를 졸라 바스커빌 사건의 수수께끼에 대한 이야기를 자세히 들을 수 있었다. 사실 나는 끈덕지게 기회를 찾고 있었다. 왜냐하면 홈즈는 두 가지 사건에 관해 동시에 생각하지 않을 뿐만 아니라, 그의 명석하고 논리적인 정신은 과거의 추억을 반추하기 위해 현재의 작업을 미뤄놓지 않는다는 사실을 잘 알고 있었기 때문이다. 그러나 그때 헨리 경과 모티머 선생이 장기 여행을 떠나기 위해 런던에 올라와 있었다. 헨리 경이 정신적 충격에서 벗어나기 위해서는 여행을 하는 게 좋을 거라는 권고가 있었던 것이다. 바로 그날 오후에 두 사람은 우릴 찾아왔고, 그래서 자연스럽게 그 사건이 화제에 올랐다.

홈즈가 말했다.

"사건의 전체적 경위는, 스태플턴이라는 자의 관점에서는 단순하고 명확한 것이었네. 하지만 처음에 우리에겐 그자의 동기를 밝혀낼 수 있는 방법이 없었던 데다가 단편적인 사실들만 알려져 있던 까닭에 모든 게 몹시 복잡해 보였지. 나는 스태플턴 부인과 두 차례 대화를 나누었고, 사건의 전모에 대해서는 이제 모르는 것이 없다네. 사건 파일에서 목차 B를 보면 그 사건에 관한 메모가 있어."

"자네가 기억하고 있는 사건의 경위에 대해서 자세히 말해 주지 않겠나?"

"내가 모든 사실을 다 기억하고 있는지는 모르겠지만 물론 그러겠네. 그런데 흥미롭게도 강한 집중은 과거의 사건에 대한 기억을 지워버리거든. 자신이 담당한 사건을 완벽하게 이해해서 전문가와 논쟁을 벌일 수도 있었던 변호사라 해도 법정에서 일이 주 뛰어다니다 보면 그 일에 대해 까맣게 잊어버리고 말아. 그래서 내가 어떤 사건을 맡게 될 경우 그 일은 그 전의 사건에 대한 기억을 밀어내버리지. 카레레 양은 바스커빌관에 대한 나의 기억을 흐리게 만들었네. 하지만 내일 다른 문제에 접하게 되면 그 아름다운 프랑스 여성과 악명 높은 업우드의 기억은 밀려나고 말겠지. 하지만 그 사냥개 사건에 관한 한, 사건의 경위를 아주 자세하게 말해 줄 수 있다네. 혹시라도 내가 잊어버린 게 있거든 서슴없이 지적해 주게나.

내가 조사한 바에 따르면 조상들의 초상화는 역시 거짓말을 하지 않았네. 스태플턴은 정말 바스커빌 가문의 후손이었어. 그자는 영국에서 악명을 떨치다가 남미로 달아난 찰스 경의 막냇동생 로저 바스커빌의 아들이었네. 로저 바스커빌은 남미에서 독신으로 죽었다고 했지만 사실은 결혼했고 아들을 하나 두었지. 그 아들은 아버지의 이름을 그대로 물려받아 로저 바스커빌로 불렸네. 그는 코스타리카의 아름다운 처녀 베릴 가르시아와 결혼했고, 상당한 액수의 공금을 횡령한 뒤 성을 반데로로 바꾼 다음 영국으로 도피해서 요크셔 동부에 학교를 설립했다네. 로저 바스커빌이 이런 특수한 사업을 시작한 것은 폐병에 걸려 고향에 내려가던 어느 가정 교사를 우연히 만난 것이 계기가 되었지. 그는 이 남자의 능력을 이용해서 사업을 성공으로 이끌었어. 그러나 프레이저라는 이름의 교사는 그만 죽고 말았지. 그리고 순조롭게 출발했던 학교도 점점 평판이 나빠지기 시작하더니 완전히 불명예스럽게 추락하고 말았네. 로저 바스커빌은 성을 다시 스태플턴으로 바꾼 다음 남은 재산을 정리해서 영국 남부로 옮겨 왔어. 스태플턴에게는 미래에 대한 계획과 함께 곤충학에 대한 취미가 있었지. 나는 대영 박물관에 갔다가 그가 곤충학 분야의 권위자라는 사실을 알았다네. 그가 요크셔 시절에 학계에서 최초로 발견한 어떤 나방에는 아예 '반데로'라는 이름이 붙기도 했지.

이제 스태플턴의 삶에서 우리가 깊은 관심을 가지고 있는 시기에 대해 말할 차례가 됐군. 그자는 조사를 통해 귀중한 재산을 가로채는 과정에서 방해물은 둘뿐이라는 사실을 알아낸 것이 틀림없네. 그자가 데번에 자리 잡았을 때 어떤 복안이 있었겠지만 아주 구체적인 것은 아니었을 거야. 하지만 아내를 누이동생이라고 속인 것만 봐도 처음부터 악행을 저지를 의사는 뚜렷했지. 아직 구체화된 계획은 없었지만 자신의 아내를 미끼로 이용하려는 생각은 분명하게 있었네. 그자는 재산을 가로채는 것을 목표로 삼았고 그것을 위해서는 수단과 방법을 가리지 않겠다는, 또는 어떤 위험도 무릅쓰겠다는 각오가 돼 있었네. 그자가 맨 처음 취한 행동은 대대로 내려온 저택 가까운 곳에 살 집을 마련하는 것이었고, 그다음에는 찰스 바스커빌 경을 비롯한 이웃들과 친분을 쌓는 것이었네.

찰스 바스커빌 경은 스태플턴에게 가문의 사냥개 얘기를 꺼냄으로써 죽음을 자초한 셈이 되었지. 스태플턴은 모티머 선생한테서 노인네의 심장이 약하다는 것과 심한 충격을 받으면 사망할지도 모른다는 얘기를 들었네. 또 찰스 경이 미신을 믿는 경향이 있는 데다가 그 불길한 전설을 아주 심각하게 받아들이고 있다는 사실을 알아냈네. 영리한 스태플턴은 준남작을 살해할 수 있는 방법을 재깍 생각해 냈지. 진짜 살인자가 죄책감을 느낀다는 것은 전혀 불가능한 일이거든.

방법을 정한 스태플턴은 그것을 교묘하게 실행에 옮기기 시작했지. 보통의 책략가라면 무서운 사냥개를 한 마리 데려오는 데 만족했을 걸세. 그러나 스태플턴은 인위적 수단을 써서 개를 괴물처럼 꾸몄고, 이것은 그의 편에서 보면 가히 천재적인 솜씨였네. 그는 런던 풀햄 로드의 로스 앤드 맹글스란 가게에서 개를 사들였어. 그곳에 있는 개 중에서 제일 강하고 흉포한 놈이었지. 스태플턴은 노스 데번선 열차에 개를 싣고 와서 황무지를 횡단하는 그 먼 길을 걸어서 집까지 갔네. 사람들의 눈에 띄지 않으려고 말이야. 그자는 곤충 채집을 하다가 그림펜 늪지로 들어가는 길을 이미 알아놓은 상태였지. 개를 안전하게 숨겨놓을 수 있는 장소를 찾아낸 것일세. 스태플턴은 늪지에서 개를 기르며 기회를 노렸네.

하지만 기회는 쉽게 찾아오지 않았어. 찰스 경을 밤에 황무지로 유인해 낼 수가 없었던 것일세. 스태플턴은 몇 번인가 개를 끌고 나와 황무지에 잠복했지만 결과는 신통치 않았네. 이렇게 헛수고를 하는 동안 개가 농부들의 눈에 띄게 되고, 전설에 나오는 지옥의 개가 출현했다는 얘기가 퍼져 나가게 된 것일세. 스태플턴은 아내가 찰스 경을 유인해 내기를 바랐지만 뜻밖에 부인은 순순히 말을 들어주지 않았네. 부인은 찰스 경을 유혹해서 살인자의 손에 넘겨주려는 노력을 하지 않았지. 스태플턴은 부인에게 협박도 하고, 이런 말을 하기는 안됐지만 주먹질도 했다네. 하지만 부인은 전혀 나서려 하지 않았고 그래서 한동안 스태플턴은 이러지도 저러지도 못하고 있었어.

스태플턴이 난관을 타개할 수 있었던 것은, 스태플턴을 신뢰했던 찰스 경이 불행한 여인 로라 라이언스 부인을 돕는 과정에서 그를 대리인으로 내세웠기 때문이었네. 스태플턴은 독신남 행세를 함으로써 라이언스 부인을 손아귀에 넣었지. 그는 라이언스 부인에게 남편과 이혼한다면 자신이 결혼해 주겠노라고 약속했네. 그런데 찰스 경이 모티머 선생의 권고를 핑계로 바스커빌관을 떠날 거라는 사실을 알게 되면서 그의 계획은 갑자기 위기에 봉착했어. 그는 즉각 행동에 돌입해야 했네. 그렇지 않으면 목표물이 자신의 영향권에서 벗어날 테니까. 그래서 그자는 라이언스 부인을 움직여서 찰스 경에게 밤에 만나달라는 내용의 편지를 보낸 것이지. 그런 다음, 스태플턴은 그럴싸한 구실로 부인이 그곳에 가는 것을 말렸네. 이렇게 해서 그자는 기다리고 기다리던 기회를 잡은 것일세.

스태플턴은 저녁때 쿰 트레이시에서 돌아와 시간 맞춰 사냥개를 데리고 나갔지. 그자는 지옥 불을 칠한 개를 찰스 경이 기다리고 있는 쪽문 앞으로 내보냈어. 개는 주인의 명령에 따라 쪽문을 뛰어넘었네. 그리고 비명을 지르며 주목 산책로를 도망치는 불운한 준남작의 뒤를 쫓았지. 생각해 보게. 깜깜한 터널에서 턱과 주둥이에 불이 달린 새까만 괴물이 쫓아오는 모습이 얼마나 끔찍했겠는지. 공포에 질린 찰스 경은 결국 산책로 끝에서 심장마비를 일으켜 사망했네. 사람의 발자국만이 남아 있었던 것은 준남작이 길 위를 달린 반면 개는 풀밭 쪽을 달렸기 때문이지.

사람이 쓰러진 것을 보고 개는 가까이 다가가서 냄새를 맡아보았을 것이네. 하지만 사냥감이 죽은 것을 보고 돌아섰겠지. 모티머 선생이 목격한 개 발자국은 그렇게 해서 생긴 것일세. 스태플턴은 사냥개를 불러서 재빨리 그림펜 늪지의 은신처에 가둬놓았네. 이렇게 해서 알 수 없는 부분이 생겨났고, 이 때문에 경찰은 당황하고, 시골 마을은 공포에 떨고, 결국에는 나까지 이 일에 관여하게 된 거지.

여기까지가 찰스 바스커빌 경의 죽음에 관한 이야기라네. 스태플턴의 계략이 얼마나 악랄한 것이었는지 알겠지? 왜냐하면 그런 사건에서 진짜 살인범을 찾아내는 일은 거의 불가능하니까 말일세. 공범이라곤 개뿐인데 이것은 절대로 주인을 배신할 염려가 없는 데다가 그 괴기함과 상상을 초월하는 측면 때문에 효과가 배가되거든. 그리고 이 사건에는 두 여인이 관련돼 있었는데 이들은 스태플턴에 대해 강한 의혹을 품었네. 스태플턴 부인은 남편이 찰스 경을 향해 어떤 음모를 꾸미고 있다는 것과 사냥개의 존재를 알고 있었네. 라이언스 부인은 이런 것들은 전혀 몰랐지만 오직 스태플턴만이 알고 있는 그 시각, 그 장소에서 노인이 사망한 사실을 알고 의혹을 품었지. 하지만 스태플턴은 이 두 여성을 자신의 지배하에 두고 있었기 때문에 두려워할 이유가 전혀 없었어. 스태플턴은 임무의 절반을 성공리에 완수했네. 하지만 더 어려운 절반의 일이 아직 남아 있었네.

사실 스태플턴은 캐나다에 상속자가 있다는 사실을 몰랐을 수도 있네. 하지만 어찌 됐건 그는 모티머 선생을 통해 그 사실을 금방 알게 되지. 그리고 헨리 바스커빌 경의 귀국에 관한 이야기도 자세히 듣게 되고. 스태플턴의 처음 계획은 캐나다에서 오는 낯선 젊은이가 데번으로 내려오기 전에 런던에서 살해하자는 것이었네. 그는 부인이 찰스 경을 상대로 덫을 놓는 일에 협력하는 것을 거부한 다음부터 부인을 불신하게 되었네. 그는 부인에 대한 영향력을 상실할지도 모른다는 두려움 때문에 오랫동안 부인을 혼자 버려둘 수가 없었어. 그자가 부인을 데리고 런던에 온 이유가 바로 이것이었네. 알고 보니 두 사람은 크레이븐가의 멕스보로 프라이빗 호텔에서 묵었더군. 사실 이곳은 내 대리인이 증거 수집 차 들렀던 곳 중의 하나였는데 말이야. 그는 부인을 호텔 방에 가둬놓고 자신은 턱수염을 붙여 변장한 다음 모티머 선생의 뒤를 쫓아 베이커가까지 쫓아오고, 나중에는 역으로, 노섬버랜드 호텔로 갔지. 부인은 남편의 계획을 어렴풋이 알고 있었네. 하지만 비인간적인 학대를 일삼는 남편에 대한 두려움 때문에 위험에 처한 사람에게 감히 경고 편지를 보낼 생각을 하지 못했어. 만약 그 편지가 스태플턴의 수중에 떨어진다면 자신의 목숨이 위태로워질 테니까 말이야. 결국, 우리가 알고 있다시피 부인은 신문에서 단어를 오려내 문장을 만들고 그것을 몰래 보내는 편법을 썼지. 편지는 마침내 헨리 경의 손에 들어갔고 이것은 경을 향한 최초의 경고가 되었네.

스태플턴은 헨리 경의 소지품을 반드시 손에 넣어야 했어. 그래야 필요할 때 언제든지 개를 풀어놓을 수 있었으니까. 그는 특유의 기민함과 대담성으로 이 일을 해치웠네. 호텔의 구두닦이

나 객실 담당 하녀가 뇌물을 듬뿍 받고 그자에게 협력했으리라는 것은 의심할 나위가 없네. 하지만 어쩌다 보니 처음에 슬쩍한 것이 새 구두였고 이것은 그에게는 무용지물이었어. 그래서 그는 그걸 도로 갖다 놓고 헌 신발을 가져갔네. 이것은 대단히 의미심장한 사건이었지. 나는 이것을 보고 진짜 개가 있다는 심증을 굳히게 되었네. 새 구두에는 전혀 관심이 없고 헌 구두만 손에 넣으려는 행위를 무슨 미신 때문으로 설명할 수는 없었으니까 말일세. 우리는 기괴망측한 사건일수록 응당 신중하게 관찰해 보아야 하네. 사건 전체를 복잡하게 만드는 듯한 측면에 대해 정당한 관심을 기울이고 과학적으로 조사한다면 이것이 바로 사건의 전모를 밝히는 열쇠가 될 가능성이 높지.

그리고 다음 날 아침에 우리 친구들은 이륜마차를 탄 스태플턴이 미행하는 줄도 모르고 이곳으로 찾아온 것일세. 스태플턴의 전반적인 행동 방식뿐 아니라, 그가 우리 집 주소와 나의 인상착의를 알고 있었던 점을 감안하면 그의 범죄 행각이 바스커빌 사건 하나에만 국한되지 않았으리라는 것이 나의 견해이네. 지난 3년 동안 서부 지역에서 큰 강도 사건이 네 건 일어났네. 그러나 범인은 체포되지 않았어. 그중 마지막 것이 지난 5월의 포크스턴 궁 강도 사건이었네. 그것은 단독 범행이었는데 복면을 쓴 강도는 자기를 놀라게 한 시동(侍童)에게 무자비하게 총질을 해서 부상을 입혔다네. 나는 스태플턴이 이런 식으로 해서 바닥나는 자금을 보충했을 거라고 믿어 의심치 않네. 그러고 보면 수년 동안 그자는 지극히 위험천만한 인물이었어.

그자가 얼마나 임기응변에 뛰어난 자인가는 그날 아침에 우리가 보는 앞에서 유유히 도주했던 것, 그리고 대담하게도 마부를 통해 나에게 내 이름을 되돌려준 것만 봐도 알 수 있지. 그자는 내가 사건을 의뢰받았다는 사실을 알고 런던에서는 기회가 없을 거라고 생각했네. 그는 다트무어로 돌아가 헨리 경이 오기를 기다렸어."

"잠깐!"

나는 말했다.

"자네는 사건들을 시간 순서대로 정연하게 설명해 주었어. 하지만 빼놓은 게 하나 있군. 스태플턴이 런던에 와 있을 때 그 개는 어떻게 됐지?"

"나는 그 문제에 관해서도 조사했다네. 그것은 중요한 문제임에 틀림없으니까. 스태플턴에게 심복이 있었던 것이 분명하네. 물론 그 심복에게 쓸데없이 자신의 계획 전체를 털어놓는 짓 따위는 하지 않았겠지만 말이야. 메리핏가에는 안소니라는 이름의 늙은 종복이 있지. 안소니가 스태플턴 부부와 인연을 맺은 것은 수년 전으로 거슬러 올라가네. 그것은 스태플턴이 학교를 경영하던 시절의 일이었어. 노인은 안주인과 바깥주인이 실제로는 부부간이라는 사실을 알고 있었을 걸세. 실은 이 노인도 자신의 나라에서 도망쳐 나온 사람일세. 그것은 안소니라는 이름이 영국에서는 흔한 이름이 아니라는 사실만 봐도 알 수 있지. 하지만 안토니오는 스페인이나 스페인계 미국인들 사이에서는 아주 흔한 이름이라네. 또 그 노인은 스태플턴 부인과 마찬가지로 영어를 유창하게 구사하지만 말투에 이상하게 혀짤배기소리가 섞여 있거든. 나는 노인이 스태플턴이 표시해 놓은 길을 따라 그림펜 늪지 안으로 들어가는 광경을 직접 목격한 적도 있네. 따라서 주인이 없을 때 개를 돌본 것은 십중팔구 그 노인이었을 걸세. 물론 이 사람도 어떤 목적으로 개를 키우는지는 꿈에도 몰랐을 것이네만.

그 후 스태플턴 부부는 데번으로 내려갔고 뒤이어 헨리 경과 자네가 내려갔지. 잠깐 여기서 그 당시에 내가 어떻게 지냈는지에 대한 이야기를 하겠네. 자네도 아마 내가 그 경고 편지를 조사할 때 물방울 떨어진 흔적이 없는지 자세히 들여다보았던 일을 기억할 걸세. 그때 나는 편지를 눈앞에 바짝 대고 살펴보다가 하얀 재스민이라는 이름의 희미한 향수 냄새를 맡았네. 세상에는 75종의 향수가 있는데 범죄 전문가라면 반드시 그 냄새를 구분할 줄 알아야 하지. 나만 하더라도 냄새를 재빨리 알아채는 능력 덕분에 사건을 해결할 수 있었던 일이 몇 번이나 되지. 향수 냄새는 여성의 존재를 암시했고 나는 이미 스태플턴 부부를 주목하고 있었어. 나는 또 사냥개의 존재를 확인했고, 서부 지역으로 가기 전부터 범인을 대략 짐작하고 있었네.

나의 주된 목표는 스태플턴을 감시하는 것이었네. 하지만 바스커빌관에서 같이 살면서 그렇게 하기는 힘들었지. 내가 내려온 걸 알면 그자가 바짝 경계할 테니까. 그래서 나는 자네를 포함해 모두를 다 속였다네. 나는 비밀리에 그곳에 내려갔어. 그때 나는 자네가 생각하는 것만큼 고생하지는 않았다네. 또 그런 사소한 일이 사건 수사에 영향을 미쳐서도 안 되고 말이야. 나는 주로 쿰 트레이시에 머물렀고 현장을 지킬 필요가 있을 때만 황무지의 돌집에서 지냈다네. 나는 카트라이트를 데리고 내려갔는데 그 애는 시골 소년으로 변장하고 나를 많이 도와주었지. 그 애는 우선 먹을 것과 세탁한 옷을 공급해 주었다네. 또 내가 스태플턴을 감시할 때 그 애는 주로 자네를 지켜보았지. 이렇게 해서 나는 전체 상황을 훤하게 꿸 수 있었던 거야.

전에도 얘기했던 것처럼 자네 보고서는 베이커가에서 쿰 트레이시로 즉각 전송되었기 때문에 금방 받아볼 수 있었네. 그것은 나한테 큰 도움이 되었지. 특히 스태플턴이 본의 아니게 자신의 과거를 사실 그대로 털어놓은 부분은 정말 유용했어. 덕분에 나는 스태플턴 오누이의 정체를 파악할 수 있었고 내가 정확히 어떤 행동을 취해야 하는지 알게 되었네. 그런데 탈옥수 사건과, 그와 배리모어 부부의 인연 때문에 이 사건은 상당히 복잡해졌어. 자네는 이 부분도 대단히 효과적으로 정리해 주었지. 물론 나는 내 눈으로 직접 관찰한 뒤에 이미 자네와 똑같은 결론에 도달했지만 말이야.

자네가 황무지에서 나를 보았을 무렵 나는 사건의 전모를 완전히 파악하게 되었다네. 하지만 배심원 앞에 내놓을 만한 결정적인 증거는 확보하지 못했지. 스태플턴이 헨리 경을 살해하려다 불행한 탈옥수를 죽음으로 몰아넣은 그 사건조차도 그자의 살인 혐의를 입증하는 데는 별 도움이 안 됐어. 그자를 현장에서 덮치는 것 외에는 별다른 대안이 없어 보였다네. 그래서 우리는 헨리 경을 미끼로 활용할 수밖에 없었고, 경을 홀로, 아무런 보호조치 없이 황무지에 내보냈던 것이네. 우리는 결정적 증거를 잡아서 스태플턴을 때려잡기 위해 의뢰인에게 지독한 충격을 주는 일도 불사했던 것이지. 이제 고백하네만, 헨리 경에게 그런 충격을 준 것은 정말 불명예스러운 일이라네. 나의 일 처리가 완벽하지 못했던 거야. 하지만 우리는 그런 괴물이 튀어나와서 모두들 그렇게 공포에 떨게 되리라고는 전혀 예상하지 못했어. 또 안개가 심하게 끼는 바람에 가시거리가 짧아져 마음의 준비를 할 시간이 없었던 것도 예상하지 못했던 부분이지.

우리의 친구는 이제 장기간의 여행을 통해 정신적인 충격을 극복하고 상처 입은 감정을 다스릴 수 있겠지. 헨리 경은 마음을 다해 그 여성을 깊이 사랑했네. 이 암울한 사건에서 경에게 가장 슬픈 부분은 바로 그 여성이 자신을 기만했다는 사실이었어.

이제 남은 부분은 스태플턴 부인이 사건 전체에서 어떤 역할을 했는가에 관한 것이네. 스태플턴이 부인에게 영향력을 행사했던 것은 분명하네. 남편에 대한 부인의 감정은 사랑이었을 수도 있고 두려움이었을 수도 있어. 어쩌면 둘 다였을 수도 있지. 그 두 가지가 양립할 수 없는 감정은 아니니까 말이야. 어쨌든 스태플턴의 지배가 대단히 효과적이긴 했어. 남편의 명령에 따라 부인은 누이동생 행세를 하는 데 동의했으니까. 하지만 스태플턴은 부인을 살의의 공범으로 만들려고 했을 때 자신의 힘의 한계를 실감했네. 부인은 남편에게 해를 끼치지 않는 범위 내에서 헨리 경에게 경고하려고 마음먹었고, 반복해서 경에게 경고를 보냈지. 스태플턴은 준남작이 부인에게 구애하는 모습을 보고 질투를 억누르지 못한 것 같아. 그것이 자신의 작전 계획의 일부였음에도 그는 미친 듯 화를 내며 두 남녀 사이에 끼어들 수밖에 없었지. 그것은 그자가 그토록 점잖은 태도로 교묘하게 감추고 있던 그 불같은 기질 탓이었네.

스태플턴은 두 남녀의 관계를 발전시켜서 헨리 경이 메리핏가에 자주 오게 만들었지. 그렇게 해서 그자는 조만간 원하는 기회를 잡으려고 했어. 하지만 거사 당일, 부인이 갑자기 그에게 저항했네. 부인은 탈옥수의 죽음에서 낌새를 챘고 더구나 헨리 경이 오기로 한 저녁에 사냥개를 헛간에 데려다 놓은 것을 알았지. 부인은 남편에게 범죄를 꾸미고 있지 않느냐고 따지고 들었고 뒤이어 격렬한 대치 상황이 펼쳐졌네. 스태플턴은 아내 앞에서 처음으로 헨리 경을 연적으로 몰아붙였지. 남편에게 정절을 지켜 왔던 부인은 순간 뿌리 깊은 증오심에 사로잡혔고 그는 아내가 자신을 배신할 거라는 사실을 알았네. 그래서 그자는 부인이 헨리 경에게 경고하지 못하도록 부인을 묶어놓았어. 그자는 그 지역 사람들이 준남작의 죽음을 가문에 내린 저주 탓으로 돌릴 거라고 생각했고, 그렇게 되면 아내가 다시 자신의 품으로 돌아와 기왕에 벌어진 일을 어쩔 수 없는 것으로 받아들이고 침묵을 지킬 거라고 생각했네. 이 점에서 그자의 계산은 완전히 빗나간 것 같네. 만약 우리가 그곳에 없었더라도 그자의 죄상은 만천하에 폭로되었을 걸세. 스페인계 여성은 그런 상처를 그렇게 가볍게 용서해 주지 않거든. 여보게, 사건 기록을 보지 않고 이 흥미로운 사건에 대해 이 이상 자세하게 설명할 수는 없네. 이제 중요한 얘기는 다 한 것 같군."

"하지만 헨리 경이 경의 숙부처럼 사냥개를 보고 놀라서 심장 마비로 죽기를 바랐다는 것은 무리가 아니었을까."

"그 개는 흉포한 데다가 굶주려 있었네. 개를 보고 놀라서 죽지는 않는다 해도 온몸이 마비되어 저항 능력을 상실할 것은 틀림없지."

"그건 그렇군. 그런데 설명하기 어려운 문제가 하나 남았네. 만약에 스태플턴이 상속 순위에 들게 되었을 때, 그자는 자기가 신분을 숨기고 저택에서 그렇게 가까운 곳에 살았던 사실에 대해 어떻게 설명할 수 있었을까? 그가 용의 선상에 오르지도 조사를 받지도 않고 상속권을 주장할 수 있었을까?"

"그것은 정말 풀기 어려운 문제지. 내가 그 문제에 대해 완벽한 답을 해주기를 바란다면 그건 지나친 요구야. 과거와 현재는 나의 조사 범위에 속하지만, 한 인간이 미래에 어떻게 행동할 것인가는 난문 중의 난문이거든. 스태플턴 부인은 남편이 몇 번 그 얘기를 꺼낸 적이 있다고 말했네. 방법이 세 가지가 있다고 했다더군. 첫째는 영국에 오지 않고 남미에서 재산권을 주장하는 것이지. 영국 관리들이 건너와서 자신의 신분을 조사하기 전에 재산을 손에 넣는 것이네. 아니면 교묘하게 변장하고 단기간 런던에 체류하는 방법도 있네. 또 중간에 제삼자를 세워서 그에게 상속인임을 증명하는 증거 서류를 제공하고 그 대가로 일정한 지분을 받아내는 방법도 있지. 스태플턴 그자의 됨됨이로 봐서는 아무리 어렵다 해도 틀림없이 어떤 방법을 찾아내고야 말았을 걸세. 여보게, 우리는 지난 몇 주 동안 과중한 업무에 시달려왔네. 그러니 하루 저녁 정도는 좀 더 즐거운 방향으로 생각을 돌려도 괜찮지 않을까? 난 오페라 「위그노교도」의 특석을 예약해 놓았다네. 자네 레슈케의 노래를 들어봤나? 그럼 30분 뒤에 출발할까? 그리고 가는 길에 마르시니에 들러서 간단하게 저녁 식사를 하도록 하세."

The Hound of the Baskervilles, 1888

이 작품은 코난 도일이 쓴 셜록 홈즈 작품 중에서도 특별히 높은 완성도로 인해 많은 사랑을 받고 있는 작품이다. 다른 장편들과는 달리 과거의 사연에 긴 부분을 할애하지 않고 영국의 황무지를 배경으로 한 사건의 흐름에 집중하고 있는 좀 더 순수한 미스터리 소설이라는 점에서 높은 점수를 받고 있다.

황무지에서 생활한 홈즈의 소지품이 검소한 수준을 넘어섰는데도 왓슨 박사의 눈에 셜록 홈즈가 베이커가에 있을 때와 다름없는 말끔하게 면도한 얼굴과 깨끗한 옷차림을 유지했다는 사실은 재미있다. 실제로 움집 안에서 불을 피우고 지내면서 일주일 동안 목욕을 하지 않았다면 거지도 도망갈 만한 냄새가 풍겼을 것인데 말이다. 하지만 시드니 파젯이 그린 삽화를 보면 홈즈는 고양이같이 청결함을 좋아하는 성격답게 데번에 약식 야회복을 챙겨가서는 바스커빌관에서 그것을 입고 있기까지 했다.

본문에서 홈즈는 "여태까지 내가 조사한 500여 가지의 중요한 사건 중에서"라는 언급을 하는데, 학생 시절을 제외하고 본격적으로 탐정 생활을 시작한 1878년부터 1888년까지 500건이 넘는 사건을 맡았다고 보면 거의 일주일에서 열흘에 한 건 정도의 빈도다. 또한 1887년의 사건으로 알려진 '다섯 개의 오렌지 씨앗' 사건에서 자신이 맡은 사건 중에 총 네 건에서만 패배했다고(그중 한 번은 아이린 애들러에게) 표현했던 점을 고려할 때, 셜록 홈즈가 정말 역사에 남을 만한 명탐정인 것은 틀림없다.

1889

The Adventure
of the Blue Carbuncle

푸른 카벙클

크리스마스 다음다음 날 아침, 나는 인사 차 친구 셜록 홈즈의 집을 찾았다. 그는 새빨간 실내복 차림으로 소파에 게으르게 누워 있었다. 오른쪽으로 손 닿는 곳에는 파이프 걸이가 놓여 있었고, 다 읽은 듯한 구겨진 조간신문이 바로 앞에 수북이 쌓여 있었다. 소파 옆에는 나무 의자가 하나 놓여 있었는데, 의자 등받이에는 형편없이 낡고 추레한 펠트 모자가 걸려 있었다. 그것은 몇 군데가 갈라져서 도저히 쓰고 다닐 수 없을 정도로 궁상맞아 보였다. 의자 위에는 확대경과 핀셋이 놓여 있어서 모자를 이렇게 걸어 놓은 목적이 무엇인지 짐작하게 해 주었다.

"자네 일하는 중이군. 방해가 된 건 아닌지 모르겠네그려."

"천만의 말씀. 오히려 관찰 결과에 대해 이야기를 나눌 수 있는 친구가 와서 기쁘다네. 대단히 사소한 것이긴 하지만……."

그는 엄지손가락으로 낡은 모자를 가리켰다.

"그래도 여기엔 흥미로울 뿐 아니라 교훈적인 요소까지 아주 없다고는 못 하지."

나는 안락의자에 앉아서 탁탁 소리를 내며 타는 난롯불에 손을 쬐었다. 매서운 한파가 몰아닥쳐 유리창에는 성에가 두껍게 끼어 있었다. 내가 한마디 던졌다.

"내가 보기엔 그 낡아빠진 모자에 무슨 무서운 사연이라도 있는 것 같군. 자네는 그 모자를 단서로 해서 모종의 수수께끼를 해결하고 범죄자를 찾아내서 응징하려는 것 아닌가?"

셜록 홈즈는 껄껄 웃으며 대꾸했다.

"범죄라니, 그건 절대로 아닐세. 이건 수십 제곱킬로미터의 공간에서 400만 명의 인간들이 밀치락달치락하는 동안 생길 수 있는 별난 사건들 중의 하나에 지나지 않아. 복작거리며 사는 인간들의 행동과 반사 행동 가운데 별별 일들이 다 생길 수 있거든. 말하자면 범죄라고 할 수 없는 놀랍고 기괴망측한 일들이 숱하게 벌어질 수 있는 거지. 우린 벌써 그런 경험을 하지 않았나."

"그건 그렇지. 최근에 내가 기록한 여섯 건의 사건 중에서 법적으로 책임을 물을 수 없는 게 세 건이었으니까."

"옳은 얘기네. 자네는 아이린 애들러 사진 사건과 서덜랜드 양의 기이한 경험, 그리고 입술 삐뚤어진 사내에 대한 얘기를 하고 있군. 그래, 이것도 그와 비슷한 유형의 사건임에 틀림없네. 자네 피터슨 수위를 알고 있지?"

"응."

"이 기념품은 그 사람 거라네."

"그 사람 모잔가 보군."

"아니야. 피터슨이 이걸 주워 왔어. 임자는 누군지 모르네. 난 자네가 이 물건을 단순히 찌그러진 중산모가 아니라 하나의 지적인 문제로 봐 주길 바라네. 그럼 먼저 이 모자가 어떻게 해서 예까지 오게 됐는지 말해 주지. 이 모자는 크리스마스 아침에 살찐 거위 한 마리와 함께 도착했네. 그 거위는 아마 지금 피터슨네 화덕에서 지글지글 구워지고 있을 거야. 자초지종은 이렇다네. 크리스마스 새벽 4시경이었어. 피터슨은 놀이판에서 나와 집에 가려고 토튼햄 코트로를 걷고 있었지. 그 친구는 자네도 알다시피 아주 정직한 사람 아닌가. 그런데 가스등 불빛 아래서 보니 키 큰 사나이가 어깨에 하얀 거위 한 마리를 들쳐메고 약간 비칠거리면서 앞서 가고 있었다네. 그런데 구시가 모퉁이에 이르렀을 때, 그 사내와 몇몇 불량배 사이에 시비가 붙었다지. 불량배하나가 사내의 모자를 채뜨리자 사내는 자신의 몸을 지키려고 지팡이를 휘두른다는 게 그만 뒤의 상점 유리를 깨뜨리고 말았네. 피터슨은 그 사내를 불량배들의 손에서 구해 주려고 막 달려갔는데 사내는 유리창이 깨진 걸 보고 깜짝 놀란 데다가 관리처럼 제복을 입은 남자가 달려오는 걸 보고 거위를 떨어뜨리고 삼십육계 줄행랑을 놓았네. 그 사내는 토튼햄 코트로 뒤편의 미로 같은 뒷골목으로 사라졌어. 불량배들도 피터슨을 보고 도망쳤고 말일세. 그래서 피터슨 혼자 싸움터에 남아 이 찌그러진 모자와 무고한 크리스마스 거위라는 전리품을 거두게 된 거지."

"거위는 주인한테 돌려줬겠지?"

"아니, 그게 쉽지가 않았지. 사실 거위의 왼쪽 다리에는 '헨리 베이커 부인에게'라고 쓰인 작은 카드가 붙어 있고 이 모자의 안 감에도 'H. B.'라는 머리글자가 박혀 있긴 하네. 하지만 우리가 살고 있는 이 도시에서 베이커라는 성을 가진 사람은 헤아릴 수 없이 많고, 헨리 베이커라는 이름도 수백 명은 될 거란 말일세. 그러니 그중 한 사람에게 무슨 수로 잃어버린 물건을 찾아준단 말인가?"

"그럼 피터슨 수위는 어떻게 했지?"

"피터슨은 내가 아주 사소한 문제에도 관심을 보인다는 사실 을 알고 크리스마스 아침에 모자와 거위를 여기로 가져왔다네. 거위는 오늘 아침까지 보관하고 있었는데 아무리 날씨가 춥다 해도 더 이상 놔두면 상해 버릴 것 같았어. 그래서 거위가 제 소 임을 다하도록 주운 사람에게 보내주었지. 크리스마스 만찬을 잃어버린 신사의 모자는 여기 계속 보관하기로 하고 말일세."

"그 신사가 분실물 광고를 내진 않았나?"

"아니."

"그럼 그의 신원에 대해서 어떤 단서가 있지?"

"우리가 추리해 낼 수 있는 만큼일세."

"이 모자를 보고?"

"그렇지."

"농담하지 말게. 이 낡고 찌그러진 펠트 모자에서 뭘 알아낼 수 있다고?"

"여기 확대경이 있네. 자네는 내 방법을 알고 있질 않은가. 어때, 이 모자를 쓰고 다녔던 사람에 관해서 어떤 사실을 알아낼 수 있을까?"

나는 두 손으로 낡은 모자를 받쳐 들었다. 그리고 애처로운 심정이 되어 그것을 뒤집어 보았다. 그것은 아주 흔하게 볼 수 있는 둥근 테의 검은색 모자로 너무 오래 써서 몹시 낡아 있었다. 안감으로는 원래 붉은 비단을 댔지만 색깔이 많이 바래 있었다. 제조자 상표는 없었지만 홈즈가 말한 대로 'H. B.'라는 머리글자가 한쪽에 휘갈겨 쓰여 있었다. 끈을 꿸 수 있도록 챙에 구멍을 뚫어 놓았지만 고무 끈은 달아나고 없었다. 몇 군데는 갈라져 있었고, 먼지가 심하게 앉은 데다가 변색된 부분을 감추려고 했는지 잉크를 칠해 놓은 게 군데군데 눈에 띄었다.

"내 눈에는 아무것도 안 보이는데."

나는 모자를 친구에게 돌려주며 말했다.

"왓슨, 그 반대일세. 자네한테는 모든 게 다 보인다네. 그걸 바탕으로 추리해 내지 못할 뿐이지. 자네는 추론하는 데 지나치게 소심해."

"그러면 자넨 이 모자를 보고 무엇을 추리해 낼 수 있나?"

홈즈는 모자를 집어 들고 특유의 내성적인 태도로 그것을 응시했다.

"생각만큼 많은 것을 알 수는 없을 것 같군. 그래도 아주 뚜렷한 특징이 몇 가지 보이고, 또 가능성이 크다고 추정되는 점들도 몇 가지 보여. 우선 이 모자의 주인은 대단히 지적인 사람임에 틀림없네. 3년쯤 전에는 아주 잘 살았지만 지금은 불우한 처지로 전락했지. 또 준비성이 있었지만 옛날에 비하면 그런 성격도 많이 약해졌는데 그건 불운한 시절을 당해서 정신적으로 약해졌다는 것을 의미하네. 이런 상황은 신사에게 별로 좋지 않은 영향을 미쳤을 거야. 습관적으로 술을 마시게 됐는지도 모르겠어. 남편에 대한 부인의 애정이 식은 것은 바로 그것 때문이겠지."

"아니, 여보게!"

"그래도 이 신사에게 어느 정도의 자긍심은 남아 있네."

홈즈는 내 항의를 못 들은 척하고 이야기를 계속했다.

"이 사람은 극히 조용하게 살고 있네. 집 밖에도 거의 안 나가고 몸 상태도 별로 안 좋아. 나이는 중년쯤이고 머리는 희끗한데 최근에 이발을 했네. 머리에는 라임 크림을 바르고 다니지. 방금 말한 것은 모자를 보고 유추해 낸 좀 더 명백한 사실들이라네. 또 집에 가스등이 설치되지 않았을 가능성이 아주 높아."

"홈즈, 자네 지금 농담하고 있는 거지?"

"그럴 리가 있나. 내가 추리 결과를 이렇게 일일이 말해 주었으니 자넨 이제라도 그런 추리가 어떻게 해서 나왔는지 알 수 있겠지?"

"내가 정말 바보인 게 틀림없군. 하지만 난 자네 말이 잘 이해되지 않는다는 걸 고백할 수밖에 없네. 예를 들면 그 신사가 지적이라는 건 어떻게 알아냈지?"

대답 대신 홈즈는 모자를 썼다. 모자는 이마를 지나 콧등까지 내려왔다.

"그것은 뇌의 용적 문제일세. 이렇게 머리가 크다면 그 속에 뭔가가 많이 들어 있을 게 틀림없어."

"그럼 불우한 처지로 전락했다는 건?"

"이 모자는 3년 된 걸세. 3년 전에는 이렇게 챙 끝이 말린 모자가 유행이었지. 이 모자는 최고급품일세. 여기 이랑 무늬 비단으로 단을 댄 것 좀 보게. 안감은 또 얼마나 고급품인가. 3년 전에는 그렇게 값비싼 모자를 살 여유가 있었는데 그 뒤에 다시 모자를 장만하지 못한 것은 분명히 생활이 궁핍해졌기 때문이지."

"음, 그건 그렇군. 하지만 그 준비성은 뭐고 정신적으로 약해졌다는 건 또 뭔가?"

셜록 홈즈는 껄껄 웃었다.

"이게 바로 준비성일세."

그는 끈을 꿸 수 있게 뚫어 놓은 챙의 동그란 작은 구멍을 가리켰다.

"원래 모자에는 이런 구멍을 뚫어 놓지 않는다네. 그런데 이 신사가 이렇게 해 달라고 주문했다면 그건 바람이 불어도 모자가 날아가지 않게 하려고 애썼다는 거고, 그렇다면 이 사람에게 상당히 준비성이 있다는 얘기지. 하지만 보다시피 고무 끈이 없어졌는데도 새로 달지 않은 걸 보면 그런 준비성이 예전만은 못하다는 걸 알 수 있어. 정신적으로 약해진 것이 틀림없네. 그런데도 신사는 모자에 묻은 얼룩에 까만 잉크를 칠해서 감추려고 했네. 자긍심이 완전히 사라진 것은 아니라는 증거이지."

"자네 추리가 정말 그럴듯하군그래."

"그 밖에 이 신사가 중년의 나이라는 것, 그리고 머리는 희끗

거리고 최근에 이발을 했고 라임 크림을 쓴다는 건 전부 모자 안감을 자세히 관찰해서 얻은 결론이라네. 확대경으로 들여다보면 이발사가 가위로 깨끗이 잘라낸 짧은 머리카락이 굉장히 많이 보이지. 전부 끈적하게 달라붙어 있는 데다가 라임 크림 냄새를 진하게 풍기고 있어. 이 먼지는 자네도 보면 알겠지만 길거리에 날아다니는 껄끄러운 회색 흙먼지가 아니라 집 안에 많은 보풀 같은 갈색 먼지라네. 이건 모자가 주로 집 안에 걸려 있었다는 사실을 나타내지. 그리고 안쪽의 젖은 자국은 이걸 쓰고 다닌 사람이 땀을 많이 흘렸다는 강력한 증거일세. 결국 모자 주인의 몸 상태가 별로 좋지 않다고 볼 수 있지."

"하지만 부인 얘기는……, 자네는 남편에 대한 부인의 애정이 식었다고 하잖았는가."

"이 모자는 솔질을 하지 않은 지 족히 몇 주일은 되었네. 왓슨, 만약 자네 부인이 자네가 먼지가 일주일 치나 쌓인 모자를 쓰고 나가는 걸 수수방관한다면 나는 자네 또한 불행히 부인의 사랑을 잃었다고 생각할 걸세."

"하지만 그 사람은 독신인지도 모르지."

"아닐세, 그는 부인의 마음을 풀어 주려고 집에 거위를 가져가고 있었어. 거위 발목에 매달린 카드를 생각해 보게."

"자네는 모든 질문에 다 답을 찾아내는군. 하지만 그의 집에 가스등이 설치되지 않았다는 건 대관절 어떻게 알아냈나?"

"모자에 한두 번쯤은 우연히 기름얼룩이 묻을 수도 있을 거야. 하지만 그런 얼룩이 다섯 개나 보이는데 우지(牛脂) 양초를 자주 들고 다녔던 사람이라고 생각하지 않을 도리가 없지. 아마 밤에 한 손에는 모자를 쥐고, 다른 손에는 우지 양초에 불을 붙여 들고 2층으로 올라가곤 했을 걸세. 아무튼 가스등에서 우지 얼룩이 묻을 리야 없잖은가. 어때, 이제 만족하나?"

"흠, 그건 아주 독창적인 발상이군."

나는 웃으며 말했다.

"그런데 방금 자네가 말했다시피 범죄 사실이 전혀 없고 거위를 잃어버린 것 외에 다른 피해가 없다면 그 모든 추리가 헛수고가 될 것 같군."

셜록 홈즈가 입을 열어 뭐라고 대답하려는 찰나, 문이 벌컥 열리더니 피터슨 수위가 방으로 뛰어 들어왔다. 두 뺨은 붉게 상기돼 있었고 얼굴에는 놀란 빛이 가득했다.

"거위가! 홈즈 선생님! 거위가 말입니다!"

피터슨은 숨을 헐떡였다.

"뭐라고? 거위가 어떻게 됐다는 건가? 다시 살아나서 창밖으로 날아가 버리기라도 했나?"

홈즈는 소파에서 반쯤 몸을 일으키고 사내의 흥분한 얼굴을 바라보았다.

"이걸 좀 보십쇼! 우리 마누라가 모이주머니 속에서 찾아낸 겁니다요!"

피터슨이 손을 폈다. 눈부시게 빛나는 푸른 보석 하나가 손바닥에 놓여 있었다. 그것은 콩알보다 약간 작았지만 순도와 광채 때문에 꼭 손바닥에 전등을 켠 것처럼 반짝거렸다.

셜록 홈즈는 휘파람을 불며 일어나 앉았다.

"이럴 수가, 피터슨! 이건 정말 진귀한 보물이군. 자네도 이게 뭔지 알겠지?"

"다이아몬드 아닙니까요? 귀중한 보석입지요. 유리를 무른 퍼티(창유리 따위의 접합제 —옮긴이)처럼 잘라낸다는 보석 말입니다요."

"이건 단순한 보석이 아닐세. 보석의 왕이지."

"모르카 백작 부인의 푸른 카벙클(carbuncle, 둥글고 볼록하게 연마된 짙은 적색의 석류석. 예전에는 사파이어, 루비, 석류석 등 붉은 빛이 나는 보석들을 카벙클이라고 불렀다 —옮긴이) 아닌가!"

나는 불쑥 말했다.

"그래. 요즘 매일같이 《타임스》 광고란을 장식하는 그 보석일세. 크기와 생김새가 똑같아. 세상에 둘도 없는 귀중한 보석이지. 그 가치는 어림짐작으로 알 수밖에 없겠지만 현상금으로 내걸린 1000파운드는 시장 가격의 20분의 1도 채 안 될 게 틀림없어."

"1000파운드라굽쇼! 오, 자비로우신 주여!"

수위는 의자에 털썩 주저앉아 우리 둘을 번갈아 바라보았다.

"그래, 현상금이 1000파운드라네. 백작 부인은 이걸 되찾을 수만 있다면 재산의 절반을 내놓겠다고 했지. 그건 이 보석에 얽힌 어떤 개인적인 추억 때문일 거야."

"내 기억이 틀리지 않다면 이건 코즈모폴리턴 호텔에서 도난 당했을걸."

나는 말했다.

"그렇다네. 12월 22일, 바로 닷새 전이지. 배관공 존 호너가 백작 부인의 보석함에서 이걸 훔쳐낸 혐의를 받고 있지. 그가 범인이라는 증거가 뚜렷해서 사건은 순회 재판으로 넘어갔네. 이쪽에 그 사건에 대한 기사가 있을 거야."

홈즈는 날짜를 살피며 신문 더미를 뒤적거리더니 신문 한 장을 빼내 반으로 접었다. 그리고 다음과 같은 기사를 낭독했다.

코즈모폴리턴 호텔 보석 절도 사건. 26세의 배관공 존 호너는 22일 현재, 모르카 백작 부인의 보석함에서 푸른 카벙클이라는 고가의 보석을 빼낸 혐의로 기소되었다. 호텔 급사장 제임스 라이더의 증언에 따르면 사건 경위는 다음과 같다. 라이더 급사장은 절도 사건이 있던 날 호너를 모르카 백작 부인의 옷방으로 데리고 갔다. 벽난로 연료받이의 두 번째 쇠 살대를 땜질하기 위해서였다. 급사장은 잠시 호너 옆에 있다가 호출을 받고 밖으로 나갔다. 그런데 돌아와 보니 사람은 없고 장롱 서랍이 열려 있었으며 작은 모로코가죽 보석함이 뚜껑이 활짝 열린 채 화장대 위에서 뒹굴고 있었다. 나중에 밝혀진 바에 따르면 백작 부인은 바로 이 보석함에 푸른 카벙클을 넣어 두었다고 한다. 라이더 급사장은 즉시 경찰에 신고했고 호너는 그날 저녁에 체포되었다. 그러나 대대적인 몸수색과 집 수색을 했지만 보석은 나오지 않았다. 백작 부인의 하녀 캐서린 쿠삭은 라이더 급사장이 깜짝 놀라 소리 지르는 걸 듣고 옷 방으로 급히 달려갔다고 진술했고, 도난 현장에 대한 증언은 라이더 급사장의 진술과 일치한다. B 지구 브래드스트리트 경위의 증언에 따르면, 호너는 체포될 당시에 미친 듯이 반항하며 강력하게 자신의 무죄를 주장했다고 한다. 조사 결과 호너에게는 이미 절도 전과가 있었고, 치안 판사는 호너를 즉결 재판에 회부하지 않고 순회 재판으로 넘겼다. 호너는 심리가 진행되는 동안 극단적인 감정 상태를 보이다가 판결이 나자 실신해서 법정에서 실려 나갔다.

"흠! 즉결 재판 얘긴 이 정도로 하고."

홈즈는 생각에 잠겨 신문을 내던지며 말했다.

"문제는 코즈모폴리턴 호텔의 보석함에서 토튼햄 코트로에 떨어진 거위의 모래주머니에 이르기까지 그사이에 대체 어떤 사건들이 있었는지일세. 여보게, 왓슨, 우리가 재미 삼아 해 본 추리가 갑자기 중대한 것이 되어 버렸구먼. 보석은 여기 있네. 이건 거위 몸속에서 나왔고, 거위는 방금 내가 설명한 다 떨어진 모자를 쓴 신사 헨리 베이커 씨가 들고 가던 것이지. 그러니 이제 우리는 그 신사를 찾아서 그가 이 사건에서 어떤 역할을 했는지 들어봐야겠군. 가장 간단한 방법은 뭐니 뭐니 해도 석간신문에 광고를 싣는 거지. 그렇게 해서 안 되면 다른 방법을 찾아보기로 하고."

"뭐라고 쓸 건가?"

"거기서 연필하고 종이 좀 주게. 자, 그럼……."

구시가 모퉁이에서 거위 한 마리와 검은 펠트 모자를 습득했음. 헨리 베이커 씨는 오늘 저녁 6시 30분까지 베이커가 221B번지로 오시기 바람.

"어때, 간단명료하지 않은가?"

"정말 그렇군. 하지만 그 사람이 이걸 볼까?"

"글쎄, 그 신사는 아마 신문에서 눈을 떼지 못하고 있을 걸세. 가난한 사람한테는 큰 손실이었으니까. 아마 그때는 불운하게 유리창을 깬 데다가 피터슨이 다가오는 걸 보고 겁에 질려서 도망칠 생각밖에 못 했겠지. 하지만 놀라서 거위를 떨어뜨린 일에 대해선 두고두고 후회하고 있을 걸세. 그런데 자기 이름이 신문에 났으니 보지 않을 수 없을 거야. 게다가 그 신사를 아는 사람은 누구나 한마디씩 할 테고. 피터슨, 여기 있네. 얼른 광고 대행사로 달려가서 석간신문에 내 달라고 하게."

"어느 신문에 넣을까요?"

"음, 《글로브》, 《스타》, 《폴 몰》, 《세인트제임스》, 《이브닝 뉴스 스탠더드》, 《에코》, 그것 말고도 생각나는 대로 다 내게."

"알겠습니다, 선생님. 그럼 이 보석은?"

"아, 보석은 내가 보관하도록 하지. 고맙네. 그리고 피터슨, 가는 길에 거위 한 마리 사다 주게. 그 신사가 오면 자네 집 식구들이 먹어치우고 있는 거위 대신에 딴 놈을 줘야 하니까 말일세."

수위가 나가자 홈즈는 보석을 집어 들고 불빛에 비춰보았다.

"정말 아름답군. 얼마나 반짝거리는지 좀 보게. 하지만 이 보석 때문에 수많은 범죄가 저질러졌지. 이름난 보석들이 다 그렇지만 말이야. 이건 악마가 즐겨 쓰는 미끼일세. 크고 오래된 보석일수록 단면 하나마다 유혈극을 상징한다고도 볼 수 있어. 이건 20년이 채 안 된 거라네. 중국 남부의 아모이 강 제방에서 발견된 건데, 루비처럼 붉은색이 아니라 푸른색이라는 점을 빼면 카벙클의 모든 특징을 고스란히 드러내고 있지. 세상에 나온 지는 얼마 되지 않았지만 불길한 역사는 짧지 않다네. 40그레인짜리 탄소 결정체를 놓고 두 건의 살인 사건, 황산 투척, 자살 사건, 몇 건의 절도 사건이 벌어졌지. 누가 이렇게 예쁜 장식품이 교수대와 감옥으로 가는 교량이라고 생각하겠나? 이제 이 보석은 튼튼한 궤짝에 넣은 다음 자물쇠를 채워놓아야겠군. 그리고 백작 부인에게 보석을 찾았다는 편지를 보내야겠어(이 작품에서 지은이는 카벙클과 다이아몬드를 혼동하고 있는 것으로 보인다. 유리를 자르거나 수많은 단면이 있다는 것은 카벙클에도 해당되지만 탄소 결정체라는 것은 다이아몬드의 특징이다 ─ 옮긴이)."

"자네는 호너라는 자가 무죄라고 생각하나?"

"그건 알 수 없지."

"음, 그럼 자네는 헨리 베이커라는 신사가 사건에 연루돼 있다고 생각하는 건가?"

"헨리 베이커라는 신사는 죄가 없을 가능성이 훨씬 높아. 자기가 들고 있는 거위가 순금으로 만들어진 거위보다 훨씬 더 값나가는 거위라는 걸 몰랐으니 말이야. 하지만 그 문제에 대해서는 베이커 씨가 광고를 보고 찾아오면 아주 간단하게 알아볼 수 있을 걸세."

"그때까지는 할 일이 아무것도 없나?"

"응."

"그럼 병원에 가서 환자들을 좀 봐야겠군. 하지만 저녁 6시 30분까지 다시 오겠네. 이렇게 복잡하게 얽힌 사건이 어떻게 끝나는지 알고 싶으니까 말이야."

"그럼 기쁘게 기다리도록 하지. 저녁 식사는 7시일세. 오늘 식단은 멧도요새 요리인데, 좀 전에 있었던 일을 고려해서 허드슨 부인에게 새의 모이주머니를 잘 살펴보라고 일러야겠군."

어느 환자 때문에 일이 지체되는 바람에 베이커가로 다시 돌아간 것은 6시 30분이 약간 넘어서였다. 홈즈의 하숙집 앞에 도착했을 때 챙 없는 검은 모자를 쓴 키 큰 남자가 웃옷 단추를 목까지 채우고 현관 앞에 서 있는 것이 보였다. 현관 유리창을 통해 흘러나온 반원형의 밝은 불빛이 그의 몸 위로 쏟아지고 있었다. 문이 열리자 우리는 같이 홈즈의 방으로 올라갔다.

"헨리 베이커 씨시지요?"

홈즈는 안락의자에서 몸을 일으키며 편안하고 따뜻한 태도로 손님을 맞았다. 그는 마음만 먹으면 언제든 이런 태도를 취할 수 있었다.

"베이커 씨, 이쪽 난로 앞으로 앉으십시오. 정말 추운 밤입니다. 보아하니 추위를 많이 타실 것 같군요. 왓슨, 자네도 마침 시간 맞춰 잘 와줬군. 베이커 씨, 이게 당신 모자입니까?"

"예, 제 모자가 맞습니다."

베이커 씨는 체구가 큰 사람이었다. 둥그런 어깨, 큰 머리, 지성이 엿보이는 넓적한 얼굴, 반백이 된 뾰족한 갈색 턱수염. 코와 뺨의 붉은 기운과 약간씩 떨리는 손은 홈즈가 아침에 한 얘기를 연상시켰다. 신사는 물 빠진 검은색 프록코트의 단추를 끝까지 채우고 옷깃을 세우고 있었다. 프록코트 소매에서 빠져나온 여윈 팔을 보니 속에 셔츠를 받쳐 입지 않은 것이 분명했다. 신사는 느리고 딱딱 끊어지는 말투로 신중하게 단어를 골라가며 말했는데 전체적으로 학식이 많지만 몰락한 사람의 분위기를 풍겼다.

"우린 며칠 동안 이걸 보관하고 있었습니다."

홈즈는 말했다.

"물건을 분실하신 분이 광고를 낼 거라고 생각하고 있었으니까요. 그런데 왜 광고를 내지 않으셨는지 모르겠군요."

손님은 다소 무안한 얼굴로 웃었다.

"지금은 전과 달리 수중에 돈이 많지 않습니다. 저한테 시비를 걸었던 불량배들이 틀림없이 모자와 거위를 갖고 달아났을 거라고 생각했지요. 그래서 그걸 찾는 일에 또 돈을 낭비하고 싶지는 않았습니다."

"그러셨군요. 그런데 거위로 말할 것 같으면, 우리가 벌써 먹어 버렸답니다."

"드셨다고요!"

손님은 놀란 듯 엉거주춤 몸을 일으켰다.

"예. 그대로 두었다면 상해 버렸을 겁니다. 하지만 저 선반에 있는 거위가 무게나 신선도로 봐서 충분한 보상이 되지 않겠습니까?"

"오, 그럼요, 그럼요."

베이커 씨는 안도의 한숨을 쉬며 대답했다.

"물론 그 거위의 깃털, 다리, 모이주머니는 아직 남아 있습니다. 그러니 원하신다면……."

신사는 큰 소리로 웃음을 터뜨렸다.

"그것들이 내가 겪은 모험의 기념물이 될 수는 있겠지요. 하지만 그런 과거의 유품이 나에게 무슨 소용이 있겠습니까. 아닙니다, 선생께서 허락해 주신다면 저 선반 위에 있는 멋진 녀석 하나로 만족하겠습니다."

셜록 홈즈는 어깨를 들썩하며 나를 얼른 쳐다보았다.

"그럼 이 모자랑 저쪽에 있는 거위를 가져가십시오. 그런데 실례지만 그때 그 거위를 어디서 구했는지 알려주실 수 있습니까? 사실은 제가 거위 고기를 좋아하거든요. 그런데 그렇게 큰 놈은 처음 보았습니다."

"그러지요."

베이커 씨는 벌떡 일어나서 새로 얻은 거위를 옆구리에 끼며 말했다.

"사실 박물관 근처의 알파 술집에 자주 가는 패거리가 있습니다. 물론 낮에는 박물관 안에 들어가 있고요. 그런데 올해 마음씨 좋은 술집 주인 양반 윈디게이트가 거위 클럽을 만들었습니다. 매주 몇 펜스씩 돈을 내서 크리스마스 때 거위 한 마리를 타 가기로 했지요. 난 돈을 제때 냈고, 그다음에 어떻게 됐는지는 선생도 잘 알고 계실 겁니다. 정말 신세 많이 졌습니다. 이 챙 없는 모자는 내 연배에 맞지도 않을 뿐더러 품위도 없으니까요."

베이커는 짐짓 점잖게 그러나 어쩐지 우스꽝스러운 태도로 우리 두 사람에게 목례를 보내고 휭하니 나가 버렸다.

"헨리 베이커 씨는 이것으로 됐네."

홈즈는 방문을 닫으며 말했다.

"그가 이번 일에 대해 아는 게 없는 것이 분명하군. 왓슨, 자네 시장한가?"

"별로."

"그럼 저녁 식사는 이따 밤에 하기로 하고 단서를 추적해 보는 게 어떨까. 쇠뿔도 단김에 빼라고 하지 않던가."

"그거 좋지."

몹시 추운 밤이었다. 우리는 얼스터 외투를 걸치고 목도리를 목에 둘렀다. 밖에 나가자 구름 한 점 없는 밤하늘에서 별들이 차갑게 반짝였고, 여기저기서 권총을 쏘아낸 것처럼 통행인들의 입김이 하얗게 피어올랐다. 우리는 병원가를 지나 윔폴가, 할리가, 윅모어가를 거쳐 옥스퍼드가로 들어갔다. 우리 두 사람의 발소리가 큰 소리로 울렸다. 15분 만에 우리는 블룸스베리의 알파인에 도착했다. 그것은 홀본가와 인접한 거리의 모퉁이에 있는 자그마한 선술집이었다. 홈즈는 술집 문을 밀치고 들어가 흰 앞치마를 두른 혈색 좋은 주인에게 맥주 두 잔을 주문했다.

"이 집 거위를 생각하면 맥주 맛도 좋을 것 같군요."

홈즈가 말했다.

"우리 집 거위요?"

주인은 놀란 듯했다.

"그렇습니다. 나는 바로 30분 전에 이 집 거위 클럽 회원인 헨리 베이커 씨와 얘기하다 왔지요."

"아! 그렇군요. 무슨 말씀인지 알겠습니다. 하지만 그건 우리 집 거위가 아닙니다."

"정말입니까? 그럼 누구네 집 거위죠?"

"나는 코벤트 가든의 어느 장사꾼한테 거위 스물네 마리를 사들였지요."

"그렇습니까? 그쪽이라면 나도 좀 알고 있는데, 누구한테 산 거죠?"

"브렉킨리지라는 상인입니다."

"아! 처음 들어보는 이름이군요. 주인장, 그럼 건강하시고 사업도 번창하길 빌겠습니다. 안녕히 계세요."

매섭게 추운 바깥으로 나서자 홈즈는 외투 단추를 끝까지 채우며 말했다.

"이젠 브렉킨리지한테 가 봐야겠군. 왓슨, 내 말 잘 들어두게. 지금 우리는 하찮은 거위 따위를 추적하고 있지만 이 사건의 저편에는 진실이 밝혀지지 않으면 7년의 징역형을 선고받을 운명의 사나이가 있네. 물론 조사 결과 그의 유죄가 확인될 수도 있지. 하지만 일이 어떻게 되든 우리는 지금 경찰이 빼먹은 조사를 진행하고 있네. 지금 우리는 대단한 기회를 잡은 걸세. 단서를 끝까지 추적해 보기로 하세. 그럼 남쪽을 향해, 전진!"

우리는 홀본을 지나 엔델가를 내려갔다. 그리고 갈지자로 빈민굴을 지나 코벤트 가든 시장에 도착했다. 어느 큰 가게에 브렉킨리지라는 간판이 붙어 있었는데 구레나룻을 단정하게 기른 얼굴이 어쩐지 모나고 밉상으로 보이는 주인 남자가 아이 하나를 데리고 가게 문을 닫고 있었다.

"안녕하십니까. 날씨가 아주 춥군요."

홈즈가 말을 건넸다.

상인은 고개를 까딱하고 묻는 듯한 눈으로 내 친구를 흘끗 바라보았다.

"거위는 다 팔렸군요."

홈즈는 텅 빈 진열대를 가리키며 말했다.

"내일 아침에 500마리 갖다 놓으리다."

"그건 소용없습니다."

"에, 가스등을 켜 놓은 가게에는 좀 남아 있을 거요."

"아, 하지만 이 집으로 가 보라고 하던데."

"누가?"

"알파 주인장이 그러더군요."

"오, 그랬소? 그 사람한테 스물네 마리 보내 준 적이 있지."

"거위들이 정말로 좋더군요. 그런데 그 거위는 어디서 난 겁니까?"

놀랍게도 상인은 홈즈의 질문을 듣자 벌컥 화부터 냈다.

"이보시오."

상인은 두 손을 허리에 얹더니 삐딱한 시선으로 이쪽을 바라보왔다.

"당신 도대체 원하는 게 뭐요? 어디, 솔직히 좀 말해 보시오."

"솔직하게 말하라니 그러죠, 난 당신이 알파 선술집에 공급한 거위를 누구한테 사들인 건지 알고 싶습니다만."

"흥, 그럼 난 한마디도 할 수 없소. 이제 가 보시오!"

"허 참, 별것도 아닌 걸 가지고. 당신이 이렇게 사소한 문제를 갖고 흥분하는 이유가 대체 뭔지 모르겠군요."

"흥분한다고! 당신도 나처럼 괴롭힘을 당하면 흥분하지 않고 못 배길 거요. 나는 값을 후하게 쳐주고 좋은 물건을 뗐소. 그럼 그걸로 끝나야지. '그 거위들이 지금 어디 있나요?', '그걸 누구한테 팔았나요?', '얼마 주면 도로 살 수 있나요?' 그놈의 거위 때문에 이런 법석을 떨고 있는 걸 사람들이 보면 세상에 거위가 그뿐인 줄 알겠소."

"허허, 나는 그렇게 묻고 다니는 치들하곤 아무 상관도 없는 사람입니다."

홈즈는 무관심하게 말했다.

"당신이 말하지 않으면 내기고 뭐고 끝이란 말입니다. 하지만 거위에 관해서라면 나는 항상 자신 있어요. 내가 먹은 그 거위가 시골에서 키운 거위라는 데 5파운드 걸겠습니다."

"흥, 그럼 당신은 5파운드 잃었소. 그건 런던에서 키운 거위니까 말이지."

"그건 절대로 그런 종류가 아니었는데."

"그렇다니까."

"난 못 믿겠습니다."

"난 이 바닥에서 잔뼈가 굵은 사람이오. 그런데 당신이 나보다 더 거위를 잘 안다고 생각하는 거요? 분명히 말해 두지만 알파 선술집으로 간 거위는 전부 도시에서 키운 거요."

"당신이 무슨 말을 해도 난 못 믿겠는걸요."

"정말 내기할까?"

"당신 돈만 잃게 될 텐데. 난 내가 옳다는 걸 아니까. 하지만 금화 한 개를 걸겠습니다. 이건 순전히 당신한테 너무 고집부리지 말라고 가르치기 위해서 그러는 겁니다."

상인은 음산한 얼굴로 킬킬거렸다.

"빌, 장부 좀 가져오너라."

소년은 얇은 공책 한 권과 기름때가 묻은 큰 장부 하나를 천장에 매달린 가스등 밑에 냉큼 갖다 놓았다.

"자신만만한 양반, 어디 봅시다."

상인은 말했다.

"나는 거위가 다 떨어졌다고 생각했는데 거위 값을 한 마리 더 챙기게 생겼군. 자, 이 공책 보이쇼?"

"그렇습니다만?"

"이건 나와 거래하는 사람들 명단이오. 알겠소? 에, 이쪽엔 시골 사람들 명단이 있소. 이름 뒤에 붙어 있는 숫자는 거래 날짜가 기록된 장부의 쪽을 나타내는 거요. 자, 그럼! 여기 빨간 잉크로 쓰여 있는 게 보이쇼? 에, 이건 도시의 사육업자 명단이오. 자, 거기서 세 번째 줄에 뭐라고 돼 있는지 보시오. 한번 큰 소리로 읽어보시지."

"오크숏 부인, 브릭스턴로 117번지, 249쪽."

홈즈는 읽었다.

"그렇소. 장부에서 그 쪽을 찾아보시오."

홈즈는 그 쪽을 찾았다.

"여기 있군. '오크숏 부인, 브릭스턴로 117번지, 달걀, 닭, 거위 공급자.'"

"자, 그 줄 맨 마지막에 뭐라고 쓰여 있소?"

"'12월 22일. 거위 24마리. 7실링 6페니.'"

"바로 그거요. 그럼 그 밑에는 뭐라고 돼 있소?"

"'알파 선술집의 윈디게이트 씨에게 판매. 12실링.'"

"자, 이제 뭐라고 말 좀 해 보시지."

셜록 홈즈는 몹시 분한 표정을 지었다. 그는 주머니에서 금화 하나를 꺼내 진열장 위에 내동댕이치곤 말도 안 나올 만큼 화가 난 사람처럼 휙 돌아서서 가 버렸다. 그리고 몇 미터 떨어진 곳의 가로등 아래서 걸음을 멈추더니 기분이 몹시 좋은 듯 소리 없이 웃었다.

"구레나룻을 저런 모양으로 기른 데다가 주머니에 《동부 축구 소식》을 꽂고 다니는 남자한테는 항상 내기가 통한다네. 내가 100파운드를 갖다 바쳤어도 지금처럼 저 사내한테 그렇게 완전한 정보를 빼내지는 못했을 걸세. 왓슨, 이제 조사가 막바지에 이른 것 같군. 우리가 지금 결정해야 할 것은 오늘 밤에 당장 그 오크숏 부인을 찾아갈 건지 내일로 미룰 것인지일세. 저 쌀쌀맞은 상점 주인이 얘기하는 걸로 봐선 그 일에 대해 캐고 있는 게 분명히 우리뿐만은 아니야. 그러니까⋯⋯."

홈즈는 갑자기 말을 뚝 그쳤다. 방금 전의 가게에서 고함 소리가 터져 나온 것이다. 뒤를 돌아보니 쥐새끼처럼 생긴 사내가 천장에 매달린 노란 등불 아래 서 있는 게 보였다. 브렉키리지는 문 앞에 서서 비칠거리고 있는 사내를 향해 종주먹을 들이대고 있었다.

"이제 네놈이건 네놈의 거위건 간에 신물이 난다!"

주인은 고래고래 소리 질렀다.

"지옥으로나 꺼져 버려라. 자꾸 와서 그런 멍청한 얘기로 날 괴롭히면 개를 풀어놓을 테다. 오크숏 부인을 이리 데려와라. 그럼 대답해 줄 테니까. 아니, 그런데 대관절 그게 네놈하고 무슨 상관이 있다는 거냐? 내가 그 거위를 너한테 사기라도 했단 말이냐?"

"아닙니다. 그래도 그중 하나는 제 거였으니까요."

작은 사내는 우는소리로 말했다.

"그래? 그럼 오크숏 부인한테 가서 물어보든지."

"오크숏 부인은 여기 와서 물어보라고 하던데요."

"쳇, 정 그렇다면 프로이센 왕한테 가서 물어봐라. 그럼 가르쳐 줄 게다. 이제 말도 하기 싫다. 썩 꺼져!"

상인이 무섭게 을러대며 쫓아 나오자 사내는 재빨리 어둠 속으로 달아났다.

"허! 브릭스턴로까지 갈 필요도 없게 생겼는걸."

홈즈는 나지막하게 속삭였다.

"어서 따라가 보세. 저 녀석이 어떤 놈인지 한번 알아보자고."

내 친구는 불 켜진 가게 주변에서 얼쩡거리는 사람들 사이를 빠른 걸음으로 지나, 키 작은 사내를 뒤따라가 어깨를 툭 쳤다. 사내는 펄쩍 뛰어오르며 뒤를 돌아보았다. 가스등 불빛 아래서 그의 얼굴이 하얗게 질리는 게 보였다.

"당신 누구죠? 왜 그러시는데요?"

그는 떨리는 목소리로 물었다. 홈즈는 부드럽게 말했다.

"실례지만 그 근처에 있다가 당신이 가게 주인에게 하는 말을 우연히 들었답니다. 한데 내가 이 문제에 도움이 돼 드릴 수 있을 것 같아서요."

"당신이? 당신이 누군데요? 대체 당신이 그 일을 어떻게 안다고요?"

"나는 셜록 홈즈라고 합니다. 다른 사람들이 모르는 일을 알아내는 게 내 직업이죠."

"하지만 당신이 이 일에 대해 알 리가 없지 않아요?"

"미안하지만 난 모든 걸 알고 있답니다. 당신은 브릭스턴로의 오크숏 부인이 브렉킨리지라는 상인에게 판 거위가 어떻게 됐는지 알아보는 중이죠. 그런데 그 거위는 알파 선술집의 윈디게이트 씨에게 팔렸고, 그건 다시 그분이 운영하는 거위 클럽 회원 헨리 베이커라는 양반한테 넘어갔습니다."

"오, 제가 그렇게 찾아 헤매던 분을 이제야 만났군요."

사내는 부들부들 떨리는 두 팔을 내밀며 외쳤다.

"제가 그 일에 관심을 갖게 된 경위를 어떻게 설명해 드려야 할지 모르겠습니다."

셜록 홈즈는 지나가는 사륜마차를 불러 세웠다.

"그렇다면 이렇게 바람 쌩쌩 부는 시장 바닥보다는 아늑한 방에서 얘기하는 게 백번 낫지. 내가 이렇게 돕게 된 분이 어떤 분인지 이름이나 압시다."

사내는 일순 주저하는 빛을 보였다.

"저는 존 로빈슨이라고 합니다."

그는 곁눈질을 하며 대답했다.

"그건 안 되죠. 본명을 대셔야지요."

홈즈는 상냥하게 말했다.

"가명을 쓰는 분하고 사업하는 건 딱 질색이거든요."

사내의 흰 뺨이 순식간에 붉게 물들었다.

"에, 그러시다면……, 제 본명은 제임스 라이더입니다."

"바로 그랬군요. 코즈모폴리턴 호텔의 급사장이셨군요. 어서 마차에 타시지요. 당신이 알고 싶어 하는 걸 곧 전부 알려드리겠습니다."

키 작은 사내는 두려움과 희망이 반씩 섞인 눈으로 우리 둘을 번갈아 쳐다보았다. 라이더는 자신이 횡재를 한 건지 재앙을 만난 건지 헷갈리는 눈치였다. 그는 마차에 올라탔고 30분 만에 우리는 베이커가의 거실로 돌아왔다. 마차를 타고 오는 동안 사내는 아무 말도 하지 않았지만 색색거리는 높은 숨소리와 두 손을 쥐어짜는 모습으로 보아 마음속으로 심한 긴장과 불안을 느끼는 듯했다.

"바로 여깁니다!"

홈즈는 방 안에 들어서서 명랑하게 말했다.

"이런 계절에는 역시 난로가 어울린단 말씀이야. 라이더 씨, 몹시 추위를 타는 모양이시죠. 이 버들가지 의자에 앉으세요. 나는 먼저 실내화로 갈아 신어야겠습니다. 자, 그럼! 당신은 그 거위들이 어떻게 됐는지 알고 싶은 거지요?"

"예, 그렇습니다."

"아니, 거위들이 아니라 거위라고 해야겠군요. 내 생각엔 당신이 관심 있는 놈은 꼬리에 검은 줄이 있는 흰 거위 한 마리뿐일 것 같은데요."

라이더는 격한 감정에 사로잡혀 부들부들 떨며 외쳤다.

"오, 선생님! 그게 어디로 갔는지 알려주실 수 있습니까?"

"여기로 왔습니다."

"여기로요?"

"그래요. 그런데 알고 보니 아주 희한한 거위더군요. 당신이 관심을 가질 만해요. 녀석은 죽고 난 다음에 알을 하나 낳았어요. 그렇게 예쁘고 휘황찬란한 파란 알은 처음 봤죠. 내가 여기 고이 모셔놨는데."

손님은 비칠거리며 일어서서 오른손으로 벽난로 선반을 붙들었다. 홈즈는 궤짝을 열고 별처럼 영롱하게 반짝이는 푸른 카벙클을 꺼냈다. 수많은 단면이 차가운 광채를 반사했다. 라이더는 자신의 소유임을 주장해야 할지 부정해야 할지 잘 모르는 듯 일그러진 얼굴로 보석을 바라보고만 있었다.

"라이더, 게임은 끝났다."

홈즈는 조용히 말했다.

"이런, 똑바로 서 있어야지. 잘못하면 불구덩이로 넘어지겠군. 왓슨, 저 친구 부축해서 의자에 좀 앉히게. 이제 보니 큰 죄를 지을 만한 배짱도 없는 위인이야. 브랜디 한 잔 따라주게. 됐어! 이제야 좀 인간답게 보이는군. 약해 빠진 친구 같으니라고!"

라이더는 순간적으로 비틀거리다 쓰러질 뻔했지만 브랜디 한 모금이 들어가자 얼굴에 화색이 돌았다. 그는 의자에 앉아서 겁에 질린 눈으로 홈즈를 바라보았다.

"나는 사건을 거의 다 파악하고 있다. 필요한 증거도 전부 확보했고. 사실 너한테 들어야 할 얘기도 별로 없지만, 그래도 사건을 완료하자면 몇 가지 확인해 두는 게 좋겠지. 라이더, 너는 모르카 백작 부인이 이 푸른 보석을 갖고 있다는 걸 전부터 알고 있었지?"

"저한테 이 보석에 대한 이야기를 해 준 건 캐서린 쿠삭이었습니다."

라이더는 갈라진 목소리로 말했다.

"알겠다. 백작 부인의 하녀 말이군. 그래, 갑자기 부자가 될 수 있다는 유혹을 물리치지 못했겠지. 하긴 너보다 나은 사람들도 그랬으니까. 그런데 네가 쓴 방법은 좀 악랄한 거였어. 라이더, 내가 보기에 너한테는 악당의 소질이 좀 있는 것 같다. 너는 호너라는 배관공한테 절도 전과가 있다는 걸 알고 있었어. 그래서 사람들의 시선이 좀 더 쉽게 그쪽으로 쏠릴 거라고 생각했겠지.

그래서 네가 어떻게 했을까? 너는 백작 부인의 방에 사소한 일거리를 만들어 놓았어. 너하고 공범 쿠삭하고 둘이서 말이야. 그리고 일부러 호너를 택해서 불렀겠지. 호너가 돌아가자 너는 보석을 훔쳐내고 소란을 피우며 경찰에 신고했어. 그래서 그 불운한 사내가 잡혀가게 만들었지. 그다음에 너는……."

라이더는 갑자기 바닥에 몸을 내던지며 내 친구의 무릎에 매달렸다. 그는 부르짖었다.

"제발! 제발 한 번만 봐주십시오! 제 부모님을 생각해 주세요! 부모님 심정이 어떻겠습니까. 전 한 번도 나쁜 짓을 한 적이 없습니다! 앞으로 다시는 안 그러겠습니다! 맹세합니다. 성경에 대고 맹세합니다. 오, 제발 절 경찰서로 넘기지 말아 주세요! 오, 하느님, 제발!"

홈즈는 엄격하게 말했다.

"일어나 의자에 앉아라! 지금 싹싹 비는 것도 좋다. 하지만 너는 짓지도 않은 죄 때문에 재판을 받게 될 가엾은 호너 생각은 눈곱만큼도 하지 않았다."

"홈즈 선생님, 저는 도망치겠습니다. 이 나라를 떠나겠어요. 그럼 호너는 혐의를 벗게 될 겁니다."

"흠! 그 얘기는 나중에 하기로 하자. 그럼 그다음에 어떻게 했는지 솔직히 말해 봐라. 이 보석이 어떻게 해서 거위 배에 들어갔고, 그 거위가 어떻게 시장에 나오게 되었는지 말이야. 솔직하게 말해라. 그것만이 살길이니까."

라이더는 혀로 바싹 마른 입술을 축였다.

"있었던 일을 그대로 말씀드리겠습니다, 선생님. 호너가 체포됐을 때 저는 보석을 갖고 도망치는 게 제일 좋을 것 같았습니다. 경찰이 언제 저랑 제 방을 뒤질지 몰랐으니까요. 호텔에는 보석을 숨겨 둘 만한 장소가 없었습니다. 그래서 저는 무슨 할 일이 있는 것처럼 밖으로 나가서 누나 집으로 갔지요. 누나는 오크숏이란 남자와 결혼해서 브릭스턴로에 살고 있는데 거위를 길러서 시장에 내다 파는 일을 합니다. 거기까지 가는 동안 마주친 사람들이 다 경찰관 아니면 탐정으로 보였습니다. 그래서 아주 추운 밤이었는데도 브릭스턴로에 도착했을 무렵에는 얼굴이 온통 땀투성이가 되었지요. 누나는 저를 보고 무슨 일이 있냐고, 얼굴이 왜 그렇게 파리하냐고 물었습니다. 저는 그냥 호텔에서 보석 도난 사건이 일어나는 바람에 좀 놀랐다고 했지요. 그리고 뒷마당으로 가서 담배를 피우며 어떻게 하는 게 좋을지 곰곰이 생각했습니다.

제게는 모즐리라는 친구가 있습니다. 행실이 안 좋아서 최근에 펜턴빌 교도소에 갔다 오기도 했지요. 한번은 그 친구를 만났다가 도둑 얘기가 나왔는데 그 친구가 도둑이 장물을 처리하는 법을 말해 주더군요. 저는 그 친구에 대해 좀 알고 있기 때문에 그얘기가 사실이라는 걸 알았지요. 그래서 그 친구가 살고 있는 킬번으로 달려가서 비밀을 털어놓기로 작정했습니다. 그가 보석을 처분하는 방법을 알려줄 테니까요. 하지만 문제는 어떻게 거기까지 보석을 무사히 운반하느냐였습니다. 저는 호텔에서 나와누나 집까지 오는 동안 겪은 괴로움을 생각했습니다. 제 조끼 주머니에 보석이 들어 있는데 언제 잡혀서 몸수색을 당할지 모르는 겁니다. 저는 벽에 기대서서 뒤뚱거리며 발밑을 돌아다니는 거위들을 바라보았습니다. 그런데 문득 제아무리 노련한 형사도 물리칠 수 있는 기발한 생각이 떠올랐습니다.

누나는 몇 주 전에 크리스마스 선물로 거위 한 마리를 주겠다고 한 적이 있습니다. 저는 누나가 약속은 꼭 지킨다는 걸 알고 있었지요. 그래서 당장 거위를 잡아 몸속에 보석을 집어넣고 킬번으로 가져가기로 했습니다. 저는 거위 한 마리를 데리고 뒷마당에 있는 작은 창고 뒤로 갔지요. 꼬리에 줄무늬가 있는 희고 잘생긴 큼직한 놈이었습니다. 저는 거위를 붙잡고 강제로 부리를 벌렸습니다. 그리고 보석을 거위 목구멍 속으로 깊숙이 집어넣었지요. 거위는 보석을 꿀꺽 삼켰고, 그게 식도를 지나 모이주머니 속으로 내려가는 게 느껴졌습니다. 하지만 거위가 푸드덕거리며 난리를 치는 바람에 누나가 무슨 일인가 싶어서 뒷마당으로 나왔지요. 제가 누나에게 말하려고 고개를 돌린 사이에 거위란 놈은 제 손아귀를 빠져나가 무리 속으로 달아나고 말았습니다.

'젬, 지금 거위 갖고 뭘 하고 있었어?'

누나가 말했습니다.

'음, 누나가 나한테 크리스마스 선물로 거위를 준다고 했잖아. 그래서 어떤 게 제일 통통한지 만져보고 있었지.'

'아, 네 것은 따로 골라놨어. 우리는 그걸 제임스 거위라고 부른단다. 저쪽에 있는 희고 큰 놈 보이지? 그게 네 거야. 우린 거위 스물여섯 마리를 키우는데 하나는 네 것, 하나는 우리 것, 나머지 스물네 마리는 시장에 내다 팔 거야.'

'고마워, 매기. 하지만 누나만 좋다면 방금 만져 본 그놈을 갖고 싶은데.'

'네 것은 다른 것보다 1킬로그램 이상 더 나가. 너한테 주려고 특별히 살찌운 놈이라고.'

'괜찮아. 나는 저걸 골랐어. 그리고 지금 가져갈게.'

저는 말했습니다.

그러자 누나는 조금 화가 나서 말했습니다.

'아, 마음대로 해. 어떤 걸 가져갈 건데?'

'가운데에서 오른쪽에 있는 꼬리에 까만 줄 있는 하얀 거위.'

'아, 좋아. 잡아서 가져가.'

홈즈 선생님, 저는 누나 말대로 했습니다. 그리고 거위를 가지고 킬번으로 갔지요. 저는 친구에게 자초지종을 털어놓았습니다. 그 친구한테는 그런 얘기를 하는 게 어렵지 않았지요. 그는 숨이 막힐 정도로 웃어 댔습니다. 그리고 우리는 칼로 거위의 배를 갈랐지요. 하지만 아무리 찾아도 보석은 나오지 않았고 저는 중대한 착오가 있었다는 걸 깨닫고 심장이 멎는 듯했습니다. 저는 그 거위를 친구 집에 버려두고 누나 집으로 헐레벌떡 달려가서 뒷마당으로 뛰어들었습니다. 하지만 거위는 한 마리도 보이지 않았지요.

'누나, 거위들이 전부 어디 갔지?'

저는 소리쳤습니다.

'도매상으로 넘겼어.'

'어느 도매상?'

'코벤트 가든의 브렉킨리지.'

'꼬리에 줄무늬 있는 놈이 하나 더 있었어? 아까 내가 가져간 거하고 똑같이 생긴 것 말이야!'

'응. 꼬리에 줄무늬 있는 거위가 두 마리 있었는데, 나도 구별할 수 없을 만큼 똑같이 생겼지.'

저는 사태를 파악하고 브렉킨리지라는 사람한테 젖 먹던 힘까지 다해서 뛰어갔습니다. 하지만 거위는 이미 팔려가고 없었고 브렉킨리지는 그걸 사 간 사람이 누군지 말해 주려고 하지 않았습니다. 아까 그 사람이 저한테 말하는 것 들으셨지요? 그 사람은 저한테 항상 그 모양으로 대꾸했습니다. 누나는 제가 미쳤다고 생각합니다. 저도 가끔 그런 생각이 들 때가 있지요. 그런데 지금……, 저는 제 영혼을 팔아서 얻은 부를 만져보지도 못하고 이렇게 도둑이라는 낙인이 찍혀 버리고 말았습니다. 오, 하느님! 오, 하느님!"

라이더는 두 손으로 얼굴을 가리고 발작적으로 흐느꼈다.

긴 침묵이 흘렀다. 들리는 것이라곤 라이더의 거친 숨결과 셜록 홈즈가 손끝으로 탁자를 규칙적으로 두들기는 소리뿐이었다. 그러다 내 친구가 벌떡 일어서서 방문을 활짝 열어젖혔다.

"나가라!"

그는 말했다.

"예? 아, 감사합니다!"

"더 이상 말은 필요 없어. 나가!"

더 이상 말은 필요 없었다. 곧 우당탕퉁탕 계단을 뛰어내리는 소리, 현관문이 쾅 하고 닫히는 소리, 빠른 걸음으로 거리를 내닫는 소리가 들렸다.

홈즈는 도자기 파이프를 향해 손을 뻗으며 말했다.

"왓슨, 나는 말일세, 교도소의 빈자리를 채워 넣도록 경찰의 위임을 받은 사람은 아니거든. 호너가 위험하다면 문제는 좀 달랐을 걸세. 하지만 이 라이더라는 작자가 호너에게 위협이 될 것 같지는 않아. 그 사건은 기각될 게 틀림없으니까. 그러고 보니 내가 중죄를 저지른 자를 풀어 준 꼴이 됐군. 하지만 한 영혼을 구원했다고도 볼 수 있지 않을까. 그자는 다시는 나쁜 짓을 하지 않을 걸세. 지금 굉장히 겁을 먹었으니까. 그자를 지금 감옥으로 보내면 평생 전과자라는 낙인이 찍히고 말 걸세. 하지만 지금은 용서의 계절 아닌가. 우리는 아주 우연하게 별난 사건에 접하게 됐고 이 사건을 해결할 수 있었던 것도 순전히 그런 우연 덕분이지. 여보게, 자네가 그 초인종을 눌러준다면 우리는 또 다른 조사를 시작할 수 있을 걸세. 오늘 저녁 식단도 새고기니까 말이야."

The Adventure of the Blue Carbuncle, 1889

왓슨이 사건 발생 연도를 특정한 바는 없으나 '입술 삐뚤어진 사나이' 사건에 관한 언급이 등장한다. 입술이 삐뚤어진 사나이 사건은 1889년 6월이므로 그 이후가 될 것이다. 또한 왓슨과 홈즈가 함께 하숙하지 않는 상황을 고려할 때, 왓슨이 결혼 중이던 1889년에 발생한 사건으로 보인다.

홈즈는 헨리 베이커의 모자를 두고 그가 '대단히 지적인 사람'이라는 추리를 하고, 그 근거로 그의 머리가 크기에 뇌의 용적 역시 클 것이기 때문이라고 설명한다. 정말로 머리 둘레가 크면 머리가 좋을까? 이 부분은 논란의 여지가 있지만, 아기들을 대상으로는 맞아떨어지는 추론이기는 하다. 한창 자라나는 아기들의 경우, 체중이 늘고 머리둘레가 증가하면서 뇌의 용량이 함께 증가하기 때문에 머리 둘레가 빨리 커진 아이의 IQ가 높다는 호주 연구팀의 연구 결과가 있었다. 다만 겉으로 보이는 머리 크기는 흔히 생각하는 것과 달리 헤어스타일에 따라 달라 보이는 것이고, 실제로 두개골의 모양이 달라도 그 크기는 매우 비슷하다고 한다.

홈즈의 사건록 중에서 유일하게 크리스마스 기간에 일어난 사건으로, 홈즈는 몹시 그답지 않게도 중죄를 저지른 자를 풀어 주었지만 동시에 한 영혼을 구제한 셈이라며 '지금은 용서의 계절 아닌가' 하는 언급을 한다.

한편 거위에는 모이주머니가 없다는 지적도 있으나, 그렇다고 해도 거위의 속에 보석을 숨길 수는 있다고 한다.

해당 작품은 『셜록 홈즈의 모험The Adventures of Sherlock Holmes』에 수록되어 있다.

1890

The Adventure of Silver Blaze

실버 블레이즈

"왓슨, 이제는 가 봐야 할 것 같네."

어느 날 아침 식탁 앞에서 홈즈가 말했다.

"간다고? 어디로?"

"다트무어의 킹스 파일랜드로."

나는 놀라지 않았다. 사실 그가 영국 전역에서 초미의 관심사가 되어 있는 이 괴상한 사건을 해결하기 위해 진작 출발하지 않은 것이 의아할 따름이었다. 내 친구는 온종일 고개를 숙이고 이맛살을 찌푸린 채 방 안을 서성거리며 제일 독한 검은 담배를 파이프에 눌러 담고 또 담았다. 그리고 내가 무슨 질문이나 말을 해도 일절 못 들은 척하고, 신문 판매업자가 종류별로 갖다주는 따끈따끈한 신문을 건성으로 훑어보고 구석에 던져 버리곤 했다. 하지만 홈즈가 아무리 입을 다물고 있어도, 나는 그가 어떤 생각에 골몰하고 있는지 훤히 꿰뚫어 보고 있었다. 지금 그의 분석 능력에 공개적으로 도전장을 내민 사건은 단 하나였는데 그 것은 웨식스 배(盃) 경마 대회의 최강마가 실종되고 조교사가 살해된 사건이었다. 따라서 그가 극적인 사건의 현장을 향해 출발하겠다고 불쑥 선언했을 때, 그것은 내가 기대하고 바라던 바였다.

"방해가 안 된다면 자네와 동행하고 싶군."

"여보게, 자네가 같이 가준다면 나로서는 고마울 따름이지. 그리고 이 사건에는 대단히 독특한 요소들이 있으니까 자네한테도 시간 낭비가 되지는 않을 걸세. 패딩턴 역에서 기차를 타려면 지금 출발해야 할 것 같군. 사건에 대한 얘기는 기차를 타고 가는 동안 좀 더 하기로 하세. 그리고 자네가 그 고성능 망원경을 가져가주면 고맙겠어."

한 시간 뒤에 우리는 엑서터행 열차의 일등실에 몸을 싣고 있었다. 셜록 홈즈는 구석 자리에 앉아 귀덮개가 달린 여행 모자를 쓴 채 날카롭고 진지한 얼굴로 패딩턴에서 산 새 신문 한 뭉치를 빠른 속도로 읽었다. 기차가 레딩을 지난 뒤에야 그는 마지막 남은 신문 한 장을 좌석 밑에 쑤셔 넣고 내게 시가 케이스를 내밀었다.

"잘 달리고 있군."

홈즈는 창밖을 내다보고 시계를 흘끗거리더니 말했다.

"지금 시속 88킬로미터로 가고 있네."

"400미터 푯말들이 있었나? 나는 못 봤는데."

"그건 나도 못 봤네. 하지만 이 노선에는 전신주가 55미터 간격으로 서 있어서 계산하기가 간편하지. 자네도 이번에 존 스트레이커가 살해되고 실버 블레이즈가 실종된 사건에 대한 기사를 읽었겠지?"

"《텔레그래프》와《크로니클》에 실린 기사는 다 읽었어."

"이번 일은 논리적 방법을 동원해서 새로운 증거를 찾아내기 보다는 사실을 분류하는 데 집중해야 할 사건에 속하지. 사건 자체가 대단히 기상천외하고 치밀할 뿐더러 수많은 사람의 이해관계가 얽혀 있어서 온갖 짐작과 추측, 가설이 난무하고 있어. 가장 어려운 부분은 숱한 이론가와 기자 들이 덧붙인 가설에서 사실, 즉 부정할 수 없는 절대적 사실을 골라내는 것이지. 이렇게 탄탄한 기초를 다진 후에, 추론을 통해 문제를 푸는 열쇠를 찾는 것이 우리가 할 일일세. 화요일 저녁 때 나는 마주(馬主) 로스 대령과 수사 책임자 그레고리 경위한테서 협조를 요청하는 전보를 받았네."

"화요일 저녁이라고!"

나는 부르짖었다.

"그런데 오늘은 목요일 아침이야. 대관절 어제 내려가지 않은 이유가 무언가?"

"내가 큰 실수를 한 거지. 여보게, 자네의 기록을 통해 나를 알고 있는 사람들이 생각하는 것과는 달리 나도 종종 실수를 저지른다네. 사실 나는 영국에서 가장 유명한 말이 그렇게 오랫동안, 더구나 다트무어 북부처럼 한적한 곳에서 사람 눈에 안 띄게 숨어 있을 수 있다는 걸 믿을 수가 없었네. 나는 어제 온종일 말을 찾았다는 소식이 들리기만을 이제나저제나 하고 기다렸어. 말을 감춘 것은 조교사 존 스트레이커의 살해범일 거라고 생각했지. 하지만 하루가 지나고 다시 아침이 왔는데도 피츠로이 심슨 청년을 체포한 것 말고는 아무 일도 없었고 나는 이제 행동할 때가 됐다고 느꼈네. 그래도 어제 하루를 아주 허투루 보낸 것 같지는 않아."

"그럼 벌써 가설을 세운 건가?"

"적어도 이 사건의 핵심적인 사실들을 포착해 내긴 했지. 이제부터 다 말해 주지. 하나의 사건을 명확히 정리하는 데는 뭐니 뭐니 해도 남에게 이야기해 주는 게 최고니까 말이야. 그리고 우리의 출발 지점이 어딘지를 가르쳐 주지 않으면 자네 협조를 기대하기도 어렵지 않겠나."

나는 시가를 피우며 좌석에 몸을 묻고 있었고 홈즈는 상체를 내밀고 가늘고 긴 손가락으로 왼쪽 손바닥에 요점을 정리해 가며 사건의 개요를 설명해 주었다.

"실버 블레이즈는 유명한 경주마 소모미의 혈통을 물려받았는데 그 조상 못지않게 눈부신 기록을 내고 있다네. 나이는 지금 다섯 살이지. 운 좋은 마주 로스 대령은 실버 블레이즈 덕분에 경마 대회의 우승컵을 석권했네. 재앙이 닥친 그 순간까지 실버 블레이즈는 웨섹스 배 경마 대회의 첫 번째 우승 후보로 꼽히던 말이었어. 배당률은 3 대 1이었지. 하지만 실버 블레이즈는 경마장에서 첫손가락에 꼽히는 인기마이고 여태까지 자신에게 돈을 건 사람들을 한 번도 실망시킨 적이 없기 때문에, 배당이 많지 않은데도 사람들은 엄청난 돈을 그 녀석한테 걸었다네. 그러니 실버 블레이즈가 다음 주 화요일로 예정된 경마 대회에 참가하지 못하면 막대한 이득을 챙기게 될 사람들이 많다는 것도 명약관화하지.

물론 대령의 마방(馬房)이 자리 잡고 있는 킹스 파일랜드에서는 그 사실을 잘 알고 있었네. 그래서 우승 예상마를 지키기 위해 온갖 주의 조처를 다 했지. 존 스트레이커는 로스 대령의 재킷을 입었던 기수 출신인데 체중이 불자 은퇴하고 조교사로 전업했어. 대령 밑에서 5년간은 기수로, 7년간은 조교사로 일했는데 한결같이 성실하고 정직한 일꾼이었지. 스트레이커 밑에서 일하는 아이는 셋이었네. 마방의 규모가 작아서 말이라곤 전부네 마리뿐이었으니까. 매일 밤 이 셋 중 하나가 마구간에서 밤을 새우고 나머지 둘은 다락방에 올라가서 잤다네. 셋 다 나무랄데 없는 소년들이지. 존 스트레이커는 기혼자라서 마구간에서 200미터가량 떨어진 곳의 작은 주택에서 살고 있네. 아이는 없고 하녀를 하나 두었고 살림은 넉넉하지. 그 일대는 아주 한적한 곳이지만 북쪽으로 800미터가량 떨어진 곳에 태비스톡의 어느 업자가 건설한 작은 별장촌이 있어. 병약자나 다트무어의 맑은 공기를 마시고 싶어 하는 사람들이 쉬어 가는 곳이라네. 태비스톡 마을은 황무지에서 서쪽으로 3.2킬로미터 떨어진 곳에 자리 잡고 있고, 또 3킬로미터쯤 떨어진 곳에는 백워터 경 소유의 메이플턴 마방이 자리 잡고 있다네. 메이플턴은 비교적 규모가 큰 마방인데 실라스 브라운이 관리하고 있어. 그 밖에는 사방이 다 황무지이고 사람이라곤 고작 떠돌이 집시 몇 명뿐이라네. 지난 월요일 밤, 참변이 벌어졌을 때의 전반적인 상황은 이와 같았지.

그날 저녁에 소년들은 항상 하던 대로 말을 운동시키고 물을 먹인 다음에 9시에 마구간 문을 잠갔네. 두 소년은 조교사의 집으로 올라가서 주방에서 저녁 식사를 했고 네드 헌터라는 소년은 마구간을 지켰지. 9시가 좀 지나서 하녀 에디스 백스터는 마구간으로 헌터의 식사를 가지고 갔네. 그건 양고기 카레였어. 마실 것은 가져가지 않았지. 근무자는 밖에서 반입된 음료수를 마시면 안 된다는 규정이 있었으니까 말이야. 대신 마구간에는 수도가 있네. 밤이라 어두운 데다가 길이 그대로 황야로 통해 있기 때문에 하녀는 등불을 들고 갔지.

마구간까지 30미터쯤 남았을 무렵, 한 남자가 어둠 속에서 나타나 에디스 백스터를 불러 세웠네. 사내가 노란 불빛 안으로 들어왔을 때 보니 꼭 신사처럼 보였어. 회색 트위드 정장에 베레모를 쓰고 있었고, 각반을 차고 손잡이가 달린 무거운 지팡이를 들고 있었네. 하지만 하녀에게 가장 인상적인 것은 무섭게 창백한 얼굴과 불안한 태도였지. 나이는 서른은 넘어 보였다는군.

'여기가 어딘지 좀 알려주겠소?' 사내는 물었지. '황야에서 잘 수밖에 없겠다고 생각하던 차에 불빛을 보고 달려온 거요.'

'여긴 킹스 파일랜드 마방이에요.' 하녀는 말했네.

'오, 정말이오? 참으로 다행이군!' 사내는 소리쳤지. '매일 밤 마구간지기 하나가 저기서 혼자 잔다고 하던데. 보아하니 지금 그 친구한테 저녁 식사를 갖다주는 모양이오. 내가 당신한테 드레스 한 벌 값 벌게 해 주겠소. 어때, 싫지는 않겠지?' 사내는 조끼 주머니에서 접힌 흰 종이를 꺼냈네. '어디 저 친구가 오늘 밤에 이걸 받는지 봅시다. 당신은 돈으로 살 수 있는 것 중에서 제일 예쁜 드레스를 갖게 될 거요.'

하녀는 사내가 열성적으로 달려들자 무서운 생각이 들어서 늘 음식을 넣어주던 마구간의 창문을 향해 달려갔다네. 창문은 벌써 열려 있었고 헌터는 작은 탁자에 앉아 있었지. 하녀가 조금 전에 있었던 일에 대해 말하기 시작하는데 아까 그 낯선 사내가 다시 나타났네.

'안녕하신가?' 사내는 안을 들여다보며 말했어. '잠깐 얘기 좀 하세.' 사내가 아직도 종이를 손에 쥐고 있는 걸 보고 하녀는 욕을 퍼부었네.

'대관절 여기 무슨 볼일이신가요?' 소년이 물었네.

'자네 주머니를 두둑하게 해 줄 일이 있지.' 상대가 말했어. '여기서 웨식스 배 대회를 위해 두 마리를 데리고 있지 않나. 실버 블레이즈하고 바야르 말일세. 정보를 주면 섭섭지 않게 해 주겠네. 부담 중량을 하면 바야르가 실버 블레이즈를 5펄롱에 100미터 앞설 수 있어서 여기서는 바야르한테 돈을 걸었다고 하던데 그게 사실인가(부담 중량이란 경주에서 말이 부담하는 무게. 부담 중량은 말의 나이, 성별, 우승 횟수 등을 고려하여 정하는데 '핸디캡 중량'이라고 모든 출주마의 우승 기회를 균등하게 하기 위해 최근의 경주 기록, 종전의 부담 중량, 경주 편성 시 경주마 간의 상대성 등을 고려하여 중량을 부여하는 경우도 있다. 그리고 펄롱이란 경마에서 쓰는 거리 단위. 1펄롱은 약 200미터 ― 옮긴이)?'

'그래, 네놈이 바로 그 망할 놈의 염탐꾼이구나!' 소년이 외쳤지. '킹스 파일랜드에서 너희 같은 놈을 어떻게 대접하는지 맛 좀 봐라.' 소년은 벌떡 일어나서 개를 데리러 달려갔네. 하녀는 집으로 달아났는데 달려가다가 뒤를 돌아보니 낯선 사내가 창문 안으로 머리를 디밀고 있는 게 보였어. 하지만 잠시 후 헌터가 사냥개를 끌고 나와보니 사내는 자취 없이 사라졌지. 그래서 개를 데리고 마구간과 집 주위를 한 바퀴 돌았는데 사내는 행방이 묘연했네."

"잠깐만."

나는 물었다.

"그 마구간 소년이 개를 데리고 나가면서 마구간 문을 열어 두고 가진 않았나?"

"훌륭하이, 왓슨. 정말 훌륭해!"

내 친구가 중얼거렸다.

"그 부분이 대단히 중요하다는 생각이 들어서 나는 어제 다트무어에 전보를 쳐서 그 문제에 대한 답변을 요청했네. 소년은 마구간을 나오면서 문을 잠갔다는군. 그리고 마구간 창문에 대해 말하자면 사람이 드나들지 못할 정도로 작다고 하네.

헌터는 동료 마부들이 돌아오기를 기다렸다가 조교사에게 방금 있었던 일을 알렸네. 스트레이커는 이 소식을 듣고 크게 흥분했지만 사건의 진정한 의미를 깨달았던 것 같지는 않아. 하지만 막연한 불안을 느꼈던 것 같더군. 스트레이커 부인이 밤 1시에 잠을 깨어 보니 남편이 옷을 입고 있더래. 어디 가느냐고 하니까 말이 걱정돼 잠이 안 온다고 하면서 별일 없는지 마구간을 둘러보고 올 생각이라고 했다는군. 부인은 창밖에서 빗소리가 나는 걸 듣고 나가지 말라고 말렸지만 스트레이커는 뿌리치고 헐렁한 방수 외투 차림으로 방을 나갔네.

스트레이커 부인이 아침 7시에 일어나 보니 남편이 옆에 없었네. 부인은 부랴부랴 옷을 입고 하녀를 불러서 함께 마구간으로 나갔지. 마구간 문은 활짝 열려 있었고, 안에는 헌터가 의자에 앉은 채 인사불성이 되어 있었네. 실버 블레이즈가 있던 자리는 텅 비어 있고 조교사는 어디 있는지 보이지 않았어.

두 여인은 마구실 위의 여물 써는 다락방에서 자고 있던 두 소년을 재빨리 깨웠네. 둘은 일단 잠이 들면 누가 업어 가도 모를 정도로 깊이 자기 때문에 밤사이에 아무 소리도 듣지 못했지. 헌터는 무슨 독한 약에 취했는지 도무지 정신을 차리지 못해서 그냥 자게 놔두고 이들은 말과 조교사를 찾아서 밖으로 뛰어나갔네. 왠지는 모르겠지만 조교사가 일찌감치 말을 운동시키려고 밖으로 끌고 나갔는지도 모른다는 희망을 품고 있었지. 하지만 주변의 황무지가 한눈에 내려다보이는 집 근처의 작은 언덕에 올라갔을 때 없어진 우승 예상마는커녕 비극적인 사건이 일어났음을 암시하는 뭔가를 보게 되었지.

마구간에서 400미터가량 떨어진 곳에 존 스트레이커가 입고 나간 외투가 가시금작화 덤불에 걸려 펄럭거리고 있었네. 바로 그 너머는 사발 모양으로 움푹 팬 분지였는데 그 밑에 불운한 조교사가 싸늘한 시신이 되어 누워 있었어. 머리에는 무거운 흉기로 심하게 얻어맞은 듯한 상처가 있었고 허벅지에는 길게 베인 자국이 있었는데 상처가 깨끗해서 아주 날카로운 도구로 베인 것이 분명했지. 하지만 스트레이커가 자기 몸을 지키기 위해 공격자와 힘껏 싸웠다는 증거가 남아 있었네. 오른손에는 작은 칼을 들고 있었는데 손잡이까지 온통 피투성이였고 왼손에는 검은색과 붉은색이 섞인 실크 스카프를 쥐고 있었어. 그런데 하녀는 그 스카프가 눈에 익었네. 그건 전날 밤에 마구간을 찾아온 사내가 두르고 있던 거였어. 헌터도 나중에 정신을 차린 다음에 그 스카프가 간밤에 왔던 사내 것이 분명하다고 증언했네. 헌터 역시 그 사내가 창밖에 서 있다가 양고기 카레에 약을 탔다고 확신하고 있지. 없어진 말에 대해서는, 격투가 벌어졌던 당시에 말이 죽음의 분지 속에 있었음을 나타내는 증거가 진흙 바닥에 무수히 남아 있었네. 하지만 말이 실종된 날 아침부터 거액의 현상금을 내걸고 다트무어에 있는 집시들을 전부 동원했지만 아무것도 찾지 못했네. 마지막으로 마구간 소년이 먹다 남긴 음식을 분석해 보니 상당량의 아편 분말이 검출됐지. 하지만 그날 밤 집 안에서 같은 음식을 먹은 사람들은 아무렇지도 않았어.

지금까지 말한 것이 추측을 모두 빼 버린 중요한 사실들이라네. 이제부터는 경찰 수사를 요약해 줌세.

수사 책임자인 그레고리 경위는 대단히 유능한 경찰일세. 상상력만 좀 있으면 형사로 대성할 인물이지. 그레고리 경위는 현장에 도착하자마자 유력한 용의자로 떠오른 인물을 찾아내서 재빨리 검거했네. 용의자를 찾아내는 일은 식은 죽 먹기였지. 왜냐하면 그는 좀 전에 얘기한 그 별장촌에서 살고 있었으니까 말이야. 그가 바로 피츠로이 심슨이었던 것 같네. 심슨은 좋은 집안에서 태어나 훌륭한 교육을 받은 인물이지만 경마에 재산을 날리고 지금은 런던의 경마 클럽에서 마권업자로 조용히 일하고 있네. 그런데 심슨의 배팅 장부를 살펴보니 실버 블레이즈가 아닌 말에 5000파운드에 달하는 금액을 걸었다는 사실이 밝혀졌지. 심슨은 체포되자마자 자신은 킹스 파일랜드의 말뿐 아니라, 메이플턴 마방에서 실라스 브라운이 관리하고 있는 두 번째 우승 후보마 데스버로에 대한 정보를 얻을 생각으로 다트무어에 갔다는 얘기를 술술 털어놓았네. 그리고 전날 저녁때 하녀와 헌터의 증언대로 행동한 일을 부정하지는 않았지만 나쁜 의도가 있었던 것은 전혀 아니고, 그저 정보를 얻고 싶었을 뿐이라고 단언했지. 스카프 얘기를 들이대자 심슨은 하얗게 질려서 살해당한 사람이 그걸 손에 쥐고 있었던 까닭을 전혀 설명하지 못했네. 심슨의 젖은 옷은 그가 전날 밤에 폭풍우 속을 돌아다녔다는 사실을 말해 주었고, 납을 넣어서 묵직하게 만든 페낭 로여 지팡이는 몇 번 휘두르면 피살된 조교사의 몸에 남아 있는 것과 똑같은 치명적인 상처를 입힐 만한 무기로 보였네. 그런데 스트레이커가 들고 있던 칼이 피투성이가 된 걸 보면 적어도 한 사람한테는 상처를 입힌 것이 분명한데 심슨의 몸에는 아무런 상처가 없었네. 왓슨, 이게 전부일세. 뭔가 생각나는 게 있으면 말해 주게. 내 감사히 경청하겠네."

나는 홈즈의 이야기를 흥미롭게 들었다. 그의 설명은 여느 때와 마찬가지로 명쾌했다. 그가 말한 것은 대부분 아는 얘기였지만, 솔직히 나는 개개 사실의 비중이나 여러 사실 간의 상호 관계에 대해서는 제대로 인식하지 못하고 있었다.

"혹시 조교사의 다리에 난 상처는 그가 머리를 맞은 상태에서 경련을 일으키며 몸부림치다가 자기 칼로 벤 게 아닌가?"

"그럴 수 있지. 그랬을 가능성이 아주 높아. 그렇다면 용의자에게 유리한 증거가 하나 사라지게 되는 셈이지."

"하지만 나는 아직도 경찰에서 주장하고 있는 가설이 뭔지 잘 모르겠네."

"내 생각엔 우리가 어떤 가설을 세우든 경찰의 주장에는 찬동할 수 없을 것 같네그려."

내 친구가 대답했다.

"경찰은 이 피츠로이 심슨이라는 사람이 소년에게 약을 먹이고 무슨 수를 써서 복제한 열쇠를 손에 넣은 다음 마구간 문을 열고 말을 꺼냈다고 생각하는 것 같아. 물론 말을 훔쳐낼 목적으로 말일세. 실버 블레이즈의 안장이 없어진 것도 심슨 짓으로 보고 있겠지. 그리고 심슨이 마구간 문을 열어놓은 채 말을 끌고 황무지로 도망치다가 조교사를 만났거나 추적당했을 거라고 생각하고 있을 거야. 당연히 싸움이 벌어졌고 심슨은 무거운 지팡이로 조교사의 머리를 부숴 놓았지만 자신은 스트레이커가 휘두른 작은 칼을 용케도 잘 피했다는 것이겠지. 그리고 말은 심슨이 어딘가 비밀 장소에 감춰두었거나 아니면 두 사람이 싸우는 동안에 도망쳐서 지금 황무지 어딘가를 배회하고 있다는 것이고.

그런데 경찰의 이런 주장에는 전혀 현실성이 없네. 하지만 다른 설명은 더 현실성이 없거든. 그래서 난 현장에 도착하면 우선 경찰의 주장부터 재빨리 검증해 볼 생각이네. 그때까지는 뾰족한 수가 없으니까 기다려야지."

우리가 작은 마을 태비스톡에 도착한 것은 저녁 무렵이었다. 다트무어의 거대한 황무지의 중심부에 자리 잡은 태비스톡 마을은 마치 큰 방패에 튀어나온 장식처럼 보였다. 두 명의 신사가 역에서 우릴 기다리고 있었다. 한 사람은 사자 갈기 같은 금발에 턱수염을 기른 키 큰 남자였고, 다른 하나는 프록코트에 각반을 차고 깔끔하게 다듬은 구레나룻에 안경을 낀 작지만 민첩한 사내였다. 키가 작은 쪽은 유명한 운동선수 로스 대령이었고, 키가 큰 쪽은 영국 수사계에서 빠르게 명성을 쌓고 있는 그레고리 경위였다.

"홈즈 선생, 이렇게 내려와 주셔서 정말 감사하오."

대령이 말했다.

"여기 계신 경위께서 해야 할 일은 다 하셨지만 그래도 나는 가엾은 스트레이커의 원수를 갚고 말을 되찾기 위해 최선을 다하고 싶었소이다."

"추가로 발견된 사실은 없었습니까?"

홈즈의 질문에 경위는 말했다.

"죄송한 말씀을 드려야겠군요. 새롭게 밝혀진 사실은 전혀 없습니다. 밖에 마차를 대기시켜 놨습니다. 해가 떨어지기 전에 현장을 보고 싶어 하실 것 같아서요. 얘기는 가는 동안에 하기로 하지요."

잠시 후 우리는 안락한 사륜마차에 몸을 싣고 오래된 도시 데 번셔의 예스러운 길을 달렸다. 수사에 몰두한 그레고리 경위는 쉼 없이 이야기를 쏟아놓았고 홈즈는 간간이 질문을 던지거나 한두 마디 말을 끼워 넣었다. 로스 대령은 팔짱을 끼고 모자를 푹 눌러쓴 채 무관심하게 앉아 있었지만 나는 경위와 탐정이 나누는 대화를 흥미롭게 경청했다. 그레고리의 가설은 홈즈가 기차 안에서 말한 것과 거의 같았다.

경위가 말했다.

"지금 피츠로이 심슨을 향해 그물망을 좁혀가고 있습니다. 저는 놈이 진범이라고 믿습니다. 하지만 순전히 정황 증거뿐이어서 새로운 사실이 드러나면 뒤집힐 수도 있는 게 사실입니다."

"스트레이커가 쥐고 있던 칼은 어떻게 됐지요?"

"우린 조교사가 쓰러지면서 자신의 칼에 찔렸다는 결론을 내렸습니다."

"내 친구 왓슨 박사가 기차 안에서 한 얘기와 똑같군요. 그렇다면 심슨이라는 사람은 더 불리해졌습니다그려."

"그렇지요. 그자한테는 칼도 없고 몸에 상처도 없습니다. 그자가 범인이라는 증거는 한두 가지가 아니지요. 그자는 우승 예상마가 실종되면 막대한 이득을 챙기게 됩니다. 그리고 마구간 소년의 음식에 약을 탔다는 혐의를 받고 있지요. 또 밤중에 폭풍우 속을 돌아다닌 게 분명하고 무거운 지팡이로 무장하고 있었습니다. 죽은 사람은 그자의 스카프를 쥐고 있었고요. 저는 법정에서도 충분히 승산이 있다고 생각합니다."

홈즈는 고개를 저었다.

"머릴 좀 쓸 줄 아는 변호사라면 그런 증거는 곧 휴지 조각으로 만들어버릴 겁니다. 말을 굳이 마구간 밖으로 끌고 나갈 필요가 어디 있었겠습니까? 말에게 상처를 입히는 게 목적이었다면 안에서도 충분히 그렇게 할 수 있었을 겁니다. 심슨이 갖고 있었다는 복제 열쇠는 찾았습니까? 그에게 아편 분말을 판 약사는 누구지요? 무엇보다 그곳 지리를 전혀 모르는 사람이 그렇게 눈에 띄는 말을 어디에 감출 수 있었다는 겁니까? 그런데 심슨은 하녀를 통해 마구간 아이에게 전해 주려고 했다는 종이에 관해 어떻게 설명하고 있지요?"

"심슨은 그게 10파운드짜리 수표였다고 주장합니다. 그리고 그의 지갑에서 그런 수표가 나오긴 했습니다. 하지만 다른 문제는 별것 아닙니다. 심슨은 그곳 지리를 모르는 자가 아닙니다. 여름에 두 차례 태비스톡에서 지냈지요. 아편은 아마 런던에서 가져왔을 겁니다. 열쇠는 쓰고 나서 어딘가에 던져 버렸을 테고요. 말은 황무지의 구덩이나 오래된 광산 속에 숨겨놓았을 겁니다."

"스카프에 대해선 뭐라고 하던가요?"

"그자는 그게 자기 거라는 걸 인정하면서도 잃어버렸다고 발뺌하더군요. 하지만 심슨이 마구간에서 말을 끌어낸 이유를 설명할 수 있는 요소가 새롭게 밝혀졌습니다."

홈즈는 귀를 쫑긋했다.

"우린 월요일 밤에 살인 사건 현장에서 1.5킬로미터도 떨어지지 않은 곳에 한 무리의 집시가 야영했던 흔적을 찾아냈습니다. 화요일에 집시들은 일제히 행방을 감췄지요. 그런데 심슨과 그 집시들 간에 사전에 밀약이 있었다고 가정할 때, 심슨이 실버 블레이즈를 훔쳐내서 집시들에게 데리고 가다가 조교사한테 잡혔다고 볼 수도 있지 않을까요? 그리고 지금 그 집시들이 말을 데리고 있다고 볼 수도 있지 않겠습니까?"

"그것도 분명히 가능한 얘깁니다."

"지금 그 집시들을 찾아서 황무지를 샅샅이 수색하는 중입니다. 또 태비스톡에서 반경 15킬로미터 내에 있는 마구간과 창고들도 일일이 뒤지고 있지요."

"킹스 파일랜드에서 아주 가까운 곳에 다른 마방이 있는 것으로 알고 있는데요."

"그렇습니다. 그건 분명히 중요하게 고려해 봐야 할 요소지요. 메이플턴 마방의 데스버로는 두 번째로 꼽히는 우승 예상마이니까요. 당연히 그쪽 사람들은 실버 블레이즈가 없는 편이 좋습니다. 그곳의 조교사 실라스 브라운은 이번 경마 대회에 거액을 걸었다고 합니다. 게다가 그는 가엾은 스트레이커와 친한 사이는 아니었지요. 하지만 그쪽 마구간도 조사해 봤지만 실라스 브라운이 이번 일과 관련된 증거를 찾아내지는 못했습니다."

"그런데 이 심슨이라는 사내가 메이플턴 마방과 결탁한 증거는 없었습니까?"

"전혀요."

홈즈는 좌석에 등을 기댔고 대화는 그쳤다. 몇 분 뒤 마부는 작고 산뜻한 붉은 벽돌집 앞에서 마차를 세웠다. 방목지에서 약간 떨어진 곳에 회색 기와를 얹은 긴 부속 건물이 서 있었다. 사방이 다 나지막하게 물결치는 황무지였다. 시들어 가는 양치류가 황무지를 청동 빛으로 물들여 놓고 있었다. 지평선 끝까지 뻗은 단조로운 풍경에 변화를 주는 것은 태비스톡 마을의 첨탑과 서쪽에 옹기종기 모여 있는 메이플턴 마방의 건물뿐이었다. 우리는 모두 마차에서 뛰어내렸지만 홈즈는 멍하니 허공을 쳐다보면서 좌석에 몸을 기댄 채 무슨 생각에 골몰해 있었다. 내가 팔을 툭 치자 홈즈는 그제야 화들짝 놀라며 마차에서 내렸다.

홈즈는 놀란 얼굴로 자신을 바라보고 있는 로스 대령을 향해 말했다.

"실례했습니다. 무슨 생각을 좀 하느라고."

홈즈의 반짝거리는 눈빛과 흥분을 감추지 못하는 태도를 보고 나는 그가 단서를 잡았다는 것을 간파했다. 물론 어떻게 단서를 잡을 수 있었는지는 짐작조차 할 수 없었지만.

"홈즈 선생님, 당장 사건 현장을 보고 싶으시겠지요?"

그레고리가 말했다.

"아닙니다, 여기서 한두 가지 알아보고 싶은 게 있습니다. 시신은 이리로 옮겨 왔겠지요?"

"예, 지금 2층에 안치돼 있습니다. 검시는 내일로 예정되어 있습니다."

"로스 대령님, 스트레이커가 이곳에서 일한 것이 벌써 한참 되었지요?"

"그는 항상 나무랄 데 없는 일꾼이었소."

"경위, 사망 당시에 고인의 주머니에 있던 소지품 목록은 작성해 놓았겠지요?"

"보고 싶어 하실 것 같아서 거실에 모아 두었습니다."

"거참 잘됐군요."

우리는 줄지어 거실로 들어가 가운데 있는 탁자에 둘러앉았다. 경위는 네모난 양철 상자를 열고 그 안에 든 것을 탁자 위에 꺼내놓았다. 밀랍 성냥 한 갑, 수지(獸脂) 양초 한 토막, ADP 브라이어 파이프, 가늘게 썬 씹는담배 15그램이 든 물개 가죽 쌈지, 금줄이 달린 은시계, 금화 다섯 개, 알루미늄 필통, 종이 몇 장, 상아 손잡이가 달린 칼 하나. 칼은 대단히 섬세하고도 날카롭게 생겼는데 칼날에는 '바이스 앤 컴퍼니, 런던'이라고 찍혀 있었다.

홈즈는 칼을 집어 들고 자세히 살피면서 말했다.

"아주 보기 드문 칼이로군. 핏자국이 묻어 있는 걸 보니 고인이 들고 있던 바로 그 칼인가 보군요. 왓슨, 이 칼은 그쪽 계통에서 쓰는 거 아닌가?"

"이건 우리 의사들이 백내장 칼이라고 부르는 메스일세."

"그럴 줄 알았어. 대단히 정교한 작업을 위해서 만든 아주 섬세한 칼날이로구먼. 험한 일을 하러 나가는 사람이 들고 다닐 만한 물건은 아니야. 더구나 그냥 주머니에 넣고 다닐 수도 없었을 테니."

"시신 곁에서 코르크 원반을 발견했습니다. 날에 씌우는 칼집 같은 거지요."

경위가 말했다.

"부인 말에 따르면 이 칼은 옷방 탁자 위에 놓여 있었는데 남편이 방을 나갈 때 집어 들고 나갔다고 합니다. 썩 훌륭한 건 아니지만 그 순간에 손에 잡힌 무기가 바로 이것이었나 봅니다."

"그럴 수도 있겠군요. 이 종이는 뭐지요?"

"세 장은 건초 상인이 발행한 영수증입니다. 한 장은 로스 대령이 보낸 지시문이고요. 이쪽에 있는 건 본드가의 여성 의류점에서 마담 레수리어가 보낸 37파운드 15펜스짜리 청구서입니다. 수신자는 윌리엄 다비셔로 되어 있지요. 스트레이커 부인 말에 따르면 다비셔는 남편 친군데 가끔씩 그의 편지가 이 주소로 배달되는 일이 있다고 합니다."

홈즈는 영수증을 흘끗 쳐다보며 말했다.

"다비셔 부인은 꽤 사치스러운 여성이군요. 숙녀복 한 벌에 22기니면 결코 헐값이 아니니까요. 하지만 더 이상 알아볼 게 없는 것 같으니 이제 사건 현장에 가 보는 게 좋겠습니다."

거실에서 나왔을 때 복도에서 우릴 기다리고 있던 여성이 한 발짝 나서며 경위의 옷소매에 손을 올려 놓았다. 여위고 초췌한 그녀의 얼굴에는 최근에 겪은 무서운 사건의 흔적이 역력히 남아 있었다.

"범인을 잡았나요? 범인을 찾아내셨어요?"

여인은 숨찬 목소리로 말했다.

"스트레이커 부인, 아직은 아닙니다. 하지만 여기 계신 홈즈 선생께서 우릴 돕기 위해 런던에서 달려오셨습니다. 우리는 최선을 다할 작정입니다."

"스트레이커 부인, 얼마 전에 플리머스의 가든파티에서 뵌 적이 있는 것 같은데요. 그렇지 않습니까?"

홈즈가 말했다.

"아니요. 착각하신 것 같군요."

"그럴 리가! 저는 맹세라도 할 수 있습니다. 그때 타조 깃털로 장식한 비둘기색의 실크 드레스를 입고 오셨지요?"

"저는 그런 옷을 가져 본 적이 없답니다."

"아, 그렇군요."

홈즈는 부인에게 사과하고 경위를 따라 밖으로 나갔다. 우린 황무지로 나가 시신이 발견된 작은 분지를 향해 걸었다. 분지 가장자리에는 외투가 걸려 있던 가시금작화 덤불이 엉켜 있었다.

"그날 밤엔 바람이 없었던 것으로 알고 있습니다만."

홈즈가 말했다.

"그랬습니다. 하지만 비가 심하게 왔지요."

"그래서 외투가 날아가지 않고 여기 걸려 있었군요."

"그렇습니다. 덤불 위에 걸쳐 있었지요."

"흥미로운 얘기로군요. 바닥에 발자국이 많았다고 했는데 사건 이후에도 여길 많은 사람들이 밟았겠군요."

"우리는 이쪽 가장자리에 자리를 깔고 모두 그 위에 서 있었습니다."

"잘하셨습니다."

"이 자루에 스트레이커와 피츠로이 심슨의 구두 한 짝씩이랑 실버 블레이즈의 편자 주형을 넣어 가지고 왔습니다."

"경위, 정말 훌륭하십니다!"

홈즈는 자루를 받아 들고 구덩이 속으로 내려가더니 돗자리를 좀 더 가운데 쪽으로 밀어 놓았다. 그러고는 그 위에 엎드려서 두 손으로 턱을 고인 채 발자국투성이의 진흙밭을 주의 깊게 살폈다.

"어럽쇼! 이게 뭐지?"

홈즈가 갑자기 말했다. 그건 반쯤 타다 남은 밀랍 성냥이었는데 온통 진흙을 뒤집어쓰고 있어서 언뜻 보기에는 작은 나뭇조각처럼 보였다.

"어떻게 그걸 놓쳤는지 모르겠군요."

경위는 불편한 기색으로 말했다.

"이건 진흙에 묻혀서 보이지 않았습니다. 이게 눈에 띈 것은 내가 바로 이걸 찾고 있었기 때문이지요."

"뭐라고요! 그걸 찾고 계셨다고요?"

"그런 것 같습니다."

홈즈는 가방에서 신발을 꺼내더니 흙 속에 새겨진 발자국과 일일이 대조해 보았다. 그리고 위로 올라와서 분지 가장자리의 양치류와 덤불 사이를 기어 다녔다.

"더 이상의 발자국은 없을 겁니다. 사방으로 100미터 이내의 땅을 철저하게 조사했으니까요."

경위가 말했다.

"그렇습니까!"

홈즈는 허리를 펴며 말했다.

"그런 말씀을 듣고서도 똑같은 조사를 되풀이하는 결례를 범할 수야 없지요. 하지만 어두워지기 전에 황무지를 걸으며 생각을 좀 해 보고 싶군요. 그리고 좋은 일이 있을지도 모르니까 이 편지는 제가 보관하기로 하겠습니다."

로스 대령은 내 친구가 조용한 태도로 체계적으로 조사를 벌이는 걸 보고 마음이 급한 듯 시계를 흘끗 처다보았다.

"경위, 나랑 같이 갑시다. 경위에게 몇 가지 듣고 싶은 조언이 있소. 특히 웨식스 배 대회의 출주마 명단에서 실버 블레이즈의 이름을 빼는 게 관중에 대한 도리가 아닌지 묻고 싶소."

"그건 그렇지 않습니다. 명단에 이름을 그대로 올려놓으십시오."

홈즈가 주저 없이 말했다.

대령은 고개를 숙였다.

"선생의 의견이 그렇다니 정말 기쁘오. 우린 가엾은 스트레이커의 집에 먼저 가 있겠소. 선생이 산책을 끝내고 오면 같이 태비스톡으로 나갑시다."

대령은 경위와 함께 집으로 돌아갔고 홈즈와 나는 황무지를 천천히 걸었다. 태양이 메이플턴 마방 너머로 지고 있었다. 눈앞에 펼쳐진 경사진 평원은 황금빛으로 물들었고, 시든 양치류와 나무딸기는 저녁 햇살을 받아 여기저기서 짙은 적갈색으로 빛났다. 그러나 깊은 생각에 빠져 있는 내 친구에게 이토록 찬란한 풍경은 아무런 의미가 없었다.

홈즈는 불쑥 말을 꺼냈다.

"왓슨, 이런 식으로 생각해 보세. 존 스트레이커를 누가 죽였는가 하는 문제는 논외로 하고 말의 소재를 알아내는 일에만 집중하기로 하세. 자, 실버 블레이즈가 사람들이 싸움을 벌이는 동안 달아났다고 가정하고 녀석이 어디로 갔는지 생각해 보지. 말은 대단히 군거성(群居性)이 높은 동물이라네. 말이 본능에 따라 움직였다면 십중팔구 킹스 파일랜드로 돌아갔거나 메이플턴으로 갔을 걸세. 말이 무엇 때문에 황야를 뛰어다니겠나? 황야로 나갔다면 벌써 누군가의 눈에 띄었을 거야. 그리고 집시들이 실버 블레이즈를 데려다가 무엇에 쓰겠나? 집시들은 무슨 일이 생겼다는 얘길 들으면 경찰한테 시달리기 싫어서 아예 야영지를 옮겨 버리는 게 보통이라네. 그런 말을 팔아넘긴다는 건 언감생심 바랄 수도 없는 일이지. 말을 붙들고 있어 봤자 위험하기만 하고 실익은 전혀 없네. 그건 확실해."

"그럼 말은 지금 어디 있지?"

"내가 벌써 말하지 않았나? 킹스 파일랜드 아니면 메이플턴으로 간 것이 분명하다고 말일세. 말은 지금 킹스 파일랜드에는 없네. 그렇다면 메이플턴 마방에 있는 게 분명하지. 이런 가설을 세운다면 어떤 결과가 나올까? 그레고리 경위가 말했던 것처럼, 황무지의 이 부분은 극히 단단하고 건조한 땅이라네. 하지만 메이플턴 쪽으로 갈수록 지대가 낮아지지. 저 너머에 있는 꽤 넓은 분지가 보이지? 저곳은 월요일 밤에 비가 왔을 때 몹시 질척했을 거야. 만약 우리가 세운 가설이 옳다면 말은 틀림없이 저곳을 지났을 걸세. 따라서 우리가 말의 발자국을 찾아야 하는 곳은 바로 저길세."

이런 대화를 나누면서 우리는 부지런히 다리를 놀렸고, 잠시 후 목적했던 분지에 도착했다. 홈즈의 주장대로 나는 분지의 오른쪽 제방, 그는 왼쪽 제방을 향해 걷기 시작했다. 그런데 채 50보도 걷기 전에 고함 소리가 들렸다. 돌아보니 그가 나를 향해 손짓하고 있었다. 그가 서 있는 곳의 부드러운 땅에 말 발자국이 선명하게 찍혀 있었다. 그가 주머니에서 꺼낸 편자는 땅바닥의 말 발자국과 정확히 일치했다.

"이건 상상력의 승리일세. 그레고리에게 부족한 자질이 바로 그것이지. 우린 무슨 일이 생겼을지 상상해서 가설을 세우고, 그 가설에 따라 움직였네. 그리고 우리의 생각이 옳다는 게 증명됐어. 자, 계속 가 보도록 하세."

질척한 분지를 건너자 400미터가량 건조하고 단단한 땅이 나타났다. 그러나 지대가 낮아지면서 발자국이 다시 나타났다. 그리고 800미터가량 또다시 발자국은 사라졌지만 메이플턴 마방 근처에서 다시 만났다. 갑자기 홈즈가 걸음을 멈추더니 득의에 찬 표정으로 바닥을 가리켰다. 말 발자국 옆에 한 남자의 발자국이 찍혀 있었다.

"말은 혼자 왔는데."

나는 소리쳤다.

"그래. 여기까진 혼자 왔지. 어럽쇼, 이게 뭐지?"

사람과 말이 뒤로 돌아서 킹스 파일랜드 쪽으로 방향을 틀었던 것이다. 홈즈는 휘파람을 불었고, 우리는 하릴없이 발자국을 따라갔다. 그는 발자국만 쳐다봤지만 나는 어쩌다가 옆을 슬쩍 보았다. 그런데 이게 웬일인가. 똑같은 말과 사람의 발자국이 이번에는 정반대로 가고 있었다.

"왓슨, 이번에는 자네가 점수를 올렸군."

내가 그것을 가리키자 홈즈가 말했다.

"자네 덕분에 쓸데없이 왔다 갔다 하는 수고를 면하게 됐네. 도로 올라가세."

그리 멀리 갈 필요가 없었다. 발자국은 메이플턴 마구간의 문으로 통하는 포장도로에서 끝났다. 마구간 문 앞으로 다가가자 마부 하나가 안에서 뛰어나왔다.

"쓸데없이 여기서 왔다 갔다 하면 안 됩니다."

"한 가지 물어볼 게 있네."

홈즈는 엄지와 검지를 조끼 주머니에 넣었다.

"내일 새벽 5시에 여기 오면 실라스 브라운 씨를 뵐 수 있을까? 시간이 너무 이를까?"

"아닙니다, 선생님. 그 시간에 오시면 브라운 조교사님을 얼마든지 뵐 수 있습니다. 여기서 제일 먼저 일어나는 분이시니까요. 아닙니다요, 선생님, 그 돈에 손댔다가 그분한테 걸리기라도 하는 날엔 당장 쫓겨날 겁니다. 주시겠다면 나중에."

셜록 홈즈가 반 크라운짜리 동전을 도로 주머니에 집어넣었을 때 나이 지긋하고 사납게 생긴 사내가 수렵용 채찍을 흔들며 밖으로 성큼성큼 걸어 나와 소리쳤다.

"도슨, 지금 뭐 하나? 웬 잡담이냐! 가서 일 봐! 그리고 당신,

대관절 여기서 뭐 하는 거지?"

"조교사, 10분만 시간을 내주시지요."

홈즈는 한껏 부드러운 목소리로 말했다.

"난 할 일 없이 노닥거리는 사람들을 일일이 만나 얘기할 시간이 없다. 여긴 외부인 출입 금지 구역이다. 꺼져! 안 그러면 개를 풀어놓을 테니까."

홈즈는 조교사의 귀에 입술을 바짝 대고 뭔가를 속삭였다. 그러자 조교사는 화들짝 놀라며 관자놀이까지 빨개졌다. 그가 소리쳤다.

"거짓말! 그건 새빨간 거짓말이야!"

"좋습니다. 그럼 그 문제에 대해서 여기서 공개적으로 토론할까요, 아니면 브라운 씨 방으로 가서 얘기할까요?"

"아, 들어가고 싶다면 들어가야지."

홈즈는 씩 웃었다.

"왓슨, 금방 나올 걸세. 그럼 브라운 씨, 들어가십시다."

홈즈와 조교사가 다시 나타난 것은 20분 뒤였다. 석양의 붉은 기운은 완전히 가시고 잿빛 땅거미가 지고 있었다. 나는 실라스 브라운처럼 그렇게 짧은 시간에 태도가 백팔십도 바뀐 사람은 처음 보았다. 그의 얼굴은 창백한 잿빛이었고 이마에는 구슬 같은 땀이 송송 돋아 있었다. 손은 얼마나 떠는지 수렵용 채찍이 바람 속의 나뭇가지처럼 흔들거렸다. 협박조의 고압적인 태도는 온데간데없었고, 그는 주인 앞에 있는 개처럼 내 친구 옆에서 시종 굽실거렸다.

"지시대로 하겠습니다. 빠짐없이 이행합지요."

실라스 브라운은 말했다.

"실수가 없도록 해야 합니다."

홈즈는 그를 돌아보며 말했다. 브라운 조교사는 그의 눈에서 심상치 않은 빛을 읽고 몸을 움츠렸다.

"아, 그럼요. 실수 없이 하지요. 반드시 출주시키겠습니다. 먼저 색깔부터 바꿀까요?"

홈즈는 조금 생각해 보고 큰 소리로 웃음을 터뜨렸다.

"아니, 그냥 놔둬요. 그 문제에 대해서는 나중에 편지하겠습니다. 혹시 얕은꾀를 쓸 생각일랑 하지 마세요. 만약에 그랬다가는……."

"오, 걱정하지 마십시오. 그건 절대로 걱정하지 마십시오!"

"좋습니다. 한번 믿어보겠습니다. 그럼 내일 다시 연락할게요."

조교사는 떨리는 손을 내밀었지만 홈즈는 못 본 척하고 돌아섰다.

우리는 킹스 파일랜드를 향해 출발했다.

"실라스 브라운 조교사처럼 복합적인 성격을 가진 괴물은 처음 봤네. 고압적이면서도 겁이 많고 알랑거리기까지 하잖나."

터벅터벅 걸어가면서 홈즈가 말했다.

"그럼 말은 저 사람이 갖고 있는 건가?"

"처음에는 길길이 날뛰면서 부정하더군. 하지만 그날 새벽에 그가 했던 행동을 정확하게 설명하니까 내가 숨어서 지켜봤다고 확신하더군. 물론 자네도 구두코가 각진 그 특이한 발자국을 봤겠지만 그자의 구두 모양이 그것과 똑같았네. 또 평범한 일꾼 같았으면 감히 그런 행동을 할 엄두를 못 냈을 걸세. 나는 전후 사정을 하나하나 설명했지. 그가 늘 하던 대로 제일 먼저 일어나서 내려왔다가 웬 낯선 말 한 마리가 황무지에서 어슬렁거리는 걸 봤던 거, 그걸 보고 밖으로 쫓아 나갔다가 그 말이 하얀 이마 때문에 실버 블레이즈라는 이름이 붙은 우승 예상마라는 걸 알고 놀란 거며. 사실 그가 돈을 건 데스버로를 제칠 수 있는 유일한 말이 수중에 들어온 것 아닌가. 하지만 처음에는 그 말을 킹스 파일랜드로 데려다주려고 하다가 도중에 마음이 바뀌어서 경주가 끝날 때까지 감춰놓기로 하고 도로 메이플턴으로 끌고 가서 숨겨놓은 것까지 내가 자세히 얘기하자 브라운 조교사는 완전히 포기하고 자기 살 궁리만 하더군."

"하지만 경찰에서 여기도 샅샅이 뒤졌잖아?"

"오, 말의 겉모습을 바꾸는 방법은 수없이 많은데 저 약아빠진 늙은이는 그런 걸 잘 알고 있지."

"하지만 말을 그냥 여기 두고 가도 되겠나? 실버 블레이즈가 다치기라도 하면 저 사람한테는 이익이잖아?"

"여보게, 저자는 말을 자기 눈동자처럼 지킬 걸세. 자기가 지은 죄를 용서받는 길은 말을 안전하게 지키는 것밖에 없다는 걸 잘 알고 있으니까."

"로스 대령은 어떤 상황에서도 그다지 자비를 베풀 만한 사람은 아닌 것 같던데."

"그 문제는 로스 대령한테 달린 게 아닐세. 나는 내 방식대로 할 거고, 얼마만큼 얘기하느냐는 순전히 내가 알아서 판단할 문제지. 그게 나 같은 사립 탐정이 누리는 특권 아니겠나? 왓슨, 자네도 느꼈을지 모르겠지만 대령한테는 좀 거만한 구석이 있어. 난 그 사람을 골탕 좀 먹이려고 하네. 실버 블레이즈에 대한 얘기는 절대로 하지 말게."

"자네의 허락 없이는 한마디도 안 하겠네."

"물론 이건 존 스트레이커를 죽인 범인을 찾아내는 일에 비하면 대단히 사소한 거지."

"그럼 자네는 이제부터 그 문제를 해결하는 데 전념할 건가?"

"천만에, 자네랑 같이 야간열차 편으로 런던에 돌아갈 생각이라네."

나는 벗의 말을 듣고 기겁했다. 데번셔에 내려온 지 몇 시간밖에 안 됐는데 이렇게 성공적으로 시작된 수사를 중단하겠다니 어안이 벙벙할 따름이었다. 조교사의 집에 닿을 때까지 그는 한마디도 하지 않았다. 대령과 경위가 응접실에서 우릴 기다리고 있었다.

"우린 야간 급행열차 편으로 런던으로 돌아가려고 합니다. 아름다운 다트무어의 공기를 마시니 기분이 상쾌하군요."

홈즈가 말했다.

경위는 눈을 동그랗게 떴고 대령은 입가에 비웃음을 머금었다.

"그래서 가엾은 스트레이커를 죽인 범인을 찾아내는 일은 단념하겠다 이거요?"

대령이 말했다.

홈즈는 어깨를 들썩했다.

"그 문제에 대해선 중대한 난관에 봉착했습니다. 하지만 실버 블레이즈는 화요일 경주에 출주하리라고 예상하고 있습니다. 그러니 기수를 준비해 주시기 바랍니다. 존 스트레이커의 사진을 한 장 구할 수 있을까요?"

경위는 봉투에서 사진을 한 장 꺼내서 건네주었다.

"허어, 그레고리 경위, 내가 뭘 요구할지 완벽하게 예상했군요. 모두들 여기서 잠깐 기다려 주시기 바랍니다. 하녀에게 좀 물어봐야 할 게 있으니까요."

내 친구가 방을 나가자 로스 대령이 퉁명스럽게 말했다.

"솔직히 말해서 난 런던에서 온 탐정한테 좀 실망했소. 여기 와서 해 놓은 일이 아무것도 없잖소."

"그래도 실버 블레이즈가 경주에 나오리라는 건 확인해 주었잖습니까."

나는 말했다.

"그렇소, 그럴 거라는 얘길 들었지. 하지만 나는 애길 듣기보다는 말을 되찾는 게 더 좋소."

대령은 어깨를 들썩하며 말했다.

내가 벗의 편을 들어 뭐라고 대꾸하려는 찰나 홈즈가 다시 방에 들어왔다.

"자, 자, 신사 여러분, 나는 이제 태비스톡으로 갈 채비가 끝났습니다."

우리가 마차에 올라탈 때 마구간 소년 하나가 문을 붙들어 주었다. 홈즈는 그걸 보고 무슨 생각이 났는지 소년에게 다가가 팔을 툭 쳤다.

"목장에 양이 몇 마리 있는 것 같은데 누가 돌보고 있지?"

"접니다, 선생님."

"요즘 양한테 별문제는 없나?"

"음, 뭐 큰일은 아니지만 양 세 마리가 다리를 절게 됐습니다, 선생님."

홈즈는 만면에 희색이 가득해서 쿡쿡거리고 웃으며 두 손을 마주 비볐다.

"왓슨, 내 예상이 적중했군. 적중했어."

그는 내 팔을 살짝 꼬집으며 말했다.

"그레고리, 양들 사이에 이렇게 이상한 돌림병이 돌고 있는 점에 주목하는 게 좋을 겁니다. 마부, 출발하세!"

로스 대령은 여전히 내 친구를 우습게 생각하는 듯한 표정이었지만 경위의 얼굴에는 바짝 긴장한 빛이 떠올랐다.

"그 점이 중요하다고 보시는 겁니까?"

경위는 물었다.

"매우 중요합니다."

"제가 주목해야 할 점이 더 있습니까?"

"그렇습니다. 그날 밤 개의 이상한 행동을 놓치지 마세요."

"그날 밤 개는 전혀 짖지 않았습니다."

"그게 바로 이상한 행동이죠."

셜록 홈즈는 말했다.

나흘 뒤, 홈즈와 나는 웨식스 배 경마 대회를 관전하기 위해 열차 편으로 윈체스터로 갔다. 로스 대령은 약속대로 역사 밖에서 기다리고 있었고 우리는 대령의 마차를 타고 시 외곽의 경마장을 향해 달렸다. 로스 대령은 심각한 표정이었고 태도는 몹시 차가웠다.

"내 말은 구경도 못 했소이다."

"말을 보면 알아보실 수 있겠지요?"

홈즈가 물었다.

대령은 화를 벌컥 냈다.

"20년 동안 이 바닥에 있었지만 그런 질문을 받아본 건 처음이오. 하얀 이마와 오른쪽 앞다리의 얼룩무늬를 보면 누구든지 실버 블레이즈를 알아볼 거요."

"예상 배당률은 어떻습니까?"

"글쎄, 그게 참 희한한 일이오. 어제는 15 대 1이었는데 배당률이 점점 떨어지더니 지금은 3 대 1까지 됐소(우승 확률이 높은 말일수록 배당률이 낮다. 많은 사람들이 그 말에 돈을 걸기 때문이다. 영국 경마에서 예상 배당률이 15 대 1이란 마권업자가 15를, 마권 구매자가 1을 걸었다는 것이고 이 말이 우승하면 마권 구매자가 16(15+1)을, 우승하지 못하면 마권업자가 16을 갖게 된다 ─ 옮긴이)."

"흠! 누군가 뭔가를 알고 있구먼, 틀림없어."

마차가 특별관람석 근처의 울타리 앞에 멈춰 서자 경주마 명단이 게시되어 있는 게 보였다.

웨식스 배 1등 상 금화 1000파운드.

2등 300파운드, 3등 200파운드.

신 경주로(1.6킬로미터 5펄롱)

1. 히스 뉴턴 씨의 마필(馬匹) 니그로. 붉은 모자. 진노랑 재킷.

2. 워드로 대령의 마필(馬匹) 푸질리스트. 분홍 모자. 청색과 검정 재킷.

3. 백워터 경의 마필(馬匹) 데스버로. 노랑 모자와 노랑 소매.

4. 로스 대령의 마필(馬匹) 실버 블레이즈. 검정 모자. 붉은 재킷.

5. 발모럴 공작의 마필(馬匹) 아이리스. 노랑과 검정 줄무늬.

6. 싱글퍼드 경의 마필(馬匹) 래스퍼. 진홍 모자. 검정 소매.

대령은 말했다.

"우린 당신 말만 믿고 다른 말은 경주마 명단에서 빼 버렸소. 아니, 저게 뭐지? 우승 예상마 실버 블레이즈?"

관람석이 쩌렁쩌렁 울렸다.

"예상 배당률 실버 블레이즈 5 대 4! 실버 블레이즈 5 대 4! 데스버로 5 대 15! 나머지 5 대 4!"

나는 외쳤다.

"숫자가 올라갑니다! 전부 여섯 필이군요."

대령은 당황해서 외쳤다.

"전부 여섯 필이라고? 그럼 내 말도 나오는 게 분명한데. 하지만 어디 있는지 보이지 않는구려. 붉은 재킷이 아직 안 지나갔소."

"지나간 건 다섯 마리뿐입니다. 아, 지금 나오는 저 말인가 봅니다."

내가 말하는 동안 탄탄한 밤색 말 한 필이 울타리 안으로 들어와 우리 앞을 느린 구보로 지나갔다. 말은 유명한 검정 모자에 붉은 재킷을 입은 대령의 기수를 태우고 있었다.

마주가 외쳤다.

"저건 내 말이 아니오! 지 말은 몸에 흰 털이 없소이다. 홈즈 선생, 대관절 이게 어찌 된 노릇이오?"

"자, 자, 말이 얼마나 잘 뛰는지 보십시다."

내 친구는 태연하게 말했다. 그리고 잠시 내 망원경을 빌렸다.

그가 갑자기 외쳤다.

"좋았어! 출발이 아주 좋은데! 저기 있다! 지금 커브를 돌고 있어!"

우리 마차에서는 직선 코스를 달리는 말들이 한눈에 내려다보였다. 여섯 필의 경주마는 서로 바싹 붙어 있어서 카펫 한 장으로 여섯 필을 모두 덮을 수 있을 정도였다. 하지만 직선 코스를 절반쯤 지나자 메이플턴 마방의 노란 모자가 선두로 치고 나왔다. 그렇지만 우리가 있는 곳에 이르기 전에, 대령의 말이 속도를 내더니 데스버로를 6마신(馬身, 말의 코끝에서 엉덩이 끝까지의 길이. 약 2.4미터 — 옮긴이) 이상 앞서서 기둥을 통과했고 발모럴 공작의 아이리스가 한참 늦게 3위로 들어왔다.

대령은 눈을 비비며 헐떡거렸다.

"어쨌든 달리는 걸 보니 내 말이 틀림없소이다. 하지만 어찌 된 노릇인지 통 영문을 모르겠구려. 홈즈 선생, 이제 사실을 솔직히 털어놓을 때가 된 거 아니오?"

"그렇고말고요. 이제 모든 사실을 다 아시게 될 겁니다. 어디 같이 가서 말을 한번 보기로 하지요. 저기 있군요."

우리는 마주와 그의 친구들에만 입장이 허가되는 경기장 안으로 들어갔다.

"포도주로 말 머리와 다리를 씻어 주십시오. 그러면 예전과 똑같은 실버 블레이즈가 나타날 겁니다."

"정말 사람을 놀라게 하시는군!"

"나는 어느 말 위조꾼의 손에서 이 말을 찾아낸 뒤에 외람되지만 원래대로 경주에 출주시키도록 조처했습니다."

"선생, 정말 놀라운 일을 하셨소이다. 말은 아주 건강하고 튼튼한 것 같소. 상태는 그 어느 때보다 좋은 것 같구려. 그동안 선생의 능력을 의심한 점에 대해 깊이 사과하겠소. 내 말을 찾아주어서 정말 고맙소이다. 앞으로 존 스트레이커의 살해범을 밝혀준다면 내 그 고마움을 영원히 잊지 않으리다."

"이미 밝혀냈습니다."

홈즈는 조용히 말했다.

대령과 나는 깜짝 놀라서 그를 쳐다보았다.

"범인을 찾았다고? 그게 대체 누구요?"

"범인은 여기 있습니다."

"여기 있다고? 어디 말이오?"

"지금 바로 제 앞에 서 있습니다."

대령의 얼굴이 벌겋게 달아올랐다.

"홈즈 선생, 내가 선생에게 신세를 진 건 틀림없는 사실이오. 하지만 선생이 방금 한 말은 아주 형편없는 농담이거나 나에 대한 모욕이오."

셜록 홈즈는 웃음을 터뜨렸다.

"분명히 말해 두지만 로스 대령께서 범인이라는 건 절대 아닙니다. 진범은 대령의 바로 뒤에 서 있습니다."

홈즈는 말에게 성큼성큼 다가가 순혈종 우승마의 윤기 흐르는 목덜미에 손을 올려놓았다.

"말이!"

대령과 나는 이구동성으로 외쳤다.

"그렇습니다. 범인은 말입니다. 하지만 말이 자기방어를 위해 저지른 짓이었다고 한다면 용서받을 수 있겠지요. 사실 존 스트레이커는 배은망덕한 자였습니다. 하지만 종이 울리는군요. 다음 경주에선 좀 딸 것 같으니까 긴 설명은 다음 기회로 미루기로 하겠습니다."

그날 저녁 우리는 침대차를 타고 런던을 향해 질주했다. 홈즈는 월요일 밤에 다트무어의 두 마방에서 일어난 일에 대해, 그리고 자신이 어떻게 수수께끼를 풀었는지에 대해 설명해 주었고, 나와 로스 대령은 그 얘기를 듣느라 긴 여행이 조금도 지루한 줄을 몰랐다.

홈즈가 말했다.

"솔직히 말해서, 내가 신문을 보고 구상한 이론은 다 틀렸습니다. 사실 신문에는 의미심장한 사실들이 소개돼 있었지만 다른 사소한 일들에 가려 그 진정한 의미가 숨겨져 있었지요. 나는 피츠로이 심슨이 진범이라는 확신을 갖고 데번셔에 왔습니다. 물론 증거가 완전하지 않다는 건 잘 알고 있었지요. 양고기 카레의 엄청난 의미가 생각난 것은 우리가 막 조교사의 집 앞에 도착했을 때 마차 안에서였습니다. 그때 모두들 마차에서 내린 다음 나 혼자 멍하니 마차 속에 앉아 있던 일을 기억하고 계실 겁니다. 어떻게 그토록 명백한 단서를 간과할 수 있었는지 마음속으로 놀라움을 금치 못하고 있었지요."

"솔직히 말하면 나는 지금도 양고기 카레가 사건 해결에 어떻게 도움이 됐는지 잘 모르겠소이다."

대령이 말했다.

"그것은 연쇄적 추리의 첫 번째 고리였습니다. 아편 분말은 맛이 대단히 강합니다. 향은 그다지 나쁘지는 않지만 독특한 편이지요. 그걸 보통 음식에 섞어 놓으면 사람들은 한 입만 먹어도 뭔가 이상하다는 걸 깨닫고 더 이상 먹지 않으려고 할 겁니다. 카레는 아편의 맛과 향을 감추는 데 더할 나위 없는 재료였습니다. 그런데 이 피츠로이 심슨이라는 이방인이 그날 밤 조교사 가족의 음식으로 카레를 골랐다는 것은 어불성설입니다. 또 때마침 그가 찾아온 날 밤에 아편의 풍미를 감출 수 있는 음식이 준비되었다고 보는 것도 터무니없는 일일 겁니다. 이렇게 생각하면 심슨 대신 그날 밤 저녁 식사로 양고기 카레를 선택할 수 있는 두 사람, 즉 스트레이커 부부가 용의 선상에 떠오르게 됩니다.

아편은 마구간 소년에게 갖다주려고 담아놓은 음식에만 넣었습니다. 그래서 다른 사람들은 저녁 식사로 똑같은 음식을 먹고도 아무렇지도 않았던 겁니다. 그럼 부부 중에서 누가 하녀 모르게 음식에 약을 넣었을까요?

그 문제에 답하기 전에 나는 그날 밤에 개가 짖지 않은 이유를 이해하게 되었습니다. 정확한 추리는 또 다른 바른 추리로 이어지게 마련이니까요. 나는 심슨 사건을 통해 개가 마구간 안에 있었다는 것, 하지만 누군가 마구간에 들어와 말을 끌어낼 때 가만히 있었고 그래서 다락방에서 자고 있던 두 소년이 깨지 않았다는 것 등을 알게 되었습니다. 심야의 방문객은 명백히 개가 잘 아는 인물이었지요.

나는 존 스트레이커가 한밤중에 마구간에 내려가서 실버 블레이즈를 끌어냈다는 사실을 거의 확신하고 있었습니다. 목적이 뭐였을까요? 부정한 목적이 아니라면 무엇 때문에 자기 밑에서 일하는 소년에게 약을 먹였겠습니까? 하지만 그 이유는 잘 알 수 없었지요.

그런데 여태까지 몇몇 조교사들이 대리인을 통해 다른 말에 돈을 건 다음, 부정한 방법으로 자기 말이 경주에서 이기는 걸 방해해서 거액을 벌어들인 사례가 있었습니다. 어떤 때는 기수를 협박했습니다. 아니면 좀 더 확실하고 교묘한 수단을 동원하는 경우도 있었습니다. 이번에 스트레이커는 어떤 방법을 쓰려고 했던 걸까요? 나는 조교사의 소지품이 사태를 파악하는 데 도움이 될지도 모른다고 생각했습니다.

그건 사실이었지요. 두 분은 죽은 조교사가 쥐고 있던 특이한 칼을 기억하고 계실 겁니다. 정신이 제대로 박힌 사람이라면 그런 칼을 무기로 선택하지는 않을 겁니다. 우리 왓슨 박사의 말마따나 그건 의사들이 미세 수술을 할 때 사용하는 메스였지요. 로스 대령은 경마 경험이 풍부하시니까, 말의 오금 부분의 힘줄을 근육층은 놔두고 피하층만 슬쩍 그어놓으면 전혀 흔적이 남지 않는다는 걸 잘 아실 겁니다. 말이 그런 상처를 입으면 발을 약간 절게 되는데, 사람들은 말이 연습하다 다리를 삐었거나 관절염 기운이 있다고 생각하지 어떤 부정행위가 있었으리라곤 상상도 못 하게 마련이지요."

"저런 나쁜 놈! 악당 같으니라고!"

대령이 외쳤다.

"존 스트레이커가 말을 황무지로 끌어낸 이유가 바로 그겁니다. 그렇게 기운 좋은 동물이 몸에 칼이 닿는 걸 느끼면 가만히 있지 않을 테고, 종내는 다락방에서 깊이 잠든 소년들을 깨우고야 말았을 겁니다. 말을 꼭 밖으로 끌고 나가야 했던 거지요."

대령이 소리쳤다.

"나는 눈뜬장님이었소! 스트레이커가 초와 성냥을 가지고 나간 건 다 그 때문이었구려."

"그렇습니다. 하지만 나는 스트레이커의 소지품을 보고 다행스럽게도 범행 방법뿐 아니라 동기까지 간파해 냈지요. 대령, 상식적으로 생각해서 다른 사람 앞으로 날아온 청구서를 갖고 다니는 사람은 없습니다. 자기 것을 처리하는 것만도 벅차니까요.

나는 그걸 보고 스트레이커가 이중생활을 하고 있다는 걸 직감했습니다. 말하자면 딴살림을 차린 거지요. 청구서를 보면 사치스러운 취향을 가진 여자가 끼어 있다는 것을 알 수 있습니다. 대령이 일꾼들에게 아무리 후하다 해도 조교사가 자신의 여자들에게 20기니짜리 외출복을 사 주기는 힘들었을 겁니다. 나는 스트레이커 부인에게 에둘러서 그 드레스에 대해 묻고 그런 옷이 부인에게 배달된 적이 없다는 사실을 확인했습니다. 나는 여성 의류점의 주소를 적었고 스트레이커의 사진을 들고 그 집에 찾아가면 다비셔가 가공의 인물이라는 사실을 쉽게 확인할 수 있으리라 생각했지요.

그때부터는 모든 게 다 뻔했지요. 스트레이커는 말을 끌고 불빛을 가리기 위해 분지로 갔습니다. 심슨은 도망치다가 스카프를 떨어뜨렸는데 스트레이커가 이걸 주웠지요. 아마 그것으로 말의 다리를 묶어 놓으려고 했을 겁니다. 분지 안에 들어가자 조교사는 말 뒤로 돌아가서 불을 켰습니다. 그런데 말은 갑작스러운 불빛에 놀라기도 했고, 또 놀라운 동물적 본능으로 조교사가 어떤 나쁜 일을 꾸미고 있다는 걸 느끼고 발길질을 했습니다. 강철 편자가 스트레이커의 이마를 정통으로 때렸지요. 비가 오고 있었지만 그는 섬세한 작업에 방해가 되지 않도록 이미 비옷을 벗어 놓은 상태였습니다. 그래서 쓰러지면서 들고 있던 메스로 자신의 허벅지를 깊이 벤 것이지요. 이해가 되십니까?"

"훌륭하오! 정말 훌륭하오! 꼭 옆에서 지켜본 사람처럼 말하는구려!"

"방금 얘기한 부분은 우회적으로 추리해 낸 사실입니다. 그런데 스트레이커처럼 약아빠진 인간이 연습도 하지 않고 말의 힘줄 일부를 끊는 섬세한 작업을 할 리가 없다는 생각이 들더군요. 그렇다면 조교사는 무엇을 대상으로 연습했을까요? 우연히 양이 눈에 띄었을 때 나는 양을 돌보는 소년에게 물어보았습니다. 그 결과 놀랍게도 내 추리가 옳다는 것이 확인되었지요.

런던에 돌아왔을 때 나는 문제의 여성 의류점을 찾아가서 스트레이커가 다름 아닌 다비셔라는 이름의 씀씀이가 큰 고객이라는 사실을 확인했습니다. 다비셔에겐 값비싼 드레스를 좋아하는 아주 사치스러운 아내가 있더군요. 조교사는 그 여자 때문에 빚더미에 올라앉고 결국에는 이렇게 파렴치한 범행을 계획하게 된 것이 분명합니다."

"선생은 한 가지만 빼고 모든 걸 완벽히 다 설명하셨소이다. 말은 어디 있었소?"

대령이 외쳤다.

"아, 말은 달아났습니다. 그동안 어느 이웃이 돌봐주었지요. 그 부분에 대해서는 너그럽게 용서하셔야 할 것 같습니다. 가만, 여긴 틀림없이 클래펌 역인 것 같습니다. 10분 안에 빅토리아 역에 도착하겠군요. 대령, 우리 집에 가서 시가라도 한 대 피우면서 얘기하는 게 어떨까요. 아직도 궁금한 점이 있다면 기꺼이 설명해 드리지요."

The Adventure of Silver Blaze, 1890

작품 내에 정확한 사건 시기에 관한 언급이 없다. 여러 가지 본문의 정황들로 시기를 추정해 볼 수는 있는데, 홈즈가 "자네의 기록을 통해 나를 알고 있는 사람들이……." 라는 언급을 하는 것으로 볼 때 최소한 『주홍색 연구』의 발표인 1887년 11월보다 뒤에 일어난 사건일 것이다. 왓슨이 메리 모스턴과 만난 1988년 이후부터 홈즈가 라이헨바흐 폭포에서 실종된 1891년 사이의 시기에 웨섹스에서 경마가 열린 것은 6차례인데, 비가 오는 등 여러 가지 사정이 생겨서 제대로 레이스가 벌어진 것은 1890년뿐이라고 한다.

러시아 번역판에서는 카레를 마늘 소스로 바꾸었다고 한다. 왜냐하면 당시 러시아인에게 카레는 매우 생소한 음식이었기 때문이라고.

그레고리 경위는 홈즈에게 인정받는 경찰 중 한 명이다. 홈즈는 그를 두고 "대단히 유능하다"고 평하지만, 한 가지 흠으로는 상상력이 좀 부족하다고 꼬집는다.

사건의 말미에서 홈즈와 왓슨은 침대차를 타고 빅토리아 역으로 돌아오는데, 당시 런던 남부 철도 회사의 종점은 워털루 역이었다고 한다. 아마도 왓슨의 기록이 틀린 것이라는 평이 지배적이다.

해당 작품은 『셜록 홈즈의 회상록The Memoirs of Sherlock Holmes』에 수록되어 있다.

1890

The Red-Headed League

빨간 머리 연맹

작년 가을이었다. 어느 날 셜록 홈즈를 찾아갔더니, 그는 불그레한 얼굴에 머리가 불붙은 것처럼 빨간 초로의 뚱뚱한 신사와 자못 심각하게 이야기를 나누고 있었다. 대화를 방해해서 미안하다고 사과하고 나오려는데, 뜻밖에 홈즈가 나를 방 안으로 끌어들이고 문을 닫았다.

"여보게 왓슨, 마침 잘 와주었네."

그는 다정하게 말했다.

"지금 일하는 중인가 본데."

"그렇다네."

"그러면 옆방에서 기다리겠네."

"아냐, 그럴 것 없네. 윌슨 씨, 이 신사는 여러 사건에서 나의 협력자이자 조수 역할을 해온 사람입니다. 이번 일도 우리에게 큰 도움이 될 거라고 생각합니다."

뚱뚱한 신사는 엉거주춤 몸을 일으키고 살찐 작은 눈을 들어 이쪽을 살피며 고개를 까딱했다.

"그쪽 소파에 앉게."

홈즈는 이렇게 말하고 도로 의자에 앉았다. 그리고 생각에 잠겨 있을 때면 으레 하던 버릇대로 다시 양손의 손가락 끝을 마주 댔다.

"여보게 왓슨, 나는 자네가 나처럼 단조로운 일상과 관습을 벗어난 것들에 열광한다는 사실을 알고 있네. 자네가 내 수사 기록을 펴내는 일에 열정적으로 매달릴 수 있는 것은 그런 취향 때문이지. 이렇게 말해도 될지 모르겠지만 자네는 내 모험담을 참으로 잘 꾸며주었네."

"솔직히 자네 사건들은 정말 흥미로워."

나는 내 생각대로 말했다.

"왓슨, 지난번에 메리 서덜랜드 양이 의뢰한 지극히 간단한 사건에 착수하기 전에 내가 한 말 기억나나? 기기묘묘한 것을 찾으려면 삶 그 자체 속으로 들어가야 한다고, 인생은 항상 그 어떤 상상보다 더한 것을 보여준다고 했던 것 말일세."

"미안하지만 나는 그 이론에 동의하지 않네."

"그렇군. 하지만 여보게, 자네는 결국 내 의견에 동의해야 할 걸세. 그렇지 않으면 자네의 논리 따위는 내가 끊임없이 제시하는 실제 사례들 밑에 납작하게 깔리고 말 테니까. 그러면 결국 내 말이 옳다는 걸 인정하게 되겠지. 자, 여기 계신 자베즈 윌슨 씨는 좀처럼 듣기 힘든 기이한 이야기를 아침부터 들려주고 계셨다네. 나는 자네한테 큰 사건보다는 오히려 범죄인지 아닌지 조차 분간하기 힘든 사소한 사건들 중에 기묘한 것이 더 많다고 한 적이 있네. 이번 사건은 아직 어떤 범법 행위가 있었는지 여부를 판단할 수 없지만 내가 알게 된 그 어떤 사건보다도 괴상하다네. 윌슨 씨, 미안하지만 처음부터 다시 말씀해 주실 수 있을까요? 제가 이런 요청을 하는 것은 단지 내 친구 왓슨 박사가 이야기의 첫머리를 못 들었기 때문이 아니라, 윌슨 씨의 얘기가 하도 기묘해서 아주 사소한 부분이라도 놓치고 싶지 않기 때문입니다. 나는 사건 설명을 조금만 들어도, 대개는 기억 속에 저장된 수천 건의 유사한 사건을 지표로 해서 판단을 내릴 수가 있습니다. 하지만 이 사건은 아무리 생각해 봐도 유례를 찾을 수 없을 만큼 특이하다는 것을 인정하지 않을 수 없군요."

뚱뚱한 손님은 자부심을 느끼는 듯 가슴을 쑥 내밀고 두꺼운 웃옷 안주머니에서 구겨진 신문지를 꺼내 들었다. 신사가 신문지를 무릎 위에 펼쳐놓고 얼굴을 바짝 대고 광고란을 살펴보는 동안, 나는 그를 자세히 살펴보았다. 그러면서 내 친구의 방식대로 신사의 옷차림과 외모에서 뭔가를 알아내려고 애썼다.

하지만 아무리 쳐다봐도 머릿속에 떠오르는 것이 별로 없었다. 손님은 둔하고 뚱뚱하고 점잖은 척하는 전형적인 영국 상인이었다. 그는 헐렁한 회색 체크무늬 바지에 꾀죄죄한 검은 프록코트를 아랫단추만 끼운 채 입고 있었다. 우중충한 색깔의 조끼 위로는 묵직한 청동 줄을 드리우고 있었는데 가운데 구멍이 뚫린 네모난 금속 조각이 장식으로 달려 있었다. 옆의 의자에는 해어진 중산모와 구겨진 벨벳 칼라가 달린 색 바랜 갈색 외투가 놓여 있었다. 아무리 봐도 그 불붙은 것처럼 새빨간 머리와 몹시 억울하고 불만스러운 표정 말고는 별다른 특징이 없었다.

날카로운 눈으로 손님을 바라보던 셜록 홈즈는 내가 묻는 듯한 시선으로 자신을 쳐다보는 걸 느끼고 빙그레 웃으며 고개를 설레설레 흔들었다.

"내가 확실하게 알 수 있는 건 이 손님이 한동안 육체노동에 종사한 적이 있고 코담배를 피운다는 것, 그리고 프리메이슨(중세의 숙련 석공 길드에서 비롯된 세계 최대의 박애주의 비밀 결사체 — 옮긴이) 단원이고 중국에 다녀온 적이 있으며 또 최근에 글씨 쓰는 일을 많이 했다는 것 정도일세. 그 이상은 모르겠네."

자베즈 윌슨 씨는 깜짝 놀라 고개를 들었다. 그는 검지로 신문의 한 부분을 짚은 채 내 친구를 쳐다보고 있었다.

"홈즈 선생께선 그런 걸 어떻게 다 알아내셨습니까? 예를 들면 내가 육체노동을 했다는 걸 어떻게 알았지요? 사실 나는 과거에 배 만드는 목수로 일했지요. 그러니 선생의 말은 한 치도 틀림없는 사실입니다."

"그건 윌슨 씨의 손을 보고 알았습니다. 윌슨 씨의 오른손은 왼손보다 훨씬 큽니다. 오른손을 써서 일했기 때문에 근육이 더 발달한 거지요."

"그러면 코담배를 피운다는 것하고 프리메이슨은?"

"그걸 어떻게 알아냈는지 자세하게 얘기하는 건 윌슨 씨의 지성을 모욕하는 행동이 될 겁니다. 더구나 윌슨 씨는 귀 단체의 엄격한 규칙에도 불구하고 삼각자와 컴퍼스 장식 핀(프리메이슨의 상징으로 컴퍼스와 삼각자가 오각형의 별 모양을 그리도록 겹쳐 있음 ─ 옮긴이)을 하고 계시지 않습니까."

"아, 그렇군요. 깜빡했습니다. 한데 글씨를 많이 썼다는 건?"

"윌슨 씨의 오른쪽 소매는 앞단이 12센티미터가량 반들거리고 왼쪽 소매는 책상에 올려놓는 팔꿈치 부분이 닳아서 반짝거립니다. 달리 어떻게 해석할 수 있겠습니까?"

"허허, 그런데 중국은?"

"오른쪽 손목 바로 위의 물고기 문신은 오직 중국에서만 할 수 있는 것입니다. 나는 문신에 관한 연구를 통해 자그마한 책자를 펴낸 적도 있습니다. 물고기 비늘에 섬세한 분홍 물을 들이는 것은 중국에서만 쓰는 독특한 기술이지요. 또 윌슨 씨의 시곗줄에 중국 엽전이 매달려 있어서 문제가 더욱 간단해졌습니다."

자베즈 윌슨 씨는 웃음을 터뜨렸다.

"아하, 난 또! 뭐 대단한 능력을 발휘한 줄 알았더니만 별것 아니었구먼요."

"왓슨, 아무래도 내가 조목조목 자세하게 설명하는 건 실수인 것 같네. '미지의 것은 대단하게 여겨진다(로마 역사가 타키투스의 『아그리콜라 전기』에 나오는 말 ─ 옮긴이).'라고 하지 않던가. 이렇게 솔직하게 털어놓다 보면 나의 보잘것없는 명성은 형편없이 추락하고 말 걸세. 윌슨 씨, 광고는 아직 못 찾으셨습니까?"

"아닙니다, 여기 찾았습니다."

윌슨 씨는 통통한 붉은 손가락으로 광고란의 중간쯤을 짚고 대답했다.

"여기 있습니다. 모든 일이 다 여기서 비롯됐지요. 한번 읽어
보십시오."

나는 신문을 받아 들었다. 광고는 다음과 같았다.

빨간 머리 연맹

우리 연맹은 미국 펜실베이니아 주 레바논의 고 이즈키아 홉킨
스가 남긴 유산 덕분에, 회원들에게 순전히 명목상의 봉사에 대
한 대가로 일주일에 4파운드씩 지불하고 있음. 그런데 현재 결원
이 한 명 생겼기에 이를 공고함. 21세 이상의 심신이 건강한 빨간
머리 남자들은 누구든 자격이 있으니 월요일 11시까지 플리트가
포프 코트 7번지, 연맹 사무실로 와서 던컨 로스에게 응모 바람.

"대체 이게 무슨 뜻이지?"

나는 야릇한 광고를 두 번이나 읽은 다음 불쑥 말했다.

홈즈는 기분이 들떠 있을 때면 으레 그렇듯 몸을 뒤틀며 킬킬
거렸다.

"정말 상식적으로 이해하기 힘든 내용 아닌가? 자, 윌슨 씨, 그
럼 자기소개를 해주시고 이 광고가 당신의 인생을 어떻게 바꿔
놓았는지에 대해 처음부터 다시 말씀해 주십시오. 박사, 우선 신
문 제목하고 날짜를 봐주게."

"1890년 4월 27일 자,《모닝 크로니클》일세."

"좋아. 그럼 시작할까요?"

"그럼 아까 했던 얘기를 다시 하겠습니다."

자베즈 윌슨은 이마의 땀을 훔치며 말했다.

"나는 구시가 근처 코버그 광장에서 자그마한 전당포를 하고 있습니다. 가게도 별로 크지 않은 데다가 최근에는 입에 풀칠이나 할 정도밖에 벌이가 안됐지요. 원래는 점원을 둘 데리고 있었지만 지금은 겨우 하나밖에 두지 못했습니다. 지금 있는 점원도 일을 배우겠다고 남들 받는 급료의 반만 받아도 좋다고 해서 쓰게 되었지요."

"그 착한 청년의 이름이 뭡니까?"

셜록 홈즈가 물었다.

"빈센트 스폴딩입니다. 그런데 청년이라고 할 수는 없어요. 나이를 가늠하기 힘듭니다. 하지만 똑똑한 사람이에요. 독립하면 지금 나한테 받는 급료의 두 배는 벌 수 있을 겁니다. 하지만 자기가 만족해하는데 굳이 그걸 가르쳐줄 필요는 없잖겠습니까?"

"그건 그렇지요. 남들보다 적게 받아도 좋다는 점원을 두셨다니 정말 운이 좋으십니다. 요즘 세상에 그런 사람은 정말 드무니까요. 제 생각엔 윌슨 씨 전당포의 점원도 그 광고만큼이나 특이한 것 같군요."

"허허, 하지만 스폴딩한테도 흠은 있습니다. 사진에 그렇게 미쳐 돌아가는 녀석은 처음 봤습니다. 툭하면 카메라로 사진을 찍어대고는 필름을 현상하겠답시고 토끼가 굴 속으로 뛰어들듯이 지하실로 달아나니 말씀입니다. 그게 제일 큰 단점인데 그것만 빼면 부지런한 일꾼이지요. 다른 나쁜 점은 없습니다."

"아직도 윌슨 씨 가게에서 일하고 있습니까?"

"아무렴요. 그리고 스폴딩 말고는 간단한 요리와 청소를 하는 열네 살짜리 여자애를 데리고 있지요. 아내가 죽은 후론 가족도 없이 혼자 살고 있기 때문에 집안 살림도 별로 없습니다. 우린 아주 조용히 살고 있었습니다. 우리 셋 말입니다. 내 집에서 빚지지 않고 살면 됐지요. 그런데 조용한 생활에 파문을 일으킨 게 바로 이 광고였습니다. 두 달 전에 스폴딩 녀석이 신문을 들고 가게로 내려왔지요. 녀석은 이렇게 말했습니다.

'윌슨 씨, 저도 빨간 머리라면 좋겠습니다.'

'왜 그러는데?'

'아 글쎄, 여기 빨간 머리 남자들의 연맹에 빈자리가 났다지 뭡니까. 빨간 머리 연맹에 든다는 건 큰 행운이거든요. 아마 결원이 생겼나 봅니다. 그래서 유산 관리인들은 돈을 어디에 써야 하는지 고심했겠지요. 머리 색깔만 바꿀 수 있다면 저도 당장에라도 달려가고픈 심정입니다.'

'아니, 그게 뭔데 그러나?'

나는 물었습니다. 아시겠지만 나는 집에만 붙어 있는 사람이고 전당포 사업이란 가만히 앉아서 하는 일이거든요. 몇 주일씩 밖에 나가지 않을 때도 많답니다. 이렇다 보니 바깥세상 돌아가는 형편에 어두워서 누가 무슨 소식이라도 가져오면 항상 반가워했지요.

'빨간 머리 연맹에 대해 들어본 적이 없으세요?'

스폴딩은 눈을 동그랗게 뜨고 이렇게 물었습니다.

'없네.'

'아니, 윌슨 씨처럼 자격이 되는 분이 그걸 모르시다니.'

'그런데 거기 들면 무슨 이익이 있는가?'

'아, 1년에 한 200파운드 생기나 봅니다. 하지만 거기 회원이 돼도 하는 일이 별로 없어서 생업에는 딱히 지장을 주지는 않는답니다.'

그 말을 듣자 귀가 솔깃했습니다. 아마 홈즈 씨도 이해하실 겁니다. 요즘 몇 년간 장사가 잘 안돼서 1년에 200파운드가 더 들어온다면 아주 요긴하게 쓰일 판이었으니까요.

'자세히 좀 말해 다오.'

그러자 스폴딩은 광고를 보여주면서 말했습니다. '자, 이걸 보시면 연맹에 빈자리가 났다는 걸 알 수 있습니다. 그리고 자세한 걸 알아보시려면 이 주소로 가면 되는 거고요. 제가 듣기로는 빨간 머리 연맹의 설립자는 미국인 백만장자 이즈키아 홉킨스인데 아주 괴짜였대요. 자신이 빨간 머리였는데 세상의 모든 빨간 머리들에 대해 깊은 동정심을 품게 돼서 죽을 때 막대한 재산을 관리인들의 손에 맡기고 그 이자를 세상의 빨간 머리들을 위해 쓰라는 유언을 남겼답니다. 듣자 하니 빨간 머리 회원들은 상당한 금액을 받으면서도 하는 일은 거의 없다고 하더군요.'

'하지만 거기에 들어가려는 빨간 머리들이 한둘이 아닐 텐데.'

'그렇게 많지는 않을 겁니다. 보세요. 자격이 런던에 거주하는 성인 남자로 정해져 있잖아요. 이 미국인 백만장자가 런던이 고향이라 런던을 위해 뭔가를 하고 싶었나 봐요. 또 흐린 빨간 머리나 너무 어두운 빨간 머리는 지원해 봤자 소용없다고 하더군요. 윌슨 씨처럼 타는 듯이 환한 색깔의 진짜 빨간 머리만 된답니다. 그러니 생각이 있으면 한번 가보세요. 그 정도 돈이라면 헛걸음하는 셈 치고서라도 바깥 걸음을 해볼 만한 가치가 있을 것 같군요.'

사실 두 분께서도 보셔서 아시겠지만 내 머리는 숱이 많고 윤기가 자르르 흐르거든요. 그래서 설령 경쟁자가 있다손 치더라도 한번 해볼 만하다는 생각이 들었습니다. 빈센트 스폴딩은 그 일에 대해서 꽤 많이 아는 것 같아서 녀석을 데리고 가면 쓸모가 있으리라고 생각했어요. 나는 스폴딩에게 그날 가게 문을 닫고 함께 가보자고 했습니다. 녀석은 하루 놀게 되어 아주 좋아했지요. 그래서 우리는 가게 문을 닫고 광고에 나온 주소를 찾아갔습니다.

홈즈 씨, 내 평생 그런 장관은 처음이었습니다. 머리에 조금이라도 붉은 기가 있는 사람들은 다 몰려온 것 같았습니다. 플리트 가는 빨간 머리로 가득 차 있었고 포프 코트는 꼭 과일 장사의 오렌지 손수레 같았지요. 나는 광고 하나를 보고 세상천지에서 그렇게 많은 사람들이 몰려들 거라고는 꿈에도 생각지 못했습니다. 사람들의 머리 색깔은 가지각색이었지요. 밀짚 색, 레몬색, 오렌지색, 벽돌색, 아이리시 세토종의 사냥개 같은 적갈색, 다갈색, 황토색 등등. 하지만 스폴딩의 말마따나 타오르는 불꽃 같은 생생한 빨간색은 없었습니다. 나는 그렇게 많은 사람들이 기다리는 걸 보고 기가 죽어서 그만 포기하려고 했습니다. 하지만 스폴딩 녀석이 말을 들어주지 않았습니다. 도대체 어떻게 했는지 모르겠지만 녀석은 사람들을 떠밀고 잡아당기고 들이받으면서 나를 끌고 사무실 계단 앞까지 갔습니다. 계단에는 사람들의 줄이 두 개 있었는데, 하나는 희망을 품고 올라가는 이들의 줄이었고 다른 하나는 퇴짜 맞고 내려오는 이들의 줄이었습니다. 우리는 사람들 틈에 끼여 밀치락달치락하다가 곧 사무실에 들어가게 되었지요."

"정말 세상에 다시없을 만큼 재미있는 경험을 하셨군요."

홈즈는 손님이 말을 멈추고 코담배를 힘껏 냄새 맡으며 기억을 더듬는 동안 이렇게 말했다.

"말씀을 계속해 주시기 바랍니다."

"사무실에는 달랑 나무 의자 두 개에 전나무 책상 하나뿐이었지요. 책상 앞에는 나보다 훨씬 새빨간 머리를 가진 작은 남자가 앉아 있었어요. 그는 지원자들과 몇 마디 말을 나눠본 다음 반드시 뭔가 부적격 사유를 찾아내서 퇴짜를 놓곤 했습니다. 빨간 머리 연맹에 들어가는 것은 그렇게 쉬운 일이 아닌 것 같았습니다. 하지만 우리 차례가 오자 그 남자는 유난히 나에게 호의적인 태도를 보이더니 사무실 문을 닫아서 마음 놓고 얘기할 수 있는 분위기까지 만들어주었습니다.

'이분은 자베즈 윌슨 씨입니다. 연맹에 가입하고 싶어서요.'

스폴딩이 말하자 사내는 대답했습니다.

'이제야 적격자가 나타나셨군. 완벽해. 이렇게 좋은 색깔은 처음이야.' 그는 한 발자국 물러나더니 고개를 갸우뚱하고 내 얼굴이 벌게질 때까지 뚫어지게 처다보았지요. 그러다가 갑자기 달려들어 내 손을 으스러지게 붙잡고 합격이라며 축하 인사를 건넸습니다.

'더 이상 머뭇거리는 것은 죄가 될 거요. 하지만 신중해야 하니까 실례 좀 하겠소.' 사내는 그러더니 양손으로 내 머리카락을 휘어잡고 내가 아파서 소리를 지를 때까지 잡아당겼습니다. '눈물까지 글썽거리시네.' 사내는 머리를 놔주며 말했습니다.

'전혀 문제가 없군. 하지만 주의해야 해서 말이오. 벌써 두 번은 가발에, 한 번은 물감에 속아 넘어간 적이 있으니까. 내 선생에게 구두 수선공의 왁스 얘기를 들려줄 수도 있소이다. 그 얘기를 들으면 인간성에 넌더리가 날 거요.'

그는 창가로 다가가 모집이 끝났다고 목청껏 소리쳤지요. 사람들이 실망한 듯 웅성거리다가 제 갈 곳으로 흩어지고 빨간 머리라고는 나와 그 남자만 남았습니다.

그가 말했지요. '나는 던컨 로스요. 나도 관대하신 후원자께서 조성하신 기금의 혜택을 보고 있지. 그런데 윌슨 씨는 결혼했소? 가족은 있고?'

나는 가족이 없다고 대답했습니다.

그러자 로스 씨는 곧 고개를 떨구고 무겁게 말했습니다. '이런! 이거 보통 심각한 일이 아니군! 그런 말을 듣게 돼서 정말 유감이오. 당연한 거지만 이 기금은 빨간 머리의 유지뿐 아니라 확산을 목적으로 하고 있소. 선생이 독신이라니 정말 안타까운 일이오.'

홈즈 선생, 이 말을 듣고 가슴이 덜컥 내려앉았습니다. 결국 나는 안 되는구나 하는 생각이 들었지요. 하지만 로스 씨는 잠시 생각해 보더니 괜찮다고 했습니다.

'다른 사람 같았으면 그게 치명적인 결격 사유가 됐을 거요. 하지만 선생 정도의 머리를 가진 분이라면 우리가 봐드려야지. 그럼 언제부터 일하러 나올 수 있겠소?'

'글쎄요, 그게 좀 곤란한데, 지금 하는 일이 있거든요.'

'아, 윌슨 씨! 그 점에 대해서라면 염려 마세요!' 빈센트 스폴딩이 말했습니다. '제가 대신 가게를 보면 되죠.'

'시간은?' 내가 물었습니다.

'10시부터 2시까지지요.'

홈즈 씨, 전당포에 손님들이 찾아오는 건 주로 저녁때입니다. 특히 주급을 받는 날 직전인 목요일하고 금요일 저녁때 붐비지요. 그래서 낮에 조금씩 하는 일은 나한테 딱 맞았습니다. 게다가 나는 스폴딩이 괜찮은 녀석이라는 걸 알고 있었지요. 스폴딩 정도라면 웬만한 일은 충분히 처리할 수 있으니까요. 그래서 이렇게 말했죠.

'저한테는 딱 좋은 시간이군요. 그럼 급료는?'

'일주일에 4파운드요.'

'그럼 일은요?'

'순전히 명목상의 일이라오!'

'그 명목상의 일이란 게 뭡니까?'

'에, 선생은 그 시간에 반드시 사무실에 있어야 하오. 이 건물을 벗어나서는 안 되는 거요. 만약 선생이 그 시간에 이 건물 밖으로 나간다면 회원 자격을 잃게 되오. 그것은 유언에 분명하게 기재돼 있소. 선생이 그 시간에 사무실 밖으로 한 발짝이라도 나간다면 연맹의 규정을 어기는 셈이 되오.'

'하루에 네 시간밖에 안 되는데 그 시간에 여길 나갈 생각은 전혀 없습니다.'

'어떤 구실로도 안 되오.' 던컨 로스 씨는 말했습니다. '병이 났든 무슨 볼일이 생겼든 그 어느 것도 이유가 될 수 없소. 그 시간에 여기 없으면 자격을 박탈당할 거요.'

'일은 뭡니까?'

'『브리태니커 백과사전』을 베껴 쓰는 일이외다. 저기 사전 1권이 있소. 책상과 의자는 우리가 제공하지만 잉크와 펜, 압지는 선생이 준비해 와야 하오. 내일부터 시작하겠소?'

'그렇게 하지요.'

'그럼 자베즈 윌슨 씨, 안녕히 가시오. 선생이 이렇게 중요한 자리를 따내게 된 것을 다시 한번 축하하오. 선생은 운이 좋은 사람이오.' 나는 인사를 하고 스폴딩과 함께 집에 돌아왔습니다. 이렇게 큰 행운을 얻게 돼서 기뻐 어쩔 줄 몰랐습니다.

그리고 하루 종일 그 생각뿐이었지요. 하지만 저녁때가 되자 다시 우울해졌습니다. 도대체 어떤 목적으로 그런 일을 하는지 상상할 수도 없었기 때문에, 그 일이 장난이나 사기임에 틀림없다는 생각이 들었던 겁니다. 누가 그런 유언을 남겼다는 것도 그렇고, 『브리태니커 백과사전』을 베껴 쓰는 것 같은 단순한 일을 하는 대가로 그런 거액을 지불한다는 게 도저히 믿어지지 않았지요. 빈센트 스폴딩이 나를 즐겁게 해주려고 애썼지만 나는 모든 걸 다 그만두는 게 낫겠다는 생각을 하고 있었습니다. 잠자리에 들 때까지는요. 하지만 아침이 되자 일이 어찌 되는지나 한번 보겠다고 결심이 서서 1페니짜리 잉크 한 병이랑 깃펜 하나, 큰 종이 일곱 장을 사가지고 포프 코트로 갔습니다.

그런데 놀랍고 기쁘게도 모든 게 전날 말한 그대로였습니다. 내가 쓸 책상은 벌써 준비되어 있었고 던컨 로스 씨는 벌써 나와서 나를 기다리고 있었지요. 로스 씨는 나한테 A 항목부터 베껴 쓰라고 말하고 사무실을 나갔습니다. 하지만 가끔씩 들러서 내가 일을 제대로 하는지 확인하곤 했지요. 2시가 되자 로스 씨가 가도 좋다 했고, 내가 베껴놓은 걸 보고 칭찬했습니다. 그리고 사무실 문을 잠그고 나오더군요.

홈즈 선생, 이런 일이 매일같이 계속되었습니다. 그리고 토요일이 되자 로스 씨는 주급으로 금화 네 개를 떡하니 내주었지요. 그다음주도, 다음다음 주도 똑같았습니다. 아침마다 나는 10시까지 거기로 출근했고 오후 2시가 되면 퇴근했습니다. 던컨 로스 씨는 점차 아침에 한 번만 사무실에 들르게 됐고 나중에는 아예 와보지도 않게 되었지요. 물론 나는 잠시라도 그 방을 떠날 엄두를 내지 못했습니다. 로스 씨가 언제 올지 몰랐고, 또 그렇게 좋은 자리를 차지하고 있으면서 괜히 서툰 짓을 하고 싶지는 않았으니까요.

여덟 주가 그렇게 지났습니다. 나는 '수도원장(Abbots)', '궁술

(Archery)', '갑옷(Armour)', '건축(Architecture)', '아티카(Attica)'
를 베꼈고, 조금만 더 하면 B 항목으로 들어갈 참이었습니다. 종
이도 꽤 많이 써서 선반 하나가 내가 쓴 종이로 가득 찼습니다.
그런데 갑자기 모든 게 다 끝장났습니다."

"끝장났다고요?"

"그렇습니다. 바로 오늘 아침의 일이었지요. 나는 평소와 다름
없이 아침 10시에 출근했습니다. 그런데 사무실 문은 굳게 닫혀
있고 문 한가운데 작은 종이 한 장이 붙어 있었습니다. 바로 이
겁니다. 보세요."

월슨 씨는 공책 한 장 크기의 흰색 마분지를 내밀었다. 거기에
는 이런 글이 쓰여 있었다.

빨간 머리 연맹은 해체되었음
1890년 10월 9일

셜록 홈즈와 나는 이 짤막한 공고와 그걸 들고 있는 사람의 구
슬픈 얼굴을 쳐다보고 우선 우스운 생각부터 들어 배를 쥐고 웃어
댔다.

"뭐가 그렇게 우습지요?"

손님은 머리에 불이라도 붙은 것처럼 머리카락 끝까지 빨개져
서 소리 질렀다.

"두 분이 고작 날 비웃는 일밖에 할 수 없다면 딴 데로 가보겠소."

"아닙니다, 고정하십시오."

홈즈는 반쯤 일어선 손님을 도로 의자에 주저앉히며 소리쳤다.

"무슨 일이 있어도 이 사건을 놓치지 않겠습니다. 이렇게 재미있고 기상천외한 사건은 만나기 힘들 테니까요. 하지만 이런 말씀을 드려도 될지 모르겠지만 이 사건에는 약간 우스운 구석이 있군요. 사무실 문 앞에서 이걸 발견하고 그다음에 어떻게 하셨습니까?"

"발밑이 꺼지는 것 같았습니다. 어쩔 줄 몰랐지요. 나는 옆 사무실을 돌아다녔지만 이곳에서 있었던 일에 대해 아는 사람은 아무도 없었습니다. 마지막으로 1층에 사는 건물주한테 갔습니다. 나는 회계원으로 일하는 건물주에게 빨간 머리 연맹이 어떻게 됐는지 아느냐고 물었습니다. 주인은 그런 단체에 대해서는 들어본 적도 없다고 하더군요. 그래서 던컨 로스 씨에 대해서 물어봤지요. 주인은 그런 이름도 들어본 적이 없다고 대답했습니다.

'4호실의 신사분을 모르십니까?' 나는 물었습니다.

'아, 그 빨간 머리?'

'예.'

'허허, 그 사람 이름은 윌리엄 모리스요. 지금 법무관으로 일하고 있는데 새 사무실을 찾을 때까지 임시로 거길 쓰겠다고 했지요. 어제 이사 갔습니다.'

'어디로 갔는지 아십니까?'

'아, 새 사무실 말이지요. 나한테 주소를 가르쳐주었지요. 여기 있군요. 세인트폴 근처의 킹 에드워드가 17번지입니다.'

홈즈 선생, 나는 그곳으로 찾아갔습니다. 하지만 그 주소에는 무릎 보호대 공장이 있었지요. 그리고 거기 사람들은 윌리엄 모리스나 던컨 로스에 대해 아무것도 몰랐습니다."

"그래서 어떻게 하셨습니까?"

  홈즈는 물었다.

"삭스 코버그 광장의 집으로 돌아가서 스폴딩에게 어떻게 해야 좋을지 물었습니다. 하지만 그도 뾰족한 수가 없는 것 같더군요. 고작 한다는 말이 우편으로 소식이 올지 모르니까 기다려보라는 거였지요. 하지만 그렇게 할 수는 없었습니다. 한번 싸워보지도 않고 그렇게 좋은 자리를 잃고 싶지는 않았습니다. 그래서 선생이 곤경에 빠진 가엾은 사람들에게 좋은 충고를 해주신다는 얘기를 듣고 이렇게 달려온 겁니다."

"잘하셨습니다."

  홈즈는 말했다.

"대단히 기이한 사건이니 그걸 조사하는 일도 아주 재미있을 것 같군요. 그런데 윌슨 씨 말씀으로 미루어보면, 이 일은 처음 생각했던 것과는 달리 아주 심각한 사건인 것 같습니다."

"심각하고말고요! 누가 아니랍니까. 일주일에 4파운드라는 수입을 잃어버렸으니까요."

"윌슨 씨 개인으로서는, 이 기상천외한 연맹에 대해 불평하실 이유가 전혀 없을 것 같군요. 오히려 지금까지 30파운드가량의 이익을 보셨으니까요. 백과사전 A 항목에 나오는 주제에 대해 깊이 있는 지식을 얻은 건 차치하고서라도 말이지요."

"그렇군요. 하지만 나는 그게 어떤 단체인지 알고 싶습니다. 그들이 도대체 어떤 자들이고 무슨 목적으로 나한테 이런 장난을 쳤는지, 이게 장난이라면 말입니다. 그쪽 입장에서는 꽤 값비싼 장난이었지요. 32파운드를 썼으니까요."

"그런 의문에 대해 속 시원히 밝혀내도록 노력하지요. 그런데 윌슨 씨에게 한두 가지 질문을 하겠습니다. 처음에 가게 점원이 그 광고를 갖고 왔다고 했는데, 그게 점원이 가게에 들어온 지 얼마나 됐을 때였지요?"

"한 달쯤요."

"어떻게 구하셨습니까?"

"구인 광고를 냈습니다."

"지원자가 그 사람뿐이었나요?"

"아니요. 한 열댓 명 왔습니다."

"왜 그를 뽑으셨습니까?"

"사람이 싹싹한 데다가 돈을 적게 줘도 일하겠다고 해서요."

"반값에 말이지요?"

"예."

"그 빈센트 스폴딩이란 사람은 어떻게 생겼습니까?"

"키가 작고 뚱뚱하지만 행동은 민첩합니다. 얼굴에 수염은 별로 안 났어도 나이는 서른이 넘었고요. 이마에 하얗게 산이 튄 자국이 있습니다."

홈즈는 흥분한 얼굴로 허리를 폈다.

"내 그럴 줄 알았지. 그 사람, 귀 뚫은 자국은 없던가요?"

"아, 있습니다. 어렸을 때 어느 집시가 귀고리를 해준다고 그렇게 해놨다고 하더군요."

"흠!"

홈즈는 깊은 생각에 잠겨 의자에 몸을 기댔다.

"아직도 거기서 일하고 있다고요?"

"아, 그럼요. 아까도 보고 왔지요."

"윌슨 씨가 가게를 비울 때 일은 잘합니까?"

"일은 참말로 똑 부러지게 합니다. 또 오전에는 할 일이 별로 없으니까요."

"좋습니다. 앞으로 하루 이틀 안에 윌슨 씨가 의뢰한 일을 마무리 짓도록 하겠습니다. 오늘이 토요일이니까 다음 주 월요일까지는 결론을 내릴 수 있을 겁니다."

손님이 간 뒤에 홈즈가 말했다.

"왓슨, 자네는 이 일에 대해 어떻게 생각하나?"

"글쎄, 잘 모르겠는데."

나는 솔직히 대답했다.

"정말 이해가 안 가는군."

"일반적으로 기괴한 일일수록 이해하기 쉽지. 사실 제일 헷갈리는 건 아무 특징 없는 흔해 빠진 범죄거든. 그건 아무 특징 없는 흔한 얼굴을 알아보기 힘든 것과 마찬가지라네. 하지만 이번 일은 서두를 필요가 있어."

"그럼 이제 어떻게 할 건가?"

"담배를 피울 거네. 이건 담배 세 대를 피우는 동안 해결할 수 있을 만한 문제지. 미안하지만 앞으로 50분간 나한테 말을 시키지 말아주게."

홈즈는 의자에 앉아서 무릎을 코까지 끌어 올린 채 몸을 옹송 그리고 지그시 눈을 감았다. 입에 물고 있는 검은 도자기 파이프는 무슨 이상한 새의 부리처럼 보였다. 나는 그가 잠들었다고 생각하고 꾸벅꾸벅 졸기 시작했다. 그런데 갑자기 홈즈가 단호한 표정으로 자리를 박차고 일어서더니 벽난로 선반 위에 파이프를 올려놓았다.

"오늘 오후에 사라사테가 세인트제임스 홀에서 연주회를 하지. 왓슨, 어떤가? 자네 환자들이 몇 시간 나눠줄 수 있을까?"

"난 오늘 할 일이 아무것도 없네. 사실 환자 진료는 별로 재미없어."

"그러면 모자를 쓰고 같이 나가기로 하세. 먼저 구시가에 갈 거야. 점심은 도중에 먹기로 하지. 프로그램을 보니 오늘은 독일 음악이 많이 연주되는군. 나한테는 이탈리아나 프랑스 음악보다는 독일 음악이 더 맞아. 독일 음악은 자기 성찰의 느낌이 강하지. 내가 원하는 게 바로 그거고. 자, 가세!"

우리는 앨더스게이트까지 지하철로 갔다. 그리고 지하철에서 내려 잠깐 걸어서 아침에 들었던 괴상한 이야기의 무대인 삭스코버그 광장으로 갔다. 그곳은 작고 초라하지만 어떤 허세가 느껴지는 곳이었다. 허름한 2층짜리 벽돌집들이 울타리를 두른 자그마한 공유지를 둘러싸고 있었다. 공유지 안쪽에선 잡초와 시든 월계수 덤불이 심하게 오염된 대기와 힘겨운 싸움을 벌이고 있었다. 모퉁이의 한 집에 흰 글씨로 '자베즈 월슨'이라고 쓰인 갈색 간판이 걸려 있어서 빨간 머리 의뢰인의 영업장소임을 알려주었다. 셜록 홈즈는 그 앞에 서서 고개를 갸우뚱하고 눈을 가늘게 뜬 채 빛나는 눈으로 사방을 꼼꼼히 뜯어보았다. 그러더니 좌우의 집들을 날카로운 눈으로 주시하면서 길을 천천히 오르내렸다. 그러다가 다시 전당포 앞에 가서 지팡이로 길바닥을 두세 번 힘껏 두드려본 다음 전당포 문을 두드렸다. 얼굴이 매끈하니 영리해 뵈는 점원 하나가 나와서 어서 들어오시라고 했다. 홈즈가 말했다.

"미안합니다만, 여기서 스트랜드가까지 가는 길을 좀 가르쳐주시겠습니까?"

"오른쪽으로 세 구역, 왼쪽으로 네 구역이오."

점원은 재빨리 대답하고 문을 닫았다.

"머리가 좋은 친구야."

함께 걸으면서 홈즈가 말했다.

"나는 저 친구가 머리가 좋기로는 런던에서 네 번째일 거라고 생각하네. 배짱에 관해서라면 세 번째라고 할 수 있지. 저 친구에 대해서 좀 아는 게 있거든."

"여보게, 월슨 씨네 전당포의 점원이 이 빨간 머리 연맹 사건에서 큰 비중을 차지하는 게 분명하지? 그리고 자넨 그의 얼굴을 보려고 전당포 문을 두드린 거고 말일세."

"그의 얼굴을 보려고 했던 게 아닐세."

"그럼?"

"그 친구의 바지 무릎을 보고 싶었어."

"그런데?"

"예상했던 대로더군."

"길바닥을 두드린 이유는 뭔가?"

"여보게, 지금은 말이 아니라 관찰이 필요한 시간이네. 우리는 적진에 들어온 간첩일세. 삭스 코버그 광장에 대해서는 좀 알게 됐으니 이제는 그 뒤에 뭐가 있나 살펴보기로 하세."

초라한 삭스 코버그의 모퉁이를 돌자 마치 그림의 앞뒷면처럼 완전히 딴판으로 보이는 거리가 나타났다. 그곳은 구시가의 북쪽과 서쪽을 연결하는 교통의 요지였다. 도로는 오가는 마차들로 가득 차 있었고 보도는 인산인해를 이루고 있었다. 줄줄이 늘어선 화려한 상점과 위풍당당한 사무용 건물 들이 방금 전에 목격한 그토록 허름하고 정체된 지역과 등을 맞대고 있다는 것은 믿기지 않는 사실이었다.

"어디 보자."

홈즈는 길가에 서서 건물들을 살펴보며 말했다.

"나는 이쪽의 건물들을 순서대로 기억해 두고 싶네. 런던에 관해 정확한 지식을 쌓는 게 내 취미거든. 모티머 상점, 담배 가게, 작은 신문 가게, 시티 앤드 서버번 은행 코버그 지점, 채식주의자 식당, 맥팔레인 마차역. 그러고는 다음 구역으로 이어지는군. 자, 이제 일을 다 끝냈으니 휴식 시간을 좀 갖기로 하지. 샌드위치에 커피 한 잔을 곁들인 다음에 바이올린의 나라로 떠나기로 하세. 빨간 머리 의뢰인들이 기상천외한 수수께끼로 우릴 괴롭히는 일이 없는 감미롭고 섬세하고 조화로운 나라로 말일세."

내 친구는 열정적인 음악가였다. 그는 뛰어난 연주자일 뿐 아니라 범상치 않은 재능을 타고난 작곡가이기도 했다. 그는 오후 내내 무대 앞좌석에 앉아서 더할 나위 없는 행복감에 사로잡힌 채 음악에 맞춰 길고 가는 손가락을 흔들었다. 얼굴에는 부드러운 미소가 어렸고 두 눈은 꿈꾸는 듯 나른했다. 사냥개 홈즈, 비상한 두뇌에 무자비한 사립 탐정 홈즈의 모습은 온데간데없었다. 홈즈에게는 특이하게도 서로 다른 두 성격이 교대로 나타났다. 내가 보기에 극도의 정확함과 치밀함을 추구하는 시기는 시적이고 명상적인 정서에 대한 반작용인 것 같았다. 그는 극단적인 무기력 상태에서 활화산처럼 정력이 용솟음치는 상태로 건너뛰곤 했다. 사실 그가 가장 무서운 때는 며칠간 계속해서 안락의자에 앉아 음악과 책에 파묻혀 있을 때라고 볼 수 있었다. 그다음에는 반드시 범죄 수사에 대한 열정이 치솟아 빛나는 추리 능력이 거의 직관의 수준까지 상승하곤 하기 때문이다. 이럴 때 그의 방법에 대해 잘 모르는 사람들은 보통 사람들과는 완전히 다른 능력을 드러내는 그를 미심쩍은 눈으로 곁눈질하곤 한다. 그날 오후 세인트제임스 홀에서 음악에 푹 파묻혀 있는 홈즈의 모습을 보았을 때, 나는 지금 그의 목표가 되어 있는 자들이 앞으로 철퇴를 맞게 되리라고 예감했다.

"자네는 이제 집에 가고 싶겠군."

연주회장을 나서며 홈즈가 말했다.

"응, 그러는 게 좋을 것 같아."

"나는 할 일이 있네. 몇 시간은 족히 걸릴 거야. 이번 코버그 광장 사건은 보통 일이 아닐세."

"심각한 사건인가?"

"엄청난 음모가 무르익고 있어. 이제 그걸 중지시킬 때가 된 것 같네. 하지만 오늘이 토요일이라 문제가 다소 복잡해. 오늘 밤 자네가 좀 협조해 주었으면 좋겠네."

"몇 시에 갈까?"

"10시면 될 거야."

"그럼 10시까지 베이커가로 가지."

"좋아. 그런데 약간 위험할지도 모르니까 아무쪼록 자네 군용 권총을 가지고 오게."

홈즈는 손을 흔들고 돌아서서 순식간에 사람들의 물결 속으로 모습을 감췄다.

나는 자신이 다른 사람들에 비해 유난히 둔하다고 생각하지는 않는다. 하지만 셜록 홈즈와 교제하면서는 항상 내 우둔함을 의식하고 기가 죽어 있었다. 오늘 나는 그와 똑같은 것을 보고 들었다. 그런데 그의 말을 들어보면 그는 과거 일뿐 아니라 앞으로 일어날 일에 관해서도 명확하게 알고 있는 게 분명했다. 하지만 내게는 모든 일이 그저 혼란스럽고 불가해할 뿐이었다. 나는 마차를 타고 켄싱턴의 집으로 돌아가는 동안, 백과사전을 필사한 빨간 머리 사내가 들려준 기이한 이야기와 삭스 코버그 광장을 찾아갔던 일 그리고 헤어지기 전에 홈즈가 들려준 의미심장한 말 등에 대해 곰곰이 생각해 보았다. 오늘 야간 원정의 목표는 무엇이고 나더러 총을 가지고 오라고 한 이유는 뭘까? 도대체 어디 가서 무엇을 하려고? 홈즈는 매끈한 얼굴의 전당포 점원이 만만치 않은 상대라는 암시를 주었다. 뭔가 무서운 음모를 꾸미고 있는 인간. 나는 그게 무엇인지 생각해 보려고 애썼지만 결국 포기하고 밤이 되기를 기다리기로 했다.

집을 나온 것은 9시 15분이었다. 나는 하이드 파크를 지나 옥스퍼드가를 거쳐 베이커가로 걸어갔다. 집 앞에 이륜마차 두 대가 서 있었다. 집 안에 들어서자 위층에서 사람들의 말소리가 들렸다. 방에 들어가니 홈즈가 두 사람과 한창 대화를 나누는 중이었다. 나는 그중 한 사람이 피터 존스 형사라는 걸 알아보았다. 다른 한 사람은 키가 크고 빼빼 마른 데다 구슬픈 얼굴을 한 남자였는데 반짝거리는 새 모자에 좀 지나치게 점잖은 프록코트를 빼입고 있었다.

"허! 이제 다 모였군."

홈즈는 말하고 두꺼운 모직 상의의 단추를 채우고 선반에서 수렵용 채찍을 내렸다.

"왓슨, 런던 경찰국에서 나온 존스 씨하고는 구면이지? 이쪽에 계신 분은 오늘 밤의 모험에 동행하실 메리웨더 씨라네."

"왓슨 박사님, 다시 한 조를 이뤄서 추격전에 나서게 됐군요."

존스는 특유의 과시하는 듯한 태도로 말했다.

"우리들의 친구 홈즈 선생은 노련한 사냥꾼이지요. 선생께선 지금 늙은 사냥개의 도움을 받아 범인을 추적하려는 중입니다."

"쫓아가보니 겨우 기러기 한 마리더라 하는 일은 없었으면 좋겠소."

메리웨더 씨가 우울하게 말했다.

"그 점에 관해서라면 안심하셔도 좋습니다."

형사는 오만하게 말했다.

"여기 계신 홈즈 선생은 독자적인 방법을 가지고 있지요. 이런 말을 해도 될지 모르겠지만 홈즈 선생한테 과도하게 논리적이고 환상적인 구석이 있는 것도 사실입니다. 하지만 자질이 뛰어난 탐정임에는 틀림없어요. 아그라 보물이 동기가 된 숄토 피살 사건에서는 한두 번 경찰을 능가한 적도 있지요."

"아, 그렇소이까. 그럼 다행이오."

낯선 사내의 목소리에 경의의 빛이 어렸다.

"그래도 솔직히 카드놀이를 못 하는 게 아쉽소이다. 토요일 밤인데도 카드놀이를 못 하는 것은 27년 만에 처음 있는 일이오."

셜록 홈즈가 말했다.

"제 생각에는, 오늘 밤에 그 어떤 내기 도박보다 흥미진진한 판이 벌어질 것 같습니다. 메리웨더 씨에게 돌아갈 판돈은 3만 파운드고, 그리고 여기 존스 형사는 오매불망 소원하던 범인을 체포하게 될 겁니다."

"존 클레이는 살인, 절도에 화폐 위조까지 했습니다. 메리웨더 씨, 그자는 젊지만 범죄 세계의 거물이지요. 나는 그자를 체포하는 것이 가장 큰 소원입니다. 존 클레이는 특이한 이력의 소유자입니다. 할아버지는 왕족의 혈통을 이어받은 공작이고 클레이 자신은 명문 이튼 학교에 옥스퍼드 대학교를 졸업한 수재지요.

그자는 행동도 빠르지만 두뇌 회전도 그 못지않게 빠릅니다. 우리는 그자가 남겨놓은 흔적과 마주친 일이 한두 번이 아니지만 번번이 놓치고 말았습니다. 그자는 항상, 이번 주에는 스코틀랜드에 가서 금고를 털고, 다음 주에는 콘월로 행차해서 고아를 위한 기금을 모으는 식으로 행동합니다. 나는 몇 년간 그자의 뒤를 쫓았지만 아직 얼굴조차 보지 못했습니다."

"오늘 밤 존스 씨에게 그자를 소개하는 기쁨을 누릴 수 있으면 좋겠군요. 나도 존 클레이가 관련된 사건을 한두 번 접할 기회가 있었지요. 그자가 거물이라는 말에는 나도 동의합니다. 그런데 벌써 10시가 지났군요. 출발 시간이 다 됐습니다. 두 분이 앞의 이륜마차에 타십시오. 왓슨과 나는 뒤에 있는 마차를 타고 따라가겠습니다."

홈즈는 마차를 타고 가는 동안 별로 말이 없었다. 그는 좌석에 몸을 기대고 연주회에서 들었던 곡조를 흥얼거렸다. 마차는 가스등이 켜진 미로 같은 거리를 끝없이 지나 패링턴가로 접어들었다.

"거의 다 왔나 보군."

내 친구는 말했다.

"저 메리웨더라는 사람은 은행장인데 개인적으로 이 사건에 관심을 갖고 있다네. 나는 존스도 데려오는 게 좋을 거라고 생각했어. 사실 존스는 사람은 나쁘지 않지만 일에는 바보 천치와 다름없지. 하지만 한 가지 장점이 있다네. 저 친구는 불도그처럼 용감하고 가재처럼 끈질기지. 한번 물면 절대로 놔주는 법이 없어.

자, 다 왔네. 두 사람이 우릴 기다리고 있군."

우리가 도착한 곳은 어제 오전에 왔던 그 붐비는 거리였다. 우리는 마차를 보낸 다음, 메리웨더 씨의 안내에 따라 좁은 골목을 내려가 어느 건물의 옆문으로 들어갔다. 작은 복도를 지나니 엄청나게 큰 철문이 나왔다. 메리웨더 씨가 문을 따주었다. 나선형의 돌계단을 내려가니 다시 큰 철문이 나왔다. 메리웨더 씨는 여기서 걸음을 멈추고 각등에 불을 켰다. 흙냄새가 물씬 풍기는 어두운 통로를 내려가자 세 번째 철문이 나왔다. 문을 열고 들어가자 넓은 지하실이 나왔는데 사방에 큼직한 나무 상자가 여기저기 쌓여 있었다.

"사람이 위로 침입하긴 어렵겠군요."

홈즈가 등을 들고 주위를 살피며 말했다.

"밑에서도 힘들 거요."

메리웨더 씨가 지팡이로 포석이 깔린 바닥을 쿵쿵 두드리며 말하더니 깜짝 놀라서 외쳤다.

"아니, 이럴 수가. 텅텅 울리는군!"

"좀 조용히 계시라고 부탁드려야겠군요!"

홈즈가 매섭게 말했다.

"당신 때문에 오늘 밤의 수고가 허사로 돌아갈지도 모릅니다. 부디 저 상자에 걸터앉아서 우리가 하는 일을 지켜보기만 하십시오!"

근엄한 메리웨더 씨는 기분 상한 얼굴로 나무 상자 위에 앉았다. 홈즈는 바닥에 무릎을 꿇고 등과 확대경을 들고 포석 사이의 균열을 면밀히 조사했다. 그러더니 몇 초 만에 벌떡 일어나서 확대경을 도로 주머니에 집어넣었다.

"앞으로 최소한 한 시간은 기다려야 할 겁니다. 왜냐하면 놈들은 전당포 주인이 잠자리에 들기 전까지는 전혀 움직이지 않으려고 할 테니까요. 그다음에는 정신없이 서두르겠지요. 일을 빨리 끝낼수록 피신할 수 있는 시간이 길어지니까요. 왓슨, 자네도 짐작하고 있겠지만 우리는 지금 런던의 어느 대형 은행의 구시가 지점 지하 금고에 와 있다네. 메리웨더 씨는 은행장이시지. 런던의 내로라하는 범죄자들이 왜 이 지하실에 눈독을 들이고 있는지 그 이유는 은행장님께서 설명해 주실 걸세."

"그건 우리 은행이 보관하고 있는 프랑스 금괴 때문이오."

은행장이 속삭였다.

"이 금괴를 탈취하려는 시도가 있을 거라는 경고를 몇 차례 받았소이다."

"프랑스 금괴라고요?"

"그렇소. 몇 달 전에 우리는 우리 은행의 지불 준비 능력을 강화하려는 목적으로 프랑스 은행에서 3만 나폴레옹(금의 단위. 1나폴레옹은 옛 프랑스의 20프랑 금화를 말한다 ─ 옮긴이)을 빌렸소. 그런데 포장을 뜯기도 전에 은행의 지하 금고에 금괴가 있다는 소문이 퍼져 나간 거요. 지금 내가 깔고 앉은 나무 상자 속에는 2000나폴레옹의 금이 얇은 납판 사이에 켜켜이 들어 있소. 지금 이곳에는 평소 한 지점에서 보유하는 것보다 훨씬 많은 양의 금괴가 보관되어 있소이다. 그래서 우리 은행의 임원들은 지금 좌

불안석이오."

"그럴 만한 이유가 있는 거지."

홈즈가 한마디 거들었다.

"자, 이제 계획을 세워야 할 때가 됐습니다. 나는 한 시간 안에 결판이 날 거라고 예상하고 있습니다. 그런데 메리웨더 씨, 그 침침한 등불에 덮개를 씌워야겠군요."

"그럼 어둠 속에 앉아 있으라는 거요?"

"그래야 할 것 같습니다. 사실 저는 카드를 한 벌 주머니에 넣어 왔지요. 넷이서 카드놀이를 하면 메리웨더 씨도 섭섭지 않으실 거라고 생각했던 겁니다만 지금 범인들의 준비 상태를 보니 불을 켜놓고 있는 게 너무 위험할 것 같습니다. 자, 이제 각자의 위치를 선택할 때가 됐습니다. 놈들은 대담한 자들입니다. 우리가 불시에 덮치긴 하겠지만 조심하지 않으면 놈들이 어떤 해코지를 할지 모릅니다. 저는 이 나무 상자 뒤에 서 있겠습니다. 여러분도 각자 상자 뒤에 숨으십시오. 그리고 내가 놈들에게 불을 비추면 재빨리 달려들어야 합니다. 왓슨, 저쪽에서 총을 쏘면 인정사정없이 놈들을 쏘아 넘어뜨리게."

나는 권총을 내 앞의 나무 상자 위에 올려놓고 공이치기를 잡아당겼다. 홈즈가 등에 덮개를 씌우자 칠흑 같은 어둠이 밀려왔다. 그것은 내가 일찍이 경험해 보지 못한 절대적인 암흑이었다. 강렬한 금속 냄새가 아직 거기 등불이 있어서 때가 되면 금세 어둠을 밝히리라는 것을 알게 했다. 나는 조바심이 나서 신경이 날카롭게 곤두섰다. 지하실 안의 축축한 냉기와 갑작스러운 어둠에는 뭔가 무겁게 짓누르는 듯한 느낌이 있었다.

"놈들에게 출구는 하나뿐입니다."

홈즈가 속삭였다.

"은행 뒤에 닿아 있는 집을 통해 삭스 코버그 광장으로 나가는 것이지요. 존스, 아까 내가 요청한 대로 조치해 놓았겠지요?"

"전당포 문 앞에 경사 하나와 경찰관 두 명을 잠복시켜 놓았소."

"그럼 길목을 완전히 봉쇄한 셈이군요. 자, 이제부터는 조용히 기다려야 합니다."

시간이 얼마나 느리게 가던지! 나중에 시계를 보고 나는 우리가 기다린 시간이 한 시간 15분에 지나지 않았다는 사실을 알았다. 하지만 나는 밤이 가고 새벽이 온 줄 알았다. 감히 자세를 바꿀 엄두를 못 냈던 탓에 팔다리가 저리고 뻣뻣해졌다. 하지만 극도로 긴장한 탓에 청각 능력이 극히 예민해지자 뚱뚱한 존스 형사의 거칠고 깊은 숨소리와 은행장의 가늘게 한숨 쉬는 듯한 숨소리도 구분할 정도가 되었다. 내 위치에서는 나무 상자 너머로 바닥이 내려다보였다. 그런데 갑자기 거기서 작은 불꽃이 일었다.

그것은 처음엔 돌바닥 위의 붉은 불씨에 지나지 않았다. 그런데 점점 길어지더니 한 줄기 노란 불빛이 되었고, 그러다 갑자기 아무 소리 없이 바닥이 갈라지는 듯하더니 손 하나가 쑥 나왔다. 여자 손처럼 생긴 그 하얀 손은 불빛 한가운데서 이리저리 사방을 더듬었다. 그러다가 다시 땅속으로 사라졌다. 손이 갑자기 사라지면서 다시 어둠이 내려앉았고 희미한 빛줄기만 남았다. 그것은 포석 사이에 틈이 생겼다는 걸 나타내는 표시였다.

하지만 어둠은 오래가지 않았다. 덜컹하는 소리와 함께 희고 넓은 포석이 모로 뒤집히면서 네모난 구멍이 입을 벌렸고 그곳에서 불빛이 쏟아져 나왔다. 소년처럼 피부가 매끈한 얼굴 하나가 올라와서 날카로운 눈으로 사방을 살피는 듯하더니 구멍에서 먼저 손을 빼고 그다음에는 어깨, 그러고는 허리를 빼냈다. 마지막으로 그는 가장자리에 한쪽 무릎을 짚고 재빨리 몸을 솟구쳤다. 그리고 자신처럼 작고 호리호리한 짝패를 구멍 속에서 끌어 올렸다. 짝패는 창백한 얼굴에 유난히 머리칼이 붉은 사나이였다.

"됐어."

처음 나온 남자가 속삭였다.

"끌하고 가방은 갖고 왔나? 맙소사! 빨리, 아치! 빨리 가져와! 정말 미치겠군!"

바로 그 순간 셜록 홈즈가 뛰어나와 침입자의 목덜미를 움켜쥐었다. 두 번째로 올라온 녀석은 다시 구멍 속으로 뛰어들었는데 존스가 그의 옷자락을 잡아당기는 바람에 옷이 북 찢어졌다. 권총의 총신이 불빛에 번쩍 빛났으나 홈즈의 수렵용 채찍이 총을 든 손목을 내리쳤고 권총은 돌바닥에 힘없이 굴러떨어졌다.

"존 클레이, 그래봤자 소용없어. 이제 끝났다."

홈즈는 침착하게 말했다.

"그런 것 같군."

클레이는 한껏 냉정한 목소리로 대답했다.

"하지만 내 친구는 무사히 도망칠 거다. 너희가 옷자락을 잡아당기기는 했지만 말이야."

"전당포 문 앞에서 세 사람이 지키고 있다."

"정말이냐! 만반의 준비를 해놓았군. 도무지 칭찬해 주지 않을 수가 없군."

"그건 나도 마찬가지다. 빨간 머리 연맹을 생각해 내다니 정말 기발하고 그럴듯했어."

"네 친구는 곧 만나게 될 거다."

존스가 말했다.

"어찌나 빨리 도망치던지 굴 속에서 붙잡는 데는 실패했지만 말이지. 조금만 기다려."

"그 더러운 손을 내 몸에 대지 말기 바란다."

우리의 포로는 손목에 수갑이 채워지는 동안 말했다.

"잘 모르고 있나 본데 내 몸엔 왕족의 피가 흐르고 있어. 그러니 나한테 말할 때는 항상 예의를 갖춰 경어를 쓰기 바란다."

"좋으실 대로."

존스는 클레이를 빤히 쳐다보고 킬킬거리며 말했다.

"그러면 전하, 이제 전하를 마차로 경찰서까지 모실 예정이오니 순순히 위층으로 올라가주시렵니까?"

"좀 낫군."

존 클레이는 침착하게 말했다. 그리고 우리 셋을 향해 가볍게 목례를 하고 형사에게 붙잡힌 채 조용히 걸음을 옮겨놓았다.

지하실을 나가는 동안 메리웨더 씨가 말했다.

"홈즈 선생, 우리 은행에서 선생에게 어떻게 사례해야 할지 모르겠군요. 정말 감사합니다. 기상천외한 방식으로 은행 금고를 털릴 뻔했는데 홈즈 선생께서 미리 범행 계획을 탐지해 내 놀라운 솜씨로 이렇게 지켜내주셨으니."

"저는 존 클레이에게 받아야 할 빚을 받은 겁니다."

홈즈는 말했다.

"이번 일에 약간의 비용이 조금 나갔으니 은행 측에서 그것을 보상해 주시기 바랍니다. 하지만 그 이상에 대해서는 여러 가지 기이한 경험을 한 것과 빨간 머리 연맹의 기상천외한 이야기를 들은 것으로 충분합니다."

우리는 이른 아침 베이커가에서 위스키 잔을 앞에 놓고 마주 앉았다. 홈즈가 설명했다.

"왓슨, 그건 말일세, 빨간 머리 연맹에 관한 이상한 광고나 백과사전 필사 작업의 목적이 별로 똑똑하지 못한 전당포 주인을 매일 몇 시간씩 집 밖으로 끌어내기 위한 것이라는 건 처음부터 분명해 보였거든. 일 처리 방식이 기상천외했지만 사실 그보다 더 나은 방법이 있었다고 하기는 어려워. 생각을 짜낸 것은 보나 마나 클레이였을 걸세. 동료의 머리 색깔을 보고 기발한 착상을 했겠지. 일주일에 4파운드면 전당포 주인을 끌어내기에는 충분한 미끼지. 수천 파운드를 노리고 범행을 준비하는 치들에게 그 정도가 대수였겠는가? 신문 광고를 낸 다음에 한 녀석은 임시 사무실을 얻고, 다른 한 녀석은 전당포 주인이 광고를 보고 응모하도록 부추겼지. 이렇게 해서 두 사람은 매일 몇 시간씩 주인을 집 밖으로 몰아낼 수 있었던 걸세. 점원이 급료의 절반을 받고 일하기로 했다는 말을 들었을 때부터 나는 그자가 집 안을 장악 하려고 하는지도 모른다는 강한 의심을 품었네."

"하지만 그자의 동기를 어떻게 그렇게 짚어낼 수 있었지?"

"집에 여자가 있었다면 단순한 불륜으로 생각했을 걸세. 하지 만 애당초 그런 것은 불가능했네. 또 전당포는 영세하고 집에 값 나가는 물건이라곤 없었지. 그들이 그만한 비용을 써서 그렇게 공들여 준비하는 것은 집 밖에 있는 무언가를 노린 게 분명했어. 그게 무얼까? 나는 점원이 사진을 좋아해서 틈만 나면 지하실로 사라진다는 얘기를 흘려듣지 않았네. 지하실! 그러자 비로소 수 수께끼가 풀리기 시작했지. 그래서 나는 그 이상한 점원에 대해 조사해 보고 그가 런던에서 가장 냉혹하고 대담한 범죄자 중 하 나라는 사실을 알았다네. 그자는 지하실에서 뭔가를 하고 있었 어. 그런데 몇 달 동안 쉬지 않고 하루 몇 시간씩 해야 하는 일이 무얼까? 나는 다시 생각해 보았네. 그게 무얼까? 떠오르는 건 오 직 하나였어. 다른 건물을 향해 굴을 파고 있다는 것.

현장 답사를 나갔을 때 나는 그런 생각을 하고 있었네. 내가 길 바닥을 지팡이로 두들겨봐서 깜짝 놀랐지? 그때 나는 굴이 집 앞 으로 났는지 아니면 집 뒤로 났는지 확인해 보고 있었다네. 그리 고 전당포의 초인종을 누르자 예상대로 점원이 나왔네. 우리 둘 은 그 전에 몇 번 부딪치긴 했지만 직접 대면한 적은 한 번도 없 었지. 나는 그자의 얼굴은 별로 쳐다보지 않았어. 내가 보고 싶었 던 것은 무릎이었거든. 그자의 바지 무릎이 얼마나 너덜거리고 더러웠는지 자네가 직접 봤어야 했는데. 그 무렵이 바로 그자가 굴을 팠던 시간에 대해 말해 주고 있었네. 유일한 의문점은 어디를 향해 굴을 파느냐였지. 나는 그 뒤쪽 거리로 돌아갔다가 시티 앤드 서버번 은행이 전당포와 등을 맞대고 있는 걸 보고 비로소 의문을 풀었지. 어제 연주회가 끝나고 자네가 집에 돌아간 뒤에 나는 런던 경찰국과 은행장을 찾아갔다네. 그 결과는 자네가 본 그대로고."

"그런데 그자들이 오늘 밤에 결행할 거라는 건 어떻게 알았나?"

"응, 그들이 빨간 머리 연맹 사무실을 폐쇄했다는 건 더 이상 자베즈 윌슨 씨를 집 밖으로 내보낼 필요가 없어졌다는 표시였네. 다른 말로 하면 굴 파기가 끝났다는 뜻이지. 하지만 굴이 발각될 수도 있고 금괴가 다른 곳으로 옮겨질 수도 있기 때문에 그들은 서둘러야 했어. 그런데 그들에게는 토요일이 가장 적당했을 거야. 피신할 시간을 이틀이나 벌게 되는 셈이니 말이야. 이 모든 걸 고려해서 그들이 오늘 밤에 나타날 거라고 생각했지."

"정말 아름답고 완벽한 논리로군."

나는 감탄을 숨기지 않았다.

"논리의 사슬은 길지만, 연결 고리 하나하나가 다 사실이야."

"덕분에 나는 권태를 느끼지 않을 수 있었지."

홈즈는 하품하며 대답했다.

"아아! 그런데 벌써 권태가 몰려오고 있는 것 같아. 내 삶은 진부한 일상에서 도피하기 위한 끝없는 몸부림이라네. 그래서 이런 작은 문제들이 나한테는 다 도움이 되지."

"자네는 사람들에게 큰 은인이기도 해."

홈즈는 어깨를 으쓱했다.

"글쎄, 아마 결국은 약간 도움이 되긴 하겠지. '사람은 아무것도 아니다. 업적이 전부다.' 구스타프 플로베르가 조르주 상드에게 쓴 편지의 한 구절일세."

The Red-Headed League, 1890

자베즈 윌슨 씨가 제안받은 수상쩍은 업무는 10시부터 2시까지, 4시간 동안 한 발자국도 연맹 사무실에서 나가지 않고 브리태니커 백과사전을 베껴 쓰는 일이었다. 그는 이상하게 생각하면서도 아무튼 돈을 받았기 때문에 8주 동안 계속 일을 하면서 백과사전의 A 항목을 거의 다 베껴 썼다. 사실 A 항목을 하루 4시간씩 8주 동안, 즉 224시간 동안(일요일도 쉬지 않았다고 가정할 경우) 다 쓰는 건 불가능한 일이라고 한다. 브리태니커 백과사전의 양이 워낙 방대하기에, 1초당 9단어를 써야 가능한 일이라고 한다.

이 장난 같은 사건을 통해 자베즈 윌슨 씨가 챙긴 이익은 32파운드 정도인데, 1890년 당시의 가치로 환산하면 몇천만원 정도가 되는 값어치라고. 의아한 마음에 나라에서 제일 유명한 사립탐정에게 달려와서 일을 의뢰할 만하다.

셜록 홈즈는 악당 존 클레이를 두고 런던에서 네 번째로 머리 좋은 인물이라고 칭한다. 이튼에 옥스퍼드를 나온 수재로 경찰들을 여러 번 골탕먹인 경력을 생각할 때 있을 법한 평가이지만, 그의 앞을 차지할 인물들이 셜록 홈즈 자신과 마이크로프트, 모리어티 정도라고 생각하면 어쨌든 이 인물을 굉장히 높이 친 것만은 틀림없다.

한편 홈즈는 지팡이로 길바닥을 두들겨 보고는 범인들이 굴을 팠다는 사실을 알아차리는데, 그 정도로 얕게 판 굴이었으면 진작 무너지지 않았을까……. 또 자베즈 윌슨이 처음 빨간 머리 연맹에 대한 광고를 보고 그곳으로 찾아간 것은 1890년 4월 27일 이후의 월요일이었고, 8주의 작업 후 연맹이 문을 닫은 것은 1890년 10월 9일이다! 이런 여러 가지 세부사항들에도 불구하고 의표를 찌르는 설정과 유쾌한 톤을 가진 이 이야기는 아서 코난 도일이 꼽은 본인이 두 번째로 좋아하는 셜록 홈즈 작품이라고 한다.

해당 작품은 『셜록 홈즈의 모험The Adventures of Sherlock Holmes』에 수록되어 있다.

1891

The
Final Problem

마지막 사건

나는 무거운 마음으로 내 친구 셜록 홈즈의 유다른 재능에 대한 마지막 기록을 남기기 위해 펜을 든다. 우리가 처음 인연을 맺은 '주홍색 연구'의 시기에서 그가 '해군 조약문' 사건에 간섭했던(그것은 말할 필요도 없이 심각한 국제적 분쟁을 막아준 간섭이었다.) 일에 이르기까지 그와 함께한 기이한 경험들을 설명하려고 애써왔지만, 지금 사무치게 느끼고 있듯이 그것은 두서없고 불완전한 노력이었다. 원래 나는 '해군 조약문' 사건의 기록을 마지막으로 내 인생에 구멍을 낸 그 사건에 대해서는 일절 침묵하려고 했다. 그 일이 있고 2년이라는 세월이 흘렀지만 내 삶의 공허는 메워지지 않았다. 하지만 최근 제임스 모리어티 대령이 죽은 형을 옹호하는 서한을 발표한 걸 보고, 사실을 있는 그대로 대중 앞에 공표하는 수밖에 다른 도리가 없게 되었다. 사건의 전모를 알고 있는 사람은 오직 나뿐인데 내가 입을 다물고 있는 것이 전혀 도움이 되지 않는 때가 분명코 온 것이다. 내가 아는 한 이 사건에 관한 기사가 신문에 난 것은 세 번이었다. 1891년 5월 6일 자 스위스의 일간지 《주르날 드 주네브》의 기사, 5월 7일 자 로이터 통신발로 영국의 각 일간지에 보도된 기사, 마지막으로 앞서 말한 제임스 모리어티 대령이 발표한 최근의 서한. 이 중에서 첫 번째와 두 번째 것은 간단한 요약 기사인 반면 마지막 것은 이제부터 말하겠지만 사실에 대한 완전한 왜곡이다. 모리어티 교수와 셜록 홈즈 사이에서 실제로 있었던 일에 대해 처음으로 이야기하는 것은 순전히 내 몫의 일이다.

내가 결혼하고 뒤이어 개업을 하면서, 홈즈와 나 사이의 아주 밀접했던 관계는 어느 정도 달라졌다고 할 수 있다. 홈즈는 여전히 수사 과정에서 동료가 필요할 때는 이따금씩 나를 찾았지만 그런 일은 점점 드물어졌다. 그래서 1890년의 내 공책에는 단 세 가지 사건만이 기록될 지경에 이르렀다. 그해 겨울과 1891년 초봄에, 나는 신문을 통해 그가 프랑스 정부의 의뢰로 대단히 중요한 사건을 맡게 되었다는 사실을 알았다. 그리고 그에게서 두 통의 편지가 날아왔는데 발신지가 각각 나르본과 님으로 되어 있어서 그의 프랑스 체류가 길어지리라고 추측했다. 그래서 4월 24일 저녁에 그가 진료실로 들어오는 걸 보았을 때 나는 좀 놀랐다. 그는 여느 때보다 더 창백하고 수척해 보였다.

"응, 그동안 좀 과하게 활동했지."

내가 입을 열기도 전에 그는 내 표정을 보고 대답했다.

"요즘 좀 바빴거든. 덧문을 닫아도 되겠나?"

방 안에 조명이라곤 책을 읽으려고 책상 위에 올려놓은 등잔 불뿐이었다. 홈즈는 벽에 바짝 붙어서 살그머니 몸을 움직이더 니 재빨리 덧문을 닫고 단단히 잠갔다.

"무슨 걱정되는 거라도 있나?"

나는 물었다.

"응."

"어떤 건데?"

"공기총."

"여보게, 그게 무슨 말인가?"

"왓슨, 자네는 나를 잘 아니까, 내가 결단코 소심한 사내가 아 니라는 것도 알고 있겠지. 하지만 신변에 위험이 닥쳤는데도 그 걸 인정하지 않으려 드는 건 용기가 아니라 어리석음이거든. 성 냥 좀 빌려주겠나?"

홈즈는 담배 연기의 진정 효과가 기분 좋게 느껴지는 듯 연기 를 깊이 빨아들였다.

"이렇게 늦게 찾아와서 미안하네. 그런데 이상한 얘기로 들릴 지 모르지만 하나 더 양해를 구할 것이 있네. 조금 이따가 갈 때 자네 집 뒤로 해서 담을 넘어가야겠네."

"대관절 무엇 때문에 그러는 건가?"

나는 물었다.

그러자 그가 손을 내밀었다. 등잔불 아래 손등의 관절 두 군데 가 터져서 피가 나는 것이 보였다.

"보다시피 이건 지나친 상상력의 소산이 아니라네."

그는 빙긋이 웃으며 말했다.

"반대로, 한 사내의 손을 터뜨릴 만큼 구체적인 것이지. 부인은 집에 계신가?"

"어딜 다니러 갔네."

"정말! 그럼 집에 혼자 있나?"

"응."

"마침 잘됐군. 그럼 나랑 같이 일주일 동안 유럽에 다녀오는 게 어떨까."

"유럽 어디?"

"오, 아무 데나. 나한테는 어디든 마찬가지라네."

아무래도 모든 게 다 수상쩍었다. 홈즈는 아무 목적 없는 휴가를 즐기는 성격이 아니었는데, 게다가 창백하고 여윈 얼굴에는 어딘가 극도로 긴장한 표정이 드러나 있었다. 그는 내 눈에서 의문을 읽어내고는 두 손끝을 마주 대고 팔꿈치를 무릎 위에 올려놓았다. 그리고 상황을 설명하기 시작했다.

"자네 모리어티 교수에 대해서 들어본 적 없지?"

"전혀 없네."

"허허, 그는 천재일세! 그리고 그에게 가장 놀라운 점이 바로 그거라네!"

홈즈는 부르짖었다.

"그는 런던에서 세력을 떨치고 있지만 그에 대해 아는 사람은 전혀 없네. 그가 범죄의 역사에서 최고봉으로 꼽히는 이유가 바로 그것이지. 왓슨, 내가 그자를 거꾸러뜨릴 수만 있다면, 내가 그자의 손아귀에서 이 사회를 해방시킬 수만 있다면, 나의 소명을 완성한 것으로 생각하고 현역에서 물러나 조용하게 생활할 의향이 있네. 이건 진심일세. 자네 앞이니까 하는 말이지만, 최근에 스칸디나비아의 왕실과 프랑스 정부에서 의뢰한 사건들을 해결해 준 덕분에 내 기질에 맞는 조용한 생활을 영위하면서 화학 연구에 몰두할 수 있는 여건이 조성되었네. 왓슨, 하지만 모리어티 교수 같은 인간이 런던의 거리를 거리낌 없이 활보하고 있는 걸 생각하면 나는 쉴 수도, 자리에 조용히 앉아 있을 수도 없었네."

"그가 무슨 짓을 했기에?"

"그는 특이한 이력의 소유자라네. 좋은 집안에서 태어나 훌륭한 교육을 받았을 뿐 아니라 놀라운 수학적 재능을 타고났지. 스물한 살의 나이에 이항정리에 관한 논문을 썼는데 그것은 유럽에서 높은 평가를 받았다네. 덕분에 그는 영국의 어느 작은 대학에서 수학 교수로 임명되었지. 어느 모로 보나 그에게는 빛나는 미래가 약속되어 있었네. 하지만 그에게는 타고난 악마적인 기질이 있었지. 몸속에 범죄자의 피가 흐르고 있었던 거야. 그리고 그런 범죄적 성향은 고쳐지기는커녕 뛰어난 정신적 능력 덕분에 더욱 강해지고 위험천만한 것이 되었네. 대학가에서 그를 둘러싸고 흉흉한 소문이 떠돌자 그는 결국 교수직을 사임하고 런던으로 올라올 수밖에 없었어. 런던에서 그는 육군 교관이 되었네. 세간에 알려진 것은 이 정도일세. 하지만 이제부터는 내가 직접 알아낸 얘기를 들려주도록 하지.

왓슨, 자네도 알다시피 런던의 범죄 세계에 대해 나만큼 속속들이 알고 있는 사람은 없네. 지난 몇 년 동안 나는 범죄자의 배후에서 어떤 힘을, 즉 법질서를 거스르고 범법자를 보호해 주는 거대한 조직력을 끊임없이 의식하게 되었네. 사기, 절도, 살인 같은 극단적으로 다양한 사건에서 이러한 세력의 존재를 계속 느꼈고, 발각되지 않은 숱한 범죄들에서 그 세력의 작용을 추리해 냈어. 나는 몇 년에 걸쳐 그 세력을 둘러싼 장막을 걷어내려고 애쓴 끝에 마침내 전직 대학교수이며 수학의 귀재인 모리어티의 존재를 밝혀냈지. 물론 단서를 잡아서 그를 추적하기까지 숱한 우여곡절을 겪어야 했지만 말이야.

왓슨, 그자는 범죄 세계의 나폴레옹일세. 이 대도시에서 벌어진 악행의 절반, 그리고 발각되지 않은 범죄의 거의 전부는 그에게 책임이 있네. 그는 천재이고 철학자이며 추상적 사고의 대가일세. 그리고 일급의 두뇌를 가지고 있지. 그는 거미줄 한가운데 있는 거미처럼 꼼짝 않고 엎드려 있다네. 그런데 거미줄은 천 가지 방향으로 뻗어 있고, 그는 거미줄 하나하나의 떨림을 예리하게 포착해 내거든. 그가 직접 행동에 나서는 일은 거의 없어. 오로지 계획을 세울 뿐이지. 하지만 행동 대원은 무수히 많은 데다 놀랍도록 조직이 잘돼 있다네. 가령 어떤 범죄를 저질러야 할 때, 어떤 서류를 탈취하거나 누구네 집을 털거나 누군가를 제거해야 할 때, 그 얘기는 교수한테 들어가고, 사건은 조직되고 실행된다네. 행동 대원은 잡힐 수도 있어. 그런 경우엔 보석금이나 변호사 비용이 조달되지. 하지만 배후에서 조종하는 핵심 세력은 절대로 잡히지 않아. 의심받는 일도 없지. 왓슨, 내가 추리해 낸 조직은 이와 같았네. 그리고 나는 그것의 존재를 만천하에 드러내서 괴멸시키는 일에 전력을 다하고 있네.

하지만 교수는 사방에 교묘한 안전장치를 설치해 놓았고, 어떤 수단을 쓰더라도 법정에서 그의 유죄를 입증할 만한 증거를 잡는 것은 불가능해 보였어. 왓슨, 자네는 내 능력을 알고 있지? 하지만 나는 세 달이 지난 뒤에 마침내 나와 지적으로 동등한 적수를 만났다는 사실을 인정할 수밖에 없었네. 그가 저지른 범죄에 대한 증오심이 그 놀라운 기술에 대한 감탄 속에서 잊힐 정도였으니까. 하지만 그는 마침내 실수를 저질렀어. 그것은 사소한, 아주 사소한 실수였지만 내가 바짝 뒤쫓고 있는 상태에서 절대 해선 안 될 실수였지. 나는 절호의 기회를 놓치지 않고 그 지점부터 그의 주변에 그물을 치기 시작했고 이제는 잡아당기기만 하면 되는 상태가 되었네. 사흘 뒤에, 말하자면 다음 주 월요일에 교수는 조직의 모든 간부와 함께 경찰에 체포될 걸세. 그러면 금세기 최대의 형사 재판이 열리고 미궁에 빠진 마흔 건 이상의 범죄 사건의 진상이 드러날 거야. 필경 전원이 교수형에 처해지겠지. 하지만 만일 우리가 때가 무르익기 전에 함부로 움직이면, 그들은 마지막 순간에라도 그물망에서 빠져 달아날 걸세.

내가 모리어티 교수 모르게 이렇게 할 수 있었다면 얼마나 좋았겠나. 하지만 그처럼 교활한 인물을 속이는 것은 불가능했지. 그는 내 일거수일투족을 꿰뚫고 있었네. 그는 끊임없이 내가 친 그물을 걷어내려 시도했고 나는 그때마다 그를 격퇴했어. 여보게, 그 말 없는 싸움을 상세하게 글로 옮긴다면 범죄 수사 역사 상 가장 치열한 공방전으로 기록될 걸세. 여태까지 내가 그렇게 거세게 몰아붙인 건 처음이었고, 또 적수에게 그렇게까지 심하게 몰린 것도 처음이었네. 그가 나를 향해 칼을 크게 휘두르면 나는 그의 급소를 찔렀네. 나는 오늘 아침에 마지막 포석을 놓았지. 이제 사흘간 기다리기만 하면 상황이 종료될 참이었네. 그런데 아침에, 곰곰이 그 생각을 하면서 방에 앉아 있는데 문이 열리더니 모리어티 교수가 나타났네.

왓슨, 나는 웬만한 일에는 눈 하나 깜짝 않는 사람일세. 하지만 솔직히 말해서 내 마음을 점령하고 있는 바로 그 사내가 내 집 문지방을 밟고 서 있는 걸 보고는 흠칫 놀랐어. 그는 삐쩍 마른 키다리인데 하얀 이마는 유난히 튀어나왔고 두 눈은 움푹 꺼졌지. 깨끗이 면도한 창백한 얼굴은 금욕적으로 보이는데, 용모에는 교수 같은 분위기가 아직도 남아 있다네. 공부를 많이 한 탓에 어깨는 굽었고 고개를 약간 앞으로 빼고 있는데, 항상 파충류처럼 기묘한 모양으로 얼굴을 천천히 좌우로 흔들지. 그는 눈살을 찌푸리고 호기심 가득한 얼굴로 나를 유심히 쳐다보았네.

'예상보다는 전두골이 덜 발달하셨군.' 교수는 마침내 입을 열었네. '그런데 실내복 주머니에 장전한 총을 집어넣고 만지작거리는 건 위험한 습관이지.'

사실 그가 방 안에 들어오는 순간 나는 지극히 위험한 상태에 놓였다는 걸 깨달았네. 그에게 유일한 탈출구는 나를 제거하는 것뿐일 테니까. 그래서 순간적으로 서랍에서 권총을 꺼내 주머니에 쑤셔 넣고 옷 속에서 그를 겨누고 있었다네. 그의 말을 듣고 나는 권총을 꺼내 공이치기를 당겨놓고 탁자 위에 올려놓았지. 그는 여전히 미소를 지으며 눈을 깜빡이고 있었지만, 그의 두 눈에 담긴 어떤 표정을 보고 내심 흐뭇하기 이를 데 없었다네.

'당신은 분명히 내가 누군지 모를 거야.' 교수가 말했네.

'천만의 말씀.' 나는 대꾸했어. '당신이 누군지는 아주 분명한 것 같군. 앉으시지. 나한테 할 말이 있나 본데 5분 정도 시간을 줄 수 있어.'

'내가 무슨 말을 하고 싶어서 왔는지는 잘 알 텐데.'

'그럼 내 대답이 어떤 건지도 잘 알겠군.' 나는 대답했지.

'자꾸 고집을 부릴 텐가?'

'물러설 생각은 추호도 없다.'

교수는 재빨리 주머니에 손을 집어넣었고 나는 탁자에서 권총을 집어 들었네. 하지만 그가 꺼낸 것은 날짜를 서너 개 끼적거려놓은 메모첩에 불과했어.

'당신은 1월 4일에 내 영역을 침범했다.' 교수는 말했네. '23일에는 나한테 폐를 끼친 일이 있고. 2월 중순쯤 되자 상당히 거치적거렸고, 3월 말에는 내 계획을 결정적으로 방해했어. 그리고 4월 말인 지금, 나는 당신의 끊임없는 박해로 인해 자유를 박탈당할 위험에 처했다. 상황은 믿을 수 없을 만큼 악화되고 있다.'

'나한테 무슨 건의라도 하러 왔나?' 나는 물었네.

'홈즈 선생, 손을 떼시게.' 교수는 얼굴을 좌우로 흔들며 말했네. '손을 떼란 말이야.'

'사흘 뒤에.' 나는 말했네.

'쯧쯧!' 교수가 말하더군. '당신만 한 머리를 가진 사람이 이번 사태의 결과가 어떠할지 모를 리가 없을 텐데. 당신은 물러설 필요가 있어. 당신이 일을 극단적으로 풀었기 때문에 우리가 택할 수 있는 방법은 단 하나밖에 남지 않았다. 당신이 일을 처리하는 솜씨를 지켜보는 것이 내게는 지적인 기쁨이었지. 그래서 어떤 극단적인 조처를 취해야 한다면 솔직히 마음이 아플 것이다. 선생, 웃으시는군. 하지만 분명히 말해 두지만 내 말은 사실이다.'

'어차피 위험은 내 직업의 일부니까.'

'그건 위험이 아니다. 불가피한 파멸이지. 당신이 맞서고 있는 대상은 어느 한 개인이 아니라, 당신의 비상한 두뇌로도 전모를 파악하기 힘든 막강한 조직이다. 홈즈 선생, 비켜서라고. 그렇지 않으면 발밑에 깔리고 말 테니까.'

나는 자리에서 일어서며 말했네.

'이렇게 즐거운 대화를 나누다 보니 다른 데서 중요한 일이 기다리고 있다는 걸 깜빡했군.'

교수도 자리에서 일어났네. 그리고 슬픈 듯 고개를 흔들면서 묵묵히 나를 쳐다보았지.

'허허, 참.' 그가 마침내 입을 열었네. '안타깝지만 어쩔 수 없지. 난 최선을 다했으니까. 나는 당신이 어떤 포석을 놓았는지 다 알고 있다. 당신은 사흘 안에는 아무 일도 할 수 없다. 홈즈 선생, 그동안 우리 둘은 사투를 벌였다. 당신은 나를 피고석에 앉히고 싶어 하지. 하지만 내가 법정에 서는 일은 절대 없을 거야. 당신은 나를 꺾고 싶어 해. 하지만 내가 꺾이는 일은 절대 없을 것이다. 명심해라. 당신이 교묘하게 나를 파멸시킨다면 나 또한 당신에게 똑같이 갚아주리라는 걸.

'모리어티 교수, 당신이 나한테 충고를 해주었으니 답례로 나도 한마디 하겠네.' 나는 말했네. '당신을 끝장낼 수만 있다면 사회를 위해 이 한목숨 기꺼이 내놓을 작정이다.'

'어림없는 소리, 끝장나는 건 당신 하나뿐일 것이다.' 교수는 무섭게 말하고 돌아서서 고개를 흔들며 방을 나갔네.

솔직히 말하면 모리어티 교수와 이런 대화를 나눈 뒤에 몹시 불쾌한 기분이 들었네. 그의 부드럽고 명료한 말은 그 어떤 협박보다도 성실하고 설득력이 있었지. 물론 자네는 이렇게 말할 거야. '왜 경찰력을 동원해서 그를 감시하지 않느냐?'라고. 그것은 나를 공격할 사람이 그가 아니라 그의 똘마니들이기 때문일세. 나는 그런 사실을 입증할 결정적인 증거를 몇 가지 손에 넣었네."

"자네 벌써 테러를 당한 건가?"

"여보게, 모리어티 교수는 꾸물거리며 시간을 보내는 사람이 아닐세. 점심 무렵에 나는 볼일이 있어서 옥스퍼드가에 갔네. 그런데 벤틴크가의 모퉁이를 돌아 웰베크가의 교차로로 접어드는데, 두 필의 말이 끄는 짐마차가 미친 듯이 달려오더니 번개같이 나를 덮쳤네. 나는 인도로 뛰어들어 간신히 마차를 피했지. 짐마차는 눈 깜짝할 새에 매릴리본 길로 사라졌지. 왓슨, 그다음에 나는 인도로만 걸었네. 하지만 비어가를 내려가는데 어느 집 지붕에서 벽돌 하나가 떨어져 발밑에서 산산조각이 났네. 나는 경찰을 불러 그곳을 샅샅이 뒤졌어. 그 집 지붕에는 집수리용 슬레이트와 벽돌이 쌓여 있었는데, 경찰은 바람 때문에 그중 하나가 떨어진 거라고 설명하더군. 물론 나는 그게 아니라는 걸 알고 있었지만 아무것도 증명하지 못했네. 그다음엔 마차를 잡아타고 펠멜가에 있는 형의 집으로 가서 하루를 보냈네. 그러다 자네 집으로 오는 길에 곤봉을 든 괴한에게 습격당했지. 나는 그자를 때려눕힌 다음 경찰에 넘겼어. 하지만 내 주먹에 앞니를 맞은(그래서 이렇게 손등이 찢어졌다네.) 그 신사와 15킬로미터나 떨어진 곳에서 칠판에 문제를 풀고 있는 조용한 수학 교관 사이의 관련을 입증하는 것은 불가능할 걸세. 그러니 내가 이 방에 들어오자마자 덧문부터 걸어 잠그고, 이따가 앞문보다 눈에 덜 띄는 출입문으로 나가게 해달라고 부탁한 것은 당연지사지."

나는 내 친구의 용기에 감탄한 적이 한두 번이 아니었지만, 조용히 앉아서 자신을 공포의 도가니로 몰아넣었을 사건들을 하나씩 털어놓는 모습을 보자 더욱 놀라움을 금할 수 없었다.

"오늘 여기서 잘 거지?"

나는 말했다.

"아니, 난 위험천만한 손님이 될 걸세. 나는 계획을 전부 짜놓았네. 모두 다 잘될 거야. 이쯤 해놓았으니 일당을 검거하는 문제에 관해서라면 경찰이 내 도움 없이도 잘 해낼 수 있을 걸세. 물론 혐의를 입증하려면 내가 있어야 하지. 그러니 경찰이 행동을 개시하기까지 남은 며칠 동안 나는 피신해 있는 게 좋아. 자네가 나랑 같이 유럽에 갈 수 있다면 정말 기쁠 걸세."

"요즘은 한가한 편이라네. 게다가 친절한 이웃이 있으니까. 나도 즐겁게 동행하겠네."

"그럼 내일 아침에 출발할까?"

"필요하다면."

"오, 그럼, 필요하고말고. 그럼 여보게, 이제 행동 요령을 알려 줄 테니까 그대로 따라 하게. 자넨 지금 나와 같이 유럽에서 가장 두뇌가 비상한 악당과 가장 강력한 범죄 집단을 상대로 게임을 하는 걸세. 자, 내 말 잘 듣게! 먼저 오늘 밤에 믿을 만한 심부름꾼을 시켜서 빅토리아 역으로 짐을 보내게. 주소는 쓰지 말고. 그리고 아침에 이륜마차를 부르게. 이때 자넬 미행하는 자가 몰고 온 마차를 타거나, 그가 다른 마차를 타고 뒤따라오는 일이 없도록 조심해야 할 걸세. 마차가 오면 재빨리 올라타고 스트랜드 쪽의 로더 아케이드로 달려가게. 주소는 종이에 적어 마부에게 건네주고 그걸 던져버리지 말라고 부탁하게. 마차 요금은 미리 준비해 놓고 마차가 서자마자 내려서 아케이드를 뛰어가게. 아케이드의 반대쪽 끝에 9시 15분까지 도착해야 하네. 그러면 작은 브루엄 마차 한 대가 보도에 바짝 붙어서 기다리고 있을 걸세. 마부는 옷깃에 빨간 선을 두른 검은색 망토를 입고 있네. 자네가 이 마차를 타면 유럽행 급행열차 시간에 맞춰 빅토리아 역에 도착하게 될 걸세."

"자네하고는 어디서 만나지?"

"역에서. 앞에서 두 번째의 일등실을 예약해 놓았네."

"그럼 객차 안에서 만나는 건가?"

"그렇네."

나는 홈즈에게 자고 가라고 했지만 그는 말을 듣지 않았다. 자신이 머무는 집에 문제를 일으킬 거라고 생각하고 그냥 가겠다고 고집을 부리는 게 분명했다. 내일 계획에 관해 서둘러 이야기를 마친 다음 그는 나와 함께 정원으로 나가 담을 넘었다. 그리고 모티머가로 내려서자마자 휘파람을 불어 이륜마차를 불렀다. 마차를 탄 그가 '가자.'라고 하는 소리가 들렸다.

아침에 나는 홈즈가 시킨 대로 했다. 우리를 쫓는 자가 미리 대기시켜 놓았을 법한 마차를 피하느라고 조심했고, 식사를 마치자마자 로더 아케이드로 출발했다. 나는 힘껏 달려서 아케이드를 통과했다. 맨 끝에 브루엄 한 대가 대기하고 있었는데 마부는 육중한 체구에 검은 망토를 두르고 있었다. 내가 올라타자 마부는 곧 채찍을 휘둘러 빅토리아 역을 향해 마차를 몰았다. 내가 내리자마자 그는 마차를 돌리더니 이쪽을 한 번 돌아보지도 않고 다시 쏜살같이 달려갔다.

여기까지는 만사가 순조로웠다. 짐은 벌써 와 있었고 홈즈가 말한 객차는 쉽게 찾아냈다. '예약'이라고 표시된 객차는 그것뿐이라 더욱 찾기가 쉬웠다. 걱정거리는 홈즈가 아직 나타나지 않은 것이었다. 역사의 시계를 보니 남은 시간은 고작 7분이었다. 나는 여행객과 전송객 들 틈에서 내 친구의 호리호리한 모습을 찾았다. 그러나 그는 어디에도 없었다. 나는 잠시 늙수그레한 이탈리아 사제를 도와주었다. 신부는 서툰 영어로 짐을 파리로 부칠 거라는 말을 짐꾼에게 이해시키려고 애쓰고 있었다. 그런데 한 바퀴 더 둘러보고 내 자리로 돌아오니, 짐꾼이 엉뚱하게 늙은 이탈리아 사제를 내 옆자리에 앉혀놓았다. 신부에게 여기는 다른 사람 자리라고 설명했지만 소용없었다. 내 이탈리아어는 신부의 영어보다 더 짧았기 때문이다. 어쩔 수 없이 어깨를 들썩하고 초조한 마음으로 내 친구를 찾아 다시 두리번거렸다. 겁이 덜컥 났다. 여기 안 온 걸 보니 홈즈가 간밤에 무슨 일을 당했는지도 모르겠다는 생각이 들었다. 차 문은 이미 닫혔고 기적이 울렸다. 그런데 갑자기 누군가 옆에서 말했다.

"여보게, 자네 인사도 안 하는군."

나는 화들짝 놀라서 몸을 돌렸다. 늙은 성직자가 내 얼굴을 쳐다보고 있었다. 순식간에 주름살이 펴지면서 처졌던 코가 올라붙었다. 삐쭉 튀어나온 아랫입술은 제자리를 찾았고 중얼거림도 그쳤다. 멍하던 눈에는 다시 총기가 돌았고 축 처졌던 몸은 팽팽해졌다. 그러더니 다음 순간, 온몸이 다시 쪼그라들었다. 홈즈의 모습은 나타났을 때처럼 빠르게 사라져버렸다.

"맙소사!"

나는 외쳤다.

"정말 사람을 놀라게 하는군!"

"아직도 조심해야 하네."

그는 낮게 속삭였다.

"저들은 지금 내 뒤를 바짝 쫓고 있네. 아, 저기 교수가 직접 행차하셨군."

홈즈가 말하는 동안 기차는 벌써 움직이기 시작했다. 얼른 뒤를 돌아보니, 키다리 사내가 기차를 세우려는 듯이 마구 손을 흔들며 미친 듯이 군중 속을 헤쳐 나오고 있었다. 그러나 때는 이미 늦었다. 기차는 빠른 속도로 추진력을 더해 가며 총알같이 역구내를 빠져나갔다.

"최대한 조심한 덕분에 무사히 빠져나왔네."

홈즈는 웃음을 터뜨리며 말했다. 그는 일어나서 검은색 사제복과 모자를 훌훌 벗어서 손가방 속에 집어넣었다.

"왓슨, 조간신문 봤나?"

"아니."

"그럼 베이커가 소식을 모르겠군?"

"베이커가?"

"저들이 간밤에 우리 하숙집에 불을 질렀네. 하지만 큰 피해는 없었지."

"맙소사, 홈즈, 이건 정말 너무하는구먼!"

"저들은 곤봉을 든 사내가 검거된 후에 나를 놓쳤던 게 틀림없네. 그렇지 않고서야 내가 집에 돌아갔다고 생각했을 리 없지. 하지만 용의주도하게 자네를 감시했던 것이 분명해. 그래서 모리어티가 빅토리아 역에 나타난 거지. 자네 오다가 무슨 실수를 하진 않았겠지?"

"난 자네가 시킨 대로 했네."

"내가 말한 브루엄을 타고 왔나?"

"응. 미리 와서 기다리고 있더군."

"마부가 누군지 알겠던가?"

"아니."

"마이크로프트 형일세. 이렇게 비밀스럽게 움직일 땐 제삼자를 끌어들이지 않는 게 유리하지. 하지만 이제부터 우린 모리어티에게 어떻게 대처할 것인지 계획을 짜야 하네."

"이건 급행열차인 데다 배하고 곧장 연결되네. 그렇다면 이미 모리어티를 멀찌감치 따돌린 거나 마찬가지 아닐까."

"여보게, 자네는 그 사내의 지적 수준이 나와 동등하다고 한 말의 의미를 깨닫지 못한 게 분명하구먼. 자네는 만일 내가 뒤를 쫓는 입장이었다면 이렇게 사소한 장애물 때문에 포기할 거라고 생각하나? 그렇다면 그를 아주 얕잡아 보는 게 아닐까?"

"그럼 그가 어떻게 나올까?"

"나처럼 하겠지."

"자네라면 어떻게 할 건데?"

"특별 열차를 전세 내겠네."

"하지만 늦을 걸세."

"절대로 그렇지 않아. 이 기차는 캔터베리에서 정차하네. 그런데 배는 항상 적어도 15분은 지연되거든. 모리어티는 거기서 우릴 따라잡을 걸세."

"누가 보면 우리가 범죄자인 줄 알겠군. 그 작자가 거기까지 쫓아오면 체포해 버리세."

"그러면 세 달 동안 작업한 게 물거품이 되고 말 걸세. 대어를 낚긴 하겠지만 조무래기들은 그물 밖으로 다 튀어 나갈걸. 월요일에 우린 저들을 일망타진할 수 있어. 안 돼, 체포는 용납할 수 없어."

"그럼 어떻게 할 건가?"

"캔터베리에서 내려야지."

"그다음엔?"

"음, 그다음에는 육로로 뉴헤이번으로 가야 해. 거기서 프랑스의 디에프항으로 건너가는 거지. 모리어티는 물론 나처럼 할 거야. 파리로 건너가 우리가 부친 짐을 점찍어 놓고 역에서 이틀 동안 우릴 기다릴 걸세. 하지만 그동안에 우리는 시골에서 여행용 가방을 두어 개 장만할 걸세. 그리고 룩셈부르크와 바젤을 경유해서 한가한 때에 스위스로 들어가야지."

그래서 우린 캔터베리에서 기차를 내렸지만 뉴헤이번행 기차를 타려면 한 시간을 더 기다려야 한다는 사실을 알았다.

우리의 옷가방을 실은 수하물차가 빠른 속도로 멀어져가는 것을 안타깝게 쳐다보고 있는데, 홈즈가 옷소매를 잡아당기며 철로를 가리켰다.

"봐, 벌써 오고 있어."

멀리, 켄티시의 숲 사이로 가느다란 연기가 피어오르고 있었다. 1분 뒤면 객차 겸 기관차가 탁 트인 굽은 길을 돌아 역사로 들어올 터였다. 짐 더미 뒤로 가까스로 몸을 숨겼을 때 기관차가 굉음을 내며 지나갔다. 얼굴에 더운 바람이 훅 끼쳤다.

"저기 가는군."

기차가 전철기(轉轍機) 위를 기우뚱거리며 지나가는 모습을 보면서 홈즈가 말했다.

"봤지? 저 친구의 지능에는 한계가 있네. 저 친구가 내 생각과 행동을 추리해 냈다면 그야말로 놀라운 일이었겠지."

"그런데 우릴 따라잡으면 어떻게 하려고 했을까?"

"나를 죽이려고 덤벼들었겠지. 그건 의심할 여지 없는 사실일세. 하지만 그건 둘이 해볼 만한 게임이지. 이제 문제는 여기서 이른 점심을 먹느냐, 아니면 배가 고프더라도 뉴헤이번의 식당까지 참고 가느냐일세."

우린 그날 밤 안으로 벨기에의 브뤼셀에 도착해서 이틀을 보내고 사흘째 되는 날 프랑스의 스트라스부르로 이동했다. 월요일 아침, 홈즈는 런던 경찰로 전문을 보냈고 저녁때 호텔에 돌아와보니 답장이 기다리고 있었다. 홈즈는 편지를 뜯어보더니 욕설을 퍼부으며 벽난로 속에 던져버렸다.

"그 정도는 미리 예상할 수 있었는데."

그는 신음했다.

"놈이 도망쳤네!"

"모리어티가?"

"교수만 빼고 일당을 전부 검거했네. 그자는 경찰을 따돌렸어. 물론 내가 영국을 떠난 순간 그자를 상대할 만한 인물이 없어진 건 사실이지. 하지만 난 사냥감을 전부 경찰의 수중에 넘겨주었다고 생각했네. 왓슨, 자넨 이제 영국으로 돌아가는 게 낫겠군."

"왜?"

"왜냐하면 이제부터는 나와 함께 다니는 게 위험해질 테니까. 그 친구는 할 일이 없어졌네. 그냥 런던으로 돌아가면 그는 패자가 되고 마는 걸세. 내가 그의 성격을 제대로 파악했다면 그는 나에게 복수하기 위해 사력을 다할 걸세. 지난번에 날 찾아왔을 때도 그런 얘기를 했지만 그건 진심이었을 거야. 내가 권하는 대로 자네는 환자를 돌보는 일로 돌아가도록 하게."

오랜 친구이자 동지에게 그것은 절대로 통할 리 없는 호소였다. 우린 스트라스부르의 식당에 앉아서 반 시간 동안 그 문제를 갖고 다퉜지만 결국 그날 밤에 다시 제네바를 향해 길을 떠났다.

일주일 동안 우리는 즐겁게 론 지방의 골짜기를 돌아다니다가 루크로 나와 아직도 눈 속에 묻혀 있는 게미 고개를 넘었다. 그리고 인터라켄을 경유해서 마이링겐으로 향했다. 그것은 환상적인 여행이었다. 발아래는 신록의 봄이고 위쪽은 순백의 눈이 쌓인 겨울이었다. 하지만 홈즈는 단 한 순간도 자신에게 드리워진 어두운 그림자를 망각하지 않은 것이 분명했다. 그것은 알프스의 소박한 촌락이나 외로운 산길에서, 그가 날카로운 눈초리로 스쳐 가는 사람들의 얼굴을 일일이 훑는 것을 보면 알 수 있었다. 그는 어디로 가든 우리를 뒤따르는 위험에서 완전히 벗어날 수 없다고 확신하고 있었다.

게미 고개를 넘어갈 때는 이런 일도 있었다. 음침한 도벤세 호수의 가장자리를 따라 걷고 있는데, 산 위에서 커다란 바위 하나가 굴러 내려오더니 옆을 스치고 뒤쪽의 호수 속으로 풍덩 빠졌다. 홈즈는 재빨리 산으로 뛰어 올라가 높은 산꼭대기에 서서 목을 길게 빼고 사방을 두리번거렸다. 여행 안내인이 이곳은 원래 봄철에 낙석이 흔한 곳이라고 누누이 말했지만 소용없었다. 홈즈는 아무 말도 안 했지만 예상대로라는 듯 나를 보고 씩 웃었다.

홈즈는 한시도 경계를 풀진 않았지만 전혀 우울해하는 빛은 없었다. 오히려 전에 없이 활달한 모습을 보여주었다. 그는 모리어티 교수를 사회에서 제거할 수만 있다면 기꺼이 탐정으로서의 삶을 정리하겠다는 얘기를 되풀이했다.

"왓슨, 나는 내 인생이 헛되지 않았다고까지 말할 수도 있네. 내 수사 기록이 오늘 밤으로 끝을 맺는다 해도 냉철한 마음으로 그것을 돌아볼 수 있어. 내게는 런던의 공기가 더 감미롭게 느껴진다네. 1000건이 넘는 사건 가운데, 내가 능력을 잘못된 부분에 쓴 사건은 하나도 없을 걸세. 요즘 들어 나는 사회의 인위적 상태로 인해 야기된 피상적인 문제보다는 자연이 제기한 문제들을 조사하고 싶은 유혹을 느껴왔네. 왓슨, 내가 유럽에서 가장 위험하고 능력 있는 범죄자를 검거하거나 제거하는 일생일대의 위업을 이루는 날, 자네의 회고록은 끝나게 될 걸세."

나는 얼마 남지 않은 얘기를 간략하지만 정확하게 이야기하려고 한다. 사실 그것은 정말 말하고 싶지 않은 부분이지만, 자초지종을 빠짐없이 설명하는 것이 내게 부여된 의무이리라.

우리가 마이링겐의 작은 마을에 도착한 것은 5월 3일이었다. 우리는 페터 스타일러 씨가 운영하는 '영국 주점'에서 여장을 풀었다. 호텔 주인은 런던의 그로브너 호텔에서 3년간 급사로 일한 경력이 있는 사람으로 유창한 영어를 구사했고 꽤 똑똑한 사람이었다. 우리는 주인의 조언에 따라 4일 오후에 길을 나섰다. 작은 산을 넘어 로젠라우이의 촌락에서 숙박할 작정이었다. 하지만 우리는 산 중턱에 있는 라이헨바흐 폭포(코난 도일은 이 작품을 발표하기 전에 실제로 이곳을 방문했다 ― 옮긴이)를 건널 생각일랑 절대 하지 말라는 당부를 들었다. 폭포를 보려면 길을 약간 돌아가야 한다고 했다.

그곳은 정말 무시무시한 곳이다. 눈 녹은 물로 수량이 불어난 급류가 거대한 심연으로 쏟아져 내리면, 불난 집의 연기처럼 물보라가 피어오른다. 급류는 반짝거리는 검은 바위들의 거대한 틈새로 떨어져 내리는데 점점 폭이 좁아지며 바닥 모를 깊은 용소(龍沼)로 이어진다. 그리고 용소에서 끓어오른 물은 들쭉날쭉한 가장자리로 끊임없이 넘쳐흐른다. 쉼 없이 떨어져 내리는 긴 녹색의 노호하는 물줄기와, 쉼 없이 위쪽으로 펄럭이는 두꺼운 물보라 커튼, 그칠 줄 모르는 소용돌이와 굉음 앞에서 사람들은 현기증을 느낀다. 우리는 폭포 가장자리에 서서 발밑을 내려다보았다. 저 아래쪽의 검은 바위에 물이 하얗게 부서지는 게 보였다. 우리는 심연 속에서 물보라와 함께 올라오는, 인간의 외침 소리를 닮은 굉음에 귀 기울였다.

폭포 옆구리로 전경을 볼 수 있는 길이 나 있지만, 중간쯤에서 뚝 끊겨 있어서 여행자는 왔던 길을 돌아가야 한다. 우리가 막 돌아섰을 때 어느 스위스 청년이 편지를 들고 이쪽으로 달려오는 게 보였다. 그것은 방금 전에 떠나온 호텔 주인이 내게 보낸 편지였는데 겉봉에는 그 호텔의 마크가 찍혀 있었다. 우리가 떠난 직후에 폐결핵 말기의 어느 영국 부인이 그곳에 도착했다고 했다. 부인은 다보스 플라츠에서 겨울을 나고 루체른에 있는 친구들에게 가는 중이었는데 갑작스럽게 각혈이 시작됐다. 부인은 몇 시간 살지 못할 것 같지만 영국 의사를 만나보고 싶어 하니 부디 와주십사 하는 것이었다. 마음씨 좋은 스타일러 씨는 추신을 덧붙였는데, 부인은 스위스 의사는 한사코 싫다고 하고 자신은 큰 책임을 느끼고 있다며, 내가 와준다면 정말 고맙겠다고 했다.

그것은 모른 척할 수 없는 호소였다. 객지에서 죽어가는 동포 여성의 부탁을 거절할 수는 없었다. 하지만 홈즈를 두고 가는 것도 마음에 걸렸다. 결국 내가 올 때까지 편지를 전해 준 스위스 청년이 안내인 겸 말벗으로 홈즈의 옆에 남기로 했다. 내 친구는 폭포를 좀 더 구경하다가 로젠라우이를 향해 천천히 산을 넘어가겠다고 했고, 나는 저녁때 거기로 가기로 했다. 내가 걸음을 돌릴 때, 홈즈는 바위에 몸을 기대고 팔짱을 낀 채 폭포를 물끄러미 내려다보고 있었다. 그것이 이 세상에서 본 그의 마지막 모습이었다.

내리막을 거의 다 내려왔을 무렵 나는 뒤를 돌아보았다. 거기서는 폭포가 보이지 않았지만, 산등성이를 넘어 그곳까지 가는 구불거리는 산길이 보였다. 그 길을 한 사내가 빠른 걸음으로 걷고 있었다.

녹색의 산을 배경으로 그의 거뭇한 형체가 또렷이 떠올랐다. 나는 그 사내와 그의 유달리 빠른 걸음을 주목했지만 돌아서자마자 그에 대해서 잊고 말았다.

마이링겐까지 가는 데 한 시간 좀 넘게 걸렸을 것이다. 스타일러 씨는 호텔 입구에 서 있었다.

나는 잔걸음으로 다가가며 물었다.

"부인의 병세가 더 나빠지진 않았겠지요?"

주인의 얼굴에 놀란 빛이 스쳐 갔다. 그걸 보자마자 나는 가슴이 쿵 내려앉는 걸 느꼈다.

"이 편지를 쓰지 않으셨습니까?"

나는 주머니에서 편지를 꺼내며 물었다.

"병든 영국 여성이 여기 와 있지 않습니까?"

"금시초문입니다!"

주인은 외쳤다.

"하지만 겉봉엔 우리 호텔 마크가 찍혀 있군요! 허, 두 분이 떠난 뒤에 도착한 키다리 영국인이 썼나 봅니다. 그분 얘기로는……."

하지만 나는 호텔 주인의 설명을 기다리지 않았다. 나는 다리가 후들거리는 걸 느끼며, 벌써 마을 길을 내달아 방금 전에 내려온 길을 오르고 있었다. 내려오는 데는 한 시간 걸린 길이, 죽을힘을 다했는데도 라이헨바흐 폭포까지 돌아가는 데 두 시간이 넘게 걸렸다. 홈즈가 서 있던 자리에는 아직도 등산용 지팡이가 바위에 기대 세워져 있었다. 하지만 그는 어디에도 없었고 큰소리로 불러봐도 소용없었다. 대답이라곤 사방의 절벽에 부딪혀 돌아오는 내 목소리뿐이었다.

등산용 지팡이를 보았을 때 나는 오한과 함께 구역질이 났다. 그렇다면 그는 로젠라우이에 가지 않은 것이다. 숙적이 쫓아왔을 때, 그는 아직 한쪽은 수직의 절벽이고 또 한쪽은 깎아지른 듯한 낭떠러지인 이 90센티미터 폭의 길 위에 서 있었던 것이다. 스위스 청년도 사라졌다. 그는 아마 모리어티의 하수인이었을 테고 둘만 남겨두고 떠났을 것이다. 대체 어떤 일이 벌어진 것일까? 그때 무슨 일이 있었는지 누가 우리에게 말해 줄 것인가?

나는 정신을 수습하기 위해 잠시 그 자리에 서 있었다. 도저히 받아들일 수 없는 현실 앞에서 그저 멍할 뿐이었다. 그러다 나는 홈즈의 방법을 기억해 냈고 그것을 활용하여 비극적인 사실을 읽어내려고 했다. 아아, 그것은 너무도 쉬운 일이었다. 우린 아까 이야기를 하느라 길 끝까지 가지 않았고, 등산용 지팡이는 우리가 서 있던 바로 그 자리에 놓여 있었다. 거무스름한 토양은 끊임없이 이는 물보라 때문에 항상 젖어 있어서 새 발자국조차 남을 지경이었다. 두 사람의 발자국이 길 끝을 향해 선명하게 찍혀 있었다. 그 발자국은 내 쪽에서 멀어져갈 뿐 어느 것도 돌아오지 않았다. 길 맨 끝에서 몇 미터 앞쪽으로 흙이 짓밟혀 완전히 진창인 곳이 있었다. 절벽 가장자리에서 자라는 나무딸기와 양치류는 가지가 꺾인 채 흙투성이가 되어 있었다. 나는 흩날리는 물보라 속에서 바닥에 엎드려 아래를 내려다보았다. 내가 떠난 뒤 날이 어두워졌기 때문에, 보이는 거라곤 희끄무레 빛나는 물에 젖은 검은 바위와 까마득한 아래쪽, 수직의 물줄기 끝에서 허옇게 튀어 올라 흩어지는 물거품뿐이었다. 나는 소리를 질렀다. 그러나 인간의 외침 소리를 닮은 폭포 소리만이 되돌아올 뿐이었다.

하지만 결국, 내 벗이자 동지에게서 마지막 인사말을 듣게 되었다. 나는 앞서 그의 등산용 지팡이가 길 위로 튀어나온 어느 바위에 기대 세워져 있었다고 했다. 그 바위 위에서 뭔가 반짝거리는 것이 시선을 끌었다. 손에 넣고 보니 홈즈가 항상 휴대하고 다니던 은제 담뱃갑이었다. 담뱃갑을 집어 들자 그 밑에 깔려 있던 작은 종이가 바닥으로 툭 떨어졌다. 펴보니 홈즈가 수첩을 찢어내 쓴 세 장짜리 편지였다. 그가 쓴 편지답게 수신인이 정확히 표기되어 있었고, 자신의 서재에서 쓴 것처럼 글씨는 또박또박했다.

친애하는 왓슨에게

모리어티 교수의 배려로 몇 자 적네. 교수는 지금 우리 사이의 문제에 대한 마지막 토론을 앞두고 나를 기다려주고 있네. 그는 내게 영국 경찰을 따돌린 방법을 간단하게 설명해 주었고, 나는 그에게 우리가 이동한 경로에 대해 말해 주었네. 이야기를 듣고 보니 역시 교수의 능력은 높이 평가할 만하군. 나는 지금 우리 사회가 더 이상 그의 존재로 인해 고통당할 일이 없을 거라고 생각하고 몹시 기뻐하고 있네. 물론 그것은 희생이 따르는 일이고, 그 때문에 내 친구들, 특히 친애하는 왓슨 자네가 고통을 겪긴 하겠지만 말이야. 하지만 이미 설명했다시피 어찌 됐든 나는 기로에 섰고, 그리고 그 어떤 결말도 이보다 더 마음에 들지는 못할 걸세. 솔직히 말하면 나는 마이링겐에서 온 편지가 속임수라는 걸 알았지만, 일이 이런 식으로 전개될 줄 알았기 때문에 자네를 마을로 떠나보낸 것일세. 패터슨 경감한테 일당의 유죄를 입증하는 데 필요한 서류는 서류꽂이 'M.' 칸에 '모리어티'라고 쓰인 푸른 봉투 속에 넣어두었다고 전해 주게. 나는 영국을 떠나기 전에 재산을 전부 정리한 다음 마이크로프트 형에게 넘겨주고 왔네. 부인에게 인사 전해 주게. 그리고 이 사람아, 잊지 말게. 나는 자네의 진정한 벗이라는 것을.

— 셜록 홈즈

　남은 얘기에 대해서는 몇 마디면 족할 것이다. 전문가들의 조사에 따르면, 격투를 벌이던 두 남자는 서로를 부둥켜안은 채 비틀거리다가 밑으로 떨어졌을 거라고 한다. 그렇게 끝날 수밖에 없던 상황이었다. 시신을 건져내려는 시도도 무망한 것이었다. 물이 소용돌이치고 거품이 끓어오르는 끔찍한 가마솥 맨 밑바닥에는, 가장 위험한 범죄자와 당대 최고의 법의 수호자가 언제까지나 누워 있을 것이다. 스위스 청년은 완전히 종적을 감췄는데, 모리어티가 고용한 수많은 하수인의 하나였음에 틀림없다. 대중들은 홈즈가 수집한 증거가 검거된 일당의 조직을 얼마나 완전하게 드러냈는지, 그리고 죽은 이가 얼마나 완강하게 그들을 움켜잡고 있었는지 아직도 기억하고 있을 것이다. 그들의 무서운 우두머리에 대해서는 재판 과정에서 거의 아무 얘기도 나오지 않았는데, 내가 지금 그의 정체를 밝힐 수밖에 없게 된 것은 순전히 홈즈를 공격함으로써 모리어티의 행적을 미화하고자 하는 몇몇 지각 없는 사람들 때문이다. 홈즈는 내게 언제까지나 세상에서 가장 선하고 지혜로운 사람으로 남아 있으리라.

The Final Problem, 1891

셜록 홈즈 시리즈의 인기가 오르자 코난 도일은 과감하게 1000파운드의 엄청난 고료를 제안했고 그 돈을 받아내는 데 성공한다. 그는 수지 안 맞는 의원 경영을 그만두고 전업 작가가 되기로 하지만, 줄거리를 구상하고 마감 시한을 맞추는데 시간과 노력을 투자하는 일에 지쳐갔다. 책을 써서 벌어들인 수입으로 커다란 집과 자동차를 구매했지만, 그 사이 부인인 루이스가 결핵에 걸리고 만다. 아내에게 죽음이 다가온다는 사실을 알아차리지 못했다는 죄책감을 느끼던 도일은 아이들을 처가에 맡기고 아내를 데리고 외국으로 요양을 떠나기로 결심하고는, 셜록 홈즈를 죽여 버린다!

이후는 온통 혼란이었다. 2만 명의 독자들이 《스트랜드 매거진》의 구독을 취소했다. 수천 명의 독자들이 편집자에게 성난 항의 편지를 보냈다. 심지어 왕세자도 찬성하지 않는다는 뜻을 넌지시 알려 왔다. 셜록 홈즈의 장례식을 치러준 사람도 있었으며 고인에 대한 조의를 표하기 위해 런던 시민들은 검은 리본을 맸다. 독자들이 셜록 홈즈의 죽음에 너무 심하게 비난을 해대자, 그는 어머니에게 "홈즈 때문에 제 마음이 더 나은 것에서 멀어지고 있습니다."라는 내용의 편지를 써서 고충을 토로하기도 했고, 한 친구에게 "설령 그럴 생각이 있더라도, 앞으로 몇 년 간은 그를 살려낼 수 없다네. 그건 내가 그를 과다 복용했기 때문일세. 나는 전에 거위간 요리를 너무 많이 먹어서 지금은 그 이름을 듣기만 해도 속이 느글거리는데, 홈즈에 대한 내 감정이 꼭 그렇거든."이라는 내용의 편지를 써 보냈다. 팬들에게 하도 시달린 코난 도일은 "내가 실제로 사람을 죽였더라도 이만큼 욕을 먹진 않았을 것."이라고 얘기했다고 한다. 심지어 그의 어머니까지도 "홈즈를 왜 죽였니?" 하고 묻는 판이었다고 하니…….

해당 작품은 『셜록 홈즈의 회상록*The Memoirs of Sherlock Holmes*』에 수록되어 있다.

1894

The Adventure of the Empty House

빈 집의 모험

로널드 아데어 도령이 기이하고 이해할 수 없는 방식으로 살해당하여 런던 전역을 들쑤셔놓고 사교계를 충격의 도가니로 몰아넣은 것은 1894년 봄철의 일이었다. 일반 사람들은 이미 경찰 조사 과정에서 흘러나온 사건 경위에 대해 알고 있지만, 그 당시에는 기실 많은 사실이 누락되었다. 유죄 증거가 너무도 뚜렷해서 모든 사실을 다 들춰낼 필요가 없었기 때문이다. 나는 거의 10년 세월이 흐른 지금에 와서야 그 기막힌 사건의 연쇄에서 빠진 고리를 드러낼 수 있게 되었다. 물론 사건 자체도 흥미로웠지만, 그것과 맞물려 일어난, 나의 모험에 가득 찬 생에서 비할 바 없는 충격과 놀라움을 안겨주었던 믿을 수 없는 사건에 비하면 그것은 아무것도 아니다. 그토록 오랜 세월이 흘렀건만 아직도 그 생각을 할 때면 온몸에 전율이 일고, 그때 가슴속에 흘러넘치던 환희와 경이와 의혹의 감정이 생생히 되살아난다. 나의 허술

한 기록을 통해 한 비범한 인간의 사고와 행동에 관심을 갖게 된
이들은 아무쪼록 내가 진작 그 얘기를 하지 않은 것에 대해 너무
나무라지 마시기 바란다. 그가 사실을 공개하는 것을 엄금하지
만 않았어도, 나는 진실을 밝히는 것을 제일의 의무로 삼았을 것
이기 때문이다. 그가 사실을 밝히도록 허락해 준 것은 겨우 지난
달 3일의 일이었다.

나는 셜록 홈즈와 가깝게 지내는 동안 범죄에 깊은 관심을 갖
게 되었고, 그래서 그가 실종된 뒤에도 자연스럽게 신문 지상에
실리는 다양한 사건 기사를 유심히 읽곤 했다. 그리고 순전히 재
미 삼아 그의 방법을 이용해서 문제를 풀어보려고 한 적도 두어
번 있었지만 결과는 신통치 않았다. 하지만 내게 이 로널드 아데
어 살인 사건만큼 흥미로운 사건은 없었다. 나는 법정에 제출된
증거에 대한 기사를 읽으면서(그 증거로 불특정 개인 및 다수를 노
린 고의적 살인이라는 유죄 평결이 내려졌다.), 셜록 홈즈의 죽음이
우리 사회에 얼마나 큰 손실이었는지 뼈아프게 느끼지 않을 수
없었다. 홈즈가 살아 있다면 이 이상한 사건에 깊은 관심을 보였
을 테고, 또한 그 유럽 최고의 탐정은 특유의 관찰력과 기민한
정신으로 경찰 수사를 보완했거나 아니면 십중팔구 그것을 앞질
렀을 것이다. 나는 마차를 타고 왕진을 다니는 동안, 온종일 그
사건에 대해 골똘히 생각해 보았으나 그럴듯한 설명을 찾아내지
는 못했다. 다들 아는 얘기를 되풀이하는 셈인지도 모르겠지만
나는 우선 심리를 통해 공개된 사실을 여기에 간단히 적으려고
한다.

로널드 아데어 도령은 당시 오스트레일리아의 어느 식민지 총독, 메이누스 백작의 차남이었다. 아데어의 어머니는 백내장 수술을 받기 위해 아들 로널드와 딸 힐다를 데리고 오스트레일리아에서 귀국하여 파크 레인 427번지에 주거를 정했다. 청년은 최상류층의 사교계에 드나들었는데, 알려진 바에 따르면 남에게 원한을 산 일도, 특별히 나쁜 버릇 같은 것도 없었다. 카스테어스의 에디스 우들리 양과 약혼했다가 몇 달 전 상호 합의로 파혼했지만 그 일 때문에 깊이 상심한 흔적은 없었다. 교제 범위는 넓지 않았는데, 그것은 일상생활이 단조로울 뿐 아니라 감정에 휩쓸리지 않는 성격을 지녔기 때문이다. 그런데 1894년 3월 30일 밤 10시에서 11시 20분 사이에, 이렇듯 태평스러운 젊은 귀족에게 너무도 기이하고 갑작스럽게 죽음이 찾아온 것이다.

　로널드 아데어는 카드를 좋아했다. 자주 카드를 쳤지만 결코 위험할 정도로 큰 도박을 하는 일은 없었다. 청년은 볼드윈, 캐번디시, 바가텔 카드 클럽의 회원이었다. 사망 당일에는 저녁 식사 뒤에 바가텔 카드 클럽에서 두 사람씩 쌍을 이루어 하는 휘스트 3판 승부 게임을 했다. 오후에도 그곳에서 카드를 쳤는데, 함께 카드 게임을 한 이들인 머레이 씨, 존 하디 준남작, 모런 대령의 증언에 따르면 역시 그때도 휘스트를 했고 비겼다. 아데어는 그날 돈을 잃었지만 5파운드 이상은 아니었다. 재산이 상당했던 그가 그만한 손해에 꿈쩍했을 리는 없었다. 그는 거의 매일 클럽에 나가 카드 게임을 했지만 조심스러운 성격 덕분에 대개는 돈을 따는 편이었다. 몇 주일 전에는 모런 대령과 한 팀이 되어 갓

프리 밀너와 발모럴 경 짝으로부터 앉은자리에서 420파운드를 땄다는 증언도 나왔다. 심리 중에 아데어의 최근 생활에 대해 나온 얘기는 이 정도였다.

사건 당일 저녁, 아데어는 10시 정각에 클럽에서 돌아왔다. 어머니와 누이는 그때 친척과 함께 저녁 시간을 보내고 있었다. 하녀는 도련님이 자기 방으로 쓰는 2층 거실로 들어가는 소리를 들었다고 증언했다. 또 그 방에 불을 지피다가 연기가 나는 바람에 창문을 열어두었다고 했다. 그다음에는 아무 소리도 들리지 않았다. 11시 20분에 메이누스 백작 부인은 아들에게 잘 자라는 인사를 하려고 딸과 함께 그 방으로 갔다. 그런데 방문은 안에서 잠겨 있었고 아무리 문을 두드리며 소리 질러도 대답이 없었다. 사람들이 달려와서 억지로 문을 열었다. 불운한 젊은이는 탁자 옆에 쓰러져 있었다. 리볼버용 팽창 탄환(이 총알은 앞부분에 연금 속이 노출되어 있어, 목표물에 맞으면 피갑이 씌워져 있는 부분으로 연금속이 밀려 들어가면서 총알의 모양을 변형시키기 때문에 상처가 커진다 — 옮긴이)에 맞아 머리가 끔찍하게 으스러져 있었지만, 방 안에선 어떤 무기도 발견되지 않았다. 탁자 위엔 10파운드짜리 은행권 두 장과 은화 및 금화로 17파운드 10실링이 여러 개의 작은 무더기로 나뉘어 있었다. 또한 숫자가 적혀 있는 종이가 있었는데, 그 옆에 나란히 클럽 친구들의 이름이 쓰여 있어서, 청년이 죽기 전에 카드 게임에서 잃은 돈과 딴 돈을 계산해 보고 있었다는 추측을 불러일으켰다.

자세한 현장 조사는 사건을 더욱 복잡하게 만들었을 뿐이다.

첫째, 청년이 왜 문을 걸어 잠가야 했는지 도통 이유를 알 수 없었다. 살인자가 방문을 잠그고 나중에 창문을 통해 도망쳤다고 생각할 수도 있었다. 하지만 창문에서 지면과의 거리는 최소한 6미터는 됐고 바로 밑은 만개한 크로커스 꽃밭이었다. 그런데 꽃밭에는 누가 밟은 흔적이 전혀 없었고, 집과 도로의 경계를 이루는 좁은 풀밭에도 아무런 자취가 없었다. 그러니 방문을 잠근 사람은 아데어 자신이었음에 틀림없었다. 그렇다면 그는 대체 어떻게 죽은 걸까? 외부에서 전혀 흔적을 남기지 않고 창문으로 기어올라 가는 것은 불가능했다. 누군가 창문을 통해 총을 쐈다고 생각할 수도 있었지만, 창밖에서 권총으로 그런 치명상을 입혔다면 진짜 명사수였을 것이다. 게다가 집 앞의 도로는 통행량이 많은 길이고, 집에서 100미터쯤 떨어진 곳에는 합승마차 승차장도 있다. 총성을 들은 사람은 없었다. 하지만 사람이 죽었고 팽창 탄환답게 납작해진, 치명상을 입힌 리볼버 탄환이 발견됐다. 파크 레인 사건의 제반 정황은 이와 같았지만 변변한 동기를 찾아낼 수 없었기 때문에 사건은 더욱 복잡해졌다. 앞서 말했던 것처럼 아데어 청년은 남에게 원한을 산 적이 없었고, 누가 방에 있는 돈이나 귀중품에 손댄 흔적도 없었다.

　나는 온종일 이러한 사실을 곱씹어보면서 그 모든 것을 설명할 수 있는 가설을 세우려고 부심했다. 나의 가엾은 친구가 모든 수사의 출발점이라고 천명했던 '최소의 저항선'을 찾아보고 싶었던 것이다. 솔직히 말하면 이렇다 할 결과는 없었다. 저녁때 나는 한가로운 걸음으로 하이드 파크를 지나 6시쯤에 옥스퍼드가

쪽 파크 레인에 도착했다. 어느 집 앞의 도로에 어중이떠중이들이 몰려서 있었는데 모두들 2층의 어느 창문을 올려다보고 있는 것으로 보아 그곳이 내가 찾던 집이 분명했다. 키가 크고 색안경을 쓴, 사복형사로 짐작되는 말라깽이 사내가 자신이 세운 가설을 피력하고 있었고, 사람들이 주위에 몰려서 그의 말에 귀 기울이고 있었다. 나는 사람들을 헤치고 다가가 들어보았으나 터무니없는 얘기를 하는 것 같아 염증을 느끼며 도로 물러섰다. 그런데 그러는 와중에 뒤에 서 있던 허리가 굽은 노인과 부딪쳐 노인이 들고 있던 책 몇 권이 바닥에 떨어졌다. 그때 나는 책을 주우면서, 그중 한 권의 제목이 『나무 숭배의 기원』인 것을 보고, 노인이 직업인지 취미인지는 모르겠지만 이해하기 어려운 책들을 수집하는 가엾은 애서가임에 틀림없다는 생각을 했던 기억이 난다. 나는 실수를 사과하려고 했지만, 내가 잘못해서 떨어뜨린 책들이 주인의 눈에는 대단한 보물이었던지 노인은 화를 벌컥 내며 돌아섰다. 나는 하릴없이 허연 구레나룻을 길게 기른 구부정한 노인이 인파 속으로 사라지는 모습을 지켜보았다.

파크 레인 427번지를 둘러보았지만 내가 흥미를 가진 문제를 해결하는 데는 별 도움이 안 됐다. 집과 도로 사이엔 가로장을 댄 낮은 담이 서 있었는데 높이는 1미터 50센티미터를 넘지 않았다. 그래서 정원으로 들어가기는 쉽겠지만 2층 창문으로 올라가는 것은 어려울 것 같았다. 왜냐하면 아무리 날랜 사람이라도 짚고 올라갈 만한 것이 필요했는데, 그곳에는 배수관 같은 것도 없었기 때문이다. 나는 더욱 혼란스러워져서 켄싱턴으로 돌아왔다. 그런데 서재로 들어온 지 5분도 안 됐는데 하녀가 들어와서 찾아온 사람이 있다고 전했다. 놀랍게도 손님은 다름 아닌 방금 전의 그 괴이한 고서 수집가였다. 노인은 강파른 주름투성이 얼굴을 허연 머리털과 구레나룻으로 가린 채, 못해도 열댓 권은 될 귀중한 서책을 오른쪽 겨드랑이에 끼고 있었다.

"놀라셨나 보오."

노인은 잔뜩 쉬어버린 이상한 목소리로 말했다.

나는 그렇다는 걸 인정했다.

"에, 나도 양심이라는 게 있는 늙은이요. 절룩거리면서 선생 뒤를 쫓아가다가 선생이 이 집으로 들어가는 걸 보고, 잠깐 들어가서 저 친절한 신사분을 뵙고 아까 내가 무례하게 굴었던 건 무슨 나쁜 뜻이 있어서가 아니었다는 말씀이나 드리자고 생각했소. 또 책을 주워주셔서 정말 감사하다는 말씀도 드릴 겸해서."

"노인장, 뭐 별것도 아닌 걸 가지고 그러시오. 나를 어떻게 알게 됐는지 물어봐도 되겠소?"

"에, 외람된 말씀이오나 이 늙은이는 선생의 이웃이외다. 내가 처치가 모퉁이에서 작은 책방을 꾸려가고 있으니 말이오. 이렇게 만나게 돼서 얼마나 좋은지 모르겠소. 선생도 책을 좀 모으시는 게 어떻소? 여기 『영국의 조류』하고 『카툴루스』, 『성전』이 있는데 헐한 값에 몽땅 드리겠소. 다섯 권만 있으면 저 두 번째 서가의 빈자리를 채울 수 있을 것 같소만. 빈 곳이 흉해 보이지 않소? 어떻소, 선생?"

나는 고개를 돌리고 등 뒤의 책장을 바라보았다. 그런데 다시 고개를 돌렸을 때 셜록 홈즈가 내 앞에서 싱글벙글 웃고 있는 게 아닌가. 나는 벼락 맞은 사람처럼 벌떡 일어나서 그를 멍하니 쳐다보았다. 그리고 내 평생 처음이자 마지막으로 기절했던 것 같다. 회색 안개 같은 것이 눈앞에서 빙글빙글 돌았고 정신을 차렸을 때는, 목덜미는 풀어 헤쳐져 있고 입속에선 브랜디의 알싸한 맛이 느껴졌다. 홈즈는 잔을 든 채 의자에 앉은 나를 내려다보고 있었다. 그리고 친숙한 목소리가 들렸다.

"왓슨, 정말 미안하이. 자네가 이 정도로 놀랄 줄은 꿈에도 몰랐네."

나는 그의 두 팔을 움켜잡고 부르짖었다.

"홈즈! 정말 자넨가? 자네가 살아 있다니 이게 어찌 된 노릇인가? 대체 어떻게 그 끔찍한 심연에서 기어 나왔나?"

"잠깐만, 자네 정말 얘기할 기운이 있나? 내가 쓸데없이 극적으로 출현하는 바람에 자네한테 큰 충격을 주고 말았구먼."

"난 괜찮아. 하지만 홈즈, 내 눈을 믿을 수가 없군. 이럴 수가! 자네가, 바로 자네가 내 서재에 서 있다니."

나는 다시 한번 그의 팔을 움켜잡았다. 옷소매 밑으로 힘줄이 불거진 여윈 팔이 느껴졌다.

"그래, 어쨌든 유령은 아니군. 이 사람아, 자넬 다시 보니 얼마나 좋은지 모르겠군. 어서 앉게, 그리고 그 끔찍한 절벽에서 어떻게 살아 나왔는지 말해 주게."

홈즈는 맞은편에 앉아서 예전과 다름없는 무관심한 태도로 담배에 불을 붙였다. 그는 아직도 서적상의 허름한 프록코트 차림이었지만, 변장에 사용한 흰 수염 한 무더기와 책 더미는 책상 위에 올려놓고 있었다. 그는 예전보다 훨씬 마르고 날카로워 보였는데, 독수리 같은 얼굴에 파리한 빛이 번져 있는 것을 보니 별로 건강이 좋지 않은 듯했다.

"왓슨, 이렇게 몸을 펼 수 있으니 정말 좋군. 키 큰 남자가 몇 시간 동안 신장을 30센티미터나 줄이고 있는 건 여간 힘든 일이 아니거든. 그런데 여보게, 그 얘기에 대해서라면 말일세, 오늘 밤 자네 협조를 구하려고 하네만, 우리 앞에 힘들고 위험한 일이 한 건 놓여 있어. 그러니 자초지종을 설명하는 건 그 일이 끝난 다음에 하는 게 나을 것 같군."

"하지만 나는 궁금해서 죽을 지경일세. 지금 당장 듣고 싶네."

"자네 오늘 밤에 나랑 같이 나갈 거지?"

"자네가 원하는 시간에, 자네가 원하는 곳으로."

"정말 옛날로 다시 돌아간 기분이군. 나가기 전에 요기를 할 시간은 있겠지. 좋아, 그럼 그 절벽 얘기를 해볼까. 사실 거기서 빠져나오는 건 식은 죽 먹기였네. 왜냐하면 나는 밑으로 떨어지지 않았으니까."

"밑으로 떨어지지 않았다고?"

"그래, 왓슨, 그런 적 없네. 물론 자네에게 쓴 편지는 거짓 없는 사실이었네. 나는 고(故) 모리어티 교수가 흉악한 얼굴을 하고 하나뿐인 협소한 탈출로를 막아선 걸 보고 내 인생은 끝났다고 생각했지. 그의 회색 눈에는 냉혹한 결의가 빛나고 있었네. 나는 교수와 몇 마디 얘기를 주고받은 다음, 그의 배려로 나중에 자네가 받아본 그 짧은 편지를 썼네. 나는 그걸 담뱃갑이랑 지팡이와 함께 놓아두고 앞으로 걸어갔고 모리어티는 내 뒤를 따라왔네. 길이 끊어진 곳이 나오자 더 이상 갈 곳이 없었지. 모리어티는 무기를 빼 들지는 않았지만, 나한테 덤벼들더니 긴 팔로 나를 끌어안았네. 그는 게임이 끝났다는 걸 알고 오로지 복수하겠다는 일념밖에 없었어. 우리는 절벽 가장자리에서 함께 비틀거렸네. 하지만 나는 일본식 레슬링이라고 할 수 있는 바리츠(baritsu, 홈즈가 말한 이것이 유도를 가리키는지, 아니면 스모를 가리키는지에 대해서는 논란이 분분하다 — 옮긴이)를 약간 익혀두었는데, 전에도 그 기술을 두어 번 유용하게 써먹은 적이 있지. 나는 그의 팔을 뿌리쳤고 교수는 몇 초 동안 끔찍한 비명 소리와 함께 미친 듯이 두 팔을 휘저으며 기우뚱거렸네. 하지만 결국 균형을 잃어버리고 절벽 너머로 추락하고 말았지. 그가 까마득한 아래로 떨어져 내리는 게 내려다보였네. 그는 먼저 바위에 부딪혔다가 물속으로 첨벙 떨어졌어."

홈즈는 담배를 뻐끔거리며 설명해 주었는데, 나는 그의 이야기를 들으면서 놀라움을 금치 못했다.

"하지만 발자국은! 나는 두 사람의 발자국이 앞으로 나아가기만 하고 돌아오지 않은 것을 두 눈으로 똑똑히 봤네."

"그건 이렇게 된 걸세. 교수가 추락한 순간, 나는 정말 구사일생으로 목숨을 건졌다는 걸 깨달았어. 나는 내 목숨을 노리는 자가 모리어티뿐만이 아니라는 사실을 알고 있었지. 나한테 복수하겠다고 벼르는 자들이 적어도 셋은 됐는데 그들이 우두머리의 죽음을 알게 되면 복수심을 더욱 활활 태울 것이 분명했지. 셋 다 지극히 위험천만한 자들이었네. 그중 하나만 있어도 나는 앞날을 기약하기가 힘들었어. 그런데 온 세상 사람들이 내가 죽은 줄 알면 그들은 곧 마음 놓고 자신을 노출시킬 터이고, 그러면 나는 그들을 쉽사리 일망타진할 수 있지 않겠나? 아직 살아 있노라고 외치는 건 그다음에 해도 되는 일이었지. 모리어티 교수가 떨어져 내리는 그 짧은 순간에 수많은 생각이 머릿속을 스쳤고, 나는 그가 라이헨바흐 폭포의 밑바닥에 가라앉기도 전에 결론을 내렸을 걸세.

나는 거기 서서 등 뒤의 벼랑을 살펴보았네. 수개월 뒤에 자네의 생생한 기록을 아주 흥미롭게 읽어보았는데, 자네는 그게 깎아지른 듯한 낭떠러지였다고 써놓았더군. 하지만 꼭 그렇지만은 않았어. 작은 발판이 몇 개 돌출해 있었고 중간에 암반이 하나 튀어나와 있었지. 낭떠러지는 너무 높아서 맨 위까지 올라가는 게 불가능해 보였지만, 축축이 젖어 있는 길을 발자국을 남기지 않고 지나가는 것도 가능하지 않았네. 물론 비슷한 상황에서 이미 해봤던 것처럼 신발을 거꾸로 신고 갈 수도 있었지만, 세 사람의 발자국이 한 방향으로만 나 있는 것은 의심을 사기에 꼭 알맞았지. 그렇다면 위험하더라도 위로 올라가는 게 최선이었어. 왓슨, 그건 유쾌한 일은 아니었네. 발밑에선 귀를 먹먹하게 하는 물소리가 울리고 있었지. 난 결코 공상가는 아니지만 심연 속에서 모리어티의 비명 소리가 올라오는 것 같았어. 발을 한번 잘못디디는 날엔 그것으로 끝장이었네. 나는 풀 포기를 놓치기도 하고 젖은 바위틈에서 두어 번 발이 미끄러진 적도 있었는데 그때마다 죽는 줄 알았지. 하지만 기를 쓰고 기어오른 끝에 부드러운 녹색 이끼로 덮인 이삼 미터 폭의 암반 위로 올라가서 아주 편안하게 누울 수 있었네. 물론 아래쪽에서는 나를 볼 수 없었지. 여보게, 자네하고 자네가 데리고 온 사람들이 사건 현장을 형편없이 비효율적인 방식으로 조사하는 동안, 나는 거기서 팔다리를 쭉 펴고 누워 있었다네.

자네들은 역시 완전히 틀린 결론을 내리더니 마침내 호텔을 향해 떠났고 나는 혼자 남았어. 나는 모험은 끝났다고 생각했지만 뜻밖의 일이 벌어지는 바람에 아직도 놀라운 일이 끝나지 않았다는 걸 알았네. 머리 위에서 커다란 바윗돌이 떨어져 내렸어. 그것은 쌩하고 옆을 스쳐 가더니 길 위로 떨어졌다가 다시 절벽 아래로 튕겨 나갔네. 처음에 나는 그게 사고인 줄 알았지만, 잠시 후 눈을 들어보니 어두워가는 하늘을 배경으로 한 사내가 고개를 내밀고 있는 게 보였네. 그러더니 다시 내가 누워 있는 바로 그 암반에 돌이 떨어졌지. 돌은 내 머리에서 30센티미터 떨어진 곳에 맞았네. 물론, 그 의미는 명확했어. 모리어티는 혼자 온 게 아니었던 거야. 모리어티가 나를 공격하는 동안, 언뜻 보기에도 위험천만해 보이는 한패가 망을 봐주고 있었던 거지. 그자는 멀리 보이지 않는 곳에 숨어서 우두머리가 죽고 내가 피신하는 광경을 지켜보았네. 그자는 절벽 꼭대기로 올라가서 기다리다가 우두머리가 못 한 일을 이루려고 했네.

왓슨, 나는 그런 사실을 금세 간파했네. 그 흉악한 얼굴이 다시

아래쪽을 내려다보는 게 보였고, 나는 그게 또 다른 돌덩이를 예고한다는 사실을 깨달았지. 나는 밑으로 내려가기 시작했네. 지금 생각하면 무슨 정신으로 그렇게 할 수 있었는지 모르겠어. 내려가는 건 올라가는 것보다 백 배는 더 어려웠다네. 하지만 돌출한 암반 끝에 매달려 있는데 돌덩이가 다시 옆을 스쳐 가는 상황에서, 위험하다는 생각을 할 겨를이 없었지. 절반쯤 내려와서 발이 미끄러졌지만, 다행히 신의 가호로, 찢어진 살에서 피를 뚝뚝 떨어뜨리면서도 길 위에 내려설 수는 있었지. 나는 어둠 속에서 산을 넘어 15킬로미터를 도망쳤고 일주일 뒤에는 플로렌스에 도착했네. 나는 세상에서 나의 행방을 아는 사람은 아무도 없을 거라고 확신했어.

진실을 아는 사람은 마이크로프트 형뿐이었지. 여보게, 자네한테는 정말 입이 열 개라도 할 말이 없네. 하지만 사람들한테 내가 죽었다는 확신을 심어주는 게 중요했는데, 자네부터가 그게 사실이라고 생각하지 않았다면 나의 불행한 종말에 대해 그렇게 설득력 있는 보고서를 쓰진 않았을 거야. 지난 3년간 나는 자네에게 편지를 쓰려고 몇 번이나 펜을 들었는데, 나에 대한 지나친 우정 때문에 자네가 경솔하게 비밀을 드러낼지도 모른다는 노파심 때문에 항상 그만두고 말았다네. 오늘 저녁에 자네가 내 책을 떨어뜨렸을 때 매몰차게 돌아선 것도 바로 그 때문이었어. 나는 그때 위험한 상황에 처해 있었는데, 자네가 조금이라도 놀라거나 감정적으로 동요하는 빛을 보였다면 적의 시선을 끌었을 테고, 그랬다면 필경 돌이킬 수 없는 통탄스러운 결과가 빚어졌을 걸세. 마이크로프트 형에게는 필요한 경비를 조달하기 위해 사실을 고백할 수밖에 없었지. 런던의 일 처리는 내가 희망한 대로 되지는 않았네. 왜냐하면 모리어티 일당의 재판에서 가장 위험한 조직원이자 나한테 강한 복수심을 품은 적수가 둘이나 풀려났으니까 말일세. 그래서 나는 2년간 티베트를 떠돌았다네. 티베트의 수도 라사를 찾아서 기분 전환도 하고 법왕과 며칠간 같이 지내기도 했지. 혹시 시게르손이라는 노르웨이인의 진기한 탐험 이야기를 읽어보았는지 모르겠네만, 그게 바로 자네 친구의 근황이라는 것은 꿈에도 몰랐겠지? 나는 그다음에 페르시아를 지나 메카에 잠시 들렀다가, 수단의 수도 하르툼의 할리파를 방문했네. 그 짧지만 흥미로운 방문의 결과는 외무부로 통보해 주었지. 그다음에 프랑스로 건너갔고, 프랑스 남부 몽펠리에의 어느 연구소에서 몇 달간, 콜타르의 유도체에 관한 연구를 했어. 그 연구에서 만족스러운 결과를 얻고 나서 이제 런던에 남아 있는 적은 하나뿐이라는 사실을 알고 돌아갈 생각을 하던 차에, 기이하기 짝이 없는 파크 레인 사건에 관한 뉴스를 듣고 귀국 날짜를 앞당겼다네. 사건 자체에 마음이 끌리기도 했지만 나한테는 이것이 개인적으로 다시없는 기회가 될 것 같았지. 나는 당장 런던으로 돌아와서 베이커가에 들렀는데 허드슨 부인은 깜짝 놀라 발작을 일으키다시피 하더군. 마이크로프트는 내 방과 서류를 그대로 보존해 놓았네. 여보게, 오늘 오후 2시경에 옛날 그 방에서 낡은 안락의자에 앉아 있노라니 옛 친구 왓슨이 전처럼 내 앞에 앉아 있다면 얼마나 좋을까 하는 생각이 정말 간절하더군."

그 4월의 저녁때 나는 이렇듯 놀라운 이야기를 들었다. 다시는 보지 못하리라고 생각했던, 훤칠한 키에 깡마른 몸, 그리고 날카로우면서도 열정에 넘치는 얼굴을 직접 대면하지 않았다면 도저히 믿지 못했을 이야기였다. 어디서 들었는지 그는 내가 마음 아프게 상처(喪妻)했다는 사실도 알고 있었는데, 그는 말보다는 태도로 절절히 연민을 표현했다.

"여보게, 슬픔에 대해 제일 좋은 치료약은 일이라네. 오늘 밤에 우리 둘이 해야 할 일이 하나 있는데, 그 일을 성공적으로 완수한다면 한 인간이 지상에서 정당한 삶을 누릴 수 있게 될 걸세."

나는 무슨 일인지 자세히 말해 달라고 졸랐으나 소용없었다.

"오늘 밤 안으로 실컷 보고 듣게 될 걸세."

홈즈는 대꾸했다.

"우린 지난 3년간 살아온 얘기를 아직 못 했네. 9시 반까지 그 얘기를 하다가 빈집의 모험에 나서기로 하세."

정말 옛날로 되돌아간 기분이었다. 그가 말한 시각에 우리는 이륜마차에 나란히 앉아 있었는데, 내 주머니에는 리볼버가 들어 있었고 가슴속에는 짜릿한 긴장감이 넘쳐흘렀다. 홈즈는 냉정하고 단호하고 말이 없었다. 가로등 불빛이 금욕적인 얼굴을 비추자, 얇은 입술을 꼭 다물고 눈살을 찌푸린 채 생각에 잠겨 있는 모습이 보였다. 런던이라는 범죄자들의 어두운 정글에서 우리가 어떤 짐승을 쫓고 있는지는 몰랐지만, 이 노련한 사냥꾼의 태도를 보면 오늘 밤의 모험이 예사롭지 않으리라는 것은 분명했다. 금욕적이고 침울한 얼굴에 간간이 떠오르는 싸늘한 비웃음은 오늘 밤의 사냥감에게 별로 좋은 징조는 아니었다.

베이커가로 가는 줄 알았는데, 홈즈는 캐번디시 광장 모퉁이에서 마차를 세웠다. 그리고 마차에서 내리면서 혹시라도 미행당하지 않았는지 확인하기 위해 날카로운 눈으로 좌우를 살피고 거리 구석구석을 샅샅이 훑어보았다. 그는 이상한 곳으로만 골라서 갔다. 런던의 뒷골목을 환히 꿰고 있는 그는, 나 같은 사람은 그런 곳이 있는 줄도 몰랐던 아파트와 마구간 사이의 미로를 잰걸음으로 앞장서서 갔다. 우리는 마침내 음침한 고옥들이 줄지어 있는 작은 도로로 나섰는데, 이 도로는 맨체스터가를 지나 블랜퍼드가로 이어지는 길이었다. 여기서 그는 잽싸게 어느 비좁은 골목으로 들어서더니 웬 집의 나무 대문을 밀치고 버려진 마당으로 들어서서, 열쇠로 그 집 뒷문을 열었다. 집 안으로 들어선 다음 그는 문을 닫았다.

집 안은 칠흑같이 어두웠는데 빈집임에 틀림없었다. 아무것도 깔지 않은 마룻바닥은 발밑에서 삐걱거렸고, 손을 내밀자 벽지가 너덜거리는 벽이 만져졌다. 홈즈는 차갑고 여윈 손으로 내 손목을 움켜쥐고 긴 홀로 나를 이끌었다. 홀에 이르자 현관문 위로 뿌연 부채꼴 채광창이 나 있는 게 보였다. 여기서 그는 오른쪽으로 방향을 틀었고, 우리는 커다란 빈방 안으로 들어섰다. 방구석은 깜깜했지만 중간쯤은 거리에서 흘러들어 온 불빛 덕분에 아주 어둡지는 않았다. 하지만 가로등은 멀찍이 떨어져 있었고, 창문은 먼지가 두껍게 내려앉아서 서로의 모습을 간신히 구별할 수 있을 정도였다. 친구는 내 어깨에 손을 올려놓고 귓전에서 소곤거렸다.

"여기가 어딘지 알겠나?"

"베이커가가 분명한데."

나는 흐린 창밖을 주시하며 대답했다.

"맞아. 우린 지금 옛날 하숙집 맞은편의 캠덴 저택에 와 있네."

"그런데 여긴 뭣하러 온 거지?"

"여기서는 저 그림 같은 풍경이 아주 잘 보이거든. 여보게, 수고스럽더라도 밖에서 자네 모습이 보이지 않게 조심하면서 창가로 다가가 우리가 쓰던 방을 좀 살펴보게. 자네의 그 숱한 이야기가 바로 저 방에서 시작되지 않았나? 어디, 3년이라는 세월이 흐르는 동안 자네를 놀래주는 내 능력이 아주 사라졌는지 보기로 할까?"

나는 살며시 창가로 다가가 길 건너편의 낯익은 창문을 건너다보았다. 순간, 나는 깜짝 놀라 "악!" 하고 소리를 질렀다. 창문에는 커튼이 내려져 있고 방에는 불이 환했다. 그리고 의자에 앉아 있는 남자가 환한 창문 위에 검고 뚜렷한 그림자를 드리우고 있었다. 고개의 각도, 각진 어깨, 날카로운 이목구비로 보아 그가 누구인지는 명약관화했다. 그는 옆모습을 보이고 앉아 있었으므로, 창문에 비친 그림자는 우리의 조부모 때 사람들이 그토록 좋아했던 검은 그림자 초상(18, 19세기에 널리 유행한 오리거나 그려서 만든 측면(側面) 초상 ─ 옮김이)과 비슷해 보였다. 홈즈임에 틀림없었다. 나는 너무 놀라서 그가 정말 여기 있는지 확인하려고 등 뒤를 더듬었다. 홈즈는 소리 없이 몸을 떨며 웃고 있었다.

"어떤가?"

"맙소사! 정말 믿어지지 않는 일이군."

나는 소리쳤다.

"나의 샘솟는 아이디어는 세월에 녹스는 법도, 관습에 젖어 진부해지는 법도 없다네."

홈즈는 이렇게 말했는데, 그의 목소리에는 자신의 작품을 앞에 둔 예술가의 기쁨과 긍지가 고스란히 드러나 있었다.

"어때, 정말 비슷하지 않은가?"

"진짜 똑같아."

"작품 제작자는 프랑스 그르노블의 오스카 뫼니에 씨인데, 며칠이나 걸려서 틀을 만들었지. 나의 밀랍 흉상이라네. 저걸 설치해 놓는 일은 오늘 오후에 베이커가에 간 김에 해놓았지."

"그런데 왜 저런 일을?"

"여보게, 그것은 어떤 사람들에게 내가 저곳에 있다는 믿음을 주어야 할 분명한 이유가 있기 때문일세."

"자네는 저 방이 감시당하고 있다고 생각하나?"

"난 그들이 감시하고 있다는 걸 알았네."

"누가?"

"나의 옛 적수가. 우두머리를 라이헨바흐 폭포의 바닥에 묻은 재미있는 집단이지. 자네도 기억하겠지만 그들은 내가 아직 살아 있다는 사실을 알고 있네. 물론 그들이 알고 있는 건 그뿐이지만, 조만간 내가 집에 돌아오리라고 예상하고 있었지. 그들은 내 방을 꾸준히 감시하다가 오늘 아침에 내가 도착하는 장면을 목격했네."

"그걸 어떻게 알았나?"

"창밖을 언뜻 내다보다가 그들이 세워놓은 파수꾼의 얼굴을 알아봤지. 파커라고, 대단한 자는 아니야. 직업은 살인강도, 구금(口琴, 입에 물고 손가락으로 퉁겨 소리 내는 쇠틀 악기 ─ 옮긴이)의 명수일세. 난 그자는 별로 개의치 않았네. 하지만 그 배후에 있는 훨씬 악랄한 인물에 대해서는 크게 신경이 쓰였지. 그자는 모리어티의 심복인데, 절벽 위에서 나한테 바윗돌을 집어던진 바로 그자라네. 런던에서 가장 교활하고 위험한 범죄자일세. 왓슨, 그는 오늘 밤에 나를 쫓고 있지만, 정작 자신이 우리에게 쫓기고 있다는 사실은 까맣게 모르고 있네."

내 친구의 계획이 점점 뚜렷이 이해되기 시작했다. 우리는 이 편리한 은신처에서 감시자들을 감시하고, 미행자들을 미행하는 것이다. 저쪽 창문에 비친 수척한 그림자는 미끼였고 우리는 사냥꾼이었다. 우리는 어둠 속에 서서 행인들이 부산하게 거리를 오가는 모습을 말없이 지켜보았다. 홈즈는 미동도 하지 않고 서 있었다. 하지만 나는 그가 신경을 잔뜩 곤두세우고 오가는 사람들을 유심히 바라보고 있다는 걸 알 수 있었다. 을씨년스럽고 어수선한 밤이었다. 휑한 거리로 바람이 휘몰아쳤다. 숱한 사람들이 오갔는데 대부분 스카프를 목에 두른 채 옷깃을 꼭꼭 여미고 있었다. 한두 번 아는 사람이 지나간 것 같기도 했지만, 거리 위쪽으로 좀 떨어진 곳의 어느 집 현관에서 바람을 피하고 있는 듯한 두 사내가 유난히 눈에 띄었다. 나는 그 사람들 쪽으로 친구의 시선을 끌려고 했지만 홈즈는 초조하게 작은 외마디 소리를 지르고 거리에서 눈을 떼지 않았다. 그는 두어 번 발을 동동거리고 손가락으로 벽을 톡톡 치기도 했다. 점점 불안해하는 걸 보니 계획대로 일이 잘 풀리지 않는 게 분명했다. 마침내 자정이 되어 거리에 인적이 드물어지자 그는 초조한 기색을 숨기지 못하고 방 안을 오락가락했다. 나는 그에게 무슨 말인가를 건네려고 하다가 건너편의 불 켜진 창문에 시선이 닿았을 때 아까 못지않게 깜짝 놀랐다. 나는 홈즈의 팔을 잡고 그쪽을 손가락질했다.

"그림자가 움직였어!"

나는 외쳤다.

그림자는 더 이상 사람의 옆모습이 아니라 이쪽으로 등을 돌린 뒷모습이었다.

3년이란 세월이 흘렀지만 그의 날카로운 기질은 그대로였고, 자신보다 활력이 덜한 지성의 소유자에게 참을성이 없는 것도 예전과 별반 다르지 않았다.

"물론 저건 움직이지. 왓슨, 내가 인형 하나만 달랑 갖다 놓고 유럽에서 가장 날카로운 자들이 속아 넘어가기를 바라는 바보 천치인 줄 알았나? 우리가 두 시간 동안 이 방에 있는 동안, 허드슨 부인은 여덟 차례, 말하자면 15분에 한 번씩 저 흉상의 위치를 바꿔놓았네. 부인은 자기 그림자가 비치지 않도록 조심하면서, 앞에서 흉상을 움직이고 있지. 허!"

홈즈는 흥분해서 짧게 숨을 들이켰다. 그가 고개를 앞으로 내민 채 온몸을 팽팽히 긴장시키고 가만히 귀 기울이고 있는 모습이 희미한 불빛 속에 드러났다. 바깥의 거리엔 사람 그림자 하나 없었다. 아까 그 두 사내는 아직도 어느 집 현관에서 웅크리고 있는지도 모르지만 이제는 보이지 않았다. 맞은편의 눈부시게 노란 창문 한가운데 검은 그림자가 드리워져 있을 뿐 사방은 쥐 죽은 듯 고요하고 어두웠다. 삼라만상이 숨을 죽이고 있는 가운데, 홈즈가 흥분을 이기지 못하고 이를 악문 채 숨을 들이쉬는 소리가 가느다랗게 들렸다. 다음 순간, 그는 나를 잡아끌고 제일 어두운 방구석으로 가더니 조용히 하라는 뜻으로 내 입술에 손을 가져다 댔다. 내 팔을 붙든 그의 손가락이 가볍게 떨렸다. 친구가 이렇게 동요하는 모습은 처음이었지만 어두운 거리에는 여전히 쥐새끼 한 마리 없었다.

하지만 나는 불현듯 그가 날카로운 감각으로 벌써 알아챈 소리를 의식하게 되었다. 나지막한 발소리였는데, 그것은 베이커가 쪽이 아니라 우리가 잠복해 있는 이 집 뒤편에서 들려왔다. 문 여닫는 소리, 뒤이어 조심스럽게 복도를 내려오는 발소리. 침입자는 소리를 안 내려고 무진장 조심하는 듯했으나 발소리는 빈 집에서 텅텅 울렸다. 홈즈는 벽에 바짝 붙어 섰고, 나도 리볼버 손잡이를 움켜쥔 채 친구를 따라 벽에 붙어 섰다. 어둠 속을 노려보고 있노라니 한 남자의 희미한 윤곽이 눈에 들어왔다. 그것은 열려 있는 문의 어둠보다 더욱 짙은 그림자였다. 그는 멈칫하더니 몸을 웅크린 채 살금살금 금방이라도 달려들 것처럼 방 안으로 들어왔다. 이 불길한 그림자는 우리가 서 있는 곳에서 3미터 거리까지 왔고, 나는 그가 덤벼들면 맞서 싸울 태세를 갖췄지만, 이내 그는 우리가 여기 있는 것을 전혀 모른다는 사실을 깨달았다. 그는 우리가 서 있는 곳 바로 앞을 지나 살그머니 창가로 다가가더니 조심조심 소리 안 나게 창문을 15센티미터가량 들어 올렸다. 사내가 열어놓은 창문 틈에 얼굴을 가져다 댔을 때, 더 이상 먼지 낀 창문을 통하지 않은 거리의 불빛이 그의 얼굴을 직접 비췄다. 사내는 흥분해서 제정신이 아닌 듯했다. 두 눈은 별처럼 번쩍거렸고 얼굴은 경련을 일으키고 있었다. 나이는 지긋해 보였는데, 살집이 없는 코는 툭 튀어나왔고 머리는 벗어지고 반백이 된 콧수염을 길게 기르고 있었다. 오페라해트(접을 수 있는 실크해트 — 옮긴이)는 뒤로 젖혀 썼는데, 단추를 풀어 헤친 외투 속으로 예복 셔츠의 앞자락이 어슴푸레 빛났다. 거무튀튀한 깡마른 얼굴에는 굵은 주름이 잡혀 있었다. 손에는 막대기 같은 걸 들고 있었는데, 그것을 바닥에 내려놓자 절그럭하는 금속성의 소리가 났다. 사내는 그다음에 외투 주머니에서 부피가 큰 물건을 꺼냈는데, 부지런히 손을 놀리자 용수철이나 볼트가 제자리로 들어갈 때와 같은 철컥 소리가 날카롭게 울렸다. 그는 여전히 바닥에 무릎을 꿇은 채 고개를 숙이고 안간힘을 다해 무슨 레버 같은 걸 잡아당겼는데, 그러자 공기가 소용돌이치는 듯, 뭔가를 가는 듯한 소리가 한참 들리더니 마지막으로 철컥 소리가 다시 한번 크게 울렸다. 그다음에 그는 몸을 일으켰다. 사내가 들고 있는 것은 이상하게 흉측한 개머리가 달린 총이었다. 그는 총미(銃尾)를 열고 그 속에 뭔가를 집어넣더니 잠금장치를 닫았다. 그다음에는 바닥에 쪼그리고 앉아서 열어놓은 창문 선반에 총신을 올려놓았다. 사내의 긴 콧수염은 개머리판에 닿았고 번쩍거리는 눈은 가늠쇠를 노려보고 있었다. 사내는 개머리를 어깨에 올려놓고 가늠쇠 끝에 선명하게 들어오는 굉장한 목표물, 즉 노란 바탕에 떨어져 있는 검은 그림자를 바라보며 흡족한 듯 한숨을 토해 냈다. 일순 그는 숨을 죽이고 꼼짝도 하지 않고 있다가 마침내 방아쇠를 당겼다. 총알은 유난히 크고 이상한 소리를 내며 날아갔는데, 뒤이어 유리창 깨지는 소리가 와장창하고 선명하게 들렸다. 바로 그 순간, 저격수의 등 뒤에 서 있던 홈즈가 비호같이 그에게 달려들었다. 사내는 바닥에 깔렸지만 다시 벌떡 일어나서 사력을 다해 홈즈의 목덜미를 움켜잡았다. 하지만 내가 휘두른 리볼버의 개머리에 머리를 맞고 다시 그 자리에 쓰러졌다. 나는 사내를 타고 눌렀고 그사이에 동지는 날카롭게 호각을 불었다. 여럿이 거리를 달려오는 소리가 나더니 정복 경관 둘과 사복형사 하나가 현관문을 밀치고 방으로 뛰어들었다.

"레스트레이드, 당신이오?"

홈즈가 말했다.

"그렇소, 홈즈 선생. 내가 직접 나섰소이다. 런던에서 다시 만나게 돼서 정말 반갑소."

"당신한테는 비공식적인 도움이 좀 필요한 것 같더군요. 경찰 모르게 저질러진 살인 사건이 1년에 세 건이라니 그래선 안 되지요. 하지만 레스트레이드, 몰레시 사건은 평소하고 영 다르게 처리하셨더군. 내 말은 그 사건은 꽤 잘 처리했다는 거요."

우리는 모두 일어나 있었고, 건장한 경관 둘이 양쪽에서 거친 숨을 몰아쉬는 포로의 팔을 끼고 있었다. 거리에는 벌써 할 일 없는 사람들 서넛이 모여들고 있었다. 홈즈는 창가로 다가가 창문을 닫고 커튼을 내렸다. 레스트레이드 경감은 촛불 두 개에 불을 붙였고 경관들은 등잔 덮개를 벗겼다. 나는 이제야 포로의 얼굴을 자세히 볼 수 있었다.

정말 사내답기 그지없게 생겼지만 악의가 깃든 얼굴이 불빛에 드러났다. 철학자의 이마에 호색한의 턱을 가진 그는 선과 악, 그 어느 쪽으로든 뛰어난 소질이 있어 보였다. 하지만 게슴츠레하게 냉소적으로 내리덮인 눈꺼풀과 그 밑의 잔인한 푸른 눈, 흉포하고 사나운 코, 굵은 이랑이 팬 험상궂은 이마를 본 사람들은 자연이 그의 얼굴에 뚜렷이 새겨놓은 위험 신호를 읽어낼 수 있었다. 그는 다른 사람에게는 전혀 관심이 없었고, 증오와 경악이 반씩 섞인 표정으로 홈즈의 얼굴만을 뚫어지게 바라보았다.

"악귀 같은 놈!"

그는 쉬지 않고 중얼거렸다.

"이 간교한, 간교한 악귀 같은 놈!"

"아, 대령!"

홈즈는 구겨진 셔츠 깃을 바로잡으며 말했다.

"옛말에 '여행은 연인들의 상봉으로 끝난다.'라는 말도 있잖은 가. 지난번에 내가 라이헨바흐 폭포의 암반 위에 올라가 있을 때 나한테 각별한 관심을 보내주었는데, 안타깝게도 그다음에는 한 번도 못 만났지, 아마?"

대령은 망연자실한 얼굴로 한결같이 내 친구만 응시하고 있었다.

"이 교활한, 교활한 악귀 같은 놈!"

그가 할 수 있는 말은 이것이 전부였다.

"아직 소개를 안 드렸군."

홈즈는 말했다.

"여기, 이 신사는 세바스천 모런 대령입니다. 과거 여왕 폐하의 인도 육군에서 복무한 적이 있는데 동양의 식민지가 배출한 최고의 맹수 사냥꾼이지요. 대령, 호랑이 사냥에서는 아직도 당신이 세운 기록을 깨뜨린 사람이 없을걸?"

흉포해 보이는 초로의 사내는 입을 굳게 다물고 이글거리는 눈으로 내 친구를 노려보기만 했다. 그는 포악한 눈과 뻣뻣이 곤두선 콧수염 때문에 놀랄 만큼 호랑이와 비슷해 보였다.

"당신처럼 노련한 사냥꾼이 이렇게 단순한 전술에 어떻게 넘어갔는지 정말 신기하군."

홈즈는 말했다.

"그런 전술은 당신도 잘 알고 있을 텐데. 당신, 호랑이를 유인하려고 나무 밑에 새끼 양 한 마리를 묶어놓고, 소총을 들고 나무 위로 올라가서 기다려본 적이 있지? 내게는 이 빈집이 나무이고 당신이 호랑이였어. 그런데 당신도 호랑이가 여러 마리 나타나거나, 아니면 그럴 리는 없겠지만 당신이 쏜 총알이 빗나갈 경우에 대비해서 총을 더 준비해 놨을 것 같은데, 이번에는 그렇게 안 했나 보지? 자, 보라고."

그는 경찰들을 가리켰다.

"나는 여기 이렇게 준비해 놨거든. 당신도 나처럼 했어야지."

모런 대령은 포효하며 덤벼들었으나 두 경관이 그를 잡아끌었다. 그의 얼굴에서 이글거리는 분노는 차마 보기에도 끔찍할 정도였다. 홈즈가 말했다.

"솔직히 말해서 당신한테 놀란 점이 하나 있다. 난 당신이 이 빈집과 편리한 창문을 이용할 줄은 몰랐어. 당신이 거리에서 작업을 할 줄 알고 밖에 내 친구 레스트레이드와 그 부하들을 대기시켜 놨지. 그것 하나만 빼면 모든 게 다 내 예상대로였어."

모런 대령은 레스트레이드 경감을 향해 돌아섰다.

"내가 체포되어야 할 정당한 사유가 있는지는 모르겠소. 하지만 적어도 내가 저 인간의 조롱을 견뎌야 할 이유는 없소. 당신들이 법의 집행자라면, 모든 걸 법대로 처리하시오."

"좋소이다, 그건 수긍할 만한 얘기요."

레스트레이드는 말했다.

"홈즈 선생, 우리가 가기 전에 더 하실 말씀은?"

홈즈는 바닥에서 성능 좋은 공기총을 집어 들고 구조를 꼼꼼히 살펴보았다.

"대단히 놀랍고 독창적인 무기입니다. 이건 소음이 없을 뿐 아니라 파괴력도 엄청나지요. 나는 독일의 맹인 기술자 폰 헤르더가 고 모리어티 교수의 주문으로 이 총을 제작했다는 걸 알고 있었습니다. 수년 동안 이 무기의 존재에 대해 알고 있었지만 만져 볼 기회는 없었지요. 레스트레이드, 이 총과 여기에 맞는 총알을 같이, 특별히 당신한테 맡기겠습니다."

"홈즈 선생, 이건 우리가 잘 보관할 테니 걱정 마시오."

레스트레이드는 일행을 데리고 문을 향해 나가면서 말했다.

"더 하실 말씀은?"

"저자를 어떤 죄목으로 기소할 작정입니까?"

"기소 말이오? 그거야 물론, 셜록 홈즈 선생에 대한 살인 미수 혐의요."

"레스트레이드, 그렇지 않습니다. 그 문제에서는 나를 아주 빼주기 바랍니다. 이렇게 기막히게 범인을 체포한 공로는 당신, 오로지 당신에게 있습니다. 레스트레이드, 정말 축하합니다! 이번에도 당신은 교묘하고 대담한 작전으로 범인을 검거하는 데 성공했군요."

"범인을 검거했다고! 홈즈 선생, 대체 무슨 말이오?"

"지난달 30일, 파크 레인 427번지, 2층 거실의 창문을 통해 공기총으로 팽창 탄환을 발사해서 로널드 아데어 도령을 저격한 범인 말입니다. 지금 경찰에선 전력을 다해 범인을 찾고 있지만 별 소득이 없지요. 레스트레이드, 이자의 혐의는 바로 그겁니다. 자, 왓슨, 깨진 창문으로 들어오는 외풍을 견딜 수 있겠거들랑 내 서재에 가서 30분가량 담배라도 피우는 게 어떨까. 그것도 꽤 재미있을 걸세."

우리가 예전에 쓰던 방은 마이크로프트 홈즈의 감독과 허드슨 부인의 정성으로 모든 게 그대로였다. 방에 들어섰을 때, 방 안이 유난히 깨끗해 보이긴 했지만 옛날에 쓰던 물건은 모두 제자리에 있었다. 구석에는 화학 실험 기구들이 놓여 있었고 산(酸)

에 변색된 전나무 탁자도 그대로였다. 선반에는 적지 않은 수의 런던 시민들이 없애버리고 싶어 안달할 무시무시한 스크랩북과 참고 서적 들이 나란히 꽂혀 있었다. 방 안을 쓱 둘러보자 도표와 바이올린 케이스, 파이프 걸이, 심지어는 담배를 숨겨놓은 페르시아 슬리퍼까지 모든 게 다 눈에 들어왔다. 방에는 사람이 이미 둘이나 있었는데, 그중 한 사람인 허드슨 부인은 우리가 들어서는 걸 보고 활짝 웃었다. 다른 한 사람은 오늘 저녁의 모험에서 대단히 중요한 역할을 한 야릇한 인형이었다. 그것은 밀랍으로 만든 내 친구의 흉상이었는데, 대단히 정교하게 만들어져 실물과 똑같았다. 작은 받침대 위에 놓인 흉상은 홈즈의 낡은 실내복을 두르고 있어서 거리의 사람들을 완벽하게 속여 넘길 수 있었다.

"허드슨 부인, 내가 일러드린 대로 단단히 주의하셨겠지요?"

홈즈가 말했다.

"난 선생 말대로 인형 앞까지 무릎걸음으로 갔다오."

"좋습니다. 일을 아주 잘 해내셨더군요. 총알이 어디 박혔는지 보셨습니까?"

"그럼요. 그놈의 총알이 머리를 뚫고 나가 벽에 맞고 떨어졌는데, 그래서 저 멋진 인형이 망가진 것 같구려. 내가 총알을 카펫에서 주워놨는데, 예 있우!"

홈즈는 총알을 내게 건네주었다.

"왓슨, 보다시피 무른 리볼버용 총알일세. 정말 천재적인 수법이지. 누가 이런 총알이 공기총에서 발사됐으리라고 생각하겠나? 좋습니다, 허드슨 부인. 도와주셔서 정말 감사합니다. 자 그럼, 왓슨, 오랜만에 그 의자에 한번 앉아보게. 자네한테 말해 주고 싶은 게 몇 가지 있으니까 말일세."

그는 허름한 프록코트를 벗어 던지고 자신의 흉상에서 벗겨낸 쥐색 실내복을 걸쳤다. 그는 이제 예전의 홈즈로 완전히 되돌아갔다.

"늙은 사냥꾼이라고 해도 신경은 아직 튼튼하고 눈은 여전히 날카롭군그래."

그는 흉상의 깨진 이마를 들여다보며 껄껄 웃었다.

"총알이 뒤통수에 명중해서 뇌를 관통했네. 모런 대령은 인도에서 특등 사수였는데 지금 런던에서도 그를 능가할 사람은 없을 걸세. 그에 대해 들어본 적 있나?"

"아니, 없는데."

"그래그래, 명성이란 게 다 그런 거지! 하지만 내 기억이 정확하다면, 자넨 한 세기를 풍미한 비상한 두뇌의 소유자, 제임스 모리어티 교수에 대해서도 못 들어봤다고 했던 것 같은데. 선반에서 그 인명 색인 좀 내려주게."

홈즈는 의자에 몸을 파묻고 시가 연기를 구름처럼 내뿜으며 게으르게 책장을 넘겼다.

"'M' 항목은 휘황찬란하지. 모리어티 하나만 해도 눈부시니까. 이건 독살자 모건, 그다음에는 지독한 추억을 남긴 메리듀, 그리고 채링 크로스의 대합실에서 내 왼쪽 송곳니를 부러뜨린 매튜, 그리고 마지막으로 아까 그 친구가 여기 있군."

나는 그가 건네준 인명부를 낭독했다.

세바스천 모런, 대령, 무직. 인도의 뱅갈로 제1공병대에서 복무했음. 1840년, 런던 출생. 주페르시아 공사를 역임한 오거스터스 모런 남작의 아들. 이튼 학교와 옥스퍼드에서 수학. 조와키전(戰), 아프카니스탄전, 챠라시아브(특파), 셰르푸르, 카불에서 복무.『서부 히말라야의 맹수』(1881),『정글에서의 세 달』(1884)의 저자. 주소: 컨듀잇가. 소속 클럽: 앵글로 인디언, 탱커빌, 바가텔 카드 클럽.

가장자리에는 홈즈의 꼼꼼한 글씨체로 이렇게 쓰여 있었다.

런던에서 두 번째로 위험한 인물.

"놀랍군그래. 이만하면 역전의 용사가 아닌가."
나는 인명부를 돌려주며 말했다.
"옳은 말이야."
홈즈는 대꾸했다.
"그는 어느 선까지는 엇나가지 않고 잘했지. 무쇠 같은 신경을 타고났는데, 인도에서는 아직도 대령이 부상당한 식인 호랑이를 쫓아서 배수로를 기어간 얘기가 회자되고 있다네. 여보게, 그런데 세상에는 일정한 높이까지는 잘 자라다가 그다음부터 갑자기 이상하게 흉측한 모양으로 변하는 나무들이 있거든. 사람들

중에서도 그런 이들이 심심찮게 있지. 내가 보기에 개인은 윗세대의 모든 특징을 자신의 발달 과정에서 드러내게 되는 것 같아. 과거에 가계(家系)로 침투해 들어온 어떤 강한 영향력이 선이나 악에 대한 갑작스러운 충동으로 나타나는 거지. 그래서 한 개인은 자신의 가족사의 축도(縮圖)가 되는 것일세."

"그건 다분히 공상적인 얘기로군."

"글쎄, 내 의견을 고집할 생각은 없네. 하지만 이유야 어쨌든 모런 대령은 악의 길로 들어섰지. 그리고 무슨 스캔들이 있었던 것도 아닌데 인도에서 더 이상 배겨나지 못하게 됐어. 그래서 제대하고 런던으로 돌아와 다시 악명을 떨쳤네. 모리어티 교수에게 발탁된 것이 이 무렵이었는데, 대령은 상당 기간 모리어티의 오른팔 노릇을 했어. 모리어티는 그에게 아낌없이 돈을 썼지만, 다른 부하에게는 역부족이었던 지극히 까다로운 일을 한두 건 처리하는 데 그를 동원했을 뿐이라네. 자네 1887년 로더의 스튜어트 부인 변사 사건을 기억하고 있겠지? 모른다고? 음, 난 스튜어트 부인을 살해한 것이 모런이라고 확신하지만 그걸 증명할 방법이 없었네. 대령은 아주 교묘하게 사건을 은폐했기 때문에, 모리어티 일당이 검거됐을 때도 경찰은 그자의 혐의를 입증하는 데에는 실패했어. 자네도 그 무렵에 내가 자네 집에 찾아가서 공기총이 걱정된다고 덧문을 달았던 일 기억하지? 틀림없이 자네는 내가 상상력이 지나치다고 생각했을 거야. 하지만 내가 그런 행동을 한 데에는 지극히 현실적인 이유가 있었네. 나는 그 놀라운 총의 존재를 알고 있었고, 또 그 뒤에 세계 최고의 명사수가 있으리라는 것도 알고 있었다네. 우리가 스위스에 갔을 때 대령은 모리어티와 함께 우릴 따라왔는데, 라이헨바흐 절벽에서 내게 공포의 5분을 선사한 것은 바로 그자였어.

당연히 나는 프랑스에 체류하는 동안 그자를 감옥에 처넣을 기회를 찾을 생각으로, 신문을 꼼꼼히 읽었네. 그자가 런던에서 자유롭게 활보하는 한 내 목숨은 바람 앞의 등불과 같은 것이었지. 내게는 밤낮으로 미행이 붙어 다녔을 테고, 그는 금방 기회를 잡았을 걸세. 어떻게 할까? 난 그자를 보자마자 쏠 수는 없었네. 그랬다가는 도리어 내가 피고석에 서게 될 테니까. 하급 법원에 호소해 봤자 소용없는 짓이었지. 내 얘기는 지나친 의심 때문에 나온 말로 들렸을 테고 법원에서 그런 얘기를 근거로 개입할 수는 없었을 걸세. 그래서 나는 가만히 있었네. 하지만 조만간 기회가 오리라고 생각하고 사건 소식을 주시했지. 그런데 로널드 아데어가 살해당했다는 소식이 날아온 걸세. 마침내 기회가 온 거야. 내가 아는 게 있는데, 그게 당연히 모런 대령 짓임을 몰랐겠나? 대령은 청년과 같이 카드를 치고 클럽에서 그의 집까지 뒤를 밟았을 거야. 그리고 열린 창문을 통해 아데어를 쐈겠지. 그것은 틀림없었네. 그렇다면 총알만으로도 그자를 교수대로 보내기에 충분한 증거가 될 수 있었네. 나는 당장 귀국했어. 그런데 이 앞을 지키던 녀석한테 들켰고, 녀석은 당장 대령에게 내가 나타났다고 보고했겠지. 대령은 내가 갑자기 귀국한 것이 자신이 저지른 범죄와 상관이 있을 거라고 보고 잔뜩 신경을 곤두세웠을 걸세. 나는 대령이 당장 나를 제거하려고 나설 것이고 보나 마나

468

문제의 살인 무기를 이용할 거라고 생각했네. 그래서 나는 창가에 멋진 표적을 세워놓고 경찰에 지원 요청을 했지. 가만, 그런데 자네는 경찰이 현관에 잠복하고 있는 걸 놀랍도록 정확하게 알아채더군. 사실 나는 관찰하기에 가장 좋을 듯한 자리를 골라잡았지만, 그자가 바로 그곳을 공격 지점으로 택할 줄은 꿈에도 몰랐지. 여보게, 더 알고 싶은 게 있나?"

"응, 자네는 모런 대령이 로널드 아데어 도령을 살해한 동기를 밝혀내지는 못한 건가?"

"아! 왓슨, 그 부분은 가장 논리적인 정신도 실수를 범할 수 있는 추측의 영역에 속한다네. 누구라도 현재의 증거를 토대로 가설을 세울 수 있고, 또 자네 생각도 내 생각 못지않게 정확할 수 있지."

"그럼 자넨 가설을 세운 건가?"

"사실을 설명하는 건 어렵지 않다고 보네. 모런 대령과 아데어 청년이 그동안 상당한 금액의 돈을 땄다는 증언이 나왔네. 그런데 모런은 보나 마나 속임수를 썼을 거야. 나는 그것에 대해서는 오래전부터 알고 있었지. 아마 아데어는 바로 그날, 모런이 속임수를 쓴다는 사실을 눈치챘을 거야. 그러자 모런을 따로 불러내서 그 얘기를 했을 테지. 대령에게 자진해서 클럽을 탈퇴하고 앞으로 카드를 하지 않기로 약속하지 않으면 사실을 밝히겠다고 했겠지. 아데어같이 새파랗게 젊은 청년이 자기보다 연배가 훨씬 높은 명사의 비리를 당장 폭로해서 사회적으로 큰 물의를 일으키려고 하진 않았을 걸세. 십중팔구 내가 말한 대로 행동했을 거야. 하지만 부정한 방법으로 딴 돈으로 생활하는 모런에게 클럽을 탈퇴한다는 건 파멸을 의미했을 걸세. 그래서 아데어를 살해한 거지. 그때 청년은 같은 편의 부정행위로 이득을 챙길 수 없었기 때문에, 상대편에게 돈을 얼마나 돌려줘야 하는지 계산하고 있었네. 그런데 숙녀들이 불쑥 들어왔다가 이름 옆에 동전을 쌓아놓은 걸 보면 그게 뭔지 물어볼까 봐 방문을 잠갔겠지. 어때, 그럴듯한가?"

"틀림없이 자네가 말한 그대로일 걸세."

"내 말이 옳은지 그른지는 법정에서 증명되겠지. 그런데 어찌 됐든, 모런 대령은 더 이상 우릴 괴롭힐 수 없게 됐어. 폰 헤르더의 유명한 공기총은 런던 경찰국의 박물관을 장식하게 될 테고, 셜록 홈즈 선생은 다시 한번 런던의 복잡한 삶이 무제한으로 공급해 주는 흥미로운 사건들을 마음 놓고 조사할 수 있게 되었네."

The Adventure of the Empty House, 1894

아서 코난 도일은 결국 모두의 아우성에 굴복하고, 셜록 홈즈를 되살리기로 한다. 독자들이 워낙 고대하던 셜록 홈즈의 부활인지라 잡지사에서 찍어내는 부수가 삽시간에 동이 나는 바람에 독자들이 출판사에 직접 가서 줄을 지어 책을 사는 진풍경이 벌어졌다.

그나저나 죽었던 홈즈가 갑자기 나타나는 바람에 존 왓슨은 인생 최초로 기절을 경험했다.

홈즈의 귀환을 알린 기념비적인 단편이긴 하지만 파고들어 보면 실수가 여전히 보인다. 예를 들어 변장의 천재인 홈즈가 왜 왓슨의 반응을 염려하는가? 하는 부분이다. 앞선 사건들에서 홈즈가 여러 모습으로 변장하고 돌아다닐 때마다 왓슨은 단 한 번도 이를 곧바로 알아차리지 못했다. 그럼에도 이 작품에서 홈즈는 왓슨이 자신을 알아보면 적들이 눈치를 챌까 봐 걱정한다. 어쨌든 무슨 오류가 존재하든 간에 팬들은 그저 열렬히 홈즈의 귀환에 환호했다.

해당 작품은 『셜록 홈즈의 귀환The Return of Sherlock Holmes』에 수록되어 있다.

1898

The Adventure of the Dancing Men

춤추는 사람 그림

홈즈는 몇 시간 동안 말없이 앉아서, 길고 여윈 등을 구부린 채 냄새가 유난히 지독한 화합물이 끓고 있는 실험 용기를 들여다보고 있었다. 머리를 잔뜩 수그린 까닭에 이쪽에서 보면 우중충한 회색 깃털에 검은 볏을 단, 말라빠진 이상한 새처럼 보였다. 그런데 홈즈가 불쑥 말을 건넸다.

"그래서, 자네는 남아프리카 채권에 투자할 생각은 없는 거로군."

나는 깜짝 놀랐다. 나는 홈즈의 기묘한 능력은 익히 알고 있지만, 이렇게 느닷없이 나의 내밀한 생각을 들춰내자 그저 어리둥절할 뿐이었다.

"대체 그건 어떻게 알았나?"

홈즈는 김이 오르는 시험관을 손에 든 채 동그란 의자를 빙글 돌렸다. 움푹 팬 두 눈에 웃음기가 스쳤다.

"자, 왓슨, 자네 정말 깜짝 놀랐다는 걸 인정하게."

"인정하이."

"그럼 그런 내용으로 각서를 쓰고 자네 서명이라도 받아놔야 겠군."

"왜?"

"왜냐하면 5분 뒤에 자네는 모든 게 우스울 만큼 간단하다고 할 테니까."

"그런 말은 절대로 하지 않겠네."

"여보게, 왓슨."

홈즈는 시험관을 제자리에 세워놓고 학생들 앞에서 강의하는 교수처럼 일장연설을 시작했다.

"사실 추론을 한다는 건 그다지 어려운 일이 아니라네. 추론의 연쇄에서, 뒤의 것은 앞의 것과 관련되어 있고 추론의 고리 하나 하나는 단순한 사실로 이루어져 있지. 그런데 추론을 끝낸 뒤에 중간 과정을 빼고 사람들에게 출발점과 결론만 제시하면, 다소 유치하긴 해도 그야말로 놀라운 효과를 거둘 수 있거든. 지금도, 자네 왼쪽 손의 엄지와 검지 사이에 홈이 팬 걸 보고, 나는 자네 가 얼마 안 되는 재산을 금광에 투자하지 않기로 했다는 걸 확실 히 알았네."

"그 두 가지 사실이 어떤 관계가 있는지 잘 모르겠군."

"그럴 테지. 하지만 내가 그 둘 사이의 밀접한 관련을 보여주 지. 중간의 빠진 고리들은 다음과 같은 아주 단순한 사실들일세. 첫째, 자네가 간밤에 클럽에서 돌아왔을 때 왼손 엄지와 검지에 분필 가루가 묻어 있었네. 둘째, 자넨 당구를 칠 때 큐가 미끄러지지 않도록 손가락에 분필 가루를 묻히는 습관이 있네. 셋째, 자네 꼭 서스턴하고만 당구를 치네. 넷째, 자넨 4주일 전에 나에게 서스턴이 남아프리카 자산에 대한 선택 매매권을 갖고 있는데 이것이 유효 기간 한 달짜리라면서 자네에게 공동 투자를 권했다는 얘기를 했네. 다섯째, 자네 수표장은 내 서랍에 보관되어 있는데 열쇠를 달라는 말을 하지 않았네. 여섯째, 자넨 그런 식으로 돈을 투자하지 않기로 결심한 거지."

"정말 우스울 만큼 간단하군!"

나는 소리쳤다.

"내가 뭐랬나!"

홈즈는 뾰로통해져서 말했다.

"무슨 문제든지 일단 설명이 끝나면 자네한테는 다 유치한 게 되고 마는군. 왓슨, 이건 아직 설명이 안 된 문제인데 자네가 한번 설명해 보게."

그는 종이를 한 장 탁자 위에 던져놓고 다시 화학 분석으로 돌아갔다.

나는 눈이 휘둥그레져서 종이에 그려진 우스꽝스러운 상형문자를 쳐다보았다.

"아니, 홈즈, 이건 애들 그림 아닌가."

나는 소리쳤다.

"오, 자넨 그렇게 생각하는구먼!"

"그게 아니면 대체 뭐란 말인가?"

"노퍽 주, 라이딩 소프 영주관의 힐턴 큐빗 씨가 무척 궁금해하는 게 바로 그 점일세. 그 수수께끼의 그림은 일찌감치 우편으로 배달됐는데, 큐빗 씨는 다음 기차 편으로 올라온다고 했네. 허, 초인종이 울리는군. 그 양반이 왔나 보네."

무거운 발소리가 계단을 올라오더니 잠시 후 키가 크고 혈색 좋은 얼굴을 깨끗이 면도한 신사가 방에 들어섰다. 그의 맑은 눈과 붉은 뺨을 보자 베이커가의 안개와는 거리가 먼 곳의 삶을 충분히 짐작할 수 있었다. 신사는 강렬하고 신선하고 상쾌한 동부 해안의 공기를 몰고 온 듯했다. 그는 우리와 차례로 악수를 나누고 의자에 앉으려다가, 내가 방금 전에 살펴보고 탁자 위에 놓아둔 이상한 기호가 쓰여 있는 종이에 시선을 보냈다.

"허허, 홈즈 선생, 이것에 대해서 어떻게 생각하십니까?"

그는 소리쳤다.

"선생께서는 기묘한 수수께끼를 좋아하신다던데 이보다 더 이상한 것은 보지 못하셨을 겁니다. 난 선생에게 미리 연구할 시간을 드리기 위해서 이 그림을 먼저 보내드렸지요."

"꽤 재미있는 작품 같군요. 언뜻 보면 애들 장난처럼 보이기도 하지만 말입니다. 우스꽝스럽게 생긴 꼬마 인간들이 여럿이 모여 춤추는 그림이지요. 그런데 이렇게 괴상한 그림에 의미를 부여하는 이유가 뭡니까?"

"홈즈 선생, 내가 이 그림에 무슨 의미가 있다고 생각하는 건 아닙니다. 하지만 아내는 다릅니다. 아내는 이걸 죽도록 무서워하고 있습니다. 말은 안 하지만 눈을 보면 얼마나 겁에 질려 있는지 알 수 있지요. 내가 이 문제를 철저히 파헤치려고 하는 이유가 바로 그겁니다."

홈즈는 종이를 들고 햇빛에 비춰보았다. 그것은 공책에서 찢어낸 종이였다. 그림은 연필로 그렸는데 다음과 같았다.

홈즈는 그림을 한참 들여다보다가 조심스럽게 접어서 지갑 속에 간수했다.

"이건 대단히 흥미롭고도 드문 사건이 될 것 같습니다. 힐턴 큐빗 씨, 자세한 얘기를 이미 편지에 쓰시긴 했지만 내 친구 왓슨 박사를 위해 다시 한번 말씀해 주시면 감사하겠습니다."

"난 이야기를 조리 있게 잘 하는 사람은 아닙니다."

손님은 큼직하고 투박한 손을 불안하게 잡았다 놓았다 하며 말했다.

"뭐든지 이해가 잘 안 가는 점이 있으면 서슴지 말고 물어봐 주십시오. 먼저 작년에 결혼한 일부터 얘기해야 하겠지만 그 전에 밝혀두고 싶은 것이 있습니다. 나는 큰 부자는 아니지만, 우리 집안은 5세기 동안이나 라이딩 소프에서 살았고 노퍽 주에서 우리 집보다 더 유명한 가문은 없습니다. 작년에 나는 여왕 즉위 60년제에 참석하려고 런던에 올라왔다가 러셀 광장의 어느 하숙집에 머물렀습니다. 그것은 우리 교구의 파커 목사가 그 집에 숙소를 정했기 때문이었지요. 그 집에는 엘시 패트릭이라는 젊은 미국인 숙녀가 와 있었습니다. 우린 어찌어찌해서 친구가 되었고,

한 달 만에 나는 그녀를 열렬히 사랑하게 되었습니다. 우린 등기소에서 조용히 결혼식을 올리고 부부가 되어 노퍽으로 돌아갔지요. 홈즈 선생, 선생은 유서 깊은 가문의 자제가 여자의 과거나 집안 내력에 대해서 아무것도 모른 채 그런 식으로 결혼한 것을 미친 짓이라고 생각할 겁니다. 하지만 내 아내를 만나보면 이해하실 겁니다.

엘시는 그 점에 대해 아주 솔직했습니다. 또 아내가 그런 결혼에 대해 재고할 기회를 주지 않은 것도 아니었지요. 그녀는 이렇게 말했습니다. '나는 아주 불쾌한 사람들을 알고 있어요. 그 사람들을 다 잊고 싶답니다. 과거는 생각할수록 고통스럽기 때문에 입에 올리고 싶지도 않아요. 힐턴, 당신이 나를 데려간다면, 당신은 부끄러울 것 하나 없는 여자를 데려가는 거예요. 하지만 내 말을 믿고, 내가 당신의 여자가 되기 전까지 있었던 일에 대해서는 아무것도 묻지 말아야 해요. 만약 이 조건을 받아들이기 힘들다면 그냥 노퍽으로 돌아가세요. 나는 당신을 만나기 전처럼 혼자서 외롭게 살아가겠어요.' 결혼식 바로 전날, 엘시는 내게 이런 말을 했습니다. 나는 엘시에게 기꺼이 그런 조건으로 당신을 데려가겠노라고 했지요. 그리고 내 입으로 한 약속을 충실히 지켰습니다.

우린 지금 결혼한 지 1년 됐는데 그동안 아주 행복했습니다. 하지만 한 달 전인 6월 말에 최초의 이상 징후가 나타났지요. 어느 날, 아내 앞으로 미국에서 편지 한 통이 배달돼 왔습니다. 겉봉에 미국 소인이 찍혀 있는 걸 내 눈으로 똑똑히 봤지요. 아내는 죽은 사람처럼 창백한 얼굴로 편지를 읽더니 불 속에 그냥 던 져버리더군요. 아내는 그 편지에 대해 일언반구도 하지 않았고 나도 가만히 있었습니다. 약속은 약속이니까요. 하지만 그 순간 부터 아내는 한시도 마음의 평화를 누리지 못했습니다. 아내의 얼굴에는 두려움이 가시지 않았지요. 항상 뭔가를 기다리고 있 는 듯한, 그런 얼굴을 하고 있었습니다. 아내가 나를 믿어주면 얼 마나 좋겠습니까. 그러면 나만 한 친구가 없다는 걸 알게 될 겁 니다. 하지만 아내가 말을 꺼내기 전까지는 아무 말도 먼저 할 수가 없습니다. 홈즈 선생, 내 아내가 진실한 여자라는 사실을 알 아주십시오. 과거에 어떤 일이 있었든 그것은 절대로 아내의 잘 못이 아닙니다. 나는 그저 노퍽의 일개 지주일 뿐이지만, 이 나라 에서 가문의 영예를 나보다 더 소중히 여기는 사람은 없을 겁니 다. 아내는 나와 결혼하기 전부터 그 사실을 잘 알고 있었지요. 아내는 절대로 우리 가문에 오점을 남길 사람이 아닙니다. 그건 분명합니다.

에, 이제부터 아주 이상한 얘기가 나옵니다. 일주일 전이었습 니다. 지난주 화요일이었지요. 나는 누가 어느 창틀에다 여기 이 것과 같은, 우습게 생긴 춤추는 사람 그림을 그려놓은 걸 발견했 습니다. 분필로 아무렇게나 그린 그림이었지요. 필시 마구간 아 이 녀석의 소행일 거라고 생각했지만, 녀석은 자긴 전혀 모르는 일이라고 잡아떼더군요. 어쨌든 그림이 그려진 것은 밤사이의 일이었습니다. 나는 그걸 물로 씻어내라고 이르고 아내한테는 나중에 그런 일이 있었다는 얘기만 해줬지요. 그런데 의외로 아내는 아주 심각해지더니 앞으로 그런 게 있으면 자기한테 꼭 보여달라고 부탁하더군요. 일주일 동안은 아무 일도 없었습니다. 그런데 어제 아침에 정원의 해시계 위에서 이 그림이 또 발견되었지요. 이걸 엘시에게 보여주자 아내는 기절했습니다. 그다음부터 아내는 꿈을 꾸는 것 같기도 했고 반쯤 정신이 나간 것 같기도 했는데 두 눈에선 잠시도 공포의 빛이 가시지 않았습니다. 홈즈 선생, 그래서 내가 편지를 써서 이 그림과 같이 여기로 부친 겁니다. 이건 경찰에 신고할 만한 일이 아니었지요. 경찰은 필시 코웃음을 쳤을 겁니다. 하지만 선생께선 내가 어떻게 해야 하는지 가르쳐주실 테지요. 난 부자는 아니지만 가엾은 내 여자가 위험에 처해 있는 게 사실이라면, 마지막 한 푼이라도 털어서 아내를 지켜줄 작정입니다."

잉글랜드 동부의 오래된 땅에서 온 사내는 썩 괜찮은 사람이었다. 성실해 보이는 커다란 푸른 눈에 달덩이같이 훤한 얼굴, 태도는 단순하고 솔직하고 부드러웠으며, 얼굴은 아내에 대한 사랑과 신뢰로 빛났다. 홈즈는 최대한 집중해서 신사의 이야기를 경청하더니 말없이 생각에 잠겼다.

그가 마침내 입을 열었다.

"큐빗 씨, 가장 좋은 건 부인한테 간곡히 말해서 사정이 어떻게 된 건지 들어보는 게 아닐까요?"

힐턴 큐빗은 무겁게 고개를 저었다.

"홈즈 선생, 약속은 약속입니다. 엘시가 나한테 말하고 싶으면 얘기할 겁니다. 내가 비밀을 말해 달라고 먼저 조르진 않겠습니다. 하지만 남편으로서 할 일을 하는 것은 정당합니다. 나는 그렇게 하겠습니다."

"그러면 저도 전력을 다해 돕겠습니다. 먼저, 주변에서 낯선 사람이 나타났다는 얘기를 들은 적이 있으십니까?"

"아니요."

"거긴 대단히 조용한 고장일 것 같은데 낯선 얼굴이 보이면 당연히 소문이 나겠지요?"

"그 근처라면 그럴 겁니다. 하지만 거기서 별로 멀지 않은 곳에 작은 해수욕장이 몇 군데 있습니다. 그곳 농부들은 숙박객을 받지요."

"이 상형문자에는 분명히 어떤 뜻이 있습니다. 만약 그것이 전적으로 임의적인 거라면, 이걸 해독하는 것은 불가능할 겁니다. 하지만 반대로, 이것에 어떤 체계가 있다면 틀림없이 그 의미를 알아낼 수 있을 겁니다. 그러나 이 그림은 너무 짧아서 이것만 가지고는 아무것도 할 수 없고, 또 큐빗 씨가 들려준 얘기도 너무 막연해서 조사의 근거로는 부족합니다. 이제 노퍽으로 돌아가면 경계를 늦추지 마시고 춤추는 사람 그림이 다시 나타나면 정확하게 베껴놓으시기 바랍니다. 지난번에 창틀에 그려졌다는 사람 그림을 그냥 씻어버린 건 정말 안타깝군요. 그리고 근처에 낯선 사람들이 나타나지 않았는지 잘 알아보시고 새로운 증거가 모이면 다시 와주십시오. 힐턴 큐빗 씨, 내가 할 수 있는 조언은 이것뿐입니다. 만일 어떤 급박한 사태가 발생하면 당장 노퍽으로 달려가도록 하겠습니다."

이 만남이 있고 난 뒤 셜록 홈즈는 골똘히 생각에 잠기는 일이 많아졌다. 다음 며칠 동안, 그는 가끔씩 수첩에서 종이를 꺼내 들고 기이한 사람 그림을 한참 동안 뚫어지게 쳐다보곤 했다. 하지만 그 사건에 대해 일절 언급하지는 않았다. 그로부터 2주일쯤 지난 다음 오후에 막 외출을 하려는데 홈즈가 나를 불러 세웠다.

"왓슨, 자네 그냥 집에 있는 게 낫겠네."

"왜?"

"오늘 아침에 힐턴 큐빗한테서 전보가 왔거든. 춤추는 사람 그림의 힐턴 큐빗 기억하지? 1시 20분에 리버풀가에 도착할 예정이라고 했네. 금방 여기 올 걸세. 전보를 보니 그사이에 중요한 사건들이 있었나 보이."

우린 오래 기다릴 필요가 없었다. 노픽의 지주는 역에서 나오자마자 이륜마차를 잡아타고 전속력으로 달려왔다. 수심이 가득한 얼굴, 피로에 젖은 눈, 이마에는 주름살까지 잡혀 있었다.

"홈즈 선생, 이 일 때문에 피가 마를 지경입니다."

큐빗 씨는 지친 듯 안락의자에 털썩 주저앉았다.

"나를 상대로 음모를 꾸미고 있는 보이지도 않고 알지도 못하는 인간들에게 둘러싸인 기분이라니, 정말 고약하기 짝이 없군요. 게다가 아내는 그것 때문에 조금씩 죽어가고 있는데, 이제는 피와 살을 가진 인간이 견딜 수 있는 한계에 다다랐습니다. 아내는 내 눈앞에서 시들시들 말라가고 있어요."

"부인은 여태껏 아무 말도 없으십니까?"

"예, 아직은. 그 가여운 여자가 말하려고 한 적도 있었지만, 과감하게 말문을 열지는 못하더군요. 나는 아내가 털어놓고 말할 수 있게 도와주려고 했지만 방법이 서툴렀던 것 같습니다. 오히려 움츠러들게 만들었을 뿐이니까요. 아내는 우리 집안의 오랜 역사와 이 지역에서 누리고 있는 명성, 그리고 그동안 티끌 한 점 없이 지켜온 명예에 대한 얘기를 꺼내곤 했습니다. 그러면서 그 얘기를 할 듯 말 듯하다가 결국은 하지 못하고 딴 얘기로 방향을 바꾸곤 했지요."

"그래도 뭔가 알아낸 게 있지요?"

"그렇습니다. 나는 선생의 조사에 도움이 될 수 있도록 춤추는 사람 그림을 몇 가지 더 모아 왔습니다. 그런데 그보다 중요한 건 그자를 봤다는 겁니다."

"뭐라고요? 그림을 그린 자를?"

"그렇습니다. 그자가 그림 그리는 현장을 목격했습니다. 하지만 모든 일을 순서대로 말씀드리지요. 지난번에 여기 다녀간 뒤, 다음 날 아침에 제일 먼저 눈에 띈 건 새로 그려진 춤추는 사람 그림이었습니다. 그것은 연장 창고의 검은색 문틀 위에 분필로 그려져 있었지요. 창고는 잔디밭 옆에 있어서 집 안에서도 훤히 내다보입니다. 그 그림을 그대로 베껴 왔습니다."

큐빗은 종이 한 장을 펼쳐서 탁자 위에 올려놓았다. 그림은 다음과 같다.

"잘하셨습니다! 정말 잘하셨군요! 자, 말씀 계속하십시오."

홈즈가 말했다.

"나는 그걸 베껴놓고 그림을 지워버렸지요. 하지만 이틀 뒤 아침에 새로운 그림이 나타났습니다. 이건 그걸 베낀 겁니다."

홈즈는 두 손을 마주 비비며 기쁨에 못 이겨 싱글벙글했다.

"자료 수집이 착착 잘 되고 있군요."

"사흘 뒤에 그림을 끼적거려놓은 종이 한 장이 더 발견됐습니다. 해시계 위에 조약돌로 눌러놓았더군요. 바로 이겁니다. 보다시피 두 번째 것과 똑같은 그림이지요. 그래서 나는 밤중에 숨어서 지켜보기로 결심하고 리볼버를 꺼내 들고 잔디밭과 정원이 내다보이는 서재에 자리를 잡고 앉았습니다. 밤 2시경이었지요. 창가에 앉아 있는데 달빛만 비칠 뿐 사방은 깜깜했습니다. 그때 등 뒤에서 발소리가 들리더니 아내가 실내복 차림으로 나타났습니다. 아내는 제발 들어와서 자라고 애원하더군요. 나는 우리한테 그렇게 바보 같은 장난을 치는 녀석이 누군지 알고 싶다고 솔직히 말했지요. 그러자 아내는 그건 어리석은 장난일 뿐이니 신경 쓰지 말라고 했습니다.

'여보, 그게 그렇게 신경 쓰이거든 우리 둘이 여행이라도 떠나는 게 어때요? 그럼 불쾌한 일을 피할 수 있잖아요.'

'아니, 어리석은 장난꾼 때문에 내 집에서 도망친다는 거요?

허허, 세상 사람들이 알면 우릴 비웃을 거요.'

'어서 가서 자요. 그 문제는 아침에 얘기하기로 하고요.'

그때 문득, 달빛에 드러난 아내의 하얀 얼굴이 점점 더 하얘지
더니 내 어깨를 잡은 아내의 손에 힘이 들어가는 게 느껴졌습니
다. 뭔가가 연장 창고의 그늘 속에서 움직이고 있었습니다. 시커
먼 형체가 낮게 포복해서 창고 모퉁이를 돌아가더니 문 앞에 쪼
그리고 앉는 모습이 보였지요. 나는 권총을 들고 뛰어나가려고
했지만, 아내는 두 팔로 나를 껴안고 필사적으로 매달렸습니다.
아내를 떨쳐내려고 해도 죽자 사자 매달려서 놓아주질 않더군
요. 겨우 뿌리치고 밖으로 뛰쳐나가 창고 앞으로 달려가보니 놈
은 이미 사라지고 없었습니다. 하지만 왔다 간 흔적은 남겨놓았
더군요. 문짝 위에 춤추는 사람 그림이 그려져 있었으니까요. 그
런데 그것은 벌써 두 번이나 등장한 그림이었습니다. 내가 진작
에 베껴놓은 것이었지요. 나는 정원을 뛰어다니며 구석구석 뒤
졌지만 놈의 흔적을 찾을 길이 없었습니다. 하지만 놀랍게도 놈
은 계속 거기 있었던 게 분명합니다. 아침에 다시 창고 문짝을
살펴보니 밤중에 본 그림 밑에 새로운 그림이 더해져 있었으니
까요."

"그 그림을 갖고 계십니까?"

"예, 아주 짧지만 베껴놓았지요. 바로 이겁니다."

큐빗은 다시 종이 한 장을 꺼냈다. 그것은 새로운 춤이었는데
다음과 같았다.

"잠깐만."

홈즈가 말했는데 눈빛을 보니 몹시 흥분한 듯했다.

"이걸 처음 그림에 붙여서 그려놓았던가요, 아니면 뚝 떨어진 곳에 그려놓았던가요?"

"아예 다른 판자에 그려놓았더군요."

"좋습니다! 우리의 목적을 향해 가는 데 가장 중요한 것이 바로 그겁니다. 희망이 보이는군요. 자, 힐턴 큐빗 씨, 어서 그 흥미로운 진술을 계속해 주십시오."

"홈즈 선생, 그날 밤 아내가 나를 붙잡고 늘어진 것 때문에 화가 났다는 걸 빼면 더 이상 할 얘기가 없습니다. 아내가 붙잡지만 않았어도 나는 그때 요리조리 잘도 피해 다니는 그 악당 녀석을 잡을 수 있었습니다. 아내는 내가 다칠까 봐 두려웠다고 하더군요. 하지만 그 말을 듣자 아내가 정말로 걱정한 것은 내가 아니라 그 녀석일지도 모른다는 생각이 순간적으로 뇌리를 스쳤습니다. 왜냐하면 아내는 그자의 정체뿐 아니라 그 야릇한 그림 신호의 의미도 알고 있는 게 분명했으니까요. 하지만 홈즈 선생, 아내의 말투와 눈빛을 보니 의심은 봄눈 녹듯 사라졌습니다. 아내는 진심으로 나를 염려해 주고 있었지요. 이상으로 할 말은 끝났습니다. 이제 내가 어떻게 해야 하는지 가르쳐주시기 바랍니다. 성질대로 하자면, 농장 애들 대여섯을 수풀 속에 숨겨놓았다가 그 녀석이 다시 나타나면 흠씬 두들겨 패주고 싶습니다. 그럼 앞으로는 조용해질 테니까요."

"이 사건은 너무 복잡해서 그렇게 단순하게 해결될 것 같지는 않군요."

홈즈는 말했다.

"런던에 얼마나 머무르실 수 있습니까?"

"나는 오늘 안으로 가봐야 합니다. 무슨 일이 있어도 아내를 밤에 혼자 놔두지 않을 겁니다. 아내는 지금 무척 예민해져 있지요. 아까도 나한테 오늘 꼭 돌아오라고 신신당부하더군요."

"옳으신 말씀입니다. 하지만 큐빗 씨가 여기 머물 수 있다면, 하루 이틀 안으로 같이 내려갈 수 있을 텐데요. 그림은 여기 맡겨놓고 가십시오. 그러면 조만간 댁을 찾아뵙고 사건에 대해 설명해 드릴 수 있을 것 같습니다."

셜록 홈즈는 손님이 돌아갈 때까지 전문가다운 침착한 태도를 잃지 않았다. 하지만 나는 누구보다 친구를 잘 알고 있는 까닭에 그가 무척 흥분했다는 걸 눈치챘다. 힐턴 큐빗의 넓은 등이 문밖으로 사라진 순간, 동지는 쏜살같이 책상 앞으로 달려가더니 춤추는 사람 그림이 그려진 종이를 몽땅 펼쳐놓고 복잡하고 정교한 계산에 돌입했다. 나는 두 시간 동안, 그가 여러 장의 종이에 그림과 문자를 가득히 그려 넣는 것을 지켜보았다. 그는 일에 몰입한 나머지 나의 존재조차 망각한 것이 분명했다. 작업은 조금씩 진척되었다. 그는 이따금씩 성과가 있을 때는 휘파람을 부는가 하면 노래를 흥얼거렸다. 또 가끔 난관에 봉착했을 때는 이맛살을 찌푸리고 멍한 눈으로 한동안 우두커니 앉아 있기도 했다. 마침내 그는 환호성을 지르며 벌떡 일어서더니 두 손을 마주 비비며 방 안을 오락가락했다. 그리고 전보용지에 긴 전문을 썼다.

"왓슨, 내가 예상한 대로 답장이 오면 자네는 사건 기록부에 대단히 멋진 사건을 하나 더 보탤 수 있게 될 걸세. 우리는 내일쯤 노퍽에 내려가서 그 양반한테 이 골치 아픈 사건의 경위에 대해 아주 구체적인 정보를 전해 줄 수 있을 걸세."

솔직히 말해서 나는 무척 궁금했지만 홈즈는 자신이 원하는 때에 원하는 방식으로 조사 결과를 발표하는 걸 즐긴다는 걸 알고 있었으므로, 그가 말해 줄 때까지 기다리기로 했다.

하지만 회신이 늦어지는 바람에 초조한 기다림의 시간이 이틀이 흘러갔다. 그동안 홈즈는 초인종 울리는 소리만 들리면 귀를 바짝 곤두세우곤 했다. 이틀째 되는 날 저녁에, 힐턴 큐빗에게서 편지 한 통이 왔다. 다른 일은 없었지만 아침에 해시계 받침대 위에서 긴 그림이 발견됐다는 것이다. 그는 그림을 베낀 종이를 동봉했는데, 그것은 다음과 같다.

홈즈는 이 기괴한 그림 띠를 한참 내려다보더니 불현듯 놀람과 당황이 뒤섞인 목소리로 고함을 지르며 벌떡 일어섰다. 얼굴에는 근심스러운 기색이 역력했다.

"더 이상 방관하고 있을 수 없네. 지금 노스 월셤으로 가는 기차가 있나?"

나는 기차 시간표를 들춰보았다. 이미 마지막 기차가 출발한 다음이었다.

"그럼 내일 새벽같이 일어나서 식사를 하고 첫 기차를 타러 가세. 우리가 급히 가야 할 필요가 생겼어. 허! 기다리던 해외 전보가 도착했군. 허드슨 부인, 잠깐만, 답신을 해야 할지도 모르니까요. 됐습니다. 내가 예상했던 그대로군. 여보게, 힐턴 큐빗에게 지체 없이 상황을 알려줘야 할 필요가 더욱 강해졌네. 노퍽의 순박한 지주가 위험하기 짝이 없는 그물에 걸렸어."

그것은 정말이었다. 내 눈에는 그저 유치하고 기괴해 보이기만 했던 사건은 결국 어두운 종말을 향해 치닫게 되었는데, 그때 일을 얘기하려니 당시의 놀람과 전율이 생생하게 되살아난다. 독자들에게 좀 더 밝은 결말을 전해 줄 수 있다면 얼마나 좋으랴. 하지만 이것은 사실 기록이니만치 며칠 동안 영국 전역을 뒤흔들었던 라이딩 소프 영주관의 기이한 사건들의 연쇄를 따라 그 비극적인 결말까지 말하지 않을 수 없다.

우리가 노스 월셤 역에서 바삐 내려 행선지를 말하자 역장이 허둥지둥 이쪽으로 다가와서 말했다.

"런던에서 오신 형사님들인가 봅니다만?"

홈즈의 얼굴에 고통스러운 빛이 지나갔다.

"왜 그렇게 생각하십니까?"

"노리치의 마틴 경위가 방금 지나갔으니까요. 아니, 혹시 의사 분들이십니까? 큐빗 부인은 아직 살아 있다고 하던데 지금은 어떤지 모르겠습니다. 두 분께서 달려가면 부인의 생명을 구할 수 있을지도 모르지요. 물론 살아나봤자 교수대로 직행하겠지만 말입니다."

홈즈의 이마가 근심으로 그늘졌다.

"우린 라이딩 소프 영주관으로 갈 겁니다. 하지만 거기에서 일어난 일에 대해서는 전혀 모릅니다."

"끔찍한 사건이 일어났지요."

역장은 말했다.

"힐턴 큐빗 씨 부부가 총에 맞았습니다. 하인들 말로는 부인이 남편을 쏘고 자살했답니다. 큐빗 씨는 죽고 부인은 가망 없다고 하더군요. 쯧쯧, 노퍽 주에서 제일가는 유서 깊은 명문가건만."

홈즈는 아무 말 없이 마차를 향해 달려갔고 긴 11킬로미터를 달려가는 동안 한 번도 입을 떼지 않았다. 그렇게 낙심하는 건 좀처럼 드문 일이었다. 런던에서 기차로 오는 동안에도 그는 내내 좌불안석이었고 불안한 얼굴로 조간신문을 이것저것 열심히 뒤적거렸다. 그러나 최악의 염려가 갑자기 현실로 드러나자 멍한 우울증에 빠졌다. 그는 좌석에 몸을 파묻고 침울하게 생각에 골몰했다. 하지만 영국의 어느 시골 지역 못지않게 독특한 전원을 마차로 달리는 동안 도로변에는 흥미를 끄는 것들이 많았다. 띄엄띄엄 서 있는 농가 주택은 오늘날의 인구 분포를 나타냈지만, 가는 곳마다 질펀한 녹색 평원에서 솟아오른 사각 탑의 거창한 교회 건물은 옛 이스트 앵글리아(영국 잉글랜드의 가장 동쪽에 있는 지역 —옮긴이)의 영광과 번영을 말해 주었다. 노퍽의 녹색 해안선 너머로 북해의 보랏빛 해수면이 모습을 드러냈고 마부는 채찍을 들어 작은 숲 위로 고개를 내민, 벽돌과 목재로 건축한 오래된 박공지붕 두 개를 가리켜 보였다. 마부가 말했다.

"저기가 라이딩 소프 영주관입지요."

마차가 주랑 현관을 향해 올라가는 동안 잔디를 깐 테니스장 옆으로, 우리가 그토록 기이한 인연을 맺은 검은색 연장 창고와 받침대가 달린 해시계가 시야에 들어왔다. 말쑥하게 차린 작은 사내가 막 높다란 경장 이륜마차에서 내리고 있었다. 콧수염을 밀랍으로 굳힌 기민한 사내는 자신을 노퍽 경찰대의 마틴 경위라고 소개했는데 내 친구의 이름을 듣더니 놀라움을 감추지 못했다.

"아니, 홈즈 선생님, 사건이 발생한 건 겨우 오늘 새벽 3시였습니다. 그런데 어떻게 벌써 런던에서 그 소식을 듣고 저와 같은 시각에 현장에 출동하신 겁니까?"

"나는 이런 일이 생길 거라고 예측했소. 사건을 막아볼 생각으로 온 거요."

"그렇다면 우리가 모르는 중요한 증거를 갖고 계시겠군요. 사람들 말로는 큐빗 부부가 아주 금실이 좋았다고 하니까요."

"나한테 있는 증거라곤 춤추는 사람 그림뿐이오. 그 부분은 나중에 설명해 드리리다. 그런데 너무 늦게 오는 바람에 이런 비극을 막지 못했으니 정의를 세우기 위해 내가 가진 모든 지식을 다 활용하고 싶소. 경위는 나와 공동으로 수사하겠소, 아니면 내가 독자적으로 활동하기를 원하시오?"

"홈즈 선생님, 선생님과 같이 행동할 수 있다면 저로서는 큰 영광입니다."

경위는 정색을 하고 말했다.

"그렇다면 불필요하게 시간을 낭비하지 말고 증언을 청취하고 현장을 살펴보는 게 좋겠소."

마틴 경위는 분별 있는 사람인지라, 내 친구가 자기 방식대로 조사하게 놔두고 자신은 조심스럽게 그 결과를 기록하는 데 만족했다. 머리털이 허옇게 센 늙은 외과 의사가 힐턴 큐빗 부인의 방에서 나오더니, 부인이 중상을 입긴 했지만 생명이 위독할 정도는 아니라고 보고했다. 그는 총알이 이마를 뚫고 들어갔는데, 의식을 되찾는 데는 상당한 시간이 걸릴 거라고 했다. 의사는 부인이 총을 맞았는지 아니면 쏘았는지의 문제에 대해서는 섣불리 견해를 밝히려 들지 않았다. 총탄은 아주 가까운 거리에서 발사된 것이 분명했다. 방에서 발견된 권총은 하나뿐이었고 탄창 두 개가 비어 있었다. 힐턴 큐빗 씨는 심장에 총을 맞았다. 남편이 부인을 쏜 다음에 자신을 쏘았다고 볼 수도 있고 그 반대의 경우도 가능했다. 리볼버가 두 사람의 중간쯤에 떨어져 있었던 것이다.

"큐빗 씨를 옮겼습니까?"

홈즈가 물었다.

"우린 부인만 빼고 아무것도 건드리지 않았소. 부인이 부상당한 채 바닥에 쓰러져 있게 놔둘 수는 없었으니까 말이오."

"선생은 언제 여기 오셨습니까?"

"새벽 4시에."

"다른 사람은?"

"이쪽의 경관이 있었소."

"자네 아무것도 손대지 않았지?"

"예."

"정말 잘했네. 자네에게 연락한 사람이 누군가?"

"하녀 손더스입니다."

"맨 먼저 사건 현장에 달려간 사람인가?"

"예, 요리사 킹 부인과 같이 갔다고 합니다."

"두 사람은 지금 어디 있나?"

"주방에 있는 것 같습니다."

"그럼 당장 두 사람의 이야기를 들어보는 게 좋겠구먼."

높은 창문이 나 있고 참나무로 건축한 낡은 홀은 조사실로 바뀌었다. 홈즈는 해쓱한 얼굴로 고풍의 커다란 의자에 앉아 있었다. 나는 냉혹하게 빛나는 그의 두 눈에서 자신이 구해 내지 못한 의뢰인을 대신해서 복수할 때까지 이 수사에 자신의 모든 것을 바치려는 결연한 의지를 읽을 수 있었다. 그 밖에 거기 모인 사람들은 깔끔한 마틴 경위, 희끗한 머리의 늙은 시골 의사, 나, 그리고 둔해 보이는 마을 경관이었다.

두 여인은 차근차근 이야기를 했다. 그들은 총성을 듣고 잠에서 깼는데 1분 뒤에 또다시 총성이 들려왔다. 둘의 방은 붙어 있었고 킹 부인은 손더스에게 달려갔다. 두 여인은 함께 계단을 내려갔다. 서재 문은 열려 있고 책상 위에서는 촛불이 타고 있었으며 주인은 방 한가운데 엎어져 있었다. 그는 이미 숨이 끊어진 상태였다. 부인은 창가에 웅크리고 앉아 벽에 머리를 기대고 있었는데 끔찍한 부상을 입었고 얼굴 한쪽은 온통 피투성이였다. 부인은 힘들게 숨을 몰아쉬고 있었지만 말을 할 수 있는 상태는 아니었다. 방은 물론이고 복도까지 연기와 화약 냄새로 가득했다. 창문은 분명히 안에서 잠긴 상태였다. 두 여인 다 그것을 똑똑히 보았다고 했다. 두 사람은 곧 의사와 경관을 부르러 달려갔다. 그리고 마부와 마구간 소년의 도움으로 마님을 침실로 옮겼다. 침대에는 주인 부부가 모두 들어가 잔 흔적이 있었다. 부인은 평상복 차림이었고 주인은 잠옷 위에 실내복을 걸치고 있었다. 그들은 서재에 들어와서 아무것도 손대지 않았다. 두 여인이 아는 한, 주인 부부는 그동안 말다툼 한 번 한 적 없고 언제 보아도 아주 금실 좋은 부부였다.

하녀들의 증언은 대체로 이와 같았다. 마틴 경위의 질문에 대해서는, 문이 다 안쪽에서 잠겨 있었으므로 아무도 집 안에서 빠져나갈 수는 없었다고 대답했다. 홈즈의 질문에 대해서는, 방에서 나와 계단을 향해 달려갔을 때 화약 냄새가 끼쳐 온 기억이 난다고 진술했다.

"이 부분을 주목하는 게 좋을 거요."

홈즈는 형사에게 말했다.

"이제 방 안을 철저하게 조사할 때가 된 것 같소이다."

서재는 삼면에 책이 가득 꽂혀 있는 작은 방이었다. 보통 크기의 창문 앞에는 책상이 놓여 있었고 창밖으로 정원이 내다보였다. 사람들의 시선은 맨 먼저 불운한 지주의 시신에 쏠렸다. 우람

한 체구의 사나이가 바닥에 쓰러져 있었다. 매무새가 흐트러진 걸 보니 자다가 급하게 뛰어나온 듯했다. 총탄은 앞에서 날아와 심장을 관통한 뒤 몸속에 남았다. 아무 고통 없이 즉사한 것임에 틀림없었다. 실내복이나 두 손에 화약 가루는 묻어 있지 않았다. 시골 의사는 부인의 얼굴에 화약이 묻어 있었지만 손은 깨끗했다고 증언했다. 홈즈가 말했다.

"손에 화약이 묻어 있지 않다는 것만으로는 아무것도 알 수 없습니다. 물론 화약이 묻어 있다면 그것으로 끝이지만요. 탄약통이 잘 안 맞아서 화약이 뒤쪽으로 분출되는 경우가 아니라면 손에 화약 가루를 묻히지 않고도 여러 발을 쏠 수 있지요. 이제 큐빗 씨의 시신을 옮겨도 될 것 같군요. 그런데 선생은 부인의 몸에서 아직 총알을 제거하지 않았지요?"

"총알을 빼내려면 큰 수술을 해야 하오. 하지만 리볼버에는 아직 탄약통이 네 개가 남아 있소. 두 발이 발사되고 두 사람이 총을 맞았으니까, 계산은 맞소이다."

"저 창에 맞은 총알도 계산에 넣으신 겁니까?"

홈즈는 말을 하며 몸을 휙 돌리더니 길고 가는 손가락으로 창틀에 뚫린 구멍을 가리켰다. 총구멍은 밑에서 2.5센티미터가량 위쪽에 뚫려 있었다.

"이럴 수가!"

경위가 부르짖었다.

"저걸 대체 어떻게 발견하신 겁니까?"

"저걸 찾고 있었으니까요."

"놀랍소!"

시골 의사가 말했다.

"정말 대단하오. 한 발이 더 발사됐다면 여기에 한 사람이 더 있었다는 얘기가 되오. 하지만 그게 누구이고, 여기서 어떻게 도망친 거요?"

"그건 이제부터 알아내야 할 문제입니다."

셜록 홈즈는 말했다.

"마틴 경위, 아까 하녀들은 방에서 나오자마자 화약 냄새를 맡았다고 했고 나는 그 점이 대단히 중요하다고 했는데, 기억하고 있소?"

"물론입니다. 하지만 솔직히 말해서 그 말의 의미를 제대로 이해하지는 못했습니다."

"그것은 총이 발사된 순간, 방문은 물론 창문도 열려 있었다는 걸 암시하는 거요. 그렇지 않다면 화약 연기가 그렇게 순식간에 집 안에 퍼지지는 못했을 거요. 외풍이 있었던 거지. 하지만 방문과 창문이 열려 있었던 시간은 극히 짧았소."

"그건 어떻게 아십니까?"

"촛농이 흐르지 않았으니까."

"대단하십니다! 정말 대단해요!"

경위가 외쳤다.

"비극의 순간에 창문이 열려 있었다는 걸 알게 되면서, 나는 이 사건에 제3의 인물이 개입됐을 거라고 생각했소. 그자는 창밖에서 방 안으로 총을 쐈소. 그런데 방 안에서 그자를 겨냥해 총을 쐈다면 창틀에 맞았을 가능성도 있는 거요. 그래서 찾아보니 역시 거기 총탄 자국이 있었소!"

"하지만 창문은 어떻게 해서 안에서 잠긴 거지요?"

"부인이 본능적으로 창문을 닫은 다음 잠갔을 거요. 하지만, 어라? 이게 뭐지?"

책상 위에 숙녀의 핸드백이 놓여 있었다. 그것은 은제 장식을 단 깜찍한 악어가죽 가방이었다. 홈즈는 핸드백을 열고 안에 든 것을 쏟아놓았다. 그 안에서 나온 것은 영국 은행이 발행한 50파운드짜리 어음 스무 장 한 묶음이었다. 그 밖에는 아무것도 없었다.

"이건 법정에 제출해야 할 테니 잘 보관해야 하오."

홈즈는 내용물을 도로 집어넣고 핸드백을 경위에게 건네주었다.

"이제 우리는 이 세 번째 총탄에 대해 설명해야 하오. 나무가 쪼개진 모양으로 보면, 그것은 방 안에서 발사된 것이 분명하오. 요리사 킹 부인과 다시 얘기하고 싶군요. 킹 부인, 아까 시끄러운 총소리를 듣고 잠에서 깼다고 했지요? 그건 처음에 난 총소리가 그다음에 난 소리보다 더 크게 들렸다는 뜻인가요?"

"글쎄요, 저는 자다가 일어났기 때문에 그것까지는 잘 모르겠습니다, 선생님. 하지만 소리가 아주 컸던 것 같습니다."

"혹시 두 사람이 거의 동시에 총을 발사한 소리라고 생각하진 않으시오?"

"잘 모르겠습니다, 선생님."

"난 틀림없이 그랬을 거라고 확신하오. 마틴 경위, 이 방에서 알아낼 수 있는 건 다 알아낸 것 같소. 같이 나가서 정원에 어떤 증거가 남아 있는지 둘러봅시다."

서재 창문 앞은 화단이었는데 그 앞에서 사람들은 모두 탄성을 터뜨렸다. 꽃은 짓밟혀 있었고 부드러운 흙에는 온통 발자국 투성이었다. 그것은 큼직한 남자 발자국이었는데, 구두코가 유난히 길고 뾰족했다. 홈즈는 다친 새를 찾는 리트리버 사냥개처럼 화단을 헤집고 다녔다. 그러다가 환호성과 함께 몸을 굽혀 작은 놋쇠 탄피를 주워 들었다.

"내 이럴 줄 알았지. 그것은 탄피 배출기가 달린 리볼버였소. 말하자면 이게 바로 세 번째 탄약통이오. 마틴 경위, 이제 사건은 거의 해결된 것 같소이다."

홈즈가 대가의 솜씨로 신속하게 수사를 진행시키자 시골 경위는 놀란 빛을 감추지 못했다. 처음에 그는 자신의 위치를 확보하려고 애쓰는 것 같더니만 이제는 감탄한 나머지 홈즈가 이끄는 대로 군말 없이 따르고자 했다.

"용의자가 누굽니까?"

경위는 물었다.

"그 문제에 대해선 나중에 말하리다. 나는 이 사건의 몇 가지 요소에 대해서 아직 당신에게 설명하지 못했소. 이왕 이렇게 됐으니 내가 하던 대로 수사를 계속 밀고 나가는 게 좋겠소. 자초지종은 나중에 한꺼번에 설명하리다."

"홈즈 선생님, 마음대로 하십시오. 범인만 잡으면 되니까요."

"난 비밀주의로 나가고 싶은 생각은 눈곱만큼도 없지만, 행동에 돌입해야 할 때 길고 복잡한 설명을 늘어놓는 건 불가능하오. 나는 이 사건의 단서를 완전히 손에 넣었소. 설령 부인이 영영 의식을 회복하지 못한다 해도, 우린 간밤에 있었던 사건을 재구성하고 정의를 세울 수 있을 거요. 우선 이 근처에 '엘리지'라는 여관이 있는지 알고 싶소만."

하인들을 하나씩 불러 물어보았지만 아무도 그런 곳에 대해서 몰랐다. 다행히 마구간 소년이 이스트 러스턴 쪽으로 몇 킬로미터 떨어진 곳에 그런 이름의 농부가 살고 있다는 사실을 기억해 냈다.

"외진 곳에 있는 농장인가?"

"아주 외딴 곳입니다, 선생님."

"그러면 간밤에 여기서 있었던 일에 대해 아직 소식을 못 들었겠구나?"

"그럴 겁니다, 선생님."

홈즈는 잠시 생각에 잠기더니 곧 묘한 미소를 띠었다.

"얘야, 말에 안장을 얹어라. 엘리지 농장에 편지를 좀 전해 다오."

홈즈는 주머니에서 춤추는 사람 그림이 그려진 종이를 여러 장 꺼냈다. 그리고 그것들을 펼쳐놓고 책상 앞에 앉아서 뭔가를 한참 끼적거렸다. 마침내 그는 소년에게 편지를 건네주며 당사자에게 직접 전해 주라고 지시하고, 어떤 질문을 받아도 절대로 대답하지 말라고 주의를 주었다. 편지 겉봉을 보니 주소는 홈즈의 평소 정연한 글씨체와 딴판으로 꾸불꾸불하고 고르지 못한 글씨체로 쓰여 있었고, 수신자는 '노퍽 주, 이스트 러스턴, 엘리지 농장, 에이브 슬레이니 씨' 앞으로 되어 있었다.

홈즈는 말을 건넸다.

"경위, 내 생각에는 호송대 파견을 요청하는 전보를 치는 게 좋겠소. 내 계산이 정확하다면 극히 위험한 죄수를 주 감옥으로 호송해야 할 테니까 말이오. 저 아이가 편지를 배달하는 길에 전보를 부쳐줄 거요. 왓슨, 오후에 런던행 기차가 있으면 그걸 타고 올라가도록 하세. 아직 끝내지 못한 흥미로운 화학 분석이 있는데, 이 사건은 곧 종료될 것 같으니까."

소년에게 편지를 들려 보낸 뒤 셜록 홈즈는 하인들을 소집했다. 그리고 혹시 누가 와서 힐턴 큐빗 부인을 찾거든, 부인의 용태에 대해서는 아무 말도 하지 말고 당장 손님을 응접실로 안내하라고 지시했다. 그는 하인들에게 이것이 얼마나 중요한 일인가를 누누이 강조했다. 그리고 응접실로 자리를 옮긴 뒤, 화살은 시위를 떠났다며 이제 결과를 기다리는 동안 시간을 최대한 활용해야 한다고 말했다. 의사는 이미 다른 환자를 돌보러 떠났고 남은 사람은 경위와 나뿐이었다.

"한 시간 정도 기다리는 동안, 두 분이 재미있고 유익한 시간을 보낼 수 있게 해주겠소."

홈즈는 의자를 책상 앞으로 바짝 끌어당기고 춤추는 사람의 익살스러운 동작이 기록된 종이를 여러 장 펼쳐놓았다.

"왓슨, 자네의 그 타고난 호기심을 오랫동안 채워주지 못했으니 정말 미안하게 생각하네. 경위, 당신에게는 이 사건이 범죄 수사에 관해 연구할 수 있는 소중한 기회가 될 거요. 내가 이 흥미로운 상황에 대해 알게 된 것은 힐턴 큐빗 씨가 베이커가로 찾아와서 상담했기 때문이었소."

그리고 홈즈는 경위에게 지금까지 있었던 일에 대해 간략하게 설명해 주었다.

"그래서 나는 지금 여기 있는 이상한 그림들을 보게 됐소. 이 그림들이 그토록 끔찍한 비극으로 이어지지 않았다면 누구나 이걸 보고 코웃음 칠 거요. 사실 나는 온갖 형태의 암호에 정통하고 그 같은 주제에 관해 작은 논문을 발표하기도 했소. 나는 그 논문에서 160가지의 암호를 분석했지만 솔직히 말해서 이렇게 생긴 건 처음이오. 물론 이러한 형태의 암호 체계를 만들어낸 목적은 명백하오. 그것은 이 그림이 어떤 의미를 갖고 있다는 사실을 은폐하고 아이들 낙서에 지나지 않는다는 인상을 주기 위한 것이오.

하지만 하나의 그림이 하나의 문자에 대응된다는 걸 알고 온갖 형태의 암호문에서 보편적으로 통용되는 규칙을 적용하면, 암호의 해독은 간단한 일이었소. 맨 처음 받은 메시지는 너무 짧아서 🕺 그림이 'E'를 나타낸다는 것만 확실하게 말할 수 있을 뿐, 그 이상에 대해서는 도저히 알 도리가 없었소. 알다시피 'E'는 영어 알파벳에서 가장 자주 쓰이는 글자라 짧은 문장에서도 제일 흔하게 마주칠 정도요. 그런데 첫 번째 메시지의 그림 열다섯 개 중에서 네 개가 같은 것이니 이걸 'E'로 생각하는 게 타당했소. 그런데 개중에는 깃발을 든 사람이 있는가 하면 그렇지 않은 사람도 있는데, 깃발을 든 사람이 드문드문 분포돼 있는 걸 보면, 깃발이 문장 안에서 한 단어의 끝을 알려주기 위해 쓰였다고 추측할 수 있소. 나는 이걸 하나의 가설로 삼고, 'E'를 나타내는 것이 ⚑이라고 표시했소.

하지만 진짜 어려운 건 그다음부터였소. 'E' 다음으로 자주 쓰이는 알파벳으로는 그다지 두드러지는 게 없을 뿐 아니라, 인쇄물에서 평균적으로 자주 쓰이는 글자가 있다 해도 하나의 짧은 문장 안에서는 정반대로 나타날 수도 있으니 말이오. 글자의 사용 빈도수를 대략 산술적으로 따져보면 'T', 'A', 'O', 'I', 'N', 'S', 'H', 'R', 'D', 그리고 'L'의 순서가 되오. 하지만 'T', 'A', 'O', 'I'는 거의 비슷한 빈도로 쓰이고, 게다가 어떤 의미가 발생될 때까지 글자를 조합하려면 한도 끝도 없는 작업이 될 게 뻔했소. 그래서 나는 자료가 더 모이기를 기다렸소. 힐턴 큐빗 씨는 나를 다시 찾아왔을 때, 짧은 문장 두 개와 한 단어로 된 듯한(깃발이 없었으니까) 메시지 하나를 건네주었소. 여기 있는 그림이 바로 그거요. 자, 그런데 다섯 개의 글자로 이루어진 단어에서, 두 번째와 네 번째 자리에 'E'가 벌써 두 번이나 등장하오. 이 단어는 'sever(절단하다)'나 'lever(지레)', 또는 'never(결코…… 안 된다)'가 될 수도 있소. 그런데 어떤 요청에 대한 대답으로는 'never'가 가장 그럴듯했고, 그리고 정황으로 보았을 때 이 말은 부인의 대답임에 분명했소. 그렇다면 우린 이제 기호 ⚑⚐⚑이 각각 'N', 'V', 'R'을 나타낸다고 말할 수 있소.

그래도 아직은 무척 어려웠소. 그런데 문득 멋진 생각이 떠오르면서 다른 글자를 몇 가지 더 해독할 수 있게 되었소이다. 만약 이런 암호문이 내 예상대로 부인이 과거에 친하게 지냈던 누군가의 호소라면, 두 개의 'E' 사이에 세 개의 글자가 들어 있는 단어는 필시 'ELSIE(엘시)'라는 이름을 나타낼 거라는 생각이 떠오른 거요. 암호문을 조사해 보니 세 번이나 반복해서 나타난 메시지가 그런 단어로 끝을 맺었소. 이 메시지들은 '엘시'를 향한 어떤 호소임에 분명했소. 이렇게 해서 나는 'L', 'S', 'I'를 알게 되었소. 하지만 그것은 어떤 호소일까? '엘시' 앞에 있는 단어는 겨우 알파벳 네 개로 이루어져 있고, 또 'E'로 끝나오. 그것은 'COME'이 틀림없었소. 'E'로 끝나는 네 글자로 된 단어를 전부 대입해 보았지만 맞는 것이 없었으니까 말이오. 이렇게 해서 나는 'C', 'O', 'M'을 알게 되었고, 첫 번째 메시지를 다시 한번 공략해 볼 수 있게 되었소. 나는 단어 사이를 띄우고, 아직 모르는 기호는 점으로 찍어 표시했소. 그러자 이렇게 됐소.

. M . ERE . . E SL . NE .

이제 첫 번째 글자는 'A'일 수밖에 없는데, 그것은 대단히 쓸모 있는 발견이었소. 왜냐하면 'A'는 이 짧은 문장에서 세 번이나 등장했으니 말이오. 그리고 두 번째 단어에 'H'가 들어가는 것도 분명했소. 그러자 이렇게 되더군.

AM HERE A . E SLANE .

이름 속의 답이 명백한 빈자리를 채워보았소.

AM HERE ABE SLANEY
(나 여기 있소, 에이브 슬레이니 — 옮긴이)

나는 이제 많은 글자들을 알고 있었기 때문에, 두 번째 메시지도 자신 있게 해독할 수 있었소.

A . ELRI . ES

여기서는 빠진 단어 자리에 'T'와 'G'를 넣자 의미가 통하게 되었소(at Elriges, 엘리지에 있소 — 옮긴이). 나는 '엘리지'가 메시지를 보낸 사람이 묵고 있는 집이나 여관 이름이라고 보았소."

마틴 경위와 나는 어떤 방법으로 그렇게 명쾌하게 난제를 해결했는가에 대한 내 친구의 시원스러운 설명에 귀 기울였다. 그것은 정말이지 흥미진진한 이야기였다.

"그다음에는 어떻게 하셨습니까?"

경위가 물었다.

"나한테는 에이브 슬레이니가 미국인이라고 단정할 만한 근거가 충분했소이다. 왜냐하면 에이브는 미국식으로 줄여 부른 이름일 뿐 아니라, 미국에서 편지가 날아오면서 모든 문제가 시작됐기 때문이었소. 부인이 자신의 과거에 대해 내비친 얘기나 남편 앞에서 완강히 입을 다무는 태도를 생각해 보면 그런 방향으로 생각할 수밖에 없었소. 그래서 나는 런던의 범죄에 대해 내게 두어 번 자문을 구한 적이 있는 뉴욕 경찰국의 친구, 윌슨 하그 리브에게 전보를 쳤소. 나는 그에게 에이브 슬레이니라는 자를 알고 있는지 물었소. 그의 대답은 간단했지. '시카고에서 가장 위험한 악당.' 그에게 답장이 도착한 바로 그날 저녁에, 힐턴 큐빗이 슬레이니가 적어놓은 마지막 메시지를 보내왔소. 아는 글자를 대입해 보니 다음과 같았소.

ELSIE . RE . ARE TO MEET THY GO .

'P' 두 개와 'D' 하나를 집어넣자, 그 나쁜 놈이 설득에서 협박으로 태도를 바꿨음을 나타내는 메시지가 나타났소(Elsie prepare to meet thy god, 엘시 하늘나라로 갈 준비나 해라 — 옮긴이). 나는 그놈이 시카고의 악당이라는 사실을 알고 있었기 때문에, 그자가 신속하게 말을 행동에 옮길 거라고 생각했소. 그래서 친구이자 동료인 왓슨 박사와 함께 부랴부랴 노력으로 달려왔지만 불행히도 한발 늦었고 이미 최악의 사건이 벌어져 있었소."

"사건 수사에서 선생님과 인연을 맺게 된 것이 제게는 큰 행운입니다."

경위는 진심으로 말했다.

"하지만 실례가 되더라도 솔직히 말씀드려야겠습니다. 선생님은 책임질 사람이 당신 말고는 아무도 없지만, 저는 상부에 보고해야 할 의무가 있습니다. 만일 엘리지 농장에 머물고 있는 에이브 슬레이니라는 자가 정말 살인범인데, 제가 여기서 죽치고 있다가 그자를 놓치기라도 하는 날엔 문책을 면할 길이 없을 겁니다."

"걱정할 필요 없소. 그자는 도망치지 않을 거요."

"그걸 어떻게 아십니까?"

"도망치는 건 죄를 자백하는 거나 마찬가지일 테니까."

"그럼 가서 그자를 체포하겠습니다."

"난 그자가 금방 여기 나타날 거라고 생각하오."

"하지만 범인이 여길 왜 오겠습니까?"

"내가 편지로 오라고 했으니까."

"셜록 홈즈 선생님! 정말 터무니없는 말씀을 하시는군요! 왜 그자가 선생님이 오란다고 오겠습니까? 오히려 의혹만 키워 그자를 쫓아내는 꼴이 되지 않겠습니까?"

"난 암호 편지 쓰는 법을 알고 있소."

셜록 홈즈는 말했다.

"내 생각이 틀리지 않다면, 지금 진입로를 올라오고 있는 사람이 바로 그 신사일 거요."

한 사내가 현관문을 향해 성큼성큼 길을 올라오고 있었다. 그는 키가 훤칠하고 살결이 거무스레한 미남이었고, 회색 플란넬 정장에 파나마모자를 쓰고 있었다. 뻣뻣한 검은 턱수염에 큼직한 매부리코는 자못 사나워 보였고 가느다란 지팡이를 휘두르며 걸었다. 사내는 마치 제집에 온 것처럼 거들먹거리며 걸어와 자신 있는 태도로 초인종을 눌렀다. 요란한 종소리가 온 집 안에 울려 퍼졌다. 홈즈가 침착하게 말했다.

"신사 여러분, 우린 문 뒤에 자리 잡는 게 좋겠소. 저런 녀석을 상대할 때는 조심하는 게 최고니까. 경위, 수갑을 준비하시오. 말하는 건 나한테 맡겨두시고."

한 1분가량 우린 숨죽이고 기다렸다. 결코 잊을 수 없는 시간이었다. 문이 열리고 사내가 들어왔다. 홈즈는 번개같이 그의 머리에 권총을 들이밀었고 마틴은 그의 손목에 수갑을 채웠다. 창졸간에 기습당한 사내는 전혀 힘을 쓰지 못했다. 그는 활활 타는 검은 눈으로 우리를 번갈아 노려보았다. 그러더니 비통한 웃음을 터뜨렸다.

"신사 여러분, 이번에는 여러분이 한발 빨랐소이다. 내가 뭔가 대단한 걸 만난 것 같소. 하지만 나는 힐턴 큐빗 부인의 편지를 받고 온 거요. 부인이 여기 있는 건 아니겠지? 설마 부인이 나한테 덫을 놓는 데 협조한 건 아니겠지?"

"힐턴 큐빗 부인은 지금 중상을 입고 사경을 헤매고 있다."

사내는 비탄에 잠겨 목쉰 소리로 부르짖었다. 그의 목소리가 집 안에서 쩌렁쩌렁 울렸다.

"당신 미쳤군!"

그는 사납게 소리쳤다.

"다친 것은 엘시가 아니라 남자였다. 누가 내 여자를 다치게 했단 말이냐? 내가 엘시를 협박한 건 사실이지만, 주여 저를 용서하소서! 그녀의 머리카락 한 올 다치지 않았단 말이다. 그 말 취소해라. 당신! 엘시가 다치지 않았다고 말해!"

"부인은 죽은 남편 곁에서 중상을 입은 채로 발견되었다."

사내는 굵은 목소리로 신음하며 긴 의자에 주저앉아 수갑 찬 손에 얼굴을 파묻었다. 그는 한 5분간 말이 없었다. 그러더니 다시 고개를 들고 절망으로 차갑게 식은 목소리로 말했다.

"신사 여러분, 나는 여러분에게 전혀 숨길 것이 없다. 내가 그를 쏜 것은 그가 먼저 발포했기 때문이고, 따라서 그것은 살인이 아니다. 하지만 내가 엘시를 다치게 했다고 생각한다면, 당신들은 나나 그녀를 전혀 이해하지 못하는 것이다. 분명히 말해 두지만 이 세상에 한 여자에게 나만큼 깊은 사랑을 품은 사내는 없었다. 나는 엘시를 가질 권리가 있다. 엘시는 몇 년 전에 나한테 맹세했다. 그런데 그 영국 놈이 누구이기에 우리 사이에 끼어든단 말인가? 다시 말하지만 내게는 엘시에 대한 우선권이 있고, 나는 내 권리를 주장했을 뿐이다."

"부인은 너라는 인간의 정체를 알았을 때 마음을 정리했다."

홈즈는 엄격하게 말했다.

"부인은 너를 피하기 위해 미국을 떠나왔고, 영국에서 존경할 만한 신사를 만나 결혼했다. 그런데 너는 집요하게 부인을 쫓아다니며 부인에게 고통을 안겨줬지. 너는 부인에게 사랑하고 존경하는 남편을 버리고, 대신 부인이 두려워하고 증오해 마지않던 너 자신과 함께 달아나자고 부인을 설득하려고 했지? 하지만 결국 너는 고귀한 인간을 죽이고 부인을 자살로 몰아갔다. 에이브 슬레이니, 바로 이것이 이 사건에서 네가 저지른 짓이고 너는 법 앞에 책임을 져야 한다."

"엘시가 죽는다면 나는 어떻게 되든 상관없다."

미국인은 말했다. 그리고 손을 펴서 꼭 쥐고 있던 구겨진 편지를 바라보았다.

"자, 이걸 봐라."

사내의 눈에 의혹의 빛이 스쳤다.

"혹시 이걸 가지고 나한테 겁을 주려는 것 아닌가? 당신 말대로 엘시가 심하게 다쳤다면 누가 이 편지를 썼단 말이냐?"

그는 편지를 탁자 위에 내동댕이쳤다.

"내가 썼지. 너를 여기로 유인하려고 말이야."

"당신이 썼다고? 춤추는 사람 그림의 비밀을 아는 것은 조인트의 조직원들뿐인데. 그런데 어떻게 이걸 썼단 말인가?"

"암호를 만드는 사람이 있으면 해독하는 사람도 있는 법이지."

홈즈는 말했다.

"슬레이니, 노리치에서 너를 호송하기 위해 마차 한 대가 오고 있다. 하지만 그사이에 네가 끼친 피해를 조금이나마 보상할 시간이 있다. 너는 힐턴 큐빗 부인이 남편을 살해한 혐의를 받았다는 사실을 알고 있느냐? 만일 내가 여기 없었고 또 암호문을 해독하지 못했다면 부인은 살인죄를 뒤집어썼을 것이다. 네가 부인에게 조금이나마 속죄하는 길은, 부인이 남편의 비극적인 최후에 직접적으로든 간접적으로든 전혀 책임이 없다는 사실을 온 세상에 분명히 밝히는 것이다."

"그건 오히려 내가 바라는 바다. 내가 할 수 있는 일은 숨김없이 진실을 밝히는 것이겠지."

미국인이 말했다.

"당신이 하는 말은 당신에게 불리한 증거로 사용될 수 있어. 그것을 밝히는 것은 내 의무다."

경위는 영국 형사법의 숭고한 페어플레이 정신을 잊지 않고 소리쳤다.

슬레이니는 어깨를 들썩했다.

"할 수 없지. 무엇보다 여러분은 내가 이 숙녀와 어렸을 때부터 아는 사이였다는 걸 이해해 주기 바란다. 시카고에 '조인트'라는 7인의 갱단이 있었는데, 엘시의 아버지 패트릭이 두목이었다. 우리 두목은 머리가 비상한 사람이었어. 암호를 푸는 법을 모르는 사람에겐 그저 어린애 낙서처럼 보일 암호문을 만들어낸 것도 바로 두목이었다. 엘시는 우리가 일하는 방식을 알게 되었지만, 조직의 사업을 견디지 못해 제힘으로 돈을 모아 우리 모두를 따돌리고 런던으로 떠나버렸다. 엘시는 나와 약혼한 사이였는데, 내가 다른 직업을 갖고 있었다면 틀림없이 나와 결혼했을 것이다. 하지만 엘시는 옳지 못한 것과는 무조건 담을 쌓으려고 했다. 내가 그녀의 행방을 알게 된 것은 이 영국 놈과 결혼한 다음이었지. 나는 편지를 썼지만 답장이 없었다. 그래서 할 수 없이 나는 영국으로 건너와 여기까지 쫓아와서 엘시가 알아볼 수 있는 메시지를 남겼다.

나는 여기 온 지 한 달 됐다. 엘리지 농장의 1층 방을 빌렸기 때문에 아무도 모르게 매일 밤 바깥출입을 할 수 있었지. 나는 엘시를 달래서 데려가려고 갖은 애를 다 썼다. 나는 그녀가 메시지를 읽고 있다는 사실을 알았다. 한번은 엘시가 내가 남겨놓은 메시지 아래 답장을 적어놓기도 했으니까. 하지만 나는 그러다가 성질에 못 이겨 엘시를 협박하기 시작했다. 그러자 그녀는 내게 편지를 보내서 제발 가달라고, 안 좋은 소문이라도 나서 남편에게 누가 미친다면 마음이 아플 거라고 했지. 그러면서 남편이 잠들어 있는 새벽 3시에 1층 맨 끝의 창가로 나와서 나를 만나겠다면서 그 대신에 자신을 그냥 놔두고 조용히 가달라고 했다. 엘시는 약속 시간에 그 창가에 나타났는데 돈을 들고 나왔더군. 돈을 줄 테니 제발 가달라는 거였어. 그런 얘기를 듣자 나는 머리끝까지 화가 치솟아 그녀의 팔을 잡고 창밖으로 끌어내려고 했다. 그 순간 남편이 리볼버를 들고 뛰쳐나왔다. 엘시는 바닥에 쓰러졌고 우리는 서로 마주 보았다. 나 또한 무장하고 있었기 때문에 놈에게 겁을 줘서 쫓아버린 다음 돌아가려고 권총을 뽑아 들었지. 놈이 발포했지만 빗나갔다. 나도 지지 않고 방아쇠를 당겼고 그는 쓰러졌다. 그래서 정원을 가로질러 도망치는데 뒤에서 창문 닫히는 소리가 들렸다. 신사 여러분, 하늘에 맹세코 지금까지 한 말에는 한 치의 거짓도 없다. 그리고 나는 아무 소식도 듣지 못하고 있다가, 그 아이 녀석이 말을 타고 와서 전해 준 편지를 보고 멍청이처럼 여기로 어슬렁거리고 와서 포로가 된 것이다."

미국인이 말하는 동안 마차가 이미 도착했고 정복 경관 둘이 방에 앉아 있었다. 마틴 경위는 일어서서 포로의 어깨를 툭 쳤다.

"갈 시간이 됐군."

"엘시를 보고 가면 안 될까?"

"안 돼. 부인은 지금 인사불성 상태에 있다. 홈즈 선생님, 혹시라도 중대한 사건이 또 발생한다면 다시 선생님의 곁에서 일하는 행운을 누릴 수 있기를 바랄 뿐입니다."

우린 창가에 서서 마차가 떠나는 모습을 지켜보았다. 돌아서는데, 미국인 사내가 탁자 위에 던져둔 꼬깃꼬깃한 종이가 보였다. 그것은 홈즈가 그를 유인하기 위해 보낸 편지였다.

"왓슨, 어디 한번 읽어보게."

홈즈는 빙긋이 웃으며 말했다.

거기엔 말은 한마디도 없었고 춤추는 사람 그림이 한 줄 그려져 있을 뿐이었다.

"내가 설명해 준 대로 암호를 풀면, 이건 그저 'Come here at once(여기로 곧장 올 것)'라는 의미임을 알 걸세. 나는 그가 절대로 이 초대를 거절하지 않을 거라고 확신했네. 왜냐하면 그는 이런 편지를 쓸 수 있는 사람은 부인밖에 없다고 생각했을 테니까. 그러니 여보게, 우린 여태까지 주로 악행에 이용된 춤추는 사람을 선행에 동원한 걸세. 이렇게 해서 나는 자네의 기록에 뭔가 독특한 사건을 보태주겠다는 약속을 지킨 것 같군. 3시 40분에 런던행 기차가 있네. 저녁 식사 시간에 맞춰 베이커가로 돌아갈 수 있을 것 같구먼."

이야기를 마치기 전에 하나 더. 미국인 에이브 슬레이니는 노리치의 동계 순회 재판에서 사형을 선고받았으나 정상 참작의 여지가 있고 힐턴 큐빗이 먼저 발포한 사실이 인정되어 징역형으로 감형되었다. 힐턴 큐빗 부인에 대해서는, 건강을 완전히 회복한 뒤에 빈민 구제와 남편의 영지를 관리하는 일에만 몰두하면서 여전히 홀몸으로 지내고 있다는 소식을 들었을 뿐이다.

The Adventure of the Dancing Men, 1898

알파벳과 1:1로 호응하는 방식의 암호풀이와 셜록 홈즈답지 않게 독자들에게 친절하게 설명해 주는 전개로 인해서 인기가 좋은 작품이다.

왓슨이 사건 시기를 언급한 바는 없으나, 힐턴 큐빗이 사건을 설명하며 '작년에 여왕 즉위 60년제에 참석하려고'라는 언급을 한 것을 볼 때, 빅토리아 여왕 즉위 60년인 1897년의 이듬해인 1898년 일어난 사건으로 보인다.

유명한 셜로키언인 윌리엄 베어링굴드는 주석판에서 이 작품의 암호 체계에서 네 번째 메시지의 'V'에 해당하는 그림은 다섯 번째 메시지의 'P'에 해당하는 그림과 같다고 지적했다. 이것은 《스트랜드 매거진》에 실린 초판본을 포함한 모든 판본에 공통적으로 나타나는 오류이다.

해당 작품은 『셜록 홈즈의 귀환*The Return of Sherlock Holmes*』에 수록되어 있다.

1900

The Adventure
of the Six Napoleons

여섯 점의 나폴레옹 상

런던 경찰국의 레스트레이드는 저녁이면 심심찮게 우리 집을 찾아오곤 했는데 셜록 홈즈는 한결같이 그를 반겨 주었다. 그를 통해 경찰 본부의 동향에 대한 최신 정보를 입수할 수 있었기 때문이다. 그가 정보를 제공해 주는 데 대한 보답으로, 홈즈는 그가 담당한 모든 사건에 대한 이야기를 항상 주의 깊게 경청했고, 적극적으로 개입하지는 않더라도 자신의 폭넓은 지식과 경험을 바탕으로 이따금씩 힌트를 주거나 방향을 제시해 주곤 했다.

오늘 저녁, 레스트레이드는 날씨와 신문 얘기를 했다. 그러다가 생각에 잠긴 얼굴로 말없이 시가만 뻑뻑 빨았다. 홈즈는 그에게 날카로운 눈길을 던졌다.

"무슨 일이라도?"

홈즈가 질문했다.

"오, 아니요, 홈즈 선생. 별로 대단한 건 아니외다."

"그럼 한번 들어봅시다."

레스트레이드는 웃음을 터뜨렸다.

"허허, 홈즈 선생, 마음에 걸리는 일이 있는 건 사실이오. 하지만 그게 아주 엉뚱한 일이 되어놔서 그런 일로 선생을 귀찮게 해드리는 게 뭐했소이다. 하지만 아무리 사소하다고 해도 괴이한 일임에는 틀림없는데, 나는 선생이 평범하지 않은 거라면 덮어놓고 좋아한다는 걸 알고 있소. 하지만 내 견해로는, 그 일에 관해서는 우리보다 왓슨 박사가 제격일 것 같소이다."

"병인가요?"

나는 말했다.

"정신병, 그것도 아주 묘한 정신병이오. 요즘 같은 시대에 나폴레옹 1세를 증오한 나머지 나폴레옹의 조각상을 보는 족족 때려 부수는 사람이 있다는 건 믿기 힘들 거요."

홈즈는 의자에 몸을 파묻었다.

"그건 내 분야가 아니로군."

"맞소이다. 내가 말하는 게 바로 그거요. 그런데 그 정신병자가 자기 소유가 아닌 조각상을 부수기 위해 주거 침입을 하면 그 일은 의사가 아닌 경찰의 소관이 되거든."

홈즈는 다시 상반신을 일으켜 세웠다.

"주거 침입이라고요! 그건 좀 재미있군요. 어떻게 된 일인지 들어봅시다."

레스트레이드는 업무용 수첩을 꺼내 페이지를 넘기며 기억을 되살렸다.

"처음으로 사건 보고가 들어온 것은 나흘 전이었소. 일이 벌어진 곳은 케닝턴로에서 그림과 조각상을 판매하는 모스 허드슨의 상점이었소이다. 점원이 잠시 안에 들어가 있었는데, 와장창 부서지는 소리가 들려서 허둥지둥 가게로 나가보니 다른 미술품과 함께 진열돼 있던 나폴레옹 석고상이 산산조각 나 있었소. 점원은 당장 밖으로 뛰쳐나갔는데, 행인들이 저마다 나서서 웬 남자가 가게에서 뛰어나오는 걸 보았다고 가르쳐 주었지만, 그 악당은 온데간데없이 사라졌고 그자의 인상착의도 알 수 없었소이다. 하지만 그건 심심찮게 벌어지는 무의미한 난동 행위 같아서, 그때 순찰을 돌던 경관한테도 그런 식으로 얘기했소. 사실 석고상은 가격으로 따지면 몇 실링밖에 안 나가는 물건이었기 때문에 다들 그 사건을 별다른 조사가 필요 없는 유치한 장난으로 치부했소.

하지만 두 번째 사건은 더 심각할 뿐 아니라 더 기묘했소. 사건이 발생한 건 어젯밤이었소이다.

모스 허드슨의 상점에서 겨우 수백 미터 떨어진 곳에는 바니콧 박사라는 유명한 의사가 살고 있는데, 그는 템스 강 남쪽에서 몇 손가락 안에 드는 큰 병원을 운영하는 사람이오. 살림집과 진찰실은 케닝턴로에 있지만, 2킬로미터 떨어진 로워 브릭스턴로에 의원과 약국을 겸한 지원(支院)을 두고 있소. 이 바니콧 박사라는 사람은 프랑스 황제인 나폴레옹의 열광적인 숭배자라서 집 안은 온통 나폴레옹에 관한 책과 사진, 기념품으로 가득 차 있다오. 얼마 전에는 모스 허드슨 상점에서 프랑스의 조각가 데빈의 유명한 나폴레옹 흉상을 복제한 석고상 두 점을 사들이기도 했소. 박사는 케닝턴로에 있는 자택 홀에 흉상 하나를, 로워 브릭스턴로에 있는 의원의 벽난로 선반 위에 또 하나를 올려놓았소. 그런데 박사는 오늘 아침에 일어나서 아래층으로 내려갔다가 간밤에 도둑이 든 걸 알고 깜짝 놀랐는데, 없어진 것은 홀에 놓아둔 그 석고상뿐이었소. 도둑은 석고상을 들고 나가 정원 담벼락에 내던져 무참히 부숴 버린 모양이오. 담 밑에서 석고상 잔해가 발견되었으니 말이오."

홈즈는 두 손을 마주 비볐다.

"정말 묘한 사건이로군요."

"선생이 마음에 들어 하실 줄 알았소. 하지만 얘기는 아직 끝난 게 아니오. 바니콧 박사는 12시까지 로워 브릭스턴의 의원으로 출근하는데, 거기 가 보니 창문은 활짝 열려 있고 남은 석고상마저 산산조각 나서 잔해가 온 방에 널려 있었소. 박사가 그걸 보고 얼마나 놀랐겠는지 상상할 수 있을 거요. 그 석고상은 놓아둔 그 자리에서 요절이 났소. 아직까지는 그런 못된 짓거리를 한 범죄자인지 정신병자인지에 대한 단서가 전혀 없소이다. 자, 홈즈 선생, 이게 전부요."

"괴기하다기보다는 독특한 사건이군요. 바니콧 박사가 소장하고 있던 석고상 두 점이 모스 허드슨의 상점에서 파괴된 것과 똑같은 것인지 물어봐도 되겠습니까?"

"모두 같은 틀에서 떠낸 복제품들이오."

"그렇다면 석고상을 때려 부순 범인이 나폴레옹에 대한 증오심 때문에 그런 짓을 저질렀다는 가설은 옳지 않다고 봐야겠군요. 저 위대한 황제의 흉상이 런던에만도 수백 점이 있을 거라는 사실을 감안하면, 그런 마구잡이 성상 파괴자가 때려 부순 석고상 세 점이 하필 똑같은 틀에서 나왔다는 것은 도저히 우연의 일치로 보기 힘든 사실입니다."

레스트레이드가 말했다.

"에, 나도 선생과 같은 생각이오. 하지만 그 모스 허드슨이라는 사람은 런던의 그쪽 지역에서 흉상의 공급을 도맡고 있는데, 요 몇 년간 그의 매장에 있던 나폴레옹 흉상은 그 세 점뿐이었소. 그래서 선생 말처럼, 런던에 수백 점의 나폴레옹상이 있다고 하더라도 그 지역에 있는 것은 오로지 그 셋뿐이었을 가능성이 매우 높소. 그렇다면 인근에 거주하는 어느 미치광이가 가까운 데 있는 것들부터 때려 부수기 시작한 게 아니겠소? 왓슨 박사는 어떻게 생각하시오?"

나는 대답했다.

"편집증 환자의 증상은 무한히 다양하게 나타납니다. 프랑스의 현대 심리학자들은 그런 상태를 '강박 관념'이라고 부르지요. 증상은 대단치 않고 그 부분을 제외한 다른 측면은 완전히 정상일 수도 있습니다. 나폴레옹에 대한 책을 지나치게 탐독했다거나, 아니면 대전에 참전해서 큰 상처를 입은 사람이 그런 강박 관념을 갖게 되어 그 때문에 별난 파괴 행위를 저지를 수도 있는 거지요."

"여보게, 그렇지 않을 걸세."

홈즈는 고개를 가로저으며 말했다.

"자네가 말한 흥미로운 편집증 환자가 아무리 강박 관념이 심하다 해도, 그것만으로 나폴레옹 흉상의 소재를 알아낼 수는 없었을 테니까 말일세."

"그럼, 자넨 그걸 어떻게 설명할 텐가?"

"난 설명할 생각은 없네. 그저 그 신사의 기묘한 짓거리에는 일정한 질서가 있다는 점을 지적할 뿐이지. 예를 들면 범인은, 바니콧 박사의 홀에서는 소리를 냈다가는 집 안 식구들이 깰지도 모르기 때문에 석고상을 들고 나가서 부쉈지만, 의원에서는 그런 위험이 적었기 때문에 그 자리에서 박살 내버렸네. 그 일은 논할 가치도 없을 만큼 사소한 것으로 보이지만, 나는 세상에 하찮은 것은 없다고 생각하는 사람이지. 돌이켜보면 내가 조사한 고전적인 사건 중에는 일고의 가치도 없을 만큼 하찮은 일로 시작됐던 것들이 적지 않거든. 왓슨, 자네도 그 끔찍한 애버네티 가족 사건에서 처음으로 내 주의를 끈 것이 다름 아닌 더운 날 버터 속에 깊이 박혀 있던 파슬리였다는 것을 기억하고 있을 걸세. 레스트레이드, 나는 그래서 석고상 세 점이 박살 난 얘기를 듣고 웃을 수만은 없습니다. 그렇게 기이한 사건들이 그다음에 어떻게 발전되는지 알려주신다면 대단히 감사하겠습니다."

내 친구가 관심을 보인 사건은 그의 예상보다 훨씬 빠른 속도로, 그리고 비극적인 형태로 전개되었다. 다음 날 아침, 자리에서 일어나 주섬주섬 옷을 입고 있는데 노크 소리가 나더니 홈즈가 전보를 한 장 들고 들어왔다. 그는 큰 소리로 전보를 읽어내렸다.

켄싱턴, 피트가 131번지로 곧 와 주시오.

— 레스트레이드

"무슨 일일까?"

나는 물었다.

"모르겠어. 무슨 일이 생겼나 보이. 하지만 내 느낌엔 석고상 얘기의 후속편일 것 같군. 그렇다면 나폴레옹상을 부수고 다니는 그 친구가 런던의 다른 구역에서 활동을 개시한 것임에 틀림 없네. 왓슨, 식탁에 커피 갖다 놓았네. 밖에는 마차를 대기시켜 놨지."

30분 후에 우리는 피트가에 도착했는데 그곳은 런던 제일의 번화가 바로 옆에 위치한, 조용하고 정체된 작은 마을이었다. 131번지는 멋대가리 없이 밋밋하게 지은 큰 집이었다. 마차를 타고 올라가는데 그 앞에 호기심 많은 구경꾼들이 몰려서 있는 것이 보였다. 홈즈는 휘파람을 불었다.

"저런! 최소한 살인 미수는 되겠군. 런던의 심부름꾼 아이를 붙잡아둘 정도면 그 이하일 리는 없어. 저 친구들이 목을 빼고 발돋움하고 있는 걸 보니 무슨 폭력 사건이라도 있었나 보군. 왓슨, 저건 뭐지? 계단 위쪽만 물로 씻어 내렸는걸. 어찌 됐든 발자국도 무척 많아! 허허, 레스트레이드가 창가에 나와 있군그래. 무슨 일이 있었는지 곧 알게 되겠구먼."

침중한 얼굴로 우릴 맞이한 형사는 앞장서서 거실로 들어갔는데 그곳에선 면직(綿織) 실내복 차림에 유난히 후줄근해 보이는 나이 지긋한 사내가 어쩔 줄 모르고 방 안을 왔다 갔다 하고 있었다. 레스트레이드는 우리에게 그를 소개해 주었다. 그는 집주인으로, 센트럴 프레스 통신사의 기자인 호레이스 하커 씨였다.

레스트레이드는 말했다.

"이번에도 나폴레옹 흉상 사건이오. 선생이 간밤에 이사건에 꽤나 관심을 보이셨기 때문에, 나는 사건이 대단히 중대한 국면으로 발전한 지금, 선생도 이 자리에 오고 싶어 할 거라고 생각했소이다."

"사건이 어떻게 발전했다는 겁니까?"

"살인이오. 하커 씨, 간밤에 있었던 일에 대해 이 신사분들에게 말씀해 주시겠소?"

실내복 차림의 사내는 음울한 얼굴로 우릴 바라보았다.

"도무지 영문을 알 수 없는 일이 벌어졌소. 나는 평생 남들에게 벌어진 흥미로운 사건 소식을 수집하는 일을 해 왔소. 그런데 이제 진짜 뉴스거리가 생겼는데 너무 놀라고 당황해서 글이라곤 한 줄도 쓸 수 없는 형편이오. 만일 내가 기자로 여기 왔다면 집주인인 나와 인터뷰를 하고 석간신문에 대문짝만 한 기사를 실었을 거요. 사실 나는 이 사람 저 사람한테 얘기해서 귀중한 기사를 거저 나눠주고 있으면서도 정작 본인은 그걸 이용하지 못하고 있소이다. 하지만 셜록 홈즈 선생, 나도 선생이 어떤 분인지 잘 알고 있소. 선생이 이 기이한 사건을 해결해 주시기만 한다면, 내가 선생한테 얘기를 들려드린 수고에 대한 보상은 충분히 될 거요."

홈즈는 자리에 앉아 경청했다.

"사건의 발단이 된 것은 네 달쯤 전에 바로 이 방에 놓아두려고 산 나폴레옹 흉상인 것 같소. 나는 그걸 하이가 역 인근에 있는 하딩 형제사에서 싼값에 구입했소이다. 기사 쓰는 일을 주로 밤에 하기 때문에 새벽까지 앉아서 글을 쓰는 일이 많다오. 그러니까 그게 오늘이었소. 새벽 3시경에 위층 골방에 앉아 있는데 아래층에서 무슨 소리가 들려왔소. 나는 귀를 기울여보았지만 더 이상 아무 소리도 없기에 집 밖에서 난 소리인 줄 알았소. 그런데 5분쯤 뒤에 갑자기 처절한 비명 소리가 들려왔는데, 정말이지 그렇게 무시무시한 소리는 처음이오. 그 소리는 죽을 때까지도 귓전을 떠나지 않을 것 같소. 나는 공포에 사로잡혀 일이 분 정도 꼼짝 못하고 앉아 있었소. 그러다가 부지깽이를 들고 아래층으로 쫓아 내려갔소이다. 이 방에 들어와보니 창문이 활짝 열려 있고 벽난로 선반 위에 놓여 있던 나폴레옹상이 없어진 게 금방 눈에 띄었소. 그런 걸 가져가다니 도대체 어떻게 생겨먹은 도둑인지 모르겠소. 석고로 만든 복제품일 뿐이라 별 가치가 없는 물건인데 말이오.

보면 알겠지만 저 창문으로 나갈 때는 한 발짝만 크게 떼면 현관 층계를 디딜 수 있소. 도둑이 그렇게 나간 것이 분명했기 때문에 돌아가서 현관문을 열었소이다. 그런데 나는 캄캄한 어둠 속에서 문밖으로 나가다가 거기 누워 있던 시체에 걸려 쓰러질 뻔했소. 등잔불을 가져다 비춰보니, 그 가엾은 친구가 목에 구멍이 난 채 피바다 속에 누워 있었소. 그는 양쪽 무릎을 세운 채 똑바로 누워 있었는데, 끔찍스럽게도 입을 딱 벌리고 있었소. 그 모습이 꿈에 나타날 것 같아 겁이 나오. 나는 가까스로 호루라기를 불고 그냥 졸도해 버린 것 같소이다. 눈을 떠 보니 홀에서 경찰관이 나를 내려다보고 서 있는데, 그사이의 일은 전혀 기억나지 않으니 말이오."

"흠, 피살자의 신원은 밝혀졌습니까?"

홈즈는 물었다.

"죽은 사람의 신원을 알 수 있는 단서가 전혀 없소이다."

레스트레이드가 말했다.

"시신은 영안실에 안치해 놓았지만, 우린 지금까지 피살자에 대해서 아무것도 모르고 있소. 키가 크고 얼굴은 햇볕에 그을고 아주 탄탄하게 생겼는데, 나이는 많아봤자 서른이오. 입성은 초라하지만 노동자처럼 보이지는 않소. 피살자 옆의 피 웅덩이에는 뿔 손잡이가 달린 접는 칼이 떨어져 있었소. 그게 살인 무기였는지, 아니면 피살자의 소지품인지 현재로서는 알 수 없소이다. 옷에 이름 같은 건 없었고 주머니에서 나온 물건은 사과 한알, 끈, 1실링짜리 런던 지도, 그리고 사진 한 장이었소. 바로 이거요."

그것은 소형 카메라로 찍은 스냅 사진이 분명했다. 사진 속의 인물은 잔뜩 경계하고 있는 날카로운 인상의 사내였는데, 눈썹이 짙고 얼굴의 아랫부분이 비비의 주둥이처럼 특이한 모양으로 툭 튀어나온 게 영락없는 원숭이 상이었다.

"그런데 그 흉상은 어찌 됐습니까?"

홈즈는 사진을 주의 깊게 관찰한 뒤 질문을 던졌다.

"우린 선생이 도착하기 직전에 소식을 들었소. 그것은 캠덴하우스로에 위치한 어느 빈집의 정원에서 발견되었다 하오. 석고상은 산산조각이 나 있었소. 마침 그걸 보러 가려고 했는데 같이 가시겠소?"

"좋습니다. 잠깐 좀 둘러보고 나서."

홈즈는 카펫과 창문을 살피고 나서 말했다.

"놈은 다리가 아주 길든지, 아니면 굉장히 민첩하든지, 둘 중 하나임에 틀림없습니다. 층계에서 창문까지의 거리를 볼 때, 창틀 위로 손을 뻗어 문을 여는 건 그리 만만한 일이 아니었습니다. 오히려 창문을 통해 층계 위로 내려서는 편이 쉬웠을 겁니다. 하커 씨, 같이 석고상 깨진 걸 보러 가시겠습니까?"

기자는 침울한 얼굴로 이미 책상 앞에 앉아 있었다.

"난 이 사건에 대해 뭔가를 써 봐야 하오. 물론 자세한 기사가 실린 석간신문 초판이 벌써 쫙 깔려 있겠지만 말이오. 내 운이 그런 걸 어쩌겠소! 동커스터에서 관람석이 무너진 사건 기억하시오? 쳇, 그 관람석에 앉아 있던 기자는 나뿐이었지만 기사를 싣지 못한 신문은 우리 신문뿐이었소. 내가 너무 떨려서 기사를 쓰지 못했던 거요. 그런데 지금 내 집 계단에서 살인 사건이 벌어졌는데 나는 또 한발 늦을 것 같소."

방을 나서는데 기자의 펜이 사각사각 종이 위를 달리는 소리가 들려왔다.

석고상 잔해가 발견된 지점은 살인 현장에서 수백 미터 거리에 있었다. 우리는 미지의 사내의 마음속에 그렇게 광적이고 파괴적인 증오심을 불러일으킨 듯한, 위대한 황제의 흉상을 처음으로 보았다. 그것은 산산이 부서진 채 풀밭 위에 흩어져 있었다. 홈즈는 파편을 몇 개 집어 들고 유심히 살펴보았다. 그의 집중한 얼굴과 단호한 태도를 보고 나는 마침내 그가 실마리를 잡았다는 걸 알았다.

"어떻소?"

레스트레이드가 물었다.

홈즈는 어깨를 으쓱했다.

"아직은 갈 길이 멉니다. 아직은 말입니다. 좀 생각해 볼 만한 사실을 몇 가지 건졌을 뿐이지요. 그 괴상한 범죄자에게는 이 하찮은 석고상을 손에 넣는 일이 인간의 생명보다 더 가치 있는 것이었습니다. 그것이 생각해 볼 만한 한 가지 사실입니다. 또 있습니다. 나폴레옹상을 부수는 것만이 유일한 목적이라고 했을 때, 그자가 석고상을 집 안에서 또는 집을 나오자마자 부수지 않은 것은 주목을 요하는 사실이라는 겁니다."

"놈은 다른 사람을 만나는 바람에 놀라고 당황했소. 그래서 자기가 무슨 짓을 하는지 몰랐던 거요."

"흠, 그것도 가능한 얘기입니다. 하지만 석고상의 잔해가 발견된 이 집의 위치에 각별히 주의하시기 바랍니다."

레스트레이드는 주위를 두리번거렸다.

"이건 빈집이오. 그래서 놈은 정원에 들어와 있어도 아무도 간섭하지 않으리라는 걸 알았던 거요."

"그렇습니다. 하지만 여기까지 오기 전에도 길가에 빈집이 한 채 있고 범인은 분명히 그 집 앞을 지났을 겁니다. 그런데 멀리 가면 갈수록 사람들과 마주칠 위험이 큰데 거기서 석고상을 깨 뜨리지 않은 이유가 뭘까요?"

"난 항복하겠소."

레스트레이드가 말했다.

홈즈는 머리 위의 가로등을 손가락질했다.

"여기는 가로등 불빛이 있어서 환하지만 거기는 그렇지 않습 니다. 바로 이것 때문입니다."

형사는 말했다.

"옳거니! 그건 맞는 말이오. 이제 와서 생각해 보니 바니콧 박 사의 석고상은 붉은 등에서 멀지 않은 곳에서 깨졌소. 허, 홈즈 선생, 그걸 알았으니 이제 어떻게 하시려오?"

"잘 기억해 둬야지요. 장부에 올려놓는 겁니다. 나중에 이것과 관련된 뭔가를 만나게 될 겁니다. 레스트레이드, 당신은 이제 어 떤 단계를 밟을 작정입니까?"

"내 생각에는 사건을 해결하려면 죽은 사람의 신원을 밝혀내 는 게 급선무일 것 같은데, 그건 별로 어렵지 않을 거요. 피살자 와 주변 인물에 대해 알아내면 그가 지난밤에 무슨 이유로 피트 가에 갔으며 호레이스 하커 씨의 계단에서 그를 살해한 범인이 누군지 알아내기가 훨씬 쉬워질 거외다. 그렇지 않소?"

"그렇겠지요. 하지만 나는 그런 식으로 사건에 접근하지는 않을 겁니다."

"그럼 어쩌시려고?"

"오, 내가 어떤 식으로든 당신한테 영향을 주지 않는 것이 좋겠습니다. 당신은 당신 생각대로 하고 나는 내 생각대로 하는 게 어떨까요? 그리고 나중에 각자의 조사 결과를 비교해 보면서 서로의 부족한 점을 보완하기로 합시다."

"아주 좋은 생각이오."

레스트레이드가 말했다.

"지금 피트가로 돌아가면 호레이스 하커 기자를 만나겠군요. 하커 씨한테, 범인은 나폴레옹 망상에 사로잡힌 위험천만한 미치광이 살인마가 분명하다고, 나는 그렇게 결론을 내렸다고 전해 주십시오. 기사를 쓰는 데 도움이 될 겁니다."

레스트레이드는 홈즈를 빤히 쳐다보았다.

"정말 그렇게 생각하시는 건 아니겠지?"

홈즈는 빙그레 웃었다.

"나 말입니까? 글쎄요, 아마 그럴 겁니다. 하지만 그런 얘기를 들으면 호레이스 하커 씨나 센트럴 프레스 통신사의 독자들은 혹할걸요. 자, 왓슨, 오늘은 정신없이 바쁜 하루가 될 것 같군. 레스트레이드, 형편이 된다면 이따 저녁 6시에 베이커가로 와주시기 바랍니다. 그때까지는 피살자의 주머니에서 나온 이 사진을 내가 보관하고 싶군요. 나의 추리가 옳다면 오늘 밤의 잠복 수사에 당신과 동행해야 할지도 모르겠습니다. 그때까지 조심하시고 행운을 빕니다!"

셜록 홈즈와 나는 함께 하이가까지 걸어가서 나폴레옹상을 판매한 하딩 형제사에 들렀다.

젊은 점원이 나와서 하딩 씨는 오후나 돼야 가게에 나오는데, 자신은 들어온 지 얼마 안 돼서 아는 게 별로 없다고 말했다. 홈즈의 얼굴에 실망과 짜증의 빛이 스쳤다.

"할 수 없지 뭐, 만사가 다 내 뜻대로 되기만을 바랄 수는 없으니까."

그는 마침내 말했다.

"하딩 씨를 만나러 오후에 다시 와야겠구먼. 자네도 짐작하고 있겠지만, 나는 지금 그 석고상들의 제작사를 찾아내서, 한결같이 그렇게 특이한 운명을 맞은 데 무슨 까닭이 있는지 알아보려고 하네. 그럼 케닝턴로의 모스 허드슨 씨한테 가서 사건 해결에 도움이 될 만한 정보가 있는지 들어보기로 하세."

우리는 마차를 타고 한 시간을 달려서 미술품상에 도착했다. 키가 작고 뚱뚱한 화상(畵商)은 벌건 얼굴에 신랄한 태도의 소유자였다.

"그랬소이다. 바로 이 진열대 위에서요, 선생. 불한당 같은 놈이 함부로 들어와서 개인 재산을 때려 부수는 판국에 온갖 세금은 뭐하러 갖다 바치는지 모르겠단 말이외다. 예, 그랬소이다. 바니콧 선생한테 석고상 두 점을 판 사람이 바로 나였소. 말도 안 되는 일이지요! 이건 무정부주의자의 음모요. 내 견해는 그렇소. 무정부주의자가 아니라면 석고상을 때려 부수며 돌아다닐 놈이 어디 있겠소? 말하자면 빨갱이 공화주의자라고 할 수 있소. 그

석고상을 어디서 떼어 왔냐고? 그게 무슨 상관이 있는지 모르겠
구려. 글쎄, 꼭 아셔야겠다면 말씀드려야지. 그건 스테프니, 처치
가의 겔더사에서 제작한 물건이오. 이 계통에서는 다들 알아주
는 회사로서 역사가 20년 된 곳이오. 물건을 얼마나 뗐냐고? 둘
더하기 하나는 셋이니까, 세 점이었소. 두 점은 바니콧 선생한테
팔았고 한 점은 대낮에 우리 가게 진열대 위에서 박살 났지. 그
사진 속의 인물을 아느냐고? 모르오. 처음 보는 사람이오. 잠깐!
이제 보니 아는 얼굴이군. 베포라는 친구요. 이탈리아인 임시 직
원이었는데 우리 가게에서 잠깐 일했소. 조각도 좀 할 줄 알고,
도금과 액자 끼우는 일도 하고, 그 밖에도 이런저런 일을 할 줄
알았소이다. 그 친구는 지난주에 일을 그만뒀는데 그다음에는
어떻게 됐는지 소식을 못 들었소. 아니요, 그 친구가 어디에서 왔
고 어디로 갔는지 나는 몰라요. 여기 있는 동안에는 딱히 불평
할 만한 점이 없었소. 석고상이 박살 나기 이틀 전에 그만두었소
이다."

가게를 나오면서 홈즈가 말했다.

"흠, 모스 허드슨한테 알아낼 수 있을 만한 건 다 알아낸 것 같
아. 케닝턴과 켄싱턴에서 이 베포라는 자가 공통분모로 나왔으
니 15킬로미터를 달려올 만한 가치가 있었군. 자, 왓슨, 이제 나
폴레옹상을 제작 판매한 스테프니의 겔더사로 가세. 틀림없이
거기서 뭔가 도움이 될 만한 얘기를 들을 수 있을 걸세."

우리는 마차를 타고 런던의 패션가, 호텔가, 극장가, 문학 동
네, 상가, 그리고 해양 타운을 빠른 속도로 지나, 인구 10만의 어

느 강변 도시에 도착했다. 유럽의 버림받은 자들이 득실거리는 그곳의 싸구려 셋집은 땀에 절어 악취를 풍기고 있었다. 한때는 런던의 부유한 상인들이 몰려 살던 이곳의 넓은 대로변에 우리가 찾는 조각품 제작사가 있었다. 꽤 넓은 마당에는 돌 조각이 가득 서 있었다. 안으로 들어가니 넓은 작업실에서 쉰 명가량의 일꾼들이 조각을 하거나 틀에서 본을 뜨고 있었다. 금발에 거구의 독일인 지배인이 나와 우릴 정중히 맞아들여 홈즈의 모든 질문에 명료하게 대답해 주었다. 장부에 남아 있는 기록에 따르면, 데빈의 나폴레옹 흉상 대리석 복제품에서 수백 점의 석고상을 떠냈는데, 1년쯤 전에 모스 허드슨에게 넘긴 세 점의 나폴레옹상은 여섯 점 한 세트의 절반이었고, 나머지는 켄싱턴의 하딩 형제사로 넘겼다. 그 여섯 점의 나폴레옹상이 다른 복제품과 다르다고 볼 만한 이유는 없었다. 지배인은 나폴레옹상을 부수고 싶어 하는 이유가 뭔지 전혀 상상이 안 된다고 했고, 그런 일이 있었다는 얘기를 듣고 실소를 금치 못했다. 나폴레옹상의 도매가격은 6실링이지만 소매가격은 12실링 이상일 거라고 했다. 복제품을 만들 때 얼굴 양쪽을 두 개의 틀로 떠내는데, 소석고로 만든 이 반쪽 얼굴 두 개를 합쳐놓으면 완전한 흉상이 된다고 했다. 작업은 주로 이 작업실에서 이탈리아인들이 한다. 석고 흉상이 완성되면 통로의 탁자 위에 올려놓고 건조시킨 다음 창고에 갖다 쌓는다. 그가 말해 줄 수 있는 것은 이게 전부였다.

그러나 사진을 꺼내놓자 지배인의 표정에 의미심장한 변화가 일어났다. 얼굴은 분노로 붉게 달아올랐고, 게르만족의 푸른 눈

위의 이마에 굵은 주름이 잡혔다.

지배인은 소리쳤다.

"아, 이 흉악한 녀석! 그럼요, 알고말고요. 아주 잘 아는 자입니다. 우리 작업실에서는 그동안 남부끄러운 일이 한 번도 없었는데, 여기로 경찰이 들이닥친 적이 딱 한 번 있었습니다. 바로이 녀석 때문이었지요. 그게 벌써 1년도 더 됐습니다. 이자가 노상에서 다른 이탈리아인을 칼로 찌르고 작업실로 도망쳐 왔다가추적해 온 경찰한테 여기서 잡혀갔지요. 이름은 베포인데 성은모릅니다. 이렇게 생겨먹은 녀석을 써 줬으니 제가 다 자초한 일이지요. 하지만 일솜씨는 괜찮았습니다. 정말이지 장인으로서는최고였지요."

"그다음에 어떻게 됐지요?"

"1년 형을 선고받고 복역했습니다. 지금은 틀림없이 출소했을테지만, 감히 여기 다시 얼굴을 내밀 생각은 못 하는 것 같습니다. 그 녀석 사촌이 여기서 일하고 있으니 그 친구한테 물어보면지금 어디 있는지 알 수 있을 텐데요."

"그건 절대로 안 됩니다."

홈즈가 외쳤다.

"그 사촌 되는 사람한테는 입도 뻥긋하지 마세요. 부탁입니다.그것은 대단히 중요한 점인데, 전후 사정을 알면 알수록 더 중요하게 느껴지는군요. 그런데 아까 그 장부에는 나폴레옹상을 판매한 날짜가 작년 6월 3일로 되어 있던데요. 혹시 베포가 잡혀들어간 게 언제인지 알 수 있겠습니까?"

"급여 지불 대장을 보면 대강 알 수 있을 겁니다."

지배인은 대답했다.

"여기 있군요."

지배인은 몇 장 넘기더니 말을 이었다.

"마지막으로 급료를 받아 간 게 5월 20일이었습니다."

"고맙습니다. 더 이상 폐를 끼치지 않겠습니다."

그는 마지막으로 우리가 조사한 내용에 대해 일절 말하지 말라는 당부의 말을 남겼고, 우리는 다시 서쪽으로 향했다.

점심때가 한참 지난 뒤에야 우리는 식당에 들어가 끼니를 때울 수 있었다. 출입구에는 '켄싱턴의 유혈극. 살인범은 정신병자'라고 쓰인 신문 광고가 나붙어 있었는데, 신문을 보니 결국 호레이스 하커 씨가 기사를 쓴 것이 분명했다. 자극적이고 선정적인 표현을 총동원한 사건 기사가 대문짝만 하게 실려 있었다. 홈즈는 양념통 받침대에 신문을 기대놓고 음식을 우물거리며 기사를 읽었다. 두어 번은 혼자 킬킬거리며 웃기도 했다.

"왓슨, 썩 마음에 드는군. 이 대목을 좀 들어보게.

다행스럽게도 이 사건에 대해서는 의견이 일치하고 있는데 경험이 풍부한 경찰 수사관 레스트레이드 씨와 유명한 자문 탐정 셜록 홈즈 씨는 그토록 비극적으로 끝맺은 기괴한 사건들이 치밀하게 계획된 범죄가 아니라 광증(狂症)에서 비롯된 우발적인 행위라는 결론을 내렸다. 제반 정황을 고려해 볼 때 도저히 정신병자의 소행이라고밖에 볼 수 없는 것이다.

왓슨, 언론을 활용하는 요령만 알고 있다면, 이보다 더 쓸모가 많은 매체는 없다네. 식사를 마쳤거든 퀸싱턴으로 돌아가서 하딩 형제사 주인의 얘기를 들어보기로 하세."

큰 상점의 설립자는 키는 작아도 활발하고 시원시원한 사람이었는데, 두뇌 회전이 빠를뿐더러 언변이 청산유수였다.

"예, 그 소식은 석간신문에서 벌써 읽었습니다. 호레이스 하커 씨는 우리 상점의 고객이십니다. 우린 몇 달 전에 그분에게 나폴레옹상을 판매했지요. 우린 그런 종류를 스테프니의 겔더사에 세 점 주문했습니다. 지금은 모두 팔렸지요. 사 간 사람요? 아, 판매 장부를 들춰보면 금방 알 수 있을 겁니다. 여기 있군요, 명단은 이겁니다. 보시다시피 하나는 호레이스 하커 씨에게, 하나는 치스윅, 래버넘 베일, 래버넘가의 조시아 브라운 씨에게, 그리고 나머지 하나는 레딩, 로워 그로브로의 샌드퍼드 씨에게 팔았지요. 아니요, 그 사진 속의 얼굴은 처음입니다. 저렇게 못생긴 얼굴은 한 번 보면 좀체 잊기 힘들겠는데요. 직원 중에 이탈리아인이 있느냐고요? 예, 직공하고 청소부들 중에 몇 명 있습니다. 마음만 먹으면 이 판매 장부를 들여다보는 건 어렵지 않을 거라고 생각합니다. 이 장부를 특별 관리해야 할 이유는 없었으니까요. 그럼요, 이렇게 이상한 일이 어디 있겠습니까. 뭔가가 밝혀지면 저한테도 알려주시기 바랍니다."

홈즈는 하딩 씨의 진술을 들으면서 몇 가지를 받아 적었고, 나는 그가 조사의 진행 상황에 대해 아주 만족해한다는 걸 알 수 있었다. 하지만 그는 서두르지 않으면 레스트레이드와의 약속에 늦을지도 모른다는 말만 했을 뿐 입을 꾹 다물었다. 과연 베이커가에 도착해 보니 형사는 벌써 와서 초조한 기색으로 방 안을 오락가락하고 있었다. 거만한 태도를 보니 하루를 헛되이 흘려보내지는 않은 모양이었다.

"어떻소? 홈즈 선생, 무슨 행운이라도?"

레스트레이드는 물었다.

"우린 아주 바빴고 하루를 완전히 낭비하지는 않았습니다."

내 친구는 설명했다.

"소매상 두 군데와 석고상을 제작한 업체를 다녀왔지요. 이제 나폴레옹 흉상 여섯 점의 유통 경로를 환히 꿰고 있습니다."

"흉상이라고!"

레스트레이드는 소리 질렀다.

"좋소이다, 누구한테나 자기 나름의 방식이 있으니까. 셜록 홈즈 선생, 선생의 방식이 틀렸다는 얘기는 결코 아니지만, 내 생각에는 내가 선생보다 훨씬 알찬 하루를 보낸 것 같소. 나는 피살자의 신원을 확인했소."

"정말입니까?"

"그리고 범행 동기를 알아냈소!"

"대단하군요!"

"우리 본부에 사프론 힐과 이탈리아인 거주 구역을 손바닥 보듯 하는 경위가 하나 있소. 에, 피살자는 목에 가톨릭의 상징을 걸고 있었고, 게다가 피부색으로 보아 나는 그가 남쪽 나라 출신일 거라고 생각했소이다. 힐 경위는 과연 시신을 보자마자 한눈에 알아보더군. 죽은 사람은 나폴리 출신의 피에트로 베누치라는 친군데, 런던에서 손꼽히는 칼잡이고 마피아와도 관계있다오. 그런데 선생도 아시다시피 마피아는 조직의 명령이라면 살인도 서슴지 않는 비밀 정치 조직이오. 자, 선생도 이제 일이 어떻게 된 건지 아시겠지. 살인범도 아마 이탈리아인이고 마피아의 조직원일 거요. 그자는 모종의 규칙을 위반했소. 피에트로가 그 뒤를 쫓았소. 피에트로의 호주머니에 들어 있던 사진은 엉뚱한 사람을 찌르는 일이 없도록 가지고 다니던 목표물의 사진일 거요. 피에트로는 목표물을 따라다니다가, 그가 어느 집에 들어가는 걸 보고 밖에서 기다리지만 격투 끝에 오히려 자신이 칼에 찔렸소. 셜록 홈즈 선생, 내 말이 어떻소?"

홈즈는 찬성의 의미로 짝짝 박수를 치고 외쳤다.

"훌륭해요, 레스트레이드, 정말 훌륭합니다! 하지만 나폴레옹 상을 부순 이유에 대한 설명이 빠졌군요."

"나폴레옹상! 선생은 그놈의 흉상에 대한 생각을 떨쳐버리지 못하시는구려. 결국 그건 아무것도 아니오. 기껏해야 형량 6개월의 절도죄지. 그런데 우리가 조사하고 있는 건 살인 사건이고, 분명히 말해 두지만 나는 모든 실마리를 이 손안에 쥐고 있다 이 말이오."

"그럼 이제 어떻게 할 생각입니까?"

"그거야 뻔한 거지. 힐과 같이 이탈리아인 거주 구역으로 내려가서 우리가 확보한 사진 속의 인물을 찾아내 살인 혐의로 체포하는 거요. 선생도 동행하시겠소?"

"내 생각은 좀 다릅니다. 우린 좀 더 간단하게 목적을 달성할 수 있을 겁니다. 물론 장담할 순 없습니다. 왜냐하면 모든 일이 통제 범위를 벗어나 있는 어떤 요소에 의존하고 있으니까요. 하지만 나는 기대가 큽니다. 사실, 가능성을 따져보면 정확히 반반이지요. 레스트레이드, 당신이 오늘 밤에 우리와 동행한다면 그자를 잡아넣을 수 있게 도와드리지요."

"이탈리아인 거주 구역에서?"

"아니요. 나는 그자가 나타날 가능성이 높은 곳은 치스윅이라고 생각합니다. 레스트레이드, 당신이 오늘 밤에 같이 치스윅으로 가 준다면, 나는 내일 그 이탈리아인 거주 구역에 당신과 동행하겠습니다. 조금 늦는다고 일에 큰 지장은 없을 겁니다. 그럼 이제부터 다들 몇 시간 자두는 게 좋을 것 같군요. 11시나 되어야 출발할 텐데, 아침 때나 돌아올 수 있을 테니까요. 레스트레이드, 저녁 식사는 우리와 같이합시다. 그리고 출발 시간이 될 때까지 기꺼이 소파를 내드리지요. 왓슨, 그사이에 전보 배달부를 좀 불러주겠나. 급하게 보내야 할 편지가 한 통 있네."

홈즈는 저녁내 낡은 신문으로 가득 찬 창고에 파묻혀 신문 더미를 뒤졌다. 마침내 방으로 내려왔을 때 그는 조사 결과에 대해서는 아무 말도 안 했지만 눈빛은 득의에 차 있었다. 나로 말할 것 같으면, 홈즈가 이 복잡한 사건의 실마리를 차근차근 풀어나가는 과정을 보았기 때문에, 비록 우리의 목표가 무엇인지는 아직 몰라도 이 기괴한 범죄자가 남은 흉상 두 점을 훔쳐낼 거라고 그가 확신하고 있다는 걸 잘 알고 있었다. 그런데 생각해 보니 남은 흉상 두 점 중의 하나가 치스윅에 있었다. 그곳으로 가는 것은 보나 마나 범인을 현장에서 체포하기 위한 것이리라. 나는 친구가 석간신문에 엉뚱한 정보를 흘려서 범인이 안심하고 행동할 수 있게 만든 계책에 탄복했다. 그가 내게 리볼버를 가져가라고 했을 때도 놀라지 않았다. 홈즈는 평소에 애용하는, 납을 채워 넣은 사냥용 채찍을 집어 들었다.

11시에 사륜마차 한 대가 문 앞에 도착했고 우리는 그것을 타고 해머스미스 다리 건너편의 한 지점으로 갔다. 마부는 거기서 대기하라는 지시를 받았다. 우리는 잠깐 걸어서 정원이 딸린 쾌적한 주택이 늘어서 있는 한적한 도로로 나왔다. 가로등 불빛 아래, 어느 집 대문 기둥에 '래버넘 전원주택'이라고 쓰여 있는 게 보였다. 집안 식구들은 벌써 잠자리에 들었는지, 현관문 위의 채광창으로 흘러나온 불빛이 정원의 오솔길을 희미하게 비추고 있는 걸 빼면 집 안은 온통 깜깜했다. 도로와 정원을 가르는 나무 울타리는 정원 안쪽으로 짙은 그늘을 드리우고 있었는데, 우리는 바로 이곳에 쪼그리고 앉았다.

홈즈가 작은 소리로 말했다.

"한참 기다려야 할 것 같군요. 하지만 다행히 비가 안 오니 고맙게 생각해야 해요. 담배를 피울 수 있으면 시간 때우기는 좋겠지만 그것까지는 안 될 것 같군요. 그래도 우리의 노고에 보답받을 확률은 반반입니다."

하지만 홈즈의 예상과 달리 우리는 오랫동안 경계할 필요가 없었는데, 불침번은 의외의 순간에 기이하게 끝이 났다. 사람이

다가오는 기척도 없었는데 갑자기 대문이 열리더니 호리호리하고 시커먼 사람 그림자가 마치 원숭이처럼 날렵한 동작으로 집 쪽으로 달려갔다. 그림자는 눈 깜짝할 새에 현관문 위로 흘러나온 불빛 속을 지나 어두운 집 그림자 속으로 사라졌다. 한참 시간이 흐르는 동안 우리는 숨도 크게 못 쉬고 앉아 있었다. 그런데 문득 조그맣게 삐걱거리는 소리가 들려왔다. 창문이 열리는 소리였다. 소리는 그치고 다시 긴 침묵이 흘렀다. 사내가 집 안으로 들어가고 있었다. 순간적으로 집 안에서 차광식 각등의 불빛이 번쩍 빛나는 게 보였다. 찾고 있는 것이 거기 없었는지 다른 창문에서 다시 불빛이 번쩍거렸고, 그리고 또 다른 창문에서 다시 불빛이 번쩍였다.

"저 창문 밑으로 가서 기다립시다. 저자가 밖으로 나올 때 덮치는 거요."

레스트레이드가 속삭였다.

그러나 우리가 움직이기도 전에 사내가 다시 밖으로 나왔다. 그가 희미한 불빛 속을 지날 때 보니, 뭔가 하얀 것을 옆구리에 끼고 있었다. 사내는 은밀하게 주위를 둘러보았다. 인적이 끊어진 길은 고요했고 그는 적이 안심한 눈치였다. 그는 이쪽으로 등을 돌리고 끼고 있던 물건을 내려놓았다. 다음 순간, 쩡 하고 때리는 소리가 나더니 와장창 부서지는 소리가 들렸다. 사내는 하고 있는 일에 정신이 팔린 나머지 우리가 잔디밭을 지나 살금살금 다가가는 소리를 듣지 못했다. 홈즈는 사내의 등 뒤에서 비호같이 덮쳤고 이에 질세라 레스트레이드와 나는 양쪽에서 그의 손목을 낚아챘다. 수갑이 철컥 채워졌다. 사내를 돌려 눕히자 흉측하게 생긴 누르께한 얼굴이 분노에 못 이겨 몸부림치며 우리를 노려보고 있었다. 그는 바로 우리에게 있는 사진 속의 인물이었다.

그러나 홈즈는 포로를 거들떠보지도 않았다. 그는 현관 계단에 쪼그리고 앉더니, 사내가 집 안에서 꺼내 온 물건을 찬찬히 살펴보았다. 그것은 우리가 아침나절에 본 것과 똑같은 나폴레옹 흉상이었는데 비슷한 모습으로 부서져 있었다. 홈즈는 파편을 하나씩 들고 조심스레 불빛에 비춰보았지만 부서진 석고 조각들은 하나같이 비슷했다. 그가 막 조사를 마쳤을 때 홀의 불빛이 밝아지더니 현관문이 활짝 열리면서 둥글둥글한 얼굴에 쾌활한 인상의 집주인이 잠옷 차림으로 나타났다.

"조시아 브라운 씨 되십니까?"

홈즈가 말을 건넸다.

"예, 그렇습니다만. 그럼, 셜록 홈즈 선생님이시군요? 선생님이 전보 배달부 편에 보내주신 편지를 받고 거기 쓰여 있는 지시를 정확하게 이행했습니다. 문이란 문은 죄다 안에서 걸어 잠그고 사태의 추이를 주시했지요. 범인을 잡은 걸 보니 정말 기쁩니다. 신사 여러분, 들어와서 잠깐 쉬시는 게 어떻습니까?"

하지만 레스트레이드는 한시바삐 범인을 안전한 곳으로 옮기고 싶어 했고, 그래서 우리는 대기 중인 마차를 불러 타고 곧장 런던으로 향했다. 포로는 입을 꾹 다문 채 헝클어진 머리카락 아래 이글이글 타는 눈으로 우릴 노려보았다. 한번은 내 손이 사정

거리 안에 들어온 듯하자 굶주린 늑대처럼 달려들어 물어뜯으려고 했다. 우리가 경찰서에 머무는 동안 몸수색이 이루어졌는데, 그의 몸에서 나온 것은 동전 몇 개와 칼집이 달린 긴 칼 하나였다. 손잡이에는 최근에 묻은 듯한 피가 잔뜩 엉겨 있었다.

헤어질 때 레스트레이드가 말했다.

"문제없소. 힐은 이 패거리에 대해 속속들이 꿰고 있으니 분명히 이자의 이름도 알고 있을 거요. 선생은 내가 말한 마피아 설명이 제대로 들어맞는다는 걸 알게 될 거요. 하지만 홈즈 선생, 선생이 능란한 수법으로 범인을 찾아준 것에 대해서는 정말 고맙게 생각하오. 어떻게 그렇게 했는지까지는 아직 잘 모르겠지만 말이오."

"자세히 설명하기에는 시간이 좀 늦은 것 같군요. 게다가 아직 해결되지 않은 문제가 한두 가지 있는데, 그것은 끝까지 파헤쳐볼 만한 가치가 있는 것들입니다. 내일 6시에 다시 베이커가를 찾아주시면, 나는 당신이 범죄의 역사에서 전무후무한 것으로 기록될 이 사건의 온전한 의미를 아직도 제대로 파악하지 못했다는 걸 보여 줄 수 있을 겁니다. 왓슨, 자네가 앞으로 내 사건들에 대한 기록을 더 펴내게 될 때, 자네는 나폴레옹상을 둘러싼 진기한 사건에 대한 설명으로 책에 생기를 불어넣을 수 있을 걸세."

다음 날 저녁, 레스트레이드는 포로에 관한 정보를 머릿속에 잔뜩 담아가지고 왔다. 그의 이름은 베포인 것 같지만 성이 뭔지 아는 사람은 아무도 없다. 이탈리아 거류민 사이에서는 이름난 건달이지만, 한때는 재간 있는 조각가였고 정직하게 일해서 벌어먹은 적도 있다. 하지만 악의 길로 들어선 뒤에 벌써 두 번이나 감옥에 다녀왔다. 한 번은 절도죄로, 또 한 번은 다들 알고 있다시피 동포를 칼로 찌른 죄로. 영어는 유창하다. 나폴레옹상을 부순 이유는 아직 모른다. 그 문제에 대해서는 어떤 질문을 해도 묵묵부답인데, 경찰에서는 문제의 흉상들이 다름 아닌 그의 손을 거쳐 만들어졌을 가능성이 높다는 사실을 발견했다. 왜냐하면 그는 겔더사 작업실에서 그런 일을 했기 때문이다. 레스트레이드가 가져온 이 모든 정보는 거의 다 아는 것들이었지만 홈즈는 예의 바르게 경청했다. 하지만 누구보다 친구를 잘 아는 나는, 그가 딴생각을 하고 있다는 걸 쉽게 알 수 있었다. 예의 무표정한 얼굴 뒤에는 불안과 기대가 뒤섞인 표정이 엿보였다. 갑자기 그는 의자에 앉은 채 움찔했는데 두 눈에 밝은 빛이 감돌았다. 초인종 소리가 들린 것이다. 잠시 후 계단을 올라오는 발소리가 들리더니 반백이 된 구레나룻에 얼굴이 불그레한, 나이 지긋한 사내가 방 안으로 들어섰다. 사내는 오른손에 들고 있던 낡은 여행 가방을 탁자 위에 내려놓았다.

"이중에 셜록 홈즈 선생님이 계십니까?"

내 친구는 목례와 함께 미소를 보내며 물었다.

"레딩의 샌드퍼드 씨 되십니까?"

"그렇습니다. 좀 늦은 것 같군요. 하지만 기차 시간이 맞지 않았지요. 선생님은 편지에 내가 소장하고 있는 흉상에 대해 쓰셨더군요."

"그렇습니다."

"여기 선생님이 보내주신 편지를 가져왔습니다. 선생님은 이렇게 쓰셨지요. '나는 데빈의 나폴레옹상 복제품을 소장하고 싶은데, 귀하의 소장품에 대해 10파운드를 지불할 용의가 있습니다.' 맞습니까?"

"그렇습니다."

"난 이 편지를 받고 깜짝 놀랐습니다. 내가 그런 물건을 가지고 있다는 걸 대체 어떻게 아셨습니까?"

"물론 놀라셨겠지만, 알고 보면 간단합니다. 형제사의 하딩 씨가 샌드퍼드 씨에게 마지막 남은 석고상을 팔았다면서 주소를 알려주셨지요."

"허, 그랬군요. 그런데 나한테 이걸 얼마에 팔았는지는 말하지 않던가요?"

"네, 그런 얘기는 못 들었습니다만."

"에, 나는 별로 부자는 아니지만 정직한 사람입니다. 홈즈 선생님께 10파운드를 받기 전에 사실을 꼭 알려드려야 할 것 같아서 드리는 말씀입니다만 나는 그 흉상을 겨우 15실링 주고 샀습니다."

"샌드퍼드 씨, 당신은 명예롭게 양심을 지키셨습니다. 하지만 이왕 값을 불렀으니 그대로 드릴 작정입니다."

"허, 홈즈 선생님, 정말 후한 분이시군요. 난 선생님의 요구대로 흉상을 가져왔습니다. 바로 이겁니다!"

그는 가방을 열고 나폴레옹상을 탁자 위에 올려놓았다. 우리는 두 차례나 산산조각 난 상태로 보았던 문제의 흉상을 이제야 온

전한 형태로 볼 수 있었다.

홈즈는 주머니에서 종이를 한 장 꺼내 들고 탁자 위에 10파운
드 지폐를 올려놓았다.

"샌드퍼드 씨, 증인들이 보는 앞에서 그 서류에 서명해 주시면
감사하겠습니다. 내용은 별것 아닙니다. 당신이 이 석고상에 대
해 갖고 있던 일체의 권리를 전부 내게 양도한다는 뜻이지요. 나
는 원래 꼼꼼한 사람입니다. 그리고 아시다시피 사람의 일이란
게 어떻게 될지 모르니까요. 감사합니다, 샌드퍼드 씨. 돈은 여기
있습니다. 그럼 안녕히 가십시오."

손님이 방을 나가자 셜록 홈즈는 묘한 행동을 해서 우리 두 사
람의 시선을 끌었다. 그는 서랍에서 희고 깨끗한 천을 꺼내 탁자
위에 펼쳐놓았다. 그런 다음 방금 구입한 흉상을 천 가운데 올려
놓았다. 그러더니 사냥용 채찍을 집어 들고 나폴레옹의 정수리
에 일격을 가했다. 석고상은 산산조각이 났다. 홈즈는 고개를 숙
이고 파편 더미를 유심히 들여다보았다. 그리고 다음 순간, 승리
의 함성을 올리며 파편 하나를 집어 들었다. 푸딩에 박힌 건포도
처럼 하얀 파편 한가운데 둥글고 검은 물체가 박혀 있었다.

"신사 여러분, 저 유명한 보르지아의 흑진주를 소개합니다."

홈즈가 소리 높여 외쳤다.

레스트레이드와 나는 한순간 멍하니 앉아 있었지만, 잘 짜인
드라마의 클라이맥스를 볼 때처럼 충동적으로 짝짝 박수를 쳤
다. 홈즈의 창백한 볼은 발갛게 달아올랐고, 그는 관객의 갈채를
받는 대극작가인 양 우릴 향해 고개를 숙였다. 그것은 그가 추리

기계임을 그치고 찬탄과 갈채에 대한 인간적인 애호를 드러내는 순간이었다. 대중적인 평판에 오만하게 등을 돌리는 유난스레 자부심이 강하고 내향적인 기질은, 진심에서 우러나온 친구들의 감탄과 칭찬 앞에서 깊이 감동하기도 했다.

"그렇습니다, 신사 여러분, 이것이 바로 현존하는 것 중에서 가장 유명한 진주입니다. 귀납적 추리의 연쇄를 거쳐, 이 진주가 분실되었던 데이커 호텔 콜로나 왕세자의 객실에서 시작해 스테 프니의 겔더사에서 제작된 나폴레옹 흉상 여섯 점 세트의 마지 막 석고상의 내부까지 추적할 수 있었던 것은 정말 행운이었지 요. 레스트레이드, 당신도 이 귀중한 보석이 없어진 다음에 얼마 나 큰 소동이 벌어졌는지 기억하고 있을 겁니다. 알다시피 런던 경찰국에서는 보석을 되찾기 위해 갖은 애를 다 썼지만 헛수고 에 그치고 말았지요. 나 자신도 그 사건에 대한 자문을 의뢰받았 지만 사건 해결에 전혀 도움을 주지 못했습니다. 이탈리아 출신 인 왕세자비의 하녀가 용의 선상에 떠올랐고 그 여자의 오빠가 런던에 있다는 사실이 드러났지만, 둘이 접촉한 증거를 찾아내 는 데는 실패했지요. 왕세자비의 하녀는 루크레티아 베누치라는 여자였는데, 나는 이틀 전에 살해당한 피에트로가 그 여자의 오 라비일 거라고 생각했습니다. 낡은 신문철을 뒤져 보니, 진주가 없어진 건 베포가 폭행죄로 겔더사 공장 구내에서 체포되기 꼭 이틀 전의 일이더군요. 마침 그때 겔더사에서는 이 흉상들이 제 작되고 있었습니다. 자, 이제 사건이 어떻게 전개됐는지 아시겠 지요? 물론 여러분은 내가 사건을 인지한 순서와는 정반대로 진실에 접근하고 있는 겁니다. 베포는 흑진주를 손에 넣었습니다. 피에트로에게서 훔쳐냈는지도 모르고, 아니면 자신이 피에트로의 공범이었는지도 모릅니다. 아니면 그가 피에트로와 누이동생 사이에 다리를 놓았는지도 모르고요. 사실이야 어찌 됐든 그건 우리에게는 전혀 상관없는 일입니다.

중요한 것은 그자가 경찰에 쫓기고 있던 바로 그때 진주를 몸에 지니고 있었다는 사실이지요. 그는 자신이 일하는 공장으로 향했는데, 이 막대한 가치를 지닌 노획물을 감출 시간이 고작 몇 분밖에 안 된다는 사실을 알고 있었습니다. 그대로 잡혔다가는 몸수색을 당할 때 발각될 것이 뻔했습니다. 그때 나폴레옹상 여섯 점이 복도에서 건조되고 있었지요. 그중 하나는 여전히 물렁했습니다. 재간이 뛰어난 장인이었던 베포는 순식간에 젖은 석고에 작은 구멍을 내고 그 속에 진주를 떨어뜨린 다음 몇 번 손질을 해서 다시 구멍을 막았습니다. 진주를 감춰놓는 데 그보다 더 좋은 곳은 없었지요. 그걸 찾아낼 수 있는 사람은 없었습니다. 하지만 베포는 1년 형을 선고받았고, 그동안에 나폴레옹상 여섯 점은 런던 전역에 흩어졌습니다. 그는 보물을 감추고 있는 석고상이 어느 것인지 알아낼 도리가 없었습니다. 석고상을 깨 봐야만 알 수 있었지요. 흔들어 보는 것도 소용없었을 겁니다. 진주가 젖은 석고에 찰싹 달라붙었을 테니까요. 그리고 사실이 그랬습니다. 베포는 실망하지 않고 나름대로 독창성을 발휘해서 끈기 있게 조사를 밀고 나갔습니다. 우선 겔더사에서 일하는 사촌을 통해 문제의 흉상을 떼어 간 소매상을 찾아냈지요. 그리고 모스 허드슨의 상점에 취직해서 세 점의 석고상이 팔려 간 곳을 알아냈습니다. 하지만 진주는 거기 없었지요. 그다음에는 어느 이탈리아인 점원의 도움으로 나머지 흉상 세 점의 행방을 알아냈습니다. 맨 먼저 그는 하커 씨네 집에 있는 흉상을 노렸습니다. 하지만 베포가 진주를 빼돌렸다고 의심하고 있던 공모자 피에트로가 그곳까지 따라붙었고, 베포는 격투 끝에 그를 칼로 찔러 살해했습니다."

"베포가 공모자였다면, 피에트로는 무엇 때문에 그의 사진을 갖고 다닌 거지?"

내가 물었다.

"그의 소재를 알아내는 데 필요했지. 다른 사람들한테 그에 대해 물어볼 때 요긴하게 쓰일 테니까. 분명히 그것 때문이었을 걸세. 어쨌든 살인 사건이 있고 나서 나는 베포가 행동을 늦추기보다는 서두를 가능성이 높다고 판단했습니다. 그는 경찰이 진주의 비밀을 알아채지 않을까 두려워했고, 그래서 경찰이 선수 치는 일이 없도록 서둘렀습니다. 물론 나는 베포가 하커 기자의 석고상에서 진주를 찾았는지 여부는 알 수 없었습니다. 그리고 그가 찾는 것이 진주라는 것도 몰랐지요. 하지만 그가 무엇인가를 찾고 있다는 것은 분명했습니다. 그렇지 않고서야, 흉상을 들고 다른 빈집을 지나 가로등 불빛이 비치는 집을 찾아 들어가 부술 이유가 없었으니까요. 하커 기자의 석고상은 남은 세 점 중의 하나였기 때문에, 나머지 두 점의 석고상에 진주가 들어 있을 가능성은 내가 말한 대로 정확하게 반반이었습니다. 두 점의 석고상

중에서 베포가 런던에 있는 것을 먼저 해치우리라는 것은 분명했지요. 나는 또다시 비극적인 사건이 발생하지 않도록 그 집 사람들에게 미리 경고를 해두었습니다. 그리고 우린 그곳으로 출동해서 흡족한 성과를 거두었지요. 물론 그때까지 나는, 우리가 찾고 있는 것이 이탈리아의 명문가 보르지아 가문의 흑진주라는 사실을 정확히 알고 있었습니다. 피살당한 사내의 이름을 단서로 해서 알아낸 사실이지요. 이제 남은 흉상은 레딩에 있는 것뿐이었습니다. 진주는 거기 들어 있는 것이 분명했지요. 그리고 나는 여러분이 보는 앞에서 주인에게 흉상을 사들였습니다. 그게 바로 이겁니다."

방 안에는 잠시 침묵이 흘렀다.

레스트레이드가 말했다.

"허어, 홈즈 선생, 나는 선생이 숱한 사건을 해결하는 걸 보아왔지만 이보다 더 교묘한 솜씨를 발휘하는 걸 본 적은 없소. 우리 런던 경찰국 사람들은 선생을 시샘하지 않소. 암, 그렇고말고. 오히려 우린 선생을 아주 자랑스럽게 생각하고 있소이다. 만약 내일 본부에 들러주시면 제일 나이 많은 경감에서 제일 어린 새파란 순경에 이르기까지, 한 사람도 빠지 않고 다투어 선생에게 악수를 청할 거요."

"고맙군요! 고맙습니다!"

홈즈는 말했다.

그 말과 함께 그는 돌아섰는데 어느 때보다 순한 인간적인 감정이 가슴을 녹이고 있는 듯했다. 그러나 잠시 후, 그는 냉정하고 실용적인 본연의 모습으로 돌아왔다.

"왓슨, 그 진주는 금고에 넣어 두게. 그리고 콩크 싱글턴 문서 위조 사건 관련 서류를 꺼내 주게. 레스트레이드, 안녕히 가세요. 당신이 어떤 문제를 가져오든 능력이 닿는 한 기꺼운 마음으로 사건 해결에 협조하겠습니다."

The Adventure of the Six Napoleons , 1900

나폴레옹의 흉상 연쇄 파괴범이라는 독특한 사건을 소재로 전혀 예상지 못한 결말로 달려가는 과정이 재미있어 인기가 많은 작품이다.

이 사건에서도 왓슨은 딱히 사건이 발생한 해를 기록하지 않았다. 다만 베포가 마지막 급료를 받은 날이 5월 20일이라고 나오는데, 급료를 받는 날은 대개 토요일이었다고 한다. 홈즈가 활동을 한 기간 중에서 5월 20일이 토요일인 해는 1882년과 1893년, 1899년이었다고. 따라서 사건이 일어난 것은 그 다음 해인 1883년, 1894년, 1900년 중에 하나인데, 1883년은 정황상으로 보아 지나치게 이르고 1894년은 홈즈가 실종 상태였다. 따라서 연구자들은 이 사건이 1900년에 일어났으리라고 추정하고 있다.

살인이 일어난 켄싱턴 피트가 131번지는 실존하지 않는 주소라고 한다.

해당 작품은 『셜록 홈즈의 귀환*The Return of Sherlock Holmes*』에 수록되어 있다.

1914

His
Last Bow

마지막 인사

셜록 홈즈의 후기

8월 2일 밤 9시, 세계 역사상 가장 끔찍한 8월이었다(이 작품은 제1차 세계 대전이 발발한 1914년 8월을 배경으로 한다 ─ 옮긴이). 사람들은 타락한 세계에 이미 신의 저주가 내렸다고 생각하고 있는지도 몰랐다. 후텁지근하게 고여 있는 대기에는 어떤 무시무시한 침묵, 막연한 기대감이 팽배해 있었다. 해가 진 지는 오래되었으나 서쪽 하늘 멀리, 벌어진 상처 같은 핏빛 상흔이 낮게 걸려 있었다. 하늘에는 별들이 밝게 빛났고 아래쪽 만에선 선박의 불빛이 희미하게 깜빡거렸다. 유명한 독일인 두 사람이 넓고 야트막한 박공 집을 배경으로 정원의 석조 난간 옆에 나란히 서서 거대한 백악 절벽 아래 펼쳐진 드넓은 모래밭을 내려다보고 있었다. 폰 보르크는 방랑하는 독수리처럼 4년 전 이 절벽 위에

둥지를 틀었다. 두 사람은 고개를 맞대고 서서 나지막하고 은밀한 목소리로 두런두런 이야기를 나누고 있었다. 밑에서 보면 이들이 입에 물고 있는 불붙은 시가는, 어둠 속을 내려다보는 악귀의 타오르는 두 눈처럼 보일지도 몰랐다.

이 폰 보르크는 대단한 사내였는데, 카이저의 충성스러운 요원들 중에서도 견줄 만한 사람이 없을 정도였다. 애초부터 가장 중요한 영국 임무가 그에게 맡겨진 것도 탁월한 능력 때문이었다. 그가 일을 시작한 뒤에, 내막을 아는 단 여섯 명의 사람들에게 그의 능력은 더더욱 빛을 발하게 되었다. 비밀을 아는 극소수 중의 하나가 지금 그와 대화를 나누고 있는 공사관의 수석 서기관 폰 헤를링 남작이었다. 서기관이 타고 온 거창한 100마력짜리 벤츠는 주인을 다시 런던으로 실어 나르기 위해 시골길을 가로막고 대기 중이었다.

"지금과 같은 정세라면, 당신은 이번 주 내로 베를린으로 돌아가게 될 거외다."

서기관이 말했다.

"폰 보르크, 당신은 거기 가면 놀랄 만큼 대대적인 환영을 받게 될 거요. 난 우연한 기회에 정보부의 최고위 인사들이 무슨 생각을 하는지 알게 되었거든."

서기관은 교활하고 음탕하게 생긴 거인이었다. 느릿하고 묵직한 말투는 그가 정치적 경력을 쌓는 데 중요한 자산이 되었다.

폰 보르크는 웃음을 터뜨렸다.

"여기 사람들을 속이는 건 별로 어려운 일이 아닙니다. 이보다 더 온순하고 순박한 사람들은 상상하기 힘들지요."

"글쎄, 난 잘 모르겠는걸."

서기관은 생각에 잠겨 말했다.

"이 나라 사람들한테는 이상한 한계가 있어서 누구든 그걸 지키는 법을 배워야 하오. 겉으로는 단순해 보이기 때문에 이방인들은 큰코다치기 쉽지. 이곳 사람들의 첫인상은 아주 부드럽소. 그러다가 갑자기 아주 단단한 것에 부딪치게 되는데, 그럴 때 이방인들은 자신이 한계에 도달했다는 걸 알고 그것에 적응해야 하오. 예를 들면, 이 사람들한테는 섬사람 특유의 풍습이 있는데, 이건 무조건 지켜야 하거든."

"무슨 '예의범절'이니 뭐니 하는 걸 말씀하시는 겁니까?"

폰 보르크는 어지간히 당해 본 사람처럼 한숨을 푹 쉬었다.

"매사에 영국적 편견이 기묘하게 표출된다는 걸 말하는 거요. 내가 저지른 최악의 실수를 하나 예로 들겠소. 당신은 내가 어떤 성공을 거뒀는지 알 만큼 나의 활동에 대해 속속들이 꿰고 있으니까 내 실수에 대해서도 마음 놓고 말할 수 있소이다. 내가 처음 이 나라에 왔을 때였소. 나는 어느 장관의 별장에서 열린 주말 모임에 초대받았소. 놀랍게도 그 자리에서는 경솔한 대화들이 오갔소이다."

폰 보르크는 고개를 주억거리고 무표정하게 말했다.

"저도 거기 갔었습니다."

"그랬지. 나는 당연히 내가 들은 정보를 요약해서 베를린으로 보냈소. 불행히도 우리 훌륭하신 수상께서는 그런 문제에 대해서는 좀 엄격한 편이어서, 다 알고 있는 내용을 보고받았다고 언급하셨소이다. 물론 그 얘기는 곧장 내 귀에 들어왔소. 내가 얼마나 큰 타격을 받았는지 당신은 모를 거요. 그때 나를 초대한 영국인 주인들은 전혀 만만한 이들이 아니었소. 나는 2년간 여기 사람들과 어울려 흥청망청 지냈소. 그런데 당신은 운동을 좋아하는 척하면서……."

"그런 말씀 마십시오. 그런 척하다니요. 저한테는 아주 자연스러운 겁니다. 저는 타고난 운동가니까요. 저는 운동을 즐깁니다."

"허허, 그래서 가일층 효과가 커진 거요. 여기 사람들과 어울려서 요트 타지, 사냥 나가지, 폴로 하지, 못하는 게임이 없잖소. 올림피아 경기장에서는 당신이 몬 사두마차가 상을 받았소. 난 당신이 젊은 장교들과 어울려 권투까지 한다는 얘기를 들었소. 그 결과는? 아무도 당신을 심각하게 생각하지 않소. 당신은 '훌륭한 운동가', '독일인치고는 썩 괜찮은 친구'인 데다 술 잘 마시고 나이트클럽에서 놀기 좋아하고 동네를 시끌벅적하게 만드는, 악마가 좋아할 만한 젊은이요. 영국에서 벌어지는 장난의 절반이 항상 이 조용한 별장에서 벌어지는데, 운동을 즐기는 명사는 유럽 최고의 민완 첩보원이오. 폰 보르크, 당신은 천재요, 천재!"

"남작님, 그건 과분한 칭찬이십니다. 하지만 제가 4년 동안 이 나라에서 놀고먹은 건 아니라는 점은 분명히 말씀드릴 수 있습니다. 저는 남작님께 저의 작은 창고를 보여드린 적이 없습니다. 잠깐 들어오시겠습니까?"

테라스는 곧장 서재로 이어져 있었다. 폰 보르크는 문을 열고 들어가 전깃불을 켰다. 그리고 거구의 사내가 뒤따라 들어오자 방문을 잠그고 격자 창에 드리워진 묵직한 커튼을 조심스럽게 여몄다. 재삼재사 모든 안전 조치를 취한 다음에야 그는 햇볕에 그을린 독수리 같은 얼굴을 손님에게 돌렸다. 폰 보르크가 말했다.

"서류 일부는 여기 없습니다. 아내가 어제 식구들을 데리고 블리싱겐으로 떠나면서 별로 중요하지 않은 서류를 가져갔지요. 물론, 나머지 서류는 대사관에서 보호해 주셔야 합니다."

"우린 당신 이름을 진작에 수행원 명단에 올려놓았소. 당신과 당신 서류에 대해선 걱정 마시오. 물론, 우리가 출국할 필요가 없어질 수도 있소. 영국은 프랑스가 어떻게 되든 수수방관할 수도 있으니까 말이오. 두 나라 사이에는 구속력 있는 조약이 없는 게 분명하오(1914년 8월 3일, 독일은 프랑스에 선전 포고하고 벨기에를 침공한다. 그러자 영국은 이것을 이유로 독일에 선전 포고 했다 — 옮긴이)."

"그럼 벨기에는?"

"그렇소. 벨기에에도 마찬가지요."

폰 보르크는 고개를 저었다.

"어떻게 그럴 수 있는지 모르겠군요. 영국과 벨기에는 명백히 조약을 맺고 있습니다. 영국은 결코 그런 치욕에서 회복되지 못할 겁니다."

"적어도 당분간은 평화를 누리게 될 거요."

"하지만 나라의 명예는?"

"쯧쯧, 이것 보시오, 우리는 지금 실용주의 시대에 살고 있소. 명예란 중세의 관념이오. 게다가 영국은 전혀 준비되어 있지 않소이다. 우리의 특별 전쟁세 5000만 마르크만 놓고 보더라도, 그건 《타임스》 표지에 실린 광고처럼 우리의 목적을 뚜렷이 드러내주지만 영국인들의 잠을 깨우지는 못했소. 참으로 믿기 힘든 일이오. 물론 여기저기서 질문이 들어오긴 하오. 내 일은 그럴듯한 답변을 해주는 것이오. 또 여기저기 불안해하는 사람들도 있소. 내 일은 그들을 달래주는 거요. 하지만 탄약의 비축이나 잠수함 공격에 대한 대비, 고성능 폭탄의 제조 등의 핵심적인 분야에서 영국은 준비된 것이 전혀 없는 게 분명하오. 하긴 어떻게 남의 나랏일에 끼어들 수 있겠소? 우리가 아일랜드 내전이라는 벌집을 들쑤셔놓았는데 말이오. 신은 영국이 내정에만 신경 쓰게 하는 법을 알고 계시오."

"영국은 국가의 장래를 생각해야 합니다."

"아, 그건 또 다른 문제요. 우리는 영국의 장래에 대해 구체적인 복안을 가지고 있고 앞으로 당신의 정보는 대단히 중요한 것이 될 거요. 영국은 오늘 아니면 내일이오. 저들이 오늘을 선택한다면 우린 완벽하게 준비돼 있소. 내일을 선택한다면 우린 한층 더 준비가 잘 돼 있을 거요. 영국은 홀로 싸우느니보다는 동맹국들과 행동을 같이하는 게 더 현명하겠지만, 그건 우리 사정이 아니오. 이번 주가 저들에게는 운명의 시간이 될 거요. 그런데 아까 서류 얘기를 하고 있지 않았소?"

그는 안락의자에 몸을 묻고 침착하게 시가를 빨았다. 훤하게 벗어진 대머리가 불빛을 반사했다.

서재는 참나무 판자를 댄 큰 방이었고 책이 벽면을 뒤덮고 있었다. 한쪽 구석에 커튼이 걸려 있었는데 이 커튼을 걷자 청동으로 테를 두른 커다란 금고가 나왔다. 폰 보르크는 시곗줄에서 자그마한 열쇠를 떼어내 한참 동안 자물쇠를 조작하더니 육중한 문을 열었다.

"보십시오!"

그는 한 발짝 물러서며 손으로 가리켰다.

전등 불빛이 활짝 열린 금고 내부를 환하게 비추자, 대사관에서 나온 서기관은 꽉꽉 채워진 금고 내부의 서류 칸들을 홀린 듯이 응시했다. 층층이 쌓인 서류 칸마다 표지가 붙어 있었다. 그는 '여울', '항구 방위', '비행기', '아일랜드', '이집트', '포츠머스 요새', '영국 해협', '로사이드'를 비롯한 20여 가지의 다른 제목을 쭉 훑어보았다. 칸마다 서류와 설계도가 빽빽이 꽂혀 있었다.

"대단하오!"

서기관은 말했다. 그는 시가를 내려놓고 살찐 손으로 조그맣게 박수를 쳤다.

"남작님, 전부 4년 만에 모은 것들이지요. 엄청나게 퍼마시고 엄청나게 승마를 즐기는 시골 명사치고는 나쁘지 않은 성적을 거뒀습니다. 하지만 제 수집품의 보석이라고 할 만한 것이 아직 도착하지 않았습니다. 여기 자리도 다 마련해 놓았지요."

그는 '해군 암호 체계'라는 표지 위의 빈 공간을 가리켰다.

"하지만 그것에 관한 자료는 충분히 모으지 않았소?"

"시효가 지나 쓰레기가 된 것들이지요. 해군 제독이 모종의 경고를 받고 암호 체계를 완전히 바꿔버렸습니다. 남작님, 그건 엄청난 타격이었습니다. 저의 공작 전체에 대한 최악의 방해였지요. 하지만 제 수표책과 유능한 앨터몬 덕분에 오늘 밤에 모든 게 다 손에 들어옵니다."

남작은 시계를 흘끗 보더니 실망감에 혀를 찼다.

"허허, 난 이제 더 이상 기다릴 수 없소. 짐작하고 있겠지만, 지금 칼튼 테라스의 대사관에서는 시시각각 상황이 달라지고 있어서 모두들 각자의 위치를 지켜야 하오. 당신의 역사적인 작전이 성공했다는 소식을 가져가고 싶었는데 앨터몬이 시간은 말하지 않았소?"

폰 보르크는 전보를 건네주었다.

오늘 밤 새 점화 플러그를 지참하고 꼭 가겠음.

— 앨터몬

"아니, 점화 플러그라니?"

"보시다시피 앨터몬은 자동차 전문가 행세를 하고, 저는 큰 자동차 정비소를 가지고 있는 척합니다. 우리 사이에서 통하는 암호는 전부 자동차 부품의 이름을 딴 것입니다. 예를 들면 냉각장치는 전함을 뜻하고 오일펌프는 순양함을 뜻합니다. 점화 플러그는 해군 암호 체계를 의미하지요."

"정오에 포츠머스에서 보냈군."

일등 서기관은 발신자란을 살펴보며 말했다.

"그런데 사례는 얼마나 하기로 했소?"

"이번 일에 대해서만 500파운드입니다. 물론 봉급은 따로 나가지요."

"욕심 많은 사기꾼 같으니라고. 그 배반자들은 쓸모는 있지만 나는 그자들에게 건네는 보상금이 아깝소."

"저는 앨터몬에게는 아무것도 아깝지 않습니다. 그는 유능한 공작원입니다. 제가 돈을 두둑이 집어주면, 그 사람 표현대로 그는 물건을 배달해 주지요. 게다가 그는 배반자가 아닙니다. 분명히 말씀드리지만, 가장 투철한 범게르만주의 융커(독일의 귀공자 — 옮긴이)라고 해도 적개심에 불타는 아일랜드계 미국인의 영국에 대한 감정과 비교해 보면 그야말로 젖비린내가 난다고 하는 사람이니까요."

"호오, 아일랜드계 미국인이라?"

"그 사람 말투를 들어보면 그건 분명합니다. 무슨 말을 하는지 알아듣기 힘들 때도 가끔 있지요. 앨터몬은 영국 왕은 물론 왕정 영국에 대해서도 선전 포고를 한 사람 같습니다. 꼭 가셔야 합니까? 곧 올 텐데요."

"미안하지만 가봐야겠소. 벌써 너무 지체했소. 내일 일찍 봅시다. 대사관으로 영국 해군의 암호 책을 들여온다면 당신은 영국 근무의 대미를 승리로 장식하는 거요. 아니! 이건 토케이 포도주 아닌가!"

서기관은 단단하게 밀폐된 먼지투성이 병을 가리켰다. 그것은 높은 잔 두 개와 함께 쟁반 위에 놓여 있었다.

"가기 전에 한 잔 따라드릴까요?"

"고맙지만 됐소. 그런데 무슨 술 파티라도 하시려고?"

"앨터몬은 포도주 맛을 아는 사람인데, 제가 가지고 있는 토케이를 좋아합니다. 상당히 예민한 사람이라 사소한 것으로 기분을 돋워줄 필요가 있지요. 분명히 말씀드리지만 저는 그 사람을 배려해 줘야 합니다."

두 사람은 다시 밖으로 나가서 자동차를 향해 걸었다. 남작의 운전사가 차에 슬쩍 손을 대자 커다란 차는 덜덜 떨며 부릉거렸다.

"저쪽에 보이는 게 하리치항의 불빛 같소."

서기관은 덧옷을 걸치며 말했다.

"참으로 고요하고 평화로운 풍경이오. 하지만 이번 주 안에 다른 불빛들이 나타날 테고 그러면 영국 해안은 쑥대밭이 될 거요! 또 우리 체펠린(Zeppelin, 경식 비행선을 최초로 제작한 독일인. 그가 만든 비행선 100여 대가 제1차 세계 대전에서 군용으로 쓰였다—옮긴이)의 약속이 실현된다면 하늘도 그렇게 평화롭지만은 않을 거요. 그런데 저게 누구지?"

집에서 불이 켜진 창문은 단 하나뿐이었다. 방 안에는 촌티 나는 모자를 쓰고 얼굴이 발그레한 귀여운 할머니가 등잔불 앞에 앉아 있었다. 할머니는 고개를 숙이고 뜨개질을 하다가 가끔씩 손길을 멈추고 걸상 위에 올라앉아 있는 커다란 검은 고양이를 쓰다듬어주었다.

"하녀 마사입니다. 혼자 남았지요."

서기관은 킬킬거렸다.

"전형적인 영국인의 모습이라고 할 수 있겠소. 자기도취에 빠진 것하며 편안하고 졸린 분위기가 말이오. 폰 보르크, 그럼 또 만납시다!"

그는 마지막으로 손을 흔들고 차에 올라탔다. 잠시 후 황금빛 원뿔 모양의 헤드라이트 두 줄기가 어둠을 갈랐다. 서기관은 호화로운 리무진 쿠션에 몸을 묻은 채, 코앞에 닥쳐온 유럽의 비극에 대한 생각에 골몰하느라 마을 길을 돌아갈 때 반대편에서 달려온 작은 포드가 바로 옆을 지나는 것도 미처 보지 못했다.

자동차 불빛이 멀리 사라지자 폰 보르크는 느린 걸음으로 서재로 돌아갔다. 들어가면서 보니 늙은 가정부는 이미 등불을 끄고 침실로 올라간 뒤였다. 그는 대식구를 거느리고 살았기 때문에 고요하고 컴컴한 넓은 집은 새로운 경험이었다. 하지만 주방에서 미적거린 할멈 하나를 빼면 식구들은 모두 안전한 곳에 가 있고, 큰 집에는 자기 혼자뿐이라고 생각하니 마음이 놓였다. 서재에는 정리해야 할 것이 많았다. 그래서 그는 날카로운 미남형 얼굴이 벌겋게 달아오를 때까지 서류를 태우는 일에 몰두했다. 그다음에 책상 옆에 놓여 있던 가죽 가방을 열고 금고 속의 귀중한 내용물을 차근차근 꾸려 넣기 시작했다. 하지만 그 일을 시작한 지 얼마 안 됐을 때 그의 예민한 귀는 멀리서 들려오는 차 소리를 감지했다. 그는 곧 기분 좋은 탄성을 터뜨리며 가방을 닫고 금고 문을 잠근 다음, 서둘러 테라스로 나갔다. 작은 차의 불빛이 막 대문 앞에서 멈추는 것이 보였다. 승객은 차에서 뛰어내려

빠른 걸음으로 이쪽으로 다가왔지만, 회색 콧수염을 기른 뚱뚱하고 나이 지긋한 운전사는 장시간의 경계 근무를 감수하겠다는 듯 차 안에서 꿈쩍도 하지 않았다.

"어떻게 됐습니까?"

폰 보르크는 손님을 맞으러 뛰어나가면서 흥분한 목소리로 물었다.

대답 대신 사내는 갈색 종이로 싼 자그마한 꾸러미를 높이 들고 의기양양하게 흔들었다.

"여보시오, 오늘 밤에는 나를 극진히 대접해야 할 거요."

사내는 소리쳤다.

"마침내 목적을 달성했으니까 말이오."

"암호 체계 말입니까?"

"내가 전보로 말한 바로 그 물건이오. 수기(手旗) 신호, 등불 암호, 마르코니 무선 신호, 모두 여기 있소. 하지만 원본이 아니라 복사본이라는 걸 잊지 마시오. 그건 너무 위험했소이다. 하지만 이건 진짜배기니까 믿어도 좋소."

사내가 거친 친밀감을 드러내며 독일인의 어깨를 철썩 때리자 그는 몸을 움츠렸다. 그가 말했다.

"들어오십시오, 집에는 나 혼자뿐입니다. 나는 이게 도착하기만을 기다리고 있었지요. 물론 원본보다는 복사본이 낫습니다. 원본이 없어지면 저쪽에서는 암호 체계를 통째로 바꿀 테니까요. 복사본은 문제없겠지요?"

아일랜드계 미국인은 이미 서재에 들어가서 안락의자에 앉아

긴 팔다리를 쭉 뻗고 있었다. 그는 키가 크고 여윈 60대였는데, 윤곽이 뚜렷하고 염소수염같이 숱이 적은 턱수염을 기르고 있어서, 전반적으로 만화 속의 엉클 샘과 비슷했다. 그는 반쯤 피우다 만 젖은 시가를 입가에 물고 있었는데 자리에 앉자 성냥을 켜서 다시 불을 붙였다.

"이사할 준비를 하고 계시오?"

사내는 방 안을 둘러보고 말했다. 커튼이 젖혀진 채 드러나 있는 금고에 시선이 닿았을 때 미국인이 말했다.

"아니, 여보시오, 설마 저 안에 서류를 보관해 놓는 건 아니겠지?"

"왜요?"

"맙소사, 저렇게 눈에 띄는 사제(私製) 금고를 쓰다니! 사람들은 당신을 무슨 간첩으로 생각할 거요. 게다가 양키 도둑이라면 깡통 따개 하나로 저 금고 문을 따고 들어갈 거외다. 내가 쓴 편지가 저런 금고 안에서 굴러다니게 된다는 걸 알았다면, 얼간이가 아닌 바에야 당신한테 편지를 보냈겠소?"

"어떤 도둑이든 저 금고를 여는 건 어려울 겁니다."

폰 보르크는 대답했다.

"어떤 연장으로도 저 금속을 잘라내지는 못할 테니까요."

"하지만 자물쇠는?"

"그것도 안 됩니다. 저건 이중 조합 자물쇠지요. 그게 뭔지 아십니까?"

"난 모르오."

미국인은 말했다.

"열쇠로 문을 열기 위해서는 일정한 숫자와 단어를 알아야 합니다."

폰 보르크는 일어나서 열쇠 구멍을 둘러싸고 있는 이중 원반을 가리켰다.

"바깥쪽 원반에는 문자가 쓰여 있고 안쪽 원반에는 숫자가 쓰여 있습니다."

"허허, 참 희한하오."

"그런데 이게 영감님 생각처럼 간단한 건 아닙니다. 나는 4년 전에 이걸 주문 제작했는데, 내가 그때 어떤 단어와 숫자를 골랐을 것 같습니까?"

"모르겠소."

"에, 나는 단어로는 'August(8월)', 숫자로는 '1914'를 선택했습니다. 바로 지금이지요."

미국인의 얼굴에 놀라움과 찬탄의 빛이 교차했다.

"맙소사, 놀라운 두뇌요! 전쟁이 나는 시기를 정확하게 예측했구려."

"그렇지요. 우리 요원들 중에는 날짜까지 맞춘 이들도 있었습니다. 이제 때가 된 겁니다. 나는 내일 아침에 이곳을 폐쇄할 겁니다."

"흠, 그럼 내 문제도 처리해 주셔야 할 것 같소. 나 혼자서 이 지긋지긋한 나라에 머물 생각은 없소이다. 내가 보기에는 일주일 안으로 영국 정부가 나를 잡으려고 눈에 불을 켜고 덤빌 것 같소. 하지만 난 그런 꼴을 바다 건너에서 지켜보고 싶거든."

"하지만 영감님은 미국 시민 아닙니까?"

"글쎄, 잭 제임스도 미국 시민이지만 그럼에도 지금 포틀랜드에서 복역하고 있거든. 영국 경찰한테 내가 미국 시민이라고 말해 봤자 아무 소용없소. '여기서는 영국 법과 질서를 지키셔야 합니다.' 이 한마디로 끝이지. 그건 그렇고, 잭 제임스 얘기가 나왔으니 말인데 당신은 자기 사람을 보호하는 일에 소홀한 것 같소."

"그게 무슨 말입니까?"

폰 보르크는 날카롭게 반문했다.

"글쎄, 당신은 사람들을 고용했소. 그렇지 않소? 그 사람들이 노출되지 않도록 주의하는 건 당신이 할 일이오. 하지만 사람들이 체포되는데 당신이 언제 그들을 구해 준 적 있소? 제임스만 해도⋯⋯."

"그건 제임스 탓이었습니다. 그건 영감님도 잘 알고 있잖습니까? 일에 대해 너무 고집불통이었어요."

"제임스는 돌대가리였소. 그건 나도 인정하오. 그럼 홀리스는 어떻소?"

"그 사람은 미쳤습니다."

"글쎄, 그 친구는 마지막에 약간 멍해지긴 했소. 하지만 언제든 자신을 경찰에 신고할 수 있는 100명의 인간들을 상대로 아침부터 밤까지 연기해야 한다면 미치지 않고는 못 배길 거요. 게다가 지금 스타이너가⋯⋯."

폰 보르크는 벌떡 일어섰다. 혈색 좋은 얼굴이 창백해졌다.

"스타이너가 어떻게 됐습니까?"

"잡혀 들어갔소. 그뿐이오. 저쪽에서 간밤에 그의 가게를 급습했고 스타이너는 서류와 함께 지금 포츠머스 감옥에 들어가 있소. 당신은 도망치겠지만 그 가엾은 친구는 경을 칠 거요. 목숨이라도 건질 수 있으면 다행이지. 내가 당신처럼 한시바삐 바다를 건너가고 싶어 하는 건 바로 그 때문이오."

폰 보르크는 자제력이 있는 강한 사내였으나 이 소식을 듣고 충격 받은 기색이 역력했다. 그가 중얼거렸다.

"어떻게 스타이너를 찾아냈지? 지금으로서는 최악의 타격이군요."

"글쎄, 그보다 더 나쁜 소식이 있소. 수사망이 내 주위로 좁혀진 것 같으니까 말이오."

"그럴 리가!"

"그건 사실이오. 프래턴 쪽에 사는 내 하숙집 안주인이 무슨 조사를 받았소. 나는 그 소식을 듣고 서둘러야 할 때라고 판단했소이다. 하지만 여보시오, 내가 알고 싶은 건 경찰이 어떻게 이런 정보를 알게 되었는지 하는 거요. 내가 당신과 계약한 뒤로 스타이너는 다섯 번째로 체포된 요원인데, 신속하게 행동하지 않으면 여섯 번째는 내가 될 판국이오. 이런 사태를 어떻게 설명할 거요? 당신 밑에서 일하는 사람들이 그런 꼴이 되는 게 부끄럽지 않소?"

폰 보르크는 얼굴이 주홍빛이 되었다.

"어떻게 감히 그런 말을!"

"여보, 내가 그런 말도 못 할 것 같으면 당신 밑에서 일하지도 않을 거요. 하고 싶은 말은 다 하겠소. 내가 듣기로, 당신네 독일 정치가들은 정보원이 임무를 끝낸 뒤에는 체포되든 말든 상관 안 한다고 하던데."

폰 보르크는 벌떡 일어섰다.

"내가 내 요원들을 팔아넘겼다는 말이오!"

"여보, 난 그런 말을 한 적은 없소. 하지만 어딘가 끄나풀이나 내통하는 자가 있는 거요. 그걸 찾아내는 건 당신 일이오. 어쨌든 더 이상 모험을 하지 않겠소. 나는 네덜란드로 가겠소. 빠를수록 좋겠지."

폰 보르크는 분노를 억눌렀다.

"오랫동안 동맹 관계에 있었던 사람들끼리 승리의 순간에 티격태격해서야 쓰겠습니까. 영감님은 위험을 무릅쓰고 빛나는 과업을 성취했고 나는 그걸 잊지 못할 겁니다. 무슨 수를 쓰든 네덜란드로 가십시오. 그러면 로테르담에서 뉴욕행 배를 탈 수 있을 겁니다. 지금부터 일주일간 안전한 노선은 그것밖에 없습니다. 책을 주시오. 다른 서류와 함께 짐을 꾸려야 하니까요."

미국인은 작은 꾸러미를 손에 들고 있을 뿐 건네줄 생각을 하지 않았다.

"쇳냥은 어쩌고?"

그가 물었다.

"뭐라고요?"

"푼돈 말이오. 사례금. 500파운드. 포병대 장교가 마지막 순간에 아주 치사하게 돌변하는 바람에, 100달러를 더 주고 매수할 수밖에 없었소. 안 그랬으면 당신이나 나는 끝장이었을 거요. '절대로 안 됩니다!' 그자가 그랬는데, 그건 엄포가 아니었소. 하지만 100달러를 더 주니까 해결되더군. 처음부터 끝까지 200파운드가 들었기 때문에 돈을 일시불로 받기 전에는 이걸 내놓지 않을 생각이오."

폰 보르크는 쓴웃음을 지었다.

"영감님은 나를 별로 신용하지 않는 것 같군요. 돈을 먼저 달라 이거지요."

"에, 이건 사업이니까."

"좋습니다. 원하는 대로 해드리지요."

폰 보르크는 책상 앞에 앉아 수표를 쓴 다음 수표책에서 뜯어냈지만 미국인에게 주지 않고 들고 있었다.

"앨터몬 씨, 결국 우리가 그런 관계라면 말입니다. 당신이 나를 믿지 않는데 내가 당신을 믿어야 할 이유가 어디 있습니까? 그렇지 않습니까?"

그는 미국인을 돌아다보며 덧붙였다.

"이 책상 위에 수표를 올려놓겠습니다. 나는 영감님이 돈을 집기 전에 그 꾸러미를 살펴볼 권리가 있습니다."

미국인은 아무 말 없이 꾸러미를 건네주었다. 폰 보르크는 종이로 두 번 싸고 줄로 묶은 포장을 풀었다. 자그마한 푸른 책자가 드러나자 그는 순간적으로 말문이 막혀 아연히 쳐다보고만 있었다. 표지에는 '실용 양봉 편람'이라는 금박 글씨가 박혀 있었다. 거물 첩보원이 이 엉뚱한 제호를 노려본 것은 오직 한순간의 일이었다. 다음 순간 무쇠 같은 손아귀가 그의 뒷덜미를 잡아채더니 클로로포름을 적신 거즈가 찡그린 얼굴을 뒤덮었다.

"왓슨, 한 잔 더 하게!"

셜록 홈즈가 임페리얼 토케이 병을 내밀며 말했다.

그러자 책상 앞에 앉아 있던 풍채 좋은 운전사가 얼른 잔을 앞으로 밀어놓았다.

"홈즈, 좋은 포도주로군."

"왓슨, 정말 귀한 포도주일세. 소파 위에 누워 있는 저 친구 얘기로는, 셴브룬 궁전에 있는 프란츠 요제프 황제의 특별 저장실에서 나온 물건이라지. 미안하지만 창문 좀 열어주겠나. 클로로포름 냄새가 미각 기능을 도와주지는 않으니까."

홈즈는 금고 문을 열고 안에 든 서류를 한 뭉텅이씩 꺼내 신속하게 살펴본 다음 폰 보르크의 서류 가방에 깔끔하게 꾸려 넣었다. 독일인은 두 팔과 두 다리를 묶인 채 소파에 누워 코를 골고 있었다.

"왓슨, 서두를 필요 없네. 우릴 방해할 사람은 없으니까. 종을 좀 눌러주겠나? 집 안에 있는 사람은 마사 할멈뿐인데 내가 맡긴 역할을 훌륭하게 해냈지. 처음 이 일을 맡았을 때 나는 할멈에게 자초지종을 말해 주었네. 아, 마사, 다행히 일이 다 잘됐어요."

쾌활한 할머니가 들어왔다. 할멈은 홈즈에게 웃으며 인사했지만 소파에 누워 있는 인물을 염려스럽게 바라보았다.

"마사, 걱정 마요. 아무 데도 다친 데는 없으니까."

"홈즈 선생님, 그 말씀을 들으니 기쁘군요. 저분은 나름대로 인정 많은 주인이었답니다. 어제는 나한테도 부인과 같이 독일로 가라고 했지만 그건 선생님 계획에 없는 일이잖아요. 안 그래요, 선생님?"

"마사, 그걸 말해 무엇하겠소. 할멈이 여기 있었기 때문에 나는 마음을 놓았지. 우린 오늘 밤에 할멈 신호를 한참 기다렸다오."

"서기관 때문이었어요."

"알아요. 그 사람이 탄 차가 지나가더군요."

"전 아예 안 가는 줄 알았답니다. 선생님 계획대로라면 그 사람은 여기 없어야 하잖아요."

"그렇고말고요. 뭐, 그래봤자 반 시간 정도 기다리니까 할멈이 불을 끄는 게 보였지요. 그래서 우리는 불청객이 갔다는 걸 알았고요. 마사, 자세한 얘기는 내일 런던의 클래리지 호텔에서 만나서 합시다."

"좋아요, 선생님."

"떠날 준비는 다 해놨지요?"

"그럼요, 선생님. 저분은 오늘 편지를 일곱 통 부쳤답니다. 저는 항상 하던 대로 주소를 적어놨고요."

"마사, 아주 잘했어요. 내일 조사해 보도록 하지요. 잘 자요."

노파가 방을 나가자 홈즈는 말을 계속했다.

"이 서류들은 그렇게 중요한 게 아닐세. 물론 그건 이 속의 내용이 진작에 독일 정부에 보고됐기 때문이지. 이것들은 국외로 쉽게 반출할 수 없었던 원본일세."

"그러면 쓸모없는 것들이로군."

"왓슨, 그렇게까지 말할 수는 없다네. 이걸 보면 적어도 누출된 정보와 그렇지 않은 정보가 무엇인지 알 수 있거든. 이 서류 중에서 상당한 부분이 내 손을 거쳤는데, 물론 신빙성은 전혀 없는 것들이지. 독일 순양함이 내가 제공한 기뢰 부설도에 따라 솔런트 해협(영국 본토와 와이트 섬 사이의 좁은 해협 — 옮긴이)을 항해하는 모습을 보는 게 내 말년의 기쁨이 될 것 같네. 그런데 여보게, 왓슨……."

홈즈는 일손을 멈추고 옛 친구의 어깨를 붙들었다.

"아직 환한 데서 자네 얼굴을 보지 못했네. 어디 얼마나 변했나 볼까? 자넨 여전히 명랑한 소년처럼 보이는군."

"홈즈, 난 20년은 젊어진 것 같으이. 자네한테 자동차를 가지고 하리치항으로 나오라는 전보를 받았을 때 정말 뛸 듯이 기뻤다네. 그런데 자네는, 여보게, 그 흉측한 염소수염만 빼면 변한 게 별로 없군."

"왓슨, 이건 이 나라를 위한 희생일세."

홈즈는 짧은 턱수염을 쥐어뜯으며 말했다.

"내일이면 이것도 끔찍한 추억에 지나지 않을 걸세. 내일은 머리를 좀 자르고 몇 가지 사소한 부분을 고친 다음에, 이렇게 미국인 행세를 하기 전처럼 클래리지 호텔로 다시 가야지. 그런데 여보게, 내 영어가 영영 오염된 것 같아서 미안하네."

"홈즈, 하지만 자네는 은퇴했네. 우린 자네가 사우스다운스의 작은 농장에 은거하며 꿀벌을 치고 책 더미에 파묻혀 지낸다는 소식을 들었는데."

"왓슨, 맞는 얘길세. 바로 이것이 한가롭고 평온한 삶의 열매이자 최근에 나온 나의 걸작이지!"

그는 책상 위에서 문제의 책을 집어 들고 제목을 끝까지 읽었다.

"'실용 양봉 편람 —— 여왕벌의 격리에 관한 고찰.' 나 혼자 쓴 것일세. 과거에 런던의 범죄 세계를 지켜보듯이, 부지런히 일하는 작은 집단을 지켜보며 낮에 일하고 밤에 사색한 성과물이지."

"그런데 어떻게 다시 일을 시작하게 됐나?"

"아, 나도 가끔씩 그 생각을 하면서 놀란다네. 외무부 장관뿐이었다면 나도 견뎌낼 수 있었겠지만 수상께서 나의 누추한 집을 몸소 찾으셨으니……! 여보게, 사실 소파 위의 저 신사는 영국인에게는 좀 버거운 상대였네. 대단한 실력자였지. 여기저기서 정보가 샜는데, 왜 그런 일이 생기는지 아무도 알지 못했네. 간첩으로 의심받는 사람들이 생겨나고 몇몇을 체포하기까지 했지만, 모종의 강력하고 비밀스러운 중심 세력이 있다는 증거가 나타났지. 그 세력을 반드시 찾아낼 필요가 있었네. 나에게 사건을 맡으라는 강한 압력이 들어왔지. 지금까지 2년 세월이 걸렸지만 별로 지루한 줄 몰랐네. 난 시카고에서 대장정을 시작해서, 버펄로에서 어느 아일랜드 비밀 단체에 들었고, 스키배린에서 경찰을 크게 괴롭히고, 그러다 결국 폰 보르크의 부하 요원의 눈에 띄어 적당한 인물로 추천받기에 이르렀네. 어때, 일이 얼마나 복잡했는지 알겠지? 그다음부터 나는 영광스럽게도 폰 보르크의 신뢰를 한 몸에 받았지만, 그래도 그의 계획 대부분을 조금씩 어긋나게 만들고 정예 요원 다섯을 감옥에 처넣는 일을 마다하지 않았지. 나는 폰 보르크의 부하들을 지켜보고 있다가 대어로 성장하면 잡아넣었다네. 허, 괜찮으신가 보군!"

마지막 말은 폰 보르크에게 한 것이었는데, 한동안 숨을 몰아쉬며 눈을 깜빡이던 그는 아까부터 조용히 홈즈의 말에 귀 기울이고 있었다. 그러다가 이제 독일 말로 사나운 욕설을 퍼붓기 시작했고 얼굴은 분노로 경련을 일으켰다. 포로가 욕지거리를 하는 동안 홈즈는 신속하게 서류를 조사했다.

"독일 말은 음악적인 맛은 없어도 표현력은 최고란 말이야."

폰 보르크가 기진맥진해서 입을 다물자 홈즈가 말했다.

"어럽쇼! 어럽쇼!"

무슨 도면을 상자에 집어넣기 전에 유심히 들여다보던 그가 덧붙였다.

"또 한 녀석이 걸려들었군. 경리과장이 그런 악당인 줄 몰랐는걸. 물론 오래전부터 그자를 주목하고 있었지만 말이야. 폰 보르크, 자네는 책임질 일이 한두 가지가 아니로군."

포로는 소파 위에서 힘겹게 몸을 일으켰는데, 이제는 놀라움과 증오가 범벅이 된 야릇한 눈길로 자신을 체포한 사람을 응시하고 있었다.

"앨터몬, 이 원수는 꼭 갚아주마."

폰 보르크는 느리고 침착하게 말했다.

"내 평생이 걸리더라도 이 원수는 꼭 갚고야 말겠다!"

"어디서 많이 듣던 가락이군."

홈즈가 말했다.

"왕년에는 참 자주 들었는데. 고 모리어티 교수의 십팔번이었다네. 세바스천 모런 대령도 같은 노래를 읊조렸다고 하더군. 하지만 나는 이렇게 살아서 사우스다운스에서 벌을 치고 있거든."

"이 저주받을 이중간첩 같으니라고!"

독일인은 소리치며 결박을 풀기 위해 몸부림쳤다. 그리고 이글이글 타는 눈으로 홈즈를 잡아먹을 듯이 노려보았다.

"무슨 말씀을, 난 그렇게 형편없는 사람은 아니라네."

홈즈는 빙그레 웃으며 말했다.

"지금 내 말투를 들어보면 알겠지만 시카고의 앨터몬이라는 사람은 원래 존재한 적이 없네. 내가 잠깐 이용하고 보내줬지."

"그럼 너는 누구냐?"

"내가 누구인가는 사실 중요한 문제가 아닐세. 하지만 폰 보르크, 자네가 궁금해하는 것 같아서 말해 주겠네만 나는 전에도 자네 일가를 만난 적이 있지. 나는 과거에 독일에서 꽤 많은 일을 했기 때문에 자네도 아마 내 이름을 알고 있을 거야."

"그 이름이 뭔지 알고 싶다."

독일인은 험악하게 말했다.

"자네 사촌 하인리히가 공사였을 때 아이린 애들러와 보헤미아의 타계한 왕 사이를 갈라놓은 사람. 자네의 큰 외삼촌 폰 운트 주 그라펜슈타인 백작이 무정부주의자 클로프만에게 살해당할 뻔했을 때 목숨을 구해 준 사람. 또……."

폰 보르크는 눈이 휘둥그레져서 자세를 고쳤다.

"그런 사람은 세상에 단 한 사람뿐이오."

그가 외쳤다.

"내가 바로 그 사람일세."

홈즈가 말했다.

폰 보르크는 신음하며 다시 소파에 쓰러졌다.

그가 소리쳤다.

"내가 모은 정보는 대부분 당신이 준 거였다. 그게 무슨 가치가 있단 말인가? 내가 무슨 짓을 한 거지? 나는 이제 끝장이야!"

"정보의 신빙성이 약간 떨어지는 건 사실이지."

홈즈가 말했다.

"좀 확인할 필요가 있을 테지만 자네한테는 그럴 시간이 없겠군. 자네 나라의 해군 제독은 영국의 새 포가 예상외로 좀 크고 순양함은 좀 더 빠르다는 걸 알게 될 걸세."

폰 보르크는 절망에 못 이겨 자신의 목덜미를 쥐어뜯었다.

"그 밖에도 여러 가지가 있는데 좋은 시절이 오면 밝혀질 거야. 하지만 폰 보르크, 자네는 독일인으로선 정말 보기 드문 자질을 타고났더군. 자네는 진정한 운동가야. 그러니 그렇게 많은 사람을 속여 넘긴 자네가 마침내 남한테 속았다는 걸 알았다고 해서 나한테 증오심을 품지는 않겠지. 결국 자네는 자네의 나라를 위해서 최선을 다했고 나는 내 나라를 위해 최선을 다했으니, 그보다 더 자연스러운 일이 어디 있겠나? 게다가……."

그는 엎드려 있는 사내의 어깨에 자못 다정스럽게 손을 얹으며 덧붙였다.

"나보다 못한 적수 앞에 무릎 꿇는 것보다야 훨씬 낫지 않은 가. 왓슨, 서류는 다 준비됐네. 포로를 호송하는 걸 도울 생각이 라면 지금 런던으로 출발해도 될 것 같구먼."

폰 보르크처럼 힘이 세고 필사적으로 날뛰는 사내를 옮기는 것은 쉬운 일이 아니었다. 마침내 두 친구는 양쪽에서 포로의 팔 을 붙들고 아주 천천히 정원을 지나갔다. 그것은 폰 보르크가 겨 우 몇 시간 전에 유명한 외교관의 축하를 받으며 자랑스럽고 자 신만만하게 걸었던 길이었다. 독일인은 여전히 손발이 묶인 채 마지막으로 다시 몸부림을 쳤고 두 친구는 그를 번쩍 들어 올려 작은 차의 빈 좌석에 앉혔다. 소중한 서류 가방은 옆구리에 찰싹 붙여놓았다.

"형편이 닿는 한 편안하게 해줌세."

모든 준비를 끝내고 홈즈가 말했다.

"시가에 불을 붙여서 입에 물려주면 결례가 될까?"

하지만 아무리 상냥한 말도 잔뜩 화가 난 독일인에게는 무용 지물이었다.

"셜록 홈즈 선생, 한 가지 알아둬야 할 것이 있소. 당신네 정부 가 당신의 이런 짓거리를 배후에서 지원하고 있다면 그건 전쟁 행위나 다름없다는 걸 말이오."

"자네 정부의 이런 짓거리는 어떻고?"

홈즈는 서류 가방을 툭툭 치며 말했다.

"당신은 민간인이오. 당신한테는 체포 영장이 없소. 모든 행동 이 다 불법이고 부당하오."

"지당한 말씀이지."

홈즈가 말했다.

"게다가 독일 국민을 납치하다니."

"또 개인 서류를 도적질하고 말이야."

"허, 이제야 잘못을 깨달았나 보군요. 당신하고 그 옆의 공범 말이오. 만약 내가 마을을 지나갈 때 도와달라고 소리 지르면……."

"이보게, 자네가 그렇게 어리석은 짓을 했다가는 이곳에 '매달린 독일인'이라는 표지판을 선물해서 마을 여관의 간판만 바꿔달게 할걸세. 영국인은 인내력이 강한 족속이지만 지금은 심기가 불편하니 더 이상 자극하지 않는 게 좋을 거야. 안 되지, 폰 보르크, 조용하고 현명한 태도로 런던 경찰국까지 동행하자고. 거기 가면 자네의 친구 폰 헤를링 남작한테 연락해서, 자네를 위해 예약해 놓은 대사관 수행원 자리가 아직도 비어 있는지 알아볼 수 있네. 왓슨, 난 자네가 다시 군에 복귀하는 줄로 알고 있는데, 그러면 런던으로 가도 되겠군. 우리가 조용히 얘기하는 것도 이게 마지막이 될 것 같으니 여기 테라스 위로 올라오게."

포로가 결박을 풀기 위해 헛되이 몸부림치는 동안, 두 친구는 다시 한번 과거의 그 시절을 회상하며 몇 분간 깊은 대화를 나누었다. 차를 향해 돌아섰을 때 홈즈는 달빛이 비치는 바다를 손가락질하며 생각 깊은 머리를 흔들었다.

"왓슨, 동풍이 불어올 걸세."

"그럴 것 같지 않은데. 날이 아주 따뜻하네."

"이 사람아! 시대는 바뀌어도 자네만은 변함이 없군. 그래도 동풍은 불어오고 그것은 아직 영국에 한 번도 분 적이 없는 바람일세. 그것은 차갑고 모진 바람일 거야. 여보게, 많은 사람들이 그 강풍 앞에 시들어버릴지도 모르네. 그렇지만 그것은 신이 보낸 바람이고, 그래서 폭풍이 걷히면 햇살 속에 더 강하고 순결하고 나은 땅이 드러날 걸세. 왓슨, 시동 걸게. 떠날 시간이 됐네. 나한테 500파운드짜리 수표가 있는데 아침 일찍 현찰로 바꿔야 하거든. 수표 발행인이 갖은 수를 써서 지불 정지를 시킬지도 모르니까 말이야."

His Last Bow, 1914

제1차 세계대전을 배경으로 하고 있는 만큼 사건 자체를 해결하는 과정
보다는 영국에 대한 애국심이 많이 드러난다. 셜록 홈즈의 추리물이 전
쟁 선전물이 되었다는 점에서 비난도 많이 받는다.

사건의 발생 연도 상으로 보면 가장 최후의 작품이다.

10년 정도 전에 은퇴하여 서섹스 해변 근처에서 양봉을 하고 있던 셜록
홈즈는 나라를 위해서 다시 한 번 복귀를 한다. 사건 속에서 앨터몬의 모
습은 키가 크고 여윈 60대로 묘사되는데, 이로 인해 연구가들은 홈즈가
태어난 해를 1854년으로 추정하고는 한다. 베어링 굴드에 따르면 홈즈는
이로부터 40년 가까이 더 여생을 누리다 1957년 세상을 떠났다고 하는
데, 100세가 넘은 장수의 비결은 양봉을 하면서 발견한 로열젤리라고
한다.

해당 작품은 『홈즈의 마지막 인사*His Last Bow*』에 수록되어 있다.

옮긴이 | 백영미

서울대학교 간호학과를 졸업했으며, 현재 전문 번역가로 활동중이다. 옮긴 책으로『죽음 너머의 세계는 존재하는가』, 『히말라야에서 만난 성자』, 『황금 두루마리의 비밀』, 『자궁의 역사』 등이 있다.

셜록 홈즈 더 얼티밋 에디션 - 왓슨

1판 1쇄 찍음 2017년 12월 7일
1판 1쇄 펴냄 2017년 12월 14일

지은이 | 아서 코난 도일
옮긴이 | 백영미
발행인 | 박근섭
편집인 | 김준혁
책임편집 | 최고운
펴낸곳 | 황금가지

출판등록 | 2009. 10. 8 (제2009-000273호)
주소 | 06027 서울 강남구 도산대로 1길 62 강남출판문화센터 5층
전화 | 영업부 515-2000 **편집부** 3446-8774 **팩시밀리** 515-2007
홈페이지 | www.goldenbough.co.kr

도서 파본 등의 이유로 반송이 필요할 경우에는 구매처에서 교환하시고
출판사 교환이 필요할 경우에는 아래 주소로 반송 사유를 적어 도서와 함께 보내주세요.
06027 서울 강남구 도산대로 1길 62 강남출판문화센터 6층 민음인 마케팅부

한국어판 © ㈜민음인, 2017. Printed in Seoul, Korea
ISBN 979-11-5888-348-5 04840
ISBN 979-11-5888-349-2 04840(세트)

㈜민음인은 민음사 출판 그룹의 자회사입니다.
황금가지는 ㈜민음인의 픽션 전문 출간 브랜드입니다.